CARMEN BELLMONTE

Zeiten des Wandels

DIE MALLORCA-SAGA

WILHELM HEYNE VERLAG
MÜNCHEN

Penguin Random House Verlagsgruppe FSC® N001967

2. Auflage
Originalausgabe 02/2022
Copyright © 2022 dieser Ausgabe
by Wilhelm Heyne Verlag, München,
in der Penguin Random House Verlagsgruppe GmbH,
Neumarkter Straße 28, 81673 München
Redaktion: Ingola Lammers
Printed in Germany
Umschlaggestaltung: Nele Schütz Design unter Verwendung von
Shutterstock.com (Somy Volodymyr, Maija Luomala, Zoonar GmbH,
AnastassiaVassiljeva, oksana2010)
Satz: Satzwerk Huber, Germering
Druck und Bindung: GGP Media GmbH, Pößneck
ISBN: 978-3-453-42536-1

www.heyne.de

1

Mallorca, September 1913

Mit der beginnenden Abenddämmerung versammelte sich das ganze Dorf auf dem Kirchplatz. Die sandsteinfarbene Kirche von Sencelles lag unmittelbar neben dem Rathaus. Unter den Schatten spendenden Platanen standen Tische und Bänke.

Das ganze Dorf war an diesem besonderen Tag auf den Beinen. Die Familie Delgado wartete, wie alle Dorfbewohner, auf den Einbruch der Dunkelheit.

Endlich ging die Dämmerung in nachtblaue Finsternis über.

Der Bürgermeister stellte sich neben die Statue, die das Kirchenportal zierte, und hob die Hände. »Liebe Dorfbewohner, es erfüllt mich mit großem Stolz, unser Dorf in ein neues Zeitalter zu führen. Aber sehen Sie selbst.« Er gab ein Zeichen an seinen Mitarbeiter, der im ersten Geschoss des Rathauses aus dem Fenster sah.

Ein Raunen ging durch die Menge, als zum ersten Mal die Straßenbeleuchtung aufflammte. »Ab heute kommen Sie ohne Petroleumlampe auch nachts immer gut nach Hause.«

Die Menschen standen von den Bänken auf, um die neue Beleuchtung ausgiebig zu bestaunen.

Antonia lehnte sich an Mateo. »Sieht es nicht zauberhaft aus?«

Wie diese elektrischen Lampen zarte Schatten an die Hauswände warfen und die Gassen dennoch hell ausleuchteten, beeindruckte sie.

»Schon, aber jetzt kann man sich gar nicht mehr im Schutz der Dunkelheit küssen«, flüsterte Mateo ihr ins Ohr. »Aber bald brauchen wir das auch nicht mehr.«

Antonia durchfuhr ein wohliger Schauer. Würde Mateo an diesem Tag tatsächlich mit ihrem Vater sprechen?

Hoffentlich machte er nicht im letzten Moment einen Rückzieher. Ihr Vater konnte sehr einschüchternd wirken. Es bedurfte schon Mut, Juan Delgado auf einem öffentlichen Fest um die Hand der ältesten Tochter zu bitten.

Aber Mateo war mutig. Und genau das liebte sie so sehr an ihm.

Nach einem kräftigen Applaus setzten sich die Dorfbewohner wieder auf die aufgestellten Holzbänke, um zu teilen, was jeder an Essen und Trinken mitgebracht hatte. Antonia liebte diese Tradition bei Festen, und sie wusste, ihr Vater würde bestimmt schon nach ihr suchen.

»Bist du bereit?«

Mateo sah sie nervös an. »Habe ich eine Wahl?«

»Nein.«

Schon sah sie ihren Vater die Bankreihen entlanggehen. Er war auf der Suche nach ihr. Seine Gesichtszüge entspannten sich, als er Antonia erblickte. Er winkte ihnen, und gemeinsam gingen sie zum Rest der Familie.

»Mach mal ein bisschen Platz«, forderte ihre Mutter Carla auf, rutschte selbst ein Stück von ihrem Mann weg und zog Antonias jüngere Schwester mit sich.

Antonia sah dankbar zu ihrer Mutter. Nun galt es, mit Vater zu sprechen.

Doch das war Mateos Aufgabe.

Sie setzten sich in die Lücke, und Vater schenkte beiden einen Becher Wein ein.

Eine Musikgruppe spielte zum traditionellen Tanz. »Komm, Diego, tanz mit mir!«, forderte Antonia ihren ältesten Bruder auf, damit Mateo ungestört mit ihrem Vater war. Das war die Aufgabe ihres künftigen Mannes. Sie wusste genau, wie schwer es ihrem Vater fiel, sie gehen zu lassen. Schon immer hatte sie um jede kleine Freiheit kämpfen müssen. Ihr Vater behielt lieber ein Auge auf alles. Selbst, wenn sie sich mit ihrer besten Freundin auf dem Dorffest treffen wollte.

Leider war die mit ihrem frisch angetrauten Ehemann nach Valencia gezogen. Auf Mallorca gab es nur in Palma Arbeit oder auf dem eigenen Land. Und das eigene Land brachte auch nicht viel ein.

Nicht mehr. Zumindest was ihren eigenen Weinberg betraf. Antonias Vater wirkte mit jeder Woche erschöpfter, die Reblaus war in Frankreich und Deutschland besiegt. Mallorca als Ersatzlieferant für den zuvor am Boden liegenden Weinanbau in Europa war nicht mehr gefragt. Die mallorquinischen Trauben verloren unaufhörlich an Wert. Wenn kein Wunder geschah, kamen harte Zeiten auf ihre Familie zu.

Wie gut, dass Mateo eine Arbeitsstelle als Buchhalter in Palma hatte. Eine gut bezahlte Arbeit in einer soliden Firma.

Antonias Zukunft lag sicher vor ihr. Er würde problemlos eine Familie ernähren können, und sie selbst würde weiterhin auf dem Feld helfen, sobald die Ernte eingebracht werden musste.

Bevor sie mit ihrem Bruder Diego auf die hölzerne Tanzbühne ging, hörte sie noch, wie Mateo sagte: »Juan, ich weiß, hier ist vielleicht nicht der richtige Ort, doch ich muss mit dir reden.«

Ihr Vater sah zu Antonia, ahnte wohl, was kommen würde, und trank einen großen Schluck Wein, bevor er seinen Nacken rieb. »Nun?«, forderte er Mateo auf.

Antonia sah nervös zu den beiden Männern. Mateo schenkte ihrem Vater Wein nach, nachdem der seinen Becher geleert hatte.

Auf der Tanzbühne trat sie ihrem Bruder auf den Fuß. »Entschuldigung. Aber ich platze fast vor Neugierde. Was, wenn er Nein sagt?«

»Dann heiratest du ihn trotzdem.« Diego lachte. »Du und Vater, ihr habt den gleichen Dickkopf.«

Antonia konnte nicht anders und lachte mit. Denn da lag Diego richtig. Sie wollte und würde Mateo heiraten.

In dem Moment hob ihr Vater seinen Becher und stieß mit Mateo an. Nur mit Mühe unterdrückte Antonia einen Freudenschrei. Er hatte seinen Segen zur Hochzeit gegeben.

»Siehst du, er ist einverstanden.« Diego wirbelte sie um die eigene Achse. »Nun muss er nur noch meinen Plänen zustimmen.«

»Ach, Diego, er wünscht sich doch so sehr, dass du später mal die Weinfelder übernimmst. Wer sollte es denn sonst tun?« Antonia wusste um den Wunsch ihres Bruders,

Fischer zu werden, doch würde ihr Vater in diesem Fall niemals nachgeben.

»Bis dahin vergeht hoffentlich noch viel Zeit, und so lange ist Vater derjenige, der verantwortlich ist. Außerdem wird auch Leo größer, und er ist schon jetzt jede Minute glücklich, die er helfen kann.«

Vielleicht hatte Diego recht, und ihr Bruder Leo würde einmal alles übernehmen. Dann würde Vater zwar nicht begeistert zustimmen, aber er könnte Diego gehen und ihn seine Träume verwirklichen lassen.

»Komm, lass uns zum Tisch zurückgehen«, bat Antonia. Sie konnte es kaum erwarten, wieder neben Mateo zu sitzen und unter dem Tisch verstohlen seine Hand zu halten. Endlich würden sie heiraten!

Den Abend über war Antonias Vater stiller als gewöhnlich, was sie auf dem Nachhauseweg etwas beunruhigte.

Kaum hatten sie das Haus betreten, machte er sich Luft: »María, du hast es gewusst!« Er zog seine Jacke aus und hängte sie an den Haken. Dann stieß er die Schuhe von sich und schlüpfte in seine Hauspantinen. Grummelnd schlurfte er in die Küche. »Meine Frau hat Geheimnisse vor mir. Ist denn das zu glauben?«

Mutter holte tief Luft, bevor sie sich umdrehte. »Ihr geht jetzt ins Bett, es ist spät geworden.« Sie gab jedem einen Kuss auf die Stirn. »Schlaft gut.«

Antonia hängte die Jacken ihrer Geschwister auf, und während alle in die Schlafzimmer stürmten, löschte sie die Laterne im Eingangsbereich und verharrte vor der angelehnten

Küchentür. Durch einen Spalt sah sie den Tisch. Sie musste wissen, ob ihr Vater seinen Segen aus vollem Herzen gab oder er nur einen Streit auf dem Fest hatte vermeiden wollen.

Die flackernde Kerze auf dem Tisch ließ Schatten über das Gesicht ihres Vaters tanzen, als Antonias Mutter sich zu ihm an den Tisch setzte.

»Sag, Juan, was ist daran so schlimm?«

»Du bist meine Frau. Wie kannst du mir so etwas nicht sagen?« Er schüttelte den Kopf. »Wie stehe ich denn da?«

Mutter stand auf und goss sich Wasser in ein Glas. »Möchtest du auch eines?«

Vater schüttelte erneut den Kopf, und die Kerze flackerte noch mehr. »Ich bevorzuge Wein.«

Zögernd trat Mutter an den Tisch.

Es ging also darum, dass sie sich zuerst an ihre Mutter gewandt hatten, bevor Mateo bei ihrem Vater um ihre Hand angehalten hatte. Für so empfindsam hätte Antonia ihren Vater gar nicht gehalten. Er wirkte immer so gefasst und aufgeräumt.

»Irgendwann müssen die Kinder gehen. Das ist der Lauf des Lebens.« Ihre Mutter setzte sich ihm gegenüber und trank einen Schluck Wasser.

»Wo ist der Wein?«, fragte Juan.

»Da, wo er immer steht.« Offenbar glaubte Mutter, er habe dem Wein genug zugesprochen. Vielleicht wollte sie aber auch nur Vaters Einsicht erlangen, dass nicht alles nur nach seinen Vorstellungen geschehen konnte.

»Also muss ich ihn mir selbst holen?« Er starrte ihre Mutter an.

Antonia hörte ein Stuhlrücken. Besser, sie zog sich zurück, bevor sie beim Lauschen entdeckt wurde. Es gehörte sich nicht, und ihre Eltern wären enttäuscht von ihr.

»Du hast mich hintergangen, María.«

Antonia war kurz davor, doch noch in die Küche zu gehen und ihrer Mutter zur Seite zu stehen.

»Ich habe die Kinder nicht darum gebeten, zuerst mit mir zu reden. Du bist manchmal zu hart. Also finde dich damit ab, dass es nun einmal so geschehen ist.«

»Aber du hättest es mir sagen müssen, dann ...«

»Dann was?«, unterbrach sie ihn. »Mateo ist es wegen deines weithin bekannten Starrsinns so schon schwergefallen. Wie hätte es wohl auf ihn gewirkt, wenn du nicht mehr überrascht gewesen wärst? Sollte ich das Vertrauen der beiden zu mir enttäuschen?«

»Nein, du hast ja recht. Bringst du nun dem sturen Esel noch einen Schluck Wein?«

Endlich lenkte er ein. Antonia schlich sich auf Zehenspitzen die Treppenstufen hinauf ins Zimmer.

Ihre Schwester saß aufrecht im Bett. »Wo warst du noch?«

»Das geht dich gar nichts an.« Antonia schlüpfte aus ihrem Kleid und goss Wasser aus dem Krug in die Waschschale. »Hast du dich überhaupt gewaschen? Die Schale war ganz trocken.«

»Ich habe sie schon ausgeleert.« Der Trotz in Carlas Stimme war nicht zu überhören.

»Ach, und wohin? Ich war unten, du wärst auf dem Weg in den Hof an mir vorbeigekommen.«

»Du hast unsere Eltern belauscht?« Carla riss entsetzt die Augen auf.

»Das geht dich nichts an. Und du lügst mich an, denn ich rieche bis hierher, dass du dich nicht gewaschen hast.« Antonia rümpfte übertrieben die Nase.

Carla zog grinsend die Decke über sich. »Und wenn schon, ich habe ja keinen Liebsten, der an mir schnuppert.«

Antonia löschte die Petroleumlampe. Die Neckereien ihrer kleinen Schwester war sie gewohnt. Und an diesem Abend war sie zu glücklich, um Carla erneut zurechtzuweisen.

Antonia streckte sich und gähnte. Endlich konnten Mateo und sie ihre gemeinsame Zukunft planen. Die Hochzeit würde in einem sehr kleinen Rahmen stattfinden, denn weder ihre noch Mateos Familie war mit Wohlstand gesegnet. Mateo hatte immer noch nicht geklärt, ob sie in das leere Stockwerk mit zwei Zimmern ziehen könnten, da Mateos Geschwister aufs Festland gezogen waren und die Räume leer standen. Zwei Zimmer wären herrlich, fast ein eigenes Reich. Und es gäbe ausreichend Platz für Kinder. In Antonias Elternhaus wäre es zu eng für alle. Sie konnte ja schlecht mit Mateo zusammen das Schlafzimmer mit Carla teilen. Antonia musste ausziehen, auch wenn es ihrem Vater das Herz brechen würde.

Carla riss die Zimmertür auf. »Steh auf, du Schlafmütze! Alle warten schon unten auf dich.« Sie zog an Antonias Bettdecke. »Immer bist du zu spät. Wenn du so weitermachst, wirst du noch deine eigene Hochzeit verpassen.« Dann streckte sie ihr die Zunge raus.

»Na, warte!« Antonia warf ihr Kissen nach Carla. Diese kleine Göre. Wer kam denn morgens sonst nie aus dem Bett? So nervig die kleine Schwester manchmal auch war, sie würde ihr fehlen, jetzt, wo der Auszug bevorstand.

»Du kriegst mich nicht«, rief Carla und rannte aus dem Zimmer.

Nachdem Antonia rasch ihre Morgentoilette erledigt hatte, lief sie, zwei Stufen auf einmal nehmend, die Treppe hinab. »Bon dia«, rief sie, als sie die Küchentür öffnete.

Ihr Vater schob seinen Teller von sich. »Na, endlich kommst du. Wir müssen über deine Hochzeit reden.«

Ihre Mutter stellte ihr einen Teller mit einer Scheibe Brot und einer Tomate hin. »Lass sie doch erst einmal etwas essen, Juan.«

»Ich muss in den Weinberg, und ihr solltet auch schon längst dort sein.« Er stand auf. »Dann sag du es ihr!« Ihr Vater nahm den Hut und ging ohne einen Abschiedsgruß hinaus.

Antonia wusste nicht, was sie erwartete. Ihr Hungergefühl wich einem Unwohlsein. Dabei hatte sich am Vorabend doch alles geklärt. »Mamá, was müsst ihr mir sagen?«

Ihre Mutter stand auf und strich ihr über das lange Haar. »Ach, Kind, sosehr ich mich für euch freue, aber ...«, sie beugte sich an Antonias Ohr.

»Aber?«, fragte Carla.

Mutter bedachte Carla mit einem vorwurfsvollen Blick. »Junge Dame. Es wird Zeit für dich, deinem Vater zur Hand zu gehen. Diego und Leo müssten auch fertig sein. Such deine Brüder, und geh mit ihnen aufs Feld. Wir kommen gleich.«

Carla verzog trotzig den Mund, stand betont langsam auf und schlurfte aus der Küche. Antonia wäre an ihrer Stelle auch neugierig gewesen. Sie hielt es selbst kaum noch aus.

»Mamá, nun sag schon, was los ist.«

Ihre Mutter zog sich einen Stuhl heran und setzte sich neben sie. »Nun, du weißt, die letzten Jahre waren nicht sehr gut, und so eine Hochzeit, die ...«

»Stopp!«, unterbrach Antonia erleichtert. Es ging nur um Geld. Sie umschloss die Hand ihrer Mutter mit beiden Händen. »Das ist nicht wichtig. Die Liebe ist es, die zählt. Ich brauche kein teures Kleid oder ein großes Festmahl. Ich will Mateos Frau werden. Mehr wünsche ich mir nicht.« Während sie die Worte laut aussprach, spürte sie in ihrem Herzen, dass es die pure Wahrheit war. Natürlich hätte sie sich über ein modisches Hochzeitskleid und eine große Feier gefreut, doch ihre Liebe zu Mateo war alles, was zählte. »Mateo holt mich gleich ab, wir wollen mit seinen Eltern sprechen. Auch darüber«, sie zögerte einen Moment, »ob wir bei ihnen in der ersten Etage wohnen können.«

»Antonia!« Ihre Mutter sprang auf. »Wir können doch zusammenrücken.«

In diesem Moment liebte Antonia ihre Mutter noch mehr. Das Angebot rührte sie sehr. Für ihre Mutter gab es nicht zu wenig Platz, bei ihr würde sich alles finden. Trotzdem wäre es für die ganze Familie unbequem.

Die Zeiten waren hart.

Aus diesem Grund konnten ihre Eltern nichts zur Hochzeit beisteuern. Wohin sollte das alles noch führen? Vielleicht wusste ihr zukünftiger Ehemann Rat. Ihr Puls beschleunigte, als sie Mateos Gesicht vor sich sah. Mit ihm würde sie es weit bringen. Er war klug und tüchtig. Dank dieser Eigenschaften hatte er es zum Buchhalter gebracht. Er war belesen und würde Rat wissen. Ja, ihn würde sie fragen. Sobald die Lese beendet war.

»Mamá, wir wissen doch beide, hier ist nicht ausreichend Platz für alle, und ich will euch nichts wegnehmen. Warten wir ab, was Mateos Familie zu unserer Idee sagt. Groß genug ist ihr Haus ja.« Antonia gab ihrer Mutter einen Kuss auf die Stirn. »Ich komme dann später zum Feld, ja?«

Mit einer geübten Bewegung schlang sich Antonia ihre Haare zu einem Zopf und steckte ihn fest. Nach einem prüfenden Blick in den Spiegel strich sie ihr Kleid glatt und warf die Haustür hinter sich zu. Sie nahm den kürzeren Weg am Rand des Weinfeldes entlang. In der Ferne arbeitete ihre Familie zwischen den Rebenreihen. Der knorrige Johannisbrotbaum in der Mitte ihres Weinguts besaß etwas Magisches. Schon als kleines Mädchen hatte der über allem thronende Baum sie angezogen, auch im Winter, wenn es wenig zu tun gab. Während der Lese schützten seine ausladenden Äste sie zur Mittagszeit vor der brennenden Sonne, wenn sie die Weintrauben im Bottich stampften. Doch bevor sie wieder in die Trauben trat, musste sie mit Mateo sprechen.

2

Obwohl es bereits September war, brannte die Sonne vom Himmel, und kein Lüftchen regte sich. Die Berge der Serra de Tramuntana erschienen durch die flirrende Hitze wie hinter einem Dunstschleier. Sosehr sich die Erde einen erfrischenden Schauer wünschte, so sehr hofften alle Weinbauern auf weitere trockene Tage, um die Weinlese beenden zu können.

»Wo sind Mamá und Carla?«, fragte Leo seinen Vater, der seit dem Frühstück mürrisch schien. Etwas, das Leo überhaupt nicht nachvollziehen konnte. Was gab es Schöneres als die Arbeit in einem Weinfeld? Rispe für Rispe schnitt er mit der Schere ab. Sein Korb füllte sich, doch bevor er die frischen Trauben in den Bottich geben konnte, musste er ihn ausleeren.

Sein Vater streckte den Rücken durch und wies eine Reihe entlang. »Schau, da kommen sie.«

Mutter hatte das Weinfeld erreicht, rückte ihren Hut zurecht und stieg mit einer Schaufel in den Bottich. Carla nahm einen Korb und verschwand zwischen den Reihen, um mit Diego die Reben zu schneiden.

Leo stellte seinen gefüllten Korb am Bottich ab, holte die Schubkarre und ging zu ihr, damit sie die Traubenreste des

Vortags hineingeben konnte. Er liebte den Geruch der Schalenreste und freute sich, dass er sie gleich als Dünger an den Stöcken verteilen konnte. Für ihn schloss sich hier der Kreislauf eines Jahres und bereitete den Boden für ein neues Erntejahr. Irgendwann würde er seinen eigenen Weinberg haben und ihn zu einem Weingut machen, das über die Inselgrenzen hinaus bekannt wäre. Er hätte Angestellte, die sich unter seiner Anleitung um die Rebstöcke kümmerten, er würde den besten Wein der Insel keltern.

Sein Vater trat neben den Bottich. »Und?«

»Nichts«, antwortete Mutter.

Mit schief gelegtem Kopf sah er sie an. »Wie? Nichts?«

»Sie reden erst noch mit Mateos Eltern.« Mutter sah Vater herausfordernd an. »Antonia meint, es sei zu wenig Platz bei uns. Und sie hat recht.«

Vater sog scharf die Luft ein. »Zu wenig Platz? Dann bauen wir eben an!«

»Und von welchem Geld?«

Streit lag in der Luft. Und alles nur, weil Antonia heiraten wollte. Man sollte doch glauben, alle wären froh, dass sie endlich einen Mann gefunden hatte. Immerhin war sie bereits zwanzig!

Diego umwarb noch keine Frau, dabei war es für ihn längst Zeit. Das würde ihm nicht passieren, davon war Leo überzeugt. Überhaupt hatte er seine Zukunft klar vor Augen: ein erfolgreiches Weingut, die hübscheste Frau der Insel und wundervolle Kinder. Ja, seine Eltern würden vor Stolz platzen!

Doch anstatt froh über Antonias Heirat zu sein, schüttelte Vater den Kopf und ging wortlos davon. In den letzten

Wochen hatte er sich verändert. Er sah oft mit gerunzelter Stirn auf das Weinfeld. Auch seufzte er häufiger als noch vor einigen Monaten. Dabei waren die Trauben so gut wie nie!

Obwohl Leo nur hin und wieder heimlich einen Schluck des fertigen Weins probierte, wusste er genau, worauf es ankam. Selbst in die Gärbecken steckte er hin und wieder einen Finger und leckte ihn ab. Das schmeckte zwar scheußlich, aber auch sein Vater stellte so immer fest, wann es Zeit war, den nächsten Schritt zu einem guten Wein zu machen. Selbst die Unterschiede in der Fassreife konnte Leo mittlerweile gut erkennen und wusste um die Wirkung der verschiedenen Fassarten in Größe und Holzbeschaffenheit. Manchmal hatte er auch den Eindruck, er wüsste bereits viel mehr als Diego, der immer nur abwinkte, wenn er mit ihm über die Jahrgänge reden wollte. Etwas, das Leo nicht verstehen konnte. Zu spannend fand er den Einfluss des Wetters, den Zeitpunkt der Lese und alles, was danach noch kam. Schließlich schmeckten die Weine ja auch jedes Jahr anders.

Sein Vater sah zu den Bergen, Leos Blick folgte seiner Richtung. Die Berge wirkten klar und zum Anfassen nah. Doch dahinter ballten sich Wolken. Spätestens in zwei Tagen gab es Regen. Sein Vater müsste glücklich sein, die Erde brauchte den Regen, und in zwei Tagen wären sie mit der Lese fertig und die Ernte eingebracht.

Ohne Vorwarnung griff sich sein Vater ans Herz.

»Papá, was ist?« Leo rannte auf ihn zu. Zum ersten Mal in seinem Leben spürte er nackte Angst. Die Angst, seinen Vater zu verlieren.

3

Mateo öffnete ihr. »Ich wollte dich doch abholen.« Er nahm Antonia vor der Haustür seiner Eltern in die Arme. Sanft küsste er ihren Nacken.

»Ich habe es zu Hause nicht mehr ausgehalten.« Sie löste sich von ihm und fasste ihn an den Schultern. »Ich bin so aufgeregt. Du nicht?«

»Warum denn? Wir gehen jetzt rein und bereden alles.« Mateo nahm Antonias Hand.

Er war so von sich überzeugt, eine Eigenschaft, die Antonia sehr an ihm bewunderte.

Diese unverbesserliche Zuversicht. Mit ihm an ihrer Seite würde sie alles schaffen. »Glaubst du tatsächlich, sie lassen uns bei sich wohnen?«

»Aber selbstverständlich, Cariño! Und wenn nicht, findet sich schon alles. Wichtig ist doch nur, dass wir zusammen sind.«

Im Gegensatz zu Antonia schien sich Mateo keine Sorgen zu machen. Dabei war noch so vieles ungeklärt. Vermutlich nahm sie alles viel zu ernst. Nervös biss sie sich auf die Unterlippe.

»Wollen wir?«, fragte Mateo. Als sie zustimmte, öffnete er die Tür zum Esszimmer.

Mateos Mutter Elisa kam gerade aus der Küche und stellte Gläser auf den Tisch. »Da seid ihr ja schon«, rief sie und begrüßte Antonia mit einer festen Umarmung und Wangenküssen. »Alberto, sie sind da! Komm runter«, forderte sie ihren Mann auf und eilte in die Küche.

Mit einer Flasche Wein kehrte sie zurück. »Setzt euch, Kinder, setzt euch.« Ihre Wangen waren gerötet. Sie ahnte offenbar schon, was sie ihnen sagen wollten.

Während sie den Wein in die Gläser füllte, kam Alberto, grüßte Antonia herzlich und nahm neben ihnen Platz. »Nun?«, wandte er sich an Mateo.

Unter dem Tisch wischte Mateo seine Handfläche an der Hose ab, was Antonia amüsierte. Er war also bei Weitem nicht so ruhig, wie er zuvor behauptet hatte. Sie tastete nach seiner Hand und drückte sie aufmunternd.

»Wir müssen mit euch reden.« Mateo räusperte sich.

»Ach, Junge«, erlöste Mateos Vater ihn. »Wir wissen doch längst, wie ernst es euch ist. Ihr wollt also heiraten.« Er hob sein Glas. »Unseren Segen habt ihr.« Er sah zu Antonia. »Wir können uns keine bessere Schwiegertochter wünschen. Auf eure Zukunft!«

Mateos Mutter lächelte. »Und auf viele gesunde Enkelkinder!« Alberto prostete allen zu. »Lasst uns auf die Zukunft trinken!«

Ihre Herzlichkeit rührte Antonia. Mateo seufzte sichtlich erleichtert auf, bevor er anstieß und einen großen Schluck trank. Aber er schien vergessen zu haben, wegen des Obergeschosses zu fragen. Unter dem Tisch gab sie Mateo einen Tritt.

Mateo reagierte. »Da ist noch etwas. Bei Antonias Eltern ist kein Platz, und oben steht doch alles leer.«

»Oh«, unterbrach ihn sein Vater und blickte seine Frau Elisa an. »Sag du es ihnen.«

Antonia schaute gebannt von Alberto zu Elisa.

Mateo schien nicht weniger irritiert. »Was ist denn los?«

Elisa faltete ihre Hände im Schoß. »Wie du schon sagst, das Haus ist groß. Deine Geschwister sind aufs Festland gezogen. Deshalb haben wir es verkauft.«

Antonia erstarrte. Wo sollten sie nun wohnen? Im gleichen Augenblick kam sie sich schlecht vor. Dann würden sie eben bei ihren Eltern zusammenrücken müssen. Wie Vater schon vorgeschlagen hatte, könnte man auch anbauen. Irgendwie würde es sich schon finden.

»Das könnt ihr nicht machen!«, presste Mateo mit einer Wut in der Stimme hervor, die Antonia erschreckte. Mateos Eltern hatten jedes Recht, ihr Haus zu verkaufen, wenn das ihr Wunsch war.

»Warum nicht?« Elisa zog die Stirn in Falten. »Der Schuhmacher braucht ein größeres Haus und ...«

Antonia sah, wie Mateos Gesichtsausdruck versteinerte. Sie wollte keinen Streit. Beschwichtigend legte sie ihm die Hand auf den Arm.

»Kinder, lasst uns doch ausreden.« Alberto hob die Hand. »Wir haben ein kleineres gefunden und Geld übrig, das wir euch geben möchten«, sprach er weiter. »Damit könnt ihr euch selbst ein kleines Haus leisten.«

»Wie großzügig von euch.« Antonia konnte es kaum glauben. Ein eigenes Haus? Davon hatte sie nicht zu träumen gewagt.

»Ihr sollt euer eigenes Zuhause haben«, rief Elisa. »Aber die Enkelkinder müsst ihr mir regelmäßig bringen.«

Übermütig sprang Mateo auf, umarmte erst seinen Vater und anschließend seine Mutter. »Jetzt hättet ihr mich beinahe angeschmiert!«

Nicht nur beinahe, dachte Antonia. Für einen Moment war er vor Wut und Enttäuschung leichenblass geworden. Wie hätte er reagiert, wenn sie nichts bekommen hätten?

»Antonia, Liebling, ist das nicht wunderbar?«, wandte er sich nun strahlend an sie.

Ihre Beunruhigung über Mateos Stimmungswechsel wurde von dessen ansteckender Begeisterung erstickt. Bald würden sie ihr eigenes Zuhause haben.

4

Leo stand über seinen Vater gebeugt. »Was ist mit dir?« Seine Stimme überschlug sich vor Panik.

»Nichts, Leo, gar nichts ist mit mir.« Sein Vater wischte sich über die feuchte Stirn. »Mir war nur kurz ein bisschen schwindlig. Bring mir ein Glas Wasser.«

Als Leo losrannte, verzog sein Vater erneut das Gesicht vor Schmerz. Er war immer stark gewesen; ihn nun so zu sehen jagte Leo eine Heidenangst ein. So schnell er konnte, goss er ein Glas Wasser ein und eilte zurück. »Hier.« Leo hockte sich neben ihn.

In kleinen Schlucken trank Vater. »Danke.« Er strich Leo über den Kopf. »Es geht schon wieder.«

Trotz seiner Sorge schüttelte Leo die Hand ab. Immerhin war er vierzehn, fast ein Mann. Kein Mann ließ sich tätscheln! »Ich bin doch kein kleines Kind mehr«, protestierte er und wollte aufstehen.

Mit einem Griff zog sein Vater ihn zu sich heran. »Ach, Leo, ich weiß, du bist schon groß, aber manchmal will ich dir einfach nur zeigen, dass ich dich lieb habe.«

Die Worte seines Vaters stimmten Leos rebellisches Herz milde. »Ich dich auch.« Er legte seine Arme um ihn und drückte ihm einen schnellen Kuss auf die Stirn. »Doch über den Kopf kannst du künftig unserem Esel streichen.« Er kicherte wenig erwachsen.

Auch Vater lachte. Er schien wieder der Alte zu sein. Zumindest sah man ihm nichts mehr an. Vermutlich hatte er zu wenig getrunken. Leo wurde selbst ab und zu schwindlig, wenn er zu wenig gegessen oder getrunken hatte. Er wuchs im Moment schnell, und die Hitze des Sommers konnte einem zusetzen.

Trotzdem fragte sich Leo, ob er seiner Mutter von dem kleinen Schwächeanfall erzählen sollte. Er entschied sich dagegen, um Mutter nicht zu beunruhigen. Vermutlich war er nur nach der vielen harten Arbeit erschöpft. Sein Vater war stark und kräftig wie kein anderer. Den haute so schnell nichts um, davon war Leo überzeugt. Außerdem hatte er ja ihn an seiner Seite.

Leo wollte noch fleißiger helfen als jetzt schon, dann könnte sich sein Vater öfter eine kleine Pause gönnen. Diego arbeitete zwar hart mit, aber die Mühsal auf dem Weingut ging nie aus. Leo belastete es nicht, er liebte diese Arbeit, und er sog mit Begeisterung jede Information zum Weinanbau auf wie ein Schwamm.

»Ich habe Hunger.« Sein Vater stand auf. »Lauf zu deiner Mutter, und frag, ob es bald etwas zu essen gibt.«

Leo sah zu den Bergen. Die Wolkentürme über der Tramuntana bauschten sich immer höher. Sie mussten sich beeilen, wollten sie noch rechtzeitig mit der Lese fertig werden.

Besser, er half Mutter, den Bottich leer zu schaufeln, weil Antonia immer noch nicht gekommen war. Mutter stand die Anstrengung ins Gesicht geschrieben. In den letzten Monaten schien sie gealtert. Auch sie sorgte sich wohl. Leo verstand seine Eltern nicht. Die Ernte war so gut wie nie! Sie sollten sich freuen und guter Dinge sein. Eifrig leerte er den Bottich, damit er wieder mit Trauben gefüllt werden konnte. Anschließend wollte er sich ums Mittagessen kümmern, damit Vater wieder zu Kräften kam.

5

Carla schleppte einen vollen Korb zum Karren. Ihr Magen knurrte. Zeit fürs Mittagessen. Der Tisch war noch nicht gedeckt. Von Antonia fehlte jede Spur. Wut stieg in ihr hoch. »Ist Antonia immer noch nicht hier?«, maulte sie und schüttete die Trauben auf die Ladefläche.

Nun durfte sie sich auch noch um den Mittagstisch kümmern. Mit dem Handrücken wischte sie sich den Schweiß von der Stirn. Es war nicht fair, dass sich ihre Schwester zum Ende der Erntezeit einen faulen Tag mit Mateo machte, während sie hier schuftete wie ein Maulesel. »Alles muss ich allein machen.« Lieblos warf sie das Brot auf den Tisch.

»Carla!«, rief ihre Mutter sie zur Ordnung und stieg aus dem Bottich. »Es schadet dir nicht, wenn du auch mal hilfst.«

»Auch mal helfen? Ich mache doch den ganzen Tag nichts anderes!« Nun bekam sie auch noch Ärger, nur weil sie Antonias Aufgaben übernehmen musste. Wie ungerecht! Murrend holte sie Tomaten, Olivenöl und Wein aus dem Korb.

Ihr Vater schlurfte müde in den Schatten des Johannisbrotbaums, rückte den wackeligen Tisch zurecht und setzte sich auf die alte Holzbank.

Diego goss Wein und Wasser in die Gläser, als Antonia auf sie zueilte. Pünktlich zum Essen war sie natürlich da. Carla hasste es, wie Antonia sich im Moment aufführte. Alles drehte sich nur um sie! Um sie und ihre doofe Hochzeit!

Carla hatte gute Lust, ihrer Schwester das Brot an den Kopf zu werfen. Doch das würde ihr nur weiteren Ärger einbringen.

»Da bist du ja«, rief ihre Mutter. »Und? Was haben sie gesagt?« Sie setzte sich an den gedeckten Tisch und klopfte mit der Hand auf den leeren Stuhl, der neben ihr stand.

Antonia strahlte über das ganze Gesicht, was Carla nun doch neugierig machte. Vielleicht hatte sie das Schlafzimmer bald für sich alleine. Das wäre nicht die schlechteste Nachricht.

»Ihr werdet es nicht glauben, aber Mateos Eltern verkaufen ihr großes Haus. Von dem Erlös geben sie uns Geld für ein eigenes Zuhause, und die Feier können wir auch davon bezahlen.«

Carlas Groll wich Vorfreude. Ein eigenes Zimmer! Es würde herrlich werden, nicht mehr auf ihre große Schwester Rücksicht zu nehmen, wenn sie nachts mal aufs Häuschen musste und die Petroleumlampe anzündete. »Und wo wollen sie wohnen?«, fragte Carla misstrauisch. Irgendwo musste es einen Haken geben. Den gab es schließlich immer.

»Sie kaufen natürlich ein anderes Haus, ein kleineres. Dann bleibt genug übrig.«

»Und wo zieht ihr hin?« Ein nervöses Magenflattern breitete sich in Carla aus, der Hunger war verschwunden.

»Ich weiß es noch nicht.«

Was, wenn ihre große Schwester weit wegzog? Dann würden sie sich kaum noch sehen. Das war also der Haken. Mit wem sollte sie dann auf die Brüder schimpfen? Wenn

Antonia fortging, müsste sie sich mit den beiden alleine herumschlagen. Mit Diego kam sie ja noch gut aus, aber Leo spielte sich in letzter Zeit auf, als wäre er der Gutsherr und könnte sie herumkommandieren.

»Das ist ja großartig!« Ihre Mutter klatschte begeistert in die Hände und umarmte Antonia. »Wie ich mich für euch freue!«

Mürrisch schnappte Vater sein Weinglas. »Ja, großartig, wirklich«, brummte er. »Nur wir können nichts dazugeben.«

»Ach, Papá, freu dich doch mit mir ... also mit uns«, bat Antonia. »Wir wissen doch, dass ihr uns alle Unterstützung gebt, die ihr leisten könnt.«

Was reichlich wenig war, dachte Carla bei sich. Sie hatte durchaus mitbekommen, wie in der letzten Zeit gespart wurde, weil der Weinmarkt eingebrochen war. Längst hätte sie ein neues Kleid gebraucht. Doch ihr Wunsch blieb unerfüllt. Mutter hatte zu Nadel und Faden gegriffen und den überschüssigen Saum unten herausgelassen, damit die Länge mit Carlas Wachstum mithielt.

Carla betrachtete die von der Arbeit der letzten Wochen erschöpften Gesichter ihrer Familie. Für Antonia war es gut ausgegangen, sie hatte einen Mann, der ihr etwas bieten konnte. Was war mit ihr? Besser, sie suchte sich einen reichen Mann, der sie gut versorgen konnte. Vielleicht sogar ausreichend Geld hatte, das Weingut zu modernisieren. Augenblicklich verlor sie sich in Tagträumereien.

Leo saß neben Diego auf der Bank und schüttelte den Kopf. »Du ziehst also weg. Und wer soll deine Arbeit übernehmen?«

»Ich natürlich«, sagte Antonia. »Wir werden ein passendes Haus im Gemeindegebiet finden. Es muss ja nicht mitten im

Dorf liegen. Ein wenig außerhalb gibt es bestimmt was. Aber selbst wenn es in Biniali wäre, ist das nur ein Katzensprung. Was würde ich nur ohne unseren Wein machen?«

Carla wunderte sich über Leo. Was interessierte es ihn, ob Antonia weiterhin auf dem Feld mitarbeitete? Er müsste auf keinen Fall Antonias Aufgaben übernehmen, sollte sie in einem Nachbarort eine andere Arbeit annehmen. Dafür war er noch nicht alt genug, und in einen Bottich steigen würde er sowieso nicht. Das Stampfen der Trauben war schon immer Frauenarbeit gewesen. Es würde also alles an ihr hängen bleiben.

Nach dem Essen stieg Carla mit Antonia in den Bottich. Diego und Leo brachten die Trauben.

Mit festem Tritt stampfte Carla mit ihrer Schwester im gleichen Rhythmus die Weintrauben zusammen. Der Duft des Rebensaftes stieg ihr fruchtig-süß in die Nase. Carlas Waden schmerzten von der Anstrengung, doch sie ließ es sich nicht anmerken, da Antonia unbeirrt weiterstampfte.

Manchmal fragte sich Carla, ob sich die viele Arbeit im Weingut noch lohnte. Ihr Vater legte seine Arbeitsschere ab und ging hinter Diego her, der mit dem vollen Korb auf sie zukam. Noch eine Fuhre Trauben. Carla stöhnte innerlich. Wie schon die vergangenen Abende würde sie nach dem Abendbrot völlig erschöpft ins Bett fallen.

Sie blickte nach unten. Ihre Waden versanken bis zur Mitte im dunklen Lilarot der Trauben. Noch diese Fuhre, dann hatten sie es geschafft.

Nur das letzte Drittel der Lese verarbeiteten sie direkt auf dem Feld, die anderen zwei Drittel brachten sie als ganze Trauben zur Weiterverarbeitung in die kühlere Halle mit den Gärbecken. So konnten sie die Qualität der Trauben gewährleisten, denn gerade zum Ende der Lese, wenn noch große Hitze herrschte, nahmen die empfindlichen Früchte leicht Schaden. Das wusste Carla, und nur, weil das Ende der Ernte in Sicht war, hielt sie das von Antonia vorgegebene Tempo durch.

6

Antonias Aufregung nahm zu, je näher der Tag ihrer Hochzeit rückte. Noch immer hatten sie kein passendes Haus gefunden. Ihre Eltern fragten sie täglich, ob sich in Sachen Hauskauf etwas getan hatte. Mateos Eltern waren längst ins neue Haus gezogen. Nur sie hatten kein eigenes Dach über dem Kopf.

Wo würden sie ihre Hochzeitsnacht verbringen? Im Haus ihrer Eltern?

Die Gedanken um ihre Zukunft begleiteten Antonia während des Essens.

Ein lautes Klopfen riss sie aus ihren Gedanken.

»Ich gehe«, brüllte Carla und war schon auf den Beinen. Keine drei Minuten später stand sie mit Mateo in der Küche.

»Bon dia«, wünschte er der ganzen Familie einen guten Tag. »Ich muss mit dir sprechen, bevor du an die Arbeit gehst. Es ist wichtig.«

Mutter lächelte nachsichtig. »Aber natürlich, wir kommen in der Bodega schon zurecht.«

Antonia hörte Carlas Schnauben. Ihre kleine Schwester sah das offenbar anders, aber darauf konnte sie keine Rücksicht nehmen. Leider konnte sie Mateos Gesichtsausdruck nicht deuten. »Gut, lass uns gleich gehen.«

Antonia begrüßte Mateo mit einem Wangenkuss und verließ mit ihm das Haus. Da sie nun schon zusammen waren, wollte Antonia später die Gelegenheit nutzen, ihn zu fragen, ob er eine Idee hätte, wie man den elterlichen Betrieb wirtschaftlicher gestalten könnte.

Gewohnheitsmäßig blickte sie in die Berge. Dichte Wolken kündigten den lang ersehnten Regen an. Die Ernte war sicher in der Kellerei eingebracht.

»Was gibt es denn? Hast du ein Haus gefunden?« Egal, wie das Haus aussah, Antonia überlegte bereits seit Tagen, während sie die Trauben gestampft hatte, welche Stoffe sie gerne auf den Polstern hätte. In anderen Momenten sah sie sich bereits für die Familie, die sie sich beide wünschten, nach der Arbeit in der Küche stehen, um das Abendessen vorzubereiten.

»Es geht um etwas anderes.« Mateo blieb stehen und wies auf die Bank mit Blick auf die Tramuntana. »Setz dich doch bitte.«

Mit einer Handbewegung fegte er die Blätter von der Bank. Seine Stimme klang verunsichert, fast brüchig.

»Es geht nicht um das Haus?« Ihre neue Bleibe war doch das wichtigste Thema seit Tagen.

Etwas verlegen schüttelte Mateo den Kopf.

Antonias Magen zog sich schmerzhaft zusammen. »Was ist los? Du kannst mir alles sagen.«

»Setzen wir uns doch.«

Das letzte Licht der nachmittäglichen Sonne wurde von den dunklen Gewitterwolken verschluckt.

»Antonia, es tut mir leid, aber es wird hier kein Haus geben.«

»Was?« Sie glaubte sich verhört zu haben. Schnell fing sie sich wieder. »Dann bauen wir bei meinen Eltern an.« Antonia war in solchen Dingen sehr pragmatisch und suchte immer umgehend nach einer Lösung. Der Anbau wäre eine Lösung. Vorerst zumindest.

Nervös wischte Mateo seine Handflächen an der Hose ab, bevor er ihre in seine Hände nahm. »Ich habe meine Arbeitsstelle verloren.« Kaum hatte er es ausgesprochen, ließ er den Kopf hängen. »Es tut mir leid.«

»Was? Aber …« Das durfte nicht passiert sein. Es gab nicht viele Stellen für Buchhalter auf der Insel. Und schon gar keine gut bezahlten. »Was ist geschehen?«

»Antonia«, unterbrach Mateo. »Sie verlegen ihren Sitz nach Barcelona. Du weißt selbst, dass es die einzige Papiervertriebsgesellschaft hier ist, und sie setzen zu wenig auf Mallorca um.«

»Oh.« Zu mehr Reaktion war Antonia nicht imstande. Sie stand auf und ging einmal um die Bank herum. Mit vor der Brust verschränkten Armen blieb sie vor ihm stehen. »Das Geld deiner Eltern wird nicht ewig reichen. Glaubst du, du findest hier bei einer anderen Firma eine Anstellung als Buchhalter?«

Mateo schüttelte den Kopf. »Die Zeiten sind nicht rosig. Es gibt nicht viele große Firmen, die einen Buchhalter beschäftigen.«

»Dann gehen wir eben mit deiner Firma nach Barcelona und bauen uns da etwas auf.« Sofort hielt sie sich die Hand vor den Mund. Ihre Ideen kamen mal wieder schneller, als ihr Verstand die Konsequenzen bedachte. So oft ermahnte sie sich selbst, ihre Vorschläge erst gründlich zu überdenken, bevor sie sie vortrug. »Also … ich meine … nein, so habe ich das nicht gemeint«, stotterte sie und setzte sich mit hängenden Schultern neben Mateo.

Der wiederum sprang auf. »Aber warum denn nicht? Das ist eine tolle Idee!« Er setzte sich wieder. »Ehrlich gesagt … Ich habe auch schon darüber nachgedacht.«

Antonia sah Mateo erschrocken an. Sie wollte nicht von hier weg. Von ihrer Familie. Von ihrem Weinfeld. Von der Insel.

»Antonia, ich weiß, du hängst an deiner Familie. Aber hier gibt es keine Zukunft für uns. Wir müssen fort. Barcelona wäre eine Möglichkeit. Allerdings nicht bei meiner Firma. Die Papierfabrik beschäftigt dort schon Buchhalter. Sie brauchen mich dort nicht.« Er nahm erneut ihre Hände. »Aber, wir könnten noch weiter weggehen«, flüsterte er. »Dorthin, wo wir gebraucht werden und wo unsere Arbeit Erfolg versprechend ist.«

Antonia zog die Augenbrauen zusammen. »Noch weiter weg?« Sie sollte ihre Familie verlassen? Ihr ganzes Leben aufgeben? Fortgehen?

»Es gibt keine andere Möglichkeit.«

Erschrocken stieß sie Mateo von sich. »Bist du verrückt geworden?« Antonia fuhr herum und rannte los. Wie konnte er nur so eine wichtige Entscheidung treffen, ohne mit ihr vorher zu sprechen?

Erste Blitze zuckten in der Ferne und erhellten die Berggipfel. In wenigen Augenblicken würden die Wolken sich über der Insel ausschütten.

»Warte«, rief Mateo. »Lass uns doch in Ruhe reden.«

Doch Antonia hörte nicht auf ihn. Was gab es schon zu reden? Er hatte sich entschieden. Und sie sollte sich seiner

Entscheidung beugen. Er entschied über ihr Leben, und das, noch bevor sie verheiratet waren. Sollte sie ihn überhaupt heiraten? Tränen liefen ihr die Wagen hinab, sie rannte tränenblind weiter, als wollte sie vor ihren eigenen Gedanken davonlaufen.

Carla sah sie neugierig an, als sie völlig außer Atem zu Hause ankam. »Was ist denn mit dir los? Ärger im siebten Himmel? Kommst du nun endlich noch in der Bodega helfen?«

Ohne ihr zu antworten, stürmte Antonia auf ihr Zimmer, warf sich aufs Bett und lauschte dem heulenden Wind, der ums Haus pfiff. Ihre Gedanken wirbelten durcheinander wie die Blätter, die der Wind von den Bäumen fegte.

Als Carla das Zimmer betrat, hatte Antonia immer noch keine Lösung gefunden. Sie gab vor, bereits zu schlafen. Noch wollte sie mit niemandem reden. Erst musste sie eine Lösung gefunden, eine Entscheidung getroffen haben.

Was sollte nur aus ihnen werden? Konnte sie Mateo unter diesen Umständen überhaupt heiraten? Liebte sie ihn genug, um ohne ihre Familie glücklich leben zu können?

Die ganze Nacht jagten Donner und Blitz über die Inselmitte, erst am Morgen lugte ein Stückchen blauer Himmel hervor. Die ersten zarten Sonnenstrahlen brachen durch die Wolken, und Antonia riss das Fenster auf. Mateos Nachricht hatte sie die halbe Nacht wach gehalten. Aber sie war zu einer Entscheidung gekommen. Sie wollte sich seine Idee wenigstens anhören.

Zuversichtlich atmete sie die frische Luft ein. Der sonnige Morgen vertrieb auch die dunklen Schatten der durchwachten Nacht. Es würde sich schon alles finden, solange sie sich liebten. Davon war Antonia überzeugt.

Ihr Blick fiel auf Carla, die sich müde auf die andere Seite rollte. Bald würden sie nicht mehr gemeinsam unter einem Dach leben. Umso mehr sollten sie die Zeit zusammen noch genießen.

»Hey, du Schlafmütze. Die Sommerferien sind zu Ende, du musst heute in die Schule, also raus aus den Federn.« Antonia zupfte an Carlas Decke. Das missmutige Brummen brachte sie zum Lachen. »Wer soll dich künftig nur wecken?« Sie legte den Kopf schief. »Ich könnte Diego bitten, morgens einen Eimer Wasser über dir auszuschütten. Dann wärst du auch gleich gewaschen.«

»Du bist gemein.«

»Das liegt wohl in der Familie.« Immer noch lachend, verließ Antonia das Zimmer und ging hinunter in die Küche. Es schien, als hätte der Regen ihre Bedenken weggespült. Warum eigentlich nicht das Festland? Es boten sich dort sicher viel mehr Möglichkeiten als hier auf der Insel. Zwar trennte Mallorca und Barcelona bloß eine kurze Schiffsreise, doch gab es auf dem Festland noch viele andere Städte. Ein Familienbesuch wäre dann aufwendiger, da noch eine Zugfahrt hinzukäme, aber immerhin gäbe es diese Möglichkeiten.

Vor der Küchentür hielt Antonia inne. Ihre Eltern unterhielten sich flüsternd. Das taten sie sonst nie. Sosehr sie sich auch anstrengte, sie konnte nichts verstehen, also öffnete sie die Tür. »Bon dia.«

Beide verstummten.

»Was ist los?« Antonia sah in die erschrockenen Gesichter ihrer Eltern. »Ihr könnt mir nichts mehr vormachen.«

Ihr Vater rieb seine Hände aneinander. »Na ja«, fing er an, »ich habe da so eine Idee.«

Während des Frühstücks erläuterte er Antonia den Plan, die Trauben an den Brandyhersteller Suau zu verkaufen, der seinen Brandy nur aus selbst gekelterten und zu Wein vergorenen Trauben herstellte. Den bereits gepressten Teil müssten sie selbst zur Weinherstellung nutzen. »Das würde uns wenigstens einen Teil der Einnahmen absichern. Was sagst du dazu?«

Ihre Eltern brauchten keinen Rat von Mateo, sie würden es aus eigener Kraft schaffen, stellte Antonia erleichtert fest. »Das ist eine großartige Idee!«

»Morgen fährt dein Vater nach Palma, um das mit Suau zu besprechen.« Mutter reichte ihr eine zweite Scheibe Brot.

»Papá, schieb das nicht auf, sonst kommt dir noch ein anderer zuvor. Willst du nicht Jaume mit ins Boot holen?« Antonia biss in ihr Brot. Jaume war Vaters Freund. Er würde vermutlich ebenfalls auf seinen Trauben sitzen bleiben. »Oder fürchtest du, dass schon unsere Ernte zu viel ist, um sie an Suau zu verkaufen?«

Ihr Vater schluckte den letzten Bissen hinunter. »Ich wollte Jaume gestern bei der Ernte helfen, aber er war betrunken und hat mich angefahren, ich solle mich um meinen eigenen Kram kümmern. Also werde ich genau das tun.«

»Jaume ist verzweifelt«, sagte Mutter. »Und wie du schon sagtest, er war betrunken.« Sie leerte ihr Glas Wasser. »Und trotzdem frage ich mich, ob er uns nicht doch belauscht hat, als wir über deine Idee gesprochen haben.«

»Wäre er nüchtern gewesen, hätte ich das mit ihm zusammen gemacht. Aber so? Er trinkt zu viel und lässt sich von mir nichts sagen. Stell dir vor, er würde so bei Suau auftauchen. Nein, das können wir uns nicht erlauben.«

Antonia setzte mit noch vollem Mund nach: »Suau könnte unsere Rettung sein. Er wird sicherlich gut für unsere Ernte bezahlen. Und sollte er noch Trauben brauchen, kannst du Jaume immer noch informieren.«

Mutter stimmte ihr zu. »Antonia hat recht. Außerdem müssen wir sonst mit der Verarbeitung der Trauben beginnen, damit der Saft in die Gärbecken kann. Soll ich dich begleiten?«

»Was habe ich nur für kluge Frauen um mich.« Vater erhob sich und lächelte. »Deshalb habt ihr kein Wahlrecht. Ihr würdet die Männer in die Knie zwingen.«

Er zwinkerte Mutter zu, und erneut erkannte Antonia die große Liebe zwischen den beiden. So würde es auch zwischen ihr und Mateo sein. Egal, wo sie leben würden, die Liebe gab ihnen die nötige Kraft, alles zu überstehen.

»Also gut, in einer Stunde fahren wir mit der Kutsche zur Bahnstation. Ich hole noch die Bilanzen der letzten Jahre.«

Antonia straffte den Rücken. Sie musste ihre Eltern über die letzten Neuigkeiten informieren. »Mateo hat seine Arbeit verloren.« Sie stand auf und stellte ihren Teller in die Spüle.

»Warum das denn?«, fragte ihre Mutter. »Hat er sich was zuschulden kommen lassen?«

»Wie kommst du darauf?«

»Ach, im Dorf hat jemand gesagt, es hätte in der Papierfabrik Unregelmäßigkeiten gegeben.«

Davon hatte Antonia noch nichts gehört. Außerdem glaubte sie Mateo. Warum sollte er sie anlügen? »Die Firma schließt hier auf der Insel«, erklärte sie ihren Eltern. »Sie werden die Insel vom Festland aus beliefern. Nun müssen wir besprechen, wie es weitergeht. Aber macht euch keine

Sorgen. Es findet sich schon alles.« So unbekümmert, wie Antonia sich gab, fühlte sie sich auf einmal nicht mehr. Ihre Zuversicht, die sie nach dem Aufstehen noch empfunden hatte, schien sich aufgelöst zu haben. Bestimmt war an diesem Gerede von Unregelmäßigkeiten nichts dran. Mateo war zuverlässig. Aber es half auch nichts, ihre Eltern noch zu beunruhigen und ihnen von Mateos Plänen zu erzählen, solange es noch gar nichts Konkretes zu berichten gab. Ob sie tatsächlich auf das Festland gingen?

Auch wenn Antonia versucht hatte, zuversichtlich zu klingen, bedrückte sie der Gedanke, gerade jetzt, wo auf dem Weingut jede Hand gebraucht wurde.

Carla rannte in die Küche, griff sich eine Scheibe Brot und winkte zum Abschied, bevor sie aus der Tür stürmte. Sie war spät dran für die Schule, wie so oft. Ob Carla jemals rechtzeitig aus dem Bett kroch, um in Ruhe zu frühstücken?

Leo war schon längst auf dem Weg in die Schule. Antonia betrachtete den vollgestellten Tisch. Ihre Eltern hatten sich nach dem Gespräch auf den Weg begeben. Der Abwasch blieb nun an ihr hängen. Im Grunde kam ihr der kleine Aufschub gelegen. Sie fürchtete sich, trotz ihrer Zuversicht, vor dem Gespräch mit Mateo.

Nachdem die Küche blitzte, das Brot für den Mittag gebacken und das reife Gemüse aus dem Beet abgeerntet auf dem Küchentisch lag, gab es für Antonia nichts mehr im Haus zu tun. Sie flocht sich den Zopf neu, kontrollierte ihr Kleid auf Sauberkeit und verließ ebenfalls das Haus. Auf dem kurzen Weg zu Mateos Eltern wollte sie ihre Gedanken nochmals ordnen. Antonia nahm deshalb einen Umweg über die Weinfelder.

Sie blinzelte gegen die Sonne. Kam ihr da jemand auf ihrem Feld entgegen? Mit der Hand beschattete sie ihre Augen. Der Gang, die Statur. Mateo ging auf sie zu. Als er sie entdeckte, beschleunigte er seinen Schritt. »Cariño, es tut mir so leid!« Er breitete die Arme aus, und sie warf sich hinein.

»Mir tut es auch leid. Ich hätte dich anhören sollen.«

»Und ich hätte keine Entscheidung treffen dürfen, ohne mit dir zu sprechen.«

Nach einem tiefen Blick in die Augen küssten sie sich leidenschaftlich. Ihr erster großer Streit entfachte nun ein Feuer in ihr, das sie am liebsten hier auf dem Feld gelöscht hätte. Erschrocken über sich selbst, löste sie sich von Mateo.

In Mateos Augen erkannte sie ebenfalls ein nie gesehenes Funkeln. Doch das musste warten, hier ging es um ihre Zukunft. »Also, was hast du für Pläne?«

»Danke, dass du mich anhörst.« Er griff nach Antonias Händen und zog sie erneut an sich. »Bei deinem Temperament hatte ich befürchtet, du würdest die Hochzeit platzen lassen.«

Antonia lächelte. Das hatte er verdient. Nur weil er ein Mann war, durfte er nicht so über ihren Kopf hinweg ihr Leben bestimmen. Das gehörte sich nicht.

Sie gingen zu dem ausladenden Johannisbrotbaum, unter dem sie sonst ihr Mittagessen einnahmen, wenn sie auf dem Weingut arbeiteten. Antonia setzte sich. »So, ich bin bereit.«

Mateo setzte sich zu ihr. »Erinnerst du dich an meinen Freund, der nach Venezuela ausgewandert ist? Er hat dort sein Glück gemacht. Ich hatte schon vor vielen Wochen Kontakt mit ihm, und er erzählte, auf Kuba könne man als Spanier gut sein Auskommen haben. Die Arbeitskräfte sind billig, die Schwarzen arbeiten fleißig, murren nicht, und wir könnten uns dort mit einem Weingut selbstständig machen.«

»Kuba? Wo liegt das?« Antonia hatte zwar schon davon gelesen, dass viele Spanier vom Festland nach Kuba auswanderten, aber wo das lag, wusste sie nicht.

»Das ist eine karibische Insel. Kolumbus hat sie entdeckt, und sie soll reich an Bodenschätzen sein. Die Erde ist fruchtbar, und die Erträge sind groß.« Mateos Augen leuchteten immer noch. Dieses Mal vor Begeisterung.

Kuba. Es sollte wie Mallorca eine Insel sein. Und sie sollten dort Wein anbauen? Davon verstand Antonia etwas, und wenn die Erträge wirklich so gut waren, könnte sie ihre Eltern nachholen. Und Carla. Auch Diego, denn wo eine Insel war, gab es auch Meer, und er könnte dort Fischer werden. Leo wäre überall glücklich, solange er Wein um sich hatte. Vielleicht war es ein Wink des Schicksals. »Können wir uns mit dem Geld deiner Eltern überhaupt ein Grundstück mit Weinstöcken leisten?«

»Ich habe per Brief bei einem Grundstücksmakler angefragt, damit er mir einige Angebote zusendet.« Mateo rutschte von der Bank und kniete sich vor Antonia nieder. »Du würdest mitkommen?«

Für einen Augenblick zögerte Antonia. »Wenn du mir versprichst, dass wir meine Familie nachholen, wenn die Ernten gut ausfallen und wir Hilfe auf dem Weingut brauchen.«

»Versprochen. Ich werde alles tun, um dich glücklich zu machen.«

Antonia fiel ihm um den Hals und küsste ihn übermütig. Auch wenn sie nicht wusste, wo Kuba lag, sie würden ihr Glück finden. Davon war sie überzeugt.

Gleich am Abend würde sie diese Nachricht ihren Eltern beibringen. Und bis zu ihrer Abreise würden sie eben noch getrennt leben, obwohl sie dann verheiratet waren. In beiden Häusern war kein Platz für ein frisch vermähltes Ehepaar. »Wann bekommst du die Angebote?«

»Mach dir keine Gedanken, ich kümmere mich um alles. Ich weiß genau, worauf es ankommt.« Er zwinkerte ihr zu. »Weißt du, ich habe zufällig eine Verlobte, die Winzerin ist und die mir alles über den Weinanbau erklärt hat. Und was die Zahlen und Verträge angeht, hast du den passenden Mann an deiner Seite.«

Ja, wenn sich jemand mit Verträgen auskannte, dann wohl ein Buchhalter, der mit Zahlen und Paragrafen arbeitete. »Deine Winzerin muss sich nun an die Arbeit machen. Willst du ihr helfen?«

Mateo verzog das Gesicht. »Tut mir leid, meine Eltern brauchen mich.«

»Gut, dann sehen wir uns heute Abend?«

»Natürlich.« Mateo stand auf und ging durch den Weinberg zurück zu seinen Eltern.

Gedankenverloren spazierte Antonia nach Hause. Kuba. Wie es da wohl aussah? Und Mateo hatte schwarze Menschen erwähnt. In der Schule hatte sie auch von der Abschaffung der Sklaverei gehört, und sie konnte sich gar nicht vorstellen, wie es Menschen gab, die glaubten, andere besitzen zu können. Gut, dass es das von Gesetz wegen nicht mehr gab. Seit ihr eine Freundin das Buch *Onkel Toms Hütte* zum Lesen geliehen hatte, wusste sie um die Grausamkeit und Ungerechtigkeit der Sklaverei. Der arme Tom wurde von seiner Familie getrennt und sah sie nie wieder. Was hatte sie mit ihm gelitten und geweint. Sie liebte dieses Buch, es war für sie eine Ermahnung, alle Menschen gleich zu behandeln. Dennoch war sie neugierig, wie diese Menschen in Kuba wohl waren? Hatten sie andere Traditionen? Feierten sie Weihnachten? Sie wusste nichts über dieses Land, und dennoch war sie bereit, mit Mateo dort hinzugehen.

Die Arbeit in der Kellerei ging ihr schlecht von der Hand. Sie war unkonzentriert.

Diego beobachtete sie, was ihr nicht verborgen blieb. Obwohl sie sich zusammennahm, merkte sie selbst, wie langsam sie die Fässer kontrollierte.

Irgendwann kam er auf sie zu. »Raus mit der Sprache. Was beschäftigt dich?«

»Nichts. Was soll schon sein?«

»Weil du schon seit zwanzig Minuten in das Gärfass starrst, ohne den Gärstand zu überprüfen.«

»Müssten nicht Vater und Mutter zurück sein?« Antonia prüfte die Gärung, gab etwas Zucker hinzu und legte den Holzdeckel auf das Fass.

»Raus mit der Sprache«, forderte Diego und nahm ihr die Zuckerkelle aus der Hand. »Was ist es?«

»Wir werden nach Kuba gehen«, platzte es aus Antonia heraus. »Und wenn wir uns dort eingelebt haben, dann kommt ihr alle nach. Die Ernten sollen dort ertragreich sein. Hier ist doch nichts mehr zu erreichen. Deshalb sind Vater und Mutter ja zu Suau gefahren, um ihm die Trauben zu verkaufen.« Je mehr Antonia ihrem Bruder von ihren Plänen erzählte, desto überzeugter war sie selbst davon. »Und du

könntest dort auch als Fischer arbeiten. Wäre das nicht großartig?«

»Du bist noch nicht mal dort und willst mich schon überzeugen? Kuba. Weißt du etwas darüber?« Diego lehnte sich
an das Zuckerfass. »Ich weiß nicht, ob das vernünftig ist. Ein
fremdes Land. Keine Freunde.« Er schüttelte den Kopf. »So
schlecht ist es hier auch wieder nicht.«

»Es ist aber auch nicht gut.«

Sie öffnete das nächste Gärfass und forderte Diego mit
einem Kopfnicken auf, den Zucker einzustreuen. Das musste viermal am Tag gemacht werden, damit die Hefe den Alko-
holgehalt perfekt erzeugte. Zu viel Zucker, und der Wein
verdarb, zu wenig, und er würde wässrig schmecken. »Der
Weinanbau kann nicht alle von uns ernähren. Nicht hier.«

»Aber auf Kuba? Wer sagt das?« Diego gab den Zucker in
das Fass.

Antonia schloss den Deckel und ging zum nächsten Fass.
»Mateo, seine Freunde sind ausgewandert, nach Venezuela,
und sie empfehlen neuen Auswanderern Kuba, dort sei noch
Geld zu verdienen.«

Diego hielt in der Bewegung inne. »Und das ist alles, was
ihr wisst? Das ist Wahnsinn.«

»Den Mutigen gehört die Welt!« Sie sagte es leichthin,
obwohl sie Diegos Bedenken teilte. Doch was war hier ihre
Zukunft? Und wenn andere Erfolg hatten, warum nicht
auch sie?

Leo stürmte in die Kellerei. »Vater wurde niedergestochen!
Der versoffene Jaume hat ihn fast getötet.«

Antonia ließ den Gärdeckel fallen. Der Knall ließ sie
zusammenzucken. »O mein Gott!«

»Wird Vater es überleben? Ist er schwer verletzt?« Diego hob den Deckel auf und verschloss das Fass. »Wo ist er?«

»In einer Klinik in Palma. Mutter hat einen Boten schicken lassen.« Leos Gesicht war feuerrot vor Aufregung.

»Was sagen die Ärzte? Wird er wieder gesund?« Antonia würde am liebsten die Informationen aus Leo herausschütteln.

»Ja, es wird ein bisschen dauern, doch er hat Glück gehabt. Mutter sagt, wir sollen uns um das Weingut kümmern. Sie wird Vater pflegen.«

Diego sah es wohl auch so. Er nahm eine Flasche Wein aus einem der Verkaufsregale und goss drei Gläser ein. »Wo ist Carla?«

»Sie hat noch mit einer Freundin gesprochen, da bin ich vorgelaufen«, erklärte Leo. Hastig trank er einen Schluck aus dem angebotenen Glas. »Oh, der ist gut. Vom letzten Jahr?«

Antonia schüttelte fassungslos den Kopf. Wie konnte Leo sich in einem solch tragischen Moment auf den Geschmack des Vorjahresjahrgangs konzentrieren? Es ging um das Leben ihres Vaters.

»Ach, da seid ihr.« Carla stellte die Schultasche auf dem Boden ab. Sie sah die Gläser auf einem Fass stehen und blickte ungläubig von einem zum anderen. »Was ist geschehen?«

»Vater wurde von Jaume schwer verletzt, und Antonia ...«, er unterbrach seine Ausführungen, als sie heftig den Kopf schüttelte. Es war der falsche Moment, um ihren Geschwistern von ihren Plänen zu erzählen. Erst musste Vater wieder völlig gesund sein, vorher war an Auswanderung nicht zu denken.

»Jetzt trinkt jeder ein Glas Wein, um die Nerven zu beruhigen.« Antonias Stimme klang bestimmt. »Dann kümmern wir uns um die Arbeit, und morgen ist ein neuer Tag.«

Ohne zu murren, machten sich alle an die Arbeit. Als sie fast fertig waren, ging Antonia nach Hause, um das Essen vorzubereiten. Sie schnitt das am Morgen gebackene Brot, stellte eine Karaffe Olivenöl auf den Tisch, dazu etwas Käse und die Tomaten aus dem Gartenbeet. Das musste genügen. Es war schon spät. Der anstrengende Tag steckte ihr in den Knochen, und sie sehnte sich nur noch danach, nach dem Essen ins Bett zu gehen und bis zum nächsten Morgen zu schlafen. Sie hoffte, die Sorge um den Vater würde sie nicht die halbe Nacht wach halten.

Was, wenn er es doch nicht überlebte? Der Gedanke blieb hartnäckig in Antonias Kopf. Auf gar keinen Fall könnte sie Mutter im Stich lassen, niemals. Das durfte einfach nicht sein! Und wenn doch?

Dann müsste Antonia bleiben, und Diego auch. Ihre eigenen Wünsche müssten sie zurückstellen, bis Leo und Carla alt genug waren und sie zusammen mit Mutter das Weingut bestellen konnten.

Darüber sprachen sie nicht. Antonia fragte Leo und Carla über ihren ersten Schultag aus, um sie abzulenken. Beide berichteten vom neuen Lehrer und wie sehr sie sich darauf freuten, wenn die Schule vorbei und sie endlich erwachsen wären, um sich von den Lehrern nichts mehr vorschreiben lassen zu müssen.

Carla half Antonia beim Abwasch. Auch sie schien müde zu sein. Diego drehte noch eine Runde über den Hof, bevor auch er die knarrenden Treppenstufen nach oben stieg.

Antonia schlief ein, sobald ihr Kopf das Kopfkissen berührte.

7

Die Sorge um ihren Vater ließ Carla nicht schlafen. Dazu kam noch, dass ihr neuer Klassenlehrer sehr streng war. Ein Mitschüler war nur zwei Minuten zu spät zum Unterricht gekommen und musste nun zur Strafe vier Gedichte auswendig lernen. Dazu hatte er noch zwei Schläge mit dem Stock bekommen. Für jede Minute einen.

Wenn sie nicht aufpasste, drohte ihr das auch bald. Doch was konnte sie dafür, wenn sie ausgerechnet morgens immer so müde war? Zudem brauchte sie auch länger als ihre große Schwester, um in Schwung zu kommen. Antonia stand auf und strotzte nur so vor Energie. Das machte es für Carla noch schwerer, weil ihr allein vom Zusehen schon schwindelig wurde.

Carla lag wach und konnte mit niemandem reden, weil Antonia sofort eingeschlafen war. Wie es Vater wohl ging?

Und warum hatte Jaume überhaupt auf ihn eingestochen? Obwohl ihre Weinfelder aneinandergrenzten, kannte sie ihn kaum. Vor langer Zeit hatte er nach der Arbeit auf ein Glas Wein mit Vater zusammengesessen, aber das war schon lange nicht mehr vorgekommen. Auch dafür kannte sie nicht den Grund. Es nervte Carla, dass man sie immer noch wie ein Kind behandelte. Immerhin besuchte sie nun das letzte Schuljahr, würde anschließend voll auf dem Feld mitarbeiten, wie Antonia und Diego auch. Das letzte Schuljahr musste sie aber noch irgendwie hinter sich bringen. Und um Prügel zu vermeiden, musste sie jetzt unbedingt sofort einschlafen. Allein der Gedanke setzte sie unter Druck, da war an Einschlafen gar nicht zu denken. Selbst die gleichmäßigen Atemzüge von Antonia halfen nichts. Im Gegenteil, jetzt beschwerte sich auch noch ihr Darm. Nichts hasste Carla mehr, als nachts über den Hof auf die Toilette zu müssen. Außer der Schule vielleicht.

Sie schlug die Bettdecke zurück, kroch heraus. Mit tastenden Fingern suchte sie nach den Zündhölzern und der Petroleumlampe. Beides nahm sie mit vor die Tür. Antonia könnte aufwachen, und wenn sie sie aufweckte, wäre ein Streit unvermeidbar.

Vor der Zimmertür entzündete sie die Lampe und schlich die Treppe hinunter. Sie schlüpfte in die Schuhe, öffnete die Tür und fröstelte augenblicklich, als sie auf den Hof trat. Die kalte Nachtluft kroch ihr in die Knochen. Eilig ging sie zum Plumpsklo hinter dem Haus.

Im Halbdunkel tastete sie vorsichtig nach dem Papierhalter. Es gab kein Papier. »Maldita sea! Ich bringe diese Mistkröte um!« Es war ganz klar, wer das Papier nicht aufgefüllt hatte. Und in ihrer Not hatte sie vergessen, das vorher zu überprüfen. Wie oft hatte sie schon mit Leo geschimpft, weil er immer wieder vergaß, das Papier aufzufüllen! Dem würde sie es jetzt aber zeigen!

Sie stapfte los, ging in die Küche, riss die Zeitung in Stücke, wie es eigentlich Leo hätte tun müssen, und eilte wieder zum Klohäuschen.

Immer noch wütend, ging sie zurück ins Haus, stürmte die Treppe hoch und fluchte lautstark vor sich hin.

Schon auf dem oberen Treppenabsatz stand Antonia und funkelte sie wütend an. »Was schlägst du so mit den Türen, bist du verrückt geworden?«

»Diese kleine Mistkröte hat das Papier nicht aufgefüllt. Er verdient eine Tracht Prügel.« Carla schob Antonia beiseite und war im Begriff, in Leos Zimmer zu stürmen.

Antonia fasste sie am Arm und zerrte sie mit sich ins Zimmer. »Morgen. Diego und Leo brauchen ihren Schlaf. Ich übrigens auch, und du solltest auch endlich schlafen, sonst kommst du morgen nicht aus dem Bett.«

»Ach, jetzt bin ich also schuld?« Carlas Wut entlud sich. »Du wirst mich schon mit Freude wieder wecken, wie jeden Morgen. Am besten noch etwas zu früh!«

Antonia stemmte die Arme in die Hüften. Auch sie war nun sichtlich böse. »Bald bist du mich los. Mateo und ich wandern nach Kuba aus, dann hast du Ruhe vor mir und ich vor dir!«

Fassungslos blieb Carla im Türrahmen stehen. »Was?«

Antonia ging zurück in ihr Bett, drehte sich zur Wand und zog die Bettdecke mit sich. »Du hast mich schon richtig verstanden. Und jetzt kein Wort mehr!«

Antonia ging fort? Wie vom Donner gerührt starrte sie auf den Rücken ihrer Schwester.

»Und jetzt mach endlich die verdammte Lampe aus und schlaf.«

Carla löschte zwar die Lampe und legte sich hin, doch wie sie nun schlafen sollte, war ihr unbegreiflich. Es war eine Sache, wenn Antonia in ein anderes Haus in der Nähe zog, aber nach Kuba? Wo lag das überhaupt? Es klang sehr weit weg.

Schweigend zog sie sich die Bettdecke bis zum Kinn. Sie versuchte sich vorzustellen, wie es wäre, wenn sie Antonia nicht mehr um Rat fragen konnte oder ihre große Schwester nicht verhinderte, dass sie Leo doch noch irgendwann in einem der Weinbottiche ertränkte, und ihr kamen die Tränen. Sie wollte nicht ohne Antonia sein. Sie war ihre engste Vertraute, ihre Freundin, ihre große Schwester. Wie sollte ein Leben ohne sie überhaupt aussehen?

8

Mallorca, April 1914

Die Aprilsonne brannte bereits am frühen Morgen mit voller Kraft. Antonia ging in den Innenhof und streckte sich. Schon morgen würde es losgehen. Sie war nervös, aber auch von Vorfreude erfüllt. Wo blieb Carla nur? Gemeinsam wollten sie noch aufs Weinfeld gehen. Doch vorher musste sie ihre kleine Schwester alleine sprechen. Obwohl sie in den letzten Monaten immer wieder gestritten hatten, würde sie ihr fürchterlich fehlen.

»Und? Was gibt es?«

Erschrocken fuhr Antonia herum. »Willst du, dass ich an einem Herzinfarkt sterbe?« Sie hatte Carla nicht kommen hören. »Komm mit«, flüsterte sie und zog sie mit sich in den Schatten der ausladenden Platane. »Ich möchte dich um etwas bitten.«

Carla sah sie aufmerksam an. Mit ihren sechzehn Jahren war sie beinahe erwachsen, wenn auch immer wieder das alberne kleine Mädchen zum Vorschein kam. Immerhin verstand sie so langsam, warum Antonia ging. Und ihr Versprechen, sie so bald wie möglich nachzuholen, hatte Carla beruhigt. Sie selbst auch. Vor allem, seit dem Messerangriff auf ihren Vater. Körperlich hatte er sich zwar erholt, aber mental war etwas in ihm zerbrochen. So kam es Antonia zumindest vor. Auch trug er ihr nach, dass sie die Insel und somit die Familie verlassen würde. Mutter meinte, es läge nur an seiner Sorge um sie, aber Antonia fürchtete, dass er nicht nur deshalb so in sich gekehrt war.

»Ich mache mir Sorgen um Papá. Diego oder Leo kann ich nicht fragen. Aber seitdem Jaume ihn niedergestochen hat, ist er nicht mehr derselbe. Das hast du doch bestimmt auch bemerkt.«

Antonia dachte mit Grauen daran, wie knapp es damals vor der Brandydestillerie gewesen war. Jaume war betrunken aufgetaucht, hatte seine Wut und Hilflosigkeit in seinem Rauschzustand an seinem besten Freund ausgelassen. An diesem Tag hatte Vater seinen ältesten Freund verloren, denn diesen Angriff würde er ihm nie vergeben. Kein Wort hatte er mehr mit Jaume gewechselt, er spuckte aus, wenn sein Name irgendwo erwähnt wurde.

Für ihn fühlte sich Antonias Weggang wie ein zweiter Messerstoß an, das wusste sie, und doch blieb ihr keine Wahl, wenn sie eine Zukunft haben wollten.

»Dann bleib hier.« In Carlas Augen las Antonia die Bitte, es tatsächlich zu tun.

»Es geht nicht. Wie oft haben wir darüber gesprochen?« Antonia sah Carla fest in die Augen. »Ich möchte dich bitten, mir zu schreiben, wenn ich zurückkommen soll. Mamá würde mich niemals in der Ferne um Hilfe bitten, um mich nicht zu belasten. Also versprichst du mir, mich zu informieren, wenn ihr in Not seid?«

Antonia wusste, was sie von ihrer Schwester verlangte, aber Carla war die Einzige, die sie um diesen Gefallen bitten konnte. Ihre Brüder wären zu stolz, ihre Mutter zu besorgt und ihr Vater zu stur. Es blieb nur Carla übrig.

Carla sah sie ernst an. »In Ordnung. Ich verspreche es dir.«

»Und achte darauf, dass Vater sich von Jaume fernhält. Sonst gibt es noch ein Unglück. Es wird seinen Grund haben, warum Vater nicht gegen ihn ausgesagt hat. Im Grunde gehört dieser versoffene Kerl ins Zuchthaus.« Ihr Vater wollte Jaumes Familie nicht für dessen Taten büßen lassen, aber er war sehr deutlich in seiner Anweisung gewesen, nie wieder auch nur mit einem Mitglied der Familie zu sprechen.

Carlas Versprechen erleichterte sie sehr. So konnte sie beruhigt fahren, ohne das Gefühl zu haben, ihre Familie in dieser schweren Zeit im Stich zu lassen.

»Antonia? Carla?«, hörte sie ihre Mutter aus der Küche rufen. »Wo stecken die beiden nur wieder?«

»Wir sind im Innenhof«, rief Carla zur Antwort. An Antonia gewandt, fragte sie: »War das alles?«

»Ja. Danke!«

»Und nun lass uns die Weinstöcke aussuchen.« Carla hakte sich bei ihr unter und knuffte sie in die Seite. »Und wenn du dort Schwierigkeiten hast, meldest du dich auch, verstanden? Dann komme ich dir helfen.«

Das Angebot rührte Antonia. Doch sie würde der Familie auf gar keinen Fall durch schlechte Nachrichten noch mehr Kummer bereiten.

Auf dem Weg zum Weinfeld schaute Antonia zum Himmel. Die stechenden Sonnenstrahlen konnten nicht darüber hinwegtäuschen, dass sich im Westen über den Bergen

Wolken auftürmten. Hoffentlich gab es keinen Sturm, sonst würde die Überfahrt nach Barcelona kein Vergnügen werden. Und sie konnten die Abreise nicht verschieben.

»Was hältst du von diesem hier?« Ihr Vater schob sich die Hemdsärmel über die Ellbogen.

»Unsere Reben in der Fremde. Wer hätte das gedacht?« Mutter seufzte und sah zu ihr. »Du wirst es nicht leicht haben. Ebenso wenig wie unsere Stöcke.«

Ihre Mutter hatte die großartige Idee gehabt, einige Rebstöcke mitzunehmen und sie auf ihrem neuen Grund anzusiedeln. Antonias Herz erfüllte es mit Freude, wenigstens etwas von ihrer Heimat mit sich zu nehmen, und sie würde alles tun, damit die ausgewählten Stöcke die Überfahrt gut überstanden.

9

Barcelona, 1914

»Wir müssen uns beeilen«, rief Antonia über ihre Schulter und sah sich hektisch nach Mateo um. »Jetzt komm doch endlich!«

In einer Stunde fuhr ihr Zug, und sie befanden sich immer noch am Hafen von Barcelona. Die Überfahrt von Mallorca hatte wegen der rauen See bedeutend länger gedauert als geplant. Wenn sie den Zug verpassten, dann verloren sie zwangsläufig auch die teure Schiffspassage. Weder der Zug noch die Ypiranga würden auf sie warten.

Antonia drehte sich nach Mateo um. Sie stellte den Koffer und einen Weinstock ab und schüttelte den Kopf. »Wir werden es nicht schaffen. Nicht so.« Mateo sah sie mit nachdenklichem Blick an. Antonia reagierte nicht darauf und lief die Landungsbrücke entlang. Am Ende des Piers standen Pferdekutschen, die auf Passagiere warteten. Das würde zwar ihre Ersparnisse angreifen, doch blieb ihr keine Wahl.

Sie verhandelte mit dem Kutscher und stieg ein. »Wenn Sie uns rechtzeitig zum Bahnhof bringen, lege ich noch etwas drauf«, erklärte sie, als der Fuhrmann in gemächlichem Schritttempo losfuhr. Schon knallte die Peitsche durch die Luft, und der Rappe trabte flott auf Mateo zu. Gekonnt wendete der Fahrer den Wagen und beeilte sich, gemeinsam mit Mateo die beiden Koffer und die vier Weinstöcke einzuladen.

Mateo strahlte sie an. »So schaffen wir es.«

Das hoffte Antonia. Sonst würde ihr neuer Start in die Zukunft schon in Barcelona enden. Und sie durfte ihre Eltern nicht enttäuschen. Vater wollte sie beweisen, wie richtig ihre Entscheidung gewesen war. Er hatte ihr lange gegrollt. Erst Antonias Mutter hatte ihn letztlich dazu bewegen können, seinen Segen zu diesem Wagnis zu geben. Sie hatte ihn klar gefragt, was er glaube, wie Mateo eine neue Anstellung finden könne, wo doch die gesamte Wirtschaft mittlerweile litt. Vater hatte sie wehmütig angesehen und Mutter nicht lockergelassen, ihm klarzumachen, dass der Weinanbau auf Mallorca erledigt war. Obwohl der Wein ihres Weinguts von besserer Qualität gewesen war als der anderer Bodegas, so war er doch schon seit Jahren kaum noch gut genug für den Export nach Frankreich oder Deutschland. Ihre Mutter hatte mit den Worten geschlossen: »Wir werden kämpfen müssen, und wir werden den Kampf gemeinsam gewinnen. Doch Antonias Zukunft liegt nicht hier. Lass sie ziehen und ihr Glück machen, ohne mit ihrem Mann von uns abhängig zu sein.«

Ihre Mutter hatte nicht erwähnt, dass ihre Bodega vor dem Aus stand. Antonia wusste es. Jeder wusste es – auch wenn ihr Vater es noch immer nicht wahrhaben wollte. Antonia musste es mit Mateo in Kuba wagen, insbesondere, weil

Mutter an sie glaubte. Und sie mussten dazu unbedingt diesen Zug erreichen.

Der Pferdekutscher jagte mit seinem Kutschwagen durch die Stadt. Nur am Rande bemerkte Antonia, wie schön Barcelona war. Ihre Sorge, die Passage zu verlieren, würde sie erst ablegen, sobald sie sich auf der Ypiranga eingeschifft hätten. Besser, sie wären einen Tag früher aufgebrochen, so wie es Mateos Vorschlag gewesen war. Aber Antonia wollte sparsam sein und hatte die Übernachtungskosten gescheut. Keiner konnte wissen, was sie auf Kuba erwartete. Und deshalb war es ihr vernünftiger erschienen, jede zusätzliche Ausgabe zu vermeiden.

Der Kutscher fuhr vor dem Gebäude vor und grinste sie breit an. Zu Fuß hätten sie es niemals geschafft, den Bahnhof in dieser fremden Stadt rechtzeitig zu erreichen. Eine lohnende Ausgabe ihrer Ersparnisse.

Selbst Antonia rang sich ein Lächeln ab. Der Fuhrmann hatte sich seinen Zuschlag redlich verdient. Es war noch genug Zeit, die Rebstöcke zu wässern, damit sie die lange Zugfahrt auch überstehen würden. Bis auf Geld für einen Karren, Pferde, Gärbottiche, Fässer und einige Maurerarbeiten waren die Stöcke ihr einziges Kapital. Da nur von einem Steinhaus die Rede war, hatte der Verkäufer seine Trauben wohl nicht vor Ort verarbeitet. Doch vier Mauern und ein Dach für eine Bodega waren schnell gebaut. Antonia betrachtete die Pflanzen. Sie hatte ihrer Familie versprochen, gut auf sie zu achten, und sie würde alles Erdenkliche tun, dieses Versprechen auch zu halten.

Wenig später saßen sie auf der Holzbank eines Waggons. Das gleichmäßige Rütteln ließ sie schläfrig werden.

»Mach ruhig die Augen zu«, schlug Mateo vor und zog sie an sich. »Ich bewache die Weinstöcke.«

»Danke.« Antonia kuschelte sich an Mateos Schulter und schloss die Augen. Das Ruckeln über die Schienen ließ sie innerhalb weniger Sekunden einschlafen.

Als der Zug fünfundvierzig Stunden später in den Bahnhof von La Coruña einfuhr, fühlte sich Antonia wie gerädert. Sie wollte kein Risiko eingehen. Auf langen Reisen wusste man nie, was auf einen zukam.

Mateo hatte sie mit einem finsteren Blick bedacht, ihr jedoch zugestimmt. Er wusste, wie stur sie sein konnte. Auf dem Schiff blieb ihnen mehr als genug Zeit, den verpassten Schlaf nachzuholen.

Mit einer Droschke fuhren sie ohne Umwege zum Hafen. Auch ihren knurrenden Magen ignorierte sie. Ihren Reiseproviant an getrockneten Aprikosen und den María-Keksen hatten sie längst verzehrt.

Mateo ließ sie gewähren, obwohl er gerne kurz am Bahnhof von Valladolid ausgestiegen wäre, um bei den Bahnsteigverkäufern noch weiteres Hefegebäck zu besorgen. Antonias Blick hatte gereicht, um mit einem Seufzen zurück auf die schmale Holzbank zu sinken. Zu groß war ihre Angst, der Zug könnte ohne ihn weiterfahren. Da litt sie lieber Hunger. Und mit ihr Mateo.

Staunend stieg sie aus der Kutsche. Antonia legte den Kopf in den Nacken und sah nach oben. Sie kannte zwar die Maße des Schiffes aus einem Zeitungsartikel, doch hatte sie sich kaum vorstellen können, wie gigantisch die Ypiranga war. Ein mächtiger Kamin ragte in die Höhe, der kleine Rauchwolken in den stahlblauen Himmel ausspuckte. Sie entdeckte einige Menschen an Bord. Mit bloßem Auge konnte sie nicht erkennen, ob es sich um Frauen oder Männer handelte. Nur oben, es musste die erste Klasse sein, erkannte sie Damen mit ausladenden Hüten.

»Wir haben es geschafft.« Mateo zog sie an sich. »Auf diesem Schiff hätte unser komplettes Dorf Platz.« Er ließ den Blick über den Koloss gleiten. »Ach, was sage ich, der ganze Bezirk!«

Sie legte den Kopf in den Nacken und betrachtete die Decks. »Es ist beeindruckend. Ich verstehe immer noch nicht, wie so ein Ding aus Stahl schwimmen kann.«

»Ausgefeilte Technik, mein Herz.«

Antonia lächelte. Wie gewohnt antwortete er auf Fragen, die keiner Antwort bedurften. Als ob sie das nicht selbst wüsste. Und trotzdem hatte sie vor diesem Schiff einen unbeschreiblichen Respekt. Jetzt, da sie davorstand, spürte sie eine unbändige Erleichterung, dass ihr Vater auf eine Passage der Zweiten Klasse bestanden hatte. Der Zugang zur Reling dauerte nur wenige Minuten. Vor knapp zwei Jahren war die Titanic gesunken, und die meisten Menschen, die sich im Bauch des Schiffes aufgehalten hatten, waren wie die Ratten ertrunken. Ihr Vater hatte zu große Angst, und auch die bloße Vorstellung, in diesem Stahlbauch ohne Licht sechs Tage zu verbringen, ließ sie schaudern.

»Dann wollen wir mal«, riss Mateo sie aus ihren Gedanken.

Ein Steward begrüßte sie freundlich und prüfte ihre Bordkarten. Anschließend wies er ihnen ihre Kabine zu. Den Weg mussten sie allein finden.

Antonia suchte an den Gangwänden nach Hinweisschildern. »Gar nicht so einfach, sich hier zurechtzufinden.«

»Den Gang müssen wir lang«, erklärte Mateo und schnaufte. »Bin ich froh, wenn ich die Weinstöcke endlich los bin.«

Einige Passagiere kamen ihnen entgegen und drückten sich an den Stöcken vorbei.

»Pass doch auf!«, rief Antonia. Auch wenn Mateo müde war, durfte er nicht nachlässig mit ihrem wertvollsten Besitz umgehen. Sie selbst hatte sich schützend vor den Weinstock gestellt, den sie trug, doch Mateo hatte nicht darauf geachtet, und nun waren einige Zweige abgeknickt.

Mateo murrte nur und ging weiter. Antonia riss sich zusammen. Die Reise war anstrengend gewesen, und sie wollte nicht an ihrem Mann herumnörgeln, auch wenn sie hörbar ausatmete.

»Hier ist es.« Mateo stand am Ende des Gangs. Er sperrte auf und spähte hinein. »Oh, das ist besser, als ich gedacht hätte.« Mateo trug die Pflanzen in die Kabine und legte die Koffer auf dem Bett ab.

Antonia zuckte kurz zusammen, denn sie hätte die schmutzigen Koffer niemals auf die Bettwäsche gelegt, doch auch hier hielt sie sich mit ihrer Kritik zurück. Der Raum war einfach ausgestattet. Ein schmales Doppelbett, zwei Sessel, ein Bullauge mit Tageslicht, ein kleiner Schreibtisch und eine Waschgelegenheit mit fließendem Wasser sowie eine Toilette. Was für ein Luxus und nicht zu vergleichen mit ihrem Abort zu Hause, der sich hinter einem Verschlag am Ende des Patios verbarg.

»Lass uns die Pflanzen auf den Schreibtisch stellen«, schlug Antonia vor. »Sie brauchen Licht.«

In Gedanken schickte sie ihrem Vater ein Dankeschön für dessen Weitsicht bei der Kabinenwahl. Die Pflanzen brauchten Wasser, und wie hätte sie das durch die langen Gänge transportieren sollen. Mit einer Karaffe? Wie es Mateo vorgeschlagen hatte? Sie hätten den ganzen Tag nichts anderes getan, als sich um die Rebstöcke zu kümmern, da sie immer nur ein bisschen Wasser auf die Wurzeln geben konnten, weil die Erde fehlte.

Nun konnte Antonia sie ans Fenster stellen und problemlos versorgen. Zudem war es in einem Zweibettzimmer angenehmer als in einem Mehrbettzimmer. So konnten sie ihre Hochzeitsreise wenigstens genießen. »Kümmerst du dich um die Stöcke?«, bat sie Mateo. »Ich packe in der Zwischenzeit aus.«

Eine Stunde später erkundeten sie das Schiff. Schon während des Auspackens war das Signal zur Abfahrt ertönt. Sie eilten an die Reling, um mit den anderen Passagieren die Ausfahrt zu genießen. Antonias Magen knurrte laut hörbar, und es war ihr peinlich, als ihr eine junge Mitreisende aufmunternd zulächelte. »Bald gibt es Abendessen. Es soll sehr gut sein.«

»Verzeihung«, setzte Antonia zu einer Erklärung an. »Wir waren zeitlich knapp dran.«

»Wo kommen Sie her?«, fragte die Dame. »Entschuldigen Sie, ich bin Fernanda Guerrera Hernandez aus Oviedo.«

»Antonia Delgado Ramis aus Mallorca. Mein Mann Mateo Molina Cruz«, stellte sie sich vor und reichte ihr die Hand. »Wir wollen nach Kuba.«

»Oh, wir auch!«, rief Fernanda aus. »Wie schön! Da haben wir ja das gleiche Endziel.«

»Wollen wir gemeinsam zu Abend essen?«, fragte Antonia unverblümt, da ihr die junge Frau sympathisch war.

»Sehr gerne.« Fernanda wandte sich an ihren Vater, der neben ihr stand. »Das geht doch, Papá?«

»Natürlich, mi vida«, stimmte ihr Vater zu.

Antonia lächelte und vermisste in diesem Moment ihren eigenen Vater.

Sie verabredeten, sich im Speisesaal zu treffen. »Mateo, das war doch in Ordnung, oder?«

»Das fragst du jetzt?« Er lächelte breit.

Sie hakte sich bei Mateo ein und zog ihn ein wenig an sich. »Es ist kein Fehler, schon an Bord Bekanntschaften zu schließen. Immerhin kennen wir hier niemanden.«

»Da stimme ich dir vollkommen zu.« Mateo führte sie zurück zu ihrer Kabine.

»Und jetzt sollten wir uns fürs Abendessen umziehen.«

»Ich behalte das an.« Mateo sah an sich hinab. »Ist doch tadellos.«

Antonia schüttelte den Kopf. »Hast du mal überlegt, wie lange du schon in diesen Hosen steckst?«

Mateo zog sich murrend um. Antonia strich das leicht verknitterte, dunkelblaue Kleid glatt, schlüpfte hinein und überprüfte den Sitz ihrer Frisur. Der Zopf hatte sich aufgelöst, also band sie ihn neu zusammen. Zufrieden mit ihrem Aussehen, verließen sie die Kabine und folgten den Schildern.

Im Speisesaal befanden sich noch wenig Gäste. Antonia entdeckte Fernanda und ihren Vater sofort. Sie unterhielten sich gerade mit einem Steward. Mateo begleitete sie zu der Gruppe.

Wenig später saßen sie an einem Tisch. »Und, was führt das junge Paar so weit von zu Hause weg?«, fragte Fernandas Vater Julio.

Mateo antwortete: »Der Weinanbau. Wir haben ein gutes Stück Land gekauft und werden mit eigenen Rebsorten den besten Wein Kubas anbauen.«

»Ein schwieriges Unterfangen«, kommentierte Julio. »Da haben wir es mit dem Tabakanbau leichter. Die Erde und das Klima sind dafür besser geeignet.«

»Wir haben ein Weingut auf Mallorca«, wandte Antonia ein. »Der Weinanbau liegt uns im Blut.« Wie selbstverständlich bezog sie Mateo mit ein, obwohl er vom Weinanbau so viel Ahnung hatte wie sie von Buchhaltung. Bis zu Vaters Genesung war er Diego zur Hand gegangen, und Antonia hoffte, er hätte einiges dazugelernt.

»Das muss er wohl, wenn Sie ein so gewagtes Ansinnen verfolgen.« Die servierte Suppe beendete das Gespräch.

Nachdenklich löffelte Antonia die Gemüsesuppe. Hatte nicht jeder, mit dem sie darüber gesprochen hatten, gesagt, es gebe ein gutes Weinanbaugebiet im Westen der Insel? Sie seufzte leise und konzentrierte sich auf ihr Essen. Sie waren nun unterwegs, hatten die besten Weinstöcke dabei, und das Glück war mit den Tüchtigen. Daran hegte sie keinen Zweifel. Was sollte schon schiefgehen?

Die Reise an Bord verlief eintönig, aber erholsam. Zumindest, nachdem sich Mateo von der Seekrankheit erholt hatte. Die ersten zwei Tage auf hoher See war er nur in der Kabine geblieben, auch wenn ihm der Arzt dazu geraten hatte, an Deck zu gehen, da ihm die frische Luft besser bekäme als die stickige im Bauch des Schiffs. Die Fenster konnte man nicht öffnen, und schon bald roch es in der Kabine, sodass Antonia trotz ihrer Fürsorge flüchtete.

Manchmal hatte Antonia ein schlechtes Gewissen, weil sie sich mit Fernanda beim Kartenspiel amüsierte. Überhaupt war Fernanda in den wenigen Tagen bereits eine gute Freundin geworden.

Mateo hatte das zunächst argwöhnisch betrachtet. Doch Antonia ließ sich nicht beirren. Es gab auf dem Schiff kaum etwas für sie zu tun. Sie kümmerte sich um die Rebstöcke, auch wenn sie das Gefühl beschlich, dass sie jeden Tag schlechter aussahen. Es fehlte ausreichend Tageslicht.

Nachts schleppte sie die Stöcke an Deck. Obwohl dann natürlich keine Sonne schien, die ihnen Energie schenken konnte, so hoffte sie doch, der kurze Standortwechsel und der Reiz der Meeresbrise würden ihnen wieder mehr Leben einhauchen.

Sie saß auf einer Treppenstufe neben ihren Weinstöcken und betrachtete den Vollmond, der eine glitzernde Straße auf dem Meer zu ihr hinführte. Antonia sorgte sich um die Stöcke; sie mussten die Fahrt einfach überstehen. Auf Kuba könnten sie die Pflanzen umgehend in große Eimer einsetzen, bis sie auf ihrem Stück Land siedelten, das dort auf sie wartete.

»So spät noch auf den Beinen?«

Antonia schrak zusammen. »Julio. Ich habe Sie gar nicht kommen hören.«

»Ich wollte Sie nicht erschrecken.« Er betrachtete die Pflanzen. »Sie sehen trocken aus.«

»Ich weiß«, bestätigte Antonia. »Es ist zu wenig Erde daran. Ich muss vorsichtig wässern, sonst verschimmeln die Wurzeln. Ich hätte sie in Pflanzenkübeln transportieren sollen.«

Julio sah sie nachdenklich an. »Doch dann hätte man sie im Frachtraum untergebracht, was sie vermutlich nicht überstanden hätten, da den Passagieren der Zutritt verboten ist.«

Antonia senkte den Kopf. »Deshalb muss es so gehen.«

»Sie sind eine mutige Frau, wissen Sie das?« Julio zeigte auf die Treppenstufe neben sie. »Darf ich?«

»Natürlich.« Antonia machte eine einladende Handbewegung. »Und Ihr Sohn hat auf Kuba schon Fuß gefasst?«

»Ja, er hat es zwischenzeitlich zu bescheidenem Wohlstand gebracht. Und er bat uns, zu ihm zu kommen. Er braucht Unterstützung. Er kann nicht zeitgleich die Tabakfelder und die Manufaktur überwachen.« Julio sah auf die See hinaus. »Er bat mich schon vor drei Jahren darum. Doch konnte ich die Reise vorher nicht antreten. Meine Frau war krank. Sie hätte die Fahrt nicht überstanden.«

Antonia sah zu ihm auf, schwieg jedoch. Die Traurigkeit in seiner Stimme sagte deutlich aus, dass seine Frau verstorben war und er sich nur aus diesem Grund nun auf der Ypiranga befand. »Sie müssen sehr stolz auf ihn sein.«

Ein Lächeln umspielte seine Lippen. »Ja, er ist ein Teufelskerl! Wir haben die Weinberge meiner Eltern verkauft und ihn mit dem Geld losgeschickt. Mit Weinanbau ist in Spanien schon lange nichts mehr zu verdienen. Federico hat einige

Tabakfelder gekauft und sich schnell in den Anbau einge-arbeitet. Vom Gewinn hat er weitere Ländereien erworben, und nun ist er ein kleiner Tabakbaron.«

»Ob uns das als Weinbauern dort auch gelingt?«, fragte Antonia mehr sich selbst als Julio.

Er tätschelte ihr die Hand. »Den Mutigen gehört die Welt.«

»Wenn es nur so wäre«, wandte Antonia ein.

»Mein Sohn berichtet von vielen Spaniern, die auf Kuba erfolgreich sind«, munterte er sie auf. »Es wird sich schon alles finden.«

»Danke, Julio. Und nun sollte ich auch schlafen gehen. Wenn wir morgen einlaufen, erwartet uns ein harter Tag.«

»Dann helfe ich Ihnen, Ihre Weinstöcke zurück in die Kabine zu schaffen. Wo ist denn Ihr Mann?«

Antonia erhob sich. »Er fühlt sich nicht wohl. Ihm bekommt das Essen an Bord nicht«, entschuldigte sie Mateo und wusste nicht so recht aus welchem Grund.

»Dabei ist es doch wirklich ausgezeichnet.«

Ja, das war es in der Tat. Doch was hätte sie sagen können? Dass es Mateo nicht kümmerte, was aus den Weinpflanzen wurde, und er sich lieber im Bett verkroch? Doch sie wollte nichts unversucht lassen, die heimischen Stöcke unbescha-det nach Kuba zu bringen.

10

Kuba, Frühsommer 1914

Noch bevor die Ypiranga anlegte, verabschiedeten sich Antonia und Mateo von Fernanda und Julio. Das Schiff glich einem surrenden Bienenstock. Jeder wollte von Bord gehen.

Antonia drückte ihre neue Freundin an sich und umarmte sie fest. »Du wirst mir fehlen.«

»Du mir auch. Versprich, dass wir in Kontakt bleiben. Du hast unsere Adresse«, meinte Fernanda. »Und wage es ja nicht, erst in einem Jahr bei uns vorbeizukommen!«

Fernandas Befehlston ließ Antonia auflachen. »Natürlich kommen wir vorbei.«

Julio sah sie eindringlich an. »Auch wenn es Probleme gibt.«

Antonia lächelte. »Auch wenn es Probleme gibt.«

Mateo schüttelte ihm die Hand. »Danke für das Angebot. Wir werden auch ohne Ihre Hilfe zurechtkommen.«

»Vielleicht sehen wir uns ja doch noch auf den Landungsbrücken. Dann stelle ich Ihnen meinen Sohn vor«, verabschiedete sich Julio.

Antonia fiel Julios Blick auf, den er Mateo zuwarf. Kaum waren ihre neuen Freunde außer Sichtweite, konnte sie sich nicht mehr zurücknehmen. »Warum bist du so unhöflich? Wir kennen hier niemanden, der uns im Notfall helfen kann.«

Mateo blickte sie böse an. »Sie trauen uns nichts zu. Deshalb. Julio benimmt sich, als wäre er hier erfolgreich, dabei hat er seinen Sohn die Drecksarbeit machen lassen.«

Antonia schloss die Augen und schluckte ihren Ärger hinunter. Es gab zu viel zu tun. Aber konnte sie sich im Ernstfall auf Mateo verlassen? Er war die Feldarbeit nicht gewohnt. Bald würde sie schwanger werden, und mit einem Kind konnte sie ihm nicht mehr die ganze Zeit über auf dem Feld helfen. Er wäre trotz seiner wenigen Erfahrung oft auf sich allein gestellt.

Vielleicht lag es aber auch an der Überfahrt, die Mateo zugesetzt hatte, versuchte sie, sein Verhalten zu entschuldigen. »Dann wollen wir mal.«

Eine Droschke brachte sie in Havanna zu dem Vermittlungsbüro, bei dem Mateo ein großes Weingrundstück mit kleinem Steinhaus gekauft hatte. Auf der Fahrt begegneten ihnen viele schwarze Menschen, auch Menschen mit der Hautfarbe von Milchkaffee. Sie trugen farbenfrohe Kleidung, und viele Frauen verbargen ihr Haar unter Turbanen. Die bunten Kleider und die vielen exotischen Palmen, die die Straßen säumten, begeisterten Antonia. Staunend saugte sie alle neuen Eindrücke in sich auf.

Die Formalitäten waren schnell erledigt, der Kaufpreis längst bezahlt und die Unterlagen entsprechend umgeschrieben. Alles lief reibungslos, was Antonia sehr erleichterte. Sie

sollte nicht an Mateo zweifeln. Aber es war alles so ungewohnt, so fremd, so aufregend. Und ihre Nervosität nahm
eher zu, als dass sie weniger wurde.

»Sie können gleich losfahren und dort einziehen«, erklärte ihr der Grundstücksvermittler. »In dem kleinen Haus stehen einige Möbel und auch ein Bett.«

Was für eine schöne Überraschung, denn Antonia hatte
sich schon in der ersten Nacht mit Mateo auf einer Decke
auf dem Boden liegen sehen.

Mateos Augen leuchteten. »Wie lange dauert die Fahrt in
dieses Tal?«

»Mit dem Zug und der Postkutsche schaffen Sie die Strecke noch an diesem Tag«, erklärte der Mann.

»Die letzten Papiere sind unterschrieben, und es gibt hier
nichts mehr für uns zu tun«, sagte Mateo. »Oder willst du
dich ausruhen?«

Antonia schüttelte den Kopf. »Die Rebstöcke müssen in
die Erde. Lass uns fahren.« Dann wandte sie sich an den
Landvermittler. »Ich kann dort auch Besorgungen machen,
wenn ich etwas brauche?«

»Selbstverständlich«, bestätigte er. »Pinar del Río liegt
nicht weit von Ihrem Besitz entfernt. Sie sollten sich allerdings Pferde zulegen, um unabhängiger zu sein. Außer
natürlich, Sie können sich eines dieser modernen Automobile leisten.« Wenige dieser seltsamen Blechgefährte, die es
auch in Palma schon vereinzelt gab, hatte Antonia auf der
Straße gesehen. Teilweise fuhren die Männer in merkwürdigen Schlangenlinien. Sie konnte nicht verstehen, wie man
diese gefährlich anmutenden Gefährte einem ordentlichen
Pferdegespann vorziehen konnte.

»Werden wir, also die Pferde.« Antonia sah zu Mateo. Er konnte nur leidlich reiten, doch würde er es mit ein wenig Übung bald lernen.

»Wobei so ein Automobil natürlich schon reizvoll wäre«, erklärte Mateo.

Antonia lächelte nachsichtig. So eine Spielerei konnten sie sich nicht erlauben. Sie brauchten ein Gespann, schon um die Ernte transportieren zu können. Aber sollte Mateo doch davon träumen.

Nachdem sie die Besitzurkunde gut verstaut hatten, begaben sie sich auf den Weg zum Bahnhof.

In weniger als dreißig Minuten sollte die Dampflok losfahren. Antonia konnte es kaum glauben. Nur noch wenige Stunden, und sie würden auf ihrem eigenen Land stehen. Sie hakte sich glücklich bei Mateo ein, während sie auf den Zug warteten. »Bist du schon aufgeregt?«

Die vielen fremdländischen Menschen schüchterten Antonia ein wenig ein. Ihre Kleidung, die Art, wie sie miteinander sprachen, alles wirkte so fremd und aufregend zugleich.

Er küsste sie zart auf die Stirn. »Natürlich. Endlich bewegt sich was.«

»Wie viele Weinstöcke gehören eigentlich zum Grundstück?«, wollte sie wissen. Bisher hatten sie noch nicht darüber gesprochen. Es würde lange dauern, bis sie ihre eigenen Stöcke so weit hatten, um sie mit den einheimischen zu kreuzen.

»Das habe ich nicht gefragt«, sagte Mateo. »Aber es müssen genug sein, denn Pinar del Río ist das inselbekannte Weinanbaugebiet auf Kuba. Sonnig, trocken und dennoch regnet es im Winter. Und wir haben eines der besten Grundstücke überhaupt.«

»Sagt wer?«

»Der Vermittler. Sei nicht so misstrauisch. Das Geld meiner Eltern ist gut angelegt, und der Vermittler hat es mir schließlich als Weinbaugrundstück verkauft. Warum sollte er lügen?« Mateo rückte etwas von ihr ab. »Du vertraust mir nicht.«

»Doch, natürlich, ich bin nur neugierig«, wiegelte Antonia ab. Seit ihrem Entschluss, nach Kuba zu gehen, reagierte Mateo empfindlich auf jede Art von Kritik. Fast so, als würde er sich das Unterfangen selbst nicht zutrauen. Dabei hatte er immer erklärt, er wolle nicht nach Barcelona, um dort als Buchhalter zu arbeiten. Er wolle nicht in diese oder eine andere Großstadt, weil er das Landleben viel zu sehr liebe. Dennoch kam es ihr so vor, als würde er ihr etwas verheimlichen.

Die Zugfahrt führte sie durch unberührte Natur. Nur selten durchfuhren sie eine Kleinstadt. Die Bäume und auch der Geruch waren ihr fremd. Die Vegetation hatte nichts mit der auf Mallorca zu tun. Wenn sie auch an den Anblick von Palmen gewohnt war, so nicht an die Fülle und die unterschiedlichen Arten. Überall ragten die hohen Stämme mit den prächtigen Kronen in den Himmel. Weite Zuckerrohrfelder breiteten sich vor ihr aus. Die Umgebung wirkte trocken. Fast zu trocken.

Doch je näher sie Pinar del Río kamen, desto üppiger wurde die Landschaft. Sanfte Hügel schimmerten grün in der Ferne. Antonias Herz schlug schneller. Sie konnte es kaum noch erwarten. Die Sonne stand schon tief am Himmel, und sie wusste nicht, ob sie noch vor Einbruch der Dunkelheit ihren Grund erreichen würden.

»Denkst du, man fährt uns noch bis nach Hause?« Sie musste selbst schmunzeln, als sie das fremde Stück Land ihr Zuhause nannte. Doch das würde es werden.

»Wir müssen vermutlich mehr bezahlen. Aber immer noch besser als eine Übernachtung, oder?«

An dem Punkt war es auch mit Antonias Sparsamkeit vorbei. Sie wollte endlich ankommen. Das Land sehen. Die Erde fühlen. Die Rebstöcke einpflanzen, damit sie gedeihen konnten. »Wir mieten uns eine Kutsche!«

Mateo strahlte sie an. »Ich habe es dir in den vergangenen Tagen nicht leicht gemacht, und es tut mir leid. Ab jetzt wird alles besser.«

Und so überzeugt, wie Mateo es sagte, glaubte sie ihm jedes Wort.

In der kleinen Ortschaft fand sich tatsächlich jemand, der für sie die Kutsche anspannte, um sie zu ihrem Besitz zu bringen.

»Wir haben Sie schon erwartet«, erklärte der Fahrer. »Das ganze Dorf ist neugierig auf die neuen Nachbarn. Es ist mir eine Freude, Sie zu fahren«

»Vielen Dank für die nette Begrüßung«, bedankte sich Antonia. »Wir freuen uns auch, Sie alle bald besser kennenzulernen.«

Mateo half dem Fahrer, der sich als Miguel vorstellte, das Gepäck und die Stöcke einzuladen.

»Oh, Sie wollen Wein anbauen? Wir dachten, es ginge um Tabak.«

»Wie kommen Sie auf Tabak?« Ein ungutes Gefühl beschlich Antonia. Sollten sich nicht Rebstöcke auf dem Grundstück befinden?

Miguel zuckte mit den Schultern. »War nur so ein Gedanke, da hier ja jeder in Tabak macht.«

Auch die lockere Erklärung beruhigte Antonia nicht. Sie sah irritiert zu Mateo, doch der schien sich keine Gedanken über Miguels Aussage zu machen.

»Kommen Sie, es ist nicht weit. Vielleicht eine Stunde«, forderte Miguel Antonia auf, reichte ihr die Hand und half ihr galant in die Kutsche.

Antonia schalt sich eine dumme Gans. Sie sollte sich nicht immer schon im Voraus Sorgen machen. Sie sah die grünen Hügel und Berge in der Abendsonne leuchten, und beim Anblick der Schönheit dieses Landes wurde ihr warm ums Herz. Es würde sich schon alles finden. Hier würde sie sich bestimmt wohlfühlen.

Die Luft roch frisch und aromatisch. Neugierig betrachtete Antonia die Gewächse, die sie auf dem Weg in ihr neues Zuhause begleiteten. Viele Bäume und Sträucher hatte sie nie zuvor gesehen, und ihre Bezeichnungen waren ihr nicht weniger fremd. Dennoch war dieser Landstrich von einer bestechenden Schönheit. Kalkfelsen ragten grün bewachsen in der Ebene auf, und die einbrechende Dämmerung gab dem Tal etwas verzaubert Märchenhaftes. Antonia konnte sich kaum sattsehen. Und hier, in diesem Paradies, sollte sie leben? Es schien ihr noch sehr unwirklich, und dennoch war es real, denn Mateo saß neben ihr, zwinkerte ihr aufmunternd zu und betrachtete nicht weniger interessiert ihre Umgebung.

»Es ist schön hier«, sagte er leise. »Und fruchtbar. Unsere Kinder werden hier glücklich sein. Und unser Sohn wird unser Land eines Tages übernehmen.«

Antonias Herz hüpfte kurz. Die Aussicht auf eine Familie stimmte sie froh. Und wenn alles gut ging, könnten sie schon bald ihre Familie nachholen. Ganz so, wie es Julios Sohn getan hatte. Auf dieses Ziel wollte sie hinarbeiten.

Als sie vor dem kleinen Steinhaus ankamen, war es bereits dunkel. »Dann werden wir uns wohl bis morgen gedulden müssen.« Antonia stieg von der Kutsche.

Mateo bezahlte Miguel, der zunächst abwinkte, dann aber doch einen kleinen Betrag annahm. »Falls ich euch helfen kann, ihr findet mich im Dorf!«

Antonia drehte sich zu Miguel um. »Könnten Sie morgen gegen Mittag wiederkommen? Wir müssen zwei Pferde, Sattel und eine Kutsche kaufen, sonst sitzen wir hier fest.«

»Mach ich!«, rief Miguel und ließ die Peitsche knallen.

Mateo öffnete die Tür und suchte nach einer Petroleumleuchte. Wenig später kam er zurück vor das Haus, stellte die Lampe ab und grinste Antonia an.

»Was ist?«, wollte sie wissen.

Er ging auf sie zu, hob sie auf seine Arme und küsste sie. »Und nun trag ich meine Frau über die Türschwelle, wie es sich gehört!«

Antonia lachte glücklich. Ja, sie würden es schaffen.

Nach einer ungemütlichen Nacht wachte Antonia mit den ersten Sonnenstrahlen auf. Sie kroch aus dem Bett und sah sich in ihrem neuen Zuhause um. Im Schlafzimmer befand sich nur das Bett, das sie noch schnell bezogen hatte, eine

Kommode und ein schief stehender Kleiderschrank. Sie zog sich ihren Morgenmantel an und ging in die Wohnstube.

Der Staub tanzte in den ins Zimmer fallenden Sonnenstrahlen. Eine eigentümliche Kochstelle fand sie neben einem Tisch mit drei Stühlen. Vor dem Kamin standen zwei Schaukelstühle, die Antonia neugierig machten. Noch nie hatte sie in einem solchen Stuhl gesessen. Sie schubste ihn zuerst an, bevor sie sich hineinsetzte und vorsichtig hin und her wippte. Er war gemütlich, und an diese Art Stühle könnte sie sich schnell gewöhnen. Vor allem abends, wenn sie vor dem Kamin saßen, lasen oder sie Kleidung stopfte, wäre der Stuhl eine rückenschonende Alternative zu den halbhohen Küchenstühlen.

Es war staubig, und mit der Kochstelle musste sie sich noch genauer befassen. Das machte sie am besten gleich. Denn glücklicherweise fand sie in einem der wenigen Küchenschränke etwas Kaffee und eine Mühle. Zu Hause hatte es nie Kaffee gegeben. Das war ein Getränk, das man üblicherweise in der Dorfbar trank.

Begeistert machte sie sich ans Werk. Einige Holzscheite lagen neben dem Herd. Sie heizte den Herd ein und bemerkte, dass er gar nicht so viel anders funktionierte als der ihrer Mutter.

Schon bald zog ein verführerischer Kaffeeduft durch die Stube. Er lockte sogar Mateo aus dem Schlafzimmer. »Kaffee?«

»Genau! Kaffee«, sagte Antonia. »Stellst du die Schaukelstühle auf die Veranda? Ich bringe dann die Tassen.«

»Kann man in den Dingern sitzen?«

»Und ob man das kann. Es wird dir gefallen!«

Mateo trug die Stühle auf die Veranda. Antonia folgte ihm. »Und was gehört davon jetzt uns?« Sie sah über das vor ihr liegende Gelände.

»Von hier bis zu dem Hügel dort«, beschrieb Mateo. »Und hinter dem Haus noch doppelt so viel.«

Antonia besah sich den Acker. Sie konnte darauf keine Pflanzung erkennen. Sie kniff die Augen zusammen, um besser sehen zu können. Dann betrachtete sie links von sich ein ehemaliges Beet. »Hier werde ich Gemüse und Kräuter ziehen.«

»Setz dich erst mal«, schlug Mateo vor und nahm ihr die Tasse ab. »Lass uns den Kaffee genießen und dann unseren Besitz erkunden.«

»Wir müssen auch entscheiden, wo wir unsere Stöcke einsetzen«, stimmte Antonia ihm zu.

»Und wir müssen sehen, wo wir Steine und Maurer herbekommen, um einen kühlenden Schuppen zu bauen, damit wir Stück für Stück unsere Bodega aufbauen können.«

Antonia nippte an dem bitteren Gebräu – es schmeckte herrlich. »Wenn sie sogar Kaffee zurücklassen, muss er günstig sein«, mutmaßte sie.

»Das werden wir heute noch herausfinden.«

Antonia beobachtete Mateo, der mit verträumtem Blick über ihren Besitz sah.

Das Haus musste geputzt und die Einkäufe erledigt werden, und sie brauchten Saatgut für Gemüse und Salat, um hier bald etwas ernten zu können. Auch zwei Pferde, einen Wagen, und in naher Zukunft würden sie auch einige Arbeiter benötigen. Das Land war nicht riesig, aber bestes Anbauland.

Antonia trank ihren Kaffee aus. Dann schwang sie sich aus dem Stuhl. »Ich ziehe mich schnell an. Ich kann es kaum erwarten, endlich alles zu sehen!«

In Windeseile schlüpfte sie in ein Arbeitskleid und ging hinter das Haus. Mateo folgte ihr.

Eine Ackerlandschaft breitete sich vor ihr aus. Mit Sicherheit handelte es sich um ertragreiches Land, und dennoch erschütterte sie der Anblick des Grundstücks.

»Wo sind die Weinstöcke?« Völlig irritiert ging Antonia nochmals den Grund hinter ihrem Haus ab. »Mateo?«

Antonia wühlte mit den Händen in der Erde. Sie fand weder wachsende Stöcke noch Wurzeln.

Mateo stand mit hängenden Schultern vor ihr. »Sie müssen doch hier sein«, flüsterte er. »Er sagte, es sei bestes Weinanbaugebiet.«

»Das mag ja sein. Doch wo sind die Setzlinge? Die Unterlagen? Worauf sollen wir unsere Ableger pfropfen?« Antonias Verzweiflung wuchs. Sie rannte einige Meter weiter und suchte erneut in der Erde. »Es ist nichts hier!«

Mateo scharrte mit dem Fuß auf dem Boden. »Unmöglich. Außer man hat uns betrogen.«

»Wir können uns keine Pflanzung leisten«, sagte Antonia. »Und wenn hier keine Unterlagen sind, dann treten wir vom Kauf zurück und suchen uns ein anderes Stück Land.«

»Im Vertrag stand es doch ganz genau drin«, versuchte Mateo, sie zu beruhigen. »Lass uns reingehen. Wir müssen sowieso zurück nach Havanna, um das zu klären.«

Antonia ließ die Schultern hängen und schlurfte hinter Mateo her, der forschen Schrittes auf das Haus zuging. Auf der Veranda blieb er stehen und zog Antonia in die Arme. »Es wird schon alles gut werden.«

Mateo las, während Antonia neben ihm stand und vor Nervosität kaum an sich halten konnte. Nachdem Mateo geendet hatte, hörte sie ihn nur leise flüstern. »Das gibt es nicht. Das kann nicht sein.«

Antonia riss ihm die Papiere aus der Hand und studierte den Vertrag Wort für Wort. Mit jeder Zeile wurde ihr schwerer ums Herz. »Was hast du getan?«

»Ach, nun bin ich schuld!«, rief er aus.

»Wer denn sonst?«, schrie Antonia ihn an. »Wer hat denn den Vertrag geprüft und unterzeichnet? Du oder ich?«

»Als ob du das überhaupt dürftest«, murrte Mateo.

»Noch nicht! Aber das wird sich bald ändern! Wie konntest du nur so nachlässig sein!«

»Für mich stand klar fest, dass Weinland auch inklusive Weinstöcke bedeutet.«

Antonia konnte nicht fassen, was Mateo getan hatte. »Nur weil wir bestes Weinland gekauft haben, bedeutet das doch nicht, dass schon Pflanzungen vorhanden sein müssen!« Antonia ließ den Kaufvertrag sinken, eilte aus dem Haus und setzte sich in einen Schaukelstuhl. Dumpf schaukelte sie hin und her. Mateo hatte nur das Land erstanden. Von bereits bewirtschaftetem Gelände mit Rebstöcken stand in dem Vertrag kein Wort. Man hatte sie nicht betrogen. Mateo war nachlässig gewesen, und das kostete sie nun ihre Zukunft.

Sie konnten nicht zurücktreten. Nun saßen sie hier fest auf einem Landstück, das ihnen nichts einbringen würde. Sie hatten genau vier Weinstöcke. Und ihr Geld reichte nicht für eine großflächige Bepflanzung.

Seufzend stand Antonia auf. Kaum hatten sie eine Nacht in dem Haus geschlafen, müssten sie es schon wieder verlassen. Glücklicherweise war die Erde überall gut durchfeuchtet, und in der Nacht hatte sich zusätzliche Feuchtigkeit niedergeschlagen. Mit bloßen Händen wühlte Antonia die lockere Erde zur Seite und schuf so Loch an Loch. In jedes setzte sie einen Rebstock, goss etwas Wasser nach und schob die Erde fest darüber zusammen. Die Bedingungen waren ideal, und die Stöcke würden ohne künstliche Bewässerung gedeihen. Aber von vier Weinstöcken konnten sie nicht leben. Sie mussten zurück nach Havanna. Und sie brauchten Hilfe.

Die Rückreise nach Havanna verlief schweigend. Antonia war Mateo immer noch böse, und das würde sich erst ändern, wenn er seine Schuld eingestand. Es half nichts, die Schuld bei dem Makler zu suchen oder Antonia vorzuwerfen, ihre Anforderungen an ihren Mann seien überzogen. Überhaupt verhielt sich Mateo seit ihrer Hochzeit vor zwei Monaten anders. Fast so, als hätte er ihr vorgespielt, ein anderer Mann zu sein. Einer, auf den man bauen und auf den man sich verlassen konnte. Der liebevoll mit ihr umging und nicht beim ersten Rückschlag die Schuld bei anderen suchte, um selbst besser dazustehen.

»Wir werden das auch ohne deine neuen Freunde schaffen«, wandte sich Mateo nach langem Schweigen an sie. »Ich suche mir eine Stelle als Buchhalter, und dann lösen sich unsere Probleme in Luft auf.«

Antonia sah ihn an und wusste, dass er sich etwas vormachte. Warum sollte man einen Buchhalter einstellen, der eben erst auf Kuba eingetroffen war und die Gegebenheiten nicht kannte? »Wir fragen bei den Guerreras nach. Julios Sohn ist schon länger hier, er wird uns einen Rat geben können.«

Mateo schnaubte, und Antonia packte die Wut. »Wir sind hier auf uns allein gestellt, verstehst du das nicht?«

Ihr Mann starrte mit finsterem Blick auf den Boden. Das regelmäßige Rattern des Zuges beruhigte Antonia ein wenig. Sie würde die Guerreras aufsuchen, ob es Mateo nun gefiel oder nicht.

Am späten Nachmittag kamen sie in Havanna an. Ihr Gepäck lagerten sie gegen eine kleine Summe am Bahnhof ein. Der Bahnhof von Havanna befand sich in einem spanischen Kolonialpalast, dessen Größe Antonia schon bei ihrer Ankunft beeindruckt hatte. Da Antonia sich nicht auskannte, stieg sie in eine Kutsche, die vor dem Haupteingang auf Kundschaft wartete, nannte ihr Ziel und wartete auf Mateo, der immer noch zögerte einzusteigen.

»Wenn du nicht kommst, fahre ich allein«, drohte sie.

Unwillig schüttelte er den Kopf, stieg aber dennoch ein. »Du bist das sturste Weib, das ich kenne.«

Ihr Bruder Diego nannte sie auch stur. Dabei fühlte es sich für sie gar nicht so an. Sie suchte eben, sobald ein Problem auftauchte, umgehend nach einer Lösung. Was war schlimm daran? Brachte es irgendetwas, über einen zerbrochenen Krug mit Milch zu jammern? Sie glaubte das nicht. Besser man akzeptierte, was nicht zu ändern war, und dachte darüber nach, was man ändern konnte.

Sie fuhren an weiteren Prachtbauten vorbei, und Antonia ängstigte die Größe dieser Stadt. Nach etwa dreißig Minuten hielt der Wagen vor einer stattlichen Villa im spanischen Baustil. Die Fenster waren durch die Erker beschattet und die Erkerbögen reich mit Ornamenten verziert. Das Eingangsportal erreichte man über einige Treppenstufen.

Antonia hoffte, dass das Angebot der Guerreras nicht pure Höflichkeit gewesen war.

Der Türklopfer funkelte in der Sonne.

Nachdem Mateo keine Anstalten machte, anzuklopfen, nahm sie den gusseisernen Löwen in die Hand und schlug ihn drei Mal gegen die Platte.

Ein junges Mädchen in schwarzem Kleid mit weißer Schürze öffnete die Tür. »Ja, bitte?«

»Wir möchten zu Julio Guerrera.«

»Der Herr erholt sich noch von der langen Reise. Kommen Sie morgen wieder.« Das Mädchen war im Begriff, die Tür zu schließen.

»Einen Moment. Wir kennen Herrn Guerrera. Wir sind zusammen nach Kuba gekommen. Wenn er erfährt, dass Sie uns abgewiesen haben, wird er nicht erfreut sein.« Antonia konnte die Zurückweisung des Mädchens kaum fassen. Wenigstens fragen sollte sie.

»Lass uns gehen.« Mateo ging bereits zwei Stufen hinab.

Antonia schüttelte den Kopf. »Wenn sich Don Julio ausruht, dann möchte ich zu Doña Fernanda.«

Nun zögerte das Mädchen noch mehr. »Einen Moment, bitte.« Dann schloss sie die Tür.

»Lass uns gehen«, wiederholte Mateo. »Du siehst doch, wie das hier läuft.«

So schnell wollte Antonia nicht aufgeben. Nicht wegen eines Dienstmädchens. Hinter der Tür hörte sie aufgeregte Stimmen. Dann schwang die Tür auf.

Fernanda sah sie überrascht an. »Was ist passiert? Ich glaubte euch auf der Plantage.«

Antonia zuckte hilflos die Schultern und spürte, wie Tränen in ihr aufstiegen.

»Nun kommt doch erst einmal herein«, bat Fernanda. »Luisa, sag deiner Mutter Bescheid, und bereitet etwas zu essen vor. Decke im Esszimmer ein«, wies sie das Mädchen an, das nun dienstbeflissen loseilte. »Kommt schon«, bat sie nochmals, da Mateo immer noch unschlüssig im Türrahmen stand. »Wir gehen in die Bibliothek, bis das Essen so weit ist.« Sie ging voran und öffnete die Tür zu einem Patio. Der Innenhof war entzückend. An den Seiten gingen unterschiedliche Türen ab, und die Fenster der Räume standen offen, um die milde Nachmittagsluft hineinzulassen.

Im ersten Geschoss umfasste eine umlaufende Terrasse den Patio, so hatte jedes der oben liegenden Zimmer einen direkten Blick auf den mit Palmen bepflanzten Innenhof. Antonia zeigte auf ein großblätteriges Gewächs, an dessen dünnem Stamm eine Art Staude mit gelben Halbmonden in den Himmel wuchs. »Was ist das?«

»Das sind Bananen«, erklärte Fernanda. »Und sie schmecken vorzüglich. Du wirst nachher eine bekommen. Ich bin immer noch ganz begeistert vom Geschmack.«

Bananen. Wieder etwas, das sie noch nicht kannte.

Am liebsten hätte sich Antonia auf eine der metallenen Bänke in den Garten gesetzt, doch sie folgte Fernanda quer durch den Hof in die Bibliothek.

»Setzt euch.« Fernanda zeigte auf gemütliche Lehnsessel aus braunem Leder. Der Geruch nach Büchern stieg Antonia in die Nase, und sie sah sich neugierig um. »Danke, Fernanda.«

Ihre Freundin verschwand hinaus auf den Innenhof. »Was für eine Bibliothek«, schwärmte Antonia.

Mateo sah sich um. »Irgendwann werden wir auch so wohnen.«

Antonia lächelte zum ersten Mal seit ihrer Abreise zurück nach Havanna. Mateo blickte nun also auch wieder nach vorn. Er hatte nur etwas länger gebraucht, um die neuen Gegebenheiten zu akzeptieren.

»Wenn wir beide fleißig arbeiten, können wir bald unser Weinfeld bewirtschaften. Ein solches Haus brauche ich nicht zum Glücklichsein.« Der Gedanke, jemals so viel Geld zu haben, schien ihr so unerreichbar zu sein wie im Moment ihre Familie auf Mallorca. Sie konnten sich von ihrem restlichen Vermögen nicht mal die Pflanzungen leisten.

Die Bedienstete betrat die Bibliothek mit einem Tablett mit Wassergläsern. »Sie möchten sich bitte selbst bedienen, sagt Doña Fernanda.«

»Danke.« Der Weg hatte Antonia durstig gemacht, und das kühle Wasser ihre Kehle hinabrinnen zu lassen war eine Wohltat.

»Was ist passiert?«, platzte Julio heraus, als er mit Fernanda den Raum betrat.

Antonia und Mateo standen auf.

»Wir haben uns geirrt«, begann Antonia zu erzählen, und vermied wohlweislich, Mateos Schuld an dieser Misere zu erwähnen. »Auf dem Grundstück gibt es keine Pflanzungen. Wir müssen erst ausreichend Geld verdienen, um dort pflanzen zu können.«

»Was ist mit Ihren Weinstöcken?«, fragte er umgehend, was Antonia lächeln ließ. Dieser Mann würde ihr helfen. Er sorgte sich ja sogar um ihre Rebstöcke.

»Sie sind in bester Erde und werden wachsen und gedeihen, bis wir unsere und andere Stöcke kreuzen können.« Antonia folgte Julio zu einer ledernen Sitzgruppe und setzte sich mit ihm auf das Sofa.

Mateo und Fernanda nahmen in den Sesseln gegenüber Platz.

»Das bedeutet, Sie brauchen Arbeit«, folgerte Julio. Er sah zu Mateo. »Wären Sie auch bereit, in der Fabrik zu arbeiten? Ich könnte Oscar losschicken und bei Federico wegen einer Arbeit in der Fabrik anfragen lassen. Dort werden immer Arbeiter gebraucht.«

Mateo verzog das Gesicht. Antonia warf ihm einen warnenden Blick zu.

»Zumindest so lange, bis Sie eine Stelle als Buchhalter finden. Es wäre ein Anfang.«

»Danke«, sagte Antonia, bevor Mateo etwas antworten konnte. »Das wäre uns eine große Hilfe.«

»Du willst wirklich in einer Fabrik arbeiten?«, hakte Fernanda nach.

»Fernanda, ich bin Feldarbeit gewohnt, so viel anders wird es in einer Fabrik auch nicht sein.« Antonia nickte bekräftigend zu ihren Worten. »Und auch Mateo kann anpacken, nicht wahr?«

Mateo stimmte zögernd zu.

»Gut.« Julio erhob sich. »Dann schicke ich Oscar los in die Fabrik.«

»Danke. Vielen Dank, Julio.«

Er hob die Hand. »Noch haben Sie keine Arbeit, das kann nur Federico entscheiden. Aber er wird Freunden von mir mit Sicherheit gerne weiterhelfen. Und wer weiß, vielleicht benötigt er sogar einen Buchhalter.«

»Lasst uns essen, einverstanden? Ihr müsst hungrig sein.« Fernanda erhob sich. »Kommt schon, ich bin schon gespannt, was ihr zu den Bananen sagt.«

»Oh, Sie werden sie lieben«, schwärmte auch Julio.

Der Tisch im Esszimmer war mit wundervollem Geschirr und Kristallgläsern eingedeckt. Antonia kam sich ungenügend gekleidet vor. Sie war in ihrem Arbeitskleid zurück nach Havanna gefahren. Auch Mateo setzte sich und sah sich unsicher um, was Antonia nicht verborgen blieb.

Das Mädchen Luisa brachte zwei Tabletts. Eines mit kaltem Braten, ein anderes mit Brot und Obst. Diese Bananen lagen ebenfalls auf dem Tablett. Die Frucht war in etwa so groß wie ein Männerdaumen, nur dicker und leicht gebogen.

»Greifen Sie zu«, bat Julio und nahm ein Stück vom Braten.

Antonia war so neugierig auf diese Banane, dass sie eine der gelben Früchte vom Tablett nahm, in sie hineinbiss und Fernanda anlächelte. Augenblicklich verzog sie das Gesicht.

Fernanda schrie lachend auf. »Du musst die Schale abmachen!«

Antonia spuckte das bittere Stück aus, und auf ihrer Zunge mischte sich die Süße der Frucht mit dem Geschmack der bitteren Schale. »Woher sollte ich denn das wissen?« Antonia lachte ebenfalls, während Mateo peinlich berührt auf seinen Teller starrte.

»Schäle sie, und iss sie dann.« Fernanda lachte lauthals los. »Mich hat glücklicherweise Federico vor der gleichen Dummheit gewarnt. Aber du warst einfach zu schnell.«

»Vielleicht doch erst was vom kalten Braten?«, schlug Julio vor.

Antonia folgte seinem Rat, aß erst Braten mit Brot, bevor sie sich doch wieder an die Frucht wagte. Die hellgelbe Schale mit den kleinen dunkelbraunen Punkten entfernte sie, dann biss sie ein winzig kleines Stückchen der weichen Frucht ab. Es schmeckte himmlisch süß. Dieser fremde Geschmack war mit nichts zu vergleichen.

»Du wirst dort anfangen!«, sagte Antonia. »Es ist nicht meine Schuld. Sondern deine!«

»Wie kannst du das von mir verlangen? Ich bin Buchhalter«, widersprach er ihr. »Und meine Frau arbeitet in einer Fabrik? Zwischen lauter Negern! Das geht nicht. Das ziemt sich nicht!«

Antonia unterdrückte ihre Wut und atmete tief durch. Sie wollte auf der Straße kein Aufsehen erregen. »Daran hättest du denken sollen, bevor du diesen Kaufvertrag abgeschlossen hast.«

Mateo zuckte wie unter einem Peitschenhieb zusammen.

»Ich hab es nicht so gemeint.« Antonia senkte ihre Stimme. »Wir brauchen das Geld. Und wenn du nicht auf den Tabakfeldern von Federico arbeiten willst, gibt es nur die Stelle für die Auslieferung.«

»Und du? Traust du dir wirklich zu, Zigarren zu drehen?«

»Was bleibt mir für eine andere Wahl?« Antonia zog ihn mit sich in den Stadtpark. Sie setzte sich auf eine Parkbank und sah ihn bittend an. »Ich werde es lernen müssen.«

»Zwischen all den Männern«, murrte Mateo.

»Du bist doch nicht etwa eifersüchtig?« Allein der Gedanke war lächerlich! Sie konnten nicht wählerisch sein. Es war ehrliche Arbeit, und das war alles, was zählte. Das musste Mateo doch einsehen.

Federico brauchte Arbeiter in der Fabrik oder auf der Plantage. Doch die Felder lagen zwei Stunden von ihrem eigenen Besitz in Pinar del Río entfernt, und sie würden sich kaum sehen können, solange Antonia in der Zigarrenfabrik arbeitete. Und doch mussten sie dankbar für das Angebot sein.

Trotz des freundlichen Angebots, die Nacht im Hause der Guerreras zu verbringen, entschieden sie, sich in einer einfachen Herberge einzumieten. Antonia wollte die Hilfsbereitschaft der Familie nicht überstrapazieren. Außerdem wollte sie nicht, dass sie mitbekamen, wie Mateo sich gegen diese Arbeit sträubte.

Antonia hoffte, Mateo würde über Nacht einsehen, dass er als Lohnempfänger nun eben körperliche Arbeit leisten musste, bis er eine Stelle als Buchhalter fände. Im Moment hatten sie sowieso keine Wahl.

»Entweder auf dem Feld oder in der Fabrik«, sagte Antonia bestimmt, als sie in der Pension im Bett lagen. »Wenn wir beide in der Fabrik arbeiten, sind wir wenigstens zusammen.«

Mateo lenkte ein und löschte das Licht. »Dann suchen wir uns ein günstiges Haus zur Miete hier in Havanna in der Nähe der Fabrik.«

Erleichtert atmete Antonia auf. Immerhin war Mateo nun wieder so weit, die Situation anzunehmen. Nun mussten sie am kommenden Tag eine Wohnung finden, denn bereits den Tag darauf sollten sie in der Zigarrenmanufaktur mit der Arbeit beginnen.

Glücklicherweise fanden sie schnell eine billige Unterkunft. Sie war heruntergekommen, doch mit etwas Einsatz würde Antonia die Wohnung schon bewohnbar bekommen. Den restlichen Tag verbrachte sie damit, das untergestellte Gepäck zu holen, zu putzen, Lebensmittel einzukaufen und das Nötigste für die kommenden Tage zu besorgen. Mateo spülte, nachdem sie das Gepäck in ihrer neuen Bleibe abgeladen hatten, seinen Frust in irgendeiner Kneipe am Malecón hinunter.

Antonia hätte gerne die Küstenstraße von Havanna mit ihm besucht, doch wollte sie ihn nicht stören. Er würde sich schon wieder beruhigen. So ging sie allein spazieren, bestaunte die Fischerboote, die auf den Wellen tanzten, und begutachtete die fremdartigen Autos, die laut knatternd zwischen den Pferdekutschen über die Straße fuhren.

Auf dem Rückweg zu ihrer Wohnung lief sie Julio, Fernanda und ihrem Bruder Federico in die Arme.

»So eine Überraschung!«, verkündete Julio. »Federico, das ist Antonia, von der ich dir erzählt habe.«

Sie reichten sich die Hände. »Vielen Dank für die schnelle Hilfe.« Sie betrachtete den hochgewachsenen Mann. Er trug einen gut sitzenden Anzug, der seine imposante Gestalt unterstrich. Er lächelte sie freundlich an. Die zwei Grübchen gaben ihm etwas Jungenhaftes. Sein dunkles Haar hatte er mit Pomade frisiert. Er sah ganz anders aus als die Männer in ihrem Dorf oder auch Mateo. Man sah ihm den Erfolg an. Ob ihm dieser zu Kopf gestiegen war? Den feinen Zwirn trug er mit Stolz. Er wusste um seinen Erfolg und um seine Erscheinung. Auf Antonia wirkte er einschüchternd.

»Ach, ich erinnere mich noch gut an all die Rückschläge, die ich erleiden musste«, sagte er freiheraus. »Die ersten Jahre sind hier immer hart, außer man hat genug Geld, sich von den Sorgen freizukaufen.«

Es klang ein wenig hochmütig. Vielleicht irrte sie sich auch. Antonia konnte den gönnerhaften Blick nicht einordnen.

Fernanda sah sie mitfühlend an. »Und du denkst, du schaffst das in der Fabrik?«

»Ich werde es lernen«, sagte Antonia mit Überzeugung in der Stimme.

»Ich sagte doch, Sie sind eine mutige Frau!« Julio klopfte ihr aufmunternd auf die Schulter.

Federico musterte sie, was ihr unangenehm war. »Was haben Sie bisher gearbeitet?«

»Ich komme aus einer Familie von Weinbauern. Wir hatten eine eigene Bodega, und ich bin harte Arbeit gewohnt. Machen Sie sich also keine Sorgen um mich.«

»Das tu ich nicht. Da verlasse ich mich ganz auf die Empfehlung meines Vaters.« Federico verschränkte die Arme hinter dem Rücken, und sein Blick ruhte immer noch auf ihr. Er sah sich um. »Vielleicht sollten wir unser Kennenlernen in einem der Cafés hier vertiefen.«

»Das ist eine wundervolle Idee!«, rief Fernanda aus.

Antonia freute sich über das Treffen mit Julio und Fernanda. Doch mit ihrem neuen Chef privaten Umgang zu pflegen kam ihr nicht richtig vor.

Dennoch gestaltete sich der Abend angenehm. Fernanda brachte sie immer wieder zum Lachen, was ihr ein wenig von ihren Sorgen nahm.

Ihre gute Stimmung hielt auch zu Hause noch an, obwohl Mateo schlecht gelaunt und betrunken die Tür öffnete.

Hatte sie darauf gehofft, er würde milder gestimmt nach Hause kommen, so hatte sie sich empfindlich geirrt. Um seinen Unmut nicht noch zu steigern, verheimlichte sie ihm das Treffen mit ihrem arroganten Arbeitgeber. Mateo würde sich nur heftiger weigern, wenn er um ihr Zusammentreffen wüsste.

Die Nacht über wälzte sie sich in dem schmalen Bett hin und her. Am liebsten hätte sie Mateo hinausgeschubst. Er roch nach Rum und Bier und schnarchte so sehr, dass er sie um ihre Nachtruhe brachte. Dabei würde der kommende Tag anstrengend genug werden.

Obwohl sie allen Grund gehabt hätte, Mateo Vorwürfe zu machen, richtete sie ihm klaglos das Frühstück her.

»Ich gehe dann«, verabschiedete sie sich, küsste Mateo zum Abschied auf die Wange und sah ihm an, wie sehr es ihm widerstrebte, ebenfalls in die Fabrik zu gehen, um die Auslieferungen der Zigarrenkisten zu erledigen.

Ohne ihn zu ermahnen, er möge pünktlich gehen, verließ Antonia das Haus und ging zur Fabrik.

Dort wurde sie vom Vorarbeiter in Empfang genommen. »Haben Sie schon einmal Zigarren gedreht?«

»Nein, aber ich werde es lernen«, antwortete Antonia wahrheitsgemäß. Der Geruch der Tabakblätter stieg ihr in die Nase. Sie mochte diesen würzigen Geruch, musste sie sich eingestehen. Exotisch, aber sehr angenehm.

»Dann erkläre ich Ihnen die Grundlagen.« Er ging voraus in die Halle. Die Schwüle in der Fabrikhalle ließ ihr augenblicklich den Schweiß aus den Poren dringen.

Die Arbeitsplätze sahen in Antonias Augen unordentlich und schmutzig aus. Doch bei näherem Hinsehen erkannte sie unterschiedlich große Tabakblätter. Der Schmutz entpuppte sich als Tabakbrösel, und der Arbeitsplatz war eng. So würde sie ihrer Nachbarin über die Schulter sehen können und hoffentlich bald lernen, wie man die wertvollen Zigarren drehte.

»Da vorn ist das Pult des Vorlesers«, erklärte er. »Aber Sie sollten vorerst konzentriert arbeiten. Sobald Ihnen die Arbeit von der Hand geht, können Sie zuhören. Der Vorleser liest die neuesten Nachrichten vor. Nur zu Beginn hören Sie zu, da gibt der Vorleser die Anweisungen des Patróns bekannt, verstanden?«

Antonia bejahte, obwohl sie nicht wusste, warum Federico einen Vorleser beschäftigte. Er schien jedenfalls gut für seine Arbeiter zu sorgen. Und die Arbeiter sahen zu ihm auf, sonst würden sie ihn nicht ohne seine Anwesenheit Patrón nennen.

»Hier wird Ihr Platz sein.« Er führte sie zu einem abgenutzten Tisch. »Während der Lernphase bekommen Sie keine großen Blätter. Die sind für die Spitzenzigarren vorgesehen. Ein zerstörtes Blatt kostet viel und wird Ihnen vom Lohn abgezogen.«

Behutsam nahm Antonia eines der großen Blätter, auf die der Vorarbeiter gezeigt hatte, in die Hand. Es war zart und würde bei falscher Handhabung schnell einreißen. Respektvoll legte sie es zurück auf den Nachbartisch.

»Wissen Sie etwas über den Tabakanbau?«

»Ich hatte bisher nur mit Weinanbau zu tun. Aber ich bin harte Arbeit gewohnt.«

Der Vorarbeiter lachte und schüttelte den Kopf. »Sie sollten zuerst auf dem Feld arbeiten und erst dann in der Fabrik. Aber gut, der Patrón hat entschieden, also arbeiten Sie eben hier.«

So, wie der Vorarbeiter mit ihr redete, ließ er keinen Zweifel daran, dass Antonia scheitern würde. Und das musste sie verhindern. Sie brauchte diese Arbeit.

»Warten Sie hier, bis Graziella kommt. Sie wird Ihnen alles zeigen«, wies er Antonia an, und sie setzte sich auf den Holzhocker, der vor dem Arbeitstisch stand.

Antonia sah sich um. In der Halle standen etwa zweihundert solcher kleinen Tische mit Hocker davor. Auf dem Tisch lagen Tabakblätter in unterschiedlicher Größe und einige Ringe, die vermutlich die Stärke der Zigarren vorgaben.

Die Fabrikhalle füllte sich. Frauen mit den unterschiedlichsten Hautfarben strömten herein. Die Männer schienen woanders zu arbeiten.

Erst murmelten die Arbeiter leise, das Stimmengewirr verstummte, als der Vorleser allen einen guten Morgen wünschte. Bis auf den Platz neben Antonia war jeder einzelne belegt.

Etwas ratlos blieb sie sitzen. Noch bevor der Vorleser die angekündigten Arbeitsanweisungen verlas, kam eine schwarze Frau lächelnd auf sie zu. Sie legte die Finger auf die Lippen, und Antonia lächelte sie dankbar an. Sie bekam Unterstützung.

Der Vorleser gab die Anweisung, an diesem Tag Zigarren mit einem Dreizehn-Millimeter-Durchmesser zu drehen. Dann schwieg der Vorleser und legte sich eine Zeitung zurecht.

»Eine weiße Lady.« Sie schüttelte den Kopf. »Du musst neu auf Kuba sein.« Sie betrachtete Antonias Kleidung, die nicht unterschiedlicher zu der von Graziella hätte sein können. Antonias Kleid war dunkelgrau. Graziella trug ein flaschengrünes Kleid mit hellgelben Punkten, dazu einen eleganten gebundenen Turban in Gelb mit grünen Streifen auf dem Kopf. »Deine Geschichte interessiert mich«, flüsterte Graziella und entblößte eine Reihe strahlend weißer Zähne.

Antonia mochte sie auf Anhieb. Ihr offenes Lächeln ließ sie neuen Mut fassen. »Und ich möchte alles über das Zigarrendrehen lernen.«

Graziella nickte. »Erst zusehen«, wies sie Antonia an und begann mit der Arbeit. Sie nahm ein großes Deckblatt, legte zwei kleinere Unterdeckblätter hinein. Nach und nach fasste sie weitere Blätter in der Hand zur Füllung zusammen und legte sie dann auf die Deckblätter. Anschließend rollte sie alles mit geschickten Fingern auf dem Tisch zu einer formvollendeten Zigarre, tupfte mit dem Finger aus einem Töpfchen mit Pflanzenkleber etwas auf das Ende des Deckblattes, bevor sie mit einer Art Spatelmesser ein Stück herausschnitt und es um das Ende klebte. Sie schob ihr Exemplar durch einen der Ringe und sah sie zufrieden an. »Genau dreizehn Millimeter, wie der Patrón es heute möchte.«

Antonia war beeindruckt. Es sah so leicht aus, fast schon spielerisch. Graziella rollte weiter und weiter und weiter, während Antonia versuchte, sich jede Handbewegung genau einzuprägen.

Nach etwa einer Stunde legte Graziella die Hände in den Schoß. »Und jetzt du«, forderte sie Antonia auf. »Erst die Zigarillos. Die gehen einfacher.«

Die passenden Tabakblätter lagen bereits auf ihrem Tisch. Antonia versuchte, jeden der Schritte möglichst genau durchzuführen. Die ersten misslangen, sie sahen nicht so aus, als würde man sie überhaupt rauchen können.

Mit jeder Drehung wuchs in Antonia die Verzweiflung. Was so leicht aussah, war unvergleichlich schwer. Mal drehte sie zu fest, dann wieder zu locker.

»Du machst das schon ganz gut«, lobte Graziella. »Für eine weiße Lady.«

Antonia konnte nur hoffen, durch Übung jeden Tag besser zu werden.

Und das gelang ihr. Die kommenden Tage waren ausgefüllt mit dem Drehen der Zigarillos. Als diese nicht mehr auseinanderfielen und gut gerollt waren, durfte Antonia sich an den Zigarren versuchen.

Sie war langsam und der Stundenlohn entsprechend gering, aber sie klagte nicht. Im Gegensatz zu Mateo. Er lieferte fertige Kisten an Läden und Restaurants aus. Eigentlich eine leichte Arbeit, und doch klagte er jeden Abend über Rückenschmerzen, um dann in eine Bar zu gehen und seinen Kummer zu ertränken. Antonia hoffte innig, er würde sich bald an sein Los gewöhnen und die Trinkerei sein lassen. Sie mochte nicht, wie er roch und wie er sich benahm. Außerdem verprasste er das Geld, das sie so dringend für die Pflanzung benötigten.

Jeden Tag schaffte sie einige Zigarren mehr, was den Lohn erhöhte, doch im Vergleich zu Graziella war sie eine schlechte Arbeiterin, und das setzte Antonia zu.

Als der Vorarbeiter neben ihr stehen blieb, entglitt Antonia die gerollte Zigarre, und nur mit Mühe vermochte sie das wertvolle Stück fertigzustellen.

»Der Patrón will dich sprechen.«

Antonia erhob sich und begab sich auf den Weg zu Federicos Büro.

Antonias Nervosität nahm bei jedem Schritt zu. Mit zitternden Knien setzte sie einen Fuß vor den anderen, obwohl sie am liebsten davongelaufen wäre. Federico hatte nach ihr schicken lassen. Das konnte nichts Gutes bedeuten. Sie machte ihre Arbeit, aber sie war viel langsamer als die anderen Zigarrendreher. Sosehr sie sich abmühte, schneller zu werden, es gelang ihr einfach nicht.

Ihr Leben auf Kuba hatte sie sich nicht so hart vorgestellt. Es kostete sie große Kraft, Mateo Halt zu geben, obwohl sie selbst gerne eine Schulter zum Anlehnen gehabt hätte. Er machte es ihr nicht leicht, sich mit der momentanen Situation abzufinden. Nicht nur ihre Zukunft, auch ihre Ehe stand auf wackeligen Beinen.

Einzig die Besuche bei Fernanda ließen sie nicht verzweifeln. Ihre Freundin sprach ihr Mut zu, wenn sie in den wenigen schwachen Momenten über ihr Schicksal klagte.

Was nutzte es ihr, dass die Läden in Havanna vor Lebensmittel und hübschem Tand überquollen, die Theater legendär waren und die Tanzlokale beliebt? Nichts davon konnten sie sich leisten, solange Mateo nicht seine abendlichen Barbesuche einstellte.

An manchen Abenden, wenn sie allein zu Haus saß, spukte der Gedanke durch ihren Kopf, dass die Heirat mit Mateo ein Fehler gewesen war.

Er hatte sich verändert.

Sie hatte sich verändert.

Die Gemeinsamkeiten nahmen ab, und die Kluft zwischen ihnen wurde immer größer.

Mateo war nicht der erfolgreiche Geschäftsmann, den sie in ihm gesehen hatte. Er war nicht wie Federico. Seine Arroganz stieß sie ab, seine Geschäftstüchtigkeit bewunderte sie.

Obwohl es falsch war, ihren Chef mit Mateo zu vergleichen, so verkörperte er all das, was sie hinter Mateo vermutet hatte. Willensstärke, Kraft, Intelligenz und Ehrgeiz. Sie hatte ihrem Mann vertraut, die schönen Worte über eine glücklichere Zukunft in diesem Land für bare Münze genommen. Aber alles war anders gekommen. Ganz anders.

Und nun würde sie vermutlich ihre Arbeit verlieren, weil sie zu langsam drehte.

All dies ging ihr durch den Kopf, bis sie vor Federicos Tür stehen blieb. Sie atmete tief ein und wieder aus, bevor sie es wagte anzuklopfen.

»Herein«, forderte Federico sie auf.

Behutsam öffnete sie die Tür. »Sie wollten mich sprechen?«

»Nachdem wir uns mittlerweile alle duzen, sobald wir uns bei mir zu Hause sehen, können wir das doch beibehalten.« Er lächelte sie aufmunternd an. »Setz dich.«

Es kam ihr falsch vor, ihren Chef in der Firma zu duzen. Wenn sie Fernanda besuchte, war Federico deren Bruder und nicht ihr Chef. Manchmal dachte sie, er würde mit ihr flirten, für viel wahrscheinlicher hielt sie jedoch, dass er mit ihr spielte. Er, der reiche Fabrikbesitzer, und sie, das arme Bauernmädchen aus Mallorca. Eine kleine Beute für zwischendurch. Dafür würde sie sich nicht hergeben. Auch nicht, um ihre Stelle zu behalten. »Ich fände es unangebracht, Federico.«

Er stand auf und kam auf sie zu. »Ganz wie Sie wünschen.« Federico zwinkerte ihr vertraulich zu, was Antonia zur Vorsicht mahnte. Er führte sie zu einem Sessel. Ihr Magen rebellierte, und trotz seines offenen Gesichtsausdrucks fürchtete sie das Gespräch.

»Wie gefällt es Ihnen in der Fabrik?«, begann er.

Also ging es um ihre Arbeit. »Ich bin noch zu langsam, aber ich gebe mir Mühe.«

»Ich weiß«, sagte er. »Aber das beantwortet nicht meine Frage.«

Sie konnte ihm schlecht sagen, wie sehr sie diese Arbeit verabscheute. Sie ging ihr einfach nicht gut von der Hand. Das ärgerte sie. Antonia räusperte sich.

Federico brummte. »Es gefällt Ihnen also nicht.«

»Es ist noch ungewohnt«, wich sie ihm aus.

Er sah sie eindringlich an.

Antonia widerstand dem Drang, auf dem Stuhl hin und her zu rutschen.

»Ich mache Ihnen ein Angebot.«

Die Art, wie er es sagte, konnte sie nicht einordnen.

»Mein Vorleser ist ums Leben gekommen.«

Davon hatte sie gehört. Angeblich sei er in eine Schlägerei hineingeraten und niedergestochen worden.

Federico legte den Kopf schräg. Antonia kam sich vor wie ein seltenes Insekt unter dem Mikroskop. »Er hatte sehr großes Pech.«

Antonia sah zu Boden. Deshalb war an diesem Morgen kein Vorleser in der Halle gewesen. Das hatte sie bemerkt, und auch ihre Kolleginnen hatten gemurrt, weil niemand ihnen die Zeitung vorgelesen hatte. Wie sie nun wusste, vermochten viele der Arbeiterinnen weder zu lesen noch zu schreiben. Vor allem die schwarzen Frauen arbeiteten seit ihrer Kindheit, ohne jemals eine Schule besucht zu haben.

Ohne die Vorleser bekamen die Fabrikarbeiter nichts vom öffentlichen Tagesgeschehen mit. Sie las lieber selbst, dennoch schätzte sie diese kubanische Tradition sehr.

»Ich brauche schnellen Ersatz, sonst werden die Arbeiterinnen unruhig. Und wer redet, macht Fehler.«

Antonia wusste nicht recht, was sie darauf antworten sollte. Es hatte nichts mit ihr oder ihrer Arbeit zu tun.

»Würden Sie sich das zutrauen? Ich weiß, dass Sie lesen können, sonst würden Sie sich keine Bücher von Fernanda ausleihen.«

Antonias Kopf fuhr hoch. Sie starrte ihn an. »Ich?«

»Warum nicht Sie? Wollen Sie mir etwas vorlesen?« Federico reichte ihr eine Zeitung. »Nur einen Artikel?«

Die Vorleser waren die angesehensten Arbeiter in einer Fabrik. Sie verdienten fast das Doppelte der Zigarrendreher. Warum tat dieser Mann das? Warum bot er ausgerechnet ihr diese Stelle an? Sie würde sich noch mehr in Acht nehmen müssen.

Antonia streckte den Rücken durch und versuchte die Nerven zu behalten. »Gerne.« Sie griff nach der Zeitung. »Die Titelseite?«

»Die habe ich schon gelesen.« Er trat zu ihr, beugte sich dicht über sie und blätterte einige Seiten vor. »Wie wäre es mit diesem hier?«

Seine Nähe verunsicherte sie. Sie fürchtete sich vor ihm, und gleichzeitig stieg noch ein anderes Gefühl in ihr auf. Anziehung? Der Mann manipulierte sie. Das durfte sie nicht zulassen. Aber sein Spiel musste sie mitspielen. »Gut.« Antonia begann zu lesen. Der Artikel informierte über eine neue Vorstellung im Teatro Nacional in Havanna. Nachdem Antonia geendet hatte, legte sie die Zeitung auf ihren Schoß und sah zu Federico.

»Sie lesen gut und fehlerfrei vor. Es wird den Arbeiterinnen gefallen, von einer Frau etwas vorgelesen zu bekommen. Ich bin überzeugt, sie werden wie gebannt zuhören, um nur kein Wort zu verpassen.« Federico stemmte die Arme in die Hüften. »Würde Ihnen das Vorlesen mehr liegen?«

Antonia überlegte nicht lange. Obwohl sie ahnte, dass Federico die Situation irgendwann ausnutzen würde. Er war ein alleinstehender Mann und sie nichts weiter als eine Arbeiterin.

»Absolut«, antwortete sie knapp.

»Schön, dann stelle ich Sie als neue Vorleserin vor. Und zur Feier des Tages wollte ich Sie fragen, ob Sie mit mir und meiner Familie heute Abend diese Vorstellung besuchen.«

Antonia zögerte. Sollte er jetzt schon den Preis für die Stelle einfordern?

»Ihr Mann ist natürlich auch eingeladen«, sprach Federico weiter.

»Dann sage ich gerne zu.« Sie würde Mateo zureden, sich erneut als Buchhalter ins Gespräch zu bringen. Und vielleicht konnte Federico ihm eine geeignete Stelle vermitteln. Er kannte viele Fabrikinhaber, und wenn Mateo seine Arbeit gut machte, würde Federico ihn eventuell empfehlen.

Federico konnte erwarten, was er wollte, sie würde ihm den Preis auf keinen Fall bezahlen.

Anschließend sagte er ihr, wie viel sie verdienen würde. Es war mehr als das Doppelte ihres jetzigen Lohns – und weit mehr, als Mateo verdiente. Doch das würde sie ihrem Mann verheimlichen. Er ging sowieso schon zu verschwenderisch mit dem Geld um.

Für den restlichen Tag gab Federico ihr frei. In den unerwarteten freien Stunden schrubbte sie erst die Wohnung und bügelte dann ihr bestes Kleid. Mateos Anzug bürstete sie ebenfalls aus. Die guten Schuhe standen geputzt im Schrank. Alles war perfekt vorbereitet, und Antonia freute sich auf den Abend. Er bot eine erfreuliche Chance, ihrem Leben eine gute Wendung zu geben.

Antonia richtete eine schnelle Mahlzeit her und hoffte darauf, Mateo würde pünktlich kommen, um sich ebenfalls schick zu machen. Die letzten beiden Wochen hatte er sich sehr gehen lassen.

Frisches Brot und Käse standen auf dem Tisch, dazu kühles Wasser. Mehr war bei ihrem bescheidenen Einkommen leider nicht möglich. Für Wein oder Olivenöl reichte das Geld bei Weitem nicht. Aber das könnte sich bald ändern. Mateo würde eine Stelle als Buchhalter finden, dann würde alles besser werden.

Polternde Schritte kündeten Mateos Ankunft an. Die Tür schwang auf, und ihr Mann trat ein. »Du bist schon zu Hause?«

»Ja, ich werde künftig als Vorleserin arbeiten«, informierte sie ihn über ihre neue Arbeit.

»Vorleserin, aha, gibt das mehr Geld?«

»Leider nicht, aber Federico hat uns für heute ins Theater eingeladen. Die guten Sachen habe ich schon hergerichtet. Und mit etwas Glück treffen wir dort weitere Geschäftsleute, und einer sucht einen Buchhalter.« Sie lächelte ihn an. »Komm, setz dich, wir müssen uns beeilen.«

Mateo sah sie belustigt an. »Du willst der Einladung folgen?«

»Natürlich.«

»Und dich von ihnen vor den reichen Leuten vorführen lassen?« Mateo zog sich den Stuhl zurecht und setzte sich. Sein Gesichtsausdruck hatte etwas Provokantes.

»Das würden sie nie tun, und das weißt du.« Ihr wollte nicht in den Kopf, warum Mateo schlecht von den Guerreras dachte. Fernanda und ihr Vater hatten ihnen nur hilfreich zur Seite gestanden. Und das, ohne jemals etwas dafür zu fordern oder sie herablassend zu behandeln. Und Federico konnte sie aus dem Weg gehen.

»Du bleibst zu Hause«, sagte er bestimmt. »So wie ich. Ich mache mich doch nicht lächerlich!«

»Bitte, Mateo, es ist eine einmalige Gelegenheit, mit anderen erfolgreichen Geschäftsleuten ins Gespräch zu kommen.« Sie schnitt ihm eine Scheibe Brot und eine Ecke Käse ab und legte sie auf sein Holzbrett. »Du kannst endlich zeigen, wer du wirklich bist.«

»Und wer bin ich?«

Es war Antonia unbegreiflich, warum Mateo einen Streit vom Zaun brach, anstatt sich über die gute Gelegenheit zu freuen. Den aufkeimenden Ärger schluckte sie hinunter, um ihm aus lauter Enttäuschung nicht an den Kopf zu werfen, dass er im Moment mehr einem Säufer als einem Buchhalter glich. »Ein erfolgreicher Buchhalter in der Fremde auf der Suche nach einer geeigneten Stelle.«

Für einen Moment sah es so aus, als würde Mateo einlenken, doch dann verhärtete sich sein Blick. »In dem alten Anzug kann ich nicht dort auftauchen. Und du solltest es auch besser sein lassen.«

»Ich werde hingehen!« Überrascht über ihren entschlossenen Ausbruch wandte sie sich ab und goss Wasser in die Waschschüssel. Sie spürte den Blick ihres Mannes in ihrem Rücken, während sie sich das Hauskleid auszog, um sich zu waschen. Sie hatte zugesagt und konnte nicht fernbleiben. Das würde unzuverlässig wirken.

»Du bist eine naive und dumme Frau.«

Die Feindseligkeit in Mateos Stimme erschreckte Antonia. Doch sie ließ sich nichts anmerken. Seit sie auf Kuba waren, erkannte sie Mateo nicht wieder. Eigentlich hatte er sich bereits auf der Überfahrt verändert. Wo war die einstige Stärke geblieben? Die Liebe? Die Wertschätzung? Waren all seine Worte nur leere Worthülsen gewesen? Die Antworten erfüllten sie mit Angst. Ja, sie war eine naive und dumme Frau. Eine Frau, die dumm genug gewesen war, diesen Mann zu heiraten und auf ein Glück mit ihm in der Fremde zu hoffen. Aber sie war nicht so dumm, wegen ihm diesen Besuch ausfallen zu lassen. Und niemand wollte sie vorführen. Das wusste sie genau.

»Noch kannst du es dir überlegen.« Antonia schlüpfte sorgsam in ihr bestes Kleid. Dennoch kam sie sich ungenügend gekleidet für einen Theaterbesuch mit den Guerreras vor. Dabei stimmte das überhaupt nicht. Mateo hatte sie verunsichert. Ja, die Guerreras hatten mehr Geld zur Verfügung, aber nie ließen sie Antonia das spüren. Im Gegenteil.

Ihre Meinung zu vielen Themen wurde gerne gehört, und sie war ein gern gesehener Gast.

Mateo fing an zu lachen. Es war kein freundliches Lachen. Er lachte sie aus. Dann griff er nach seinem Hut und schüttelte den Kopf. »Mach dich alleine lächerlich.« Die Tür fiel mit Schwung ins Schloss, und Antonia wusste, wohin Mateo gehen würde. Wieder in eine der Kneipen am Malecón. Und er würde wieder betrunken nach Hause kommen. Und sie würde sich ihm wieder verweigern, wie jeden Abend, wenn er in so einem Zustand nach Hause kam. Es schien ihn nicht zu stören, dass seine Frau sich ihm nicht mehr hingab. Offenbar spülte der Rum jegliches Interesse an ihr oder ihrer gemeinsamen Zukunft seine Kehle hinab.

Sein Verhalten erboste sie. Mateo ignorierte die Chancen, die das Leben ihm bot. Er tat gerade so, als würde eine Empfehlung ein Almosen bedeuten. Sein falscher Stolz stand ihm im Weg. Diese Einstellung war nicht nur dumm, sondern auch kontraproduktiv. Immerhin hatten sie ein gemeinsames Ziel gehabt, und in lockerer Gesellschaft über Mateos Beruf zu sprechen hatte nichts mit Betteln zu tun.

So langsam zweifelte Antonia, ob Mateo überhaupt noch an das Grundstück und die Weinstöcke, die sie dort pflanzen wollten, dachte. Seine Liebe zu ihr schien er jedenfalls vergessen zu haben. Gedankenverloren spazierte sie zum Stadthaus, in dem die Guerreras wohnten.

Fernanda öffnete die Tür. Sie trug eine wundervolle Abendrobe und sah unglaublich hübsch darin aus. Ihr dunkles Haar bildete einen starken Kontrast zu dem grünen Seidenstoff, und ein kecker Hut saß frech auf ihrer Hochsteckfrisur. »Du siehst bezaubernd aus!«

»Mein Vater will mich verheiraten. So viel steht fest. Er würde mir sonst nie neue Kleider kaufen.« Sie verdrehte theatralisch die Augen. »Wenn du nicht so traurig schauen würdest, könnte ich dir das Kompliment zurückgeben.«

Selbst ihrer Freundin konnte sie nicht die Wahrheit sagen, also suchte sie nach einer Notlüge. »Mateo konnte nicht kommen. Etwas Geschäftliches. Ich hätte ihn gerne an meiner Seite gehabt, da wir selten ausgehen.« Das dunkelblaue Kleid war nicht mehr ganz modern, dennoch wusste Antonia, dass es ihr hervorragend stand. Sie hatte es zu einer Hochzeit getragen, und Mateo hatte sie damals keinen Moment aus den Augen gelassen. Zudem fürchtete sie sich ohne Mateo ein wenig vor Federicos Anwesenheit. Noch nie hatte sie sich jemandem gegenüber so unsicher gefühlt.

»Du siehst hinreißend aus«, schwärmte Julio. »Mit zwei so hübschen Damen ins Theater zu gehen wird mir ein Vergnügen sein.« Er drehte sich suchend um. »Wenn mein Sohn endlich kommen würde«, rief er etwas lauter aus.

»Ich bin schon da«, rief Federico zurück und eilte die Treppenstufen hinunter. Sein Lauf wurde langsamer, als er Antonia entdeckte. Er blickte sie an wie damals Mateo. Mit Begehren im Blick. Antonia sah zur Seite. Sie musste vor diesem Mann auf der Hut sein.

11

Mallorca, Herbst 1914

»Was hat denn da wieder so lange gedauert?«, raunzte Carla Leo an, als er aus der Toilette trat.

»Ah, Fräulein Hochwohlgeboren wünscht wohl eine zweite Toilette, womöglich noch eines dieser Wasserklosetts, wie sie in Palma mittlerweile en vogue sind.«

»Du redest Unsinn.« Carla drückte sich an ihm vorbei. »Mir reicht unser Klo auf dem Hof, aber der Herr scheint sich ja in der Stadt auszukennen.« Sie schlug ihm die Tür vor der Nase zu.

Gleich würde seine rotzfreche Schwester eine Überraschung erleben. Leo grinste, als er sich vorstellte, wie sie nach dem Papierhalter griff und dieser leer war. Rasch eilte er ins Haus, als er ihr Zetern hörte. In den letzten Tagen hatte Carla wegen jeder Kleinigkeit an ihm herumgemäkelt. Also hatte sie die kleine Retourkutsche redlich verdient.

»Was ist da draußen schon wieder los?« Vater wartete bereits in der Küche auf ihn.

»Carla zickt nur wieder herum. Keine Ahnung, warum.« Leo zuckte unschuldig mit den Schultern.

»Wir haben keine Zeit für eure Streitigkeiten. Komm, wir müssen los.« Vater zog seine Jacke über und zeigte zur Tür.

»Kommt Diego auch mit?«, fragte Leo.

»Nein, wir fahren heute die letzte Fuhre allein zur Brandydestillerie. Du musst lernen, wie man Geschäfte macht.«

Vaters Worte erfüllten Leo mit Stolz, denn er schien Leo mehr zuzutrauen als seinem Bruder Diego. Der zeigte immer weniger Interesse für das Weinfeld, und wenn sein Bruder so weitermachte, könnte Leo möglicherweise in wenigen Jahren alles übernehmen.

Am Weinfeld machte Leo den Esel, der unter einem Baum im Schatten ruhte, los und schirrte ihn vor den Karren.

Sein Blick streifte über ihren eigenen Grund und Boden. Bald würden sie die Stöcke zurückschneiden und dann den Rebstöcken die nötige Winterruhe lassen. Leo liebte diesen Jahresrhythmus. Die Natur bestimmte, wann es was zu tun gab. Für Leo gab es keinen schöneren Beruf, als Weinbauer zu sein. Um so viel wie möglich von seinem Vater zu lernen, ließ er sich alles zeigen, was zum Anbau dazugehörte.

Sosehr ihn Vaters Vertrauen ehrte, ihn heute zu begleiten, umso mehr enttäuschte Leo, dass sie dieses Jahr die gesamte Lese an den Brandyhersteller verkauften und keinen eigenen Wein herstellten. Was war ein Weinbauer ohne Wein? Nur die Trauben anzubauen und zu verkaufen hatte nichts mit der Kunst der Weinherstellung zu tun.

Leo wiederholte diese Feststellung jeden Tag, und doch ließ sich sein Vater nicht umstimmen. Er behauptete sogar, Leo sei zu jung, um das zu verstehen. Mit fünfzehn Jahren hätte er das Weingut alleine führen können. Aber er durfte es nicht. Und da sein Vater das Sagen hatte, war es in diesem Jahr schon nach der Lese vorbei. Seit er das wusste, sah er sich in Palma nach einer Arbeit um. Diego würde als Fischer aufs Meer fahren, Carla würde zusammen mit Mutter Früchte und Gemüse einwecken, doch er? Was sollte er tun? Neben Vater vor dem Haus sitzen und den Weinstöcken beim Wachsen zusehen? Nein, das war nichts für ihn.

Vater saß schon auf dem Kutschbock. Leo kletterte neben ihn, ließ die Peitsche knallen, und der Karren schaukelte in leichtem Trab über den Weg.

Leo sog den herbstlichen Duft von feuchter Erde ein und verlor sich im Blick auf die Berge. Ob Antonia diese Aussicht vermisste? Wie er sie beneidete. Antonia hatte ihre eigenen Weinfelder, ihre eigene Bodega, sie machte das, wovon er so sehnsüchtig träumte.

Allmählich konnte Leo die Konturen der Häuser von Palma erkennen. Bald wären sie da. Das erste Mal, dass er Vater bei einem Geschäftstermin sehen würde. Er betrachtete ihn von der Seite. Müde sah er aus, dabei brauchte man doch alle Kraft, wenn man seine Waren zu einem guten Preis verkaufen wollte.

Leo räusperte sich. »Ich bin neugierig. Wie läuft der Verkauf denn gleich ab? Da wird doch bestimmt auch der Preis verhandelt?« Leo stellte es sich wie ein Gespräch auf dem Markt vor. Beide nannten ihre Preise, und am Ende wurde man sich einig.

Vater lachte, und sofort wirkte sein Gesicht wieder frisch.

»Ach, Leo, du musst noch viel lernen. Den Preis haben wir längst vereinbart, noch vor der Lese. Ich fahre doch nicht zig Mal hin und her, lade die Trauben schon ab und weiß nicht, welchen Preis ich bekomme.«

Leo durchfuhr es heiß, weil er sich so dumm vorkam. Natürlich handelte man vorher die Bedingungen aus. Die Trauben wurden ja nicht besser, wenn man sie noch tagelang lagern musste, weil man noch nicht handelseinig war. Würden sie wieder Wein keltern, dann gäbe es das Thema nicht. Noch konnte er seinen Vater nicht umstimmen, aber irgendwann hätte er das Sagen. Und dann wollte er wieder Wein keltern. Guten Wein. Und der würde auch Abnehmer finden. Das würde er seinem Vater beweisen.

Vater lenkte den Karren vor die große Abladehalle, und ein Mann eilte herbei. »Hola, Juan, ich übernehme, wenn es recht ist?«

Vater grüßte zurück, kletterte vom Kutschbock und übergab dem Mann die Zügel. »Komm, Leo, die Leute hier laden aus, und wir gehen ins Büro.«

Aufgeregt stieg Leo ab. Das riesige Tor der Halle wirkte wie ein Schlund, der Unmengen von Trauben aufnehmen konnte.

Sie betraten das Büro des Inhabers.

»Hola, Pere, das ist mein Sohn Leo«, stellte Vater ihn vor.

Pere deutete mit einer Hand zu zwei Stühlen vor seinem Schreibtisch.

Leo konnte seinen Blick kaum von den Intarsien des Schreibtisches abwenden. Aufwendige Muster zierten die Oberfläche rechts und links von einer ledernen Unterlage.

Pere griff unter sich und legte ein Papier vor sich ab.

Neugierig linste Leo darauf, konnte aber nichts von der Schrift erkennen. Am liebsten wäre er auf dem Stuhl an die Kante gerutscht, denn sicher handelte es sich bei dem Papier um die Abrechnung. Wieso sagte keiner was? Das war doch ein Geschäftstermin?

Pere legte die Stirn in Falten. »War das die letzte Fuhre?«

»Ja«, antwortete Vater. »Es war ein gutes Jahr.«

Pere deutete zu Leo. »Besser, der Junge geht nach draußen.«

Entrüstet sog Leo die Luft ein. »Ich bin kein Junge mehr!«

Vater legte ihm die Hand auf die Schulter. »Benimm dich, dann kannst du bleiben.«

Leo betrachtete seine Schuhspitzen. Auf keinen Fall wollte er den Raum verlassen.

»Dann bleib eben hier. Mir ist es einerlei.«

Juan reichte Pere einen Zettel. »Hier meine Mengenabrechnung. Wie vereinbart.«

»Die Ernte war wirklich gut.« Pere betrachtete die Mengenangabe. »Ich hoffe, es trifft dich nun weniger hart.« Er deutete auf das Papier vor sich. »Die Leute haben kein Geld mehr, um sich Brandy zu kaufen. Der Export ist wie beim Wein zusammengebrochen.« Pere schnaufte. Es fiel ihm sichtlich schwer weiterzusprechen. »Und ich habe dieses Jahr weit mehr Trauben, als ich verarbeiten kann.«

Juan räusperte sich. »Was soll das heißen?«

Entschuldigend hob Pere beide Hände. »Es tut mir wirklich leid, aber ich kann es nicht ändern. Der Krieg. Ich kann dir nur die Hälfte bezahlen, und nächstes Jahr werde ich deine Trauben gar nicht kaufen können, sollte sich die Lage nicht verbessern.«

»Ihr habt einen Vertrag!«, rief Leo aus. Sein Vater hatte ihn doch vorhin noch belehrt, dass die beiden den Preis vorher vereinbart hatten. Da konnte doch dieser Pere nicht nach der Ablieferung der Trauben die Vereinbarung einfach brechen.

Pere sah von Juan zu Leo. »Ach, Junge, was soll ich machen? Der Krieg hält sich nicht an Verträge. Viele der Männer im

Ausland, wohin ich exportiere, sind im Krieg, und da gibt es in ganz Europa Wichtigeres als meinen Brandy.« Er schob Juan einen Umschlag über den Tisch. »Hier, mehr habe ich nicht. Wenn es dir nicht reicht, nimm deine Trauben wieder mit, und versuche selbst beim Keltern dein Glück.«

Peres Worte ließen Leos Herz heftiger schlagen. Sie würden also doch Wein keltern. Manchmal war das größte Pech auch das größte Glück. Er fasste seinem Vater an die Schulter. »Papá, das sollten wir. Und zwar schnell, bevor die Trauben verderben.«

Sein Vater schüttelte den Kopf und sah auf den Briefumschlag. »Wir werden auf dem Wein sitzen bleiben. Dann haben wir gar nichts.« Mit einer zaghaften Handbewegung nahm er das Geld, stand auf und ging zur Tür. »Hoffen wir auf Besserung im nächsten Jahr. Dir gebe ich nicht die Schuld, Pere. Ich weiß, die Zeiten sind hart.«

Leo konnte es kaum glauben. Sein ehemals stolzer Vater gab klein bei. So konnte man die Familie Delgado nicht behandeln! In diesem Moment verlor Leo die Achtung vor seinem Vater. Dieser Mann hatte seinen Biss verloren. Und Leo fasste einen Entschluss. An dieser Stelle und am heutigen Tag würde er nichts mehr ausrichten können. Aber er würde für eine bessere Zukunft für die Familie sorgen.

Leo suchte nach den passenden Worten für diesen Halsabschneider, der sie eiskalt um die Hälfte ihrer Einnahmen betrog.

»Leo, komm, wir können hier nichts ausrichten.« Vater ging durch die Tür und verließ das Büro.

»Es tut mir wirklich leid«, sagte Pere leise.

Widerwillig folgte Leo seinem Vater, aber nicht, ohne Pere einen vernichtenden Blick zuzuwerfen. »Ersticken sollen Sie an den Trauben!« Er beschloss, gleich am nächsten Morgen in die Felder zu fahren und die Reben zurückzuschneiden. Sie mussten für das kommende Jahr vorbereitet werden. Nächstes Jahr würden sie wieder Wein keltern, wie es sich für einen Weinbauern gehörte! Und bis es wieder mit der Arbeit auf den Feldern losging, würde er sich eine Stelle suchen, um die Familie zu unterstützen. Auf Diego konnte sich die Familie nicht verlassen. Sein Bruder träumte davon, Fischer zu werden. Da könnte er ja gleich davon träumen, zu fliegen wie ein Vogel. Ein Weinbauer auf dem Meer? Hatte jemand schon dümmere Pläne gehabt?

12

Carla wusch in der Küche das Gemüse für das Mittagessen, und Mutter deckte den Tisch. Vor einer Viertelstunde waren Vater und Leo schweigend und grußlos an ihr vorbeigestiefelt. Nun saßen sie mit Diego draußen im Schatten. Dabei war der Tag der Abrechnung doch ein Tag der Freude. Ob sie das Geld zählten? Ob auch Antonia schon die ersten Einnahmen hatte? Jeden Tag fragte sie sich, wie es Antonia ging. Sie vermisste sie sehr. Natürlich hatten sie sich gestritten. Und doch waren sie Verbündete gewesen, wenn es gegen ihre Brüder gegangen war. Sie fühlte sich allein unter ihren Brüdern. Leo ging ihr auf die Nerven. Er spielte sich auf, als wäre er der Herr und nicht nur ein dummer Junge. Mit wem sollte sie über ihre wachsenden Brüste reden und was das Erwachsenwerden sonst so mit sich brachte? Mit ihrer Mutter konnte sie das so wenig wie mit ihren Brüdern.

Carla seufzte. Seit Antonias Abreise hatten sie nichts von ihr gehört. Natürlich wusste Carla, wie lange ein Brief unterwegs war, und man konnte auch nicht wissen, ob er nicht auf dieser langen Reise verloren ging. Dennoch hoffte sie jeden Tag auf eine Nachricht von ihr.

Ein Klopfen riss sie aus ihren Gedanken. »Ich gehe schon.« Carla ging zur Haustür und öffnete.

»Ein Brief für euch.« Der Postbote reichte ihr ein Kuvert. »Aus Kuba. Ein weiter Weg für so einen Brief. Ich hoffe, Antonia und Mateo geht es gut.«

»Bestimmt.« Carla riss ihm den Umschlag aus der Hand und lief in die Küche. »Endlich haben sie geschrieben!«, rief sie in den Patio. »Hört ihr mich?«

»Carla! Ich bitte dich. Schrei nicht das ganze Haus zusammen, und gib den Brief her.«

Ihre Mutter streckte die Hand aus, doch Carla ignorierte sie. Am liebsten hätte sie den Brief selbst geöffnet.

»Papá, Leo, Diego, kommt ihr endlich? Antonia hat geschrieben!« Carla sah zu ihrer Mutter. »Sie hören mich wohl nicht.« Sie stellte sich an die Tür zum Patio und rief erneut.

Leo sprang auf und rannte auf sie zu. »Was ist los? Kannst du uns Männer nicht ein einziges Mal in Frieden lassen?«

Wedelnd hielt Carla ihm den Umschlag vor die Nase. »Das ist los.« In dem Moment war ihr sogar Leos aufsässige Art gleichgültig. Hinter ihm standen auch Vater und Diego auf.

Leo prustete. »Ach, das ist es. Du hörst dich an, als würde man ein Schwein schlachten. Man hört dich noch drei Häuser weiter rufen.«

»Ach, halt doch den Mund. Wer nicht in der Lage ist, das Papier nachzufüllen, sollte sich nicht so aufspielen.« Sie drückte den Brief fest an sich und lief zurück in die Küche. »Kommt ihr, sonst lesen wir Frauen ihn nämlich allein.«

Carla war so gespannt, wie es Antonia auf dieser fremden Insel erging. Endlich würde sie es erfahren.

Ihre Mutter saß am Tisch und forderte den Brief ein. »Und wenn du ihn nicht sofort hergibst, dann lese ich ihn ohne dich.«

Mit einem Schmollmund überreichte Carla ihr das Kuvert und setzte sich. Warum dauerte es so lange, bis alle endlich da waren? Ungeduldig wackelte sie mit den Zehen. »Jetzt setzt euch endlich hin«, bat Carla. »Sonst fängt Mamá nie an zu lesen.«

Nachdem endlich die gesamte Familie am Tisch saß, öffnete Mutter andächtig den Umschlag und las vor.

Zuerst freute sich Carla darüber, dass Antonia auf dem großen Dampfschiff eine Freundin gefunden hatte, doch dann wurde ihr das Herz mit jedem Satz schwerer. Sie hatten ein Grundstück ohne Rebstöcke gekauft? Was sollten sie mit dem Grund? Nur die, die sie mitgenommen hatten, steckten nun in der Erde.

Carla spürte die Not und Enttäuschung ihrer Schwester beinahe körperlich. Da schleppte Antonia die guten Weinstöcke durch die halbe Welt in der Hoffnung, sie mit den vorhandenen vor Ort zu pfropfen und so der Heimat nah zu sein, und dann war da nichts außer einem leeren Acker?

Nur mühevoll gelang es Carla, ihre Tränen zurückzuhalten.

Schweigend ließ ihre Mutter den Brief sinken.

Alle saßen stumm und betroffen am Tisch.

Es war fürchterlich!

»Ich hätte sie nicht gehen lassen dürfen«, unterbrach ihr Vater die Stille. Er rieb sich den Nacken. »Nicht, ohne diesen Vertrag, den Mateo geschlossen hat, zu prüfen. Wie konnte ich nur glauben, dass er weiß, was er tut. Die Gerüchte um seine Entlassung hier bei der Papierfabrik haben sich letztlich auch bestätigt. Er hat schludrig gearbeitet, und deshalb wollte man ihn nicht mit nach Barcelona nehmen. Hat unsere Familie nicht etwas mehr Glück verdient?«

Carla hörte zum ersten Mal davon. Ob Antonia von den Umständen seiner Entlassung wusste? Kurz überlegte Carla, es Antonia zu schreiben, verwarf diesen Gedanken aber sofort wieder. Ihre Schwester hatte schon genug zu ertragen.

Carla betrachtete ihren Vater. Er wirkte immer hoffnungsloser. Wie zur Bestätigung sah er mit traurigen Augen Mutter an. »Pere hat uns dieses Jahr nur die Hälfte zahlen können. Der Krieg ist schuld.«

Carla zuckte zusammen. Sie wusste sofort, dass ihnen nun großer Verzicht bevorstand.

Mutter traten Tränen in die Augen, und sie wischte sie weg. »Juan«, sagte sie, »lass uns nicht undankbar sein. Antonia ist gesund in der Fremde angekommen und hat Freunde gefunden. Brauchen sie wirklich ein ganzes Weinfeld zum Glücklichsein? Und wir werden auch einen Weg finden, um mit dieser Krise fertigzuwerden. Wenigstens sitzen wir nicht auf den Trauben oder dem Wein.«

Carla bewunderte die Stärke ihrer Mutter. Kein böses Wort wegen der Abrechnung oder über Mateo. Sie hätte nicht diese Größe, schluckte ihren Ärger über die Rückschläge ihrer Mutter zuliebe hinunter.

Leo verzog das Gesicht. »Antonia ist, wie wir alle, mit dem Wein verwurzelt. Wie kann sie ihr Glück finden, ohne durch die Rebenreihen zu gehen? Ohne die Trauben gedeihen zu sehen?« Er sah von einem zum anderen. »Für mich ist ein Leben ohne die Weinfelder unvorstellbar. Wenn Antonia den Wein aufgeben mag, ich werde das niemals tun.« Er stand auf und ging zur Tür. »Niemals«, setzte er nach und verließ die Küche.

Carla sah Leo nach. Er spielte sich in letzter Zeit immer mehr auf, gab sich unglaublich erwachsen und redete nur noch vom Weinbau. Doch man musste den Wein auch verkaufen können. Und wenn ihn niemand wollte, wie sollte die Familie satt werden? Und jetzt die Nase rümpfen, weil Antonia in einer Fabrik arbeitete.

Was hätte er denn anders gemacht? Aus den wenigen Weinstöcken konnte Antonia im Moment keine Bodega aufbauen. Sie mussten sich zuerst das Kapital für die Reben verdienen, und genau das taten sie doch. Wenn Carla sich auch nicht vorstellen konnte, wie man Zigarren drehte. Aber immerhin hatten beide Arbeit gefunden. Das war doch das Wichtigste. Antonia war mutig, fleißig und passte sich schnell an. Es würde sich alles finden, wenn es nun auch länger dauerte als gedacht.

Leo war ein solcher Hitzkopf. Und ein Dummkopf obendrein.

»Sie werden es schaffen, sie brauchen nur mehr Zeit.« Diego bestätigte ihre Gedanken. Ihr Bruder hatte lange Zeit geschwiegen. »Papá, ich denke wie Mamá, es ist jetzt nur wichtig, dass es ihnen gut geht und sie ihr Auskommen haben. Und man kann auch sein Geld mit etwas anderem verdienen. Vielleicht jetzt mehr denn je.«

Carla zog augenblicklich den Kopf ein. Diego hatte ein Händchen für falsche Situationen. In diesem Moment würde er die Eltern nicht von seinem Traum überzeugen können.

Vater fixierte ihn. »Fängst du schon wieder damit an, dass du Fischer werden willst?«

Wie gerne hätte sie ihrem Bruder zur Seite gestanden, doch ihr fiel kein gutes Argument ein, warum Diego besser Fischer als Weinbauer werden sollte.

»Ich bin alt genug, selbst zu entscheiden.« Diego wirkte in diesem Moment zu allem entschlossen. Zum ersten Mal erlebte Carla, wie er versuchte, sich gegen den Vater durchzusetzen. »Und seht euch einmal die Erträge an. Die viele Arbeit steht doch in keinem Verhältnis zu dem, was für uns übrig bleibt. Die Fischerei ist nun seit zwei Jahren auch von Portocolom aus etabliert.« Diego holte tief Luft. »Und es darf sowieso nur von Oktober bis Ostern gefischt werden. In der Zeit gibt es auf dem Feld, außer dem Unkraut den Garaus zu machen und falsche Triebe zu bändigen, nicht viel zu tun. Das schafft ihr auch ohne mich, zumal die Arbeit in der Kellerei entfällt.«

Ihre Mutter zog hörbar die Luft ein. »Du weißt, dass wir jetzt nach der Lese alle Hände voll zu tun haben mit dem Rebenrückschnitt. Sollen wir vielleicht jemanden für dich einstellen?«

»Ich werde den Rebenschnitt natürlich noch erledigen, doch im Anschluss werde ich über die Fischereisaison dort anfangen«, sagte Diego mit fester Stimme. »Es tut mir leid. Aber ich verspreche, ich werde auf dem Weinfeld helfen, solange ich gebraucht werde.«

»Dann willst du unser Heim verlassen und im Inselosten leben?«, fragte Vater vorwurfsvoll.

»Davon kann keine Rede sein, jedenfalls nicht dauerhaft. Ich bin doch zur Hauptarbeit im Frühsommer wieder da. Lasst es mich wenigstens versuchen. Wenn die Fischerei nichts für mich ist, bin ich wieder ganz auf dem Feld.«

Diego versuchte sie mit seinen Argumenten zu überzeugen. »Außerdem kann uns besonders nach dem heutigen Rückschlag ein zweites Einkommen nicht schaden.«

Ein cleverer Schachzug von ihm, fand Carla. Wenn er auch sehr auf Wunschdenken basierte. Auf der einen Seite verstand sie Diego, der seinen eigenen Weg gehen wollte, aber es galt eben auch, die Familie zu unterstützen, was er hiermit nun anbot. Doch ob sein Plan aufging? Selbst ihr war klar, dass wenn man schon als Winzer vom Wetter abhängig war, dann erst recht als Fischer. Und das Meer war groß und unberechenbar.

Carla machte es jedenfalls Angst. Schließlich konnte sie nicht schwimmen. Auch kannte sie niemanden, der es konnte.

Vaters Miene hellte sich etwas auf. »Versprichst du, zur Hauptarbeit wieder hier zu sein?«

»Natürlich, Vater«, erwiderte Diego. »Bisher habe ich alles für die Familie getan, und ich werde euch auch weiterhin unterstützen.« Diego stand auf. »Aber ich muss auch meinen eigenen Weg versuchen. Ich will den Weinberg nicht, überlass ihn Leo. Der liebt ihn. Damit ist dann allen geholfen.«

Wenn Leo das gehört hätte, er wäre bestimmt gleich noch einmal zehn Zentimeter gewachsen. Carla gönnte ihm, dass er das verpasste, so wie er sie immer wieder mit Kleinigkeiten ärgerte.

»Wer das Weingut bekommt, hast nicht du zu entscheiden«, rief ihr Vater aus. »Du wirst schon sehen, ein Winzer hat nichts auf dem Meer verloren. Es wird dir nicht gefallen, und dann wirst du das Gut mit Freude übernehmen.«

»Das werden wir ja sehen. Es tut mir leid, Vater, wenn ich dich enttäusche, aber dieses Mal kann ich mich nicht deinen

Wünschen beugen. Wenn es mir zusagt, werde ich über den Winter als Fischer arbeiten. Und zwar jeden Winter.«

Auch wenn Carla diesen Wunsch nicht nachvollziehen konnte, musste sie ihrem großen Bruder in einem Punkt recht geben: Obwohl sie alle schufteten bis zum Umfallen, es blieb immer weniger übrig. Da konnte sein Einkommen als Fischer sehr hilfreich sein. Und wenn er bei seinen Besuchen etwas von dem Fang zu Hause vorbeibrachte, wäre der Tisch um eine Mahlzeit reicher.

Denn ob es eine Zukunft für die Weinfelder gab, war so unsicher wie das Kriegsende.

Allen im Weinbau ging es von Jahr zu Jahr schlechter, wo sollte da die Besserung herkommen? Nur Leo wollte die Wahrheit nicht sehen. Vielleicht war er doch noch zu jung oder konnte die Wahrheit nicht erkennen und glaubte, mit genügend Willen sei alles zu richten.

Carla wagte es nicht, das nun eintretende Schweigen zu unterbrechen. Ihre Meinung war zu diesem Streitpunkt nicht gefragt. Das war sie im Grunde nie, außer es ging um den Haushalt, den sie sich mit Mutter teilte. Was mochte wohl geschehen? Was sollten sie tun? Zudem war es fraglich, was die Zukunft brachte. Hier auf Mallorca nicht weniger als bei Antonia im fernen Kuba.

13

Mallorca, März 1915

Ein kräftiger Sturm fegte über das Land. Die schwarzen Wolken hingen tief. Es wirkte, als würden sie die Berge der Tramuntana verschlucken. Carla sah aus dem Fenster und zog instinktiv die Schultern nach oben, als der Wind um die Hausecke heulte. Blitze erhellten den Himmel, gefolgt von grollendem Donner.

Sie konnte sich nicht an einen so plötzlich aufziehenden Frühlingssturm erinnern. Innerhalb weniger Minuten verwandelte sich der zuvor blaue Himmel in ein pechschwarzes Wolkenband, das immer tiefer sank und sich bedrohlich über die Tramuntana auf die Ebene ausbreitete. Seit dem Einsetzen des Regens erkannte man nur noch die Blitze am Himmel.

»Was für ein Wetter«, klagte ihr Vater, der klitschnass in Begleitung von Leo in die Küche trat, sich wie ein nasser Hund schüttelte und eine Pfütze auf dem Steinfußboden hinterließ.

»Zieht euch hier aus, und seht zu, dass ihr in trockene Kleidung kommt.« Carlas Mutter zeigte auf die Pfützen. »Ich mache das hier sauber.«

Beide entkleideten sich bis auf die Unterhosen. Carla griff sich den nassen Wäscheberg und hängte die Kleidungsstücke zum Trocknen über die Stuhllehnen, bevor sie aus dem Nebenraum Handtücher holte. Sie reichte Vater und Leo je eines.

Betont vorsichtig tupfte sich Leo über das Kinn.

Carla prustete los: »Hast du Angst, dass dein erster Bartflaum vom Regen weggespült worden ist?«

»Du kleine Hexe!« Leo funkelte sie böse an, was Carla nur noch mehr lachen ließ.

»Hört auf zu streiten«, beendete Mutter den aufkommenden Zwist.

»Es tut mir leid, Mamá«, entschuldigte sich Carla und sah zu ihrer Mutter, die den Boden aufwischte.

Ihr Gesichtsausdruck wirkte besorgt.

»Wir streiten doch gar nicht. Und die beiden werden sich nicht erkälten«, versuchte Carla, sie zu beruhigen.

»Deswegen mache ich mir keine Sorgen.«

Fragend sah sie ihre Mutter an.

»Hoffentlich ist Diego bei dem Wetter nicht draußen. Das Wetter hat sich schnell gedreht.«

»Er ist mit erfahrenen Fischern unterwegs. Keiner der Männer wird wegen ein paar Fischen sein Leben riskieren.« Doch ein erneuter Blick in das Gesicht ihrer Mutter ließ Carla an ihrer eigenen Aussage zweifeln. Das Meer war tückisch und eine Llaüt klein. Zwar konnte man das dreieckige Lateinersegel nach dem Wind ausrichten, damit der Wind die Ruderleistung unterstützte, wie ihr Diego einmal erklärt hatte, dennoch kam man nicht schnell voran. Und wenn die Männer weit entfernt von der Küste gewesen waren, könnte es tatsächlich sein, dass sie dem Sturm auf dem offenen Meer trotzen mussten. Kurz schloss Carla die Augen und sendete ein Stoßgebet zum Himmel.

»Ich habe kein gutes Gefühl.« Ihre Mutter sah zum Küchenfenster hinaus. Carla trat zu ihr und legte eine Hand auf ihre Schulter. Dem grollenden Donner folgte erneut ein Blitz, der das dunkle Wolkenband zu zerfetzen schien, bevor es wieder rumpelte.

Die nächsten Stunden sprach ihre Mutter kaum ein Wort. Schweigend schnippelte sie Tomaten, Paprika und Zwiebel und rollte einen Teig dünn aus. Auch ohne Aufforderung verstand Carla und heizte den Ofen an, damit darin später der mit dem Gemüse belegte Teig backen konnte.

Vater verhielt sich ebenso schweigsam, obwohl Leo immer wieder anhob und nörgelte.

»Vater, du hörst mir überhaupt nicht zu. Wir sollten aufs Weinfeld, sobald die Blitze nachlassen. Wir müssen Furchen ziehen, damit der Regen abfließt, ohne den fruchtbaren Boden wegzuspülen.«

Carlas Vater ließ Leo ohne Widerspruch nörgeln, auch er schien mit seinen Gedanken ganz woanders zu sein.

Selbst als die duftende Coca de Trampó auf dem Tisch stand, besserte sich die Stimmung nicht. Auch Carla brachte kaum mehr als ein »bon profit« heraus.

Um der merkwürdigen Stimmung zu entgehen, ging Carla auf ihr Zimmer und las in den Zigeunerromanzen von Federico García Lorca. Eine Freundin hatte ihr den Gedichtband geliehen, und seit Carla aus der Zeitung wusste, dass der Autor eine Reise nach Kuba plante, fühlte sie sich bei der Lektüre der Gedichte Antonia etwas näher.

Der Sturm zog weiter, doch heller wurde es nicht mehr. Der Abend brach herein, und Carla half ihrer Mutter bei den Vorbereitungen des Abendbrots. »Mutter«, Carla legte die Hand auf ihren Unterarm, »er ist bestimmt sicher im Hafen. Die Fischer ahnen das Wetter doch noch besser voraus als wir.«

»Ja, Kind, so wird es sein.«

Wie Mutter das sagte, fehlte ihr jegliche Überzeugung, doch Carla wusste keinen Rat, wie sie deren Stimmung aufhellen sollte.

Nach dem Essen, zurück auf ihrem Zimmer, träumte sie sich zu ihrer Schwester nach Kuba, um ihr beim Aufbau des Weinguts zu helfen, und stellte es sich unglaublich romantisch vor, sich in diesem fremden Land in einen der kubanischen Männer zu verlieben. Wie die Männer dort wohl waren? Mit Sicherheit nicht so wie hier aus dem Dorf. Über diesen Gedanken schlief sie ein.

Lautes Klopfen riss sie aus dem Schlaf. Im Haus hörte sie die Stimme ihrer Mutter. Auch ihr Vater war bereits auf den Beinen.

Carla zog sich ihren Wintermantel über das Nachthemd und verließ ebenfalls das Schlafzimmer.

Schon auf der Treppe nach unten hörte sie ihre Mutter weinen. »Was ist passiert?«, rief Carla und nahm zwei Stufen auf einmal nach unten.

Ein Mann stand im Rahmen der Eingangstür. Er hielt seinen Hut in der Hand. »Die Llaüt deines Bruders ist nicht zurückgekommen«, sagte Vater.

»Lasst den Mann doch herein.« Carla nahm ihre Mutter in den Arm und flüsterte: »Er wird zurückkommen.« Er muss zurückkommen, dachte sie, und in ihrem Inneren tobte es schlimmer als der vorangegangene Sturm.

Vater stellte eine Flasche Wein auf den Tisch. »Sie müssen durstig und hungrig sein.«

Es schien Carla, als hätte er nicht realisiert, was es bedeutete, auf dem Meer vermisst zu werden. »Was ist genau geschehen?«, fragte sie, eine konkrete Antwort fürchtend.

Im selben Moment kam Leo die Treppe heruntergepoltert. »Was ist denn hier los?«

»Setz dich«, befal ihr Vater. »Und sei ruhig. Wir wollen uns anhören, was der Mann zu sagen hat.«

»Ich bin Rudolfo, ein Kollege von Diego. Wir sind heute auf verschiedenen Booten hinausgefahren. Diego und die vier anderen Männer sind einem Fischschwarm gefolgt, der aufs offene Meer zog.« Er trank den angebotenen Wein in einem Zug leer. »Der Sturm kam so schnell.«

»Können sie es zur Küste geschafft haben?« Die Zuversicht in der Stimme ihrer Mutter schmerzte Carla. Auch sie wollte die Hoffnung nicht aufgeben.

»Unmöglich.« Rudolfo rieb sich den Nacken. »Wir haben bereits nach ihnen gesucht. Wir haben den gebrochenen Mast und einige Stücke der Sitzbank entdeckt. Sie trieben auf den Wellen. Unser Boot ist zurück an die Küste, und wir haben uns mit Pferden auf den Weg zu den Familien gemacht. Es tut mir leid.«

Carla traten Tränen in die Augen. Leo saß wie versteinert am Tisch. Auch Vater wirkte, als wäre alle Kraft aus ihm gewichen.

»Ich habe es gespürt«, flüsterte Carlas Mutter. Über ihre Wangen liefen Tränen. »Er kommt nicht wieder.«

Eisiges Schweigen breitete sich am Tisch aus. Carla schluchzte. Ihr Herz fühlte sich an, als ob eine Faust es umklammert hielt und immer weiter zudrückte. Wo war Gottes schützende Hand, wenn sie gebraucht wurde? Wieso ließ er zu, dass ihr großer Bruder starb? Das konnte nicht sein. Es durfte nicht sein. Wie sollte es denn nun weitergehen?

»Wir werden alles tun, um die Männer zu finden, damit sie eine Bestattung erfahren«, durchbrach Rudolfo die Stille. »Ich reite nun wieder zurück.«

Carla blickte auf. Es war doch egal. Dann bliebe Diego eben in dem nassen Grab. Tot war tot. Sie presste die Lippen aufeinander, sonst müsste sie ihre Trauer hinausschreien.

Leo schüttelte den Kopf. »Das Pferd braucht eine Pause und Wasser, etwas zu fressen, und Sie sollten sich ebenfalls ausruhen. Sie waren lange unterwegs.«

So besonnen kannte Carla ihren Bruder gar nicht, und er hatte recht. Der Mann hatte viel auf sich genommen, um sie aufzusuchen, wenn auch mit einer niederschmetternden Nachricht. Portocolom lag mit Pausen zu Pferd sicherlich sechs Stunden entfernt.

»Danke, dass Sie so schnell gekommen sind«, sagte Vater.

Carla wischte sich die Tränen fort. »Ich werde Ihnen ein Bett herrichten. Leo, versorg du das Pferd.«

Als Carla die Küche verließ, blickte sie zu ihren Eltern. Vater legte seine Hände auf die ihrer Mutter. Die Geste sollte ein stiller Trost in einer Situation sein, in der es keinen Trost gab. Für niemanden.

14

Leo wusste nicht so recht, wie er mit seiner Trauer umgehen sollte. Noch schlimmer machte es Carla, die hemmungslos weinte und sich die Tränen wegwischte.

Leo hatte immer zu seinem großen Bruder aufgesehen. Er hatte viele Freunde, sah gut aus, war lustig und wusste, was er wollte, wenn es auch etwas anderes war, als Leo wollte. Und wenn Leo gedacht hatte, Diego wollte sich keine Braut suchen, so irrte er, denn eine fremde junge und sehr attraktive Frau stand mit an Diegos letzter Ruhestätte und weinte sich die Augen aus dem Kopf.

Ihr Name war Augusta, sie war aus Portocolom und Rudolfos Schwester. Diego hatte sie bei seinem nächsten Besuch seinen Eltern vorstellen wollen. Dazu war es nun nicht mehr gekommen. Leos Mutter hielt Augustas Hand, ein kleiner Trost, obwohl sie sich nicht kannten.

Leo starrte in das offene Erdloch auf den schlichten Sargdeckel. Es war unwirklich. Diego war so lebendig und stark gewesen, ihn jetzt auf dem Friedhof zu wissen, ließ Leo kaum Luft zum Atmen.

Sein Vater unterbrach die Stille. »Ich wünschte, ich hätte mich durchgesetzt und Diego diesen Unsinn ausgeredet. Fischer ist kein richtiger Beruf für jemanden vom Land.«

»Niemand ist schuld«, entgegnete Mutter leise. »Der Sturm kam zu überraschend. Keiner konnte das vorhersehen.«

Augusta schluchzte auf.

Vater schüttelte den Kopf. »Wir hätten nicht zulassen dürfen, dass er sich der Gefahr aussetzt.«

»Er war ein guter Fischer. Einer der begabtesten, das sagte Rudolfo oft zu Hause. Diego und mein Bruder sind häufig zusammen ausgelaufen.« Sie schnäuzte sich. »Machen Sie sich keine Vorwürfe. Ihr Sohn liebte die See.«

»Und jetzt hat sie ihn umgebracht«, presste Vater hervor. »Ich hätte es ihm verbieten müssen.«

Als ob Diego sich was hätte verbieten lassen. Er hatte so lange davon geträumt, Fischer zu werden. Sein großer Bruder hatte ja sogar vorgeschlagen, Leo zu Vaters Nachfolger zu machen und auf das Erbe zu verzichten. Was hätte Vater also tun können?

Nichts.

Gar nichts.

»Wenigstens haben sie die Männer und auch unseren Diego gefunden, damit sie ein anständiges Begräbnis bekommen.« Mutter tupfte mit einem Taschentuch an ihre Nase. »Heute Abend werde ich Antonia den Brief schreiben müssen. Sie muss von dem Tod ihres Bruders erfahren.«

Leo beneidete seine Mutter nicht. Es musste schwer sein, diesen Brief zu schreiben, die richtigen Worte zu finden. Antonia und Diego hatten sich sehr nahegestanden. Das wusste Leo. So nah stand ihm niemand von seinen Geschwistern. Sie waren zu unterschiedlich.

Natürlich mochte er Carla, nur deshalb ärgerte er sie so gern.

Vater redete dauernd davon, dass alle ihm die Schuld gäben, weil er seinen Ältesten nicht zurückgehalten hatte. Aber das stimmte nicht. Nur er selbst gab sich die Schuld.

Leo klopfte Vater auf die Schulter. »Komm.« Er wies in Richtung der Felder. »Wir müssen uns um die Reben kümmern. Die Arbeit wird uns ablenken.«

Während er neben seinem Vater hertrottete, bemerkte Leo, wie gebrochen er aussah. Das harte Leben und der Tod seines Ältesten hatten aus ihm einen alten Mann gemacht. Hoffentlich erholte er sich von diesem Schlag.

Mutter ließ sich nichts anmerken. So war sie schon immer gewesen. Eine Stütze für die Familie, ihre eigenen Nöte machte sie mit sich selbst aus. Vermutlich weinte sie nur, wenn niemand zusah. Genauso wie Leo. Doch vor den anderen gab er sich stark.

»Ja, wir sollten uns nach dem Mittagessen ums Feld kümmern«, stimmte Vater Leo zu.

Mutter sagte nichts, auch Carla schwieg. Am Friedhofstor verabschiedete sich Augusta, nachdem sie nochmals jedem ihr Beileid ausgesprochen hatte, und bedankte sich, dass sie sich mit Diegos Familie von ihm hatte verabschieden dürfen.

Mutter lud sie noch zum Essen ein, doch das Mädchen lehnte ab, was Leo erleichterte. Weinende Frauen waren nicht leicht anzusehen, wenn man selbst gegen die Tränen ankämpfte.

»Ich muss mit euch reden«, sagte Mutter in das Schweigen hinein. Sie ging in die Küche, deckte mit Carla den Tisch, und keiner wagte, nachzuhaken, was sie zu sagen hatte. Selbst Vater setzte sich nur wortlos an den Tisch und goss vier Gläser Wein voll.

Wie gewohnt, gab es Pa amb Oli. Mit Tomaten eingeriebenes Ofenbrot, leicht mit Olivenöl beträufelt.

»Was hast du uns zu sagen?« Vater sah Mutter fragend an, bevor er in sein Brot biss.

»Der Krieg ist nicht zu Ende, aber der Weinanbau ist es, das wissen wir alle«, begann Mutter.

Leo wollte schon widersprechen, beherrschte sich aber an diesem Tag.

»Auf dem Marktplatz habe ich mich mit Lidia unterhalten. Ihr Bruder in Porreres ist von Wein auf Aprikosen und Mandeln umgeschwenkt und erzielt gute Gewinne.«

Vater verschluckte sich am Brot, hustete, bevor er den Kopf schüttelte. »Wir sind Weinbauern, und das bleiben wir auch.«

Recht so, rief Leo lautlos und beglückwünschte Vater zu seiner Entscheidung.

»Bald werden wir mittellose Weinbauern sein. Diego ist tot, Antonia ist fort, die Trauben kauft niemand und den Wein ebenso wenig.« Mutter rieb eine Tomate über das Brot, gab Öl darauf und schob es zu Carla, die mit großen Augen zuhörte, aber ebenfalls kein Wort sagte. Es war das erste Mal, dass sie einer Diskussion zwischen Vater und Mutter beiwohnten, und offenbar wollten weder er noch Carla riskieren, aus der Küche verbannt zu werden.

»Ich bin nicht einverstanden. Wir können die neue Pflanzung auch nicht bezahlen.« Vater schob das Brett mit dem Brot von sich. Ihm schien der Appetit vergangen zu sein.

»Doch«, widersprach Mutter. »Das können wir. Vom Geld, das wir aus dem Ernteverkauf haben. Das Wasser ist knapp, der Sturm hat die kostbare Erde weggeschwemmt, und wenn ihr euch die Erde anseht, bedecken trotz des Regens Risse von der Trockenheit das komplette Weinfeld. Wie sollen da gute Trauben heranreifen?«

Vater lehrte sein Weinglas. »Es ist nur ein schweres Jahr, das fangen wir ab.«

»Und wem willst du die Trauben verkaufen?« Mutter schüttelte den Kopf. »Wir sollten das durchrechnen. Es müsste reichen, wenn ich in der Wäscherei anfange. Denn dort ist eine Stelle frei.«

Leo sprang vom Tisch auf, Vater widersprach zu wenig, für seinen Geschmack. »Was verstehen wir von Aprikosen oder Mandeln? Wir sind Weinbauern, nicht wahr, Vater?«

Der stimmte ihm zu. »Wir waren immer Winzer.«

Mutter stand auf und stützte sich auf dem Tisch ab. »Vom Wein werden wir nicht satt. Wenn ich bereit bin, als Wäscherin zu arbeiten, dann müsst ihr bereit sein, es wenigstens durchzurechnen.«

Leo schüttelte energisch den Kopf. »Sie werden uns auslachen! Aprikosenbauern! Was ist das schon?« Er sah seine Mutter an. »Und du in der Wäscherei? Die Leute werden über uns reden.«

»Sollen sie doch. Am Ende werden sie sagen, das sind vernünftige Bauern, sie haben die Zeichen erkannt und ihre Chance genutzt, um weiterzukommen.« Mutter nahm wieder auf ihrem Stuhl Platz. »Nach dem Essen setzen Vater und ich uns zusammen. Basta.«

»Auch die neuen Bäume brauchen Wasser und machen Arbeit.« So schnell konnte Leo nicht aufgeben, dafür war ihm der Weinanbau zu wichtig.

Er hatte aber nicht mit seiner besonnenen Mutter gerechnet, die sich offenbar schon ausführlich informiert hatte.

»Was in Porreres funktioniert, geht auch hier. Die Mandelbäume brauchen nur zu Beginn Wasser, die Aprikosen etwas mehr, aber es ist viel weniger Arbeit auf der Plantage nötig, und diese Amerikaner sind ganz wild auf die Trockenfrüchte.«

Leo protestierte. »Aprikosen trocknen und Mandeln schälen?« Sein Gesicht nahm die Farbe von reifen Himbeeren an. »Die Bäume kosten Geld, was wird aus all den Weinstöcken, der Weinbau ist unser Leben.«

»Und nun werden es die Aprikosen und die Mandeln sein.« Mutters Stimme klang entschlossen.

»Nein. Ich erlaube es nicht!« Leo stampfte mit dem rechten Fuß auf den Boden.

»Das hast du nicht zu bestimmen.« Vater starrte auf den Tisch. Er wog Mutters Worte ab. »Leo, du bist zu jung. Und vernünftige Entscheidungen zu treffen, ist meine Aufgabe, nicht deine. Eines Tages wirst du es verstehen.«

Wie konnte Vater nur Mutter recht geben? Er war doch der Mann im Haus! Warum setzte er sich nicht durch?

Mutter legte zufrieden die Hände auf den Tisch. »Wir könnten jetzt alles roden, Miquel würde uns seinen Pflug leihen, und wenn wir zwei Jahre eisern unser Geld festhalten, dürfte es gehen«, führte Mutter weiter aus und wandte sich an Vater. »Was meinst du?«

»Sogar einen Pflug beim Nachbarn hast du schon organisiert?«, erboste sich Leo noch mehr. »Nicht mit mir, pflanzt an, was ihr wollt, aber ich suche mir eine andere Arbeit. Damit das klar ist.« In Leos Innerem glühte es vor Zorn. Er schnellte vom Stuhl hoch, sodass dieser nach hinten überkippte, und rannte aus der Küche.

Sie wollten ihm seine Zukunft nehmen. Ohne ihn anzuhören. Nur, weil Mutter es vorschlug. Sein Vater war zu schwach, sich gegen Mutter durchzusetzen. Er lief in die Weinfelder.

Der Regen war über den zuvor staubtrockenen Boden gerauscht, die Risse in der Erde zeigten die Anzeichen der extremen Dürre. Es stimmte, dieses Jahr würde der Wein nicht gedeihen; aber auf jedes karge Jahr folgte ein ertragreiches. Sein Vater war ein Feigling. Er würde für ihn nicht den Aprikosenbauern spielen, und wenn er dafür eine Arbeit in der Stadt annehmen musste, um über die Runden zu kommen. Sollten sie mal sehen, wie sie ohne ihn zurechtkämen.

15

Kuba, Juni 1915

Antonia kehrte vom Markt zurück. Sie hatte die extragroßen Bananen schon oft gesehen, sie erschienen ihr aber viel zu groß. Meist reichte das Geld für eine ordentliche Mahlzeit, doch an diesem Tag hatte sie nur wenig Pesos eingesteckt, also entschied sie, sich diesen Abend mit den großen Bananen satt zu essen. Für Mateo waren noch Brot und Tomaten da, sollte er überhaupt zum Essen nach Hause kommen. Spätestens zum Frühstück würde er es jedoch essen.

Auf der Türschwelle lagen zwei Briefe. Ihr Herz klopfte schneller, wie immer, wenn sie die spanischen Briefmarken erkannte.

Antonia hob sie auf, schloss auf und legte die Briefe auf den Esstisch. Je ein Brief von ihrer Mutter und ihrer Schwester. Ob sie warten sollte, bis Mateo nach Hause kam? Doch wann würde das sein? Hätte er sich unmittelbar nach der Arbeit auf den Weg gemacht, wäre er längst hier.

Es fiel ihr schwer, die Fassade aufrechtzuerhalten. Aus Mateo war ein Trinker geworden. Und wenn sie ihrem

Gefühl und auch ihrer Nase traute, ging er zu anderen Frauen. Sie sprach ihn nicht darauf an, denn es war klar, wer für ihn die Schuld daran trug.

Sie.

Weil sie sich ihm verweigerte, wenn er trank.

Und er trank jeden Tag.

Das Schlimme war, sie konnte mit niemandem darüber sprechen. Sie schämte sich so sehr, mit diesem Mann verheiratet zu sein, mit dem Mann, der aus ihm geworden war. Oder war er schon immer ein so schwacher Mensch gewesen, und sie hatte es nur nicht bemerkt, weil es in ihrem Leben zuvor keine größeren Hürden gegeben hatte?

Sie kochte sich eine Tasse Kaffee und beschloss, die Briefe zu lesen, aber gegen ihren knurrenden Magen zuerst eine der großen Bananen zu essen. Sie schälte sie und fand, das Innenleben der Banane sah etwas blass aus. Doch der Hunger ließ sie herzhaft hineinbeißen. Schnell spuckte sie die Frucht aus, besah sie sich und zog verwundert die Augenbrauen hoch. Es sah aus wie eine Banane, und doch schmeckte es völlig anders. Fast ein wenig wie eine rohe Kartoffel.

Kopfschüttelnd hob sie die Banane hoch. Besser sie fragte ihre Nachbarin. Sie hatten sich zwar bisher nur im Treppenhaus gegrüßt, aber sie schien nett zu sein. Antonia ging zur Wohnungstür ihrer Nachbarin und klopfte.

»Oh, ja? Was kann ich für Sie tun?«

»Guten Abend. Können Sie mir sagen, was an dieser Banane anders ist als an den kleinen, die so herrlich süß schmecken? Ich habe die große Sorte noch nie gekauft.«

Die Frau lachte schallend los. »Sie kennen Platanos nicht? Das sind Kochbananen, die sind roh ungenießbar.«

Antonia lächelte, obwohl das nun vermutlich auch bedeutete, hungrig zu bleiben. »Und wie bereitet man sie zu?«

»Haben Sie Öl im Haus?«

Antonia bejahte.

»Dann schneiden Sie die Kochbanane in Streifen und frittieren sie. Das schmeckt wirklich sehr gut. Man kann sie aber auch kochen und etwas Käse darübergeben, auch das ist eine nahrhafte Mahlzeit. Aber roh«, sie schüttelte den Kopf, »sollten Sie sie auf gar keinen Fall essen.«

»Vielen Dank für die Hinweise.« Antonia lächelte und war im Begriff zu gehen.

»Warten Sie«, bat ihre Nachbarin. »Kaufen Sie ruhig alles auf dem Markt ein. Die Sachen, die Sie nicht kennen, erkläre ich Ihnen. Es gibt ein paar Früchte, die können ziemliche Beschwerden verursachen.«

Antonia bedankte sich herzlich und verabschiedete sich. Das Angebot würde sie gerne annehmen. Bisher hatte sie nur gekauft, was sie aus Spanien oder von den Essen bei den Guerreras kannte, wie die Passionsfrucht oder auch Mango und Papaya.

Bevor sie nun die Kochbanane frittierte, wollte sie doch erst die Briefe lesen. Immerhin konnte sie sich heute sogar auf eine warme Mahlzeit freuen. Und wenn es schmackhaft war, gäbe es das öfter, denn diese Kochbananen gehörten zu den Lebensmitteln, die sehr günstig waren.

Erst nahm sie den Brief ihrer Mutter zur Hand. Sie sah gleich, dass er sehr kurz gefasst war. Irgendetwas stimmte nicht.

Nach den normalen Grußformeln schrieb Mutter, dass Diego bei einem Sturm im Meer ertrunken und nach seiner

Beerdigung die Entscheidung gefallen war, den Weinbau aufzugeben und stattdessen Aprikosen und Mandeln anzu-bauen. Antonia sah auf das Datum, bevor ihr der Brief aus den Händen glitt und zu Boden fiel. Diego war bereits drei Monate tot, und sie erfuhr es erst heute. Er war längst beer-digt, die Weinstöcke vernichtet, die Bäume gepflanzt. Ihre Familie brauchte sie, und sie saß viele Tausend Kilometer entfernt auf einer anderen Insel. Allein. Um eine Zukunft kämpfend, die es so nicht geben würde. Wenn Carla sie in ihrem Brief bat zurückzukommen, würde sie ihren Koffer packen und nach Hause zurückkehren. Zu den Menschen gehen, die sie liebten.

Im Augenblick fehlten ihr die Tränen für den toten Bru-der. Zu viele hatte sie in den letzten Wochen vergossen, als ihr nach und nach klar wurde, dass Mateo sich nicht fangen würde. Er würde weiter zu anderen Frauen und in Bars gehen und seinen Lohn vertrinken. Und wenn sie zurück nach Mal-lorca ging, dann würde sie Mateo verlassen. Ihr Erspartes reichte nur für eine Passage, und die würde sie für sich kau-fen. Sollte er doch sehen, wie er ohne sie zurechtkam.

Mit wilder Entschlossenheit riss sie Carlas Brief auf. Sie hatte ihn vor zwei Monaten geschrieben. Und obwohl Mut-ters Brief schon drei Monate alt war, waren sie am gleichen Tag zugestellt worden.

Liebe Antonia,
es ist jetzt nicht so, dass ich dir schreibe, du sollst zurückkom-
men. Die ganz harte Zeit liegt hinter uns. Wie du von Mutter
weißt, haben wir den Weinanbau aufgegeben. Die Bäume sind

gut eingewachsen. Bis zur ersten Ernte bringt Mutter durch das Geld, das sie in der Wäscherei verdient, jeden Tag Essen auf den Tisch. Die Rücklagen aus dem letzten Traubenverkauf sind fast aufgebraucht.

Vater und ich arbeiten auf den Feldern. Leo weigert sich, er verzeiht weder Vater noch Mutter die Umstellung auf Aprikosen. Doch Mutter lag richtig. Die Trauben wachsen dieses Jahr nicht, und die Weinbauern hungern, und das werden sie vermutlich auch noch die kommenden Jahre tun. Leo sieht das aber nicht ein.

Er treibt sich viel in Palma herum. Was er da tut, wissen wir nicht. Aber er isst nicht zu Hause, und er schläft auch nicht mehr zu Hause. Selten kommt er vorbei, um Vater bei der ganz schweren Arbeit zu helfen. Es ist so, als wäre ein Band zwischen Leo und uns zerschnitten worden. Was habe ich mich früher darüber geärgert, weil er nie das Papier im Klohäuschen aufgefüllt hat, heute wäre ich froh, wir würden wieder über solche Lappalien streiten.

So geht es mir auch mit dir. Du fehlst mir. Selbst deine morgendlichen Drohungen, einen Eimer Wasser über mir auszuschütten. Mach dir aber keine Sorgen, wir werden es schon schaffen. Arbeite du an deinem Glück. Wie weit bist du mit den Pflanzungen? Könnt ihr regelmäßig etwas zurücklegen? Ich hoffe es. Schreib bald, ich liebe deine Geschichten von den fremden Früchten und den Gerüchen, die ich mir überhaupt nicht vorstellen kann.

Sag Mateo schöne Grüße, und er soll dich kräftig von mir drücken.

Deine Carla

Mit jeder Zeile, die Antonia las, wurde ihr das Herz schwerer, sie vermisste ihre Schwester ebenfalls und hätte sie so gerne in die Arme genommen. Es fiel ihr mit jedem Brief schwerer, Positives zu finden und darüber zu berichten. Denn es gab nicht vieles. Natürlich schrieb sie von den schönen Erlebnissen und Ereignissen, die sie im Hause der Guerreras erlebte, doch sie musste immer wieder Geschichten erfinden, in denen auch Mateo eine Rolle spielte. Es gefiel ihr nicht, ihrer Familie eine heile Welt vorzugaukeln, und doch ging es nicht anders, da sie ihre Familie nicht beunruhigen wollte. Sie hatten genug Sorgen.

Der arme Diego. Sein Traum hatte ihn sein Leben gekostet. Und ihrer war auf Kuba geplatzt. Antonia kamen die Tränen, und sie schickte ein stummes Gebet, dass der Herr sich seiner Seele erbarme.

Carlas zuversichtliche Worte vertrieben Antonias Gedanken an eine Rückreise. Ihre eigene Zukunft lag wohl doch hier. Immerhin hatte sie ein Dach über dem Kopf, jeden Tag ausreichend zu essen, wenn sie auch immer noch nicht alle Früchte kannte. Die Geschichte von heute würde Carla bestimmt zum Lachen bringen.

Doch erst würde sie die seltsame Banane zubereiten, immerhin sollte ihre Familie auch erfahren, ob es überhaupt einer spanischen Zunge schmeckte.

Antonia gab Öl in die Pfanne. Während es sich erhitzte, schnitt sie die beiden Bananen in Scheiben. Schon als sie diese in die Pfanne gab, stieg ein verlockender Duft nach gebratenen Kartoffeln auf. Sie briet die Stücke goldgelb an, bevor sie ein Stückchen aus der Pfanne hob, es etwas abkühlen ließ, um es sich dann in den Mund zu schieben. Es hatte etwas von knusprig gebratenen Kartoffeln. Eine leichte Süße schmeckte sie heraus, was die Kochbanane von der Kartoffel unterschied. Nach über einem Jahr auf dieser Insel hatte sie einen überaus leckeren Kartoffelersatz gefunden. War denn das zu glauben?

Nach dem Essen nahm sie einen Briefbogen zur Hand. Die ersten Zeilen zu Diegos Tod fielen ihr schwer. Um ihrer Familie Zuversicht zu vermitteln, schrieb sie, wie gut es ihr mit Mateo ging. Und im Grunde war es auch so, es könnte ihnen auf Kuba gut gehen, wenn Mateo nur mit dem Trinken aufhören würde.

Doch irgendwie konnte Antonia selbst nicht mehr so recht daran glauben.

16

Kuba, Winter 1916

Antonia vermisste die wechselnden Jahreszeiten. Es würde nun ihr drittes Weihnachten in der Fremde werden. Die Monate zogen nur so dahin. Alles verging im gleichmütigen Rhythmus der Monate. Man spürte kaum den Wechsel von Frühling auf Sommer, von Sommer auf Herbst oder von Herbst auf Winter. Bis auf geringfügige Temperaturschwankungen änderte sich nichts. Die Vegetation war immer üppig, nur die Regenzeit änderte etwas an der Eintönigkeit des Wetters. Und die schwüle Regenzeit lag nun glücklicherweise hinter ihnen.

Was sich ebenso wenig änderte wie das Wetter war Mateos Trinkerei. Seine Vorliebe für Spelunken schien kein Ende zu nehmen. Es gab kaum einen Abend, an dem er nicht angetrunken nach Hause kam. Schon lange bemühte er sich nicht mehr um eine Stelle in seinem Beruf.

An ganz schlimmen Tagen fragte sich Antonia, wie es wohl wäre, wenn Mateo kein Trinker geworden wäre. Ob sie schon ihr eigenes Stück Land bewirtschaften würden? Ob sie schon Kinder hätten? Weiterhin verweigerte sie sich ihm. Ihr wurde übel von seinen Ausdünstungen. Von dem einst so attraktiven Mann schien nur noch ein Schatten übrig zu sein.

Zunächst hatte sie gedacht, sie könne ihn durch ihre Verweigerung vom Trinken abhalten. Doch das war ein Irrglaube gewesen. Ebenso wenig sprach er davon, das Feld irgendwann mit Wein zu bepflanzen. Im Grunde sprach er kaum noch mit ihr.

Seit Mateo von Antonias Lohnerhöhung wusste, brachte er nicht einen Centavo mehr nach Hause. Er vertrank alles und aß von dem, was Antonia auf den Tisch brachte. Und das war nicht viel, da sie jeden Centavo sparte, den sie nicht zum Leben benötigte.

Es machte ihr nichts aus, von Brot, Obst, Gemüse und gelegentlich einem Fisch zu leben. Auf das teure Fleisch konnte sie in ihrem Heim gut verzichten. Das bekam sie oft genug, wenn sie bei den Guerreras eingeladen war.

Ihr Leben war nicht schlecht, seitdem Mateo kaum noch nach Hause kam. Sie wollte sich nicht beklagen, aber es war nicht so, wie sie es sich erträumt hatte.

Immer öfter dachte sie darüber nach, ihn zu verlassen. Sie gab die Hoffnung auf, er würde wieder der Mann werden, den sie geliebt und geheiratet hatte. Ob es wirklich so weit kommen würde, dass man sich als Frau scheiden lassen konnte? Es wurde auf Kuba zumindest heiß diskutiert. Dieses Land war so fortschrittlich! Das würde vielen Frauen helfen. Eine der Arbeiterinnen trug regelmäßig ein blaues Auge zur Schau. Ein Geschenk ihres Mannes, wenn sie nicht genug Zigarren gedreht hatte. Dabei war er als Spieler bekannt. Sie würde sich sicherlich trennen, wenn das Gesetz es zuließe.

Nachdenklich schnitt Antonia eine Scheibe Brot vom Laib, als sie Mateos Schritte hörte. Schon schwang die Tür auf. »Meine Gemahlin ist ausnahmsweise mal dort, wo sie hingehört. In der Küche!«

»Und der Gemahl findet mal vor Einbruch der Dunkelheit nach Hause.« Antonia schnitt ihm zwei Scheiben Brot herunter. Sie wusste, dass er betrunken war.

Mateo rückte einen Stuhl zurecht, und sie glaubte, er würde sich an den Tisch setzen. Doch das tat er nicht. Er trat hinter sie, presste seine Hand auf ihren Hintern und versuchte ihren Rock hochzuschieben. »Du bist eine wahnsinnig schöne Frau.«

»Und du bist betrunken«, wehrte sie ihn ab. Seine Alkoholfahne widerte sie an. »Setz dich und iss.«

»Ich hab aber auf etwas ganz anderes Appetit!« Seine Hände glitten ihre Schenkel nach oben, schoben den Rock weiter, und er drehte sie um.

»Ich habe aber keinen, wenn du getrunken hast.«

»Du bist mein Weib. Ich hole mir endlich, was mir seit Langem zusteht.«

Als er versuchte, sie zu küssen, legte ihm Antonia instinktiv die Klinge des Brotmessers an den Hals. »Nimm deine Hände weg.«

Mateo hielt abrupt in der Bewegung inne. »Bist du wahnsinnig geworden? Ich habe das Recht, meine Ehefrau zu besteigen.«

Antonia ließ das Messer an Mateos Hals. »Das Recht hast du verwirkt, als du aufgehört hast, das Brot auf den Tisch zu bringen. Und jetzt setz dich, bevor hier ein Unglück geschieht.«

Mateo starrte sie aus blutunterlaufenen Augen an. »Das wagst du nicht.«

»An deiner Stelle würde ich es nicht herausfinden wollen. Und ab heute schlafe ich allein. Du kannst auf dem Fußboden in der Küche schlafen.« Überrascht über sich selbst, hielt sie dem Blick ihres Mannes stand.

»Du bist verrückt geworden.«

»Ich bezahle die Miete, das Essen, also gelten ab jetzt auch meine Regeln.« Sie schob ihren verdutzten Mann beiseite und nahm zwei Teller aus dem Regal. Das Messer behielt sie in der Hand.

Sie überlegte, wie es nun weitergehen sollte. Mateo würde sie jedenfalls nie wieder anfassen. Nicht, solange er nicht zur Vernunft kam.

»Setz dich«, befahl sie und stellte Milch auf den Tisch.

Überraschenderweise befolgte er ihre Anweisung. Das gab ihr den Mut für den nächsten Entschluss. »Morgen bekommst du deinen Lohn. Kauf dir eine Schlafmatte.«

»Das werde ich nicht tun!« Er stützte sich mit beiden Händen auf dem Tisch ab, doch Antonia wich nicht zurück.

Im Gegenteil. Sie trat auf ihn zu. »Dann lass es. Es ist dein schmerzender Rücken. Das Schlafzimmer wirst du nicht mehr betreten.«

»Das werden wir ja noch sehen«, begehrte er weiterhin auf. Er schob den Stuhl zurück und funkelte sie aus zornigen Augen an. »Was bist du für ein schlechtes Weib. Erst treibst du deinen Mann aus dem Haus, und dann beklagst du dich.«

Antonia blieb schweigend in der Küche stehen. Sie hatte alles gesagt. Ihr Schweigen erboste Mateo offenbar noch mehr, denn beim Verlassen der Wohnung knallte er die Tür so kräftig zu, dass das Messer auf dem Teller vibrierte.

Ihre Entscheidung war gefallen. Mateo würde sie in Ruhe lassen. Irgendwann. Davon war Antonia überzeugt, und wenn sie das Messer die erste Zeit mit in ihre Schlafstatt nehmen würde. Sie hatte genug von diesem Mann. Vielleicht änderte er sich, wenn sein Handeln Konsequenzen hatte. Sie hoffte es. Wenn er sich nicht änderte, würde sie ihn verlassen.

In dieser Nacht blieb Mateo dem Zuhause fern. Antonia vermutete ihn bei einer Hure, in deren Armen er schon oft Trost gesucht hatte.

Warum war Mateo nicht so ehrgeizig wie Federico? Was hatte sie nur in Mateo gesehen? Er war ein Blender. Ein Mann ohne Rückgrat. Je öfter sie Federico begegnete, desto schwerer fiel es ihr, ihre aufkeimenden Gefühle für diesen Mann zu ignorieren. Er spielte nur mit ihr. Das wusste sie. Und dennoch konnte sie ihre Zuneigung nicht völlig ignorieren. Obwohl es keine Bedeutung hatte, schaffte es dieser Mann, dass sie sich wieder wie eine Frau fühlte. Ein Gefühl, das ihr angetrauter Mann schon lange nicht mehr in ihr weckte. Dieses Gefühl dürfte nie die Oberhand gewinnen.

Und trotzdem hatte sie ihre Gedanken auf dem Weg in die Zigarrenfabrik wieder genau bei diesem verbotenen Mann. Er würde sie benutzen und anschließend wie ein ausgefranstes Tabakblatt fallen lassen.

Wie gewohnt legte sie den Weg in die Fabrik zu Fuß zurück. Zunehmend musste man zusätzlich zu den Pferdedroschken auf diese motorbetriebenen Automobile achten. Oftmals steuerten unfähige Fahrer diese Gefährte, da war die neuerdings fahrende Straßenbahn noch sicherer für die Fußgänger. Da sah man wenigstens an den Schienen, welchen Weg die Bahn nehmen würde. Bei den zu schnellen Automobilen musste man auf der Hut sein. Erst vergangene Woche hätte beinahe ein ungeübter Fahrer Antonia angefahren. Nur mit einem beherzten Sprung auf die Seite hatte sie sich retten können.

Bei der Fabrik holte sie beim Vorarbeiter die aktuelle Zeitung und begab sich auf das Podium an ihren Arbeitsplatz.

An das Vorlesen hatte sie sich zwischenzeitlich gewöhnt, und sie ging dieser Tätigkeit sehr gerne nach. Die Arbeiterinnen hörten ihr zu, keine sprach ein Wort. Alle rollten Zigarren, die an diesem Tag sechzehn Millimeter dick sein sollten.

Antonia las gerade über das neue Theaterstück, das nächste Woche gespielt werden sollte, als Unruhe ausbrach. Zwei Polizisten betraten die Fabrikhalle, was den Dreherinnen nicht verborgen geblieben war. Antonia stellte das Vorlesen ein. Der Vorarbeiter kam in Begleitung der Polizisten auf sie zu, und Antonia beschlich ein ungutes Gefühl. Auf weitere schlechte Nachrichten konnte sie verzichten.

»Antonia Delgado Ramis?«, fragte einer der Polizisten und nahm seinen Hut ab.

»Was ist passiert?«, presste Antonia flüsternd hervor. Die Mienen der Polizisten verhießen nichts Gutes. War ihr Mann wegen Hurerei verhaftet worden? Er war die ganze Nacht fortgeblieben.

»Bitte kommen Sie mit.«

»Warum?«

Der jüngere der beiden machte eine Handbewegung und zeigte nach draußen. »Bitte folgen Sie uns.«

Mit wackeligen Knien stand Antonia auf und folgte den drei Männern hinaus. Wie peinlich. Es ging bestimmt um ihren Mann.

Der Vorarbeiter legte ihr die Hand in den Rücken. Er wusste offenbar schon, um was es ging.

Kaum hatten sie das Fabrikgebäude verlassen, konnte sie nicht mehr an sich halten. »Bitte, sagen Sie mir endlich, was geschehen ist.«

In dem Moment sah sie die stehende Straßenbahn vor dem Gebäude. Eine Menschenmenge drängte sich um jemanden, der am Boden lag.

Hitze durchflutete Antonias Körper. »Nein«, flüsterte sie.

»Wir fürchten doch«, sagte der ältere Polizist. »Ihr Mann ist direkt in die Bahn gelaufen.«

Antonia rannte zu den Gleisen, drängte sich durch die Menschen, und schon, als sie den auf dem Boden liegenden Schuh erkannte, wusste sie, es gab keinen Zweifel. Der Mann, der dort am Boden lag, war ihr Mann Mateo. Antonia würgte gegen die aufkeimende Übelkeit an und hielt sich die Hand vor den Mund. Die Menschen wichen vor ihr zurück, bis sie freien Blick auf Mateo hatte. Mit verdrehten Gliedern lag er auf der Straße. Blut rann aus einer Kopfwunde, und er regte sich nicht.

Antonia stürzte auf ihn zu, kniete nieder und roch den Alkohol. Augenblicklich war ihr klar, was geschehen sein musste. Betrunken hatte er die Straßenbahn übersehen und war hineingelaufen. An Mateos gebrochenen Augen erkannte sie, dass für ihn jede Hilfe zu spät kam. Während sie neben ihm kniete, erfasste sie ein ungeheuerlicher Gedanke. In ihrem Kopf fuhren die Gedanken wie auf einem Karussell.

Sie hatte ihren Mann verloren, aber ihre Freiheit gewonnen. Doch was bedeutete das in diesem fremden Land?

»Komm«, hörte sie eine vertraute Stimme. Federico war hinzugetreten, legte seine Hand auf Antonias Schulter. »Meine Arbeiter bringen ihn von der Straße weg.«

Mechanisch stand Antonia auf und ließ sich von Federico in sein Büro führen. Er goss ihr ein Glas Rum ein und zwang sie, das scharfe Gebräu zu trinken.

»Es tut mir unendlich leid«, hörte sie Federico sagen. »Ich habe bereits nach Fernanda geschickt. Sie soll dich nach Hause bringen.«

Antonia war keiner Reaktion fähig. Natürlich, sie hatte Mateo zuletzt verabscheut. Aber dennoch war er die einzige Familie, die sie auf dieser Insel gehabt hatte. Was sollte nun werden?

Fernanda stürmte in das Büro. »Antonia!« Sie warf sich in ihre Arme und drückte sie fest an sich. »Wie ist das nur geschehen?«, wandte sie sich an ihren Bruder.

Federico atmete tief ein und aus. »Ich hätte ihn nach Hause schicken sollen. Er war wieder betrunken und konnte kaum geradeaus gehen.« Nun schenkte er sich selbst ein. »Dieser sture Hund wollte aber arbeiten. Und ich habe ihn gelassen. Es ist meine Schuld.« Mit einem Zug trank er sein Glas aus.

»Nein«, sagte Antonia mit ruhiger Stimme. »Er war ein Trinker und hat den Preis dafür bezahlt. Es hätte so nicht kommen müssen. Dich trifft keine Schuld.«

Fernanda streichelte ihren Rücken. »Komm, ich bringe dich nach Hause.«

Antonia ließ sich von ihrer Freundin aus dem Büro führen. Sie fühlte sich nicht in der Lage, nun ihrer Arbeit nachzugehen. Sie musste über viele Dinge nachdenken.

Schweigend gingen sie in die kleine Wohnung. Auf der Treppe begegneten sie Antonias Hauswirtin. »Oh, haben Sie heute einen freien Tag?«

Fernanda schüttelte den Kopf. »Es gab ein Unglück.«

»Ein Unglück?«

Noch bevor Antonia ihre Freundin davon abhalten konnte, berichtete sie vom Tod Mateos.

Anstatt Anteil zu nehmen, plusterte die Hauswirtin sich auf, stemmte die Arme in die Hüften und keifte: »Dann packen Sie besser gleich Ihre Sachen! Das hier ist ein anständiges Haus. Alleinstehende Frauen werden hier nicht geduldet!«

Wenn Antonia auch wusste, dass die Hauswirtin sie nicht mochte, weil deren Mann ihr schöne Augen machte, so hätte sie mit dieser brüsken Reaktion nicht gerechnet.

»Das können Sie nicht machen«, beschwerte sich Fernanda.

Antonia selbst war zu keiner Reaktion fähig. Sie konnte gerade nicht gegen diese herrische Frau ankämpfen. Das müsste warten.

»Und ob ich das kann! Es ist Monatsende, und Sie ziehen aus!« Um ihre Worte zu bekräftigen, ging sie voran in die Wohnung und setzte sich auf den Küchenstuhl. »Die Schlüssel! Ihre Sachen können Sie gleich mitnehmen.«

In diesem Augenblick kamen Antonia die Tränen, die sie bisher nicht geweint hatte, als Mateo tot auf der Straße vor ihr gelegen hatte. Aber jetzt liefen sie. Unaufhaltsam. Wie eine Sturmflut brachen sie über Antonia herein.

17

Mallorca, Februar 1917

Mit klopfendem Herzen ging Carla zum Dorfplatz. Die Dorfjugend traf sich, um die Blumen für die jährlichen Festlichkeiten zu Ehren der Dorfheiligen Santa Àgueda zu binden. Später würde der Blumenschmuck das Portal und den Innenbereich der Kirche schmücken. Carla liebte dieses Ritual, insbesondere weil am nächsten Tag die Älteren die Dekoration lautstark bewunderten.

Der ganze Ort wirkte lebendiger. Ein Gefühl, das sich auf Carla übertrug. Die Bewohner stellten Blumentöpfe vor das Haus. Die purpurnen Tücher, die aus den Fenstern hingen, gaben dem ganzen Dorf eine Art heiligen Schleier, der sich erst am Abend unter lautem Getrommel bei einem Lauf der Feuerteufel in Rauch auflöste.

Als sie ankam, hatten sich bereits Grüppchen gebildet, die die Blumen vorsortierten. Auch dieses Jahr hatten sich neue Gesichter dazugesellt, andere fehlten. Nicht alle hatten jedes Jahr Zeit oder Lust, sich an der Aktion zu beteiligen. Dieses Mal gab es eine Neuerung, denn auch die Jungs waren aufgerufen worden mitzuhelfen. Die meisten hatte Carla seit der

Schulzeit nicht mehr aus der Nähe gesehen. Sie arbeiteten in den elterlichen Betrieben oder in einer der Fabriken in der nahen Stadt Inca. Die Jungs in ihrem Alter hatten sich bisher auch auf den Dorffesten eher unter sich amüsiert. Wehmütig dachte Carla an Antonia. Viele Jahre hatten sie zusammen die Blumen gebunden. Carla hatte genau mitbekommen, wie Antonia auf so einem Fest Mateo nähergekommen war.

Carla trat auf ein Grüppchen zu, kniete sich zu den anderen auf den Boden und griff nach den ersten Zweigen mit Mandelblüten. Bündel für Bündel schnürte sie, flocht die ersten Wildblumen des Jahres dazwischen, während alle durcheinanderschwatzten. Alle freuten sich auf den Abend, wenn nach der Messe der große Holzstapel angezündet wurde und das Spektakel begann.

Carla schmerzten die Knie. Sie stand auf und streckte sich. Dabei stieß sie im Rücken gegen jemanden. Sie drehte sich um, um sich zu entschuldigen. »Ich, es ...« Carla blickte in die von langen Wimpern umrahmten Augen eines Jungen, so tiefbraun und groß, voller Wärme. »Also, ähm ... es tut mir leid«, stotterte sie.

»Ist ja nichts passiert.« Der Junge wandte sich ab.

Carla starrte verwirrt auf seinen Rücken. Ihr Herz pochte laut, in ihrem Magen flatterte es ungewohnt, und sie konnte nicht anders, als ihn anzustarren. Selbst unter seiner Jacke erahnte sie einen muskulösen Körper.

Ihr wurde heiß.

Was war nur plötzlich mit ihr?

Carla wollte unbedingt nochmals in diese wunderschönen Augen sehen. Gab es Liebe auf den ersten Blick? In den Büchern ja, aber im echten Leben?

»He, du Träumerin, die Arbeit macht sich nicht von allein«, neckte sie eine der jungen Frauen, die sich neben sie gestellt hatte.

»Ich musste mich nur mal strecken.« Carla suchte erneut Blickkontakt mit dem Jungen. Doch der hatte sich zu einer Gruppe von anderen gesellt und schichtete mit ihnen die Holzscheite auf.

»Er gefällt dir wohl?«

»Mir?« Carla spürte, wie sie errötete, und senkte den Kopf, damit man es nicht sah. »Nein. Was für ein Unsinn.«

»Na, wie du meinst. Falls er dich doch interessiert: Das ist Francisco, der Sohn von Jaume dem Winzer.«

Carla hatte das Gefühl, der Boden würde sich vor ihr auftun. Das war Jaumes Sohn? Der Sohn des Mannes, der ihren Vater mit dem Messer so schwer verletzt hatte? Sie erinnerte sich kaum an ihn. Sie hatte ihn nie bewusst in der Schule oder im Dorf wahrgenommen. Besser, sie vergaß ihn auch gleich wieder. Ihr war der Kontakt mit dieser Familie streng untersagt.

Carla sah zu den wenigen noch zu bindenden Blumen. Das würden die anderen alleine schaffen. Sie wollte weg von diesem Platz. Von diesem Jungen. »Wir sind ja fast fertig, und ich muss jetzt nach Hause.«

Bevor die andere noch etwas sagen konnte, raffte Carla ihren Rock und eilte vom Kirchplatz.

Auf dem Weg nach Hause dachte sie an Francisco. Er sah seinem Vater gar nicht ähnlich. Obwohl sie es nicht zulassen wollte, hatte er sich doch in ihre Gedanken geschlichen. Was sollte sie jetzt nur machen? Und was sollte sie am Abend anziehen? Besser, sie sah gleich in ihren Schrank.

»He, nicht so schnell.« Ihre Mutter stand im Flur mit einem Wäschekorb im Arm.

Sofort überkam Carla ein schlechtes Gewissen. Da hatte ihre Mutter ausnahmsweise zwei Tage frei, und was musste sie machen? Sich auch noch zu Hause mit Wäsche beschäftigen.

»Soll ich dir damit helfen?« Carla deutete auf den Korb in Mutters Händen. Sie entdeckte das Kleid, das zwar nicht mehr neu war, ihr aber sehr gut stand.

Mutter stellte den Korb ab und küsste ihr die Stirn. »Lieb, aber das schaffe ich schon. Wie geht es mit den Vorbereitungen voran?«

»Fast fertig, und die ersten Holzscheite wurden auch schon gestapelt.« Carla zog ihr Kleid aus dem Korb. »Lass mich wenigstens meine Sachen bügeln.«

»Ich mach das schon. Du hast heute noch nichts gegessen. In der Küche ist noch Brot.«

Carla war viel zu aufgeregt, um überhaupt an Essen zu denken. »Heute Abend gibt es doch Würste, die wir am Feuer mit den anderen grillen, oder nicht?«

»Ja, die wird es geben. Ausnahmsweise.«

Seit sie auf Aprikosen und Mandeln umgestellt hatten, waren Köstlichkeiten auf dem Tisch rar. Bis zur ersten Ernte würde es noch etwas dauern, erst dann wäre wieder etwas mehr Geld in der klammen Haushaltskasse. Aber immerhin gab es heute Würste. Nicht auszudenken, wenn sie als Einzige keine zum Grillen hätte. Natürlich würde sie es überleben, aber sie würde sich dann von den Grillplätzen fernhalten, um nicht aufzufallen.

»Stell dir vor«, Mutter lächelte, »der Bürgermeister hat dieses Jahr noch einige Flaschen Wein aus unserem Bestand gekauft, die er heute den Dorfbewohnern nach dem Feuerlauf spendiert. Davon habe ich unter anderem die Würste gekauft.«

»Du bist die Beste.« Carla küsste sie auf die Wange, ging nach oben und warf sich aufs Bett.

Ihre Gedanken kreisten schneller und schneller. Was war nur mit ihr los? Sie kannte diesen Francisco doch gar nicht. Ihr wurde dennoch merkwürdig zumute, wenn sie nur an ihn dachte. Es war nur ein winziger Moment gewesen. Aber diese Augen.

Carla seufzte.

Jaumes Sohn. In solchen Momenten fehlte ihr Antonia unglaublich. Ihre ältere Schwester hätte sicherlich einen guten Rat für sie. Natürlich wusste Carla, dass sie sich diesen Francisco aus dem Kopf schlagen musste, aber wie sollte das gehen? Wäre doch nur Antonia hier.

Carla drehte sich auf die Seite, sah wieder sein Gesicht vor sich und träumte sich davon.

»Carla, kommst du? Die Messe fängt gleich an.«

Sie zuckte zusammen. Wie hatte sie nur einschlafen können? Sie musste sich doch noch umziehen, die Haare zurechtmachen und …

Für einen Moment glitt sie zurück in ihren Traum. Ihre Lippen hatten an Franciscos gelegen, sein Atem an ihrem Hals.

Nein, Schluss damit!

Carla schüttelte ungläubig den Kopf. Sie benahm sich wie eine Zwölfjährige. Aus einer Begegnung eine Schwärmerei zu machen. Was fiel ihr nur ein?

Andererseits, was konnte der Sohn für den Vater?

Während sie ihr Haar flocht, fasste sie einen Entschluss: Sie wollte ihn näher kennenlernen. Wenn er trank wie sein Vater, war es gut, es herauszufinden und ihn zu vergessen. Und was bot sich dafür besser an als dieses Fest?

»Carla!«

»Komme.« Rasch wusch sie sich das Gesicht und zupfte ihren Rock zurecht. Polternd stürmte sie die Treppenstufen hinunter.

Die Messe schien sich ewig hinzuziehen. Bisher hatte sie Francisco noch nicht in den Reihen erspäht. Was, wenn er nicht käme? Doch hätte er sonst bei den Vorbereitungen geholfen?

Endlich erhoben sich alle zum Schlusssegen.

Warum gingen sie nur so langsam hinaus? Am liebsten hätte Carla sich durch die Reihen nach außen gedrängt.

Mutter hakte sie an der Tür unter. »Dein Vater holt zu Hause die Würste, und wir suchen uns derweil einen guten Platz, damit wir das Spektakel sehen können.«

»Hola, María.« Lidia trat zu ihnen und begrüßte Mutter mit zwei Wangenküssen, bevor sie auch Carla in den Arm nahm. »Meine Güte, du bist ja schon eine richtig große Dame.«

Mutter grinste. »Bald wird sie den Männern den Kopf verdrehen.«

Carla spürte, wie ihr die Röte in die Wangen stieg. Zum Glück war es dunkel genug, sodass es niemand bemerkte.

»Kommt.« Lidia hakte Mutter auf der einen Seite ein und hielt Carla den anderen Arm hin. »Da vorne ist noch Platz.«

Dumpfe Trommeln setzten ein, und jeder Schlag fuhr Carla durch den Körper. Eine Mischung aus Bedrohung und wohligem Schauer. In wildem Tanz sprangen die jungen Männer mit ihren Fackeln in der Hand durch die Menge. Einige standen am Feuer und hieben mit Schaufeln darauf, dass die Funken wild aufstoben. Ob Francisco unter ihnen war? Angestrengt versuchte Carla ihn zu entdecken.

»Sie sind so wunderbar ungestüm und voller Leben, nicht wahr?« Lidia kniff Carla in die Seite.

Hatte Mutters Freundin den siebten Sinn?

Mutter lachte. »Ach, Lidia, was du wieder denkst.« Sie strich Carla über das Haar. »Meine Kleine kann sich ruhig noch Zeit lassen, bevor sie mir einen Mann nach Hause bringt.«

Verlegen sah Carla zur Seite.

Mittlerweile hatte man aus dem großen Feuer einige brennende Scheite an die Seite geschoben. Nur die Waghalsigsten würden den Sprung darüber wagen.

Vater gesellte sich zu ihnen, in der Hand einen Korb mit den Würsten. »Habe ich was verpasst?«

»Nein, du kommst genau richtig.« Mutter lehnte sich an ihn.

Der Trommelschlag wurde schneller, immer schneller, und die Ersten nahmen Anlauf. Sprangen mit der Fackel in der Hand über die Flammen. Carla hielt die Luft an, als einer bei der Landung hinfiel.

Mutter drückte ihre Hand. »Ich bin froh, dass Leo nicht da ist. Er hätte sich bestimmt nicht abhalten lassen.«

Leo. So wie er sich zuletzt aufgeführt hatte, fehlte er Carla nicht. Sollte er doch in Palma bleiben, was auch immer er da trieb. Er kümmerte sich ja nur noch um sich, die Feldarbeit und die Familie schienen ihn nicht mehr zu interessieren.

Ein Windstoß fauchte durch die Holzscheite, Funken stoben auf, und der Heißsporn, der gerade zum Sprung angesetzt hatte, strauchelte. Carla zuckte vor Schreck zusammen, doch er fing sich und kam wohlbehalten auf der anderen Seite der Scheite an.

Die Musik der Sackpfeifenspieler löste die Trommler ab, und einige Männer füllten mit Schaufeln Glut in die vorbereiteten Grillbereiche.

»Wir sehen uns später.« Lidia verabschiedete sich.

Die Menge strömte zu den Grillstellen, und bald füllte der würzige Geruch der Würste den Platz.

Der Bürgermeister hielt eine kurze Ansprache, und an einer zusammengezimmerten provisorischen Theke wurde der Wein in Tonbecher ausgeschenkt.

Carla wischte sich den Mund mit einem Tuch ab. Obwohl sie eigentlich keinen Hunger verspürt hatte, hatte sie drei der leckeren Würste gegessen. Mutter und Vater strahlten um die Wette, als sie hörten, wie zwei Männer den Wein lobten. Der Schreiner sagte zum Sattler: »Dieses Jahr hat sich der Bürgermeister nicht lumpen lassen.« Und der Sattler antwortete: »Ja, das ist wenigstens ordentlicher Wein.«

»Wir hätten beim Wein bleiben sollen«, sagte Vater, doch Mutter schüttelte den Kopf. »Nur weil zwei Gratiswein trinken, würden sie ihn noch lange nicht kaufen.«

Das waren weise Worte, fand Carla, obwohl sie nur mit halbem Ohr zuhörte. Sie suchte in der Menge nach einem bestimmten Augenpaar. Unter dem Vorwand, sich mit zwei Freundinnen unterhalten zu wollen, ließ sie ihre Eltern am Weinstand zurück.

Sosehr sie sich auch anstrengte, in der Dunkelheit konnte sie beim besten Willen sein Gesicht nicht unter den vielen finden. Enttäuscht ging Carla zu den Kirchenstufen und setzte sich.

Sie spürte einen Atemzug an ihrem rechten Ohr. »Hast du schon gegessen?«

Erschrocken fuhr Carla herum.

Er war es.

Francisco.

Er war wirklich da.

Und er hatte sie eben angesprochen.

Carla schnappte nach Luft.

Nickte stumm.

»Bist du ein Fisch, weil du nicht sprechen kannst?«, scherzte Francisco, legte seine Hand auf ihren Arm und neigte sich zu ihr. »Oder ist es dir zu laut?«

Carlas Nackenhärchen stellten sich auf.

Seine Berührung brannte auf ihrer Haut. Und doch wünschte sie, diese warmen Finger würden exakt an dieser Stelle verharren.

Sie sah ihn an. Trotz der Dunkelheit erkannte sie seine warmen Augen. Carla nahm allen Mut zusammen, um zu antworten. »Ja, danke, ich habe schon gegessen. Wenn du auch schon gegessen hast, magst du dich zu mir setzen?«

»Gerne. Ich bin Francisco«, stellte er sich vor. »Mein Vater ist Winzer.«

Er erkannte sie also ebenfalls nicht. »Carla.« Sie dachte an ihren Plan. »Wollen wir etwas trinken?«

Er hob einen Becher an, den sie bisher noch gar nicht gesehen hatte. »Durstig? Ist nur Wasser. Ich trinke nicht.«

Mit einem Strahlen nahm Carla den angebotenen Becher in die Hand und nippte daran. Nun wusste sie alles, was sie hatte wissen wollen.

Am nächsten Morgen führte Vater, einen Arm um Mutter gelegt, seine Frau sichtlich stolz über das prächtige Feld mit Aprikosen- und Mandelbäumen.

Carla lächelte, als sie die beiden beobachtete. Endlich konnte Mutter den Fortschritt bei Tageslicht sehen. Seit sie in der Wäscherei arbeitete, hatte sie kaum einen freien Tag gehabt.

Mutter kam meist nach Einbruch der Dunkelheit aus der Wäscherei. Wenigstens hatte das Geld nach einigen Monaten für ein Fahrrad gereicht. Damit war der Nachhauseweg für sie nicht so beschwerlich, auch wenn sie immer wieder über Rückenschmerzen klagte. Kein Wunder, sie stand stunden- lang gebeugt über den Waschbottichen.

Umso schöner fand es Carla, wie liebevoll ihre Eltern miteinander umgingen, obwohl sie in Bezug auf die Felder unterschiedlicher Meinung gewesen waren.

So eine Ehe wünschte sie sich auch.

Augenblicklich wunderte sich Carla über sich selbst. Nun dachte sie schon ans Heiraten! Und das nur, weil sie sich eine Weile mit Francisco unterhalten hatte!

Carla bewunderte Mutters Stärke. Ein Wesenszug, den sie auch bei Antonia schon entdeckt hatte. Ob sie auch so werden würde? Mutter klagte nie. Und wenn mit der Ernte alles gut lief, wäre die Wäscherei für Mutter bald Vergangenheit.

Nur Leo ließ sich leider kaum auf dem Feld blicken. Er behauptete, in Palma Arbeit gefunden zu haben. Eine geregelte Arbeit schien das aber nicht zu sein. Vielmehr trieb er sich herum, zumindest vermutete das Carla. Die Hoffnung, er würde sich irgendwann doch für die Aprikosen und Mandeln interessieren, gab Mutter noch nicht auf. Carla glaubte jedoch nicht mehr daran.

Vater löste sich von Mutter und gab ihr einen Kuss auf die Stirn. Er nahm zwei Eimer und verteilte das Wasser an den Baumreihen der Obstbäume. Danach stellte er sie ab und winkte Mutter zu. »Komm, sieh dir das an. Die ersten Fruchtstände sind zu sehen und bisher nicht abgefallen.«

Begeisterung ergriff Carla. »Es ist großartig! Wir können schon dieses Jahr ernten, dabei haben wir erst nächstes Jahr damit gerechnet.«

Hand in Hand gingen ihre Eltern durch die Bäumchenreihen. Mutter hatte recht behalten. Carla konnte sich allein mit Vater um die Bäume kümmern, während Mutter in der Wäscherei arbeitete. Diego war tot, Antonia weit weg, und Leo interessierte das Feld nicht. Beim Weinanbau hätten sie jemanden einstellen müssen. Doch wovon hätten sie den Arbeiter bezahlen sollen? Sie verstand Leo nicht. Und sie konnte auf ihn gut verzichten, solange er sich nicht besann und endlich mal guthieß, was Vater für Anstrengungen unternommen hatte.

Wie man nun sah, schien es sich auszuzahlen. Bald hätten sie die Schwierigkeiten überwunden, ihre Existenz wäre wieder gesichert.

Dafür steckte Carla nun in anderen Schwierigkeiten. Sie hatte sich ernsthaft verliebt. Francisco schien ebenso an ihr Interesse zu haben, so ausgiebig, wie er gestern mit ihr geredet hatte, sie sich aus ihrem Leben erzählt hatten. Und wie er sie ansah! Sein Blick ging Carla durch und durch. Fast unwirklich kam Carla die Vertrautheit vor, die sie spürte. Als würden sie sich schon Ewigkeiten kennen. Francisco hatte so gar nichts von seinem unbeherrschten Vater.

In diesem Moment fehlte ihr Antonia unglaublich. Mit Mutter konnte Carla darüber nicht reden und mit Vater erst recht nicht.

Die Früchte reiften langsam, und Carla gab sich während der Arbeit ihren Tagträumereien hin und ertappte sich dabei, wie sie gedankenverloren vor einem Baum stehen blieb, statt die überschüssigen Triebe abzuschneiden, damit die Früchte auch prall wurden. Glücklicherweise erwischte Vater sie nicht dabei, denn ihm hätte sie kaum die Gründe für ihr Verhalten erklären können.

Jeden Tag hoffte sie sich aus einem triftigen Grund davonstehlen zu können, um Francisco zu treffen. Sie hatten sich außerhalb bei einer verlassenen Schäferhütte verabredet. Beiden war schon beim Fest klar gewesen, wie ihre jeweiligen Eltern reagieren würden. Ungehalten war nur ein harmloses Wort dafür. Zumindest was Carlas Vater anging. Francisco schämte sich für die Tat seines Vaters. Und er wusste, als Jaumes Sohn brauchte er sich bei Carlas Eltern erst gar nicht vorzustellen. Sie würden ihn vom Hof jagen. Darin waren sich beide einig. Aus diesem Grund hatten sie vereinbart, sich zum Sonnenuntergang in der Schäferhütte zu treffen. Je nachdem, wie sie sich davonstehlen konnten. Bisher hatte es bei Carla keine Möglichkeit gegeben. Vielleicht am Sonntag, hoffte sie.

Bevor Carla sich schlafen legte, las sie romantische Gedichte, träumte von zarten Küssen und von einem gemeinsamen Leben mit Francisco.

Der nächste Morgen begann regnerisch, und Carla deckte den Frühstückstisch. Leo war ausnahmsweise zu Hause. Sie schnitt das Brot und die Tomaten auf.

Ihr Bruder saß mürrisch am Tisch und kaute auf seinem Brot herum.

»Ist der Herr nun besseres Essen gewohnt?« Diese Frage konnte sich Carla nicht verkneifen. Nie sagte er, wo er nachts blieb, was er tagsüber tat, und Vater ließ ihn einfach gewähren, als wäre Leos Verhalten normal. »Was treibst du eigentlich den ganzen Tag in Palma?«

Es klopfte an der Tür, und Leo sprang sofort auf. »Ich geh nachsehen«, sagte er und stand schon an der Tür. Es war offensichtlich, dass er Carlas Frage nur ausweichen wollte.

»Ein Brief von Antonia!« Leo schwenkte theatralisch den Umschlag hin und her.

Carla glaubte ihm seine Freude, von Antonia zu hören. Immerhin sagte er oft, Antonia würde ihn verstehen, sie wäre nicht so engstirnig wie Carla. Es war leicht, die Schwester in der Fremde zu vergöttern. Doch noch mehr freute er sich Carlas Meinung nach, ihr eine Antwort schuldig zu bleiben, weil nun jeder wissen wollte, was Antonia zu berichten hatte.

»Gib ihn deiner Mutter.« Vater schluckte seinen letzten Bissen Brot hinunter und sah erwartungsvoll zu seiner Frau.

Endlich gab es Neuigkeiten. Der letzte Brief lag schon viele Monate zurück.

Mutter öffnete das Kuvert.

Leo setzte sich ebenfalls an den Tisch und mied Carlas Blick.

Mutter zog den Brief heraus und faltete ihn auseinander. »Schade, kein Foto. Ich hatte auf ein Enkelkind gehofft.«

»Liebe Familie«, begann sie vorzulesen. »Es tut mir fürchterlich leid, euch heute schlechte Nachrichten zu überbringen. Und zu allem Unglück muss ich euch um einen Gefallen bitten. Mateo ist tot. Es ist schrecklich. Aber ich bringe es nicht über mich, seinen Eltern in einem Brief davon zu berichten. Könntet ihr diesen schweren Gang für mich übernehmen? Mir fehlen die richtigen Worte.« Mutter entglitt der Brief. Schweigend starrte sie dem zu Boden segelnden Papier hinterher.

»Oh nein«, rutschte es Carla heraus. »Jetzt ist Antonia dort ganz allein.« Wie sollte sich ihre Schwester ohne Mann eine Zukunft in einem fremden Land aufbauen? Das war unmöglich. Niemals würde sie das schaffen. Davon war Carla überzeugt. Wenn sie ihr nur helfen könnte!

»Das Kind muss nach Hause kommen«, befand Vater.

Ihre Eltern sahen sich an. »Du hast recht, wir müssen sie zurückholen.«

»Das werden wir tun.« Ihr Vater tätschelte aufmunternd die Hand ihrer Mutter, bevor er sich bückte und den Brief vom Boden aufhob.

Wie gerne wäre sie nun bei ihrer Schwester gewesen, um sie zu trösten, um sie in dieser schweren Zeit zu unterstützen.

Vater räusperte sich und las weiter: »Mateo hat an jenem verhängnisvollen Tag eine Lieferung Zigarren mit einem Handkarren ausgefahren und musste einem durchgehenden Pferd mit Kutschwagen ausweichen. Dabei hat er die herannahende Straßenbahn übersehen und ist in sie hineingelaufen. Selbst der anwesende Arzt konnte nichts für ihn tun. Er war sofort tot.

Diese ganzen modernen Erfindungen bringen nur Unglück über uns. Erst diese merkwürdige Straßenbahn. Und jetzt fahren auch immer mehr dieser neuen Automobile auf den Straßen. Mit den Fuhrwerken dazwischen herrscht ein heilloses Chaos in der Stadt. Ich selbst wäre schon beinahe von einem heranrasenden Automobil angefahren worden, denn die wenigsten Fahrer können wirklich damit umgehen. Ich werde niemals in so ein Ungeheuer einsteigen. Mateo war immer vorsichtig. Es war nicht seine Schuld. Sagt seinen Eltern, er war mir immer ein guter Mann.

Ob ich unser Land nun jemals bewirtschaften kann? Ich weiß es nicht. Macht euch aber keine Sorgen um mich, wenn es gar nicht mehr geht, verkaufe ich das Grundstück und komme nach Hause.« Carlas Vater blickte auf. »Gott sei es gedankt. Das Mädchen ist bei Verstand und kommt heim.«

Der Gedanke, Antonia wieder um sich zu haben, ließ Carlas Herz schneller schlagen. Mit ihrer Schwester an der Seite würde alles leichter sein. Dann besann sie sich. Wie konnte sie nur so egoistisch sein und nur daran denken, wie schön es für sie wäre, Antonia als Unterstützung bei sich zu wissen? Augenblicklich schickte sie einen stummen Gruß zu ihrer Schwester und wünschte ihr viel Kraft. Auch wenn sie Mateo kaum gekannt hatte, so konnte sie Antonias großen

Verlust nachempfinden. Diego fehlte ihr ja auch noch immer sehr. Wie schmerzhaft musste es erst sein, wenn der Ehemann starb?

Vater legte die Stirn in Falten. »Wenn es Antonias Wunsch ist, werden wir alles dafür tun, um das Geld für die Fahrt zusammenzubringen, damit sie das Grundstück nicht unter Wert verkaufen muss. Aber jetzt lese ich erst einmal weiter.«

Er nahm den Brief wieder hoch. »Ich hatte euch ja von der Familie Guerrera berichtet. Sie waren so freundlich, mich bei sich aufzunehmen. Fernanda ist mir eine große Stütze, wenn ich auch ihre Großzügigkeit nur vorübergehend annehmen kann, bis ich mich neu orientiert habe. So lange bleibe ich Vorleserin in der Fabrik. Ich möchte selbst für meinen Unterhalt sorgen, auch wenn die Zeit gerade sehr schwer ist.

Ich habe Mateo hier auf dem Friedhof in Havanna beerdigen lassen. Eine Überführung hätte ich nicht bezahlen können. Das Angebot der Guerreras, die Kosten zu übernehmen, musste ich ablehnen. Sie tun schon so viel für mich. Mateo hat auf dem Cementerio de Colón eine angenehme Ruhestätte gefunden. Als Grabplatte habe ich eine weiße Marmorplatte bestellt, die zwar meine Ersparnisse aufgebraucht hat, aber das war ich Mateo schuldig. Um sein Grab stehen viele Engelsstatuen, und eine Palme beschattet es. Mehr konnte ich leider nicht für meinen Mann tun.

Sorgt euch bitte nicht um mich, und kümmert euch um Mateos Eltern. Sie werden euren Beistand nötig haben.

Ich schreibe euch bald wieder. Hoffentlich überbringe ich dann bessere Nachrichten.

In Liebe, eure Antonia.«

Wie tapfer sie war! Sie dachte an Mateos Eltern, dabei ging es ihr selbst bestimmt noch schlechter. Carla bewunderte ihre große Schwester. Hoffentlich gab Antonia nicht nur vor, so gefasst zu sein. Aber hätte sie ihr dann nicht ebenfalls einen Brief geschrieben? Immerhin hatten sie sich ein Versprechen gegeben.

Mutter senkte schluchzend den Kopf. »Mein armes Mädchen.«

Carla stand auf, stellte sich hinter ihre Mutter und umarmte sie. Fest drückte sie sich gegen ihren Rücken.

Wortlos holte Vater aus dem Küchenschrank eine Flasche Hierbas, stellte vier Gläser auf den Tisch und schenkte den Kräuterschnaps ein. »Wir sind es Mateo schuldig, auf sein Wohl zu trinken.« Er hob sein Glas. »Auf die, die noch bei uns sind«, setzte er leise nach.

Mit beiden Händen schob Leo sein Glas von sich. »Seht ihr es nicht?« Er stand auf. »Allen, die sich vom Weinbau entfernen, widerfährt ein Unglück. Diego, Mateo, und wer weiß, was noch geschieht.«

»Leo, nicht heute. Es reicht.« Vater stellte sich vor ihn. Es schien fast, als wollte er die Hand gegen ihn erheben.

»Juan!« Mutter erhob sich ebenfalls. »Unsere Familie braucht nicht noch ein weiteres Unglück.« Sie wandte sich zu Leo. »Und du, du wirst künftig zu diesem Thema schweigen. Niemand ist vom Unglück verfolgt, nur weil er kein Winzer mehr sein kann.« Sie setzte sich wieder und holte Luft. »Wir schuften, um für euch etwas aufzubauen, und statt Dankbarkeit kommen von dir nur Vorwürfe. Entweder du fügst dich, oder du kannst in Palma bleiben. Gott allein weiß, was du dort treibst.«

Carlas Magen fuhr Achterbahn. So wütend hatte sie ihre Mutter noch nie erlebt. Ob Leo seine Meinung jemals ändern würde?

Nein, gab sich Carla selbst die Antwort. Wenn selbst in einem so schrecklichen Moment das Thema Weinbau wichtiger für ihn war als die Trauer und das Mitgefühl für die eigene Schwester, war das wohl ausgeschlossen. Es schien, als würde ihre Familie Stück für Stück auseinandergerissen.

Leo stürmte wutentbrannt aus der Küche. Hoffentlich besann er sich bald, sonst würde es irgendwann zum Zerwürfnis kommen.

Und das durfte nicht geschehen.

Es zählte nur eines. Die Familie.

»Es tut mir leid«, sagte Vater. »Fast hätte ich mich vergessen.«

»Ist schon gut, Juan. Ist schon gut.« Mutter stand auf und strich sich den Rock glatt. »Ich übernehme die traurige Pflicht und gehe zu Mateos Eltern.«

Carla sah zu, wie ihre Mutter die Küche verließ, und sie beneidete sie nicht um diesen schweren Gang. Wie sagte man Eltern, dass sie ihren Sohn verloren hatten?

18

Leo hatte genug! Immer nur Vorwürfe musste er sich von seinem Vater anhören. Hätte er einmal in ruhigem Ton gefragt, was Leo genau in Palma arbeitete, er hätte ihm mit erhobenem Haupt von seiner neuen Lagerarbeit berichtet. Dann wäre Vater sicherlich stolz auf die bezahlte Arbeit in der Stadt gewesen.

Leider gestalteten sich die Arbeitszeiten unregelmäßig, denn auch die Ent- und Beladung von Schiffen gehörte zu Leos Aufgaben.

Er stieg aus dem Zug und ging an der Kathedrale vorbei zum Hafen. Unglücklicherweise war es ihm bisher nicht gelungen, etwas von seinem Verdienst zurückzulegen, denn die Zugfahrten gab es nicht umsonst. Auch deshalb vermied er es, zu oft nach Sencelles zu fahren. Um Geld zu sparen, konnte er manchmal in dem kleinen Büro der Lagerhalle auf dem Boden übernachten. Komfortabel war das nicht, aber der Gedanke, jede Pesete für neue Weinreben zurückzulegen, ließ es ihn ertragen. Irgendwann würde ihm das Grundstück gehören, und bis dahin hätte er das Startkapital bestimmt zusammen.

Oft träumte er davon, wie er die Mandel- und Aprikosenbäume rodete und in einem großen Haufen verbrannte.

Vielleicht könnte er bald noch mehr verdienen. Sein Chef Tomeu hatte ihm in einem vertraulichen Gespräch gesagt, welch große Stücke er mittlerweile auf ihn hielt, und wenn Leo wolle, habe er künftig noch andere Aufgaben für ihn.

Es gab Gerüchte, dass Tomeu nicht nur legale Waren verschiffte und verkaufte, doch bisher war weder jemand verhaftet worden, noch hatten jemals Ermittlungen gegen Tomeu stattgefunden. Politik interessierte Leo nicht, was ging ihn deren Entscheidungen an, die doch kein normaler Mensch begreifen konnte. Doch man munkelte, Tomeu ginge mit Zuwendungen an die Obrigkeit nicht kleinlich um. Wenn Leo sich künftig als Vertrauensmann erwies, könnte er bestimmt auf die gleiche Großzügigkeit hoffen.

Seufzend betrat er die Lagerhalle. Einige Lastkutschen warteten draußen, und die übliche Tagesarbeit stand bevor: Fuhrwerke beladen und diesen anschließend zum Schiffsanleger folgen und die Ladung in den Schiffsbauch bringen.

Kiste um Kiste schleppte er. Der Tag verging schnell, und zum Feierabend erhielt er seinen Wochenlohn.

An dem Waschbecken in der Lagerhalle wusch sich Leo den Schweiß der Arbeit von Gesicht und Hals. Mit seinem Hemdzipfel trocknete er sich ab und tupfte über den Nacken. Aus einem Beutel holte er ein Stück trockenes Brot. Dazu trank er Wasser, das er aus der Zisterne schöpfte.

Trotz des kläglichen Mahls lächelte Leo. In wenigen Stunden würde er mit etwas Glück in der Bar dieses wunderbare Geschöpf wiedersehen. Und dieses Mal konnte er sie auf einen Wein oder einen Kaffee einladen.

Dafür begnügte er sich gern mit trockenem Brot.

Letzte Woche war er ihr das erste Mal begegnet. Ihr Anblick hatte sein Herz heftig pochen lassen. Eine schönere Frau als Alba hatte er noch nie gesehen.

Gegen sie kamen ihm die Frauen des Dorfes plump vor. Albas glockenhelles Lachen und ihre grazile Haltung hatten ihn augenblicklich betört.

Nur kurz hatte er überlegt, ob er es wagen konnte, sie anzusprechen. Und seine List hatte funktioniert. Sie hatte mit ihm geredet, doch ihr war auch fast nichts anderes übrig geblieben, als er sie auf dem Weg an die Bartheke absichtlich leicht angerempelt hatte.

Nachdem er sich wortreich entschuldigt hatte, waren sie in eine kurze Plauderei über Palmas Nachtleben übergegangen. Alba schwärmte von Lokalen, die er nicht kannte. Er stimmte ihr mit wenigen Worten zu.

Danach hatte sie sich kokett lächelnd von ihm verabschiedet und gemeint, man werde sich bestimmt wieder über den Weg laufen.

Genau darauf hoffte er nun, fuhr sich mit den Fingern durch das Haar, zog seine Jacke an und zupfte den Hemdkragen zurecht.

Auf dem Weg durch die engen Gassen der Stadt begegneten ihm einige Männer, die sich offensichtlich auch auf dem Weg in eine Bar befanden, so wie sie sich herausgeputzt hatten.

Leo sah an sich hinab. Hose, Hemd und Jacke waren sauber, doch seine Kleidung wirkte an einigen Stellen abgenutzt.

Aber ein neues Hemd wollte er sich nicht leisten.

Einige Frauen kamen ihm entgegen, sie waren schwatzend mit Einkaufskörben auf dem Weg nach Hause.

In der Bar herrschte reges Treiben. Leo sah sich suchend nach Alba um.

Er konnte sie nirgends entdecken. Vor Enttäuschung kippten seine Schultern nach vorne, und er spürte in jedem Muskel die Anstrengung des Tages, die er vorher noch nicht einmal wahrgenommen hatte.

Auf einen Brandy würde er lieber verzichten.

Eine Ausgabe weniger.

Leo bahnte sich seinen Weg durch scherzende Menschen zum Ausgang, als er ihr Lachen vernahm.

War sie doch hier?

Leo drehte sich um. Tatsächlich. Sie saß hinter einer Säule. Was nun? Sollte er einfach auf sie zugehen? Sie anzustarren half ihm auch nicht weiter.

Er nahm allen Mut zusammen und ging zu ihrem Tisch. »Hola, Alba.«

Sie sah zu ihm auf und schenkte ihm ein Lächeln. Seine Knie wurden weich.

»Leo, was für eine Überraschung«, grüßte sie zurück. »Wir wollten gerade gehen.«

Die zwei Frauen, die mit ihr am Tisch saßen, standen bereits auf.

»Wie schade, sonst hätte ich dich eingeladen«, wagte Leo dennoch einen Versuch.

»Geht ruhig schon mal vor«, sagte Alba. »Ich komme dann nach. Ist ja noch ein wenig Zeit bis zur Vorstellung.«

Die beiden Frauen verabschiedeten sich von Leo, und die Kleinere sagte: »Wir zahlen an der Theke für dich mit.«

Leo sah ihnen nach. Die beiden Frauen kicherten. Sein Herz schlug noch schneller. Hatte Alba möglicherweise mit ihren Freundinnen über ihn gesprochen? Oder lachten sie ihn aus, weil er einer Frau wie Alba den Hof machte?

»Jetzt steh nicht so rum, setz dich doch.« Alba schenkte ihm erneut ein strahlendes Lächeln.

Unbeholfen schob er seine Hände in die Hosentaschen. »Aber, wenn ihr doch verabredet wart. Ich meine ... ich möchte nicht stören.«

Alba deutete wortlos auf den Stuhl ihr gegenüber, Leo setzte sich und wusste nicht, was er sagen sollte.

Da saß er dieser atemberaubenden Frau gegenüber und benahm sich wie der letzte Trottel. Er war doch sonst nicht auf den Mund gefallen.

Der Kellner kam an den Tisch, und Leo fand seine Sprache wieder. »Was möchtest du trinken?«, fragte er Alba.

»Gerne noch einen Kaffee. Damit ich nachher nicht im Theater einschlafe.«

Der Kellner sah zu Leo.

»Ich nehme ein Glas Rotwein. Haben Sie welchen aus der Inselmitte?«

»Selbstverständlich.«

»Du scheinst dich mit Wein auszukennen.« Bewundernd sah sie ihn an.

Auf dem Terrain war er zu Hause. »Ja, meine Eltern sind Winzer.« Dass dies mittlerweile Vergangenheit war, verschwieg er fürs Erste.

Der Kellner brachte die Getränke. Leo bewunderte Albas zarte Finger und wie grazil sie den Zucker im Kaffee umrührte.

»Das ist ja aufregend«, sagte sie. »Ich wollte dich schon das letzte Mal fragen, was du arbeitest, doch dann haben wir uns so über das Nachtleben verplaudert.« Sie nippte an der Tasse, und Leo musste sich zwingen, nicht auf ihre hinreißend vollen Lippen zu starren.

Er trank einen Schluck Wein. Es gab bessere. Der seiner Familie hatte mehr Geschmacksnuancen und auch mehr Körper. »Und was macht deine Familie?«, fragte er.

»Völlig banal. Mein Vater handelt mit Trockenfrüchten, und meine Mutter unterstützt ihn.«

Leo verschluckte sich fast. Ausgerechnet Trockenfrüchte. Das Schicksal erlaubte sich einen Spaß mit ihm. Er stellte das Glas ab. »Und was machst du so?«

Alba erzählte begeistert über Kunst und beugte sich zu ihm, als wollte sie ihm ein Geheimnis verraten. »Ich male auch selbst.« Ihre sanfte Stimme nahm ihn gefangen, und sie spielte, während sie redete, mit ihrem Zopf.

»Du malst? Ich sitze einer Künstlerin gegenüber?«

Alba lachte. »So hat mich noch niemand genannt.«

Er könnte ihr stundenlang zuhören. Mittlerweile hatte er seinen Wein ausgetrunken, und Alba sah zur Wanduhr. »Oh, ich muss leider los, sonst fängt die Vorstellung ohne mich an.« Sie sah ihn auffordernd an. »Möchtest du mitkommen?«

Eine Theaterkarte konnte er sich nicht leisten. Er schüttelte den Kopf. »Ich habe noch eine geschäftliche Verabredung«, log er und hoffte, nicht zu erröten.

»Schade.« Alba stand auf und strich ihren langen Rock glatt.

»Selbstverständlich übernehme ich deinen Kaffee.« Leo erhob sich ebenfalls.

»Das ist lieb. Danke.« Alba ging um den Tisch und hauchte ihm auf beide Wangen einen Kuss.

Die Berührung ihrer Lippen weckte ein unbekanntes Glücksgefühl in ihm. Leo hielt sich an der Stuhllehne fest. »Sehen ... werden wir uns wiedersehen?«, stammelte er.

Sie lachte ihr glockenhelles Lachen. »Aber sicher, ich möchte noch viel mehr über dich erfahren.«

Er nahm allen Mut zusammen. »Übermorgen vielleicht an der Kathedrale? Um diese Uhrzeit? Wir könnten spazieren gehen.«

»Das klingt wundervoll.« Alba winkte ihm zu und ging hinaus.

Leo sah ihr noch einen Moment nach, bevor er an der Theke bezahlte.

Draußen atmete er tief die Nachtluft ein. Das Leben fühlte sich auf einmal so leicht an.

19

Kuba, Frühjahr 1917

Trotz Fernandas Bemühungen fühlte sich Antonia von aller Welt verlassen. Die komplette Familie Guerrera behandelte sie wie ein Familienmitglied. Nur die Hausangestellten ließen sie manchmal spüren, dass sie nicht in dieses Haus gehörte. Antonia vermisste nicht nur die heimischen Jahreszeiten, sie vermisste auch ihre Familie; sogar Mateo.

Die Beerdigung hatte den Großteil von Antonias Ersparnissen verbraucht. Das Angebot von Federico, er würde die Kosten dafür oder für die Überführung nach Mallorca bezahlen, hatte sie abgelehnt. Dafür war sie zu stolz. Zudem wollte sie nicht bei ihm in der Schuld stehen. Sie vermied es, Federico allein im Haus zu treffen. Sie musste gehen, bevor er sich doch noch nahm, was ihm seiner Meinung nach zustand.

Es wurde Zeit, sich nach einer eigenen Bleibe umzusehen. Seit der Beisetzung waren vier Monate vergangen. All die Zeit über hatte sie sich in diesem Haus wohlgefühlt, doch bei all der Freundlichkeit, die man ihr entgegenbrachte, waren die Guerreras nicht ihre Familie. Sie musste allein zurechtkommen.

Ein Geschäftsfreund von Federico machte Fernanda den Hof. Und wenn sie ihn ehelichte, würde Fernanda zu ihrem Mann ziehen. Es geziemte sich jetzt schon nicht, als verwitwete Frau zusammen mit zwei Männern, die nicht zu ihrer Familie gehörten, unter einem Dach zu wohnen. Mit Sicherheit wurde bereits über sie geklatscht.

Ihr zielloser Weg hatte sie zum Malecón geführt. Sie liebte diese Straße, die an der Meereslinie entlangführte. Sie setzte sich auf eine Bank und schlug die Zeitung auf. In den Annoncen entdeckte sie zwei Mietangebote. Eine Unterkunft lag direkt neben der Fabrik. Die andere lag sieben Straßen entfernt, in einer Ecke, die Antonia gar nicht kannte.

Am besten verlor sie keine Zeit. Mit eiligen Schritten ging sie zurück zur Fabrik. Schnell fand sie die richtige Adresse und klingelte.

»Ja?«, rief eine Männerstimme.

»Ich komme wegen der freien Wohnung.«

»Moment, Señorita«, hörte sie ihn sagen, und das Fenster über ihr schloss sich mit einem lauten Knall.

Polternde Schritte auf der Treppe waren zu hören, bevor die Haustür vor ihr aufging.

»Sie sind allein?«

»Ist das ein Problem?«

Der Mann grinste und offenbarte einige prächtige Zahnlücken. Antonia bemerkte die Flecken auf Hose und Hemd.

»Ganz und gar nicht, treten Sie ein.«

Antonia stellten sich die Nackenhaare auf. Etwas an dem Mann gefiel ihr nicht, aber er sollte ihr ja nur die Wohnung vermieten. Sie musste nicht mit ihm Umgang pflegen.

Er ließ ihr den Vortritt. Während sie die Stufen hinauf in den zweiten Stock stieg, spürte sie seinen Blick auf sich ruhen. Es war ihr unangenehm.

Oben angelangt, drückte er sich beim Türöffnen an ihr vorbei, streifte dabei ihre Brust, und Antonia verkniff sich, ihm eine kräftige Ohrfeige zu geben. Sie konnte es sich nicht mit ihm verscherzen.

Der Mann schloss auf. »Bitte schön. Gehen Sie schon hinein. Sehen Sie sich um.«

Antonia betrat die Wohnung. Wider Erwarten schien sie gepflegt. Die Küche wirkte funktionstüchtig, der Esstisch wies nur wenige Makel auf. Ein kleines Badezimmer grenzte an die Küche, und hinter einer weiteren Tür befand sich ein separates Schlafzimmer. Vermutlich würde sie sich die Wohnung nicht leisten können. »Was kostet sie?«

»Fünfunddreißig Pesos die Woche.«

Das war mehr als die Hälfte ihres Wochenlohns. Das konnte sie sich nicht leisten. »Danke für Ihre Zeit.«

»Wenn Sie mir zur Hand gehen, gebe ich sie Ihnen für die Hälfte.«

Sein Gesichtsausdruck ließ sie aufmerksam bleiben. »Wie meinen Sie das?«, fragte sie. Ob er es auch wagen würde, auszusprechen, was er meinte?

»Sie sind eine gut aussehende Frau. Ich wäre gerne in Ihrer Gesellschaft.«

Er unterbreitete ihr tatsächlich gerade ein unanständiges Angebot. »Ich werde darüber nachdenken.«

»Aber nicht zu lange, es waren schon einige Interessenten hier.« Der Mann kratzte sich im Schritt und ging zur Tür. »Ihre Entscheidung.«

Es kostete Antonia Mühe, gelassen zu reagieren. Mit pochendem Herzen ging sie hinter ihm die Stufen hinunter. Erst als sie auf die Straße trat, konnte sie wieder frei atmen.

Antonia warf einen Blick zurück. Ihr wurde in diesem Moment bewusst, wie schwer es werden würde, eine bezahlbare und anständige Wohnung zu finden.

Sie fragte sich zur Adresse der zweiten Wohnung durch. Auch hier klingelte sie. Eine untersetzte Frau mit Kopftuch öffnete. Ein durchdringender Zwiebelgeruch wehte Antonia entgegen. »Ja?«

»Ich komme wegen der Wohnung.«

»Die ist noch frei. Dritter Stock, aber Sie sind ja noch jung.«

Antonia nickte.

»María-Luisa«, stellte sie sich vor. »Und Sie sind?«

»Verzeihung, Antonia Delgado Ramis.«

»Sie sind Spanierin?« Unter größter Anstrengung stieg María-Luisa die Stufen hinauf.

»Ja, ich bin mit meinem Mann nach Kuba gekommen«, erklärte Antonia aufrichtig. »Er ist leider verstorben.«

María-Luisa blieb augenblicklich stehen. »Die Wohnung kostet zweiundzwanzig Pesos. Können Sie sich das überhaupt leisten? Wo arbeiten Sie?«

Die Summe könnte sie problemlos aufbringen und noch etwas sparen. »Ich bin Vorleserin in Guerreras Zigarrenfabrik.«

Mit einem undefinierbaren Knurren stieg sie die Stufen weiter nach oben. Vom Treppenhaus gingen zwei Türen ab. »Dort wohnt Magdalena. Ebenfalls Witwe.«

Sie sperrte die Tür auf und ging hinein. »Miete für vier Wochen im Voraus.«

Die Wohnung war klein. Die Küche zweckmäßig, ein kleiner Tisch mit zwei Stühlen stand in der Mitte des Raums, davon durch einen Vorhang abgetrennt lag eine Schlafstatt. Wenigstens war das Badezimmer separat. Ein modernes Wasserklosett und ein Waschbecken. Die Wohnung war kein Vergleich zu der anderen.

»Sie entscheiden, wer die Wohnung bekommt?«, fragte Antonia.

»Wer sonst?«

»Ihr Mann?«

»Der kam eines Abends nicht mehr nach Hause«, erwiderte María-Luisa mit gleichgültiger Stimme.

»Wer wohnt unten?«

»Ich nehme nur Frauen. Männerbesuche nur tagsüber. Verstanden?«

Antonia bejahte. »Ich werde darüber nachdenken.« Vier Wochen im Voraus war eine Menge Geld.

»Gut. Ich halte sie aber nicht frei.«

»Verstanden.«

Gemeinsam stiegen sie die Treppen hinunter. Am untersten Treppenabsatz trafen sie auf eine dunkelhäutige Frau. »Das wird vielleicht deine Nachbarin«, sagte María-Luisa.

Die Frau lächelte und zeigte dabei strahlend weiße Zähne. Ihre Augen funkelten vergnügt. »Magdalena«, stellte sie sich vor und reichte Antonia die Hand.

»Antonia, und ich überlege noch.«

»Wenn du eine andere Alternative hast, dann nimm die andere. Das warme Wasser funktioniert nur selten.«

María-Luisa zuckte gleichgültig die Schultern.

»Danke für den Hinweis.« Antonia verabschiedete sich.

Auf dem Weg zu den Guerreras wog Antonia ab, ob sie überhaupt eine der beiden Wohnungen in Betracht ziehen wollte. Ihr Rauswurf nach Mateos Tod hatte ihr gezeigt, wie wenig sie als Alleinstehende für eine Wohnung in Betracht kam. Dennoch könnte sie sich ein wenig mehr Zeit lassen. Sie beschloss, keine der beiden Wohnungen zuzusagen.

Im Patio der Guerreras traf sie auf Fernanda. »Wo warst du nur? Ich warte schon die ganze Zeit auf dich.«

»Ich habe mir Wohnungen angesehen.«

Fernanda runzelte die Stirn. »Du bist hier immer willkommen, außerdem will ich nicht, dass du gehst. Mein Bruder und mein Vater wollen das auch nicht.«

»Das ist lieb von euch.« Antonia umarmte ihre Freundin, drückte sie fest an sich und strich ihr über den Rücken. »Ich danke dir vielmals.« Sie löste sich von ihr. »Aber ihr seid nicht meine Familie, und ich muss alleine für mich sorgen.«

»Blödsinn! Du bleibst hier!«

»Weswegen hast du auf mich gewartet?«

»Ich muss dir unbedingt unser neuestes Wunderwerk zeigen. Es ist unglaublich!« Fernandas Wangen röteten sich vor Aufregung.

Ein klingelndes Geräusch zerriss die Stille.

»Was ist das?« Es klang laut und durchdringend.

»Unser Telefon!«, jubelte Fernanda. »Wir haben endlich ein eigenes Telefon zu Hause!« Sie eilte in die Bibliothek und nahm den Hörer ab. Augenblicklich verstummte das laute Klingeln. Ein Telefon in einem Privathaushalt? Auf dem Postamt hatte Antonia diese merkwürdigen Apparate gesehen, auch in Federicos Büro befand sich eines. Aber sie hatte bisher weder eines gehört noch benutzt.

Neugierig folgte sie Fernanda in die Bibliothek, die einen Teil des Apparates an ihr Ohr hielt.

Ihre Freundin war augenblicklich blass geworden. »Das kann nicht sein. Und Vater?«

Die Antwort hörte sie nicht. Fernanda ließ den Hörer auf das Tischchen fallen und sank in einen Sessel. »Was ist geschehen?«

»Der Palacio del Centro Asturiano ist abgebrannt.« Ihre Stimme klang fast tonlos.

Der Palast war der Privatklub der Spanier aus Asturien. Antonia wusste, dass Julio und Federico dort Mitglieder waren. Es war der Klub, dessen Mitglieder Federico bei seiner Ankunft tatkräftig unterstützt hatten.

Es war der Treffpunkt aller Männer aus Asturien. Dort wurden die Geschäfte gemacht, Versammlungen abgehalten, und wie Antonia erfahren hatte, gab es dort auch Schlafzimmer für die Neuankömmlinge aus Asturien. Sie durften dort einige Tage kostenlos übernachten. »Dein Vater und dein Bruder?«

Fernanda schüttelte den Kopf. »Beide sind wohlauf. Vater hat zwar ein paar Brandwunden davongetragen, aber es geht beiden gut. Nur die Neuankömmlinge, die haben alles verloren.«

»Und der Palast ist komplett abgebrannt? Wie konnte das geschehen?«

»Ich weiß es nicht.« Fernanda klang niedergeschlagen. »Aber wir werden hier viele aufnehmen. Deshalb hat Federico angerufen. Ich soll die Zimmer herrichten lassen.«

»Ich werde euch helfen.«

Gemeinsam richteten sie mit dem Personal die Zimmer her. In einigen Räumen legten sie nur Matten aus, bald würden sicherlich Betten angeliefert werden. So lange mussten sie sich mit den provisorischen Schlafstätten arrangieren. Die Menschen kamen schneller in das Haus der Guerreras, als die Frauen zusammen die Räume vorbereiten konnten. Bald waren die Zimmer überfüllt, die Verzweiflung der Menschen war mit Händen greifbar. In Anbetracht des Leids fühlte sich Antonia schuldig, in diesem Haus ein Zimmer für sich zu beanspruchen.

»Fernanda!«, rief sie nach ihrer Freundin. Sie fand Fernanda in der Küche, wo sie mit dem Personal das Abendessen besprach. »Gebt mein Zimmer her. Ich ziehe noch heute aus.«

»Das kommt gar nicht infrage!« Mit in die Hüften gestemmten Armen stand sie vor Antonia.

Antonia legte ihre Hände auf Fernandas Schultern. »Ich danke euch für alles. Ihr wart für mich wie eine Familie. Aber ich gehöre nicht zu euch, nicht hierher. Ich muss alleine zurechtkommen. Deine Landsleute, die alles verloren haben, brauchen das Zimmer mehr als ich.«

In Fernandas Augen schwammen Tränen. »Bitte, bleib.«

»Ich kann nicht«, flüsterte Antonia.

Das Hausmädchen Luisa, das sie damals nicht zu Julio oder Fernanda hatte vorlassen wollen, sah sie in diesem Moment mit Respekt an. Allein an dieser Reaktion erkannte Antonia, dass sie die richtige Entscheidung traf. Sie musste gehen. Wenn es auch ein Weg ins Ungewisse war.

20

Mallorca, Herbst 1918

Carla sah noch einmal zu der Schuhfabrik zurück. Es war kaum zu glauben, doch ab nächster Woche würde sie hier in Inca arbeiten. Endlich konnte sie auch etwas zum Familienunterhalt beitragen. Leo schien sich davor zu drücken, obwohl er in Palma mittlerweile ein regelmäßiges Einkommen bezog. Er kam fast überhaupt nicht mehr nach Hause. Nur wenn viel Arbeit bei der Ernte anfiel, ließ er sich blicken und verrichtete, was Vater ihm auftrug.

Das waren dann auch die Nächte, in denen er wie früher hier im Haus übernachtete. Als Vater ihn angesprochen hatte, ob er etwas von seinem Lohn abgeben könne, hatte Leo nur geantwortet, wie wenig ihm selbst bliebe. Und in Sencelles zu schlafen, um dann den Zug nach Palma zu nehmen, käme auch nicht billiger.

Als Carla ins Haus kam, stand ihre Mutter in der Küche und knetete Teig.

»Ich wasche mir nur schnell die Hände, dann übernehme ich das«, sagte Carla.

Ihre Mutter schüttelte den Kopf, wirkte dabei fast schon ausgelassen. »Ach, Carla, heute ging mir die Arbeit in der Wäscherei leicht von der Hand, denn dein Vater konnte endlich die Abnahmeverträge mit den Amerikanern schließen. Bald hat die trübe Zeit ein Ende.«

Das erklärte die gute Laune. Carla stand auf, umarmte ihre Mutter von hinten und drückte ihr einen Kuss auf die Wange. »Mamá, das ist großartig.«

»Kind, du erdrückst mich ja fast.« Ihre Mutter lachte. »Und wie war dein Gespräch in der Schuhfabrik?«

»Ich habe die Stelle.« Sie wusch ihre Hände am Steinwaschbecken.

»Ach, Kind, das freut mich.« Ihre Mutter wischte sich den Teig von den Händen und packte ein Tuch über die Schüssel. »Siehst du, alles wendet sich von nun an zum Guten.«

Carla legte Feuerholz im Backofen nach. »Wann kann das Brot hinein?«

Ihre Mutter zwinkerte ihr zu. »Das ist kein Brot. Das ist ein Aprikosenkuchen. Aber kein Wort zu deinem Vater. Ihm fehlen ein paar Früchte aus dem Schuppen.« Sie deutete auf eine Schüssel, in der die getrockneten Früchte in Orangensaft schwammen.

Carla rieb sich über den Bauch. »Hmm«, brummte sie. »Coca de Albericoque! Keine Sorge ich schweige.«

»Ich hatte es nicht geplant. Lidia hat mir heute Morgen Eier und Orangen vorbeigebracht, dafür habe ich ihr Mandeln und eine Flasche Wein gegeben. Aber auch das muss unter uns bleiben«, sagte ihre Mutter verschwörerisch.

»Aber spätestens, wenn du den Nachtisch servierst, wird Vater es merken.«

»Dann ist es zu spät.« Ihre Mutter grinste breit.

»Soll ich übernehmen?«, fragte Carla. »Dann kannst du dich ein wenig ausruhen.«

Der Blick ihrer Mutter war voller Dankbarkeit. »Du wirst einmal eine fürsorgliche Hausfrau und Mutter sein.«

Carla durchfuhr es heiß. Ihre Mutter ahnte hoffentlich nichts von ihrer Liebe zu Francisco. Ihre heimlichen Treffen in der Schäferhütte oder an der Mauernische beim Kirchplatz wurden immer intensiver, und sie musste schon lange nicht mehr nur von Franciscos Küssen träumen. Sie waren längst Wirklichkeit geworden.

»Nun schau nicht so. Das ist der Lauf des Lebens. Und jetzt ruhe ich mich gerne ein wenig aus. Und lass den Kuchen nicht anbrennen.«

Carla sah ihrer Mutter nach, wie sie aus der Küche ging.

Nachdem Carla den duftenden Aprikosenkuchen aus dem Ofen geholt hatte, nahm sie ihre Jacke und huschte aus dem Haus.

Am Kirchplatz drückte sie sich in einen Erker des Kirchengebäudes und hielt Ausschau nach Francisco. Ein kühler Wind ließ sie frösteln, und sie zog ihre Jacke enger. Wo blieb er nur? Sie durfte nicht so lange hier auf ihn warten. Leider stand ihnen zurzeit die Schäferhütte nicht zur Verfügung, weil sie genutzt wurde. Carla drückte sich noch näher an die Wand. Irgendwann würde sie auffallen, weil sie hier herumstand.

An manchen Tagen zerriss es sie innerlich, weil sich ihr Herz in jeder freien Minute nach Francisco sehnte. Aber ihr Verstand wusste genau, dass es eine Liebe ohne Zukunft war.

Niemals könnte sie ihrem Vater gestehen, dass der Sohn des Mannes, der ihn schwer verletzt hatte, ihr Herz erobert hatte. Niemals würde er die Verbindung tolerieren, geschweige denn gutheißen.

Hinzu kam, dass Jaumes Familie vor dem finanziellen Ruin stand. Sie waren beim Weinanbau geblieben, was sich als großer Fehler herausgestellt hatte. Die Trinksucht des Vaters hatte ihr Übriges getan.

Francisco brauchte seit einem Jahr neue Schuhe, doch das konnte sich die Familie nicht leisten.

Ein erneuter Windstoß fegte über den Platz und trieb Staub und Blätter in einer Kreiselbewegung vor sich her. Wenn er nicht bald käme, müsste sie zurück.

Eine Hand legte sich auf Carlas Schulter. »So wie dieser kleine Cap Fibló die Welt des Staubs durcheinanderbringt, hast du mein Herz aufgewühlt.« Francisco lächelte sie an und wollte sie an sich ziehen.

»Nicht hier, du Poet«, flüsterte Carla. »Lass uns zu den Feldern gehen.« Entschlossen schritt sie voran.

Am Ortsrand hielt Francisco sie an den Schultern, drehte sie zu sich und küsste sie sanft auf den Mund. »Ich hasse es, mich nicht öffentlich zu dir bekennen zu dürfen.«

»Ich weiß.« Es fiel Carla schwer, sich von seinen Lippen zu lösen, doch sie musste mit ihm reden.

»Was ist?«, fragte Francisco. »Gibst du uns auf?« Er starrte sie an.

Kopfschüttelnd knetete Carla ihre Hände. Sie schluckte die Angst hinunter. »Es ist nur ...«

»Ich weiß«, Francisco schloss sie in die Arme, »unsere Eltern. Aber was kann ich für meinen Vater?«

»Nichts. Aber ihr seid dennoch eine Familie.« Carla ertrug die Geheimnistuerei kaum noch. »Hast du Arbeit gefunden? Du warst doch heute beim Steinmetz in Binissalem. Was hat er gesagt?« Vielleicht könnte sie mit Vater sprechen, wenn Francisco eine gute Stellung hatte, die zeigte, wie wenig er vom Charakter seines Vaters in sich trug. Wobei auch Franciscos Vater kein schlechter Mensch war. Damals hatte ihn die Verzweiflung angetrieben, und nachdem er Vater niedergestochen hatte, war er überhaupt nicht mehr auf die Beine gekommen. Er hatte es sich selbst nie verziehen, seinen Freund mit dem Messer verletzt zu haben.

Francisco unterbrach ihre Überlegungen. »Ich darf die ganze nächste Woche zur Probe arbeiten, und dann wird er entscheiden. Ich werde das schaffen. Für uns.« Lächelnd griff er in seine Hosentasche, holte etwas heraus. »Für dich, Cariño«, flüsterte er und öffnete seine Hand.

»Das ... das ist wunderschön.«

»Mein neuer Arbeitgeber Samuel meinte, dass ich künftig Steine mit anderen Augen sehen soll, und hat mir diese versteinerte Schnecke gegeben. Gefällt sie dir?« Bisher hatte Francisco einige Blumen am Feldrand für Carla gepflückt oder ihr ein Gedicht geschrieben. Doch so etwas Schönes gab er ihr zum ersten Mal.

»So beständig, wie dieser Stein die Jahrtausende überdauert hat, so beständig ist meine Liebe zu dir«, sagte Francisco.

»An dir ist ein Dichter verloren gegangen.« Immer wieder überraschte er sie mit solch wundervollen Sätzen. Wie könnte sie ihn aufgeben? Sie mussten einen Weg finden. So schwer es auch werden würde. Aber Carla wollte nicht mehr ohne diesen Mann leben.

21

Es war zum Haareraufen. Der alljährliche große Markt in Inca stand bevor, und Leo könnte Alba höchstens zufällig begegnen. Sie würde ihre Eltern begleiten und Leo wiederum seine Eltern und Carla, weil Carlas Chef Isidoro zu einem Fabrikfest geladen hatte. Isidoro war sogar selbst nach Sencelles gekommen, um die Familie einzuladen. Mutter hatte vor Begeisterung in die Hände geklatscht, Vater Isidoro freudig auf einen Schnaps eingeladen. Nur Carla hatte fast schon regungslos genickt. Seine Schwester benahm sich wirklich dumm. Dieser Isidoro schien verrückt nach ihr zu sein. Er war reich und clever. Sein Fabrikfest auf den Dijous Bo zu legen, war wirklich geschickt. Er hätte alle Angestellten im Haus, und sicher kämen viele Besucher des Marktes auch am Eingang seiner Schuhfabrik vorbei. Die ein oder andere Gattin eines vermögenden Mannes sowie Vertreter ließen sich bei geöffneten Toren und kostenlosen Getränken in seine Fabrik locken. Leo bewunderte insgeheim Isidoros offensichtliche Geschäftstüchtigkeit. Obwohl Carla wenig erzählte, wusste Leo, dass er die fabrikeigenen Schuhe im ganzen Land vertrieb. Sogar nach Frankreich lieferte der Fabrikant neuerdings seine Ware.

Da Albas Vater mit seinem Trockenfrüchtehandel eher nicht die Schuhfabrik aufsuchte, würde er Alba kaum zufällig dort begegnen. Irgendwann würde er ihre Eltern kennenlernen, davon war er überzeugt.

Leo wusch sich das Gesicht. Er freute sich auf seine Verabredung mit Alba, wenn er auch bedauerte, immer noch nicht ihre Eltern kennengelernt zu haben. Bis dahin genoss er die unbeschwerte Zeit ihrer Treffen.

Leider musste er Alba enttäuschen. Sie konnten nicht, wie vorgesehen, ins Teatro Principal gehen. Alba hatte sich so gefreut, dass nun die Kinozeit wieder begann. Für ihn wäre es eine neue Erfahrung. Ihre Begeisterung fürs Kino war ansteckend. Wild hatte sie das Programmheft vor seiner Nase hin- und hergewedelt und immer wieder gerufen: »Francesca Bertini, Francesca Bertini. Ist es zu glauben? Wir können wirklich ihren Film Frou Frou sehen!«

Nun war heute Morgen vom Gesundheitsamt die Aufführung abgesagt worden. Es gab Bedenken wegen der zunehmend grassierenden Grippe. Die Ansteckungsgefahr bei vielen Menschen in einem geschlossenen Raum wäre zu groß. Selbst Tanzveranstaltungen, die nicht im Freien stattfanden, waren vorsichtshalber abgesagt worden.

Wie gerne hätte Leo sich in der Dunkelheit des Theaters in Albas Küssen verloren. So musste er sich mit einem gemeinsamen Spaziergang zufriedengeben.

Er fuhr sich mit den Fingern durchs Haar, setzte einen Hut auf und zupfte seine Jacke zurecht. Ein letzter Blick in den Spiegel bewies ihm, was er hoffte: Er sah mehr als nur passabel aus.

Er schlenderte zur Kathedrale und setzte sich auf eine Bank. Wie immer war er zu früh, doch er wollte Alba auf keinen Fall warten lassen.

Leo warf einen Blick auf seine Schuhspitzen. Er hatte doch tatsächlich vergessen, seine Schuhe aufzupolieren. Eilig holte er ein Taschentuch aus der Jackentasche, spuckte darauf und wischte über das Leder.

»Na? Übst du dich als Schuhputzer?«

Leo fuhr hoch und sah, wie Alba amüsiert lächelte. »Ich, also nein ... natürlich nicht.« Die Röte stieg ihm den Hals hinauf, und er könnte sich ohrfeigen, sich nicht früher um seine staubigen Schuhe gekümmert zu haben. Verstohlen steckte er das Tuch weg, stand auf und hauchte Alba einen Kuss auf die Wange.

Lachend hakte sie sich bei ihm unter, drückte sich beinahe an ihn, und Leo musste sich beherrschen, sie nicht an sich zu reißen, ihren geschmeidigen Körper an seinen zu ziehen.

»Komm, lass uns spazieren gehen«, forderte Alba. »Wenn sie uns schon das Kino mit ihrer Angst vor der Grippe verderben.«

»Wann lerne ich deine Eltern kennen? Vielleicht auf dem Dijous Bo?«

»Warum willst du meine Eltern kennenlernen? Willst du etwa um meine Hand anhalten?« Alba kokettierte gerne, doch mit dieser Frage forderte sie ihn wirklich heraus.

Er wollte Alba zur Frau. Bevor er ihr jedoch einen Antrag machen konnte, musste er sie auch ernähren können. Aber ein wenig vorwagen könnte er sich an dieser Stelle. »Vielleicht«, neckte er sie zurück. »Würdest du mich denn heiraten wollen?«

Alba lächelte und blieb ihm eine Antwort schuldig.

22

Leo schob den Frühstücksteller von sich. »Ich hole Esel und Karren.« Er ging hinaus auf den Hof.

»Ich gehe doch schon jeden Tag für die Arbeit in die Schuhfabrik, warum muss er ausgerechnet am heutigen Tag das Firmenfest geben?«, maulte Carla.

»Ich verstehe dich nicht.« Vater griff seinen Hut. »Man sieht doch, dass dir Isidoro den Hof macht. Wäre er sonst persönlich gekommen, um uns einzuladen? Diese Chance solltest du nutzen, oder willst du ewig die Nadel ins Leder stechen?«

»Lass gut sein, Juan. Es wird sich alles finden.« Mutter stellte die Frühstücksteller in die Spüle. »Wir können ja hinterher noch ein wenig über den Markt bummeln.« Sie zwinkerte Carla zu.

Wenigstens hieb Mutter nicht in die gleiche Kerbe wie Vater. Antonia hatte sich ihren Mann schließlich auch selbst gewählt, und dieses Recht wollte Carla auch für sich beanspruchen. Wie sehr wünschte sie sich, am Arm von Francisco von Stand zu Stand zu schlendern. Er würde beschützend seinen Arm um sie legen, wenn das Gedränge zu groß wäre. Und wie schön wäre es, wenn ihre Eltern Francisco in der Familie willkommen hießen. Doch das würde niemals geschehen.

»Träumst du?«, riss Vater Carla aus ihren Gedanken. »Zieh deinen Mantel an, damit wir loskönnen.«

Carla saß mit Mutter hinten auf dem Karren, Leo hatte sich vorne neben Vater gesetzt, der den Esel auf den großen Platz am Stadteingang von Inca lenkte. Gegen einen geringen Obolus gab es dort einen Ruheplatz für die Tiere und Wasser.

Bis hierher hörte man den Trubel des riesigen Marktes. Die ganze Insel schien auf den Beinen. Außer Francisco, denn eine dringende Lieferung duldete keinen Aufschub, weshalb sein Meister ihn gebeten hatte, auf den Dijous Bo zu verzichten. Voller Stolz hatte Francisco ihr erzählt, dass Samuel nur ihn gebeten hätte. Seine Kollegen hatten freibekommen. Sein Fleiß zahlte sich bestimmt bald aus und würde sich in barer Münze rechnen. Das müsste auch Vater anerkennen. Carla lächelte.

»Freust du dich doch, zu dem Fabrikfest zu gehen?«, fragte Mutter, als Vater ihr vom Karren half, während Leo den Esel abschirrte.

Mit Mühe gelang es Carla, das Lächeln aufrechtzuerhalten, und sie kletterte ebenfalls vom Karren.

Isidoro kam umgehend auf sie zu, als sie am Halleneingang eintrafen. Das große Tor stand weit offen, sodass man freien Blick auf die Schuhaustellung und die dahinterliegenden Arbeitsplätze hatte.

»Wie schön, euch zu sehen!« Isidoro winkte mit der Hand einen Kellner herbei, der auf seinem Tablett gefüllte Gläser balancierte. »Bitte, bedient euch. Es gibt Wein, Saft und auch Cava.« Sein Blick ruhte auf Carla. »Ich mag, wenn es prickelt.« Er hielt ihr ein Glas Sekt hin. »Du nicht?«

Wie peinlich, fast schon obszön, wie er sich anbiederte. »Danke, Isidoro, doch ich bevorzuge Wasser, das ist so schön still.«

Leo stieß sie in die Rippen. Vater stand wie erstarrt, und Mutter zeigte ein gequältes Lächeln.

Isidoro lachte lauthals. »Schlagfertig bist du, das muss man dir lassen.« Er wandte sich dem Kellner zu. »Dann bring der Dame bitte ein Wasser.«

»Isidoro, kommst du?«, rief seine Sekretärin, die an der Tür zu den Büros stand. »Der Vertreter aus Sevilla ist jetzt da.«

Isidoro drehte sich zu Carla. »Leider, die Pflicht ruft. Amüsiert euch.«

Kaum hatte er einige Schritte hinter sich gebracht, zog Leo sie am Arm. »Bist du verrückt geworden, ihn so anzugehen? Jede Frau wäre glücklich, wenn so ein Mannsbild um sie werben würde. Du gehst nachher zu ihm und wirst dich entschuldigen.«

Carla riss ihren Arm weg. »Was glaubst du, wer du bist? Ich lasse mir von dir keine Vorschriften machen. Du denkst doch nur an sein Vermögen, willst mich verschachern wie ein Stück Vieh.« Sie spürte die Wut in sich lodern, und nur mit Mühe konnte sie die Tränen unterdrücken.

Vater räusperte sich. »Ich denke ...«

»Genau«, fuhr Mutter ihm ins Wort, »ich denke, ihr Männer bleibt noch ein wenig hier auf dem Fest, und ich besichtige mit Carla den Markt.« Mutter hakte sie unter und zog sie nach draußen.

»Mamá, ich konnte nicht anders.«

»Auch wenn ich Leos Ausbruch nicht gutheiße, haben seine Worte etwas Wahres. Wir werden darüber reden, aber nicht heute. Denk in Ruhe darüber nach. Isidoro wäre die Lösung all unserer Probleme, und er wäre dir sicherlich auch ein guter Mann.«

Carla schluckte eine Erwiderung hinunter. Noch konnte sie ihrer Mutter nicht sagen, wie sehr sie einen anderen Mann liebte. Einen, den sie nicht so leicht akzeptieren würden. Doch erst musste Francisco beruflich etwas vorweisen können. So lange mussten sie es noch geheim halten.

23

Kuba, Weihnachtszeit 1918

Antonia setzte sich an den kleinen Esszimmertisch für zwei Personen und betrachtete ihre karge Unterkunft. Auch nach ihrem Umzug in die günstigere Wohnung im dritten Stock hatte sie die Augen offen gehalten, um eine noch billigere zu finden.

Ohne Erfolg.

Es war für eine alleinstehende Frau kaum möglich, in einem akzeptablen Haus eine bezahlbare Wohnung zu bekommen. Selbst die Wohnung, die sie zuvor zusammen mit Mateo bewohnt hatte, war billiger gewesen als die kleine abgewohnte Absteige, in der sie seit über einem Jahr lebte.

Keiner wollte eine alleinstehende Frau in seiner Wohnung wissen. Zu groß war die Angst vor der Bestrafung, wenn ihn jemand der Kuppelei bezichtigte. Wobei das nur ein geschöntes Wort für Prostitution war. Denn das war es eigentlich, wovor sich alle fürchteten.

Der Ruf ging über alles.

Und eine allein lebende Frau im Haus könnte ihn ruinieren, wenn sie ihr Geld auf unehrenhafte Weise verdiente.

Inzwischen hatte sich Antonia mit ihrer Situation arrangiert. Weiterhin legte sie jeden Peso beiseite. Irgendwann würde sie ihren Grund und Boden bewirtschaften. Und wenn es noch drei Jahre dauerte. Sie würde es schaffen. Und sie sparte an allem, was sich an der Wohnung zeigte. Keine hübschen Vorhänge, kein neues Geschirr, nur günstige Lebensmittel und keine neue Kleidung. Und selbst jetzt an Weihnachten gab es in ihrer Wohnung keine Anzeichen von dem Fest, das ihr so viel bedeutete.

Für einen Moment träumte sie sich zurück nach Mallorca. Selbst in den schlechtesten Jahren waren die Weihnachtsfeiertage immer fröhlich und schön gewesen. Das Wohnzimmer schmückte eine Krippe, in die jedes Jahr eine neue Figur einzog. Antonia schloss die Augen und sah ihre Familie vor sich. Sie saßen bei Wein und Braten am Tisch, Leo und Carla würden vermutlich geschwisterliche Streitigkeiten austragen, und später würden sie sich über den Punsch hermachen und das Jahr Revue passieren lassen.

Immerhin hatte Antonia den Punsch angesetzt. Ein kleiner Tribut an die alte Heimat. Und sie würde das Fest nicht alleine begehen. Erst würde sie ihre Nachbarin Magdalena besuchen, um ihr ein frohes Fest zu wünschen, und den Abend würde sie bei Fernanda und ihrer Familie verbringen.

»Feliz Navidad!«, rief Magdalena durch die noch verschlossene Tür. »Mir ist langweilig. Wolltest du nicht herüberkommen?«

Antonia zuckte kurz zusammen, dann lächelte sie und öffnete die Tür.

Ihre Freundin fiel ihr in die Arme und küsste sie links und rechts auf die Wange. »Wie lange haben wir noch?«

»Zwei Stunden, und ich habe eine mallorquinische Spezialität zubereitet.« Antonia bat ihre Freundin in die abgewohnte Küche. »Lass uns wie geplant zu dir gehen, ja?«

Magdalena hatte ihre Wohnung mit Sicherheit geschmückt.

»Hier«, drückte ihr Magdalena ein in Zeitungspapier eingewickeltes Päckchen in die Hand. »Ich fahre morgen früh ja zu meiner Familie nach La Laguna. Also gibt es dein Geschenk schon heute.«

Antonia sah beschämt auf das Geschenk. Sie hatte nichts für Magdalena besorgt. Bis zu den Reyes Magos waren noch fast zwei Wochen Zeit. »Ich habe noch nichts für dich.«

»Du lädst mich mal auf dein Weingut im Westen ein und basta. Und wenn du magst, könnte ich dir dort sogar helfen.«

»Das wäre schön«, sagte Antonia und meinte es auch so.

»Nun mach schon auf.«

Antonia wickelte das Päckchen aus.

»Kokoskugeln?«

Diese leckere Süßigkeit hatte sie zum ersten Mal bei Magdalena gekostet. Die Kugeln aus geraspelten Kokosnüssen schmeckten himmlisch! Die Milch der Nuss wurde mit Zucker, Zimt, Anis und Vanille eingekocht. Dazu eine Prise Salz. Sobald es zu einer dicken Melasse eingekocht war, wurde sie mit einem Holzspatel bearbeitet, bis man die Masse zu Kugeln verarbeiten und in den Kokosraspeln rollen konnte. »Vielen Dank!«

Magdalena war ihr im letzten Jahr ans Herz gewachsen. Sie war ebenfalls Witwe und kam mehr schlecht als recht über die Runden. Das lag aber weniger an ihrem geringen Einkommen als an der Art, wie sie mit Geld umging. Es schien ihr geradezu zwischen den Fingern zu zerrinnen. So kam es oft vor, dass Antonia zu Wochenbeginn bei ihrer Freundin aß, und Magdalena gegen Wochenende bei ihr, denn spätestens am Samstagmorgen hatte ihre Freundin keinen Centavo mehr in der Tasche.

»Hm, das riecht hier aber gut.« Magdalena schnupperte und schüttelte den Kopf. »Was ist das?«

»Meine Überraschung für dich.«

»Oh!« Magdalena wies zur Tür. »Dann lass uns rübergehen.«

Antonia stellte den heißen Topf auf ein Holzbrett und trug ihn in die Nachbarwohnung, wo Magdalena bereits zwei Becher holte.

Antonia nahm einen Becher und schöpfte ihn voll. »Hier, aber langsam trinken!«

Magdalena roch an dem dampfenden Becher. »Interessant«, kommentierte sie.

Antonia konnte sie verstehen. Bei fast dreißig Grad ein heißes Gebräu aus Wein, Rum und ausgekochten Kaffeebohnen zu trinken käme einem Cubano eher nicht in den Sinn. Einem Spanier mit Heimweh schon. Und so hatte Antonia nicht widerstehen können, sich einen kleinen Topf davon anzusetzen. Sie schöpfte für sich einen Becher voll. »Feliz Navidad, Magdalena«, stieß sie mit ihrer Freundin an. »Ich danke dir für alles!« Auch wenn Antonia sich schnell mit neuen Situationen abfand und versuchte, das Beste daraus zu machen, war Magdalena geradezu von überbordender Lebenslust. Das zeigte sich auch an ihrer Kleidung. Bunt geblümte Röcke, kurzärmlige Blusen und seitlich geknüpfte Schuhe. Es gab für sie kein Trübsalblasen, im Gegenteil, wenn sie kein Geld mehr hatte, ging sie tanzen, das lenkte sie von ihrem leeren Magen ab, und sobald sie ihren Lohn bekam, schlemmte sie, als würde ihr das Geld niemals ausgehen. Diese Lebensweise war Antonia fremd, aber es faszinierte sie auch, wie gelassen die Cubanos durch das Leben gingen.

»Ach was, nichts zu danken, du warst mir immer eine gute Gesellschaft«, wiegelte sie ab, doch Antonia sah, wie sehr sich ihre Freundin freute. Und es stimmte, ohne Magdalena hätte sie so manchen Abend nicht überstanden. Das ungewohnte Alleinsein hatte sich auf ihre Stimmung gelegt. Aber nur kurz, denn Magdalena hatte sie aus ihrer Wohnung geholt und sie das Tanzen gelehrt.

Die Musik auf Kuba sprühte vor Leben, obwohl die traurigen Texte sie manchmal melancholisch machten. Dieser Mix aus Tragik und Lebensfreude übertrug sich auf Antonia, wenn sie auch in alter Gewohnheit das Geld zusammenhielt. Antonia hatte ein Ziel vor Augen, und das verfolgte sie weiterhin hartnäckig. Fast so hartnäckig wie Magdalena nach einem neuen Ehemann suchte. Tanzen auf der Straße war ein kostenloses Vergnügen, und in Magdalenas Gesellschaft fühlte sie sich auch als weiße Frau nicht unziemlich dabei. Denn auf der Straße tanzten nur die Negros, wobei Magdalena eine Mulata war. Ihr Vater war Spanier gewesen, ihre Mutter schwarzafrikanische Sklavin. Wäre die Sklaverei nicht abgeschafft worden, würde Magdalena ebenfalls das ungerechte Leben einer Sklavin führen. Das erlassene Gesetz »Ley de vientres libres«, das besagte, die Kinder im Mutterleib seien frei, wurde von den Gutsherren meist mit Gewalt unterdrückt. Wohin hätte die Mutter als Sklavin ihr

Neugeborenes schon geben können? Also zogen die Mütter die Babys auf, und die kleinen Zwerge mussten, kaum dass sie gehen konnten, im Haushalt oder auf dem Feld helfen.

Antonia mochte sich nicht vorstellen, welche Torturen Magdalenas Mutter hatte ertragen müssen. Nur ganz selten sprach Magdalena darüber, meist, wenn sie aufgrund ihrer Hautfarbe ungerecht behandelt wurde. Für die weißen Cubanos war sie nicht weiß genug und für die schwarzen Cubanos nicht schwarz genug.

Seit Antonia das erste Mal das Wort Mulata gehört hatte, war sie in Wut geraten. Ein Muli war die Kreuzung zwischen einem Pferd und einem Esel. Auch wenn Antonia um die herrschenden Rassismusprobleme wusste, fand sie es ungeheuerlich, ein Kind, das aus einer meist unfreiwilligen Liaison von Menschen unterschiedlicher Hautfarbe entstanden war, mit einem Maultier zu vergleichen. Aber im Grunde wusste sie auch, dass schwarze Menschen hier wie Menschen zweiter Klasse behandelt wurden. Es begann schon in den Fabriken. Der Lohn war geringer als bei weißen Fabrikarbeitern. Es wurden ihnen allerlei Eigenheiten nachgesagt. Diese Frauen seien gerne den Männern gefällig, weil es in ihrer Natur läge. Wenn Antonia die Geschichte von Magdalenas Mutter hörte, war es vielmehr so, dass so mancher weiße Amo, wie man den Besitzer von Sklaven nannte, sich ungefragt den schwarzen Frauen näherte und sie missbrauchte.

Aber dieser Ruf hielt sich auch dreißig Jahre nach Beendigung der Sklaverei. Magdalena hatte schon als sechsjähriges Mädchen im Haushalt ihres Besitzers die Böden geschrubbt und in der Küche geholfen. Antonia hörte Magdalenas

Geschichten fasziniert zu. Denn sie sprach von einem Kuba, das Antonia bisher verborgen geblieben war.

»Warum kommst du nicht für ein paar Tage zu meiner Familie?«

Antonia lächelte. Als ob ihre Freundin erraten hatte, über was sie gerade nachgedacht hatte. »Vielleicht sollte ich das tun.«

»Ernsthaft?« Magdalena klatschte begeistert in die Hände, nahm den Becher und nippte daran. »Das schmeckt teuflisch gut«, schwärmte sie und nippte erneut an dem Becher. »Da nehme ich sogar den Schweißausbruch in Kauf.« Ihr Lachen war ansteckend und ließ ihre Freundin unglaublich attraktiv aussehen. Die blitzenden Augen, die milchkaffeefarbene Haut und diese unglaublich strahlenden Zähne. Magdalena gehörte für Antonia zu den hübschesten Frauen, die sie je gesehen hatte. Wenn das auch nicht alle so empfanden. Erst seit sie Magdalena kannte, fiel ihr auf, wie sehr in diesem Land nach der Hautfarbe geurteilt wurde. Selbst die schwarzen Frauen suchten sich weiße Männer, damit die Kinder heller zur Welt kamen und es letztlich einfacher hatten. Es gab sogar einen Begriff dafür: die Rasse voranbringen.

Hautfarbe war etwas, das Antonia schon immer gleichgültig gewesen war. Sie maß die Menschen an ihren Taten, nicht daran, wie hell oder dunkel sie waren.

»Wie läuft es mit deinem neuen Verehrer?« Antonia nippte am Punsch und schloss genießerisch die Augen. Es schmeckte nach Heimat. Dennoch vermisste sie das gemütliche Zusammensitzen in der Küche. Mit ihrer Mutter das Spanferkel vorzubereiten, den Mandelkuchen zu backen und ihre

Schwester zu ärgern. All die Kleinigkeiten, die ihr so vertraut und doch so fern waren.

»Heimweh?«, fragte ihre Freundin. »Und mein neuer Verehrer kann mir mal im Mondschein begegnen. Er ist verheiratet und wollte mich für dumm verkaufen.«

»Du findest schon noch den passenden Mann.« Obwohl Antonia ihrer Freundin Mut zusprach, glaubte sie selbst nicht mehr daran, mit einem Mann glücklich zu werden. Wenn sie all die verwitweten Frauen ansah, denen sie begegnete, fand keine ihr Glück in der zweiten Runde. Entweder sie waren die Mätresse eines einflussreichen Mannes, der im schlechtesten Fall sogar noch verheiratet war, oder sie heirateten einen Mann, der lieber in der Kneipe saß als zu Hause. Da blieb Antonia lieber allein.

Der Punsch befeuerte ihr Heimweh, und melancholisch machte sie der Alkohol noch dazu. Besser, sie hielt sich davon fern.

»Auf das süße Zeug brauche ich jetzt einen Rum«, beschloss Magdalena und holte eine verschlossene Flasche Bacardi aus einem Küchenschrank. »Für dich auch?«

»Nein, danke.« Obwohl der karamellfarbene Zuckerrohrschnaps weich und rund im Geschmack den Gaumen hinablief wie alle kubanischen Rumsorten, so konnte sie dem Getränk nichts abgewinnen, im Gegensatz zum Wein, den sie nur selten trank, weil er so teuer war.

»Wann kommst du also?« Magdalena öffnete die Flasche, kippte den ersten Schluck in die linke Ecke neben der Haustür und goss sich ein Glas ein.

Antonia entlockte dieser Brauch immer noch ein Lächeln. Der erste Schluck aus einer neuen Flasche gehörte den

Göttern. Ebenfalls lagen auf dem kleinen Wohnzimmeraltar mit der Jungfrau Mercedes und Kind von Atochaim immer etwas Obst und Reis, um die Götter Elegguá und Ochún milde zu stimmen. An besonderen Feiertagen lag dort auch eine Zigarre.

Antonia wusste nicht viel über diese Religion, aber die Orishas wurden von sehr vielen Cubanos verehrt. Elegguá war in dieser Religion der Wegweiser, während Ochún die Flüsse der Liebe am Laufen hielt. Wem Magdalena nun den ersten Schluck aus der Flasche opferte, entzog sich Antonias Kenntnis. Nur ihr selbst wäre es nie in den Sinn gekommen, in der frisch geschrubbten Wohnung etwas von den Getränken auf den Boden zu kippen. Sie hatte bisher nur begriffen, dass sich die Santería und der katholische Glaube mischten. Magdalena ging in dieselbe Kirche wie Antonia, und doch verehrte sie noch diese anderen Götter. Ebenfalls feierte sie Weihnachten, Ostern und Pfingsten oder Allerheiligen. Aber vielleicht sagte Allerheiligen ja schon aus, dass alle Heiligen geehrt wurden, egal, ob es nun katholische waren oder eben die afrikanischen Heiligen der Santería.

»Am zweiten Weihnachtsfeiertag?« Antonia könnte den Zug nach Cienfuegos nehmen. »Ich habe ein paar Tage frei und wollte eigentlich zu meinem Grundstück fahren.« Sie überlegte einen Moment. »Wenn ich am frühen Morgen hinfahre, nach meinen Weinstöcken und dem Haus sehe, dann könnte ich am frühen Abend losfahren.«

»Dann wärst du gegen zwei Uhr nachmittags schon bei uns!« Magdalena trank einen Schluck Rum. Begeistert klatschte sie in die Hände. »Ich schwöre dir, es wird dir bei uns gefallen! Es gibt einen Strand in der Nähe! Du könntest im Meer schwimmen! Und du könntest es mir beibringen.«

Im ersten Moment dachte sie an Diego. Hätte ihr Bruder den Sturm überlebt, wenn er hätte schwimmen können? »Ich kann selbst auch nicht schwimmen.«

»Hier gibt es Schwimmschulen, da solltest du dich einschreiben.«

»Das könnten wir zusammen machen.« Zu zweit würde es mit Sicherheit mehr Spaß machen.

»Die Schule ist im Jachtklub, und da sind Schwarze nicht gerne gesehen.« Für einen kurzen Moment überzog ein trauriger Schleier Magdalenas Gesichtsausdruck. »Dann gehen wir eben nur bis zur Hüfte hinein.«

»Ich habe kein Badekleid.« Und Antonia würde sich vorerst auch keines leisten. Der Gedanke, richtig Schwimmen zu lernen, war jedoch sehr verlockend. »Bisher ist noch niemand bei uns auf die Idee gekommen, im Meer zu baden. Macht man das hier?« Antonia hatte noch viel zu wenig von Kuba gesehen. Bis auf die Zugfahrt zu ihrem Grundstück und den Weg zurück hatte sie Havanna noch nie verlassen. Vielleicht war es an der Zeit, und so teuer würde die Reise nicht werden, wenn sie bei Magdalenas Familie unterkäme. »Aber ich komme. Und du zeigst mir dein Dorf.«

»Dann ist es abgemacht! Ich hole dich vom Bahnhof ab!« Magdalena legte den Kopf schief. »Dir ist aber klar, dass wir mit den Guerreras nicht mithalten können.«

Immer wieder warnte Magdalena sie davor, sich zu sehr mit der Familie einzulassen. Magdalena lebte nach Klassen- und Rassenunterschieden und hielt sich daran. Für Antonia war dieses Hierarchiedenken fremd. Keiner gehörte dem Königshaus an, und nur, weil jemand mehr Geld besaß, machte ihn das nicht zu einem schlechten Menschen. Wenn man Magdalenas Warnungen Glauben schenkte, taugten Menschen mit Geld in ihren Augen nicht viel. Sie gaben ungern etwas ab, aus Angst, ihr Reichtum könnte ihnen wegen eines verschenkten Pesos abhandenkommen. Antonia sah das anders. Die Guerreras waren anders.

Außerdem waren sie befreundet. Für den Heiligabend folgte sie gerne der Abendessenseinladung bei den Guerreras.

»Ich weiß, ich wiederhole mich, aber pass auf dich auf. Der junge Guerrera macht dir zwar schöne Augen, aber heiraten wird er eine andere.«

»Du kommst auf Ideen. Wir sind nur Freunde«, wiegelte Antonia ab. Sie wusste um Federicos Begehren.

»Ich sehe doch, wie deine Augen leuchten, sobald du von ihm sprichst.« Magdalena blieb in der Wohnungstür stehen. »Und was du von ihm erzählst, sieht er in dir weit mehr als nur eine Freundin seiner Schwester.«

Selbst wenn Federico sie begehrte, sie würde sich niemals auf ihn einlassen. Seine Mätresse werden? Niemals. Egal, was sie für ihn empfand. Es würde ihre Beziehung zu den Guerreras stören. Dazu war ihr die Freundschaft mit Fernanda und Julio viel zu wichtig.

»Bis in drei Tagen.« Antonia brachte den Topf zurück in ihre Wohnung, bevor sie sich für den Abend vorbereitete.

Antonia trug ein flaschengrünes Kleid. Das entsprach zwar nicht der neuesten Mode, doch die Farbe harmonierte mit ihrem ebenholzfarbenen Haar. Sie fühlte sich richtig angezogen für eine Einladung zum Essen.

Julio öffnete die Tür. »Willkommen, Antonia! Du siehst wie immer fantastisch aus!«

»Und du bist ein Charmeur wie immer.«

»Ja, das kann Papá ganz famos. Und er will mich noch immer verkuppeln! Kannst du dir das vorstellen?« Fernanda küsste sie auf die Wangen und zog sie mit sich ins festlich gedeckte Esszimmer. »Er weiß aber auch nichts von Enrique. Das bleibt vorerst mein Geheimnis.«

Antonia lächelte. Fernanda legte keinen Wert auf die Ehe, und das ließ sie ihren Vater auch regelmäßig wissen, wenn er ihr wieder einen jungen Mann aus der besseren Gesellschaft vorstellte. Und Enrique wehrte sich nicht gegen die heimlichen Treffen, obwohl auch er ein Mann von Stand war.

»Irgendwann kann es dir gar nicht schnell genug gehen«, flüsterte Antonia. »Sobald du diesen Enrique nicht mehr gehen lassen willst.«

»Das mag sein, aber bis es so weit ist, genieße ich meine Unabhängigkeit.« Fernanda zeigte auf die weihnachtlich geschmückte Wohnzimmerecke. »Sieh dir unsere Krippe an!«

Fernanda zog sie mit sich. Unter dem Fenster prangte eine wunderschön geschmückte Krippe mit den herrlichsten Figuren. Endlich fühlte sich Antonia ein wenig in Weihnachtsstimmung.

»Antonia«, begrüßte Federico sie. »Wie schön, dich zu sehen!«

Antonias Herzschlag beschleunigte sich, wie immer, wenn sie Federicos Stimme hörte. »Guten Abend, Federico.«

»Du siehst bezaubernd aus.« Er küsste sie zur Begrüßung auf die Wange.

Verunsichert grüßte sie höflich, wenngleich sie seine Komplimente durcheinanderbrachten. Er konnte das nicht ernst meinen. Niemand aus der oberen Schicht machte einer verwitweten Fabrikarbeiterin ernsthaft den Hof, selbst wenn sie als Vorleserin arbeitete. Arbeiterklasse blieb Arbeiterklasse. Sie musste aufhören, mehr in seine Worte hineinzulegen, als sie bedeuteten. Er spielte nur mit ihr und genoss es, sie in Verlegenheit zu bringen.

»Lasst uns zu Tisch gehen«, bat Julio.

Das Abendessen über plauderten sie über die neuesten Theaterstücke, zwei davon hatte Antonia mit Fernanda und Julio gesehen. Federico war auf der westlichen Plantage gewesen, zeigte sich entsprechend interessiert und hing an Antonias Lippen.

Sie genoss viel zu sehr seine Aufmerksamkeit. Es handelte sich in ihren Augen nur um pure Berechnung.

Es kam ihr an diesem Abend sogar falsch vor, sich das Essen von einer Angestellten servieren zu lassen. Die Hausangestellte sollte ebenfalls bei ihrer Familie sein. Auch sie sollte an Weihnachten in geselliger Runde speisen, was auf den Tisch kam.

Dennoch wurde es ein wundervoller Abend. Die Pasteten schmeckten köstlich, ebenso wie der Kaffee und der Fruchtcocktail. Während sie zusammensaßen und über die kulturellen oder auch wirtschaftlichen Belange Havannas sprachen, fühlte sich Antonia wohl. Durch ihre Arbeit als Vorleserin der Tageszeitung war sie gut informiert, und die Diskussionen fanden auf Augenhöhe statt. Ein Umstand, den sie sehr genoss und ohne den sie es vermutlich auf Kuba nicht ausgehalten hätte. Die Gesellschaft und die Herzlichkeit der

Guerreras ließen Antonia durchhalten und trotz der widrigen Umstände auf eine bessere Zukunft hoffen. Wenn sie weiter so viel sparte, könnte sie in vier Jahren mit den Pflanzungen beginnen, und dann wäre sie ihr eigener Herr. Dafür mussten aber ihre Rebstöcke aus der Heimat überleben, bis sie sie mit neuen Stöcken kreuzen konnte.

Aus diesem Grund stand sie bereits vor dem Morgengrauen auf, um den ersten Zug nach Pinar del Río zu nehmen.

Für den Weg zum Bahnhof nahm sie einen Autobus, der unweit ihres Apartments abfuhr.

Allein durch die Dunkelheit zu gehen zeigte Antonia, wie einsam ihr Leben eigentlich war. Manchmal überkamen sie eine leichte Schwermut und auch Zweifel, ob es richtig war, auf dieser Insel zu bleiben. Fuhr sie zu ihrem Grundstück, um zu sehen, dass die Weinstöcke noch lebten, oder hoffte sie sogar insgeheim, sie wären vertrocknet und nicht mehr zu retten? Zu dieser frühen Stunde wusste sie es selbst nicht mehr. Ihre Familie fehlte ihr so sehr, daran änderte auch die herzliche Aufnahme bei der Familie Guerrera nichts. Es war nicht ihre Familie.

Der Bus hielt am Bahnhof, und Antonia fröstelte, obwohl die Morgentemperatur bei zweiundzwanzig Grad lag. In dieser Nacht hatte der Wind, der über der Bucht die Hitze des Tages mit der kühleren Meeresluft vertrieb, die gewohnte Abkühlung gebracht.

Im hügeligen Westen der Insel würde es noch kälter werden. Antonia war erleichtert, sich die leichte Jacke eingepackt zu haben, um sich vor der kühlen Brise zu schützen.

Der Zug fuhr ein, und Antonia nahm im dritten Wagen Platz. Hier saß sie allein. Kein Wunder. Wer fuhr schon am ersten Weihnachtsfeiertag zu so früher Stunde quer über die Insel? Alle verbrachten die Feiertage im Kreise ihrer Familie. Für einen Moment ließ sie sich von ihren Gefühlen überrumpeln; ihr kamen die Tränen. Schnell wischte sie sich über die Augen. Sie musste nicht hierbleiben, wenn sie es nicht wollte. Niemand von ihrer Familie würde sie verurteilen, wenn sie nach Hause käme. Nur in ihr selbst regte sich Widerstand. Wenn sie aufgab, würde sie es bereuen. Ihr Herz sehnte sich nach Hause, doch ihr Bauch riet ihr, zu bleiben. Stark zu sein. Für ihr Glück zu kämpfen. Immerhin waren sie gegangen, weil es auf Mallorca keine Zukunft für sie gab. Hier hatte sie ihr eigenes Land. Und das würde sie irgendwann ernähren. Sie musste nur durchhalten.

Die Zugfahrt über dachte sie an ihre Familie. Wie sie die Weihnachtstage wohl verbrachten? Alle zusammen? Mit einem wundervollen Essen, einer Krippe und mit kleinen Geschenken? Vermutlich würden sie in diesem Moment aus der Mittagsmesse kommen, das Essen vorbereiten und Weihnachtslieder singen.

Die Umgebung sauste an Antonia ebenso vorbei wie die Stunden, die sie im Zug verbrachte. Seit die Sonne aufgegangen war, lenkte sie sich damit ab, die üppige Vegetation zu bestaunen. Im Westen grünte es üppig, und die Sonne ließ alles schnell gedeihen. Sie fuhr vorbei an Tabak- und Zuckerrohrfeldern, sah haushohe mit geschlagenem Zuckerrohr beladene Karren, die von zwei Ochsen gezogen wurden, und stellte wieder fest, wie lebhaft das Leben in Havanna im Vergleich zum Hinterland war. Auf der einen Seite liebte sie das Theater, das Leben auf der Straße mit seinen Märkten und offenen Tanzlokalen, auf der anderen Seite vermisste sie die Stille, die es nur in der freien Natur gab. Ohne lärmende Busse, ohne das Bimmeln der Straßenbahn, ohne hupende Autos. In diesem Teil der Insel ging es gemächlicher zu, ruhiger. Und an manchen Tagen vermisste sie es, was ihr in diesem Moment erst wieder bewusst wurde.

Am Bahnhof von Pinar del Río fragte sie sich nach dem Bus nach Viñales durch. Sie hatte Glück, die Station lag nur wenige Schritte vom Bahnhof entfernt, und der Bus sollte in zwanzig Minuten abfahren.

Um sich die Beine zu vertreten, ging sie vor dem Bus auf und ab, bevor sie die einstündige Busfahrt wieder sitzend verbringen würde.

Die Luft roch frisch und würzig. Auch ein Unterschied zu Havanna, wo man immer ein Gemisch aus Grünpflanzen, Abgasen und Essen einatmete. Antonia kaufte einem Mangoverkäufer zwei Früchte ab. Brot und einen Hartkäse hatte sie dabei. Das musste reichen. Aber sie wollte auch nicht lange bleiben.

Der Busfahrer kam und schloss die Tür auf. »Entschuldigen Sie«, sprach sie ihn an. »Buenos días. Wann geht der letzte Bus zurück?«

»Es gibt nur zwei Fahrten zurück. Eine um sechs und die andere um Mitternacht. Wir fahren so, dass man die Züge nach Havanna erreicht. Alles andere lohnt sich nicht.«

Antonia überlegte kurz. »Dann fahre ich um Mitternacht zurück.« Wenn sie den Nachtzug nahm, würde sie den Morgenzug in Havanna erreichen, um nach Cienfuegos zu kommen.

Der Fahrer setzte sich hinter das Lenkrad und kassierte von Antonia gleich beide Fahrten.

Der Bus füllte sich, und als kein Platz mehr frei war, schloss der Fahrer die Tür und startete den Motor.

Die letzte Stunde verging schnell. Den Weg von der Haltestelle legte Antonia zu Fuß zurück. Seitdem die Busse die Ortschaften miteinander verbanden, war man von privaten Transporten unabhängig, was eine viel günstigere Reise ermöglichte.

Mit klopfendem Herzen schritt Antonia auf ihr Grundstück zu. Dem verschlossenen Haus und dem wilden Garten sah man die Vernachlässigung an. Es würde harte Arbeit bedeuten, alles wieder wohnlich zu machen. In den vergangenen vier Jahren war die Bougainvillea in pinkfarbener Blütenpracht über das halbe Haus gewuchert. Ein zauberhafter Anblick, doch schädigten die Ranken auch das Holz des Hauses.

Aber deswegen war sie nicht hier.

Antonia eilte ums Haus herum. Das Herz schlug ihr bis in den Hals, und es pochte noch härter gegen ihre Brust, als sie die Weinstöcke sah.

Alles hatte sie sich vorgestellt, aber nicht, dass sie Früchte tragen könnten. Sie ließ ihre Reisetasche fallen, kniete sich neben die Rebstöcke und seufzte. »Ihr wollt also, dass ich hierbleibe.« Behutsam berührte sie eine Traubenrebe. Der Farbe nach waren die Früchte sehr reif. Antonia zupfte eine Beere ab. Mit geschlossenen Augen schob sie die Frucht in den Mund. Sie schmeckte noch besser als die zu Hause. Die Erde gab der Frucht eine krautpfeffrige flüchtige Note, der säuerliche Geschmack versprach einen edlen Cabernet Sauvignon.

Begeistert verkostete Antonia die Traube des Prensal Blanc. Sie enthielt das Aroma von Trockenfrüchten, Walnüssen und Mandeln. Ein neuer Geschmack kam dazu. Antonia überlegte und kostete eine weitere Beere. Als der Geschmack auf der Zunge zerging, entfaltete sich eine Nuance nach Banane. Im richtigen Fass gereift, würde das ein ausgezeichneter und vollmundiger Wein werden.

Antonia bedauerte, nur je zwei Stöcke zu haben. Sie würde die Trauben ernten. Obwohl man diese Weinbeeren normalerweise wegen der harten Schale und der vielen Kerne nicht aß, hatte sie so ein besonderes Gastgeschenk für Magdalenas Familie.

Mit einem Messer, das sie aus dem Haus holte, schnitt sie die Trauben ab und die Stöcke zurück. Sie sollten ihre Kraft für die nächsten Trauben sammeln.

Vier Stunden später packte sie die Trauben in einen Sack, den sie in der alten Vorratskammer fand. Zufrieden betrachtete sie ihr Werk. Die Stöcke würden hier weiterleben und wieder Früchte tragen. Das würde Antonia in Zeiten des Zweifels zeigen, warum sie hierhergekommen war, weswegen sie all die Entbehrungen ertrug.

Auf der Rückreise verschenkte sie ein paar Früchte an den Busfahrer und einige Fahrgäste im Zug, die ihr einen Teil der Fahrzeit vertrieben. Sieben Stunden hatte sie verschlafen, wie auch die meisten Fahrgäste, die mit dem Nachtzug nach Havanna fuhren. In der Stadt musste sie umsteigen und eine Stunde warten, bevor es weiterging.

Als der Zug in Richtung Cienfuegos losfuhr, überkam Antonia eine freudige Aufregung. Ihre erste Urlaubsreise brach an, auch wenn sie nur wenige Tage dauern sollte.

Während der Fahrt überlegte sie, wie Magdalenas Familie lebte. Überhaupt interessierte es Antonia, wie die Cubanos im Hinterland wohnten. Sie hatte zwar in Pinar del Río die Häuser gesehen, und auch ihr Häuschen war karg und nicht gerade das, was man sich unter einem stattlichen Haus vorstellte, aber dennoch war das noch der relativ vermögende Westen. Der Osten sollte, nach dem, was sie durch das Vorlesen aus der Zeitung wusste, relativ arm sein. Gerade die Negros zogen von einer Zuckerrohrplantage zur nächsten, um ihre Familie durchzubringen, und wenn die Erntezeit vorüber war, hatten sie sieben Monate keine Anstellung. Während man in Spanien glaubte, man könne auf Kuba sein Glück machen, so war das für den Spanier mit etwas Grundkapital durchaus möglich. Die schwarze Bevölkerung hatte keine Reserven erarbeiten können, und das wenige, was sie jetzt erwirtschaftete, reichte mehr schlecht als recht.

Die Frauen in den Fabriken arbeiteten meist, obwohl sie kleine Kinder hatten, oftmals brachten sie sogar die Neugeborenen mit zur Arbeit, um sie zu stillen und gleichzeitig ihrer Tätigkeit nachzugehen. Das funktionierte aber nur in der Stadt, wo es Fabriken gab. Was taten die Frauen auf dem Land? Wenn sie kein eigenes Land besaßen, das es zu bewirtschaften gab?

Die üppige Landschaft zog am Fenster vorbei. Die kleinen Holzhütten bekräftigten Antonias Gedanken. Meist waren die Häuschen nur an der Front in bunten Farben gestrichen, die Seiten oder gar den hinteren Teil des Hauses sparte man sich, da man den von der Straße nicht auf den ersten Blick sah. Etwas, das Antonia schon bei ihrer Zugfahrt vor vier Jahren aufgefallen war. Und dennoch lächelten die Menschen, die Antonia vom Zug aus sah. Sie schienen mit dem wenigen glücklich zu sein. Eine Eigenschaft, die Antonia bewunderte.

»In dreißig Minuten erreichen wir Cienfuegos«, rief der Schaffner durch den Wagen, ging durch den Gang in den nächsten Wagen und wiederholte seine Nachricht.

Lange hätte Antonia auch nicht mehr sitzen können. Ihr Hintern fühlte sich nach den unzähligen Stunden taub an, und sie stand auf, um sich zu strecken. So müde sie auch war, so sehr freute sie sich auf Magdalena und ihre Familie. Aufregende Tage voller neuer Eindrücke erwarteten sie. Davon war sie überzeugt.

Der Zug hielt, und Antonia stieg aus. In dem Gewusel am Bahnsteig fiel es ihr schwer, Magdalena zu entdecken. Plötzlich tippte ihr jemand auf die Schulter, und sie fuhr herum. »Magdalena!«, rief sie. »Schön, dich zu sehen.«

»Frag mich mal, der Zug hatte mehr als dreißig Minuten Verspätung, und keiner wusste genau, wann er einfahren wird.« Magdalena streckte ihre Hand aus. »Soll ich dir den Sack abnehmen?«

»Gern.«

»Was hast du dort überhaupt mitgebracht?« Neugierig hob sie den Sack an und tastete mit der linken Hand am Stoff, um den Inhalt zu erraten.

»Finger weg.« Antonia zog denn Sack zurück. »Es sind Trauben. Und wenn du an ihnen herumdrückst, verderben sie.«

»Trauben?« Magdalena riss die Augen auf. »Ich habe noch nie Trauben gegessen!«

»Dann wird es Zeit. Es sind genug da. Die Ernte von vier Weinstöcken.« Das Gewusel auf dem Bahnsteig ließ nach, und sie verließen nebeneinander den Bahnhof.

In der Halle bemerkte Antonia die eindrucksvolle Kuppel, in der man ein verblasstes Deckengemälde entdecken konnte. Auch die mächtigen Säulen, die den Ausgang flankierten, beeindruckten sie. Gegenüber lag ein hübscher Park, und die allgegenwärtigen amerikanischen Autos fuhren auf der Straße.

»Komm mit, wir gehen zum Bus«, verkündete Magdalena begeistert. Im Gegensatz zu Antonia schien sie sich auf das Sitzen zu freuen. »Wir müssen ein Stück laufen.«

»Gott sei Dank.« Antonia lächelte ihre Freundin an. »Nach Stunden spüre ich gerade meinen Hintern ein wenig, da will ich mich nicht gleich wieder darauf setzen.«

»Okay, dann machen wir einen Umweg.«

Magdalena ging in westliche Richtung, und sie kamen in eine hübsche Straße.

»Paseo de Prado.« Sie zeigte noch weiter die Straße entlang. »Dort hinten ist die Kirche.«

Den hohen Turm der weiß getünchten Kirche sah man schon von Weitem. Auch der Säulengang eines im Kolonialstil erbauten Gebäudes begeisterte Antonia. In dieser Straße erinnerte sie alles an Havanna.

»Unsere Kirche im Dorf ist nicht so eindrucksvoll, aber das wirst du ja heute Abend sehen.« Sie schlenderten die Prachtstraße entlang, durch einen kleinen Park mit beeindruckenden Palmen. Die Seitengassen, in die sie einen Blick erhaschte, schienen weit weniger beeindruckend. Die letzte Gasse war noch nicht mal asphaltiert. Und dennoch rumpelte ein Auto hindurch.

Antonia gähnte.

»Du bist doch müde, darum schläft dein Hintern schon.« Magdalena hakte sich lachend unter. »Lass uns zu mir fahren. Du bekommst einen kräftigen Kaffee, und wenn du magst, legst du dich eine Stunde hin. Dann fühlst du dich gleich viel besser.«

Für Widerstand war Antonia zu müde. Sie ließ sich durch die Straßen Cienfuegos führen, bis sie vor einem Bus standen. »Nur eine Stunde, das schaffst du schon noch.«

Während der Fahrt durch die Stadt machte Magdalena sie an jeder Straßenecke auf imposante Gebäude aufmerksam. Antonia fielen immer wieder die Augen zu.

Magdalena rüttelte an ihrem Arm. Sie musste eingeschlafen sein. »Wir sind da.«

Antonia gähnte und stand auf, um ihre Reisetasche über ihrem Kopf herunterzuholen.

Sie stiegen aus, und Antonia trat auf eine Schotterstraße. Auf den ersten Blick bestand das Dorf nur aus wenigen Häusern. Die kleine Kirche neben der Haltestelle schien auch das einzige feste Gebäude zu sein. Alle anderen waren Holzhäuser.

Antonia folgte ihrer Freundin den staubigen Weg entlang. Wie schon vom Zug aus, fiel ihr auch jetzt auf, dass nur die Fronten der Häuser farbenfroh angestrichen waren. Die bunten Farben stimmten sie gleich fröhlich. »Gibt es hier überhaupt einen Arzt?«

»Natürlich.« Magdalena schmunzelte. »Wenn auch keinen der modernen Schulmedizin. Da muss man schon nach Cienfuegos fahren.«

Antonia runzelte fragend die Stirn.

»Meine Halbschwester ist die Tochter eines Babaláwo und hat alles von ihm gelernt. Wenn unsere Religion keine weiblichen Babaláwas erlaubt, so ist sie doch eine Priesterin, zu der das Dorf geht, wenn es einen Omiero braucht. Meine Schwester kennt sich mit Heilkräutern aus wie keine zweite.«

»Was ist Omiero? Eine Pflanzenmischung, aus der man Tee macht?«

Magdalena lachte. »Nein, das ist eine Kräutermischung, die für alle Rituale notwendig ist, aber auch ein Heiltrank. Er besteht aus fast dreißig frischen Kräutern, die mit Regenwasser zerstampft werden. Der Trank hilft gegen fast alles.«

Für Antonia war das purer Aberglaube. Natürlich halfen einige Kräuter, aber eben nur bei leichten Beschwerden. Ohne einen Chirurgen wäre aus ihrem Dorf ein Junge an einer Blinddarmentzündung gestorben. Glücklicherweise war der Junge rechtzeitig in die Klinik in Palma eingeliefert worden. Doch aus Respekt schwieg Antonia und ging weiter neben Magdalena her.

Am südlichen Ortsrand blieb Magdalena vor einem himmelblau gestrichenen Holzhaus stehen. »Da sind wir.«

»Hübsch«, sagte Antonia und meinte es auch so. Sie mochte die bunten Holzhäuser.

Magdalena öffnete die Tür und ließ Antonia eintreten. Der Fußboden war betoniert, aber sauber gefegt. Die Seitenwände aus Holzbrettern schienen glatt abgeschliffen. Im offenen Hauptraum stand ein zweckmäßiger Esstisch für mindestens zehn Personen. An der linken Wand befand sich die Küche, und von der rechten Seite gingen einige Türen ab. Vermutlich ging es dort zu den Schlafzimmern.

Bei Magdalenas Elternhaus handelte es sich um ein einfaches Haus, nichts anderes hatte Antonia erwartet.

»Ich bringe deine Tasche in mein Zimmer.« Antonia legte den Sack mit Trauben auf den Tisch und folgte Magdalena. Ein schmales Doppelbett, ein kleiner Schrank und ein Nachttisch standen in dem Raum. Das Bett würden sie sich teilen, aber das störte Antonia nicht.

»Lass uns auf die Veranda gehen«, schlug Magdalena vor.

Die Veranda lag hinter dem Haus, wie auch der weitläufige Garten. Unter einem wuchtigen Mangobaum war ein Schwein an einem Pflock festgebunden, und ein halbes Dutzend Hühner lief frei herum. Der Mangobaum trug reife Früchte. Es sah aus, als würden Hunderte von kleinen grünen Luftballons an kurzen Fäden an den ausladenden Ästen hängen. Magdalena zeigte auf einen Schaukelstuhl. »Setz dich. Ich bringe dir einen Kaffee.«

»Danke.« Mit großer Freude setzte sie sich in diesen Schaukelstuhl und wippte los. Augenblicklich entspannte sich Antonia. Die gleichmäßige Bewegung und der Blick in den herrlichen Obstgarten machten ihr das Herz weit.

Ganz offensichtlich war sie mehr fürs Land als für die Stadt gemacht.

»Es ist herrlich hier«, schwärmte sie, als Magdalena ihr den Kaffee reichte.

»Ja«, bestätigte Magdalena und setzte sich in den Stuhl neben Antonia. »Warte ab, bis alle zu Hause sind. Dann ist es vorbei mit der Ruhe.«

»Wie viele leben hier?«

»Meine Mutter, mein Stiefvater, meine Halbschwester und ihr Mann und natürlich deren vier Kinder.«

Es war also deutlich enger als in ihrem Elternhaus. Im Moment waren alle ausgeflogen. »Wo sind die Kinder?«

»Normalerweise noch in der Schule. Aber während der Ferien sind sie bei Angelicas Schwiegermutter. Sie wohnt drei Häuser weiter und kümmert sich nach der Schule um sie. Ich bin ja sonst nicht hier.«

Offenbar waren die Erwachsenen trotz der Weihnachtsfeiertage bei der Arbeit.

»Meine Mutter ist mit meinem Stiefvater bei dessen Familie. Sie kommen morgen wieder her.« Als hätte Magdalena ihre Gedanken erraten, erklärte sie, warum sie das Haus für sich allein hatten. »Angelica ist bei einer Familie, dort sind die Kinder krank, und sie hat ihnen eine Kräutermischung gegen den Husten zubereitet. Ihr Mann begleitet sie, wenn er kann.«

Die nächsten beiden Stunden verbrachten sie auf der schattigen Terrasse und plauderten ungezwungen, bis die Tür aufschwang und eine laute Meute ins Haus stürmte. Die vier Kinder samt Eltern betraten das Haus. Die Kinder im Alter von sechs bis dreizehn rannten an ihr vorbei, ohne sie zu beachten. »Hey«, rief Magdalena sie zurück. »Wir haben einen Gast.«

Augenblicklich hielten sie in der Bewegung inne, drehten sich um und starrten Antonia mit offenem Mund an. »Entschuldige«, wandte sich Magdalena an sie. »Du bist die erste Weiße, die unser Haus betritt. Hierher verirren sich sonst keine Weißen. Und sollte es doch mal der Fall sein, dann bedeutet es in der Regel nichts Gutes.«

Allein dieser Satz verunsicherte Antonia mehr, als sie zugeben mochte. Ja, es gab Diskriminierung. Aber so extrem, dass diese süßen Schwarzen Kinder sie als eine Bedrohung ansahen? »Habt ihr schon mal Trauben gegessen?«

Der etwa Sechsjährige schüttelte den Kopf.

»Dann sollten wir das schnell nachholen, oder etwa nicht?«

Damit war das Eis gebrochen, die Kinder kamen mit einem Lächeln auf sie zu.

»Na, das ging ja schnell.« Angelica sah zu ihrem Mann. »Siehst du, mit Bestechung geht alles.« Sie reichte Antonia die Hand und stellte sich vor. »Antonia, freut mich sehr«, erwiderte sie den Gruß.

»Emilio.« Der Mann lächelte, und seine Augen strahlten. »Ebenfalls erfreut.«

»Und? Wie geht es den Esteban-Kindern?« Magdalena stand auf und blieb neben ihrer Halbschwester stehen. Antonia konnte keine Ähnlichkeit feststellen. Angelicas Haut war schwarz wie geröstete Kaffeebohnen, ihre Nase breiter, ihre Lippen voller. Magdalenas Haut hatte die Farbe von Milchkaffee. Ein Ton, der Antonia sehr gefiel. Emilio und die Kinder waren ebenso dunkel wie Angelica.

»Die werden wieder. Husten dauert eben seine Zeit. Die kleine Betty hat es schlimm erwischt. Ich habe ihr einen Schlaftrunk zubereitet, damit sie sich erholt.« Angelica sah Antonia an. »Und du hast wirklich Trauben mitgebracht? Die sind doch so teuer!«

Antonia freute sich, die Trauben abgeerntet zu haben. Wie groß die Freude darüber sein würde, hatte sie sich nicht vorstellen können. »Mein verstorbener Mann und ich sind nach Kuba gekommen, um Wein anzubauen. Vier Stöcke haben wir aus Mallorca mitgebracht.«

»Mallorca?« Fragend hob Angelica die Hände.

»Eine spanische Insel im Mittelmeer.«

Auch Emilio schüttelte den Kopf.

»Mallorca ist weit weg und unser Plan gescheitert.« Die besorgten Gesichter zeigten Mitgefühl. Antonia hob beschwichtigend die Hände. »Irgendwann wird dort Wein wachsen. Und bis es so weit ist, essen wir eben nur die Trauben der vier Weinstöcke.«

Antonia ging zum Tisch, zog eine Rispe aus dem Sack, brach jeweils einen Ästchenzweig ab und reichte sie zuerst den Kindern, dann den Erwachsenen.

Mit einem fast ehrfürchtig geflüsterten Gracias schoben sich die Kinder die Weinbeeren nacheinander in die Münder. Antonia aß sie ebenfalls, und das Spiel von Süße und Säure zauberte auch auf ihr Gesicht ein zufriedenes Lächeln.

Der Teenagerjunge aß die letzte Traube und fuhr sich mit der Zunge über die Lippen.

»Es ist noch viel da.« Antonia zeigte auf den Sack, und der Junge schaute erst hinein, bevor er eine weitere Rispe herauszog.

»Da sind noch ganz viele«, sprudelte es aus ihm heraus.

Antonia versicherte ihm mit ernster Miene: »Und wir müssen alles bis morgen Abend aufgegessen haben.«

Angelica lachte. »Sie werden betteln, dass du wiederkommst.«

»Dann werde ich wohl mit der nächsten Ernte wieder vorbeikommen müssen.« Antonia sah zu, wie die nächste Rispe ihren Weg in die Mägen der Kinder nahm. »Da ihr Trauben nicht gewohnt seid, macht ihr besser eine Pause. Und beißt auch besser nicht zu sehr auf die Kerne. Wenn ihr keine Bauchschmerzen bekommt, könnt ihr gerne weiteressen, solange es eure Eltern erlauben.«

Das ältere Mädchen lächelte. »Ach, Mamá macht uns einen Aufguss, und dann ist alles wieder gut.« Schon griff sie nach der nächsten Rispe und bekam dafür von Angelica einen Klaps auf die Finger.

»Geht jetzt die Eier im Garten suchen, verstanden?« Emilio versuchte sich an einem strengen Blick, aber es gelang ihm nicht wirklich.

Antonia mochte die Familie auf Anhieb.

Den Abend hörte Antonia den Geschichten der Familie zu. Obwohl sie nicht viel besaßen, wurde auch in diesem Haus den Göttern Essen dargebracht, und der erste Schluck Rum aus der Flasche landete ebenfalls in einer Zimmerecke. An diesem Tag kam Antonia nicht drum herum, ein Glas Rum mit der Familie zu trinken, nachdem die Kinder im Bett waren.

Nach dem Rum gähnte Antonia. Die Reise steckte ihr in den Knochen, und der Alkohol tat sein Übriges. Magdalena bemerkte es, und sie verabschiedeten sich von Angelica und Emilio, gingen ins Schlafzimmer, und keine fünfzehn Minuten später schlief Antonia tief und fest.

Als sie erwachte, war sie allein im Zimmer. Eine Waschschüssel stand auf dem Nachttisch. Antonia machte sich bereit für den Tag. Der Abort war hinten im Garten. Der Luxus einer im Haus befindlichen Toilette war auf dem Land noch nicht verbreitet, da es keine Kanalisation gab. Aber Antonia kannte das von zu Hause nicht anders. Doch sie musste zugeben, man gewöhnte sich rasch an den Komfort eines Wasserklosetts im Haus, wie sie es in ihrer Wohnung in Havanna hatte.

Nach dem Frühstück schlug Magdalena vor, an den Strand zu gehen. Sie spazierten durch die Straßen. Antonia fiel auf, wie lebendig der kleine Ort wirkte. Es gab einen kleinen Laden und eine Bar sowie ein Restaurant, und überall standen die Menschen beisammen, kauften ein, unterhielten sich dabei angeregt, und jeder schien jeden zu kennen. Auch das fehlte Antonia in der Stadt. Der Zusammenhalt, der in kleineren Ortschaften üblich war. Was ihr aber noch auffiel, es schien in diesem Dorf nicht ein hellhäutiger Mensch zu wohnen. »Darf ich dich was fragen?«

Magdalena sah sie auffordernd an.

»Gibt es in diesem Dorf gar keine Weißen? In Cienfuegos habe ich noch welche gesehen, aber in La Laguna ...«

»Sieh dich um«, bat Magdalena. »Keine Autos, nur Ochsenkarren, keine Fabriken, nur kleine bestellte Felder, kein Theater, keine Klubs. Was sollte ein Weißer hier schon wollen?«

Antonia fühlte sich beschämt. »Leben hier nur ehemalige Sklaven und deren Familien?«

Magdalena bejahte. »Und das ist auch gut so.«

»Wenn du die Weißen nicht magst, warum lebst du dann in der Stadt?«

»Wer sagt denn, dass ich sie nicht mag? Sie mögen uns nicht. Für sie sind wir immer noch Sklaven, zumindest für die meisten. Du bist anders. Aber du bist auch niemand mit einem großen Grundbesitz, der billige Arbeitskräfte braucht.«

»Es sind nicht alle so«, verteidigte sie automatisch die Familie Guerrera.

»Nicht? Bekommen die schwarzen Vequeros oder Torcedores etwa den gleichen Lohn wie die weißen?«

Da musste sie ihrer Freundin recht geben. »Nein, bekommen sie nicht.« Die schwarzen Plantagenhelfer und Zigarrendreher erhielten weniger Lohn für die gleiche Arbeit.

»Werden schwarze Torcedores in dieser Fabrik ausgebildet? Nein. Es gibt dort nur angelernte Kräfte.« Magdalena sprach mit einer leichten Bitterkeit in der Stimme.

Antonia schwieg.

»Eben. Denn in der, in der ich arbeite, ist das ebenso wenig der Fall.«

Antonia schämte sich, darüber noch nie genauer nachgedacht zu haben. Vielleicht lag es auch daran, dass auch Männer mehr bezahlt bekamen als Frauen, obwohl sie auch pro gedrehte Zigarre bezahlt wurden.

Schweigend gingen sie weiter.

Antonia genoss den Marsch durch die prächtig gedeihende Natur. Gummibäume, die höher als Häuser waren, ragten in den Himmel und spendeten Schatten. Zum ersten Mal in ihrem Leben sah sie einen Ananasbusch. Er sah aus wie eine vertrocknete Agave, aus deren Mitte die Frucht der Sonne entgegenwuchs. Das hatte sie auch schon bei den Bananenstauden bewundert. Im Schatten der Bananenblätter wuchs eine dunkelrote Blüte, aus der später eine komplette Bananenstaude erwachsen würde. »Weißt du, was mir auf dem Markt passiert ist?«

»Erzähl, hast du einen Mann getroffen?«

»Nein. Ich habe zu meiner Anfangszeit auf Kuba versehentlich Kochbananen mitgenommen, sie zu Hause geschält und hineingebissen, weil ich sie für große Bananen hielt.«

Magdalena prustete los. »Bist du verrückt? Man muss sie kochen oder backen. Sonst sind sie ungenießbar.«

»Heute weiß ich das, und ich mag sie sehr gerne, aber ich hatte mit einer süßen Banane gerechnet. Woher hätte ich wissen sollen, dass es sich dabei um unterschiedliche Früchte handelt?«

Sie zuckte mit den Schultern. »An der Größe und an der Farbe kann man es erkennen.«

Als zwischen den Ästen ein tiefes Türkisblau schimmerte, blieb Antonia stehen. »Was ist das?« Sie versuchte zu erkennen, was hinter den Bäumen liegen mochte. Der Himmel konnte es nicht sein. Noch nie hatte sie eine solche Farbe gesehen; außer an den Häuserfronten der gestrichenen Holzhäuser.

Magdalena kniff die Augen zusammen. »Und ihr wollt gebildet sein«, neckte sie Antonia. »Das Meer natürlich.«

»Unmöglich.« Antonia rannte los. Das konnte es nicht geben. Das Meer konnte tief blau sein, fast schon schwarz, manchmal etwas grünlich schimmern, aber diese grelle Farbe? Zwischen zwei Palmen blieb sie ungläubig stehen. Vor ihr breitete sich ein mehlweißer Strand aus, und das Meer hatte türkisgrüne Schattierungen, wie sie sie noch nie gesehen hatte.

»Und? Glaubst du mir jetzt? Hier gibt es sogar Delfine.«

»Muss ich wohl«, flüsterte sie und erinnerte sich an die verspielten Delfine, die ihr Schiff für einige Zeit begleitet hatten und von denen sie nun wusste, dass sie sogar so manchem Menschen schon das Leben gerettet hatten.

In diesem Augenblick wusste sie, dass sie unbedingt schwimmen lernen musste. In dieses farbenprächtige Meer wollte sie eintauchen, sich davontragen lassen, und vielleicht würde sie sogar mit Delfinen schwimmen.

24

Mallorca, Weihnachtszeit 1918

Carla mochte ihre Arbeit in der Schuhfabrik nicht. Das Nähen des Leders ging ihr schwer von der Hand, aber sie bemühte sich, gute Arbeit zu leisten. Isidoro hatte ihr angeboten, bei sich im Büro seine Sekretärin zu unterstützen, doch Carla hatte mit freundlichen Worten abgelehnt. Sie wollte nicht auch noch tagsüber seinen Avancen ausgesetzt sein, wenn er sie schon an manchen Abenden zum Essen einlud.

Notgedrungen nahm sie einige wenige Einladungen an. Die Familie brauchte ihren Lohn. Sie durfte die Arbeit nicht verlieren. Und so schwer es ihr fiel, noch vor dem Morgengrauen aufzustehen, so half sie noch vor der Fabrikarbeit auf dem Feld. Das Lager war nun randvoll.

Die Säcke standen für den Transport bereit, und kurz bevor die Sonne aufging, schnürten sie die letzten Leinensäcke zu. Der süße Duft der Früchte mischte sich mit dem nussigen Aroma der Mandeln.

Selbst Leo hatte bei der Ernte mitgeholfen, insbesondere das Abschlagen der Mandeln von den Bäumen mit den langen Stöcken hatte er übernommen. Seine Meckerei überhörte Carla, denn es wurde jede helfende Hand benötigt. Ihr Vater erholte sich, da nun feststand, dass die Ernte gutes Geld bringen würde. Selbst das andauernde Wenden der Aprikosen während des Trocknungsvorgangs in ihrem Lager am Dorfrand ging Carla leichter von der Hand als die Arbeit in der Schuhfabrik. Wie gerne würde sie etwas Kreatives machen. Am liebsten würde sie ausgefallene Ziernähte entwerfen, um die Schuhe modischer zu gestalten. Zu Hause in der Schublade lagen ihre ersten Entwürfe, die sie auf Papier gezeichnet hatte. Schon mehrmals hatte sie überlegt, sie Isidoro vorzulegen, doch sie wollte es nicht ausnutzen, dass er ihr den Hof machte.

»Kleine Träumerin.« Mutter stibitzte sich zwei der süßen Früchte aus einem der Säcke. Eine Aprikose steckte sie sich in den Mund, und die andere hielt sie Carla hin. »Sie sind eine echte Versuchung.«

Mit einem Nicken nahm Carla die Trockenfrucht und biss hinein. Süß und sauer zugleich. Herrlich. Aus einem der noch offenen Mandelsäcke schaufelte Carla mit den Händen einen kleinen Eimer voll. »Die sind für den ersten Gató in diesem Jahr.«

»Du willst von mir doch nur das Rezept deiner Großmutter erfahren.«

Carla lächelte. Ihre Mutter hatte sie ertappt. Aber es gab keinen besseren Mandelkuchen. Das Familienrezept wurde von Generation zu Generation weitergegeben, und weil sie den Küchendienst übernahm, fand Carla es an der Zeit, dass ihre Mutter ihr das Geheimnis um den legendären Mandelkuchen verriet.

»Wir werden sehen«, antwortete ihre Mutter vage, blinzelte ihr aber verschwörerisch zu. Carla würde das Geheimnis erfahren. Davon war sie überzeugt.

Zufrieden sah sich ihr Vater im Lager um. »Morgen Mittag wird die Ernte abgeholt.« Er schloss ab und schob den Schlüssel in die Jackentasche. »Und nächstes Jahr werden wir noch besser verkaufen.«

»Ja, das glaube ich auch, Vater. Jetzt wo dieser unselige Krieg endlich beendet ist und auch bald der Seetransport wieder vollkommen sicher sein wird.«

»Dieses Weihnachten wird ein schönes Fest werden.«

Trotz Vaters Zuversicht auf ein schönes Weihnachtsfest trübte der Umstand, dass Francisco nicht mit ihr feiern konnte, Carlas Stimmung. Aber vielleicht konnte sie für ihr heimliches Treffen etwas für ihn vom Festessen mitbringen. »Meinst du, wir können uns ein Spanferkel leisten?«

»Dieses Jahr wird es sich ausgehen.« Er legte Carla drei getrocknete Aprikosen in ihre Frühstückstasche. »Und jetzt lauf, nicht dass du zu spät zur Arbeit kommst.«

Carla kam nie zu spät zur Arbeit. Trotzdem konnte die Vorarbeiterin sie nicht leiden. Dabei hatte sie Dolores nie einen Grund gegeben. Möglicherweise war es ihr ein Dorn im Auge, wie sehr sich Isidoro um Carla bemühte. Dieser Umstand war ihr bestimmt nicht verborgen geblieben. Vielleicht hatte sie sogar Angst, Carla könnte ihr ihre Stellung als Vorarbeiterin streitig machen.

Das Leder dieses Schuhs war besonders hart. Carla rieb sich die schmerzenden Finger, als sie zum wiederholten Mal mit der Nadel abrutschte. Verstohlen sah sie sich nach der Fabrikaufseherin um. Bei den anderen sah die Arbeit mit der

Nadel so leicht aus. Die Sohle mit dem Oberleder zu vernähen war die härteste Arbeit in der Schuhfabrik.

»Was ist?«, herrschte Dolores sie an. »Legt das Fräulein schon die Hände in den Schoß? Und das eine halbe Stunde vor Arbeitsende.«

Carla schüttelte den Kopf und presste die Lippen zusammen. Wüsste Isidoro, wie herrisch sich Dolores aufführte, würde er sie zur Rede stellen. Doch sie anzuschwärzen kam nicht infrage. Und auf keinen Fall wollte Carla eine Sonderstellung. Sie nahm die Nadel wieder auf, brachte ein Lächeln zustande und dachte dabei an Francisco.

Er besaß nur ein Paar Schuhe, und das war so verschlissen, dass selbst sie es nicht mehr flicken konnte. Zwar verdiente er nun im Steinmetzbetrieb mehr, doch noch würde sein Einkommen nicht für sie beide und ein gemeinsames Leben reichen. Er musste erst Erfahrung sammeln, dann würde auch sein Lohn steigen.

Zur Seite legen konnte er so wenig wie Carla.

Er musste wie sie auch fast alles zu Hause abgeben. Mehr als ein Taschengeld bekam er von seinem Vater nicht in die Hand gedrückt. Vielleicht wäre es ihr möglich, ihm ein paar neue Schuhe zu schenken. Es gab immer mal wieder günstigere Ausschussware. Nur ob er so ein Geschenk annehmen würde?

Er klagte nie, doch sie spürte, wie er unter der Armut litt und sich dafür schämte. Insbesondere da er von Isidoros Werben wusste. Carla hatte seine Bedenken mit einem langen Kuss zerstreut. Ihr Herz schlug nur für ihn.

Sie biss sich auf die Lippe, als sie erneut mit der Nadel abrutschte und sich in den Finger stach. Sie unterdrückte einen Fluch und blickte auf – in Dolores' Augen.

Dolores stürmte auf sie zu. »Das darf doch nicht wahr sein!« Sie riss Carla den Schuh aus der Hand. »Du blöder Bauerntrampel, jetzt ist das gute Leder voller Blut!«

Carla zuckte zusammen und sah nach unten. Tatsächlich. Ihr blutender Finger hatte das helle Leder beschmiert.

»Den wirst du bezahlen.« Sie nahm ihr auch den zweiten Schuh ab. »Du hast das letzte Stück Leder aus dieser Lieferung verdorben. Das muss ich dem Direktor melden. Und da werden dir auch deine schönen Augen, die du ihm machst, nichts nutzen. In erster Linie ist er Geschäftsmann und kann sich Verluste nicht leisten.« Sie funkelte Carla boshaft an. »Und du packst besser schon mal deine Sachen und wartest vor der Tür.«

Dolores hatte recht. Isidoro war in einer Zwickmühle. Würde er Carla das durchgehen lassen, könnten andere ebenfalls anfangen, bei der Arbeit zu schludern, was er sich nicht leisten konnte.

Carla legte den Finger an den Mund und sog das Blut auf. In ihrer Tasche fand sie ein Taschentuch und wickelte es um die Wunde. Ihre Kolleginnen bedachten sie mit einem mitleidigen Blick, als sie ihre Tasche nahm und die Halle verließ.

Dolores stapfte über den Hof zu Isidoros Büro. Mit klopfendem Herzen folgte sie ihr.

Unruhig stand sie im Gang. Carla hörte Dolores aufgebracht reden. Zweifellos hatte Dolores ausführlich über Carlas Unfähigkeit berichtet. Für sie stand fest, wollte sie nicht zur Arbeit in sein Büro wechseln, müsste sie sich eine andere Arbeit suchen. Sie konnte es Francisco nicht antun, noch enger mit Isidoro zusammenzuarbeiten. Nein, das war wirklich keine Option. Musste sie nun, wie ihre Mutter, in die Wäscherei? Im Grunde war es schon fast gleichgültig, womit sie sich die Hände ruinierte. Ob mit Lauge oder durch die andauernden Nadelstiche.

Die Tür öffnete sich. »Wenigstens hattest du so viel Anstand, um wirklich mit deinen Sachen hier aufzutauchen«, flüsterte Dolores und schwenkte triumphierend die Schuhe in der Hand. »Die sollen in den Müll, und du gehst zu deinem letzten Gespräch.«

Carla durchfuhr es heiß und kalt. Sie unterdrückte ihre Wut über Dolores, die sich aufführte, als würde ihr die Fabrik gehören.

Carla straffte ihre Schultern. Sie würde vor Dolores keine Schwäche zeigen. »Jetzt?«

»Ja, und zwar sofort!« Dolores schleuderte die Schuhe in den Abfallbottich im Flur und betrachtete Carla abschätzig. »Na los, oder brauchst du eine Extraeinladung?«

Carla hielt ihre Tasche fest vor den Leib gepresst, während sie das Sekretariat betrat und vor Isidoros Tür wartete.

Sie wich dem Blick der Sekretärin aus.

Isidoro trat aus seinem Büro. Kein Lächeln zierte sein Gesicht. »Komm herein.«

Zögernd betrat Carla das edel möblierte Büro und blieb im Raum stehen.

Isidoro schloss die Tür, ging an ihr vorbei und nahm im Ledersessel hinter dem Schreibtisch Platz.

Noch immer ließ sein Gesicht jede Freundlichkeit vermissen.

Mit einer Hand deutete er zum Stuhl ihm gegenüber. »Setz dich.«

Carla holte tief Luft und setzte sich auf die Stuhlkante.

»Also, was war da los?«, fragte Isidoro.

»Ich … es tut mir sehr leid.« Carla senkte den Kopf.

»Ach, Carla. Wir könnten es doch so einfach haben. Du müsstest doch diese Arbeit gar nicht machen.«

Carla sah auf. Isidoro hatte sein Lächeln wiedergefunden. Jetzt oder nie! Sie nahm all ihren Mut zusammen. »Ich weiß, Isidoro, doch deiner Sekretärin zur Hand zu gehen?« Sie schüttelte den Kopf. »Das ist nichts für mich. Aber es gäbe eine andere Möglichkeit.«

»Ja?« Isidoro sah sie erwartungsvoll an.

Meine Güte, sie musste das hier schnell abwenden, bevor er noch dachte, sie würde auf einen Antrag von ihm warten. »Also freiheraus: Die Ziernähte deiner Schuhe könnten moderner sein.«

»Aha.« Isidoro stand auf, kam um den Schreibtisch herum und setzte sich auf die Tischkante. »Und was hat das mit dir«, er räusperte sich, »uns zu tun?«

»Ich …«, Carla reckte das Kinn, »ich könnte meine Ideen aufzeichnen.«

Schweigend sah er ihr in die Augen, strich ihr sanft über die Wange. »Ich werde mir deine Entwürfe gerne ansehen. Und sie vollkommen neutral bewerten, nachdem du jegliche Bevorzugung in meiner Fabrik ablehnst.«

Er zwinkerte ihr zu. »Daraus machen wir eine Vereinbarung: Gefallen mir deine Entwürfe, die du mir morgen vorlegst, wirst du sie weiterentwickeln und kümmerst dich um die Umsetzung. Sollten sie mir jedoch nicht gefallen, fängst du hier in meinem Sekretariat an.«

Carla wurde schlecht. Morgen schon? Nannte man so was bereits Erpressung? Doch was blieb ihr übrig? Sie müsste die ganze Nacht daran arbeiten, die bisherigen Vorzeichnungen bis ins kleinste Detail ausarbeiten. Ihre Entwürfe mussten überzeugen, den Geschäftsmann in Isidoro ansprechen, und nicht den Mann, der sie jetzt wieder liebevoll ansah.

Carla stand auf. »Ja, ich akzeptiere die Vereinbarung.«

Isidoro hauchte ihr einen Kuss auf die Wange. »Ich freue mich schon darauf.«

Carla ging hinaus. Worauf hatte sie sich da nur eingelassen? Im Vorraum sah sie sich um. Es war keine Menschenseele zu sehen. Sie beugte sich über den Abfallbottich und nahm die Schuhe heraus. So hätte das alles wenigstens etwas Gutes, wenn sie auch streng genommen die Schuhe sicher nicht einfach mitnehmen durfte. Trotzdem konnte sie nicht widerstehen. Die Größe müsste passen, und sie wären ein wunderbares Geschenk für Francisco.

Der kalte Wind blies ihr entgegen, und sie schlug den Mantelkragen hoch. Auf dem Weg nach Sencelles trieb ihr feiner Nieselregen ins Gesicht. Kurz vor dem Dorf hielt sie am Brunnen an und wusch sich das getrocknete Blut von ihrem Finger. Wenn alles gut ginge, wären Dolores und ihre Schikanen Geschichte. Doch zuerst musste sie sich beweisen.

»Was ist mit dir?« Francisco trat hinter dem Olivenbaum am Brunnen hervor. »Warum wäschst du dir die Hände in dem eiskalten Wasser?«

Erschrocken fuhr sie herum. »Was machst du denn hier? Ich denke, du bist in Binissalem und schlägst Steine?«

Francisco küsste sie sanft in den Nacken. »Drückst du so deine Freude aus, mich zu sehen?«

Erneut trieb ihr eine Bö den Nieselregen ins Gesicht.

Francisco nahm sie in die Arme, und Carla schmiegte sich an seine Brust. »Du weichst mir aus. Was ist mit deiner Arbeit?«

»Der Meister hat mich bei dem Wetter nach Hause geschickt. Leider. Wir wollten Steinblöcke in Form schlagen. Aber es ist zu nass. Dann rutscht man mit dem Werkzeug ab. Die Halle ist belegt, also mussten die Helfer gehen.«

»Wie schade.« Das Geld hätte Francisco gut gebrauchen können.

»Und was ist nun mit deiner Hand?«

»Hartes Leder und die boshafte Dolores. Alles wie immer.« Die Vereinbarung mit Isidoro behielt sie für sich. Es würde Francisco nur noch mehr belasten. Außerdem hätte sie dann auch die Schuhe in ihrem Beutel erwähnen müssen.

Besser, sie machte sich an die Arbeit. »Komm, lass uns gehen. Mir ist kalt, und die Eltern warten auf mich. Außerdem ist es gefährlich, so dicht beisammenzustehen.«

»Bei dem Wetter ist doch keiner freiwillig draußen. Und weit und breit ist niemand zu sehen. Gib doch zu, du willst mich nur loswerden«, scherzte Francisco, als sie sich voneinander lösten. »Aber gemeinsam ins Dorf gehen können wir schon, oder?«

Carla schüttelte den Kopf.

»Es ist wirklich niemand zu sehen.«

»Trotzdem sollten wir nichts riskieren. Das weißt du.« Sie küsste ihn zum Abschied. Trotz des Glücksgefühls war sie betrübt, denn diese heimlichen Treffen nagten täglich mehr an ihrem Gewissen.

Auf dem Heimweg zeichnete sie in Gedanken bereits die ersten Nähte. Im Dorf besorgte sie sich Papier, um ihre Skizzen auszuarbeiten. Gleich nach dem Abendbrot würde sie auf ihr Zimmer gehen. Sie könnte Unwohlsein vortäuschen, um unliebsamen Fragen aus dem Weg zu gehen.

Ihr Plan ging auf. Nach dem Abwasch verabschiedete sich Carla wegen Kopfschmerzen auf ihr Zimmer. Mutter wünschte ihr gute Besserung, und Vater brummte irgendwas Unverständliches.

Ein schlechtes Gewissen hatte sie nicht. Die Ernte war abgeholt, es begann die ruhigere Zeit im Haus.

Sie saß auf ihrem Bett und skizzierte unermüdlich. Ziernaht um Ziernaht entwarf sie, manches Blatt riss sie heraus, weil der Entwurf misslungen war und nicht das zeigte, was sie in ihrem Kopf deutlich vor sich sah.

Es dämmerte bereits, als sie mit ihren Skizzen fertig war. An Schlaf war nicht mehr zu denken. Es war Zeit, das Frühstück vorzubereiten.

Noch nie hatte sich Carla so sehr beeilt, aus dem Haus zu kommen.

Mit pochendem Herzen ging sie über den Fabrikhof und lief Dolores in die Arme. »Was suchst du noch hier?«

»Termin beim Chef.«

Dolores presste die Lippen aufeinander. »Hast ihm wieder schöne Augen gemacht?«

Ohne sie weiter zu beachten, stolzierte Carla hocherhobenen Hauptes an diesem missgünstigen Miststück vorbei und betrat Isidoros Vorzimmer.

»Bon dia.« Dieses Mal lächelte sie der Sekretärin zu.

»Viel Glück.« Sie stand auf, klopfte an Isidoros Tür. »Carla ist da.«

»Na, da bin ich mal gespannt«, begrüßte Isidoro sie, blieb aber sitzen.

Carla presste den Zeichenblock an sich. Alles hing jetzt von den nächsten Minuten ab.

Ihre Hand zitterte, als sie Isidoro die Zeichnungen reichte.

»Nervös?« Isidoro lachte. »Unsere Vereinbarung gilt doch noch?«

»Natürlich. Ich halte mein Wort.« Carla setzte sich auf den Stuhl auf der anderen Seite des Schreibtisches, krallte ihre Finger um die Lehnen. »Ich hoffe, das gilt auch für dich.«

»Selbstverständlich.« Er blätterte das Deckblatt des Blocks um. Besah sich die erste Zeichnung. Ein weiteres Blatt.

Carla hielt es fast nicht auf dem Stuhl. Angespannt suchte sie nach einer Reaktion in Isidoros Gesicht. Nichts verriet, was er dachte.

Er blätterte zur vierten Zeichnung. »Carla, du überraschst mich ernsthaft. Ich muss gestehen, damit habe ich nicht gerechnet. Du hast echtes Talent.«

Carla spürte den Puls an ihrer Schläfe pochen. Hatte er das wirklich gesagt?

»Lediglich einige Kleinigkeiten würde ich ändern«, er sah sie mit einem warmen Blick an, »also, wenn du möchtest.«

»Das ... das heißt ...« Carlas Zunge klebte förmlich am Gaumen fest, so trocken war ihr Mund.

»Ja«, Isidoro stand auf und zog sie vom Stuhl hoch, »ja, es heißt, ich halte mich an unsere Vereinbarung, und du wirst ab sofort die neuen Designs entwerfen.«

Seine Umarmung kam plötzlich, doch Carla ließ sie zu. Zu sehr sprühte sie vor Freude.

Isidoro ließ sie los, ging zur Tür und orderte bei der Sekretärin Wasser und Kaffee.

Über eine Stunde besprachen sie die Entwürfe. Die von Isidoro geäußerten Kritikpunkte leuchteten Carla ein, und innerhalb weniger Minuten hatte sie die Entwürfe angepasst.

Keine Sekunde verschwendete sie einen Gedanken an Isidoros Avancen. Er gab ihr allerdings auch keinen Grund dazu, denn auch er ging vollkommen in dem Thema auf, behandelte sie ebenbürtig und voller Konzentration auf seinen Betrieb und die Absatzmöglichkeiten.

»Du hast ein großartiges Auge«, lobte er. »Wenn jemand das hinter dir vermutet hätte, wärst du nie in der Nähstube gelandet.«

Selbst bei der Verabschiedung beließ er es bei zwei zurückhaltenden Wangenküssen, die keine Anzüglichkeit vermuten ließen. Sollte die Lösung zwischen ihnen so einfach sein? Alles nur auf den Betrieb und sein Wachstum konzentrieren? Zumindest, solange Carla Entwürfe lieferte, die auch umgesetzt wurden und sich gut verkauften, glaubte sie sich vor seinem weiteren Werben sicher.

Wie zuvor arbeitete Carla zu Hause in ihrem Schlafzimmer, was für sie sehr ungewohnt war. Nie hätte sie gedacht, so viel Freude beim Zeichnen zu empfinden, und oft vergaß sie darüber die Zeit. Carlas Magen knurrte laut.

Der Duft von gebratenem Spanferkel zog durch das Haus, und ihr lief bereits das Wasser im Munde zusammen. »Was für ein Festessen«, rief sie aus, als sie die Küche betrat.

»Und, wenn du mir jetzt noch hilfst, die Mandeln zu mahlen, gibt es sogar einen Kuchen zum Nachtisch.« Ihre Mutter zwinkerte ihr zu. Sie drückte ihr eine Schale und die kleine Mühle in die Hand.

Wie hatte sich Carla auf diesen Moment gefreut, endlich das Rezept zu erfahren, doch ihre Arbeit war noch nicht beendet. »Aber Mamá, eigentlich muss ich noch an den neuen Entwürfen arbeiten. Isidoro möchte sie gleich nach den Feiertagen mit mir besprechen.«

»Papperlapapp. Heute ist Heiligabend, und da wird nicht gearbeitet.« Mutter rührte das Eiweiß mit dem Schneebesen schaumig.

Mutter hatte recht. Familie war wichtig. Carla nahm die Handmühle und füllte die Mandeln hinein.

»Das gefällt mir. Frauen bei der Arbeit«, sagte Leo, als er die Küche betrat. Er stibitzte eine Mandel und schob sie sich in den Mund.

Carla überlegte, woran es liegen konnte, Leo bei dermaßen guter Laune zu sehen. Es war auffällig, wie wenig griesgrämig er in letzter Zeit war. Nicht, dass er viel zu Hause gewesen wäre. Das nicht, aber wenn er sich mal sehen ließ, strahlte er geradezu. Entweder Leo war verliebt, oder es lag an Weihnachten und der festlichen Stimmung, die offenbar selbst ihn versöhnlich stimmte. Carla glaubte jedoch eher, dass eine Frau dahintersteckte. Aber im Grunde war es ihr einerlei. Hauptsache, er bewahrte seine gute Laune.

»Du kommst gerade recht. Hier.« Mutter drückte Leo zwei Granatäpfel in die Hand. »Kerne rausholen und so viel Saft wie möglich aus dem Fruchtteil pressen.«

»Ist das nicht Frauenarbeit?« Leo setzte sich zu Carla an den Tisch.

»Es wird dir schon nicht schaden. Und es erfährt ja keiner.« Sie gab ihm einen Klaps auf die Schulter.

Selbst da leistete Leo keinen Widerstand und machte sich ohne Murren an die Arbeit. Mit etwas Glück würde seine gelöste Stimmung den Abend über anhalten.

Eine Stunde später saßen sie vor den Resten, und Carla wünschte, Francisco hätte mit ihrer ganzen Familie am Tisch sitzen können. Doch das würde vorerst ein unerfüllbarer Traum bleiben.

Die Augen ihres Vaters leuchteten. Er musste sehr stolz sein, nach der harten Zeit der Familie ein solches Weihnachtsessen spendieren zu können. »María, die Kruste war ein Traum«, schwärmte Vater.

Leo leckte sich die Finger ab, nachdem er damit über den Teller gefahren war. »Und die Soße erst!«, schwärmte er und grinste. »Ohne mein Zutun ...«

»Jaja, ohne Mutters Aufforderung wärst du gar nicht auf die Idee gekommen zu helfen«, neckte ihn Carla.

Leo konnte so amüsant und lustig sein, wenn er gelöster Stimmung war. Carla hatte diesen liebenswerten Charakterzug schon beinahe vergessen.

Mutter stand auf und räumte die Teller ab. »Bringst du den Mandelkuchen, Carla?«

»Und zur Feier des Tages gibt es einen Cava dazu«, erklärte Vater und holte die Flasche.

Kurz zuckte Carla zusammen, weil sie fürchtete, Leo würde die Erwähnung des Sekts nutzen, um wieder wegen ihres Ausbruchs an Isidoros Firmenfeier zu stänkern. Doch Leo drehte nur sein Glas in der Hand.

Der Korken knallte, und Vater füllte die Gläser. »Molts d'anys!«, rief er.

Leo stieß gegen die erhobenen Gläser. »Und uns allen ein frohes Fest!«

Wenn nun noch Antonia und Francisco hier gewesen wären, wäre es für Carla das perfekte Weihnachten gewesen.

Doch wie die Dinge im Moment lagen, vermischte sich der schöne Abend mit einer bitteren Note.

Carla wartete in ihrem Bett, bis alle schlafen gegangen waren und Stille im Haus herrschte. Sie zog das Paar Schuhe unter ihrem Bett hervor. Die letzten Nächte hatte sie neben den Zeichnungen damit zugebracht, sie fertigzustellen. Das Blut hatte sie mit einem Lederaufrauer vom Leder bekommen und die aufgeraute Stelle mit Schuhwichse wieder etwas geglättet. Wenn man nicht wusste, wo der Schuh beschädigt gewesen war, erkannte man es nicht.

Sie schlang sich ein Tuch um die Schultern und schlich auf Zehenspitzen aus dem Haus.

Die Kirchturmuhr schlug eins, als sie am Kirchplatz ankam. Sie fröstelte. Als sie Francisco erblickte, stürmte sie ihm entgegen. Er breitete seine Arme aus und umschlang sie.

»Bon Nadal.« Sie küsste ihn. Das Geschenk verbarg sie so gut wie möglich hinter ihrem Rücken.

»Dir auch ein frohes Fest«, wünschte Francisco. »Was versuchst du da zu verstecken?«

»Ich weiß, Geschenke bringen normalerweise die Reyes in der Nacht zum sechsten Januar, aber das ist ja wohl eher der Brauch für Kinder, die wir nicht mehr sind.« Zur Bestätigung gab sie ihm erneut einen Kuss, bevor sie ihm voller Stolz die Schuhe entgegenstreckte. »Die habe ich für dich gemacht.«

Francisco betrachtete die Schuhe und trat unschlüssig von einem Bein auf das andere.

»Ich dachte, du freust dich, dann denkst du bei jedem Schritt an mich.«

»Ach, Cariño, das mache ich sowieso ununterbrochen. So ein teures Geschenk kann ich aber nicht annehmen. Es beschämt mich, weil ich dir nicht das schenken kann, was du verdienst.«

»Dieses Jahr ich und nächstes Jahr du, wir sind doch wie dieses Paar Schuhe, der eine geht nicht ohne den anderen!« Sie konnte sein Ungemach nachvollziehen, doch musste er auch verstehen, dass sie nach all der Zeit eine Einheit bildeten, wenn sie das vor den anderen auch noch geheim halten mussten. Diese Schuhe waren für sie beide nur ein Symbol. Ein Symbol, dass sie zusammengehörten und nichts sie trennen konnte.

»Ich nehme sie gerne an, aber versprich mir eines«, bat Francisco.

Carla sah ihn aufmerksam an.

»Keine teuren Geschenke mehr.« Er nahm ihr die Schuhe ab und legte sie auf einen Mauervorsprung.

Carla kuschelte sich in seine Arme. Irgendwann würde diese heimliche Zeit vorübergehen.

Hinter der Mauer, die vom Kirchplatz zum Eingang der Kirche führte, bemerkte Carla einen Schatten. Trieb sich jemand zu dieser späten Stunde auf der Straße herum? Nicht auszudenken, wenn jemand ihrem Vater von den Treffen erzählen würde.

Francisco zog Carla zu sich. »Diese Straßenbeleuchtung sollte um die Uhrzeit besser ausgeschaltet sein.«

»Hast du jemanden gesehen?« Carla drückte sich noch dichter an ihn.

»Ich bin mir nicht sicher.« Er küsste sie auf das Haar und zog sie in eine Nische. »Ich danke dir, Cielo, einfach dafür, dass du bei mir bist.«

»Ich wünschte, wir könnten uns endlich offen miteinander zeigen.«

»Hab Geduld, ich bin ja mittlerweile die rechte Hand von Samuel. Er ist wirklich ein großartiger Chef. Irgendwann wird mich dein Vater akzeptieren. Und das muss er, sobald ich ihm einige meiner neuen Gehaltsnachweise vorlege. Dann sieht er, dass ich dich angemessen ernähren kann.«

25

Leo lauschte in die Dunkelheit. Alles war ruhig. So würde niemand bemerken, dass er kurz vor ein Uhr das Haus verlassen hatte. Er würde behaupten, im Morgengrauen nach Palma aufgebrochen zu sein. Doch zu dieser Zeit wollte er im Hafen von Palma eine Schiffslieferung löschen. Außerdem hatte er vor, Alba am nächsten Morgen mit dem Weihnachtsbonus zu frischen Churros mit Schokolade einzuladen.

Sein Herz schlug noch immer unverändert schneller, wenn er an Alba dachte. Es würde ihn einige Mühe und Anstrengung kosten, diese Frau ganz für sich zu gewinnen. Im Gegensatz zu seiner Familie war Albas vermögend, und das sah man Alba auch an. Sie kleidete sich nach der neuesten Mode, trug die hübschesten Hüte, und flanierte gerne durch die Stadt, während alle anderen arbeiteten. Dieses ausgesprochen attraktive Luxusgeschöpf musste man sich erst mal leisten können, denn sicher würden Albas Eltern bei einer Heirat erwarten, dass der Ehemann dann für ihre Wünsche aufkam. Als Lagerarbeiter hätte er keinen einfachen Stand, und sicher noch weniger als Aprikosenbauer. Ein Winzer mit eigenem Weingut, das war etwas anderes. Aber sein Vater hatte ihm da einen fetten Strich durch die Rechnung gemacht.

Leo blieb nichts anderes übrig, als neben den normalen täglichen Lagerarbeiten, für die Tomeu ihn angestellt hatte, auch weniger offizielle Tätigkeiten für seinen Chef zu übernehmen. Tagsüber ent- und belud er die Schiffe seines Arbeitgebers, bevor er mit seinen Kollegen die Waren im Handelslager sortierte. Tomeu zahlte dafür den üblichen Lohn. Doch richtig gut entlohnte er, wenn man auch in der Nacht am Hafen zur Verfügung stand. Die Arbeit war zwar nicht legal, aber mit dem Löschen von ein wenig Schmuggelware tat Leo niemandem weh. Das war ihm wichtig, denn schließlich war er ein Ehrenmann und kein Verbrecher! Und Leo scheute auch nächtliche Arbeit nicht, wenn er es seinen Eltern auch nicht erklären könnte. Noch einen Vorteil brachte die Arbeit mit sich. In einem Gebäude neben dem Lager stand ihm eine richtige Matratze zur Verfügung und ein kleines Bad, wo er mietfrei schlafen durfte.

Auf der anderen Seite des Dorfs wartete ein Pferd auf einer Koppel auf ihn. Mit etwas Glück traf er dort auch noch einen Arbeitskollegen, das würde ihm den Ritt in die Stadt weniger lang werden lassen. Zu dieser Zeit würde ihn niemand mehr sehen. Der Weg um das Dorf würde ihn die doppelte Zeit kosten. Obwohl er nicht in Eile war, kürzte er den Weg ab.

Geschickt die Schatten der Gebäude und Bäume ausnutzend, näherte er sich unbemerkt der Kirche. Plötzlich hörte er leise Stimmen. Wer konnte das sein?

Neugierig schlich Leo sich dichter heran. Für einen Moment traute er seinen Augen nicht. Seine kleine Schwester stand in einer Mauernische und poussierte mit einem Kerl herum! Im ersten Moment wollte Leo dazwischengehen, doch dann erkannte er den Mann. Francisco! Der Sohn des Mannes, der Vater niedergestochen und um ein Haar getötet hatte. Was dachte sich Carla nur dabei, sich mit diesem armen Wicht einzulassen? Verarmt, verhasst und keine Zukunft. Leo überlegte, was er nun tun sollte. Hier auf dem Kirchplatz konnte er nicht agieren. Man würde ihn entdecken, und das Gerede im Dorf, wenn herauskam, dass sich die beiden heimlich trafen, durfte er nicht riskieren. Das konnte er seinem Vater nicht antun. Schließlich kam ihm eine Idee.

26

Eine Stunde später schlich Carla in ihr Zimmer. Lautlos schloss sie die Tür und entzündete ein Streichholz. Die Flamme flackerte auf, und als sie ihren Bruder auf ihrem Bett sitzen sah, stieß sie einen spitzen Schrei aus. »Bist du verrückt geworden? Mich hier zu Tode zu erschrecken. Was sitzt du in meinem Zimmer im Dunkeln herum?«

»Du solltest eigentlich im Bett liegen.« Leo saß auf der Bettkante und starrte sie an. Eine Zornesfalte stand senkrecht auf seiner Stirn. »Wo kommst du her?«

»Das geht dich gar nichts an.« Carla entzündete die Kerze und blies das Streichholz aus.

»Ich habe euch gesehen.« Leo beugte sich vor. »Hast du gar keine Ehre im Leib?«

Carlas Magen zog sich zusammen. Beschämt sah sie zu Boden. Wie hatte sie nur glauben können, ihre Liebe zu Francisco verheimlichen zu können? Ein Dorf war eben eine sehr kleine Gemeinschaft. Was sollte sie Leo sagen? So wütend, wie er gerade schien, blieb ihr nichts als die Wahrheit.

»Man kann Liebe nicht steuern. Manchmal ist sie wie ein Segelschiff, das trotz aller Kunstfertigkeit des Kapitäns dem Wind gehorchen muss.«

»Was soll das romantische Geschwafel? Du verrätst unsere Familienehre. Unseren Vater«, zischte Leo, und seine Zornesfalte vertiefte sich noch weiter. In seinen Augen loderte die pure Wut. »Umgarne lieber Isidoro. Glaubst du, er lässt dich wegen deines Talents Entwürfe fertigen? Alle wissen, warum er das tut. Als seine Firma kürzlich das Fest gegeben hat, zu dem er uns alle großzügigerweise eingeladen hatte, konnte jeder sehen, wie er dich anhimmelt. Nur du willst es nicht sehen. Vater hat sich lange mit ihm unterhalten und ist voller Vorfreude, ihn als Schwiegersohn in der Familie begrüßen zu können. Er ist ein toller Mann. Erfolgreich, Fabrikbesitzer. Wach auf, und hör auf zu träumen.«

»Leo, du verstehst das nicht. Bitte, verrate uns nicht.« Carla setzte sich zu ihm und sah ihm fest in die Augen. »Niemand kann mich in die Arme eines Mannes zwingen, den ich nicht liebe. Nur weil ein Mann reich ist, heißt es doch nicht, dass er eine Frau auch glücklich macht. Oder willst du mich unglücklich sehen?«

»Was weißt du schon über die Liebe?«

Carla stand auf. »Ach, aber du, oder was? Treibst dich wahrscheinlich in den übelsten Hafenspelunken herum, wo die Frauen schon lange keine Ehre mehr haben.«

»Da siehst du, zu welch primitiven Äußerungen dieser Kerl dich bringt. Wo ist deine Erziehung geblieben?«

Carla stemmte die Hände in die Hüften. »Du, du bist es, der mich dazu bringt. Du bist der immer nörgelnde und nie zufriedene Quertreiber in unserer Familie. Welche Unterstützung kommt denn von dir? Soll ich irgendeinen reichen Kerl heiraten, damit du von dessen Geld dein Lotterleben finanzieren kannst?« Carla erschrak über sich selbst, doch all die aufgestauten Gefühle gegenüber dem Verhalten ihres Bruders drängten aus ihr heraus.

Leo zeigte mit dem Finger auf sie. »Über den Jahreswechsel möchte ich die Eltern nicht damit belasten. Aber«, er holte Luft, »du wirst diese Liaison beenden. Sofort. Tust du es nicht ...«, er zuckte mit den Schultern und schüttelte den Kopf, »werden sie dir das nie verzeihen. Deine Entscheidung. Die Familie oder dieser Mann!« Er stand auf, ging zur Tür und legte die Hand auf den Griff. »Wenn du Isidoro ehelichst, könntest du unsere Eltern unterstützen und so einmal auch Mutter Danke sagen, dass sie sich in der Wäscherei für dich krumm arbeitet.« Ohne Abschiedsgruß verließ er das Zimmer und ließ Carla allein.

Sie sank auf ihr Bett. Was sollte sie nun tun?

Wollte Leo sie tatsächlich verschachern, wie sie es ihm an den Kopf geworfen hatte, damit er sich ein bequemes Leben machen konnte? Damit er tun konnte, was immer er wollte? Hoffte er sogar, durch Isidoro wieder Weinbauer werden zu können?

In ihrem Kopf schwirrten unzählige Fragen.

Würde Leo es nach den Feiertagen ihrem Vater sagen? Er würde sie verstoßen. Und was sollte dann werden?

Carla weinte in ihr Kissen. Ihr Dilemma wurde von Tag zu Tag größer statt kleiner. Sie wünschte, Antonia wäre an ihrer Seite und hätte einen Rat für sie.

27

Kuba, Spätsommer 1920

Auf ihrem Weg zum Haus der Guerreras ließ sich Antonia das Gespräch mit Magdalena durch den Kopf gehen. Federico brachte sie immer noch durcheinander, aber sie ließ nicht zu, dass er ihr näherkam.

Dennoch entlockte der Gedanke an ihn Antonia ein Lächeln. Anständig, wie er war, hatte er sehr lange gewartet, bevor er sie zu einem gemeinsamen Spaziergang überreden wollte.

Antonia hatte abgelehnt. Sie las immer noch den Fabrikarbeitern vor und lebte in der bescheidenen kleinen Wohnung.

Allein.

Weshalb sollte solch ein Mann um sie werben? Das konnte nicht mehr als ein Zeitvertreib für ihn sein. Er, der gut aussehende und erfolgreiche Tabakbaron. Einer der beliebtesten Junggesellen von Havanna. Was konnte er von einer Vorleserin schon wollen, außer, dass sie mit ihm das Bett teilte?

So blockte Antonia jede Annäherung ab. Federico war hartnäckig in seinen Avancen, sie war es nicht weniger in ihrer Ablehnung.

Er brachte ihr Herz zum Flattern, doch das hatte ihr bei Mateo auch kein Glück gebracht. Sie wollte nicht als Mätresse eines wohlhabenden Mannes enden, wie so viele Witwen auf dieser Insel.

Wer heiratete schon mit lauteren Absichten eine junge und mittellose Witwe?

Und was sollte sie von einem Mann halten, der einer verheirateten Frau gegenüber sein Interesse bekundete? Denn das hatte Federico seit ihrer ersten Begegnung getan. Immer etwas versteckt, aber dennoch so, dass in Antonias Innerem alles in Aufruhr geraten war. Er hatte sie befördert, sie unterstützt, und manchmal war es ihr vorgekommen, als erwartete er dafür eine Gegenleistung. Niemals hätte sie ihren Ehemann betrogen, egal, wie schlimm ihr Leben mit ihm geworden war.

Antonia erinnerte sich an Fernandas geflüsterte Worte, als sie vor ihrem toten Mann gestanden hatten: »Nun bist du endlich frei.«

Seitdem fühlte sich Antonia wie von einer schweren Last befreit. Auf das Gesetz zur Scheidung hatte sie nicht mehr warten müssen, das Schicksal hatte anders entschieden und ihr diese Schmach erspart.

All das ließ sie ihre Eltern nicht wissen. Sie hätten sich mit Recht um sie gesorgt – wusste sie doch selbst nicht so genau, was sie in diesem Land anfangen sollte.

Antonia betrat das Haus der Guerreras, als das Hausmädchen es gerade für ein paar Besorgungen verließ. »Sie finden Fernanda in der Bibliothek.«

»Das trifft sich gut, ich bringe ihr einige Bücher zurück.« Sie ging durch die Eingangshalle und bewunderte erneut den wundervoll bepflanzten Innenhof.

Sie blickte in den Mangobaum. Er trug noch keine Früchte. Die großen Blätter beschatteten den Innenhof.

Sie hörte Fernandas Stimme und überlegte, ob sie telefonierte. Oftmals rief Enrique an, und Antonia wollte ihr Liebesgeflüster nicht stören.

Vor der angelehnten Tür blieb sie stehen und versuchte herauszufinden, ob sie eintreten oder besser im Hof auf einer Bank auf Fernanda warten sollte.

Als sie ihren Namen hörte, verharrte sie augenblicklich und lauschte.

»Ich halte das nicht mehr aus. Sag, was kann ich noch tun?« Das war Federicos Stimme.

»Antonia ist vorsichtig. Kannst du ihr das nach dem Drama mit ihrem ersten Mann verdenken?«, war Fernanda zu hören.

Antonia hörte Federico aufschnaufen. »Man könnte glauben, ich wäre der größte Gigolo aller Zeiten!«

Fernanda kicherte. »Ausgerechnet du! Seit du Antonia kennst, redest du von keiner anderen Frau mehr.«

»Dann hilf mir, endlich an sie heranzukommen. Immer weicht sie mir aus.« Eine kleine Pause entstand. Antonia fürchtete schon, sie würde nun als Lauscherin entdeckt werden. Doch dann sprach Federico weiter. »Sie ist die schönste Frau, die ich jemals gesehen habe. Dieses tiefschwarze Haar, die helle Haut und diese sanften, intelligenten Augen. Zudem ist sie genau die Art von Frau, die ich mir an meiner Seite wünsche.«

Antonia traute ihren Ohren kaum. Konnte es wahr sein? Hatte Federico tatsächlich ernsthaftes Interesse an ihr? Ihr Herz klopfte so heftig, dass sie glaubte, die beiden würden es bis in die Bibliothek hören können.

»Ja, ich beneide Antonia. Und ich liebe sie dafür, dass sie kein bisschen stolz wegen ihres Aussehens ist. Vermutlich weiß sie gar nicht, wie sie auf Menschen wirkt.«

»Eben, meine liebe Schwester, genau das macht sie so anziehend.« Ein dumpfes Geräusch erklang, als hätte er mit der flachen Hand auf den Sekretär geschlagen. »Und wenn ich ihr einfach einen Antrag mache?«

»Mach dich nicht lächerlich!«

»Vielleicht würde es ihr zeigen, wie ernst es mir mit ihr ist.«

Antonias Wangen glühten. Federicos Worte rührten ihr Herz, und sie gab ihrem Impuls nach, nicht länger heimlich vor der Tür zu stehen. Sie schlich einige Schritte zurück und fasste sich ein Herz: »Fernanda? Wo bist du?«

»Oh, Antonia!« Die Tür zur Bibliothek schwang auf. »Wie schön dich zu sehen! Wir haben eben von dir gesprochen.« Fernanda küsste sie auf die Wange.

Antonia brachte kein Wort hervor.

Federico starrte sie einen Moment an, dann räusperte er sich. »Ja, ich wollte dir eben eine Nachricht schicken lassen und anfragen, ob du an diesem herrlichen Tag nicht mit mir zu Abend essen möchtest.«

Nach den belauschten Worten fiel es Antonia leicht, Vertrauen zu fassen. Dennoch blickte sie zu Boden.

»Bitte, lehne nicht ab.«

Sie schluckte ihren Argwohn hinunter. Es ging nur um ein Abendessen. Dennoch klangen ihr noch Magdalenas Worte im Ohr: Er macht dir schöne Augen, aber er wird dich nicht heiraten.

Was, wenn er es wirklich ehrlich meinte, wie sie aus seinen belauschten Worten entnommen hatte, und Magdalena sich irrte? Alles deutete darauf hin, dass er ihr einen Antrag machen wollte.

Das würde sie nur herausfinden, wenn sie diese Einladung nicht ausschlug. »Gerne.«

»Gerne?« Federico sah überrascht auf.

»Ja, gerne.«

Federico eilte auf sie zu, nahm ihre Hände in die seinen und strahlte sie an. »Dann hole ich dich um acht Uhr ab?«

Antonia lächelte und neigte zustimmend den Kopf.

»Ich muss nun in die Fabrik. Aber ich werde pünktlich sein.« Federico verließ die Bibliothek, und Fernanda strahlte Antonia an.

»Das wurde Zeit. Es war kaum noch mit anzusehen, wie ihr umeinander geschlichen seid.« Fernanda zwinkerte ihr zu.

»Ich dachte, dein Bruder will nur freundlich sein.«

»Er liebt dich schon lange, hat es aber nicht gewagt, dich zu bedrängen.« Fernanda nahm ihr die beiden Bücher ab. »Möchtest du andere mitnehmen?«

»Danke«. Sie lenkten ihr Gespräch auf die Bücher der vierten Serie von Benito Pérez Galdós. Antonia hatte bis auf die letzten beiden Romane und die fünfte und letzte Serie schon alle gelesen. Sie verehrte diesen spanischen Schriftsteller, der es vermochte, die politischen Gegebenheiten gewandt mit dem realistischen Alltag seiner Figuren zu verknüpfen.

Kurz vor sieben Uhr abends brach Antonia mit zwei weiteren Romanen auf. Sie küssten sich zum Abschied. »Mach es ihm nicht so schwer, ja?«

Antonia lächelte und schwieg. Sie wollte vorerst einfach nur dieses gemeinsame Essen genießen.

In ihrer Wohnung kleidete und frisierte sie sich sorgfältig. Vor Aufregung zitterten ihre Hände.

In wenigen Minuten würde Federico sie abholen. Ihre Finger fühlten sich kalt an. Sie schlüpfte in die weißen Handschuhe, die gerade so in Mode waren. Fernanda hatte ihr ein Paar geschenkt. Antonia hoffte, dass die Handschuhe das leichte Zittern verbergen würden. Das erste Mal seit ihrer Ankunft keimte Hoffnung in ihr auf. Vielleicht würde sich alles zum Guten wenden.

Sie blickte in den Spiegel. Ihre Augen leuchteten, und ihre Wangen glühten. Sofort bekam sie ein schlechtes Gewissen. Durfte sie sich auf eine Verabredung freuen, wo sie vor dem Besuch bei den Guerreras noch vor dem Grab ihres verstorbenen Mannes gestanden hatte?

Mateo war nun fast drei Jahre tot, doch aufrichtige Trauer empfand sie kaum. Im Grunde hatte er sie seit ihrer Ankunft auf Kuba Schritt für Schritt verlassen. Egal, was er angefasst hatte, es war zum Scheitern verurteilt gewesen. Dennoch fiel es ihr schwer, auf Federicos Werben einzugehen. Zu groß war ihre Angst vor einer weiteren falschen Entscheidung. Mateo zu heiraten war aus Liebe geschehen, und wohin hatte es geführt?

Und nun saß sie vor dem Spiegel und zog sich die Lippen nach.

Als es an der Tür klopfte, zuckte Antonia zusammen. Sie war vollkommen aufgewühlt. Freudige Erregung ließ ihre Nerven vibrieren. Hätte sie das Gespräch nicht belauscht, wäre es nie zu dieser Verabredung gekommen.

Sie öffnete die Tür. Federico hielt ihr einen Strauß roter Rosen entgegen und strahlte sie an. »Rosen?« Antonia senkte ihren Kopf und roch an den zarten Blumen. Sie dufteten herrlich. Ein Duft, den sie schon lange nicht mehr vernommen hatte. Süß und verheißungsvoll. »Wie?«

Offenbar verstand Federico sie auch ohne Worte. »So macht man das doch in Europa. Ich kenne da einen begnadeten Rosenzüchter.«

»Du hättest sie am Strauch lassen sollen.« Antonia wusste um den Brauch, obwohl er auf Mallorca nicht üblich war. Man reichte Schnittblumen nur für die letzte Reise in den betuchten Familien. Oder, wenn man das Geld dafür aufbrachte, auch zu Hochzeiten als Brautstrauß, wenngleich auch Wiesenblumen öfter in einen Kranz gebunden wurden.

Das würde sie Federico jedoch nicht sagen, er wäre entsetzt und sicherlich auch enttäuscht.

»Besondere Blumen für eine besondere Frau«, widersprach Federico. »Oft werde ich dir solche Blumen nicht schenken können.«

»Das ist auch nicht nötig.« Antonia trat beiseite und suchte nach einem Gefäß für den Strauß. Eine richtige Blumenvase hatte sie nicht. Eine Wasserkaraffe musste genügen.

»Heute schon«, verkündete Federico. »Darf ich fragen, warum du deine Meinung geändert hast?«

»Habe ich das?« Antonia lächelte provokant. Niemals würde er erfahren, was sie zuvor alles über ihn gedacht hatte.

»Ja. Denn du gehst mit mir aus.«

»Auch ich muss essen«, erklärte Antonia und roch nochmals an den Blumen. »Sie duften herrlich. Vielen Dank.«

Federicos Blick ruhte auf ihr. Die spärliche und billige Einrichtung schien ihn gar nicht zu interessieren. Sie hatte sich ganz umsonst Sorgen gemacht.

»Bist du so weit?« Galant reichte er ihr den Arm. Antonia hängte sich ein. Beim Hinausgehen griff sie noch nach ihrer Handtasche und schloss die Tür.

»Wohin gehen wir?«

»Ins El Patio«, sagte er. »Du wirst davon gehört haben.«

»In der Zeitung stand, es sei eines der besten Lokale der Stadt. Du musst mich nicht so teuer ausführen.« Antonia fühlte sich nicht recht wohl. Ihre Kleidung war zwar ordentlich, reichte aber nicht an die Roben der High Society heran.

»Doch. Ich will mit dir angeben!«, zerstreute Federico ihre Zweifel. »Wer weiß, wie oft du mir die Gelegenheit geben wirst.«

Eine Pferdekutsche wartete vor dem Haus. Er half ihr hinauf und setzte sich neben sie. »Bereit für eine kleine Ausfahrt über den Malecón?«

Er schien es wirklich ernst zu meinen. An der pompösen Küstenstraße zeigte sich jeder, der gesehen werden wollte. Antonia tat ihm den Gefallen.

Beim Blick auf das offene Meer und die im Hintergrund aufragende Befestigungsanlage entspannte sie sich zunehmend. Federico plauderte und wies auf dieses und jenes imposante Gebäude, in dem Freunde von ihm wohnten. »Bald wirst du sie alle kennenlernen.«

Antonia presste die Lippen zusammen. Doch ein Blick in Federicos offenes Gesicht zerstreute die aufkeimenden Zweifel. Besser, sie gewöhnte sich daran, dass sie sich gründlich in diesem Mann getäuscht hatte. Er war so zuvorkommend und freundlich. Nichts an ihm wirkte falsch oder berechnend. Auch von seinen Angestellten oder Arbeitern hatte sie noch nie ein böses Wort über ihn gehört.

»Bist du auch hungrig?«, fragte er nach einer Stunde. Die Sonne versank gerade am Horizont.

»Sehr«, stimmte sie ihm zu.

Er gab dem Kutschfahrer Anweisungen, und Antonia genoss die Fahrt in vollen Zügen. Das Leben war so viel einfacher, wenn man sich nicht um Geld sorgen musste. Zu Fuß wäre die Strecke kaum zu schaffen gewesen.

Im Restaurant geleitete sie ein livrierter Kellner zu einem reservierten Tisch im Innenhof. Überall wuchsen exotische Pflanzen in die Höhe. Eine Palme thronte in der Mitte des Patios, ein üppig blühender Flammenbaum spannte ein rotes Blütenzelt über sie.

»Gibt es etwas, das du nicht magst?«, fragte Federico, bevor sich der Kellner anschickte, die Tagesspeisen zu empfehlen.

Antonia schüttelte den Kopf. »Ich überlasse dir gerne die Auswahl.«

Federico lächelte. »Dann kannst du mir die Schuld geben, richtig?«

So hatte sie das nicht gemeint. Entsetzt sah sie ihn an, doch er lachte nur.

Er bestellte Gemüsesuppe, kreolische Fleischgerichte und zum Nachtisch Bananen mit Schokoladenguss. Antonia lief augenblicklich das Wasser im Mund zusammen. Schokolade? Welch ein Luxus!

Dazu orderte er eine Flasche kalifornischen Rotwein.

Der Kellner dekantierte den Wein und schenkte Federico ein, um zu kosten. Er reichte ihr das Glas und lächelte. »Sie ist der Fachmann, wenn es um Wein geht.«

Antonia spürte, wie Röte ihr Gesicht überzog, nahm aber trotzdem das angebotene Weinglas. Sie schwenkte es ein wenig, führte den Kelch zur Nase und schnupperte. Fruchtig, mit einem leichten Eichengeruch. Es roch nach Heimat, auch wenn er aus Amerika stammte. Wehmütig nippte sie daran. Die vollmundige Flüssigkeit entfaltete ein wundervolles Aroma in ihrem Mund, und sie lächelte. »Er ist gut. Wirklich gut.«

Der Kellner beobachtete sie, ohne eine Reaktion zu zeigen. Erst als Federico zustimmte, schenkte der Kellner die Gläser voll.

Federico kostete und grunzte leicht. »Ich bin ein Banause, was Wein anbelangt. Aber ja, er schmeckt mir.«

Während des Essens fragte Federico sie nach ihrer Heimat, und Antonia erzählte bereitwillig von ihrem Zuhause. »Meine Eltern fehlen mir sehr.«

»Ich hätte sie gerne kennengelernt«, wandte Federico ein. »So, wie du erzählst, müssen sie wundervolle Menschen sein und das Herz am rechten Fleck tragen.«

Antonia genoss die fremden Speisen. Die exotischen Gewürze verliehen ihnen einen ganz eigenen Geschmack. Und als der Nachtisch serviert wurde, leckte sie sich die Schokolade genießerisch von den Lippen, bis es ihr auffiel und sie beschämt auf den Tisch blickte.

Nachdem Federico bezahlt hatte, sah er sie auffordernd an. »Noch ein kleiner Spaziergang?«

Antonia sagte begeistert zu. Der Abend war wunderschön gewesen. Der schönste in ihrem bisherigen Leben.

Ihren Arm eingehängt in seinen, schlenderten sie durch die nächtlichen Straßen von Havanna. Zum ersten Mal fühlte sie sich wirklich wohl auf dieser Insel. Ehe sie sich's versah, standen sie vor ihrem Wohnhaus.

Federico blickte ihr tief in die Augen. Etwas in seinem Blick hatte sich verändert. Er wirkte angespannt, ja, geradezu nervös. Wollte er sie nun küssen? Würde sie ihn gewähren lassen? Mitten auf der verlassenen Straße?

»Ich ... ähm.« Er räusperte sich. »Darf ich dich etwas fragen?«

Schweigend sah sie ihm ins Gesicht.

»Der Abend war schön, oder?«

»Ja, das war er«, stimmte sie ihm zu.

»Wir könnten ... ach was.« Er schüttelte unwirsch den Kopf. »Antonia ... du bist die schönste und interessanteste Frau, die ich jemals getroffen habe. Ich habe mich vom ersten Moment an in dich verliebt.« Er sank auf die Knie und nestelte in seiner Hosentasche, bis er einen Ring in Händen hielt. »Würdest du mir die Ehre erweisen, mich zu heiraten?«

Aus einem Impuls heraus und ohne nachzudenken, rief sie: »Ja, ich würde sehr gerne deine Frau werden.«

Federico steckte ihr den Ring an den Finger. Er passte, als ob er nur für sie gefertigt worden wäre. Dann sprang Federico auf die Beine. »Damit machst du mich zum glücklichsten Menschen der Welt!«

Stürmisch zog er sie in seine Arme und drückte sie an sich. Antonia spürte die Wärme seines Leibes und die Kraft, die in ihm wohnte. Er schob sie sacht von sich, sah ihr tief in die Augen und legte seine Lippen sanft auf die ihren.

Der Kuss ließ kleine Stromstöße durch ihren Körper fahren. Federicos Kuss wischte die letzten Zweifel aus ihren Gedanken. Er war der richtige Mann für sie. Ihr Herz und ihre Seele fühlten sich leicht an, geradezu unbeschwert, und das Flattern in ihrem Bauch zeigte ihr, wie sich echte Liebe anfühlen konnte. Eine Empfindung, die sie so bei Mateo nie gespürt hatte. Nicht mal in den wenigen guten Zeiten, die sie erlebt hatten.

Federico löste sich von ihr. »Entschuldigung. Ich wollte nicht unziemlich werden. Aber ich habe diesen Kuss so lange herbeigesehnt, dass ich nicht widerstehen konnte.«

Antonia rückte mit glühenden Wagen von ihm ab und lächelte. »Schon gut. Ich habe ihn mir nicht weniger gewünscht.«

Er schenkte ihr ein glückliches Lächeln. »Darf ich dich morgen wieder ausführen? Besser noch, du kommst zu uns zum Essen, damit ich mit dir angeben kann.«

Sie vereinbarten ein Essen in Federicos Haus. Antonia war überzeugt davon, dass sich seine Familie über ihre Verlobung freuen würde.

Mit einem weiteren Kuss verabschiedeten sie sich voneinander. Antonia betrat den kleinen Flur, der zu ihrer Wohnung führte. Überglücklich ging sie die Treppenstufen nach oben, als ihre Nachbarin den Kopf aus der Tür steckte. »Ach, da bist du ja endlich!« Sie verschwand wieder in ihrer Wohnung und tauchte wenige Sekunden später wieder auf. »Post aus der alten Heimat.« Sie wedelte mit einem Briefumschlag vor ihrer Nase herum. »Hoffentlich gute Nachrichten!«

»Magdalena!«, rief Antonia aus. »Ich werde heiraten!«

»Ist nicht wahr!« Magdalena strahlte sie an. »Ich fasse es nicht! Der junge Guerrera?« Augenblicklich wich Magdalena vor ihr zurück. »Gratuliere.« Und trotz ihrer Worte wirkte sie bedrückt.

»Was hast du denn?« Antonia wunderte sich über die Reaktion von Magdalena.

»Tut mir leid«, murmelte sie und rang sich ein Lächeln ab. »Es ist nur ... mir werden unsere gemeinsamen Abende fehlen.«

»Die müssen doch deshalb nicht vorbei sein«, widersprach Antonia.

»Du musst dich in Acht nehmen. Es wird sich nicht jeder über diese Hochzeit freuen«, prophezeite Magdalena. »Ein armes Mädchen heiratet einen der beliebtesten Junggesellen. Das ist noch selten gut ausgegangen.«

Antonia sah Magdalena nachdenklich an. »Die Leute werden sich daran gewöhnen müssen.«

»Die High Society von Havanna gewöhnt sich nicht an den Pöbel. Und das sind wir in deren Augen. Arbeiterinnen, die sie ausbeuten und auf die sie herabschauen können.« Magdalena rieb sich über das Kinn. »Aber vielleicht hast du auch Glück, und sie akzeptieren dich bald. Leicht wird es sicherlich nicht werden.«

An die Schwierigkeiten, die eine solche Verbindung für sie bedeuten könnte, hatte Antonia noch gar nicht gedacht. Bisher waren ihr die Menschen hier freundlich gegenübergetreten. Die meisten zumindest. Sollte sich das wirklich ändern?

»Kommst du noch auf ein Glas Rum herein?« Magdalena öffnete die Tür noch weiter, um ihr Platz zu machen.

»Du weißt doch, ich mag Rum nicht sonderlich. Auch wenn es euer Nationalgetränk ist.« Antonia hielt den Brief hoch. »Aber morgen komme ich bestimmt nach der Arbeit auf einen Kaffee bei dir vorbei.«

Magdalena seufzte. »Versprochen?«

»Versprochen.« Sie winkte Magdalena zu, bevor sie ihre Tür aufschloss und leise ins Schloss fallen ließ.

Antonia legte ihren Mantel ab, machte Licht und setzte sich an den Küchentisch. Mit einem Messer schlitzte sie den Brief auf. Schon an der Schrift erkannte sie, dass er von ihrer Schwester Carla war. Das Herz wurde ihr schwer, denn wenn ihre Schwester schrieb, konnte das nur ein Unglück bedeuten.

Der Brief war auf den 1. Juni 1920 datiert. Er war also mehr als drei Monate zu ihr unterwegs gewesen.

Meine geliebte Schwester,

du fehlst mir so sehr. Ich hoffe, dir geht es gut, und du hast dich gut eingefunden in dein neues Leben. Trotzdem wünschte ich, du wärst hier bei mir. Ach, wie sehr könnte ich doch deinen Rat brauchen. Du vielleicht auch den meinen?

Ich weiß schon, wir haben uns oft gestritten, aber damals waren wir noch Kinder. Heute sind wir beide erwachsene Frauen, und es ist schwer, einen guten Ratgeber zu finden. Unsere Mutter kann und will ich nicht damit belasten, und Vater, der würde es noch weniger verstehen.

Die Anspannung, die Antonia hatte schneller lesen lassen, fiel von ihr ab. Ihre Eltern lebten! Welch ein Glück! Sie nahm den Brief wieder auf und las weiter.

Es geht Vater momentan nicht gut. Er hat Schmerzen, und ich denke, es kommt von der Verletzung von damals. Zumindest reibt er sich oft über die Narbe, die er ausgerechnet dem Vater meines Geliebten zu verdanken hat.

Antonia schlug sich die Hand vor den Mund. Ihre Schwester hatte sich ausgerechnet in Francisco verliebt? Das würden ihre Eltern niemals gutheißen!

Ich sehe nun dein erschrockenes Gesicht vor mir. Wie kann man sich in den Sohn eines Mörders verlieben? In unserer

Familie nennt ihn jeder so, obwohl er Papá nicht getötet hat. Aber ist es nicht auch so, dass der Sohn nichts für die Schuld des Vaters kann? Francisco ist ein guter Mann. Er ist nicht so verbohrt wie sein Vater Jaume. Im Gegenteil: Er arbeitet sehr fleißig als Steinmetz und hat sein Auskommen.

Dennoch muss ich unsere Beziehung geheim halten. Leo ist dahintergekommen und hat gedroht, unsere Liebschaft zu verraten. Das wäre Vaters Ende. Ich weiß es, und es wäre meine Schuld. Seitdem Leo bei dieser Schiffshandelsgesellschaft arbeitet, kann er mir nicht mehr so viel hinterherspionieren, was es etwas leichter macht. Auch wenn Leo nun glaubt, ich hätte mit Francisco gebrochen, streiten wir viel. Er drängt Vater, wieder zum Weinanbau zurückzukehren, obwohl die letzten Ernten sehr gut waren. Die Aprikosen und Mandeln konnten wir gut verkaufen. Doch für Leo ist ein armer Weinbauer mehr wert als ein erfolgreicher Aprikosenzüchter. Und auch die jetzige Ernte wäre ertragreich gewesen, hätte nicht ein Sturm die reifen Aprikosen von den Bäumen geschüttelt. Die heftigen Regentropfen haben die Früchte förmlich gespalten. Für Leo war es ein Zeichen des Himmels, für Vater und Mutter ein Unglück, das Mutter nun wieder in die Wäscherei geschickt hat. Hoffentlich wird wenigstens die Mandelernte ertragreicher.

Das Geld reicht ohne die Ernte einfach nicht über den Winter. Da nützt mir auch meine neue Position in der Schuhfabrik nicht viel. Ja, ich wurde befördert und darf jetzt endlich Ziernähte für die Schuhe entwerfen. Nur manchmal noch muss ich die verhasste Nadel in die Hand nehmen, um eine entworfene Ziernaht auf einem neuen Modell vorzunähen. Mein Chef ist begeistert. Leider nicht nur von meinen Entwürfen. Er macht mir den Hof. Doch was soll ich nur tun? Leo spioniert mir hinterher, und das Risiko, dass mein Verhältnis mit Francisco unseren Vater ins Grab bringt, hat mich unbedacht handeln lassen. Ich gehe mit meinem Chef aus, und die Familie drängt mich nun, seinem Werben nachzugeben. Doch wie könnte ich nur? Ich liebe nur Francisco! Und daran kann kein Geld der Welt etwas ändern.

Nun weißt du, warum ich dringend deinen Rat brauche. Stoße ich Isidoro vor den Kopf, verliere ich meine Arbeit und auch meine Zukunft, doch auf ihn einlassen kann ich mich auch nicht, denn dann verliere ich Francisco, und ohne ihn kann und will ich nicht leben. Wenn Diego noch unter uns wäre, wäre alles besser. Er würde Vater viel mehr unterstützen als Leo, der nichts anderes als den Weinbau im Kopf hat. Er will nicht begreifen, dass die schönen Tage unserer Kindheit längst vergangen sind.

Es tut mir sehr leid, dich mit meinen Problemen zu belasten, und das auch noch in Liebesdingen. Ich hoffe, Mateos Verlust ist inzwischen erträglich für dich geworden. In deinen Briefen schreibst du nur von der Arbeit und es ist schwer, zwischen den Zeilen zu erkennen, wie es dir wirklich geht. Ich vermute, auch du willst unsere Eltern nicht mit Klagen belasten.

Kannst du mir einen Rat geben, wie ich aus dieser verfahrenen Situation herauskomme? Wie ich die richtigen Entscheidungen treffen kann?

Bei all den Heimlichkeiten komme ich mir wie eine Betrügerin vor, doch ich kann nicht anders.

Ich hoffe, dass die Zeiten sich hier wieder bessern, und natürlich wünsche ich mir für dich, dass du dein Glück in der Fremde findest. Schreibe mir, wie es dir ergeht. Ich kann deine

Geheimnisse für mich behalten. Schicke den Brief an Francis-
cos Adresse.
   Und wenn du einen Rat für mich weißt, wäre ich dir auf ewig
dankbar.
   Ich grüße dich in Liebe,
   deine Schwester Carla

Antonia ließ den Brief in den Schoß sinken. Ausgerechnet in Francisco hatte sich Carla verlieben müssen! Sie konnte die Not ihrer Schwester nachvollziehen. Hatte sie doch selbst während ihrer Ehe Gefühle für Federico entwickelt. Das Schicksal hatte für sie entschieden. Es hatte ihr Mateo genommen und Federico geschenkt. Doch was konnte sie ihrer Schwester raten? Im Grunde nur, dass die Zeit kommen würde, zu der sie die richtige Entscheidung treffen und ihr Glück finden würde. Konnte sie offen mit ihrer kleinen Schwester sprechen? Ihr die Geheimnisse anvertrauen, die sie ihren Eltern gegenüber verbarg? Vielleicht wäre es für Carla ein Trost, dass auch aus großem Unglück etwas Gutes entstehen könnte, wenn es das Schicksal gut meinte.

Ja, sie würde Carla schreiben, wie Mateo in Wirklichkeit gewesen war. Es würde ihrer Schwester Hoffnung schenken. Wenn sie bisher in der Lage gewesen war, so viel vor der Familie zu verbergen, konnte Antonia auch den Brief in Sicherheit wissen. Ihre Schwester war schlau, weil sie bat, das Schreiben an Francisco zu schicken. Der würde es nicht wagen, den Umschlag zu öffnen, wenn er für Carla bestimmt war.

28

Mallorca, Dezember 1920

Bereits zum dritten Mal fasste Leos rechte Hand an die Tür-
glocke. War er in seinem Leben jemals schon so aufgeregt
gewesen?

Erneut zog er die Hand zurück, zupfte Kragen und Weste
zurecht, betrachtete die Flasche Wein, die er unter den Arm
geklemmt hatte, und den typisch geformten Pappkarton mit
dem Schmalzgebäck in der Hand. Gerne hätte er Albas Mutter etwas Konfekt gekauft, doch es überstieg seine Mittel.
Immerhin stammte der Wein aus den letzten eigenen Bestän-
den. Es machte zwar nicht viel her, doch mit leeren Händen
hätte er auf keinen Fall Albas Eltern gegenübertreten wollen.

Nun fasste er sich ein Herz und läutete.

Alba öffnete und gab ihm einen Kuss auf die Nasenspitze.
»Ich freue mich so.«

Leo legte die Geschenke auf einem Sideboard im Treppenhaus ab und zog sie an sich. »Dann gibst du mir doch sicher
auch einen richtigen Kuss.«

Alba drückte sich an ihn, ihre sanften Lippen berührten
seine. Leo könnte ewig so stehen bleiben.

Alba löste sich und grinste ihn an. »Ich nehme an, der Wein ist für Vater und die Ensaïmada für Mutter?« Sie deutete auf das Sideboard.

Leo nahm die Sachen auf. »Ich wollte nicht mit leeren Händen kommen.«

»Das wird Mamá gefallen und Papá sicher auch. Und jetzt komm.« Sie hakte sich unter und zog ihn hinter sich die Treppen hinauf.

»Oh, das wäre doch nicht nötig gewesen.« Albas Mutter lächelte Leo mit wachen Augen an.

»Es freut mich sehr. Ich bin Leo.« Gerne hätte er ihr die Hand gereicht, doch beide Hände waren mit Wein und Schmalzgebäck belegt.

»Ich bin Josefina. Du kannst mir gerne die Schachtel geben.«

Leo hielt sie ihr hin. »Ist mit Cabel de Ángel, und ich hoffe, Sie mögen das.«

»Ich liebe Kürbismarmelade. Aber bitte komm doch rein, und nicht so förmlich.« Sie zwinkerte ihm zu und ging in die Wohnung.

Alba stupste ihn mit dem Ellenbogen in die Seite. »Sie beißen nicht.«

»Andrés, schau, wer da ist. Endlich lernen wir Leo kennen.«

Alba zog ihn weiter mit sich hinter der Mutter her.

Staunend sah er sich um. Was für eine prachtvolle Einrichtung. Leo wusste gar nicht, wo er zuerst hinsehen sollte. Ausladende Polstermöbel standen in einer Gruppe an der linken Seite des großzügig geschnittenen Raumes. Bodentiefe Fenster zu fast allen Seiten ließen ausreichend Licht hinein. Kein

Vergleich zu den engen und winkeligen Räumen ihres Dorfhauses. Rechter Hand an einem großen, edel wirkenden Esstisch aus Holz saß Albas Vater. Er legte die Tageszeitung ab und stand auf.

»Herzlich willkommen, Leo.« Er streckte ihm die Hand hin. »Ich bin Andrés.«

Leo ergriff die Hand und drückte sie fest, bevor er die linke mit der Flasche Wein vorstreckte. »Eine Kleinigkeit, die Ihnen hoffentlich schmeckt.«

»Ein fester Händedruck zeugt von Willen und Strebsamkeit.« Andrés nahm die Flasche entgegen und betrachtete das Etikett. »Vielen Dank. Aus eigener Produktion, nehme ich an?«

»Selbstverständlich.«

»Setzen wir uns doch.« Alba deutete auf einen Stuhl.

Josefina stellte Gläser auf den Tisch, legte einen Korkenzieher neben die Flasche, und alle nahmen Platz.

Leos Füße wippten unkontrolliert auf und ab. Damit niemand merkte, wie nervös er war, rutschte er nach vorne an die Stuhlkante. So standen wenigstens seine Füße fest und ruhig.

Albas Eltern sahen ihn erwartungsvoll an. Was sollte er nur sagen? Was erwartete man von ihm? Er konnte ja wohl schlecht seine Bewunderung für das große Haus und die geschmackvolle Einrichtung zum Besten geben. Schnell könnte man ihn für einen Habenichts halten, der als Erbschleicher unterwegs war.

Andrés brach das Schweigen: »Ich denke, ich würde gerne deinen Wein verkosten, was meinst du?« Er schob ihm die Flasche und den Korkenzieher zu.

Damit kannte sich Leo aus. Sicheres Terrain! »Gerne.«

Unter dem Tisch legte Alba ihre Hand auf seinen Oberschenkel und zwickte ihn neckisch. »Papá, damit machst du Leo sehr glücklich. Er liebt es, über Wein zu referieren.«

Leo schraubte den Korkenzieher ein und zog beherzt den Korken heraus, um ihn in gewohnter Manier sich unter die Nase zu halten. »Ja, alles in Ordnung.« Er stand auf und füllte die Gläser. »Er könnte zwar noch etwas atmen, aber die prägnanten Fruchtnoten sind erkennbar.«

Alba kicherte. »Habe ich es nicht gesagt?«

Josefina nahm ihr Glas zur Hand und hielt es unter die Nase. »Er riecht gut.«

Andrés lachte. »Leo, nimm sie nicht ernst. Sie hat eigentlich keine Ahnung.«

»Sagt der Richtige.« Josefina zwinkerte ihrem Mann zu.

»Du musst wissen, Leo, meine Eltern kennen bei Wein nur zwei Sorten: schmeckt oder schmeckt nicht.«

»Unsere Tochter übertreibt.« Andrés prostete Leo zu.

Leo nahm einen Schluck, ließ ihn über die Zunge rollen und beobachtete Albas Eltern aus dem Augenwinkel. Hoffentlich mochten sie ihn.

»Also ich würde sagen, es ist ein ausgezeichneter Jahrgang«. Andrés stellte sein Glas ab.

»Ich schneide die Ensaïmada auf.« Josefina stand auf. »Ein bisschen Stärkung zum Alkohol ist nicht verkehrt.«

Ihr hatte der Wein offensichtlich nicht geschmeckt, wenn sie umgehend das Thema wechselte.

Leo stellte sein Glas ab.

»Du musst dir keine Sorgen machen, Leo. Josefina mag ihren Wein gerne süß. Dafür hast du mit dem Schmalzgebäck ihren Geschmack getroffen. Aber nun, erzähl mal ein bisschen von dir. Alba sagte, du arbeitest zurzeit hier in Palma und koordinierst Frachtlieferungen?«

Leo verschluckte sich beinahe an seiner eigenen Spucke. Wieso hatte Alba so übertrieben? Hatte sie Angst, er würde ihren Eltern nicht genügen?

Unter dem Tisch trat Alba ihm auf den Fuß und strahlte ihn zuckersüß an. »Ach, das ist ja nur vorübergehend, nicht wahr? Bald wird Leo entweder das Lager leiten oder wieder als Winzer tätig sein. Er sucht schon nach einem geeigneten Grundstück.«

»Alba, kommst du bitte und holst schon mal die Teller und die Gabeln?«, bat Josefina aus der Küche.

»Gerne, Mamá.« Alba stand auf. »Begeistere ihn«, flüsterte sie Leo ins Ohr.

»Ein eigenes Grundstück ist viel wert«, sagte Andrés. »Alba erzählte auch, dass deine Eltern sich vom Wein abgewandt haben und nun in Trockenfrüchten machen. Kann ich gar nicht verstehen, denn ich finde ihn wirklich ausgezeichnet.« Andrés nahm erneut einen Schluck.

Leo wusste nicht, wohin mit seinen nass geschwitzten Händen und legte sie auf die Oberschenkel. »Ja, also ...«

»Ah, etwas Süßes«, unterbrach Andrés, als Josefina und Alba zurückkamen.

»Ich habe sie schon aufgeschnitten.« Josefina stellte eine große Porzellanplatte mit dem Gebäck auf den Tisch.

Alba verteilte die Teller, die ebenfalls aus feinstem Porzellan waren.

Leo traute sich fast nicht, die Gabel in sein Stück zu drücken, aus Angst, das Porzellan könnte zerspringen.

»Hmm, wirklich sehr gut. Danke, Leo«, sagte Josefina, nachdem sie den ersten Bissen gekostet hatte.

»Freut mich, wenn ich Ihren Geschmack getroffen habe.«

»Ja, mein Leo hat Geschmack. Hätte er sonst mich gewählt?« Alba lachte.

»Nun noch einmal zurück zum Thema.« Andrés sah ihn auffordernd an. »Also, siehst du deine Zukunft als Winzer oder doch eher hier in der Stadt in leitender Position?«

Hatte Leo eben noch gedacht, er könnte sich um eine Fortsetzung des Gesprächs drücken, wurde er nun eines Besseren belehrt. Doch, warum eigentlich nicht? Er stand zu seinen Plänen, was machte es da schon, wenn Alba seine momentane Arbeitsstellung beschönigt hatte? Er nahm sein Weinglas und hielt es gegen das Licht. »Wein zu machen ist nicht nur Handwerk. Einem schlechten Winzer nutzen die besten Trauben nichts. Aber ein guter Winzer kann auch aus einem mäßigeren Jahrgang Trauben noch etwas zaubern. Es hat mit Leidenschaft und Gespür für das Produkt zu tun. Das habe ich, wenn ich auch zurzeit noch ohne eigenen Grund und Boden bin.« Leo senkte das Glas wieder und nahm einen Schluck.

»Bravo.« Andrés schenkte ihm einen anerkennenden Blick. »Ein Mann mit Visionen. Das gefällt mir! Und die dazu notwendige Willensstärke hast du. Es ehrt dich, es aus eigener Kraft schaffen zu wollen und nicht auf das Grundstück deiner Eltern zu spekulieren.«

Alba drückte ihm einen Kuss auf die Wange. »Einen schwachen Mann würde ich auch nicht wollen.«

Leo sah in ihre Augen. Nie könnte er ihr böse sein, weil sie über seine wahre momentane Arbeit geflunkert hatte. Sie wusste anscheinend ihre Eltern zu nehmen, und dadurch hatte Leo die erste Hürde als künftiger Schwiegersohn gemeistert. Er liebte sie dafür noch mehr.

»Darauf trinken wir«, sagte Josefina. »Auf eine glorreiche Zukunft!«

29

Unbehaglich rutschte Carla auf ihrem Stuhl hin und her. Isidoro hatte darauf bestanden, ihn zu dem Geschäftsessen mit dem Schuhvertreter aus Madrid zu begleiten. Als ob er sie bei dieser Besprechung gebraucht hätte.

Wie so oft in der letzten Zeit hatte er sie mit einer Kutsche zu Hause abholen lassen. Er bemühte sich so sehr um sie, doch jede Minute, die sie mit ihm verbrachte, dachte sie nur mit schlechtem Gewissen an Francisco. Sie gab sich redliche Mühe, Isidoros Avancen taktvoll zu ignorieren. Ihn schien ihr Verhalten jedoch nur noch weiter zu motivieren. Wie sollte sie ihn davon abbringen?

Carla hörte nur mit einem Ohr zu, wie die beiden Männer sich über Verkaufsstrategien unterhielten. Sie wusste von Isidoro, wer Carlos Sánchez war. Bei diesem Geschäftsmann handelte es sich um einen der wichtigsten Männer der Branche. Was er den Schuhgeschäften empfahl, wurde geordert. Isidoro witterte in dem Treffen einen Abschluss, der ihm auf lange Sicht Aufträge sichern würde.

Der Kellner servierte die Suppe.

»Buen provecho.« Sánchez griff nach dem Löffel.

Isidoro wünschte ebenfalls einen guten Appetit und suchte Carlas Blick.

Sie rang sich ein Lächeln ab, bevor sie sich der Suppe widmete.

Tatsächlich schmeckte sie köstlich. Der Koch musste verschwenderisch viel Fleisch für die Kraftbrühe verwendet haben. Carla stellte sich die Fleischberge und Knochen vor, die ihre Familie wahrscheinlich für Tage satt gemacht hätten.

Sie steckte in einem Dilemma.

Würde sie Isidoros Werben nachgeben, wäre ihre Familie alle Sorgen los.

Doch zu welchem Preis?

Niemals wäre sie bereit, ihre Liebe zu Francisco für die finanzielle Sicherheit ihrer Eltern zu verkaufen.

Leo bezog sie schon lange nicht mehr in ihre Überlegungen ein, denn er kam nur noch zu den Feiertagen nach Sencelles. Selbst die Wochenenden verbrachte er in Palma. Doch nicht nur die Arbeit hielt ihn dort, wie Carla mittlerweile erfahren hatte. Er machte schon länger einer Frau aus der Oberschicht namens Alba den Hof. Ob das jedoch jemals von Erfolg gekrönt war? Eigentlich wünschte sich Carla genau das, denn dann könnte Albas Familie ja die Unterstützung geben, die Carlas Eltern brauchten.

Und sie wäre frei in ihrer Entscheidung, Isidoro abzuweisen. Sie unterdrückte ein Lächeln und konzentrierte sich wieder auf die köstliche Suppe.

Mit Bedauern legte sie den Löffel in den leeren Teller. Davon hätte sie gerne noch mehr gehabt.

Isidoro tupfte sich mit der Serviette den Mund ab und sah zu seinem Gegenüber. »Señor Sánchez, ich freue mich sehr,

Ihnen morgen meine Fabrik zeigen zu können. Und diese Frau hier«, er legte seine Hand auf Carlas, »ist der kreative Kopf, was die neueste Mode angeht.«

Diese vertrauliche Geste erweckte einen völlig falschen Eindruck. Carla überlegte, ob sie die Hand zurückziehen konnte, ohne Isidoro vor den Kopf zu stoßen. »Danke für das Lob«, sagte sie, und entschied sich dagegen.

»Das Kompliment steht Ihnen zu, denn ...« Sánchez hustete und hielt sich rasch die Serviette vor den Mund. »Entschuldigung, ich habe mich wohl verkühlt.« Er trank mehrere Schlucke Wasser.

»Ist Ihnen nicht wohl?« Carla glaubte Schweißperlen auf seiner Stirn zu sehen. »Sie sehen etwas blass aus.«

Sánchez räusperte sich und fasste sich an den Hals. »Vielleicht brauche ich auch nur ein wenig frische Luft.«

»Lassen Sie uns morgen in meinem Büro weitersprechen.« Isidoro stand auf. »Die Kutsche wird Sie in Ihr Hotel bringen. Dann können Sie sich ausruhen.« Er winkte dem Kellner, damit dieser dem Kutscher Bescheid gab.

Carla erhob sich ebenfalls und reichte Sánchez die Hand. »Ich wünsche Ihnen gute Besserung.« Erleichtert ließ sie seine schwitzige Hand los. Der Mann fieberte offenbar.

»Ich bin gleich wieder da«, wandte sich Isidoro an Carla. »Ich begleite nur unseren Gast hinaus.«

Carla sah den beiden Männern nach. Unser Gast. Sánchez war nicht ihr Gast, sondern Isidoros. Immer wieder klangen Isidoros Worte, als wären sie ein Paar. Wie sollte sie nur aus dieser Situation herauskommen?

Nachdenklich nippte sie an ihrem Wein, als Isidoro zurückkam.

»Hoffentlich geht es ihm morgen besser.« Er setzte sich wieder. »Aber wir lassen uns den Abend nicht von seiner Unpässlichkeit verderben, nicht wahr?«

Er prostete ihr zu. »Du siehst heute hinreißend aus.«

»Danke.« Carla sah erfreut, dass der Kellner die Hauptspeise brachte. Nun konnte sie die Unterhaltung auf die Speise richten.

Und die schmeckte vorzüglich. Das Fleisch in der dunklen Soße, das Gemüse dazu, alles Zutaten, die zu Hause selten auf den Tisch kamen.

Immer wieder lenkte Carla das Gespräch auf unverfängliche Themen. Mal auf das Dorfleben, mal auf den neusten Klatsch aus der Stadt. Isidoro hingegen versuchte, ihr persönliche Dinge zu entlocken. Carla war mittlerweile eine Meisterin darin, seinen Fragen auszuweichen.

Auch wenn sie das Essen sehr genoss, so nagte das Gewissen an ihr, weil sie wusste, dass es nicht geschäftlicher Natur war. Isidoro verpflichtete sie zu solchen Einladungen, die sie nicht ausschlagen konnte. Wie sollte sie geschäftliche Treffen auch ablehnen? Und zudringlich wurde er nie, obwohl er immer wieder mal einen Vorstoß wagte.

Die Kutsche hielt vor ihrem Haus, und Isidoro sah sie hoffnungsvoll an. »Bekomme ich heute einen Kuss?« Er rutschte näher.

»Aber das ziemt sich doch nicht.« Carla setzte einen beschämten Gesichtsausdruck auf. »Es war ein geschäftliches Treffen.«

»Das müsste es aber nicht bleiben«, wagte er einen erneuten Versuch.

Carla sah zu Boden.

»Ich bleibe geduldig, und ich werde nicht aufgeben.«

Das hatte Carla befürchtet. Wie sollte sie einem Mann wie ihm nur entkommen? Sagte sie ihm offen die Wahrheit, würde sie ihre Stelle verlieren. Daran hegte sie keinen Zweifel.

Isidoro nahm ihre Hand und strich mit dem Daumen über ihren Handrücken. »Irgendwann wirst du mich erhören.«

Sie entzog ihm ihre Hand. »Danke für das Essen. Ich hoffe, Señor Sánchez kann morgen wie geplant deine Fabrik besichtigen.«

»Der Mann wäre ein echter Gewinn fürs Geschäft.« Er öffnete die Tür, stieg aus und half Carla galant aus der Kutsche.

»Schlaf gut.« Er hauchte ihr einen Kuss auf die Wange.

»Du auch.« Carla zog das Tuch fester um ihre Schultern und ging auf den Hauseingang zu. Sie spürte Isidoros Blick im Rücken. Ohne sich nochmals umzudrehen, betrat sie das Haus und zog die Tür ins Schloss.

Am Klappern der Hufe hörte sie, wie die Kutsche davonfuhr.

Sie atmete tief ein und aus. Wie lange noch konnte sie ihm ausweichen?

Und wie lange würde Franciscos Geduld anhalten und er ihr glauben, dass sie Isidoro niemals heiraten würde? Ewig konnte sie ihm diese Schmach nicht zumuten.

Nur der Gedanke an den kommenden Abend ließ sie ruhiger werden. Dann würde sie Francisco wiedersehen.

Im Haus war es still. Alle schliefen. Mit leisen Schritten ging sie in ihr Schlafzimmer, kleidete sich aus und machte sich bettfertig.

Als sie sich unter die Decke kuschelte, schickte sie Francisco einen Gute-Nacht-Kuss, schloss die Augen und träumte sich davon. Irgendwann würden sie zusammen einschlafen und zusammen aufwachen.

Carla schlief unruhig. Als sie am Morgen erwachte, fühlte sie sich wie erschlagen. Ihr Kissen war nass, das Nachthemd klebte feucht an ihrem Körper.

Jeder einzelne Knochen in ihrem Leib schmerzte. Ihre Hand fühlte sich kühl an, als sie sich an die Stirn fasste.

Augenblicklich kam ihr Carlos Sánchez in den Sinn. Seine verschwitzte Hand. Sein Unwohlsein.

Die Hitze in ihrem Körper war kaum auszuhalten. Mühsam schleppte sie sich ins Bad und goss Wasser aus dem Krug in die Schüssel. Die nassen Hände legte sie auf die Stirn und in den Nacken. Die Kühle tat ihr gut.

Unter größter Anstrengung schlüpfte sie in ihr Kleid. Schon an der Tür musste sie sich am Türrahmen abstützen.

Alles um sie herum drehte sich. Carla konnte sich nicht erinnern, sich jemals so kraftlos gefühlt zu haben.

Als das Drehen nachließ, ging sie die Treppe nach unten, wobei sie jeweils auf der zweiten Stufe innehalten musste, weil jeder Schritt ihr bis in den Kopf zu hämmern schien.

»Na, du Schlafmütze.« Ihre Mutter stand vor dem Spülbecken und drehte sich nur kurz zu ihr um, bevor sie sich den nächsten Teller vornahm.

»Bon dia.« Carla ließ sich auf den Stuhl fallen. »Gehst du heute später zur Arbeit?«

»Mir ist nicht wohl«, flüsterte Carla, rutschte fast vom Stuhl und fegte eine leere Tasse vom Tisch.

»Carla!«, schrie Mutter auf, ließ den Teller fallen und stürzte auf sie zu. »Meine Güte, Kind. Was ist mit dir?« Sie legte ihre Hand auf Carlas Stirn. »Ich schicke sofort nach einem Arzt. Juan!«

Carla wollte widersprechen, doch sie bekam kein Wort mehr heraus, ihr Hals wurde eng. Dann wurde für einen Moment alles schwarz.

Sie spürte, wie kräftige Arme sie hochhoben. Die besorgte Stimme ihrer Mutter drang noch zu ihr durch. Wie durch einen Nebel bemerkte sie, wie sie in ihr Zimmer getragen wurde. Jemand zerrte an ihrer Kleidung, dann wurde es dunkel um sie.

In ihren Träumen tauchten Fetzen aus ihrer Vergangenheit auf. Diego, der ihr zuzwinkerte. Antonia, wie sie im Bottich Wein stampfte, und auch Leo, der Vater eine Flasche Wein reichte. Franciscos Gesicht sah sie vor sich, doch es löste sich immer wieder auf, wenn sie mit der Hand seine Wange streicheln wollte.

Kühles Wasser benetzte ihre Lippen. »Trink«, hörte sie die Stimme ihrer Mutter. »Nur kleine Schlucke.« Widerwillig gehorchte sie.

Es tat so weh, sie wollte nicht schlucken, sie wollte zu Francisco.

»Bitte, lass mich zu ihr«, hörte sie eine Stimme. Auch sie wollte, dass Francisco zu ihr kam, ihre Hand hielt. Doch die Stimme gehörte nicht ihm. Sie gehörte jemand anderem.

»Ich fühle mich verantwortlich.«

»Nein, sie schläft. Und sie braucht Ruhe.«

»Gut.« Die Stimme gehörte Isidoro. Was wollte er hier? »Nachher kommt der Arzt aus Palma. Der beste, den ich bekommen konnte«, sagte Isidoro. »Der kann hoffentlich besser helfen als euer Landarzt.«

»Danke, Isidoro.« Die Stimme ihrer Mutter klang, als hätte sie geweint.

Carla versuchte den Kopf zu heben, ließ ihn jedoch sofort wieder auf das Kissen sinken. Der Schmerz schickte ihr helle Blitze vor die geschlossenen Augen. Und der Schüttelfrost ließ sie die Decke eng an sich ziehen.

Carla rollte sich zu einem kleinen Bündel zusammen und fühlte nur Schmerzen in ihrem Körper. Jeder einzelne Knochen tat weh.

Draußen vor der Tür schluchzte ihre Mutter. »Wenn Carla nun die gleiche schreckliche Krankheit hat, an der dieser Mann verstorben ist.«

Carlas Brust zog sich noch mehr zusammen. Sie keuchte. Sánchez war tot? Das konnte nicht sein. Sie wollte nicht sterben. Nicht, ohne Francisco noch einmal gesehen zu haben.

»Beruhige dich, María«, sagte Isidoro. »Er war viel älter. Und schwach. Carla ist eine kräftige junge Frau. Selbst, wenn sie auch diese Grippe hat, mein Arzt wird sie heilen.«

Nur langsam sickerten die Worte in Carlas Verstand. Das Denken fiel ihr unendlich schwer. Alles um sie herum schien in einem zähen Brei zu wabern. Vor ihren Augen flimmerten kleine Punkte, und in ihrem Kopf tobte ein Sturm aus Schmerzen. Kurz klarte ihr Bewusstsein auf. Sie erinnerte sich an die vielen Schreckensmeldungen aus der Zeitung, an die Toten dieser Epidemie, die in Wellen um die Erde gezogen war. Hatte es nicht vor über einem Jahr geheißen, es wäre damit vorbei? Nein, sie hatte diese Grippe nicht.

»Francisco«, hauchte sie, bevor sie wieder gnädige Dunkelheit umfing.

Kühle auf ihrer Stirn. Mühsam blinzelte Carla und sah ihre Mutter, die mit dem Rücken zu ihr stand. Neben ihr ein Mann, den sie nicht kannte.

Der Schmerz in ihrem Kopf verhinderte, dass sie die Augen offen halten konnte, aber sie hörte weiter zu.

»Sie müssen den Kopf Ihrer Tochter unbedingt kühl halten. Diese Krankheit befällt nicht nur die Lunge, sondern auch das Gehirn.«

»Aber man muss doch sonst noch etwas tun können! Sind Sie sicher, dass es überhaupt diese Grippe ist, die auch der Mann hatte? Kann sie sich so schnell angesteckt haben?«

»Leider ja. Ich bin sicher, dass Ihre Tochter die Spanische Grippe hat, wie sie gemeinhin auf der Welt genannt wird. Wir alle dachten, es wäre überstanden, doch es gibt hin und wieder noch immer einzelne Fälle. Nicht selten vergehen nur Stunden bis zu den ersten Symptomen. Bitte achten Sie und Ihre Familie darauf, sich die Hände zu waschen, wenn Sie bei Ihrer Tochter waren. Träufeln Sie ihr die Tropfen, die ich Ihnen gegeben habe, in ein Wasserglas. Versuchen Sie, sie zum Trinken zu bringen. Aber sie muss von allein schlucken. Haben Sie das verstanden?«

Carla würde sich gerne bemerkbar machen, doch ihr fehlte jegliche Kraft. Sie hörte, wie es unten an der Haustür klopfte.

Sie sehnte sich danach, Francisco zu sehen, ihn in den Arm zu nehmen. Vielleicht war er es an der Tür? Wenn er von ihrer Krankheit wusste, würde er sich nicht mehr aufhalten lassen, oder doch?

An den Schritten bemerkte sie, wie ihre Mutter und der Arzt das Zimmer verließen.

Die Haustür knarzte. »Isidoro«, sagte ihre Mutter. »Doktor Martínez kennst du ja.«

Carlas Hoffnung, Francisco zu sehen, löste sich auf wie ihre kurz aufgekeimte Kraft.

Jeden Atemzug musste sie sich abringen.

Sie vernahm Schritte auf der Treppe. »Ich fühle mich unendlich schuldig«, sagte Isidoro.

»Hätte ich Carla nicht ...«

»Deine Schuldgefühle machen meine Tochter auch nicht wieder gesund. Und bisher haben die Maßnahmen deines Arztes auch keine Besserung gebracht. Wir werden nach einem Spezialisten suchen.«

»Aber María, Doktor Martínez ist der beste Arzt, den man auf Mallorca bekommen kann.«

»Wenn er nicht helfen kann, bleibt uns nur Beten.« Die Worte ihrer Mutter raubten ihr die letzte Hoffnung, Francisco jemals wiederzusehen.

30

Kuba, Dezember 1920

Antonia drehte sich vor dem Spiegel. Auch wenn sie ein zweites Mal heiratete, hatte Federico auf einem weißen Kleid bestanden. Sicherlich würden sich einige das Maul zerreißen, wenn sie als Witwe in diesem Kleid erschien. Doch es war ihnen beiden gleichgültig. Federico scherte sich nicht um Konventionen, und Antonia war einfach nur glücklich. Es war ihr unmöglich, ihm diesen Wunsch zu verwehren.

Die Seide schmiegte sich an ihren schlanken Körper, und Antonia fühlte sich schöner als je zuvor. Das eng geschnittene Kleid ging erst ab dem Knie in einen weit fließenden Rock über, und wenn sie sich drehte, kam sie sich vor wie eines der Modelle, die sie in den Modemagazinen oft bewunderte. Nie hätte sie gedacht, jemals ein so teures Traumkleid tragen zu können.

Federico hatte den Fotografen bestellt, während Fernanda ihr beim Ankleiden und mit der Frisur geholfen hatte. Antonia hatte überlegt, ob sie ihr dunkles Haar nicht besser unter einem der in Mode gekommenen Hüte verstecken sollte, doch Fernanda hatte vehement den Kopf geschüttelt und auf ondulierten Wellen bestanden. Ihr Haar floss nun offen bis zur Hüfte, und sie musste sich eingestehen, dass ihre Freundin recht gehabt hatte. Ihre Eltern würden staunen, wenn sie ihnen ein Foto schicken würde.

Ihre Wangen glühten vor Aufregung, und sie konnte es kaum noch erwarten, endlich Federicos Frau zu werden und in eine gemeinsame Zukunft zu starten.

Ein Klopfen an der Tür riss sie aus ihren Träumereien. Luisa, Federicos Hausangestellte, betrat ihr Ankleidezimmer und reichte ihr einen Umschlag auf einem silbernen Tablett.

»Ein Telegramm? Für mich?« Verwundert nahm sie das Blatt in die Hand und wartete, bis Luisa das Zimmer verließ.

Für so verschwenderisch hatte sie ihre Eltern nicht gehalten! Ein Telegramm zu ihrer Hochzeit! Dabei hatte sie ihnen im letzten Brief gar kein Datum, sondern nur den Monat genannt. Dennoch kam sie nicht umhin zu lächeln, als sie das Blatt auseinanderfaltete. Die wenigen Worte trafen sie wie eine Ohrfeige.

Carla – schwere Grippe – verkaufen alles – Spezialist teuer – keine Wahl.

Antonia starrte versteinert auf das Blatt.

Sie schlug sich die Hand vor den Mund. Carla war an der Grippe erkrankt? An der Grippe, die alle die Spanische Grippe nannten? Die oftmals tödlich verlief?

Natürlich ließen die hohen Arztrechnungen ihrer Familie keine Wahl, als ihr Land zu verkaufen.

Was konnte sie tun? Sie saß viel zu weit weg, um ihrer Familie beizustehen.

Carla. Was, wenn sie sterben würde?

Tränen liefen Antonia über die Wangen. Würde sie ihre Schwester nie wiedersehen?

In ihrem Kopf überschlugen sich die Gedanken. Sie musste etwas tun. Carla brauchte die besten Ärzte, um auch nur eine geringe Chance zu haben, diese Krankheit zu überstehen.

Antonia musste umgehend ihr Grundstück verkaufen. Und ihren Eltern ein Telegramm senden, damit sie wussten, dass Geld unterwegs war.

Damit verlor sie zwar ihren einzigen Besitz, doch was war schon ein Grundstück im Vergleich zum Leben ihrer Schwester?

Sie hörte nicht, wie Fernanda das Zimmer betrat. »Bist du so weit? Federico erwartet dich unten. Die Kutsche steht auch schon bereit.«

Als Fernanda näher kam, entdeckte sie die Tränen. »Was ist passiert?«

»Ich kann Federico nicht heiraten!« Antonia nahm den Schleier vom Kopf und warf ihn über eine Stuhllehne. »Nicht jetzt. Nicht so.«

Fernanda entriss ihr das Blatt, las und wurde blass. »O mein Gott.«

»Ich muss mein Land verkaufen. Sofort. Und ich muss ein Telegramm schicken.«

»Jetzt mal langsam. Warum kannst du Federico nicht heiraten?«

»An einem Tag wie diesem? Ich muss mich um Carla kümmern.« Antonia zog sich einen Mantel über. »Ich muss sofort zur Poststelle.«

»Das kann auch jemand anders für dich übernehmen.« Fernanda ging auf sie zu und schloss sie in die Arme. »Du kannst im Moment nichts für Carla tun. Das Telegramm gibt Luisa auf.«

Antonia machte sich los und schüttelte den Kopf. »Ich muss das Land so schnell wie möglich verkaufen. Ein Makler muss es sofort anbieten.« In ihrem Kopf rasten die Gedanken wild durcheinander. Hoffentlich fand sie umgehend einen Käufer. Und hoffentlich reichte die Zeit aus. Wenn es Carla so schlecht ging, zählte jeder Tag. Jede Stunde.

»Auch das kann jemand anders machen.«

Antonia löste sich aus Fernandas Umarmung, als ihr die Tragweite ihrer Entscheidung klar wurde. Nach dem Verkauf ihres Eigentums wäre sie mittellos. Das Schicksal wollte eine Eheschließung verhindern. Das sah sie ganz klar vor sich. Von einem erneuten Heulkrampf geschüttelt, ließ sie sich auf einen Stuhl fallen. »Ich kann Federico nicht heiraten. Sag ihm, es tut mir leid.«

»Wie meinst du das?« Fernanda kniete sich neben sie hin. »Du meinst heute?«

»Nein, ich meine überhaupt nicht.«

»Aber warum denn?« Ungläubig sah Fernanda sie an. »Ich dachte, du liebst ihn.«

»Und weil ich ihn liebe, kann ich ihn nicht heiraten. Ich bringe nichts in die Ehe ein«, schluchzte Antonia. »Wenn ich das Land verkaufe, habe ich gar nichts mehr.« Sie wischte sich die Tränen von der Wange. »Ich kann nicht zulassen, dass meine Eltern alles verkaufen. Dann stehen sie im Alter vor dem Nichts. Ich kehre nach dem Verkauf nach Mallorca zurück. Sie brauchen mich.«

»Beruhige dich doch«, flüsterte Fernanda und schloss sie erneut in die Arme, was Antonia noch hemmungsloser weinen ließ.

»Es ist vorbei, noch bevor es angefangen hat.«

»Wo bleibt ihr denn?«, rief Federico aus dem unteren Stockwerk.

Fernanda schob Antonia von sich und verließ das Zimmer. Antonia eilte zur Tür, um sie abzuschließen. Sie konnte Federico nicht gegenübertreten.

Wenige Augenblicke später klopfte es. »Liebling, das sind ja schreckliche Nachrichten.«

Antonia hatte die Zeitungsbilder vor Augen. Der Großteil der Erkrankten starb daran, und die wenigen, die sich erholten, brauchten Jahre, um wieder vollkommen auf die Beine zu kommen. Selbst Federicos Vorarbeiter hatte es nicht überlebt, obwohl Federico die besten Ärzte geholt hatte.

»Oh, Carla.« Antonia sank zu Boden und lehnte sich mit dem Rücken an die Tür, vor der Federico stand. Sie sehnte sich danach, in diesem Augenblick bei ihrer Schwester zu sein.

»Mach auf«, bat Federico.

»Ich kann nicht. Ich kann dich nicht heiraten. Ich ...«

»Bitte öffne die Tür. Wir finden schon eine Lösung.«

Kopfschüttelnd blieb Antonia sitzen. Das Grundstück in Viñales wäre ihre Mitgift gewesen. Ohne Mitgift keine Hochzeit. Ihr Ehrgefühl würde das nicht zulassen. Sie würde in ihre Heimat zurückgehen. Ihre Familie brauchte sie.

»Geh weg!«

»Das werde ich nicht tun! Lass mich rein, und wir reden darüber.« Nach wenigen Augenblicken flüsterte Federico: »Was sollen denn die Gäste denken?«

An die Gäste, die bereits im Haus waren, hatte Antonia gar nicht mehr gedacht.

»Ich kann dich nicht reinlassen«, sagte sie. »Es bringt Unglück, wenn du mich jetzt siehst.«

»Unglück bringt es, wenn ich meine Braut heute überhaupt nicht sehe und du dich weiterhin versteckst. Ich bin nicht abergläubisch. Also mach auf.«

Antonia dachte kurz nach. Im Grunde war es gleichgültig, ob er sie nun im Brautkleid sah oder nicht. Langsam stand sie auf und öffnete die Tür. »Du kannst eintreten. Es tut mir leid, aber ich kann dich nicht heiraten.«

Zögerlich trat er ein. »Du kannst mich nicht heiraten, weil deine Schwester krank ist?«

»Ich muss mein Grundstück verkaufen. Ich kann nicht zulassen, dass meine Eltern ihre Heimat verlieren.«

»Ach, aber mich kannst du einfach sitzen lassen?« Federico trat ein und schloss die Tür hinter sich. Nun waren sie allein. »Ich dachte, du liebst mich.«

Antonia wandte sich ab. Sie konnte ihm nicht ins Gesicht blicken.

»Antonia. Liebling. Hör mir zu.« Federico legte von hinten seine Hände auf ihre Schultern. »Wir sind bald eine Familie. Du musst das Grundstück nicht verkaufen. Es gehört dir, und es wird auch nach unserer Hochzeit immer dir gehören. Ich will nichts von dir: außer deiner Liebe. Warum kannst du das nicht verstehen?«

Antonia erbebte. Federico drehte sie zu sich herum, sah ihr in die Augen und schüttelte gemächlich den Kopf. »Ich liebe dich, und ich würde alles für dich tun! Geld habe ich genug. Dein Grundstück brauche ich nicht. Aber ich brauche dich!

Ich werde gleich eine Depesche losschicken und das Geld anweisen. Von Madrid aus ist es schnell bei deiner Familie. Samt eines spezialisierten Arztes. In Ordnung?«

Antonia schloss die Augen. Auch wenn Federico ihr immer wieder gesagt hatte, er wolle das Grundstück nicht, so hatte sie ihm doch nicht ganz geglaubt. Ständig sprach er davon, seine Tabakfelder vergrößern zu wollen und kein passendes Grundstück zu finden. Das war für sie ein klarer Hinweis auf ihren Besitz gewesen. Immerhin bauten alle Nachbarn Tabakpflanzen an. Und nun wollte er darauf verzichten?

»Wann wirst du mir jemals wirklich vertrauen?«

Antonia hörte die Verzweiflung in Federicos Stimme und wusste, dass ihre Bedenken hinfällig waren. Wenn sie glücklich werden wollte, musste sie aufhören, ihn mit ihrem verstorbenen Mann gleichzusetzen. Federico war nicht Mateo.

»Wenn du möchtest, kannst du zu deiner Familie reisen.« Federico sah sie flehend an. »Aber bitte heirate mich heute.«

Erneut traten Tränen in Antonias Augen. Federico liebte sie aufrichtig, sonst würde er ihr nicht sogar eine Reise nach Mallorca vorschlagen. Mit diesem Mann an ihrer Seite wäre alles möglich. Carla würde die bestmögliche Hilfe bekommen. Es gab für sie keinen Grund mehr, zu zögern.

Antonias Herz füllte sich mit Zuversicht. »Ja. Ich heirate dich heute. Und es tut mir leid, dass ich an dir gezweifelt habe.«

»Gut. Dann schicke ich Fernanda zu dir. Sie soll dir einen kräftigen Rum bringen. Und keine Widerrede! Heute trinkst du ihn.« Entschlossen wandte er sich ab. »Ich bin in einer Stunde zurück. Bis dahin habe ich alles für Carlas Hilfe geregelt, und dann wird geheiratet!«

Mit gemischten Gefühlen blieb Antonia zurück. Sie kam sich dumm vor. Sie hätte Federico vertrauen sollen. Doch die Zweifel, warum ein Mann wie er eine Frau wie sie heiraten wollte, hatten die letzten Monate immer wieder an ihr genagt und sie nun unüberlegt handeln lassen. Federico würde alles regeln, daran glaubte sie fest. Carla musste wieder gesund werden. Trotzdem wünschte sie, sie könnte in diesem Moment bei ihrer Familie sein und ihnen beistehen.

31

Mallorca, Spätsommer 1921

»Carla, wir gehen gleich los in die Kirche«, rief Mutter von unten. »Bis nachher.«

»Nein, ich komme mit.« Carla zog sich am Bettpfosten hoch. An manchen Tagen hing ihr rechter Fuß wie ein nasser Lappen an ihrem Bein. Fast gefühllos und nicht wirklich zu gebrauchen. Doch nichts würde sie davon abhalten, in die Kirche zu gehen, selbst wenn sie noch hinkte. Acht lange Monate hatte sie Francisco nicht gesehen, und ihr kam es vor wie Jahre. Unzählige Tränen hatte sie nachts in ihr Kissen geweint, weil die unerfüllte Sehnsucht nach ihm, nach seinen Armen, die sie warm umfassten, ihr den Schlaf geraubt und das Herz schwer gemacht hatten.

Ihr Fuß kribbelte, als ob tausend Ameisen darüberkrabbelten. Diese Missempfindungen gehörten wie alles andere ebenfalls zu den Nachwehen der Grippe und der überstandenen Hirnhautentzündung.

Sie stellte das Bein fest auf die Erde und überprüfte die Standfestigkeit. Passabel! Die Übungen, um den Fuß beweglich zu halten, taten ihr gut. Es schien ihr immer noch unbegreiflich, wie ihr Körper nach dieser Grippe plötzlich versagt hatte.

»Bist du sicher? Nicht, dass du es übertreibst.«

Mutter mahnte sie oft, sich mehr auszuruhen und es mit den Übungen nicht zu übertreiben, aber was wusste Mutter schon von ihrer Sehnsucht nach Francisco? »Ja, bin ich.« Carla richtete ihren Zopf, so gut es mit den teilweise tauben Fingern ging.

Mutter hakte sich bei Vater unter und hielt Carla den anderen Arm hin. Obwohl Carla ohne Hilfe gehen wollte, konnte sie Mutters liebevolle Geste nicht ausschlagen.

In der Kirche ließ Carla Vater und Mutter den Vortritt in die Bankreihe. Sie hoffte, sich von einem Platz am Gang besser nach Francisco umsehen zu können. Das Orgelspiel setzte ein. Schon wollte Carla enttäuscht nach dem Gesangbuch in der Ablage vor sich greifen, da sah sie Francisco auf der anderen Seite eine Reihe vor ihr Platz nehmen. Sein liebevoller Blick, als er den Kopf kurz zu ihr drehte, erfüllte sie mit Wärme. Er hatte sie nicht vergessen.

Carlas Gedanken kreisten auf der Suche nach einer Lösung, unauffällig mit Francisco reden zu können, während sie mit den anderen sang, betete, aufstand, kniete und der Pfarrer über was auch immer predigte.

Alle standen auf, um sich für das Abendmahl einzureihen. Carla trat aus der Reihe in den Mittelgang. Auf diesen Moment schien Francisco gewartet zu haben. Er verließ ebenfalls seine Bankreihe und schob sich vor sie. Mutter und Vater standen hinter Carla. Wie könnte sie hier mit ihm reden? Unmöglich. Carla biss sich auf die Unterlippe. Da stand er vor ihr und war doch unerreichbar in diesem Moment.

Nur langsam bewegte sich die Kirchengemeinde nach vorne, um das Abendmahl zu empfangen, während der Organist mit den Orgelklängen die Kirche erfüllte.

Carla sah, wie Francisco seine geballte Hand nach hinten zu ihr streckte. Sie schielte zu den Bankreihen rechts und links. Niemand saß mehr, der sie beobachten könnte. Vorsichtig schob sie ihre Hand seiner entgegen. Francisco strich mit dem Zeigefinger über ihren Handrücken, bevor er ihr einen Zettel zwischen die Finger schob. Ihr Herz klopfte so laut, dass sie glaubte, es müsste die Orgel übertönen. Rasch ließ sie den Zettel in ihrer Rocktasche verschwinden.

Ja, es war nicht recht, das Sakrament zu empfangen und dabei nur an Francisco statt an den Erlöser zu denken, doch Carla hoffte, Gott würde es ihr verzeihen. Sie konnte es kaum erwarten, Franciscos Nachricht zu lesen.

Endlich sprach der Pfarrer den Schlusssegen. Carla hakte sich wieder bei Mutter unter und musste sich beherrschen, sie nicht aus der Kirche zu zerren.

»Dir geht es besser, so gerade, wie du gehst.« Mutter strich ihr über den Arm. »Manchmal erfrischt Gottes Wort das Innere. Oder war es die Predigt, die dich aufgemuntert hat?«

Hoffentlich wollte Mutter nicht mit ihr über die Worte des Pfarrers reden, denn sie hatte ihm keine Minute zugehört. »Ich möchte mich aber trotzdem jetzt etwas ausruhen. Kann ich vorgehen?«

»Aber sicher, wenn du das allein schaffst?« Mutter sah sich um. »Ich möchte gerne noch auf Lidia warten, und dein Vater trifft sich wie immer sonntags mit den anderen Männern.«

Carla drückte Mutter einen Kuss auf die Wange. »Wir sehen uns später.«

In ihrem Zimmer zog sie den Zettel aus der Rocktasche und drückte ihn an ihre Lippen, bevor sie ihn auseinanderfaltete und las.

Mi corazón, liebste Carla,

was habe ich Dich vermisst, jeden Sonntag um Deine Genesung gebetet und gehofft, Dich in der Kirche zu sehen. Ich warte nun jeden Abend an der kleinen Schäferhütte und kann es kaum erwarten, dich in meinen Armen zu halten, in Deinen Augen zu versinken und Deinen Herzschlag an meinem zu spüren.

In Liebe, Francisco

Carla faltete den Zettel zusammen und presste ihn an ihr Herz. Sie sehnte sich so sehr nach ihm, dass es beinahe schmerzte. In ihren ganz finsteren Stunden hatte sie die Angst gelähmt, er könnte sie nicht mehr lieben. Nicht so, wie sie ihn liebte.

Doch es ging ihnen beiden gleich. Nun musste nur noch ihr Bein durchhalten, dann würde sie ihn an diesem Abend endlich wieder in die Arme schließen und küssen. Seine Lippen auf ihren ... Sie packte den Zettel hinter den Spiegel, ließ sich aufs Bett fallen, träumte sich in die Hütte zu Francisco und schlief ein.

Stimmen, die von unten heraufdrangen, weckten sie. Mutter und Vater waren zurück.

Carla stand auf, zupfte ihren Rock zurecht und öffnete die Zimmertür. Unten klopfte es. Sie blieb auf dem Treppenabsatz stehen.

Mutter öffnete die Tür. »Oh, Isidoro, das ist ja eine Überraschung. Warte, ich rufe nach Carla.«

Rasch duckte sich Carla hinter die Treppenbalustrade. Am wenigsten stand ihr gerade der Sinn danach, sich erneut Isidoros Gebalze anzuhören.

»María, das ist nicht nötig. Ich möchte mit dir und Juan allein reden.«

Oh nein, er wollte doch bitte nicht offiziell bei ihren Eltern um ihre Hand anhalten? Carla unterdrückte einen Aufschrei. Bisher war es ihr gelungen, immer wenn er die Sprache auf das Thema Hochzeit gebracht hatte, ihre Beschwerden nach der überstandenen Grippe vorzuschieben. So hatte sie einen Heiratsantrag von ihm bisher vermeiden können. Arbeiten in Isidoros Fabrik war sie bisher auch nicht gewesen, da ihre Finger oftmals zu steif waren, um richtig zeichnen zu können. Filigrane Zeichnungen für neue Schuhmode wollten ihr einfach nicht gelingen.

Endlich bat Mutter Isidoro in die Küche, und Carla konnte sich aufrichten und ihr Bein ausschütteln.

Mutter rief nach Vater, der aus dem Patio kam und sich zu ihnen in die Küche gesellte.

Die Tür zog er nur halbherzig hinter sich zu, und sie blieb einen Spalt offen.

Carla tastete sich die Treppe hinunter und verharrte unschlüssig vor der Tür.

Sie wusste, sie sollte nicht lauschen, doch die Versuchung war zu groß.

»Ich weiß«, hob Isidoro an. »Der Hagel hat euch letztes Jahr die Aprikosen in Stücke gerissen, und die Mandelernte allein wird euch nicht reichen, deshalb ...«

»Wir nehmen keine Almosen, Isidoro«, unterbrach Vater.

Carla jubelte still: Er hielt nicht um ihre Hand an.

»Juan hat recht«, sagte Mutter. »Wir schaffen das. Aber danke für deine Anteilnahme.«

Ja, ihre Eltern hatten Stolz, freute sich Carla, doch wo blieb ihr eigener? Hätte sie nicht schon längst Isidoro klar sagen müssen, dass sie einen anderen liebte? Auch sollte sie ihren Eltern gegenübertreten und ihnen reinen Wein einschenken. Die Krankheit hatte sie geschwächt, mental wie körperlich. Trotz ihrer Sehnsucht nach Francisco hatte sie es nach der schlechten Ernte und ihrem Arbeitsausfall nicht über sich gebracht, ihren Eltern noch eine schlechte Nachricht zu überbringen. Francisco verstand das, sonst wäre er längst selbst zu ihr nach Hause gekommen.

»Es ist kein Almosen«, riss Isidoro sie aus ihren Gedanken. »Bis die Ernte von diesem Jahr verkauft ist, vergeht noch Zeit. Ich bin Geschäftsmann und schlage euch einen Kreditvertrag vor.«

»Aha«, sagte Vater. »Zu welchen Bedingungen?«

Carla krallte sich am Treppengeländer fest, um nicht in die Küche zu stürmen. Hoffentlich lehnten ihre Eltern ab. Auf keinen Fall wollte Carla eine geschäftliche Verbindung zwischen ihren Eltern und Isidoro. Was, wenn die Eltern den Kredit nicht bedienen konnten?

Die Vorstellung schnürte ihr die Kehle zu. Hustenreiz überkam sie. Sie presste die Lippen fest zusammen, ging, so schnell es ihr schlaffer Fuß zuließ, nach oben in ihr Zimmer.

Oben angekommen, zerriss es sie beinahe, aber sie ließ nun dem Husten freien Lauf. Fast wäre sie unten beim Lauschen entdeckt worden.

Sie setzte sich aufs Bett. Wie sollte es nun weitergehen? Was konnte sie tun? Nichts. Sie konnte nichts tun, um dem geschäftlichen Treiben in der Küche einen Riegel vorzuschieben.

Die Stimmen drangen aus dem Flur zu ihr hinauf. Carla öffnete leise die Tür.

»Dann sind wir uns einig?«, sagte Isidoro.

Nein, nein, nein! Was hatten ihre Eltern getan? Welches Motiv hatte Isidoro? Wollte er so eine Hochzeit erzwingen?

»Richtet Carla meine Grüße aus, ich muss weiter zu einem Termin«, verabschiedete er sich.

Wenigstens das blieb ihr erspart. Was fiel ihm eigentlich ein, an einem Sonntag hier aufzutauchen, und dann hatte er auch noch einen weiteren Termin. War ihm dieser Tag nicht heilig?

Ihre Eltern verabschiedeten ihn, und Carla hörte, wie die Tür ins Schloss fiel.

Geduldig wartete sie eine Viertelstunde, bevor sie nach unten ging. »Weil es heute schon so gut bis zur Kirche ging, mache ich vor dem Abendessen noch einen Spaziergang«, rief sie ihren Eltern zu und ging hinaus. »Ich soll ja üben.«

»Geh nicht zu weit!«, mahnte Mutter.

Weit war es nicht, aber sie war ein wenig zu früh unterwegs. Doch an diesem Tag wartete sie gerne. Und sie würde auch nicht zurückgehen, ohne Francisco gesehen zu haben.

Carla saß vor der Schäferhütte und knetete ihre Finger, um das andauernde Kribbeln zu bekämpfen. Wenigstens in denen herrschte langsam wieder Leben. Doch wofür? Sie wusste, es war nicht recht, so zu hadern, und in vielen stillen Momenten war sie aufrichtig dankbar, dass Antonia und Federico ihr den besten Arzt hatten schicken lassen. Ihm verdankte sie ihr Leben. Was machten da schon körperliche Einschränkungen, sagte sie sich immer wieder. Sie verstand es selbst nicht, dass sie an manchen Tagen trüber Stimmung war, obwohl es ihr körperlich täglich besser ging. Wenn auch in kleinen Schritten. Vermutlich ließ sie die Sehnsucht missgelaunt werden.

Nervös spähte Carla in die Dämmerung. In den vergangenen Monaten hatte sie das Gefühl, ihr ganzes Leben bestünde nur aus Warten. Erst auf Besserung und nun das Warten auf die sicher wieder nur gestohlenen Momente des Glücks in Franciscos Armen.

Ihr Herz machte einen Satz, als sie ihn auf dem Weg sah. Francisco rannte auf sie zu, schloss sie in seine Arme und vergrub seine Nase in ihrem Haar. »Was habe ich dich vermisst! Deinen Geruch, dein Haar, dich in meinen Armen zu spüren.« Er küsste ihr seitlich auf den Kopf, ohne darauf zu achten, wohin er sie küsste. »Endlich.« Dann schob er sie von sich, um sie lange zu betrachten. »Wie geht es dir? Jeden Sonntag habe ich den Brief mit mir getragen und gehofft, dich irgendwann in der Kirche zu sehen. Als es heute endlich so weit war, musste ich mich so zusammennehmen, dich nicht an mich zu ziehen.«

»Ich liebe dich«, sprudelte es aus Carla hervor. »Und ich wünschte, du würdest mich nie wieder loslassen.«

»Das werde ich bald nicht mehr müssen. Ich habe mit meinem Vater gesprochen.«

Ihr fuhr es in den Magen. »Es ist zu früh.« Sie löste sich von ihm.

Francisco fasste ihre rechte Hand, zog sie wieder an sich. »Nicht über uns, mi Corazón. Das würde ich nie ohne deine Einwilligung tun.«

Der Knoten in Carlas Magen löste sich. »Worüber dann?«

»Ich habe ihm gesagt, dass ich ausziehe. Samuel hat mir die Wohnung neben seiner Steinmetzwerkstatt sehr günstig angeboten.«

»Dann bist du ja nur noch in Binissalem.« Hielt der Tag denn nur schlechte Nachrichten für sie bereit?

Francisco lachte. »Ab morgen habe ich ein Fahrrad. Auch von Samuel. Siehst du den Vorteil?«

Carla schüttelte den Kopf. »Es ist ja nett, wenn dein Chef dir ein Fahrrad gibt. Doch was haben wir davon?«

»Und ich dachte, meine Liebste wäre schlau«, neckte Francisco sie und küsste sie sanft.

Carla versank in diesem Kuss. Irgendwann wären sie zusammen. Sie wünschte sich nichts sehnlicher.

Carla löste sich von seinen Lippen. »Kannst du nun künftig was für uns zurücklegen?« Seine warmen Augen nahmen sie gefangen. Wie damals auf dem Kirchplatz, als sie das erste Mal in sie gesehen hatte. »Wie hoch ist die Miete?«

»Ah, nun kommt doch noch die schlaue Carla zum Vorschein.« Francisco strich über ihre Wange. »Die Miete ist weniger als ein Drittel dessen, was ich bisher zu Hause abgeben musste.«

Carla stieß einen spitzen Schrei aus. »Das heißt, du musst zu Hause nichts mehr abgeben und stehst auf eigenen Beinen.«

»Genau. Und wenn alles gut läuft, können wir bald mit deinen Eltern reden.«

Carla kuschelte sich an Franciscos Brust, lauschte seinem Herzschlag. Alles würde sich fügen.

Sie schloss die Augen und genoss die so lang vermisste Nähe. Das gleichmäßige Wummern von Franciscos Herzschlag vertrieb alle trüben Gedanken.

»Du könntest zumindest versuchen, dich nützlich zu machen.« Leo ließ sich auf den Stuhl fallen.

Carla fiel fast die Suppenkelle aus der Hand.

»Sagt der Richtige. Wer kommt denn nur noch sporadisch vorbei, um dann unter Murren zu helfen? Außerdem bereite ich ja wohl gerade euer Mittagessen vor.«

»Ja, weil Mutter sich in der Wäscherei abschuftet. Wenn du schon nicht mehr zeichnen kannst, weil du zitterst, ist das wohl das Mindeste.«

Carla ging mit erhobener Suppenkelle auf Leo zu. »Du ...«

»Hört auf!« Vater stand in der Tür. »So haben wir euch nicht erzogen. Seid beide still. Jetzt wird gegessen.«

Carla legte die Kelle auf den Tisch. Vater schöpfte Gemüsesuppe in ihre Teller.

»Danke, Carla, fürs Kochen, und dir, Leo, danke ich für deine Hilfe.«

Selten hatte Vater sich dafür bedankt. Dennoch hätte sie Leo noch immer am liebsten die Suppenkelle um die Ohren geschlagen. Nur Vater zuliebe gab sie Ruhe. Es tat weh, wenn man nutzlos genannt wurde, obwohl man sich die größte

Mühe gab, eben das nicht zu sein. Es ging zwar nun jeden Tag besser, aber die Mandeln mit Stöcken von den Bäumen zu schlagen, das war ihr unmöglich. Nächstes Jahr. Hoffte Carla. Niemand konnte wissen, ob diese Einschränkungen überhaupt vergingen. Francisco schürte die Hoffnung, doch sie selbst versank immer öfter in trüber Stimmung.

Vater nahm sich noch einen Nachschlag. »Nun, wo alles im Lager ist, müssen die Aprikosen nur noch zu Ende trocknen. Da der Abnehmer darauf besteht, die Mandeln ohne Schale zu bekommen, bringe ich sie nächste Woche nach Santa María in die Mandelmühle. Auch das Abholen schaffe ich alleine.« Er schob sich einen Löffel in den Mund, bevor er weitersprach. »Aber ich brauche eure Hilfe, um die Schalenstücke herauszulesen.«

»Das kann ich, Vater.« Carla kratzte den Rest aus dem Teller. Vermutlich würde Leo nur an ihr herummäkeln, aber daran konnte sie nichts ändern. Wichtig war, dass Mutter diese Arbeit nicht nach der Wäscherei noch erledigen musste.

»Es wird bald Maschinen geben, die das machen. Immerhin gibt es Automobile«, störte Leo ihre Gedanken. »Ich meine, welchen Sinn hat es, die Mandelschalen zu knacken und dann Mandel und Schale wieder in ein und denselben Sack fallen zu lassen?«

Vater fixierte Leo. »Selbst wenn es die gäbe, wäre es sicherlich teuer, die Mandeln dort verarbeiten zu lassen. Also, wirst du mir helfen?«

Leo schüttelte den Kopf und stand auf. »Tut mir leid, Vater, ich muss noch heute nach Palma. Dort ist Arbeit für die ganze nächste Woche, und ich weiß noch nicht, wie es danach aussieht.«

Carla unterdrückte den Impuls, vor Freude aufzuspringen. Damit war sie die kommenden Tage vor seinen Angriffen sicher. Endlich verschwand Leo wieder. Solange er hier war, sogar im Haus schlief, konnte Carla Francisco nicht treffen. Zu groß war ihre Angst, Leo würde sie entdecken. Und das konnten sie nicht riskieren.

Vater stand die Enttäuschung ins Gesicht geschrieben. »Triffst du da auch wieder diese Alba? Dieses reiche Mädchen?«

»Der Vater dieser Alba handelt mit Trockenfrüchten. Vielleicht könntest du in der Zukunft davon profitieren, wenn ich diese Frau eines Tages heirate.«

So weit war es mit Leos Plänen schon? Hoffentlich heiratete Leo schnell. Dann bliebe er in Palma. Und sie hätte endlich Ruhe vor ihm.

Vater stand auf. »Das hast du schon mehrmals erzählt. Aber auch, welches Leben Alba führt. Wirst du dir das leisten können?«

»Genau deshalb muss ich jetzt nach Palma und dort Geld verdienen.«

Carla stellte die Teller ineinander. »Wir schaffen das auch ohne dich«, sagte sie mit fester Stimme. Ihr ging es schon besser, und wenn sie immer wieder eine Pause einlegte, würde sie es auch schaffen.

Leo verabschiedete sich.

Carla spülte das Geschirr und achtete darauf, nicht unvorsichtig zu sein. In den letzten Wochen war ihr immer wieder mal durch einen Zitteranfall der Hand ein Teller aus den Fingern geglitten und auf dem Fußboden zerschellt.

»Glaubst du das ernsthaft?«, fragte Vater.

Carla bejahte. Sie räumte die abgetrockneten Teller in den Schrank und drehte sich zu ihrem Vater um. »Wir packen die Säcke auf den großen Arbeitstisch im Lager, da kann ich mich davorsetzen und muss nicht stehen.« Sie drückte ihm einen Kuss auf die Stirn. »Ich werde nur etwas länger für die Lese brauchen.«

Für den restlichen Tag würde die Arbeit ruhen. Carla ging in ihr Zimmer, um den ärztlich angeratenen Mittagsschlaf abzuhalten. Dabei fühlte sie sich an diesem Tag gar nicht müde. Als ihr Kopf das Kissen berührte, fielen ihr dennoch die Augen zu.

»Du hast Besuch«, rief Vater die Treppenstufen nach oben.

»Ist es der Arzt?« Carla setzte sich im Bett auf.

»Der kommt erst morgen. Isidoro ist hier. Komm runter.«

Am liebsten hätte sie sich in ihrem Zimmer vor Isidoro verkrochen. Bald musste sie ihm die Wahrheit sagen und damit ihre Zukunft in der Schuhfabrik verspielen.

»Ich komme gleich.« Carla stand auf und schlurfte zum Spiegel. Der Anblick ihres schmal gewordenen Körpers und das blasse Gesicht ließen sie jedes Mal erschrocken zusammenfahren.

Mit den Fingerspitzen zog sie Antonias Brief hinter dem Spiegel hervor, achtete darauf, dass Franciscos Zettel dort verblieb, und humpelte zurück zum Bett.

Sollte Isidoro doch warten! Immerhin hatte er seinen Besuch nicht angekündigt. Es war ihr fast schon zur Gewohnheit geworden, jeden Mittag Antonias persönlichen Brief zu lesen. Er linderte ihren Kummer. Die offenen Worte ihrer Schwester spendeten Carla Trost. Antonias Leben war schwieriger als ihres, und sie hatte sich nicht beklagt. Antonias Stärke spendete ihr Kraft.

Zu Beginn war es erschreckend gewesen, von Antonia zu lesen, dass Mateo nicht der liebende Mann gewesen war, als der er immer erschienen war, doch so tragisch sein Tod gewesen war, hatte Antonia dadurch ihr Glück mit Federico gefunden. Alles Schlechte hatte auch sein Gutes.

Antonia hatte ihr geraten, offen mit Francisco zu sprechen, und wenn er sie liebte – aufrichtig und tief –, würde er mit ihr warten, bis der Zeitpunkt gekommen wäre und sich die wirtschaftliche Situation der Eltern so besserte, dass sie auf Carlas Einkommen nicht mehr angewiesen wären.

Und diesen Rat hatte Carla befolgt. Francisco stimmte mit Antonias Meinung überein. Immer, wenn Carla verzweifelt war, weil sich alles so lange hinzog, gab Francisco ihr die Hoffnung zurück. »Cariño«, sagte er dann jedes Mal. »Wahre Liebe ist geduldig, wenn die Umstände es erfordern.«

Natürlich bedeutete das nicht, ihm würde das Warten leichtfallen, besonders jetzt, wo er von zu Hause ausgezogen war. Aber er konnte es auch nicht mit seinem Gewissen vereinbaren, einen Bruch zwischen Carla und ihren Eltern zu verschulden.

Antonia hatte sogar angeboten, die Eltern finanziell zu unterstützen, doch sie wusste ebenso wie Carla, dass sie von Antonia kein Geld annehmen würden. Bisher hatte Carla es nicht übers Herz gebracht, Antonia zu schreiben, dass ihre Eltern einen Kredit bei Isidoro aufgenommen hatten. Es würde ihre Schwester nur traurig machen, dass sie von ihr keine Hilfe wollten und sich lieber in Schulden stürzten.

Seufzend faltete Carla den Brief zusammen und steckte ihn wieder hinter den Spiegel. Nun fühlte sie sich stark genug, um nach unten zu Isidoro zu gehen.

Gemeinsam saßen sie draußen in der Sonne auf einer Bank vor dem Haus.

»Wie lange willst du mich mit unserer Hochzeit noch hinhalten?« Isidoro drehte sich zu ihr und sah sie eindringlich an. »Wir müssen nicht warten, bis du gar keine Beschwerden mehr hast.«

»Ich habe dir nie etwas versprochen«, wich Carla ihm aus.

Er umfasste ihre Finger, und Carla war versucht, seine Hände wegzuschieben. Warum hatte er sich ausgerechnet in sie verlieben müssen? Es gab so viele hübsche Frauen in seiner Fabrik, und gerade sie hatte er auswählen müssen.

Durch das Darlehen, das er ihren Eltern gewährt hatte, stand sie noch tiefer in seiner Schuld. Natürlich nahmen nun alle an, sie würde ihn heiraten. Doch keiner fragte, ob sie das wollte. Ihre Eltern nicht, Isidoro nicht und die Kollegen in der Fabrik auch nicht. Für sie war es wie ein modernes Aschenputtel-Märchen. Der reiche Schuhfabrikant errettet das verarmte und sogar körperlich versehrte Mädchen vor ihrem Schicksal.

»Isidoro, bitte dräng mich nicht weiter.« Carla entzog ihm ihre Hände und knetete ihre Finger. »Sieh dir meine Zeichnungen an. Nichts gelingt mir!« Carla mühte sich auf die Beine. »Und beim Laufen ...« Sie ging einige Schritte und verstärkte absichtlich ihre Gehschwäche. »Die Leute werden uns auslachen. Die hinkende Braut!« Sie hoffte, ihn mit diesem wenig angenehmen Bild von ihr als Braut vertrösten zu können. »Such dir eine Frau, die besser zu dir passt. Mit der du stolz zum Altar schreiten kannst. Und über die nicht das halbe Dorf lacht.«

»Mich stört es nicht. Jeder weiß, wie knapp du überlebt hast, und was ist verkehrt daran, wenn ich dich jetzt heiraten möchte?«

Carla wusste nicht mehr, was sie sagen sollte. Nichts schien ihn dazu zu bewegen, sich eine andere Frau zu suchen. Eine, die besser zu ihm passte. Isidoro wäre mit Sicherheit ein wundervoller Ehemann. Nur nicht für sie.

»Also gut.« Er stand vor Carla und strich ihr über die Wange. »Im kommenden Jahr geben wir unsere Verlobung bekannt. So schwer es mir auch fallen wird, so lange auf dich zu warten, wirst du bis dahin bestimmt völlig genesen sein. Sollte es dir vorher schon besser gehen, ziehen wir die Verlobung und die Hochzeit natürlich vor.« Er zwinkerte ihr zu. »Einverstanden?«

Carla wusste, wie sehr sich Isidoro grämte, weil sie sich bei seinem Geschäftspartner angesteckt hatte. Seine Schuldgefühle verstärkten sich noch, weil es letztendlich nicht sein hinzugerufener Arzt gewesen war, dem sie ihr Überleben verdankte. Beide wussten das, und dieses Wissen gereichte Carla zum Vorteil. Er wollte warten. Sie hatte einen Aufschub erwirkt. Bis dahin konnte viel geschehen. Eine Antwort konnte sie ihm dennoch nicht geben. Also wich sie ihm aus. »Sei mir nicht böse, aber ich würde mich gerne etwas ausruhen.«

»Selbstverständlich. Wie unsensibel von mir.« Isidoro strich ihr sanft über die Wange, bevor er seine Jacke nahm und ging.

Carla wartete zwanzig Minuten, bis sie es wagte, sich zum Treffpunkt aufzumachen.

Die Schafe blökten, und die Lämmer rannten zu ihren Müttern, als Carla den Weg zur kleinen Schäferhütte einschlug. Mit Bedauern erkannte sie, dass Franciscos Fahrrad nicht davor stand. Ob er noch käme? Da sie keine festen Verabredungen treffen konnten, hatten sie vereinbart, dass Francisco täglich bei der Hütte nach der Arbeit mit dem Fahrrad vorbeifuhr. Doch Carla wusste nicht, wann das sein würde.

Sicherheitshalber sah sie sich um, bevor sie hineinging.

Die Tür ließ Carla offen stehen, damit ein wenig der warmen Luft hineinströmte. Der Weg hatte sie mehr angestrengt, als sie gedacht hatte. Immer wieder überschätzte sie ihre körperlichen Fähigkeiten. Es gab gute Tage, aber viel mehr schlechte. Und dennoch stand Francisco zu jedem Zeitpunkt zu ihr.

Ihre Liebe war eine einzige Bewährungsprobe gewesen, eine, die sie erfolgreich gemeistert hatten.

Erschöpft setzte sie sich auf die wackelige Holzbank. Sie holte einen Kamm aus ihrer Tasche und strich über ihr Haar. Carla wusste, wie müde sie aussah, aber wenigstens wollte sie Francisco nicht noch mit vom Wind zerzaustem Haar gegenübertreten.

Bald würde es leichter werden. Mittlerweile konnte Francisco eine Familie allein ernähren. Carla war stolz, wie fleißig er arbeitete. Auch Samuel, sein Meister, sah das so. In ihm hatte er einen wundervollen Mentor. Er hatte Francisco sogar vor zwei Wochen sein Gehalt erhöht. Eindeutig sah er in Francisco seinen Nachfolger, da ihm selbst ein Sohn verwehrt geblieben und er mittlerweile Witwer war.

Das einzige Hindernis war noch der zurückzuzahlende Kredit an Isidoro, denn damit konnte und wollte Carla ihre

Eltern nicht allein lassen. Doch auch das würden sie schaffen. Es fehlte nur der richtige Zeitpunkt. Spätestens nach der nächsten Ernte.

Das Bimmeln der Schafsglocken riss sie aus ihren Gedanken. Carla stand von der Bank auf und sah sich suchend um.

»Ausgerechnet heute bin ich so spät. Tut mir leid.« Francisco stellte sein Fahrrad ab und ging zu ihr. Liebevoll küsste er sie und drückte sie an sich. »Jeden Abend habe ich auf dich gewartet. Heute bist du gekommen.«

Carla kuschelte sich in seine Arme und genoss die Wärme seines Körpers. »Ich habe dich so vermisst.«

»Und ich dich.« Er setzte sich auf die Bank und zog Carla auf seinen Schoß. »Wie war dein Tag? Machst du Fortschritte?«

Carla strich ihm durch sein Haar und sog seinen erdigen Duft ein. »Es wird besser.« Sie stand auf und ging einige Schritte auf und ab. »Siehst du? Bald laufe ich dir wieder davon.«

»Ich will mit dir mein Leben teilen und nicht, dass du vor mir davonläufst«, scherzte er. Dann wurde sein Gesichtsausdruck entschlossen. »Ich meine das ernst. Ich will nicht nur einige gestohlene Stunden.«

Carla umfasste sein Gesicht mit beiden Händen. »Nichts wünsche ich mir sehnlicher als eine eigene Familie mit dir.«

»Dann lass uns das tun.« Francisco fiel vor ihr auf die Knie und schaute erwartungsvoll zu ihr auf. »Willst du meine Frau werden?«

Carlas Hals wurde trocken und die Augen feucht. Für einen Moment sprachlos, beugte sie sich zu ihm hinab und bedeckte sein Gesicht mit Küssen. »Und ob ich das will!«

»Mit allem, was dazugehört?«

Carla wusste, was er meinte. Dennoch fiel ihr die Antwort leicht. »Ja. Mit allem, was dazugehört.«

Francisco griff hinter sich und zog die Wolldecke unter der Bank hervor, die sie oft schon vor der Kälte geschützt hatte. Er ging zur Tür, zog Carla mit sich. »Du machst mich zum glücklichsten Mann der Welt«, hauchte er ihr ins Ohr, und Carlas Nackenhärchen stellten sich auf.

Sie genoss den wohligen Schauer und folgte ihm bereitwillig in die Hütte. Auch wenn sie wusste, wie unvernünftig es war, sich ihm jetzt hinzugeben. Sie wünschte sich dennoch nichts sehnlicher, als endlich ganz ihm zu gehören.

Francisco breitete die Decke auf dem Boden aus und setzte sich darauf. »Komm.« Er öffnete sein Hemd.

Mit zitternden Fingern streifte Carla ihre Jacke ab. »Kannst du mir bei den Knöpfen helfen?« Erwartungsvoll kniete sie sich neben ihn.

Francisco liebkoste ihr Haar, strich sanft mit der Hand ihren Hals entlang und öffnete Knopf für Knopf.

Carla spürte ihren Herzschlag bis in die Stirn pulsieren. Nach all den Jahren war es nun so weit. Sie würden endlich wie Mann und Frau beisammen sein.

»Das waren die letzten Aprikosen.« Vater stellte den leeren Karren in der Ecke des Lagers ab. Auf den Holzregalen lagen nun fein säuberlich nebeneinander die entkernten Aprikosen und verströmten ihren herrlichen Duft. Durch die Trocknung in der Sonne war das Fruchtaroma noch intensiver geworden.

Carla seufzte erleichtert auf. »Tut mir leid. Ich war euch keine große Hilfe.«

»Red keinen Unsinn«, widersprach ihre Mutter. »Du tust, was du kannst, und das ist genug. Wir sind glücklich, dich nicht verloren zu haben.«

Der Satz weckte etwas in Carla. Wenn ihre Eltern sie liebten, würden sie ihr auch ihre Wahl verzeihen. Vielleicht nicht gleich, aber irgendwann.

»Außerdem hast du beim Aussortieren der Mandelschalen geholfen.« Vater streckte seinen Rücken durch. »Sieh dich doch um. Dieses Jahr haben wir einen ausgezeichneten Ertrag.«

Mutter klopfte Vater anerkennend auf die Schulter. »Noch zwei oder drei Wochen hier im Lager für die Resttrocknung, und wir können die Lieferung vorbereiten. Und nach dem Verkauf stehen wir auch bei Isidoro nicht mehr in der Schuld.«

Dieser Satz ließ Carlas Herz freudig klopfen. Dann war der Kredit gar nicht so hoch gewesen? Dieses Jahr schon sollte die Rückzahlung erfolgen? Dann wäre auch dies kein Hindernis mehr.

Alles würde sich fügen.

Davon war sie überzeugt. Sobald die letzte Rate an Isidoro gezahlt war, würde sie allen Mut zusammennehmen und ihren Eltern den künftigen Schwiegersohn präsentieren. Als ehrbaren Handwerker würden sie ihn akzeptieren müssen, auch wenn es sie einige Zeit kosten würde.

Vater schüttelte den Kopf. »Selbst bei gutem Gewinn bleibt uns fast nichts übrig bis zur nächsten Ernte. Wir sollten das mit der Rückzahlung an Isidoro entscheiden, sobald wir die Zahlen auf dem Tisch haben.«

Mutter lachte. »So pessimistisch kenne ich dich gar nicht. Aber gut, warten wir die Verträge ab und entscheiden dann. Noch bleibt uns Zeit.«

Hoffentlich ließ die Ernte eine Rückzahlung zu. Damit wäre ihre Familie unabhängig von Isidoro und Carla frei.

»Wenn doch nur Leo ein wenig mehr Begeisterung zeigen könnte.« Ihr Vater verschnürte einen Mandelsack. »Immer ist er im Hafen beim Löschen der Ladungen von dieser Schiffsgesellschaft.«

»Du weißt doch, wie sehr er Weinbau liebt. Das ist sein Traum. Er wird schon noch vernünftig werden. Außerdem verdient er in Palma gutes Geld und ist nun alt genug.«

»Gutes Geld?«, wiederholte Vater. »Das mag sein, doch wer weiß, was da alles transportiert wird. Wenn Leo nicht aufpasst, landet er noch irgendwann im Zuchthaus! Jeder weiß, was man sich über diesen Tomeu erzählt.«

»Leo ist erwachsen. Er weiß schon, was er tut.«

Carla hielt sich aus diesem leidigen Thema heraus. Sie war über jeden Tag froh, an dem Leo nicht in Sencelles war.

»Alba wird ihm schon den Kopf zurechtrücken.« Mutter trat aus dem Schuppen. »Das verwöhnte Ding wird ganz schöne Ansprüche an ihn stellen. Besser, er gewöhnt sich an harte Arbeit.«

Carlas Vater lachte trocken auf. »Welche Ironie, dass schon Albas Großeltern mit dem Handel von Trockenfrüchten reich geworden sind und die Eltern es fortführen. Aber der Junge ist ja nicht dafür zu begeistern.«

»Es ist besser, wenn er sein eigenes Leben lebt.«

Carla sah zu ihrer Mutter. Würde sie das auch so bei ihr sehen?

Carla folgte ihren Eltern nach Hause und setzte sich an den Küchentisch. Der Gedanke an Francisco ließ ihre Wangen glühen.

Um ihre Gedanken auf etwas anderes zu lenken, ging sie zum Küchenschrank. »Soll ich den Tisch decken?«

»Du solltest dich ausruhen.« Ihre Mutter stellte den Topf für die Kartoffeln auf den Herd. »Du wirst müde sein, nachdem du uns zwei Stunden geholfen hast.«

»Ach, Mamá. Was soll ich sagen? Es dauert eben seine Zeit. Aber den Tisch decken, das schaffe ich schon noch.«

Vater rückte auf der Anrichte das Hochzeitsfoto von Antonia mit Federico zurecht und strich mit den Fingern darüber. »Du solltest endlich heiraten. Isidoro kümmert sich sicherlich gut um dich. Sei nicht dumm. Er wird dir ein guter Mann sein. Außerdem wünsche ich mir Enkelkinder. Antonias Kinder werde ich wohl nie zu Gesicht bekommen.«

Er holte eine Flasche Wein aus dem Schrank und setzte sich an den Tisch. »Isidoro wird nicht ewig auf dich warten.« Mit dem Korkenzieher öffnete er die Flasche.

»Papá! Ich möchte selbst entscheiden, wann ich heirate.« Es kostete sie alle Kraft, ihm in diesem Moment nicht die ganze Wahrheit zu sagen. »Und ich werde im übernächsten Jahr heiraten, nicht vorher.« Vielleicht gab er jetzt endlich Ruhe, wenn Carla auch nur einem ihr Jawort geben würde: Francisco.

32

Leo rieb seine Hände in der Pause mit Fett ein. Dieser elende Wind, der seit einigen Tagen herrschte, wollte einfach nicht aufhören. Mit jeder Böe zerstob er die Gischt in einen feinen Salznebel, der die Kisten auf dem Schiff mit einer rauen Salzkruste belegte.

»Hilft leider nicht viel, dein Fett«, sagte ein Arbeitskollege.

Leo setzte sich neben ihn auf eine kleine windgeschützte Mauer. »Ich weiß, aber es ist besser als nichts.« Er packte den Fettblock wieder in Papier und legte ihn zurück in seinen Korb.

»Nichts zu essen dabei?«, fragte der Kollege.

Leo schüttelte den Kopf. »Hab kräftig gefrühstückt.« Er stand auf. »Aber Durst habe ich. Ich hole uns einen Krug.«

Der Kollege biss in sein Brot.

Leo ging in die Lagerhalle und kam mit einem Wasserkrug und zwei Gläsern zurück.

»Wie lange bist du eigentlich schon dabei?«, fragte er, während er ihnen eingoss.

»Vier Jahre.«

Leo betrachtete dessen Hände, als er nach dem Wasserglas griff. Man sah es den Fingern an. Schrundig und rot. »Handschuhe wären eine Lösung«, sagte Leo.

»Kannst du dir die etwa leisten?« Der Kollege lachte. »Müssen schon aus Leder sein, damit sie was nützen. Ein gestricktes Geschenk von Muttern oder Frau reicht da nicht.«

»Ja, du hast ja recht.« Leo trank sein Glas aus. Auch wenn solche Handschuhe teuer waren, brauchte er welche. Wie könnte er sonst mit diesen zerschundenen Arbeiterhänden Albas Eltern gegenübertreten? Diese Ausgabe musste er auf sich nehmen.

Leo stand auf. »Ich gehe schon mal vor und nehme Krug und Gläser mit.«

»Komme gleich nach.«

Wenigstens würden sie heute für den Rest des Tages ihre Arbeit im Lager verrichten. An der Wand hing eine Liste, welche Kisten ausgepackt und für den Weitertransport umsortiert werden sollten.

Vier Stunden später zog Leo die Arbeitshose aus und wechselte sein Hemd. Vor dem Spiegel kämmte er sich die Haare und setzte seinen Hut auf. Erneut fettete er seine rauen Hände ein. Wenigstens fühlten sie sich weicher an als noch am Morgen. Er sah auf die Wanduhr. Viel Zeit bis zum Treffen mit Alba blieb ihm nicht mehr.

Auf dem Weg zu ihrem Treffpunkt kam er an einem Geschäft vorbei, das Schuhe und Handschuhe führte. Meine Güte, waren die Dinger teuer. Mindestens einen Wochenlohn müsste er wohl investieren. Aber er brauchte weder Ziernähte noch sonstigen Zierrat. Die Handschuhe sollten nur seine Haut schützen. Leo atmete durch und ging hinein.

»Bon dia«, begrüßte ihn der Verkäufer, und Leo grüßte zurück. Unter Glas lagen in dem großen Holztresen verschiedene Handschuhe aus Seide oder anderem edlen Stoff für

Frauen. Fein bestickt mit Perlen und glitzernden Sachen. An den Wänden hingen Hüte in allen Größen und Formen. Leo schluckte. Alba würde wahrscheinlich den halben Laden aufkaufen, wäre sie hier nicht schon längst Kundin. Er erkannte einen Hut, den Alba ihm vor Kurzem stolz präsentiert hatte. Er kostete weit mehr, als er in zehn Tagen verdiente.

»Suchen Sie etwas Bestimmtes?«, fragte der Verkäufer.

»Ich brauche Handschuhe, die meine Hände bei der Arbeit schützen.«

»Aha, verstehe.« Der Verkäufer lächelte freundlich. »Also nichts Feines«, er deutete auf Waren unter der Glasscheibe, »nehme ich an. Eher rein zweckmäßig?«

Leo bejahte die Vermutung des Mannes.

»Einen Moment bitte.« Der Verkäufer verschwand hinter einem Vorhang und kam kurz darauf mit einem fleckigen Lederstück zurück. »Hier ist leider ein Missgeschick passiert, und ich kann das Stück nicht zum vollen Preis verkaufen. Aber es ist gutes Leder, fühlen Sie mal.«

Zögernd nahm Leo das eine Ende zwischen Daumen und Zeigefinger. Obwohl es sich weich anfühlte, spürte er nicht, wie er seinen Daumennagel gegen den Zeigefinger drückte. Sie wären perfekt. Nun kam es auf den Preis an.

Leo sah den Verkäufer an.

»Ich weiß, es ist eine sehr gute Qualität, aber da ich es nicht mehr verwenden kann, mache ich Ihnen einen Vorschlag. Ich nehme Ihre Maße der Hände, und Sie zahlen mir nur die Arbeitszeit.«

Heute musste Leos Glückstag sein, und schnell reichte er dem Verkäufer seine Hand. »Abgemacht, das ist sehr großzügig. Vielen Dank.«

Kurze Zeit später hatte der Verkäufer alle Maße notiert, und in wenigen Tagen könnte Leo die Handschuhe abholen. Mit einem Lächeln auf den Lippen betrat er das Café und wartete auf Alba. Sie war unpünktlich.

Wenn sie nicht bald käme, müsste er gehen, ohne sie gesehen zu haben. Ausgerechnet an diesem Tag stand ihm ein entscheidender Schritt in seine Zukunft als Winzer bevor. So hoffte er zumindest.

Tomeu hatte ihn zum Notar gebeten. Und das bedeutete eine Belohnung für die vielen nicht ganz legalen nächtlichen Arbeiten.

Endlich würde Leo selbst Grund und Boden besitzen. Das wusste er von seinen Kollegen, denn wenn Tomeu zum Notar bat, dann verließ man den Raum als Grundstücksbesitzer. Der Kaufpreis war symbolisch niedrig und das Land im Grunde eine Schenkung. Ja, Tomeu vergaß seine fleißigsten Mitarbeiter nicht. Leo war schon gespannt, wie seine Belohnung aussah.

»Na, du kleiner Grübler.« Alba stand vor ihm und strich ihm liebevoll über die Wange.

»Hallo, meine Schöne. Leider kann ich nicht lange bleiben.«

»Nie hast du Zeit für mich.« Alba wippte auf den Zehenspitzen und schürzte die Lippen. Auf ihrem hübschen Gesicht zeigte sich deutlicher Widerwillen.

»Jetzt setz dich bitte zu mir, und wir trinken einen Kaffee«, bat Leo, rückte ihr den Stuhl auf der Terrasse der Cafébar zurecht und rief nach dem Kellner.

»Ist der Hut neu?«, fragte Leo, als er bestellt hatte. Er liebte Alba und ihren Kleidungsstil, doch wenn sie verheiratet waren, müsste er, um diese Kaufwut zu finanzieren, noch mehr arbeiten, und das, obwohl er sich schon jetzt kaum Pausen gönnte. Was diese extravaganten Hüte kosteten, hatte er vorhin an der Wand des Geschäftes sehen können.

Alba spielte mit ihren blonden Locken, die seitlich unter ihrem Hut herausschauten. »Schick, oder?« Neckisch schaute sie ihn an.

Oh ja, sie wusste, wie sie ihn um den kleinen Finger wickeln konnte. Alba war verführerisch, energiegeladen, humorvoll und intelligent. Leider mit einer verschwenderischen Ader. Aber einer Frau wie ihr musste man schon etwas bieten. Leo wusste um sein Glück. »Sehr elegant, Liebling. Aber hattest du dir nicht erst vor zwei Wochen einen neuen Hut gekauft?«

Alba zwinkerte ihm zu. »Ich liebe eben Hüte! Aber ich verspreche, mich zu bessern, wenn wir erst einmal Mann und Frau sind.«

Der Kellner brachte die Kaffees, und Alba sog genießerisch den Duft ein. Verträumt sah sie zur Kathedrale. »Ist Palma nicht der wundervollste Ort der Welt?« Sie zeigte mit der Hand auf die Kathedrale, deren heller Kalkstein im Sonnenlicht leuchtete. Albas Gesicht strahlte vor Begeisterung. Sie holte ihren Zeichenblock heraus und lächelte. Mit wenigen Strichen fing sie das imposante Gebäude ein. »Siehst du, Liebling, wenn gar nichts mehr geht, dann verkaufe ich meine Bilder. Und ich verspreche, nur die Hälfte von den Einnahmen für Hüte und Schuhe auszugeben.« Alba kniff ihn leicht in die Wange.

Leo wich zurück. Alba meinte es nicht böse, aber dennoch ging es nicht, wenn seine zukünftige Frau mit Bildern die Haushaltskasse aufbessern musste. Um sie milde zu stimmen, griff er nach ihrer Hand. »Liebling, du zeichnest wunderbar, aber glaubst du, deine Bilder kauft jemand?«

»Aber natürlich!«, brauste sie auf. »Das wirst du schon sehen. Ich werde eine Galerie haben, und du wirst es mir nicht verbieten.«

Albas entschlossener Gesichtsausdruck ließ daran keinen Zweifel. Wenn er sie halten wollte, musste er mehr Geld verdienen. Eine Galerie anzumieten kostete sicher ein halbes Vermögen.

Alba nahm erneut den Stift in die Hand, und in wenigen Minuten hatte sie Leos Gesicht so perfekt eingefangen, dass er glaubte, in einen Spiegel zu sehen.

»Wenn du weiter so schnell zeichnest, dann reicht eine Galerie nicht aus.« Leo wusste jetzt schon nicht, wie er die erste Galerie finanzieren sollte. Und es käme für ihn nicht infrage, Albas Eltern um Hilfe zu bitten. Das verbot ihm sein Stolz.

»Ich werde ja auch Bilder verkaufen, und außerdem haben wir später unser eigenes großes Haus.«

Leo überlegte. Und bis dahin würden sie nach der Hochzeit die Wohnung im Zwischengeschoss im Haus von Albas Eltern bewohnen. Lange würde Alba das nicht gutheißen. Aber vielleicht war sie tatsächlich zufrieden, wenn sie ihre Galerie bekäme, und verzichtete dafür auf ein eigenes Heim.

»Deine Bilder sind wunderschön, mein Herz. Zeichne du weiter, ich muss jetzt zu einem Termin, und wer weiß, vielleicht hast du deine Galerie schon früher als gedacht.« Leo küsste sie zum Abschied auf die Stirn und legte die Münzen für den Kaffee auf den Tisch.

»Leo?«

»Ja?«

»Du bist mir nicht böse, weil ich ein bisschen bei meinen Eltern geschwindelt habe?«

»Komm mal her.« Leo zog sie vom Stuhl in seine Arme. »Du hast ja nur ein bisschen übertrieben. Solange du es nur getan hast, um es mir bei deinen Eltern leichter zu machen, und nicht, weil du dich für mich schämst, ist alles gut.«

»Du bist der beste Mann, den ich mir vorstellen kann.« Alba löste sich von ihm. »Wenn ich von dir irgendwann meine Galerie bekomme, wie du es mir versprochen hast.« Sie schaute ihn mit einem treuherzigen Hundeblick an.

Leo musste lachen. »Wie könnte ich dir was abschlagen.« Er strich ihr über die Wange. »Ich liebe dich, und bald sehen wir uns Räumlichkeiten an. Versprochen. Mit meinem Einkommen und dem Verkauf von deinen Bildern kriegen wir eine Miete schon zusammen.«

Alba quiekte vor Freude auf und tanzte einmal um ihn herum. »Ich kann ja demnächst schon einmal eine Vorauswahl treffen.« Sie winkte ihm zum Abschied nach.

Auf dem Weg zum Notar überlegte Leo immer wieder, wie großzügig Tomeu ihn nun entlohnen würde. Als er im Vorzimmer angekommen war, wischte er sich die feuchten Hände ab.

Der Notar bat ihn in sein Büro. »So, nun hat der, nennen wir ihn, Verkäufer, unterzeichnet, und wir können hier mit Ihrer Unterschrift fortfahren.«

Leo hoffte auf ein gutes Grundstück, auf dem die Weinreben rasch gedeihen würden.

Der Notar reichte ihm die Papiere. Zeitgleich verlas er den Inhalt der Kaufurkunde. Leos Konzentration ließ nach, als er hörte, nun ein sehr großes Grundstück im Gemeindegebiet von Calvià sein Eigen nennen zu dürfen.

Wenn es an der Küste lag, war es für den Weinbau unbrauchbar. Auch war die Wahrscheinlichkeit hoch, dass es felsig war. Er hatte so sehr auf ein flaches und großes landwirtschaftliches Gelände gehofft. Die anderen hatten Grundstücke zwischen Petra und Artà erhalten. Und er? Bekam ein nutzloses Stück Land an der Küste!

»Sie müssen hier unterschreiben«, forderte ihn der Notar auf.

Enttäuscht nahm Leo den Stift, den ihm der Notar reichte, unterzeichnete und gab dem Notar die Urkunde zurück. Besser ein Stück nutzloses Land als gar keines. Vielleicht konnte er es verkaufen. Zumindest könnte er es versuchen, um Alba ihre Galerie zu ermöglichen. Ein kleiner Trost, da der Weinanbau damit wieder in weite Ferne rückte.

»Herzlichen Glückwunsch.« Der Notar erhob sich.

»Danke.« Leo war nicht nach Feiern zumute. Aber das durfte er vor dem Notar nicht zeigen. Sollte der in engem Kontakt zu Tomeu stehen, wäre das nicht die Dankbarkeit, die sein Arbeitgeber von seinen Angestellten erwartete.

Draußen blendete ihn die Sonne, und er schirmte sie mit der Hand vor seinen Augen ab, während er zum Hafen ging.

Bis er wusste, ob er für das Grundstück überhaupt eine Pesete bekommen würde, blieb ihm nichts anderes übrig, als weiterhin im Verborgenen nachts die Schiffe mit illegaler Ladung zu löschen.

Tomeu hatte seine Schmuggelware zu einem reichen Mann gemacht, und Leo hoffte, wenn er weiterhin zuverlässig arbeitete, auf lange Sicht weiter mit Tomeus Großzügigkeit rechnen zu können. Er musste nur vorsichtig sein. Sollte er deswegen im Zuchthaus landen, konnte er die Hochzeit mit Alba vergessen. Doch mit ehrlicher Arbeit ließen sich ihre Ansprüche nicht erfüllen, was zum gleichen Ergebnis führen würde. Eine Hochzeit würde es nicht geben.

Leo setzte sich in das Straßencafé vor dem Hafen und bestellte sich einen Brandy. Die Sonne ließ das Glas golden aufleuchten. Eines Tages wäre er wieder Winzer. Er würde seinen Traum nicht aufgeben. Nicht wegen eines nutzlosen Grundstücks an der Küste. Dieser Notartermin hatte alle Hoffnung zunichtegemacht. Bald müsste er dafür eine Lösung finden. Er durfte Alba nicht enttäuschen. Auch nicht seine künftigen Schwiegereltern Josefina und Andrés.

Leo ließ den Brandy über seine Zunge gleiten und genoss das wohlige Brennen, als der Schluck seine Kehle hinablief.

Er brauchte einen Plan.

Einen guten Plan.

Alles könnte so einfach sein, wenn nur Carla endlich Isidoro heiratete. Dann gab es nur noch ihn, der das Land künftig bestellen sollte, wenn seine Eltern sich von der Arbeit zurückzögen. Es gab keine andere Lösung: Er brauchte das Grundstück in Sencelles. Nur so könnte er Alba eine Zukunft bieten und bei ihren Eltern zu seinem Wort stehen.

Dann wäre der Weg endlich frei, um zur alten Tradition zurückzukehren. Es sei denn, ihm käme zuvor noch eine zündende Idee.

33

Kuba Herbst 1922

»Du siehst aus, als würdest du jeden Moment platzen.«
Mit einem breiten Lachen, das ihre strahlend weißen Zähne zeigte, knetete Magdalena mit kräftigen Handbewegun-
gen einen Teig. »Da ist der Schwimmunterricht sinnlos. Ich
fürchte, du wirst untergehen wie ein Stein.«

»Darum werde ich den Kurs auch erst nach der Geburt wei-
termachen. Ich will mir das Gerede im Jachtklub gar nicht vorstellen, wenn ich in meinem Zustand in das Becken steige!«
Antonia lachte, auch wenn es mehr aus Hilflosigkeit heraus
war. »Und sobald ich es richtig kann, bringe ich es dir bei.«

»Das wäre großartig. Und ich könnte es dann meinen
Nichten und Neffen beibringen.«

Noch immer gab es keine Möglichkeit für Schwarze, das
Schwimmen zu lernen. Die einzige Schwimmschule befand
sich im Jachtklub von Havanna. Vom Gesetz her war eine
Mitgliedschaft im Jachtklub zwar auch für die schwarze Bevölkerung möglich, die hohe Jahresgebühr verwehrte
ihnen dennoch den Zutritt. Ohne Mitgliedschaft keine Teil-
nahme am Unterricht.

Antonia liebte Federico sehr. Weniger gefiel ihr das gesellschaftliche Leben, das er führte. Die Upperclass blickte auf alle herunter, die nicht zu ihrer Gesellschaftsschicht gehörten.

Auch auf sie.

Federicos Bekannte, auch Freunde und Geschäftspartner von ihm, ließen Antonia immer wieder ihre niedere Herkunft spüren. Sie war eine arbeitende Witwe gewesen, und Federico hätte jemanden von Stand wählen können. Ihre Erziehung war zwar ausgezeichnet, und sie war durch das Vorlesen der Zeitungen stets besser informiert als die Ehefrauen seiner Freunde, doch Antonia wurde von den Frauen nicht akzeptiert. Man tolerierte sie, doch sobald sie von geschäftlichen Dingen sprach oder vom Weinanbau, rümpften sie verächtlich die Nase. Mit den Männern sollte sie nicht über relevante Dinge sprechen. Und mit den Frauen konnte sie es nicht, da sie sich nicht für Wirtschaft oder gar Politik interessierten. Das war in der feinen Gesellschaft nicht erwünscht. Frauen sollten adrett aussehen und den Mund halten.

Federico zuliebe gaben sie regelmäßige Dinnerpartys, die Antonia jedoch zu Tode langweilten. Bei Tisch waren die Gespräche noch interessant, und es wurde toleriert, dass sie als Gastgeberin mitsprach, aber nach dem Essen gingen die Männer in das Kaminzimmer, um einen Drink zu nehmen, zu rauchen und über Geschäfte zu sprechen. Was ihr blieb, war die langweilige Gesellschaft der Upperclass-Ladys, die über die neuesten Stickmuster oder die aktuelle Mode sprachen.

Es hatte trotz der riesigen Hochzeitsfeier fast ein Jahr gedauert, bis die ersten Einladungen von Federicos Geschäftsfreunden gekommen waren. Er hatte es damit begründet, die Menschen würden ihre Zweisamkeit nicht stören wollen, doch Antonia wusste die wahren Gründe. Diese versnobten Menschen hatten abgewartet, bis das erste Gerede keinen weiteren Nährboden mehr bekam. Zu Beginn war hinter ihrem Rücken getuschelt worden, Federico hätte sie aus misslichen Umständen befreit, nachdem sie sich ihm folgenreich schon vor der Ehe hingegeben hatte. Federico, der Ehrenmann, und sie selbst, das leichte Frauenzimmer, das Männern schöne Augen machte und hoffte, geheiratet zu werden.

Neid spielte mit Sicherheit eine große Rolle bei diesen haltlosen Unterstellungen. Das mutmaßte zumindest Magdalena. Zu ihr ging Antonia trotz ihres Umzugs noch regelmäßig. Federico sah den Umgang nicht gerne, doch sie setzte sich durch.

Wie auch an diesem Tag, als sie letzte Besorgungen für das Ereignis des Jahres erledigte.

Zum ersten Mal in der Geschichte Kubas sollte eine Radioausstrahlung stattfinden. Antonia konnte sich gar nicht vorstellen, wie das funktionieren sollte, obwohl Federico ein solch eigentümliches Gerät bestellt hatte. Ein Geschäftspartner aus den Vereinigten Staaten hatte davon geschwärmt.

Da traf die neueste Technik auf verstaubte Meinungen zu Antonias Lebensweise als Frau. Selbst das Gesetz tat mehr für die Frauen als ihre Geschlechtsgenossinnen. Seit 1918 konnte man sich scheiden lassen. Und doch würde es einen Makel bei einer Frau hinterlassen. Neue Gesetze änderten nichts an antiquierten Meinungen. Solidarität unter den Frauen herrschte offenbar nur gegen den Genuss alkoholischer Getränke.

Die feinen Herrschaften sahen wie in Kolonialzeiten weiterhin auf arbeitende Menschen herab und behandelten sie teilweise immer noch wie Leibeigene. Und Antonia, die jeden Morgen trotz ihrer Schwangerschaft als Vorleserin auf das Podium stieg und in fast schon schauspielerischer Weise die Zeitung vorlas, war in deren Augen unwürdig, auch nur ein Wort an sie zu richten.

Somit war Antonia natürlich auch unwürdig, an einem festlich gedeckten Tisch der feinen Gesellschaft zu sitzen. Da spielte es keine Rolle, welche Kleidung sie trug, welche Worte sie wählte oder wie ihre Tischmanieren waren. Sie blieb eine Frau von niederem Stand.

Dennoch würden sie an diesem Abend alle kommen, um dem Großereignis beizuwohnen. Antonia würde mit ihrem technischen Interesse die Frauen brüskieren. Der Gedanke zauberte ein Lächeln auf ihr Gesicht.

»Weißt du, was?«, wandte sie sich amüsiert an Magdalena. »Am liebsten würde ich doch in dieses Schwimmbecken eintauchen. Heute noch. Was denkst du, wie mich die Damenwelt anstarren würde, wenn ich meinen dicken Schwangerschaftsbauch öffentlich zur Schau stelle? Diese Ungeheuerlichkeit würde sich wie ein Feuer ausbreiten und für ordentlich Gesprächsstoff am heutigen Abend sorgen.« Ihr war klar, wie wenig es sich geziemte, in ihrem Zustand ein Schwimmbad zu betreten. Für schwangere Frauen gab es auch keine Bademode.

»Darf ich dich etwas fragen?«, wandte sich Magdalena an sie, gab etwas Mehl auf den Brotteig und knetete weiter.

»Natürlich.«

»Warum liest du eigentlich noch in der Fabrik vor?« Magdalena sah nun zu ihr auf. »Warum lässt Federico das zu?

Er weiß doch, wie die Leute sind. Er macht Geschäfte mit den Einheimischen und den Amerikanern. Beide zählen nun nicht gerade zu der Sorte, die arbeitende Frauen anziehend finden. Und wenn du den amerikanischen Frauen erzählst, dass du aus einer Winzerfamilie stammst, ist deine Seele sowieso dem Teufel geweiht.«

Antonia lachte.

Seit in den Staaten die Prohibition herrschte, vergnügten sich die amerikanischen Männer in den kubanischen Bars und Tanzlokalen. Viele der Frauen, die nach Kuba kamen, tranken ebenfalls, doch es gab auch eiserne Abstinenzlerinnen. Die versammelten sich hinter verschlossenen Türen und wetterten gegen alles, was mit Alkohol zu tun hatte.

»Ja, wenn es nach denen ginge, sollte ich Tischdecken besticken, zu Hause auf meinen Mann warten und ihm abends die Pantoffeln bringen«, echauffierte sie sich. Antonia liebte ihre Arbeit. Und nur wegen des gesellschaftlichen Drucks würde sie ihre Stelle nicht aufgeben. »Es ist mir egal, was die anderen sagen. Die Arbeiter hören mir gerne zu, Federico bezahlt mich weiterhin für die Arbeit, und mit dem gesparten Geld werde ich irgendwann mein Grundstück mit Weinstöcken bepflanzen. Und solange ich nicht den Haushalt vernachlässige, ist Federico zufrieden, weil ich glücklich bin.«

Magdalena lächelte und formte einen Brotlaib. »Ich habe mich in diesem Mann getäuscht. Erst, als ich sagte, er würde dich nie heiraten, und jetzt wieder.«

»Federico ist alles, was ich mir jemals von einem Mann erträumen konnte«, schwärmte Antonia. Nach ihrer Ehe mit Mateo hätte sie niemals geglaubt, mit einem Mann so glücklich sein zu können.

Federico hatte sich nicht wie Mateo nach der Eheschließung in einen anderen Mann verwandelt. Er war immer noch genauso aufmerksam, liebevoll und gütig. Ihr Mann besprach mit ihr alles, was die Fabrik anbelangte, und oftmals übernahm er ihre Vorschläge sogar. Wenn sie ihre Ehe mit Federico und die Ehen seiner Geschäftspartner betrachtete, könnten sie nicht unterschiedlicher sein. Außer, die Damen hielten sich in Gesellschaft zurück und behaupteten sich nur zu Hause. Doch daran glaubte Antonia nicht. Ihr kamen sie nur wie schmückendes Beiwerk vor.

»Ich muss los«, verabschiedete sie sich. »Du musst diese Woche aber unbedingt noch bei uns vorbeikommen und dieses neue Radio bestaunen. Ich kann noch gar nicht glauben, dass man an irgendeinem Platz in Havanna Musik macht und diese dann in unserem Wohnzimmer zu hören sein soll.«

Magdalena schüttelte den Kopf. »Da bleibe ich lieber beim alten Grammofon.«

»Sei nicht so altmodisch«, neckte Antonia ihre Freundin. »Zum Telefonieren kommst du doch auch zu uns.«

Antonia hatte ihrer Freundin angeboten, einmal im Monat von ihrem Telefon aus bei ihrer Familie anzurufen. Besser gesagt, beim Dorfvorstand von La Laguna, der als Einziger in ihrem Dorf einen Telefonapparat besaß.

»Sei du besser nicht so fortschrittlich, sonst schneiden dich die Frauen auf ewige Zeiten«, riet ihr Magdalena.

Und mit ihrem Ratschlag lag sie goldrichtig. Dennoch würde Antonia sich nicht verbiegen, um den Frauen zu gefallen. Das lag ihr einfach nicht. An diesem Abend würde sie sich Federico zuliebe etwas zurücknehmen, aber mehr konnte er von ihr nicht verlangen.

Zu Hause ging sie mit Luisa nochmals anhand ihrer Einkäufe die Speisenabfolge durch. Und obwohl auch amerikanische Frauen anwesend wären, würde sie zu jedem Gang einen korrespondierenden Wein servieren lassen. Ein wenig Widerstand musste sein, und sie war überzeugt davon, die Männer würden ein gepflegtes Glas Wein zum Essen und im Anschluss einen Rum zu einer von ihren Zigarren niemals verschmähen.

»Wie möchten Sie die Camarones?« Luisa betrachtete die frischen Garnelen.

Antonia überlegte. »In Tomatensoße würde ich vorschlagen. Da wir zum Schweinebraten die Mojo reichen, könnten wir dann den Nachtisch mit Kokos zubereiten.«

Luisa legte den Kopf schief. »Eigentlich hatte ich an Churros gedacht.« Sie zeigte auf den bereits vorbereiteten Teig. »Die Amerikaner lieben das Gebäck sehr. Als ersten Hauptgang wollte Ihr Mann Pescado à la Santa Barbara.«

»Oh, davon hat er mir gar nichts gesagt.« Antonia würde den Fisch nicht mehr besorgen können. Es kostete sie sowieso große Überwindung, in die Fischhalle des Marktes zu gehen. Seit ihrer Schwangerschaft ertrug sie den Geruch von frischem Fisch nicht. Federico wusste das.

»Der Patrón hat mir den Fischkauf aufgetragen.« Luisa lächelte. »Ich habe alles für den Hauptgang besorgt.«

Gebraten und in Kokossoße mit etwas Reis gereicht, würde Antonia den Fisch sogar essen können. Nur der Geruch von rohem Fisch verursachte ihr Übelkeit.

Federicos Umsicht erfüllte ihr Herz. »Gut, dann ist ja alles geregelt.«

»Die Mojo mit Limette oder mit Bitterorange?«

»Das überlasse ich dir. Ich mag beides, Hauptsache, du sparst nicht an deiner Kräutermischung.« Antonia liebte diese Soße aus Öl, Knoblauch, Zwiebeln und Kräutern. Eine der Speisen, die sie auf Kuba zu schätzen gelernt hatte, ebenso wie die Platanos.

»Um den Wein kümmern Sie sich?« Verunsichert sah Luisa sie an.

»Natürlich.« Antonia würde zur Vorspeise und dem ersten Hauptgang einen leichten Weißwein servieren, einen Riscal zum Hauptgang und einen Moscatel zum Dessert. »Federico bringt die Flaschen nachher in die Küche. Um sechs werden auch die beiden Bedienungen kommen, um dich zu unterstützen.« Antonia schrieb die Weinliste und legte den Zettel auf den Küchentisch.

Luisa nahm den Schweinebraten vom Tisch und begann mit der Arbeit.

Ihr blieb nichts weiter zu tun, als sich selbst für den Abend zurechtzumachen.

Antonia betrachtete den festlich gedeckten Tisch. Luisa hatte ihre Arbeit perfekt gemeistert. Weißer Damast, funkelnde Gläser und blitzendes Besteck. Alles wie mit dem Zollstock in perfekter Ordnung um die Teller arrangiert. Antonia würde das selbst mit viel Übung nie in dieser Perfektion schaffen.

Es war ihr immer noch fremd, so wenig im Haushalt tun zu müssen. Gleichzeitig genoss sie diesen Luxus. Mit einem Lächeln auf den Lippen ging sie in ihr Schlafzimmer und blickte in den Kleiderschrank. Mit dem mächtig gewölbten Bauch würde sie in jedem Kleid wie ein Wal aussehen. Letztlich entschied sie sich für ein unter der Brust gerafftes Kleid.

Ihr Bauch hatte darunter Platz und wurde durch den weiten Schnitt etwas kaschiert.

In sechs Wochen sollte ihr Kind kommen. Antonia glaubte, es würde ein Junge werden, so lebhaft, wie er sie von innen trat. Sie hoffte es für Federico, der sich, wie jeder Mann, einen Jungen wünschte.

Im Schlafzimmer ruhte sie sich einige Minuten aus, bevor sie sich für den Abend ankleidete, frisierte und schminkte.

Eine Stunde später legte sie sich Lippenstift auf. Federico betrat das Zimmer. »Hier steckt meine wunderschöne Frau«, begrüßte er sie, kam auf sie zu und küsste sie in den Nacken. »Du siehst wundervoll aus!«

»Danke.« Antonia drehte sich zu ihm. »Auch für deine Weitsicht mit dem Fisch.«

Er lächelte. »Reiner Eigennutz. Ich will ja schließlich, dass du strahlst und die Männer heute Abend neidisch auf mich sind.«

»Das werden sie sein.« Davon war Antonia überzeugt, allerdings nicht wegen ihr, sondern weil Federico eines der ersten Radiogeräte besaß. Sie schwieg darüber, wollte ihm die Freude nicht verderben.

»Ich kleide mich rasch um«, kündigte Federico an und schlüpfte schon aus den Schuhen. »Die Weine von deiner Liste hole ich auch gleich aus dem Weinkeller.«

»Danke. Ich sehe zu, ob ich Luisa noch zur Hand gehen kann.«

Federico lachte. »Als ob sie das zulassen würde!«

Da musste sie ihrem Mann recht geben, aber ihre Hilfe anbieten wollte sie wenigstens.

Natürlich lehnte Luisa ab. Antonia ging in die Bibliothek, wo sie auf Fernanda traf. »Oh, störe ich?«

»Du doch nicht.« Fernanda schloss das Buch, in dem sie eben gelesen hatte. »Ich hoffte, mich hier verstecken zu können.«

»Vergiss es.« Antonia setzte sich Fernanda gegenüber. »Dein Vater will dich verheiraten, und du weißt das.«

»Ich sollte irgendwann mit ihm reden.«

Fernanda traf sich immer noch heimlich mit Enrique. Sie genoss die heimlichen Treffen, gab mittlerweile auch zu, in Enrique verliebt zu sein. »Das solltest du. Immerhin wird Enrique auch mit seinem Vater hierherkommen.«

»Er wird was?« Erschrocken sprang Fernanda auf die Beine. »Warum weiß ich nichts davon?«

»Warum sollte dein Vater dir etwas davon sagen? Er ist nur ein weiterer Sohn, der die Eltern zu einem Geschäftspartner begleitet.«

Fernanda sah an sich hinunter. »Ich muss mich umziehen. So kann ich ihm nicht gegenübertreten.«

»Du siehst großartig aus.« Das zartgelbe Kleid floss in weichen Wellen an ihrem schlanken Körper entlang. Die Farbe schmeichelte ihrem Teint und bildete einen wundervollen Kontrast zu ihrem schwarzen Haar. Es amüsierte Antonia, ihre Freundin so nervös zu sehen. »Mach es endlich offiziell«, bat sie. »Warum die Geheimniskrämerei?«

»Ich will diesen Mann eben erst richtig kennenlernen.«

Diesen Wunsch konnte Antonia nachvollziehen. »Du triffst dich seit zwei Jahren mit ihm. Wie lange willst du ihn noch hinhalten?« Ihr tat der arme Kerl leid.

»Nicht mehr lange. Versprochen.«

Das hörte Antonia schon seit vielen Monaten, aber sie wollte sich nicht weiter in das Liebesleben ihrer Schwägerin einmischen.

Der Türklopfer kündigte die ersten Gäste an. Antonia erhob sich und traf im Eingangsbereich auf Federico. »Der Hausherr öffnet selbst?«, zog ihn Antonia auf, als er an die Tür schritt.

»Nachdem du ihm den Butler verweigerst«, gab er den üblichen Schlagabtausch zurück. Er zwinkerte ihr zu.

Sie hatten darüber diskutiert, und Antonia hatte sich durchgesetzt. Luisa war die Haushälterin, kümmerte sich mit ihrer Mutter Carmen um alle Belange im Haus. Es war unnötig, einen Butler zu beschäftigen. Für sie war eine Haushälterin schon ungewohnter Luxus.

Julio trat hinzu. »Wollt ihr nicht öffnen?«

Ihr Schwiegervater machte Antonia Sorgen. Er wirkte oft etwas desorientiert, auch sah man ihm jedes weitere Jahr an. Der stattliche Mann verlor seine Kraft an das Alter.

Federico öffnete die Tür. Davor stand ein Antonia unbekanntes Paar. Ein Mann in den Vierzigern mit einer viel jüngeren Frau. »Rubén García und Gemahlin«, stellte Federico die beiden vor.

Galant küsste García Antonia die Hand. Seine platinblonde Frau lächelte unsicher.

Antonia wies mit der Hand Richtung Patio. »Kommen Sie bitte in die Bibliothek.«

Julio nickte. »Ich werde die weiteren Gäste dann zu euch bringen.«

Antonia sah es in den Augen der platinblonden Frau aufblitzen, offenbar gefiel ihr das Haus. Als sie den Innenhof betraten, der Antonia so sehr ans Herz gewachsen war, stieß die Frau einen spitzen Freudenschrei aus. »Liebling, in genau so einem Haus möchte ich wohnen.«

Rubén tätschelte seiner jungen Frau den Arm. »Das wirst du, versprochen.« Dann wandte er sich an Federico. »Das Haus steht nicht zufällig zum Verkauf?«

Antonia verneinte. »Es gibt aber ähnliche Häuser.«

»Aber nicht mit diesem Patio!« Die Frau sah sich verzückt um.

Antonia hatte zwischenzeitlich viele Innenhöfe bei Federicos Geschäftsfreunden gesehen. Sie wusste, dass jedes Haus einen in seinem Inneren verbarg. »Sie sind noch nicht sehr lange auf Kuba?«

»Patricia«, stellte sie sich nun selbst vor. »Und Sie haben vollkommen recht. Wir sind erst vor zehn Tagen hier angekommen. Mein Mann vertritt in Havanna den American Trust.«

Antonia suchte den Blick ihres Mannes. Doch der wich ihrem Blick aus, was Antonia verunsicherte. Was war der American Trust, und warum hatte Federico ihr gegenüber nichts erwähnt?

Antonia nannte ihren Vornamen und plauderte mit Patricia, die von Kuba vollkommen begeistert schien. Doch welche Frage Antonia auch zum Beruf ihres Mannes stellte, diese junge Frau schien sich nicht für seine Arbeit zu interessieren.

Weitere Gäste ließen keine expliziten Fragen mehr zu. Fernanda plauderte mit einigen spanischen Landsleuten. Sie schien die Amerikaner zu meiden. Antonia fand die Art der Amerikaner erfrischend. Sie hatte selten so unterschiedliche Ansichten innerhalb einer Bevölkerungsgruppe erlebt. Natürlich gab es auch bei den Spaniern regionale Unterschiede. Und sie musste gestehen, sie konnte mit den trinkenden Frauen deutlich mehr anfangen als mit den Abstinenzlerinnen, von denen nun ebenfalls drei an diesem Abend anwesend waren.

Während des Essens hörte Antonia aufmerksam zu. García schien einen Zusammenschluss von Tabakfabrikanten zu vertreten. Worum es genau ging, erschloss sich ihr noch nicht gänzlich. García versuchte die Vorteile des Trusts herauszukehren. »Es wird Zeit, dass wir dem Preisverfall entgegenwirken. Und wenn alle über den Trust verkaufen, versichere ich, wird der Preis stabil bleiben, da die freie Wirtschaft wegfällt.«

»Wie wollen Sie das reglementieren?« Federico hatte seinen Gast aussprechen lassen, bevor er seine Frage stellte. Auch Antonia konnte das Gehörte nicht recht einsortieren.

»Ganz einfach«, führte García aus. »Der Verkauf findet nur noch über den Trust statt. Und wir legen einen fairen Preis fest.«

Federico runzelte die Stirn. »Und was hat der Trust davon?«

Antonia begeisterte Federicos Scharfsinn.

»Der Trust nimmt für seine Arbeit fünf Prozent vom Umsatz. Doch die holen wir durch die stabilen Preise wieder herein. Die Fabrikanten profitieren, ohne Einbußen zu haben.«

»Wie wird die Qualität der einzelnen Marken festgelegt?«, mischte sich der kahlköpfige Zigarrenfabrikant Pérez ein. »Unsere Zigarren sind besser als die von López. Wir beschäftigen auch nur ausgebildete Torcedores.«

»Das wird natürlich berücksichtigt.« García kam dennoch ein wenig ins Schwitzen. Antonia bemerkte kleine Schweißperlen auf seiner Stirn. Sie spießte ihr letztes Stück Schweinebraten auf. Während sie kaute, überdachte sie seine Worte. Wie sie es auch drehte, es hörte sich für sie nicht nach einem guten Geschäft an.

Jede Fabrik hatte eine gewisse Anzahl von Torcedores, aber jeder arbeitete auch mit angelernten Kräften. Das wusste Antonia aus eigener Erfahrung. Die angelernten, meist schwarzen Hilfskräfte wurden von den professionellen Zigarrendrehern überwacht, bis sie selbstständig arbeiten konnten. Ob das García nach zehn Tagen in Havanna wusste?

»Die Preise werden nach Menge und Qualität festgelegt, der offizielle Tabakpreis spielt dabei keine Rolle. Ziel des Trusts ist es, die Verkaufspreise abzusichern. Egal, ob die Ernte gut oder schlecht ausfällt. Die Fabrik muss nicht mehr dem Weltmarkt folgen, wir werden den Markt nämlich bestimmen.«

So praktisch sich das auch anhörte, so ungerecht erschien es Antonia. Wer sich Mühe gab und klug agierte, würde nicht mehr verdienen als der, der alles dem Trust überließ. Außerdem hatte man keine Möglichkeit, eine Entscheidung des Trusts zu beeinflussen. Man musste sich dem Trust beugen. Etwas, das Antonia nicht gefiel. »Kluges Agieren macht einen guten Kaufmann aus«, rutschte es Antonia heraus. Nun blieb ihr nichts anders übrig, als weiterzusprechen. »So ein Zusammenschluss mag für schlechte Geschäftsmänner eine gute Möglichkeit darstellen, aber nicht für jemanden mit Weitsicht.«

García lachte gekünstelt, einige Männer und Frauen stimmten mit ein. »Doña Antonia, verzeihen Sie mir meine Offenheit, aber ich fürchte, Sie können diesen komplexen Vorgängen nicht ganz folgen.«

Antonia räusperte sich, um ihre Wut zu unterdrücken, bevor sie ihrem Gast antwortete. »Nur weil ich nicht Ihrer Meinung bin, bedeutet das nicht, ich würde die Absicht Ihres Trusts nicht verstehen.«

Der glatzköpfige Pérez gluckste, bevor er sich mit der Serviette den Mund abtupfte. Er warf Antonia einen amüsierten Blick zu.

»Die Absicht des Trusts ist die Stabilität der Tabakindustrie«, beteuerte García.

»Und ich hätte fast gedacht, es ginge darum, durch die Arbeit der Fabriken eigene Gewinne zu erwirtschaften«, sagte Antonia mit ruhiger Stimme. »Aber, was weiß ich schon. Ich bin ja nur eine Frau.«

So emotionslos wie Antonia diese Worte sprach, schien García verunsichert. »Es war nur ein Beispiel, was der Trust für die Fabrikanten Kubas leisten kann.«

Federico warf ihr einen flehenden Blick zu. Antonia ließ das Thema ihrem Mann zuliebe ruhen.

Der Nachtisch wurde serviert. Die Churros sahen sehr verlockend aus. García tauchte die länglichen Krapfen in die dickflüssige Schokolade, die in einem Töpfchen gereicht wurde. »Köstlich«, schwärmte er. »Ist das ein kubanisches oder ein spanisches Gericht?« Er sah Antonia an, als wollte er ihr damit zeigen, in welchen Bereichen ihre Meinung gefragt war. Ohne zu antworten, nippte sie an ihrem Moscatel.

Fernanda antwortete an ihrer Stelle. »Ursprünglich stammt das Gebäck von der Iberischen Halbinsel. Es ist aber auf Kuba auch sehr beliebt. Entweder taucht man es in flüssige Schokolade, oder man träufelt Kondensmilch darüber. Was auf alle Fälle nie fehlen darf, ist der darübergestreute Zucker.«

Enriques Vater betrachtete Fernanda mit Wohlwollen. »Eine junge Dame, die etwas vom Kochen versteht. Ausgezeichnet!«

Enrique und Fernanda tauschten einen Blick, und ihre Schwägerin lächelte. Amüsiert beobachtete Antonia die beiden. Sie fragte sich, ob niemandem die heimlichen Blicke zwischen Enrique und Fernanda auffielen. Um nicht doch noch einen unbedachten Satz zu sagen, tauchte sie das Gebäck in die zartbittere Schokolade und biss hinein. Die verführerische Süße ließ den Geschmack der vorangegangenen Unterhaltung weniger bitter erscheinen.

Direkt nach dem Nachtisch bedankten sich die Männer überschwänglich für das leckere Essen. Die Radiosendung stand unmittelbar bevor. Die Gäste folgten Federico nur zu bereitwillig in die Bibliothek, wo das Radiogerät auf einem mahagonihölzernen Tischchen stand.

Federico reichte den Männern eine Zigarre, während ihre Haushälterin mit einem Tablett mit gefüllten Rumgläsern herumging. Den Abstinenzlerinnen sah man ihre Ablehnung an, doch selbst deren Ehemänner ignorierten die verkniffenen Gesichter ihrer Frauen.

Die Männer umringten das neue Gerät. Wie bei den Grammofonen stand ein Trichter neben dem merkwürdig anmutenden Kasten. Darauf waren zwei Zahnräder und drei

Glühbirnen angebracht. »Hier kann man entweder einen Kopfhörer anschließen oder eben direkt über den Trichter empfangen.« Federico zeigte, wo man das Gerät einschaltete. »Wir haben hier Strom, aber die Detektorempfänger sollen auch über eine Radiowelle gehen, wie mir gesagt wurde. Die Reichweite soll bis zu hundert Meter betragen. Ist das nicht unglaublich?«

Antonia sah, wie Federico strahlte. Er genoss es sichtlich, seinen staunenden Geschäftspartnern die neueste Technik vorzustellen.

Die Frauen hielten sich tuschelnd im Hintergrund und warteten auf das große Ereignis.

»Jetzt wird es spannend«, verkündete Federico und schaltete den Apparat an. Ein lautes statisches Knarzen ertönte, dann hörte man ein leises Rauschen. Er zog seine Taschenuhr aus der Anzugtasche und sah darauf. »In zwei Minuten, wenn meine Uhr richtig geht.«

Schweigend starrten alle wie gebannt auf das Gerät, an dem die Drähte in diesen kleinen gläsernen Birnen zu glühen begannen.

Federico reichte Antonia die Hand, sie trat zu ihm. Plötzlich erklang die kubanische Nationalhymne. Es war atemberaubend. Gespannt lauschten alle Anwesenden. Weiterhin sprach keiner ein Wort.

Die Hymne endete. Mit einem lauten Knistern hörte man eine männliche Stimme. »Hier spricht Ihr Präsident Alfredo Zayas. Es ist mir eine besondere Ehre, Ihnen an diesem Abend die erste landesweite Sendung anzukündigen. Ihr Radiosender PWX wird Sie für die kommende Stunde mit einem Klavierkonzert unterhalten.« Es knackte kurz. »This is President Alfredo Zayas. It is my special honor to announce the first nationwide broadcast this evening. Your radio station PWX will entertain you with a piano concert for the coming hour«, wiederholte der Präsident auf Englisch. »Gute Unterhaltung!«

Kaum hatte der Präsident geendet, hörte man die Klänge eines Klaviers.

Antonia war augenblicklich so verzaubert, dass sie begeistert applaudierte. Ihre Gäste stimmten ein.

Für einen Augenblick übertönte der Applaus das Klavier, bevor alle wieder gespannt lauschten.

Es war ein bewegender Moment.

Einer, den Antonia so schnell nicht wieder vergessen würde.

34

Mallorca, Ende November 1922

Je näher der Winter rückte, desto verzweifelter wurde Leo. Er ackerte und schuftete, doch sein Wunsch, vom Weinanbau zu leben, war nicht weniger weit entfernt als seine Schwester Antonia. Er hatte es durchgerechnet, er könnte sich Rebstöcke kaufen, doch auf dem kargen Küstengrundstück wäre der Ertrag wahrscheinlich zu gering, um damit ein Auskommen für sich und Alba zu haben.

Leo trat auf die Straße vor der Lagerhalle. Ein kühler Wind pfiff, und er musste seinen Hut festhalten. Ein wenig graute ihm vor dem Gespräch mit Albas Eltern. Letzte Details zur Hochzeit sollten besprochen werden. Was könnte er schon dazu beitragen mit seinen bescheidenen Mitteln?

Alba erwartete ihn bereits an der Tür. »Komm schnell rein, der Wind bläst einen ja fast um.« Sie drückte ihm einen Kuss auf die Wange und ging vor ihm die Treppe hoch.

An der offenen Wohnungstür schlug Leo die Wärme des Kamins entgegen. Er legte seinen Hut und seine Jacke ab.

Andrés erhob sich aus dem Sessel vor dem Kamin und reichte Leo die Hand.

Josefina kam aus der Küche. »Ach, Leo, lass dich in die Arme schließen.« Sie drückte ihm einen Kuss auf die Wange. »Gib mir deinen Mantel und Hut.«

Leo reichte ihr Hut und Mantel.

»Setz dich«, bat Andrés ihn zu der Sitzgruppe vor dem Kamin.

Leo versank in dem weichen Polster, und Alba setzte sich zu ihm auf die Lehne.

»Ich bin neugierig«, Andrés sah ihn auffordernd an, »wie kommst du mit deinen Weinplänen voran?«

Ausgerechnet die Frage, vor der er sich am meisten gefürchtet hatte.

Alba legte ihm die Hand auf den Unterarm und drückte leicht. »Gut, Papá, sogar sehr gut. Leos Schwester wird auch bald heiraten, und dann wird Leo das Grundstück der Familie wieder zu einem ertragreichen Weingut führen. Was gibt es Schöneres, als wenn alles in der Familie bleibt, nicht wahr?«

Leo wurde heiß. Was erzählte Alba da? Er hatte ihr nur gesagt, Carla würde sicher bald Isidoros Werben nachgeben. Kein Wort über seine Eltern hatte er verloren, und niemals würden sie zum Wein zurückkehren wollen. Alba brachte ihn in eine unmögliche Situation.

Josefina kam aus der Küche mit einem mit Kaffeetassen bestückten Tablett. »Ich dachte, wir reden über die Feier.« Sie stellte das Tablett auf dem kleinen Holztisch ab und setzte sich selbst in einen der Sessel. »Greift zu.«

Zögernd langte Leo nach einer Tasse. Er musste etwas sagen, spürte den Blick von Andrés auf sich ruhen. »Ich habe mittlerweile selbst in ein Grundstück investiert.«

Alba schnappte nach Luft. »Davon hast du gar nichts erzählt.«

Josefina lachte. »Gewöhn dich daran. Auch in der Ehe haben Männer noch ihre Geheimnisse.«

»Und wo liegt das Grundstück?«, fragte Andrés.

Unmöglich konnte Leo ihn über die Lage anlügen, aber ausschmücken schon. »Ich habe überlegt, mich auf die alten römischen Sorten zu besinnen, die, die schon früher durch die Nähe zum Meer einen ganz anderen Charakter in den Wein gebracht haben, und ...«

»Du hast ein Küstengrundstück?« Andrés schüttelte den Kopf. »Junge, sei gescheit. Das ist viel zu mühselig. Da kommst du auf keinen grünen Zweig. Das ernährt eine Familie nicht, wo das Weingeschäft nach wie vor schwer ist. Und dann auch noch Sorten, die seit Jahren kein Mensch mehr trinkt.«

»Da gedeiht bestimmt auch kein süßer Wein«, merkte Josefina an und zog die Nase kraus.

Leo fühlte sich wie ein Kaninchen in seinem Bau, und der einzige Ausgang führte an der Schlange vorbei. Warum hatte er auch nicht einfach seinen Mund gehalten? Es gab nur einen Ausweg. »Es ist ein Projekt für die Zukunft. Natürlich werde ich erst auf unserem eigenen Familiengrundstück wieder Wein anbauen.«

Alba klatschte in die Hände und drückte ihm einen Kuss auf die Wange. »Mein zukünftiger Mann weiß, was er will.«

Andrés' Augen funkelten vergnügt. »Recht so. Ein Schritt nach dem anderen. So ernährt man seine Familie und wird erfolgreich.« Er stand auf. »Und damit wir darauf anstoßen können, hole ich nun einen Cava. Und du«, er bedachte Josefina mit einem warmen Blick, »holst die Sekt-gläser dazu.«

»Papá, das kann ich doch auch machen.« Alba sprang auf, ging mit ihm in die Küche und kam mit den Gläsern zurück.

Es klopfte an der Tür.

»Wer kann das denn sein?« Josefina stand auf und öffne-te. »Raquel?«

»Hola, Schwester«, sie drückte sich an Josefina vorbei. »Sektgläser? Da bin ich dabei.« Sie ging zu Leo und reichte ihm die Hand. »Ich bin Raquel, Josefinas Schwester, und du musst dann der Zukünftige meiner Nichte sein.«

Leo stand auf und nahm die entgegengestreckte Hand. »Ich bin Leo.«

»Ja, ja.« Raquel ließ sich in den Sessel fallen, in dem zuvor Andrés gesessen hatte.

Alba setzte sich wieder auf die Sesselkante zu Leo und flüsterte ihm ins Ohr: »Ignorier sie am besten, sie kann eine wahre Pest sein.«

»Euer Liebesgeflüster gehört sich vor der Hochzeit nicht«, sagte Raquel. »Wo ist Andrés?«

»Hier.« Er kam mit der geöffneten Sektflasche aus der Küche.

Raquel drückte sich aus dem Sessel hoch und umarmte ihn. »Liebster Schwager, wie schön dich zu sehen.«

Fast schon hilflos stand Andrés da, streckte den Arm mit der Sektflasche zur Seite.

»Setz dich doch wieder.« Raquel strich ihm beinahe lie-bevoll über den Arm und nahm ihm die Flasche ab. »Das Einschenken kann ich doch für unseren Gast überneh-men.«

In ihrer Stimme lag etwas Zuckersüßes. Leo sah die Frau irritiert an. Himmelte sie ihren Schwager etwa an? Und überhaupt: unser Gast?

»Raquel, du kannst gerne mit uns anstoßen, doch dann möchten wir die Hochzeitsfeier besprechen.« Josefina hielt ihr die offene Hand hin. »Es ist unser Gast, und ich schenke ein.« Sie fixierte ihre Schwester mit festem Blick.

Leo beobachtete das offene Duell mit Spannung. Zwischen den Schwestern schien es zu brodeln.

Raquel presste kurz die Lippen zusammen. »Natürlich.« Sie gab Josefina die Flasche.

Andrés hatte mittlerweile in seinem Sessel Platz genommen, und Raquel sah sich suchend um.

»Du kannst dir einen Stuhl aus dem Esszimmer holen.« Josefina goss die Gläser ein.

Raquel zögerte, deutete zu Alba. »Ich kann mich doch auch auf die Sesselkante zu Andrés setzen.« Sie drehte sich um. »Wozu die Umstände?«

Wortlos stand er auf und kam kurz darauf mit einem Stuhl zurück. »Hier.«

Die ganze Szenerie wirkte unwirklich, und Leo fühlte sich unwohl, kam sich vor wie ein Beobachter in einer Szene, von der alle wussten, was ihre Rolle war, bis auf ihn. Aber wenigstens lenkte das alles von ihm ab.

Raquel setzte sich, doch man sah ihr den Unmut an.

Alle erhoben ihr Glas.

»Auf das Paar.« Josefina ließ ihr Glas an Leos klingen und bedachte ihn mit einem warmen Blick.

»Danke.« Leo umschlang seine Finger mit Albas. Mit der anderen Hand führte er sein Glas an die Lippen.

Raquel leerte den Cava in einem Zug und stellte ihr Sekt-glas klirrend auf dem Tisch ab. »Dann gehe ich wieder.«

Niemand hinderte sie daran.

Alba strahlte ihn an. »Dann reden wir jetzt über die Feier.« Sie verschwand in ihr Zimmer und kam mit einem Block zurück.

Leo konnte nur zu allem nicken. Alba und Josefina schienen alles schon geplant zu haben. Die Gästeliste stand fest, das Restaurant, wie viele Kutschen vor der Kirche die Gäste dorthin fahren würden. Alle Essensgänge. Die Getränkeauswahl. Der Zeitpunkt des Brautwalzers.

Andrés schüttelte lachend den Kopf. »Was bleibt denn da noch zu besprechen?«

»Wer es bezahlt«, sagte Alba trocken und schob ihrem Vater ein Blatt aus dem Block zu, auf dem bereits eine lange Zahlenreihe stand.

Einzelheiten konnte Leo nicht erkennen, und es überkam ihn ein Hustenreiz, den er mit Mühe unterdrückte. Niemals könnte er auch nur einen Teil davon übernehmen.

»Ganz unten stehen noch die Kosten für mein Brautkleid.« Alba schenkte ihrem Vater einen Augenaufschlag, den sie mit Sicherheit schon mehrfach an ihm erprobt hatte. Alba wusste, wie sie bekam, was sie wollte. Das klappte selbst bei ihrem Vater.

Andrés verzog keine Miene, als er mit dem Finger die Zahlenkolonne entlangfuhr.

»Dafür brauchen wir keine Hochzeitsreise. Unsere Insel ist so wunderschön. Das Geld kannst du dir sparen.« Alba zwinkerte ihrer Mutter zu und drückte Leos Hand.

»Ich ... ähm, also ...« Leo blickte Andrés an.

»Junge, keine Sorge. Wir halten es in unserer Familie mit Traditionen, und selbstverständlich kommen die Brauteltern für die Feier auf.«

Erleichterung durchflutete ihn, aber auch ein leichtes Schamgefühl. »Das ist sehr großzügig von euch, aber bitte erlaubt mir, die Ringe zu kaufen.« Leo hatte sich bereits nach Preisen erkundigt, und auch einen erschwinglichen Anzug hatte er in einem Geschäft gesehen. Das gebot sein Stolz.

Alba sah fragend zu ihrer Mutter. »Darf ich?«

Josefina bejahte, und Alba küsste Leo sanft auf den Mund. Ihre weichen Lippen auf seinen. Alles würde sich finden mit dieser Frau an seiner Seite. Leo drückte sie an sich.

Andrés räusperte sich. »Ich denke, das genügt für den Moment.«

Leo spürte, wie ihm die Röte ins Gesicht stieg, und löste sich von Alba.

»Wann fahren wir zu deinen Eltern?«, fragte Alba.

Josefina klatschte die Hände zusammen. »Ja, wir würden sie auch gerne vorher kennenlernen.«

Darüber hatte sich Leo bisher keine Gedanken gemacht. Was würde aber geschehen, wenn Andrés mit seinem Vater über den Weinanbau sprach? Leo musste das Zusammentreffen hinausschieben.

Spätestens bei der Hochzeit würden sich die Eltern gegenüberstehen. Aber dann war er bereits mit Alba verheiratet, und nichts konnte sie mehr trennen.

Wieso hatte er sich von Alba in ihre Flunkereien ziehen lassen? Hätte er doch nur vorhin seinen Mund gehalten. Wie stünde er denn da, wenn herauskäme, wie wenig seine Eltern darüber nachdachten, zum Weinbau zurückzukehren? Leo wurde schwindlig von dem Gedankenkarussell. Für Lügen war er nicht geschaffen.

Wollte er vor Andrés bestehen, musste er seinen Vater zu einem Umdenken bekehren. Doch das würde nicht geschehen, solange die Ernten der Aprikosen und Mandeln noch ertragreich waren und seiner Familie das Brot auf dem Tisch sicherten.

In seiner Verzweiflung setzte sich ein Gedanke in Leos Kopf fest. Die Ernte musste vernichtet werden. Dann würde sein Vater aufgeben, Leo wieder Wein anbauen, er würde vor Andrés bestehen, Alba glücklich machen und für alle das Brot auf den Tisch bringen, während Carla Isidoro ehelichte und zu ihm zog. Alles würde sich perfekt fügen.

Leo nahm Albas Hand. »Ich werde mit meinen Eltern reden, wann es passt.«

35

Carla entzündete die Kerze auf dem kleinen Tisch vor der Schäferhütte und wartete auf Francisco. Unschlüssig ging sie auf und ab. Wenigstens gehorchten ihr ihre Beine und Füße wieder. Nur an manchen Tagen humpelte sie noch.

Sie setzte sich und biss sich auf die Unterlippe. Ihre Befürchtung hatte sich erfüllt. Im Grunde war es auch nicht anders zu erwarten gewesen. Irgendwann musste sie trotz aller Vorsicht schwanger werden.

Wie würde Francisco reagieren? Und ihr Vater? Würde er sie aus dem Haus jagen?

Es war einfach nicht gerecht, dass nach wie vor die Väter bestimmten, wen man zu heiraten hatte. Diese Tradition war längst überholt, wie man bereits in der Tschechoslowakei und Schweden erkannt hatte, wo Frauen sogar schon das Wahlrecht zugesprochen worden war. Die Vorzeichen standen gut, wie es in den Zeitungen stand, dass dies auch hier in der Zukunft der Fall wäre und zusätzlich Frauen dann auch selbst für ihre Geschäfte einstehen durften. Doch was nutzte es ihr, wenn sie dafür mit ihrer Familie brechen musste?

Für ihren Vater war das neumodisches und politisch unsinniges Geschwätz. Tief in ihrem Inneren wusste Carla, dass sie schlicht zu feige war, um ihren Eltern und Isidoro endlich

347

die Wahrheit zu sagen. Carla schämte sich für diese Schwäche. Doch es gab ja noch einen zusätzlichen Grund: Vaters Befürchtung hatte sich bewahrheitet, und der Ertrag des letzten Jahres hatte nicht gereicht, Isidoros Kredit zurückzuzahlen. Doch dieses Jahr würde es gelingen. Selbst Vater war optimistisch, denn die Ernte hatte die letztjährige bei Weitem übertroffen.

Carla fröstelte, wickelte das Tuch enger um die Schultern. Wo blieb er nur?

Francisco hatte verdient, dass sie offen zu ihm stand. Und auch Isidoro schuldete sie die Wahrheit. Damit war zumindest Isidoros geplante Verlobung vom Tisch, die sie bisher erfolgreich hatte hinauszögern können.

Das Kind, das in ihr heranwuchs, war ein Segen, denn nun gab es kein Zurück mehr. Und lange konnte sie die Schwangerschaft nicht mehr geheim halten. Ihr war zu häufig übel, und sie erbrach sich mehrfach täglich.

Erneut stieg Übelkeit in ihr auf, und so rasch sie konnte, rannte sie hinter die Hütte.

Mit zittrigen Fingern holte sie ihr Taschentuch aus der Tasche und wischte sich über die Lippen. Anschließend ging sie zu dem steinernen Regenwasserdepot und schöpfte Wasser mit der Hand, um sich den Mund auszuspülen.

Carla trat im gleichen Moment vor die Hütte, als Francisco sein Fahrrad abstellte. »Ist der Sonnenuntergang nicht herrlich? Wie die Berge rot leuchten.« Er küsste sie zur Begrüßung. »Wie schön, dass wir uns heute sehen können!«

»Ja, es ist ein wundervoller Tag.« Sie kuschelte sich in seine Arme und genoss die Liebe, die ihr Francisco mit jedem Atemzug entgegenbrachte. Alles war so richtig, besonders jetzt. Die herbstlichen Wiesenblumen dufteten in der ersten Feuchte des Abends. Die Stille der anbrechenden Nacht bezauberte sie immer wieder.

»Francisco?« Carla rückte ein Stückchen von ihm ab, um ihm in die Augen zu sehen. »Du wolltest immer eine Familie, richtig?«

»Natürlich«, antwortete er. Keine Sekunde später zog er die Stirn in Falten. »Du bist schwanger?«

Carla fasste seine Hand. »Ja.«

Für einen Moment sah Francisco sie erschrocken an, dann entspannte sich sein Gesichtsausdruck. »Wahnsinn! Ich werde Vater, wir werden eine Familie!«

»Ja, das werden wir.« Gleichzeitig fürchtete Carla, einen Teil ihrer bisherigen Familie zu verlieren.

Francisco zog sie an sich und schloss sie fest in die Arme. »Und jetzt gehen wir zu deinen Eltern. Gegen ein Kind können sie sich nicht sperren.«

Carla schmiegte sich an ihn. »Morgen, morgen werden wir es ihnen sagen.«

36

Leo wartete bis spät in die Nacht. Die Ernte befand sich im Schuppen. Das Holz war von der Hitze des Sommers trocken und würde schnell brennen. Und mit den Holzlatten des Schuppens würde auch die Ernte vernichtet werden.

Aber es musste schnell gehen. Leo schüttete Petroleum in den Schuppen und an den Außenwänden entlang, entzündete ein Streichholz und warf es hinein.

Er zuckte zurück. Die Stichflamme versengte ihm einige Stirnhaare. Sofort loderten die Flammen hoch. Mit raschen Schritten brachte er sich in Sicherheit. Das Bild des brennenden Schuppens schnitt ihm ins Herz. Augenblicklich erkannte er, wie falsch sein Plan war, doch nun war es zu spät.

Zwischen den Bäumen versteckt, starrte er auf das alles verzehrende Schauspiel.

»Feuer, Feuer!«, hallte ein Schrei durch die dörfliche Nacht. Immer mehr Stimmen riefen aufgeregt durcheinander.

»Es ist Juans Lager, das da brennt!«, schrie ein Mann.

Ein anderer forderte: »Beeilt euch, er hat die ganze Ernte dort gelagert.«

In Leo stieg Übelkeit auf.

Seine Nachbarn aus dem Dorf hasteten in Schlafgewändern und barfuß mit Eimern bewaffnet die Gasse entlang.

Leo erkannte seinen Vater. Er schleppte zwei Blecheimer an der Menschenkette vorbei. Offenbar wollte er eigenhändig das Feuer löschen.

Am liebsten hätte Leo seinen Vater gerufen, er möge vom Feuer fortbleiben und sich in die Menschenkette einreihen, die Eimer um Eimer zum Feuer reichten. Aber er durfte sich nicht zu erkennen geben. Vater dachte, er hielte sich in Palma auf.

Der dichte Qualm zog durch das Dorf und erschwerte die Sicht und auch das Atmen. Selbst Leos Versteck erreichte der Rauch, und er musste ein Husten unterdrücken.

In den Geruch von brennendem Holz mischte sich eine süßliche Note.

»Meine Ernte!«, hörte Leo seinen Vater rufen. Mit einem Ruck riss Vater jemandem einen vollen Eimer aus der Hand, schüttete sich diesen über den Kopf und nahm die Schubkarre, die an der Lagermauer stand.

Was tat er da nur? Wollte er mit dem Karren in die Hütte hinein?

»Bist du verrückt geworden?«, brüllte ihn ein Nachbar an und hielt ihn an den Schultern fest.

»Lass mich!« Vater riss sich los, als das Holzdach einstürzte.

Leo unterdrückte einen Schrei. Funkenregen stob über die Menschen, die mit den Händen vor Mund und Nase zurückwichen.

Vater fiel auf die Knie. Wie er verzweifelt vor dem Schuppen im Schein des lodernden Feuers zusammensackte und sich die Hand an die Brust hielt, ließ Leo losrennen.

»Papá, was ist mit dir?« Leo kniete sich neben ihn.

Vater blickte hoch und stutzte. »Leo, warum bist du hier?« Er strich ihm über den Kopf. »Und warum ist dein Haar versengt?«

Leo wusste nicht, was er sagen sollte.

»Ich habe dich gefragt, warum du hier bist«, beharrte er auf einer Antwort.

Ein Windstoß ließ die Feuerreste knistern. »Papá, das ist doch jetzt egal. Ich bin hier, und dir ist nichts passiert.«

Vater hielt Leo an seiner Jacke fest, schüttelte ihn. »Sag, warum bist du hier?«

In den Augen seines Vaters erkannte Leo, was dieser von ihm dachte.

Leos Jacke rutschte zur Seite, und ein Zündholzschächtelchen fiel vor Vater auf den Boden.

»Du warst es? Du, du …« Die Verachtung in seinem Blick fraß sich in Leos Seele.

Leo suchte nach Worten, fand keine. Was hatte er nur getan?

Vater sackte in sich zusammen.

»María, Carla, schnell!«, brüllte ein Nachbar.

Leo hielt seinen Vater im Arm und sah hoch.

Mutter und Carla ließen die Eimer fallen und eilten in seine Richtung. Als seine Mutter bei ihnen ankam, beugte sie sich schluchzend über ihren Mann und zog ihn in ihre Arme. Leo rutschte etwas weg. Carla kniete sich neben Mutter. Mit letzter Kraft flüsterte Vater seiner Frau etwas zu. Leo konnte es nicht verstehen. Das war auch nicht nötig. Der Blick, mit dem ihn seine Mutter bedachte, sagte alles.

Nach einer schlaflosen Nacht auf der Matratze im Lager machte sich Leo auf den Weg zu Alba. Das Schuldgefühl drückte ihn bei jedem Schritt. Da half es auch nicht, sich einzureden, so ein Herzinfarkt hätte seinen Vater auch ohne den Brand ereilt.

Vor Albas Haus blieb er stehen, wischte sich eine Träne aus dem Auge und klingelte.

Alba sah von oben aus dem Fenster. »Was für eine Überraschung. Ich komme runter.«

Sie öffnete die Tür und sah ihn an. Die Bestürzung über seinen Anblick stand ihr ins Gesicht geschrieben. »Was ist geschehen? Du siehst furchtbar aus.« Sie schloss ihn in die Arme.

»Ich ... es ... mein Vater ist tot.«

»Was? Wie? O mein Gott.« Sie drückte sich von ihm weg, Tränen sammelten sich in ihren Augen. »Das tut mir so leid.« Sie fasste seine Hand. »Komm mit rein. Wir sind allein.«

Er ließ sich von ihr die Treppe hinaufziehen.

Vor der Wohnungstür stand Raquel, die Hände in die Hüften gestützt. »Ich habe in meiner Wohnung die Klingel gehört. Das geht so nicht, Alba.«

»Was willst du?«, fuhr Alba sie an.

»Noch seid ihr nicht verheiratet, da braucht ihr eine Anstandsdame, wenn deine Eltern nicht im Haus sind.«

Dieses Weib hatte ihm gerade noch gefehlt, doch Leo fehlte an diesem Tag jede Kraft, ihr etwas entgegenzusetzen.

Alba schob Raquel zur Seite. »Es ist mir egal, was du denkst. Von Anstand reden, wo du es seit Jahren nicht lassen kannst, meinem Vater schöne Augen zu machen … dem eigenen Schwager.« Mit einem missbilligenden Blick schob sich Alba an Raquel vorbei. »Geh mir aus dem Weg.«

Sie drückte Leo in die Wohnung, schlüpfte hinein und schlug Raquel die Tür vor der Nase zu. »Denk nicht über sie nach.« Alba griff seine Hand. »Setz dich an den Tisch, ich hole uns was zu trinken.«

Leo nahm auf einem Stuhl Platz, stützte die Ellenbogen auf und vergrub seinen Kopf in die Hände.

Alba stellte die Gläser auf den Tisch, setzte sich neben ihn und streichelte ihm über den Rücken. »Was ist denn passiert?«

»Ein Herzinfarkt.«

»Kann ich etwas für dich tun oder für deine Mutter?«

Leo schniefte. »Nein, sie kennen dich bisher nicht. Carla spendet ihr Trost.«

»Darf ich mit dir auf die Beerdigung?«

Mit dem Handrücken wischte sich Leo über das Gesicht. »Das ist lieb von dir, aber besser nicht. Es würde Mutter überfordern. Ein Friedhof ist wohl kaum der richtige Ort, die Schwiegertochter kennenzulernen.«

»Du hast natürlich recht. Wie unbedacht von mir.« Alba umfasste seine Wangen mit beiden Händen. »Sollen wir die Hochzeit verschieben? Also, falls deine Mutter und deine Schwester eine Trauerzeit möchten.«

Leo wurde schlecht. Bloß das nicht. Lange würden sich Albas Eltern nicht hinhalten lassen. Er musste heiraten. Bald. Was, wenn Alba erführe, was wirklich in der letzten Nacht passiert war? Leo blieb nur eine weitere Lüge. »Nein Alba, wir verschieben die Hochzeit nicht. Mutter ist so gläubig, sie wird sicher das ganze Trauerjahr in Anspruch nehmen und keine Festlichkeit in der Zeit besuchen.«

Alba stimmte ihm zu. »Ja, ein Jahr ist wirklich sehr lang. Und deine Schwester? Meinst du, sie wird kommen?«

Schweigend schüttelte Leo den Kopf.

»Und was ist mit dir und deiner Trauer?«

Leo sah in Albas Augen. Diese Frau trug so viel Mitgefühl in sich. »Ich liebe dich, will immer an deiner Seite sein und möchte dich nicht länger warten lassen. Ich stehe auch bei deinen Eltern im Wort. Mutter und Carla werden sicher Verständnis dafür aufbringen.«

Alba drückte ihre Nase an seinen Hals. »Ich liebe dich auch.«

Leo griff nach dem Wasserglas und trank einen Schluck. »Lass uns nach vorne sehen. Auch Vater hätte es sich so gewünscht.«

Alba gab ihm einen Kuss. »Ich zeige dir unsere Zukunft, ja?« Sie stand auf und kam mit einem Zeichenblock und einem Spiegel zurück. »Pass mal auf!«

Mit raschen Strichen zeichnete sie Leos Gesicht auf die eine Seite des Blattes, dann nahm sie den Spiegel und skizzierte ihr eigenes. »Das sind wir beide, ja?«

Ihre Kunstfertigkeit war wirklich außergewöhnlich. Gespannt verfolgte er ihre Striche in der Mitte des Papiers. Ein neues Gesicht. Leo sah genauer hin. Es hatte seine Nase und ihren Mund. Ein lachendes Kindergesicht mit Albas linkem und seinem rechten Auge.

»Das könnte ein Teil unserer Zukunft sein.« Alba stupfte mit dem Zeigefinger auf seine Nase. »Aber am Ergebnis sollten wir noch arbeiten.« Sie kicherte.

Leo betrachtete das Kinderporträt, und die innere Last löste sich ein wenig. Er musste lachen. Bewundernd sah er Alba an. »Du schaffst es, selbst in die trübsten Momente etwas Heiterkeit zu bringen. Ich danke dir dafür.«

Erneut fiel sein Blick auf das Kinderlachen.

Eine eigene Familie.

Was für ein wunderbarer Gedanke.

Die Erkenntnis traf ihn in diesem Augenblick wie ein Schlag ins Gesicht: Nun hatte er nur noch Alba zur Familie. Nein, Antonia, Mutter und Carla waren auch seine Familie. Aber ob sie ihn noch dazuzählten?

37

Selbst am übernächsten Tag hing noch immer ein schwacher Brandgeruch in der Luft. Schlaflos hatte sich Carla im Bett gewälzt, die Bilder ihres toten Vaters, die Flammen, die alles verzehrten, gingen ihr nicht aus dem Kopf, und Leo ...

Stimmen drangen von unten zu ihr herauf. Ihre Mutter brauchte sie jetzt dringender denn je, in einer Stunde stand ihnen der schwere Gang zur Beerdigung bevor. Carla schlüpfte rasch in ein dunkles Kleid, wusch sich mit einem Lappen das Gesicht und putzte die Zähne. Wenigstens das verursachte ihr keine Übelkeit mehr.

Als sie nach unten kam, verabschiedete ihre Mutter gerade einen Nachbarn an der Haustür. »Unsere Nachbarn«, sagte sie zu Carla und wischte sich ihre Tränen mit einem Tuch ab. »Alle wollen beim Wiederaufbau helfen, doch wozu? Die Ernte ist vernichtet. Und Juan ist tot. Da hilft auch ein weiteres Kreditangebot von Isidoro nichts. Wofür sollte ich noch weitere Schulden machen?«

Carla fuhr der Anblick ihrer verzweifelten Mutter wie ein Stich ins Herz. Es gab keinen wirklichen Trost, den sie ihr spenden könnte. Mit Bewunderung hatte Carla am Vortag ihrer Mutter zugehört, wie sie trotz ihrer Trauer Isidoros Angebot mit klaren Worten abgelehnt hatte: »Ich danke dir für dein großzügiges Angebot, lieber Isidoro, doch ich will auf keinen Fall eine weitere Abhängigkeit zwischen uns schaffen, die nur dank deiner Liebe zu meiner Tochter entstehen würde.« Carla wäre ihr dafür am liebsten um den Hals gefallen. Zwar war der Ertrag aus diesem Jahr vernichtet, doch für den Rest des ersten Kredits gab es nur einen Weg: Leo müsste dafür aufkommen. Sie schloss ihre Mutter in die Arme und strich ihr über den Rücken.

»Wie soll ich Leo gegenübertreten?«

Die gleiche Frage hatte Carla auch bereits die halbe Nacht umgetrieben, und für sie gab es nur eine einzige Antwort. »Ich will mit ihm nichts mehr zu tun haben.« Bei diesen Worten überkam sie Wut, aber auch Traurigkeit über ihre eigene Feigheit. Denn sie hatte es verpasst, mit ihrem Vater ein letztes Mal zu reden, ihm zu sagen, dass er Großvater würde. Carla erkannte, dass es den richtigen Zeitpunkt nicht gab, nur einen, der zu spät war. Sie löste die Umarmung ihrer Mutter. »Mamá, wenn wir vom Friedhof zurück sind, muss ich etwas mit dir bereden.« Einmal angesprochen, würde ihre Mutter nachher nicht lockerlassen. Für Carla gab es nun kein Zurück.

Mutter nahm ihre Tasche. »Wir müssen los. Bitte sei mir jetzt die Stütze, die ich brauche, und wir reden später.«

Schweigend gingen sie zum Friedhof. Carla spürte den Arm ihrer Mutter zittern, als sie bei ihr untergehakt hinter dem Pfarrer herging. Ihnen folgten fast alle Dorfbewohner. Auch Isidoro ging einige Schritte hinter ihnen. Es schmerzte Carla zu wissen, dass Francisco der Beerdigung fernbleiben musste. Schließlich kannte jeder im Dorf die Geschichte der Messerattacke, und nicht wenige munkelten, dass ihr Vater nur einen Infarkt erlitten hatte, weil er seit dem Messerstich nie wieder richtig zu Kräften gekommen war.

Leo stand bereits am Grab. Carla musste sich zurückhalten, ihn nicht vor dem halben Dorf fortzujagen.

Er stellte sich auf die andere Seite ihrer Mutter und fasste nach deren Hand.

Mit zusammengepressten Lippen entzog sie Leo ihren Arm und sah ihn mit warnendem Blick an.

»Du traust dich was.« Carla trat einen Schritt vor, um ihrer Mutter beizustehen.

»Mutter, ich …«, flüsterte Leo.

»Schweig«, sagte diese mit eisiger Stimme. »Ich dulde dich heute nur hier, um weiteres Gerede zu vermeiden.« Carla konnte die geflüsterten Worte ihrer Mutter kaum hören. »Dein Vater hat dir in seinen letzten Worten die Schuld gegeben. Das ist alles, was ich wissen muss.«

Leo senkte den Kopf. »Es war ein Fehler. So wollte ich das doch gar nicht.«

Was sollte das denn heißen? Was hatte er denn sonst gewollt? Natürlich hatte Leo die Ernte vernichten wollen. Was auch immer ihn antrieb, ihm saß der Teufel im Nacken. Carla schüttelte sich innerlich.

Nicht darüber nachdenken. Warum auch immer Leo das getan hatte, es spielte keine Rolle mehr.

Vater war tot und Leo schuld.

Ein Verzeihen dafür gab es nicht.

»Lass Mutter in Frieden, du hast sie gehört.« Carla ließ den Arm ihrer Mutter los und schob sich auf der anderen Seite zwischen sie und Leo. »Sieh genau hin.« Carla deutete auf das Grab. »Du bist nicht mehr mein Bruder, und wenn du einen Funken Ehre im Leib hast, bezahlst du die letzte Rate an Isidoro und verschwindest aus unserem Leben.«

Der Pfarrer ergriff das Wort und begann mit seiner Trauerrede.

Immer wieder schweiften Carlas Gedanken ab. Was, wenn Leo diese letzte Kreditrate nicht zahlen wollte oder konnte? Spätestens, wenn ihr Bauch sichtbar war, würde Isidoro die Wahrheit erfahren und sie hinauswerfen. Aus der Schuhfabrik und aus seinem Leben. Carla gestand sich ein, dass es genau das war, was sie wollte: aus Isidoros Leben verschwinden.

Doch sie war künftig nicht allein.

Francisco stand an ihrer Seite. Unwillkürlich legte Carla ihre Hände auf den Bauch.

Das Gefühl, dass Leben in ihr heranwuchs, schenkte ihr Zuversicht. Gemeinsam mit Francisco fände sich ein Weg. Er verdiente mittlerweile gut, und zusammen würden sie diese finanzielle Last stemmen.

Sie faltete die Hände zum Gebet und spürte Isidoros Blick auf sich ruhen. Er stand ihr gegenüber und schickte sich an, zu ihr zu kommen. Mit einem leichten Kopfschütteln bat sie ihn, es nicht zu tun.

Er verstand und blieb zwischen den Dorfbewohnern stehen.

Fast tat er ihr leid.

Ob sie Antonia heimlich um Hilfe bitten sollte? Nein, das war keine Option. Mutter würde diese Hilfe ablehnen und wäre böse mit ihr. Es musste auch so gehen.

Während die Trauergäste ihre Beileidsbekundungen aussprachen, blieb Carla demonstrativ zwischen ihrer Mutter und Leo stehen. Erleichtert sah Carla dem Ende der Beerdigung entgegen.

Isidoro reichte Mutter die Hand. »Ich weiß, dich hat die Trauer fest im Griff, aber mein Angebot steht, falls du es dir überlegst.«

Ihre Mutter schwieg.

Er sah Carla fest in die Augen. »Vielleicht kannst du sie überzeugen. Ich möchte euch nicht in dieser schweren Zeit allein lassen. Lass mich euch helfen.« Isidoros Blick war eindeutig. Er wollte helfen, aber er wollte sie auch endlich heiraten.

»Danke, das ist sehr fürsorglich.« Carla rang sich ein Lächeln ab. »Die nächsten Tage werde ich meiner Mutter zur Seite stehen. Und dann reden wir.«

»Selbstverständlich«, er beugte sich an ihr Ohr, »meine Angebetete.«

Neben ihr bekundete der letzte Nachbar ihrer Mutter die Trauer, Isidoro machte ihm Platz und ging zum Friedhofsausgang.

Mutter fasste in ihre Jackentasche und zog ein Taschentuch heraus.

»Mamá, das war der letzte Nachbar.« Carla wandte sich an Leo. »Und du gehst jetzt.«

Carla fürchtete, ihre Mutter würde jeden Moment aus ihrem stützenden Arm rutschen und stürzen. Kraftlos gingen sie zurück zum Dorf. Fast schien es, als schlotterten ihre Knie, so unsicher wirkte Mutters Gang.

Endlich kamen sie zu Hause an. Carla nahm ihrer Mutter den Haustürschlüssel aus den zitternden Händen, nachdem sie das Schloss drei Mal verfehlt hatte.

Mutter ließ sich auf den Küchenstuhl fallen und seufzte. »Bringst du bitte die Brandyflasche?«

Carla holte die Flasche und Gläser aus dem Schrank. Es tat so weh, ihre Mutter so zu sehen und nicht zu wissen, wie es weitergehen sollte. Vielleicht war es sogar gut, zu diesem Zeitpunkt zu heiraten und ihrer Mutter damit einen Hoffnungsschimmer für die Zukunft zu geben. Aber dazu musste Carla nun allen Mut zusammennehmen.

Sie holte tief Luft. »Mutter, ich hatte ja bereits vorhin angedeutet, dass ich etwas mit dir ... also ...« Carla schenkte ihr ein.

»Carla, auch ich habe etwas mit dir zu bereden«, unterbrach Mutter sie und nahm einen großen Schluck. Nur kurz setzte sie das Glas ab, bevor sie es erneut ansetzte und leer trank. »Ich musste deinem Vater ein Versprechen geben. Deshalb gehen wir beide morgen früh zum Notar nach Inca.«

»Nun lass mich doch erst sagen, was ich zu sagen habe. Vielleicht ändert das alles.« Notar bedeutete sicher, dass es etwas mit dem Erbe ihres Vaters zu tun hatte. Vielleicht wollte ihre Mutter ihr schon etwas davon überschreiben. Doch wäre das noch so, wenn sie Francisco heiratete? Ihr Vater würde sich im Grabe umdrehen.

»Ach, Carla. Ich bin zwar alt, aber nicht blind«, unterbrach Mutter sie erneut, »ich spüre schon lange, dass du Isidoro nicht liebst. Ich weiß, wem du dein Herz geschenkt hast. Ich habe euch schon vor einigen Monaten gesehen. Außerdem erkenne ich eine schwangere Frau, wenn ich sie sehe.« Ihre Mutter rang sich ein Lächeln ab. »Vater wäre in seinem Stolz gegen eine solche Verbindung gewesen. Aber er wollte immer dein Glück. Und wenn das Francisco ist, dann habt ihr meinen Segen.«

»Du hast es gewusst? Hat es …« Carla legte sich instinktiv eine Hand auf den Bauch.

»Dein Vater wusste es nicht. Er hätte sich aber über einen Enkel sehr gefreut.« Mutter füllte ihr Glas nach und starrte es einen Moment lang schweigend an. »Zwar hätte er etwas Zeit gebraucht, um dir zu verzeihen, aber er hätte nachgegeben. Kinder bringen Hoffnung in eine Familie, Hoffnung auf eine Zukunft.« Erneut trank sie das Glas leer.

Die Worte ihrer Mutter erfüllten Carla mit Trauer. Zu spät erkannte sie, wie falsch sie die Reaktion ihrer Familie eingeschätzt hatte. Sie hätte sich ihr anvertrauen können. So hätte ihr Vater noch von seinem Enkel erfahren, und auch, dass sie das Glück, das ihr Vater ihr von Herzen wünschte, bereits gefunden hatte.

Mutter stand auf und umarmte Carla. »Ich liebe dich und will, dass du glücklich wirst. Und ich freue mich auf ein Enkelkind, das nicht auf der anderen Seite des Ozeans lebt.«

Carla warf einen Blick zu Antonias Hochzeitsfoto, während sie sich aus der Umarmung löste. »Aber wie sollen wir die letzte Rate an Isidoro bezahlen? Die Ernte ist vernichtet.«

Mutter zuckte mit den Schultern und setzte sich wieder. »Was will er machen? Der Kreditvertrag sieht zum Glück nicht vor, dass du ein Faustpfand bist, wenn wir nicht zahlen. Es wird sich schon alles finden. Wie immer im Leben.«

»Wir könnten Antonia und Federico bitten«, schlug Carla nun doch vor. »Und ihr es dann zurückzahlen, sobald Leo seine Schuld bei dir eingelöst hat oder wir es selbst können.«

»Auf keinen Fall«, wies ihre Mutter den Vorschlag vehement zurück. »Ich glaube auch nicht, dass Leo je in der Lage sein wird, das Geld allein aufzubringen. Und er wird wohl kaum Albas Eltern um ein Darlehen bitten für die Begleichung einer Schuld, die er durch seine Brandstiftung zu verantworten hat. Auch Antonia zu bitten kommt nicht infrage. Sie würde sich nur Sorgen um uns machen.«

Ihre Mutter war so stur. Carla wagte erneut einen Vorstoß: »Aber als ich krank gewesen bin, haben sie doch auch geholfen.«

»Carla!« Mutter sah sie mit resolutem Blick an. »Das war etwas anderes. Hier geht es nicht um ein Leben!« Sie drehte das leere Glas in ihren Händen. »Ich arbeite weiter in der Wäscherei und werde zusehen, dort die Stunden zu erhöhen. Viel zum Leben brauche ich nicht. Ich werde Isidoro das Geld zurückzahlen. Es wird dauern, aber er bekommt es zurück. Dein Vater und ich haben diese Schulden gemacht, nicht du oder Antonia. Und um dich abzusichern, müssen wir morgen zum Notar.«

Carla verstand noch immer nicht, was es mit dem Notar auf sich hatte. Ihre Gedanken galten noch immer Isidoro. »Ich muss mit Isidoro sprechen. Er wird mich nicht mehr in der Fabrik arbeiten lassen. Oder täusche ich mich in ihm?«

»Isidoro ist ein Mann von Ehre. Er wird dir nicht kündigen. Aber er wird dich nicht gut behandeln, fürchte ich. Verletzter Stolz schmerzt Männer so sehr wie Frauen ein gebrochenes Herz.«

»Aber es ihm verheimlichen?« Carla überlegte, schüttelte den Kopf. »Besser ich spreche bald mit ihm. Je früher ich mit dir auf dem Feld bin, desto besser. Wir müssen uns um die

Plantage kümmern, damit wir wenigstens nächstes Jahr eine Ernte haben. In meinem Zustand werde ich dich nicht lange unterstützen können.«

Mutter öffnete den Mund.

»Ich bin noch nicht fertig.« Carla sah ihre Mutter an. »Mit Franciscos Geld könnten wir Leiharbeiter beschäftigen. Wenn Francisco zu uns zieht und keine Miete mehr zahlen muss, müsste es gehen.«

Mutter runzelte die Stirn. »Darf ich jetzt auch mal was sagen?«

»Natürlich.«

»Behaltet die Wohnung. Auch dafür wird sich eine Lösung finden. Der Rückschnitt der Bäume ist erst in einigen Wochen nötig, und das Dorf hat schon immer zueinandergestanden. Wenn uns einige Freunde helfen, gewinnen wir Zeit. Zeit, in der ich dieses Haus hier verkaufen kann.«

»Unser Zuhause?« Carla wurde übel. Es war doch auch ihr Heim, und irgendwo musste ihre Mutter doch leben. Ursprünglich hatte Carla mit Francisco geplant, zu ihm nach Binissalem zu ziehen. Doch nun? Alles hatte sich geändert. Das Einfachste wäre, trotz Mutters Widerworte hier ins Haus zu ihr zu ziehen. Francisco würde die Miete sparen, und sie könnten Mutter besser unterstützen. Die einfachste Lösung schien die beste.

Mutter fasste nach ihrer Hand. »Ich sehe dir an, was du denkst, aber ich möchte nicht mit euch unter einem Dach leben. Nicht, weil ich dich nicht liebe, aber ich denke, für euch wäre es besser, wenn ihr euer eigenes Nest habt.«

Was redete ihre Mutter da? Das Haus wäre doch für sie jetzt groß genug. »Wieso nicht hier im Dorf? In der Nähe der Plantage, des Lagers? Wenn wir es wiederaufgebaut haben?« Carla wurde schwindelig. Auch das Lager wiederaufzubauen würde Geld kosten. Daran hatte sie bisher gar nicht gedacht.

Mit einem Seufzer stand Mutter auf und holte die Wasserkaraffe. »Du sollest was trinken, du bist so blass, meine Kleine.« Sie goss ihr Glas ein, setzte sich und schob es ihr hin. »Mach dir nicht solche Sorgen, das ist für eine werdende Mutter nicht gut.«

Carla trank einen Schluck. Wie sollte sie sich keine Sorgen machen?

»Es ist wirklich das Beste, das Haus zu verkaufen, und ich habe auch schon einen Platz, wo ich wohnen kann.«

Vater war gerade erst zwei Tage tot, und ihre Mutter hatte schon solche Pläne? Wieso hatte Carla davon nichts mitbekommen? Vorhin wirkte Mutter noch gebrochen, doch jetzt schien ihre alte Kraft wieder zurückzukehren.

»Aber, wo? Wie?«

»Bei Lidia«, unterbrach Mutter.

»Oh. Die Arme ist seit einem Jahr Witwe.« Carla wunderte sich sehr über die schnelle Entscheidung, da sie Lidia schon ein paar Wochen nicht mehr gesehen hatte.

»Deshalb war sie heute auch nicht auf dem Friedhof. Das erträgt sie noch immer nicht. Aber sie ist gestern vorbeigekommen. Ihr Haus ist groß, sie hasst es, allein darin zu leben, und ich werde zu ihr ziehen.« Mutter sah sie entschlossen an. »Du siehst, dann haben wir aus dem Verkauf das Geld, das Lager wiederaufzubauen, ich kann Lidia eine gute Summe zahlen, um das Wohnrecht bei ihr zu erwerben, und es bleibt etwas übrig für deine Hochzeit.«

»Nein.« Carla hob abwehrend die Hände. »Nicht für die Hochzeit, das wird nur eine kleine Feier, das schaffen Francisco und ich allein.« Es käme überhaupt nicht infrage, dafür Geld von ihrer verwitweten Mutter zu nehmen.

»Nein, Carla. Du bist jetzt auch mal dran, und dafür gebe ich gerne. Immerhin werde ich Oma.«

Carla erkannte die Sehnsucht in den Augen ihrer Mutter. »Aber da ist immer noch die letzte Rate an Isidoro«, sagte sie leise. »Wenn ich ihm die Wahrheit sage, könnte er eine Pfändung auf unseren Grund oder das Haus legen oder, wenn es verkauft ist, dann auf dein künftiges Wohnrecht.«

Ihre Mutter stand auf. »Genau deshalb werde ich erst wieder ruhig schlafen, sobald wir beim Notar waren. Ich habe es deinem Vater während seines letzten Atemzugs versprochen.«

Carla spürte, wie sie erbleichte. Die letzten Worte ihres Vaters hatten ihr gegolten? Und sie hatte es nicht über sich gebracht, ihm zu sagen, dass er Großvater werden würde. Sie wollte das Erbe nicht. Es stand ihr noch nicht zu. »Es sollte auf dich umgeschrieben werden, Mutter, jetzt, wo Vater nicht mehr lebt. Es ist dein Land.«

Ihre Mutter setzte sich wieder, nahm ihre Hand und drückte sie fest. »Du kannst es nicht wissen, aber auf dem Papier gehört alles schon lange mir. Seit der Messerattacke von Juan wollte dein Vater mich abgesichert wissen, sollte er vor mir gehen. Er war ein kluger Mann und wollte, dass ich nach seinem Tod alles dir notariell schenke. Damit kann auch Isidoro keine Pfändung auf unser Land oder Haus legen. Einzige Bedingung wäre«, sie zwinkerte Carla zu, »du müsstest, wenn es so weit ist, beim Notar den künftigen Hausverkauf unterzeichnen und mir davon das geben, was ich für Lidia und den Wiederaufbau des Schuppens brauche.«

Carla starrte sie an. Plötzlich sah sie alles klar. Durch diesen Trick konnten sie alles behalten. Auch das Geld aus einem Hausverkauf. Niemand konnte es ihnen wegnehmen. Und Carla würde keine Pesete aus dem Erlös des Hauses für sich nehmen. Ihre Mutter würde ihn brauchen, um Arbeiter auf der Plantage bezahlen zu können. Carla wollte alles dafür tun, damit ihre Mutter sich nicht mehr die Hände in der Waschlauge aufreißen musste. »Dafür der Notar. Und Leo?«

Mutter schloss für einen Moment die Augen, bevor sie antwortete. »Er hat seinen Anspruch verwirkt. Dein Bruder bekommt nichts.«

Wie hatte ihr Vater so geistesgegenwärtig noch eine solche Entscheidung treffen können? Carla erkannte in diesem Moment, welche Stärke ihr Vater besessen hatte. Für Leo wäre der Schachzug ihres Vaters ein Schlag, den er mehr als verdiente. Carla schwor ihrem toten Vater, Leo nie wieder das Land betreten zu lassen.

38

So allein, wie er sich fühlte, stand Leo, eine Stunde nachdem man ihn fortgeschickt hatte, wieder am Grab seines Vaters. Was hatte er nur angerichtet? Könnte er es nur ungeschehen machen. Doch das vermochte er nicht. Wenn Vater nur nicht so stur gewesen und beim Wein geblieben wäre, hätte das alles nicht geschehen müssen.

Carla und Mutter trugen nicht weniger Schuld als er, zumindest redete er sich das ein. Immerhin hatten sie Vater überzeugt, sich vom Wein abzuwenden, nur weil die Zeiten etwas schlechter waren. Nein, dieses Unglück hätte nicht geschehen müssen.

Es gab noch jemanden, der Schuld trug, gestand er sich ein. Alba. Hätte sie ihn durch ihre Flunkerei nicht in diese Situation gegenüber ihren Eltern gebracht, wäre Leo nicht in die Bedrängnis geraten, handeln zu müssen. Doch konnte er der Frau, die er so liebte, einen Vorwurf machen?

Leo blickte in den Himmel, suchte in den Wolken nach einer Antwort. Alba schien die Schwindelei leichtgefallen zu sein. Was, wenn sie auch bei anderen Gelegenheiten zu kleinen Lügen griff? Er schüttelte den Kopf. Er hatte schließlich auch den wahren Hergang des Feuers verschwiegen und alles darangesetzt, Alba nicht zu seiner Mutter oder

Schwester zu lassen. Trotzdem müsste er mit Alba reden. Ihr klarmachen, dass er solche Flunkereien in Zukunft nicht dulden könnte. Auch seine eigene Schuld an dem Brand würde er ihr gestehen. Allerdings erst nach der Hochzeit.

Leo seufzte. Carlas Forderung, die letzte Kreditrate von Isidoro zu übernehmen, konnte er nicht erfüllen. Woher das Geld dafür nehmen, ohne dass es an anderer Stelle fehlte? Für Alba fehlte. Auch das würde die Kluft zwischen ihm und seiner Familie noch vergrößern.

»Reiß dich zusammen«, murmelte er zu sich selbst und kniete ans Grab, um ihm so nah wie möglich zu sein. »Vater«, flüsterte er, »es tut mir unendlich leid. Bitte verzeih mir.« Leo sah sich um, bevor er verstohlen eine Träne wegwischte. Mit hängenden Schultern ging er durchs Friedhofstor und trat den Rückweg nach Palma an.

Alba wartete schon vor ihrem Elternhaus. »Es tut mir so leid. Bestimmt war es ein schwerer Gang für dich.«

Leo schloss sie in seine Arme. »Ja.«

»Komm, wir gehen hoch, meine Eltern möchten dir auch noch persönlich ihr Beileid aussprechen.«

Lieber wäre er jetzt allein mit Alba gewesen, die Aussprache mit ihr suchen. Doch es wäre unhöflich.

Leo folgte ihr die Treppe nach oben.

»Wenigstens geht uns Raquel nicht auf die Nerven. Sie ist heute Morgen weg und meinte, sie käme erst spät am Abend wieder. Warum lebt sie immer noch in der Nachbarwohnung? Sie soll endlich ausziehen, dann wäre Vater vor ihren Nachstellungen sicher. Und wir hätten es auch angenehmer.«

Leo folgte ihr schweigend.

Josefina stand an der Wohnungstür und breitete ihre Arme aus. »Mein Beileid. Es muss schrecklich für dich sein.« Sie drückte ihn einmal fest.

Andrés trat hinzu und klopfte ihm auf die Schulter. »Auch mir tut es leid. Schade. Ich hätte deinen Vater sehr gerne kennengelernt.«

»Aber, komm doch rein.« Josefina ging vor. »Setzt euch an den Kamin. Ich mache uns einen Kaffee.«

Andrés legte einige Scheite Holz nach. Schweigend tranken sie Kaffee.

Josefina räusperte sich. »Alba sagte, ihr wollt die Hochzeit nicht verschieben? Ich weiß nicht, ob es deiner Mutter recht ist.«

Was sollte er darauf sagen? Erzählen, wie ihn seine Mutter und Schwester zum Teufel gewünscht hatten? Ihm blieb nur eine weitere Lüge. Leo fasste Albas Hand. »Sie möchte ihr Trauerjahr, und meine Schwester schließt sich Mutters Wunsch an. Das respektiere ich. Doch sie möchten nicht, dass wir alles um ein Jahr verschieben.«

Andrés erhob sich. »Dann soll es so sein. Du wirst hinterher auch sicher alle Kraft brauchen, um deiner Mutter beim Wiederaufbau eines erfolgreichen Weinguts zur Seite zu stehen. Sie muss sehr stolz auf dich sein.«

In Leos Magen breitete sich ein Eisklumpen aus. »Entschuldigt mich bitte einen Moment.« Er stand auf und ging ins Bad. Noch immer irritierte ihn der Luxus eines Wasserklosetts in einer Wohnung. Doch jetzt war er mehr als dankbar dafür. Leo würgte, mehr als bittere Galle kam nicht. Gegessen hatte er an diesem Tag noch nichts. Anschließend zog er mit der Schnur ab und spülte sich am Waschbecken den Mund aus.

Vor dem Spiegel fuhr er sich mit den Fingern durch die Haare. »Haltung«, befahl er sich selbst und streckte den Rücken. Jeder würde sein Verhalten der Trauer zuschreiben, dabei fraß das schlechte Gewissen an ihm.

Zurück im Kaminzimmer saß nur noch Alba vor dem knisternden Feuer. »Wo sind deine Eltern?«

»Sie wollten uns etwas Zeit für uns geben und sind trotz des kühlen Wetters eine Runde spazieren gegangen.« Alba klopfte mit der Hand neben sich auf das Polster.

Leo setzte sich, nahm allen Mut zusammen. »Alba, ich muss mit dir reden.«

Sie sah ihn mit schief gelegtem Kopf an. »Willst du doch die Hochzeit verschieben?«

»Nein, nein. Auf keinen Fall. Es ist nur so ...«, Leo presste kurz die Lippen aufeinander, »es ist nicht richtig, wenn du flunkerst. Ich weiß nicht, ob du dich nicht doch für mich und meine Arbeit schämst. Oder warum hast du bei deinen Eltern fast schon aufschneiderisch erzählt, ich würde in Sencelles wieder unser Weingut aufbauen?« Jetzt war es ausgesprochen, und es gab kein Zurück. Die Angst schnürte ihm fast die Kehle zu. Was, wenn Alba nun doch einen Rückzieher machte?

»Ach das.« Alba lachte. »Es war doch nur, um Vater zu zeigen, was du für Zukunftspläne hast, und jetzt«, sie wurde ernst, »bewahrheitet sich es sogar noch viel schneller als gedacht.«

»Wie meinst du das?«

»Deine eine Schwester lebt auf Kuba, die andere heiratet diesen Fabrikbesitzer, und deine Mutter allein kann doch nichts ausrichten. Sie wird dankbar sein, wenn du dich um das Grundstück kümmerst und es wieder zu einem erfolgreichen Weingut machst.« Sie blickte ihn mit ihrem reizenden Augenaufschlag an, dem er nie widerstehen konnte. »Ich war also nur meiner Zeit voraus.«

Leo lag ein Widerspruch auf der Zunge, doch er schluckte ihn hinunter. Verschwieg er ihr doch selbst seine größte Schuld. »Versprich mir nur, künftig solche Schwindeleien zu unterlassen.«

Statt einer Antwort küsste ihn Alba sanft und verheißungsvoll. »Ich werde es versuchen. Und jetzt«, Alba stand auf, »musst du unsere Wohnung sehen. Mamá und ich waren fleißig.«

Leo umschloss Albas Hand und ließ sich bereitwillig ein Stockwerk tiefer führen.

»Ich hoffe, es gefällt dir.« Alba blieb vor der Tür stehen.

Es würde ihm gefallen, davon war er überzeugt. Alba hatte einen erlesenen Geschmack, und er war nur die Matratze in der Lagerhalle gewohnt.

Alba öffnete die Tür. »Überraschung!«

Leo traute seinen Augen kaum. Die Möbel waren exquisit. Und sie standen denen in der elterlichen Wohnung in nichts nach. Selbst die Küche war bereits mit Geschirr bestückt. Diesen Luxus hätte er ihr ohne Hilfe nie bieten können.

»Wir haben zwar nur einen Wohnraum, die Küche und das Bad, aber dahinter«, Alba warf ihre Haare in den Nacken, »ist das Schlafzimmer. Und es ist noch Platz für Kinderzimmer. Die sind nur noch nicht hergerichtet.«

»Das will ich sehen.« Lachend rannte Leo zur Tür.

Alba folgte ihm. »Mach auf!«

Leo öffnete. Ein großes Bett dominierte den Raum. Feinstes Holz, und selbst die Bettwäsche war schon aufgezogen und wirkte edel. Fast wie eines der luxuriösen Hotelzimmer in Amerika, die er schon einmal in Zeitungen abgebildet gesehen hatte. Er konnte es kaum erwarten, das Bett mit Alba zu teilen. Und in diesem Bett würde das Vergnügen noch größer sein.

39

Obwohl die Trauer Carla noch fest umklammert hielt, belastete sie es sehr, immer noch nicht mit Isidoro gesprochen zu haben. Nach ihrem Entschluss, seinem Werben eine klare Absage zu erteilen, konnte es ihr gar nicht mehr schnell genug gehen. Diese Situation ertrug sie keine Sekunde länger.

Der Notar machte seine Arbeit gut. Kaum hatten Mutter und sie vor wenigen Tagen die nötigen Unterschriften geleistet, kam bereits die Nachricht, der Besitz sei nun auf Carla umgeschrieben.

Bevor Mutter den geplanten Hausverkauf bekannt gab, musste Carla mit Isidoro sprechen. Mit gemächlichen Schritten überquerte sie den Hof der Schuhfabrik. Sie hinkte, obwohl ihre Beine die letzten Tage problemlos funktioniert hatten. Die Last und das bevorstehende Gespräch drückten sie förmlich nieder.

»Ach, ist das werte Fräulein doch noch an ihrer Arbeit interessiert?«, vernahm sie zu allem Unglück noch die Stimme von Dolores. »Wie ich sehe, geht es dir ausgezeichnet.«

Ihr falsches Lächeln ließ es in Carla brodeln.

»Na ja, bis auf das Hinken vielleicht.«

»Dolores, freundlich wie immer. Wie schön, dich zu sehen.« Carla bemerkte mit Vergnügen die Verunsicherung von Dolores.

»Deine Ziernähte machen sich gut auf der neuen Kollektion.«

Offenbar war sie unsicher, ob sie gerade mit Carla sprach oder doch eher mit ihrer neuen Chefin. Das dumme Gesicht von Dolores zu sehen wäre der einzige Grund für eine Hochzeit mit Isidoro. Nur diesen kleinen Moment ihres Gesichtsausdrucks wünschte sich Carla, wenn sie auch wusste, es würde nie so weit kommen. Im Gegenteil. Sie war hier, um Isidoro die Wahrheit zu sagen. Wenn auch nicht die ganze Wahrheit, sondern eine geschönte.

Ohne Dolores weiter zu beachten, betrat sie das Sekretariat. Die Sekretärin lächelte freundlich. »Sie sind zurück?«

»Leider nein«, gab Carla ehrlich zu. An guten Tagen hatte sie für Isidoro zwar Ziernähte entworfen, doch das war nur, wenn sie eine gute Phase hatte. So waren sie verblieben, und Carla hatte sich daran gehalten, Entwürfe zu fertigen, je nachdem, wie lange sie den Stift ruhig halten konnte. Das waren mal fünfzehn Minuten, manchmal aber auch eine Stunde. »Ist Isidoro im Büro?«

»Ja, klopfen Sie einfach«, sagte sie, blieb jedoch sitzen. Für alle in der Fabrik war klar, welche Position Carla in wenigen Monaten haben sollte. Das machte für sie das Gespräch nicht leichter, und dennoch blieb ihr nun keine andere Wahl. Sie war hier. Und sie würde das hinter sich bringen.

Nach einem tiefen Einatmen klopfte sie drei Mal an.

»Herein«, hörte sie Isidoros Stimme durch die geschlossene Tür.

Sie öffnete.

»Oh, was für eine freudige Überraschung. Komm herein.«
Isidoro sprang auf und eilte auf die Tür zu. »Zwei Tassen
Kaffee, bitte«, wandte er sich an seine Sekretärin.

»Setz dich doch«, bat er. »Blass siehst du aus. Kein Wunder
nach dem großen Unglück! Wie geht es dir?«

Carla wusste nicht, wie sie anfangen sollte, setzte sich und
sah auf ihre Hände.

»Soll ich euch doch helfen?«, fragte er in ihr Schweigen
hinein. »Du weißt doch, ich würde alles für dich tun.«

»Alles?«, hakte Carla nach und sah auf.

»Ja, alles. Das weißt du doch.«

Carla lächelte und wollte gerade sprechen, als die Sekretärin ins Zimmer trat, zwei Tassen und Zucker brachte. »Der
Kaffee kommt auch gleich.«

Sie schloss die Tür wieder hinter sich.

»Dann gib mich frei.«

Isidoro verharrte in seiner Bewegung. Er hatte sich gerade
Carla gegenüber auf seinen Stuhl setzen wollen. Nun stützte
er sich auf den Tisch. »Wie meinst du das?«

»Gib mich frei.«

»Aber warum?«

Die Sekretärin kam mit dem heißen Kaffee in einer Kanne, doch Isidoro scheuchte sie mit einer harschen Handbewegung wieder aus seinem Büro. Als die Tür ins Schloss fiel,
starrte er Carla an. »Du bist fast gesund. Wozu warten?«

»Du hast eine Frau verdient, die dich liebt«, begann Carla. »Du bist ein wundervoller Mann, du solltest eine Frau an
deiner Seite haben, die dich aus vollem Herzen liebt und die
dich glücklich macht. Ich würde das nicht schaffen.«

Isidoro lachte. »Du bekommst kalte Füße?«

Für einen Moment schloss Carla die Augen. »Nein, das ist es nicht. Ich liebe einen anderen Mann.«

Das Lachen hörte schlagartig auf. Isidoros Augen verengten sich. »Was?«

»Es tut mir leid.« Carla stand auf.

Isidoro eilte um den Tisch, hielt sie an den Schultern fest. »Das kann nicht sein. Ich habe alles für dich getan. Du stehst in meiner Schuld. Und wenn du mich nicht heiratest, werde ich diese Schuld einfordern, hast du verstanden?«

Carla sah die Verzweiflung in Isidoros Augen. Die war es, die aus ihm sprach. Das war ihr verständlich.

»Du hast meinen Eltern einen Kredit gewährt. Und meine Mutter wird ihn dir zurückbezahlen, sobald sie es vermag.«

Isidoro hielt sie immer noch. Carla sah zu ihm hoch. In diesem Moment hatte sie die Kraft, ihm in die Augen zu sehen. »Es tut mir leid. Ich bin nicht die Richtige für dich. Und ich hätte es dir schon lange sagen müssen, doch ich wusste nicht wie. Du warst so gut zu mir. Zu uns. Ich wäre mir so schäbig vorgekommen.«

»Und jetzt kommst du dir nicht schäbig vor?« Isidoro spie ihr die Worte entgegen. »Du machst mich vor allen lächerlich! Das ist nicht akzeptabel. Du wirst mich heiraten. Sonst wirst du es bereuen.«

»Mag sein, dass ich es eines Tages bereuen werde«, lenkte sie ihm zuliebe ein, um seinen Stolz nicht noch mehr zu verletzen. »Doch ich werde einen anderen heiraten.«

Erst sah er sie fassungslos an. Dann schien er zu verstehen. »Er ist vermögender als ich.«

Carla konnte kaum glauben, was er sagte. Wie sollte sie ihm sagen, dass sie einen hart arbeitenden Mann heiraten wollte, der ihr weit weniger finanziell bieten konnte als Isidoro? »Es geht nicht um Geld.«

»Es geht immer um Geld.« Isidoro ließ sie los, wandte sich ab und schüttelte den Kopf. »Geh, ich will dich nie wiedersehen. Besser, du trittst mir nie wieder unter die Augen.«

Carla wandte sich ab. Es war alles gesagt. Er wollte sie nicht wiedersehen. Er glaubte, Carla würde einen reicheren Mann heiraten. Vielleicht war das leichter zu verkraften. Irgendwann würde er es überwunden haben. Hoffte Carla.

Sie verabschiedete sich von der Sekretärin und fuhr mit Franciscos Fahrrad auf direktem Weg zu ihm.

Er stand über einen Stein gebeugt und hörte sie nicht kommen. Carla wusste, sie sollte warten, bis er den Hammer und den Meißel nicht mehr in Händen hielt. Aber an diesem Tag schaffte sie es nicht.

Sie ging um den Stein herum und zeigte sich Francisco. Augenblicklich hielt er in seiner Arbeit inne. »Ist was geschehen?«

»Ich habe mit Isidoro gesprochen«, sagte sie. Es ging nicht anders, sie musste trotz des Gesprächs lächeln, weil sie nun endlich offen zu Francisco stehen konnte. »Er will mich nicht wiedersehen.«

»Das will ich ihm auch geraten haben.« Francisco legte sein Werkzeug auf dem Stein ab, ging auf Carla zu und drückte sie an sich, während er sie auf die Stirn küsste. »Ich danke dir für deinen Mut. Und für deine Liebe. Ich werde alles tun, um dich glücklich zu machen.«

Carla schob ihn etwas von sich, um ihm in die wunderschönen Augen zu blicken, die sie so sehr an ihm liebte. Dann küsste sie ihn. Sie wusste, sie würde ihre Entscheidung niemals bereuen.

40

Der Kutscher hielt vor der Kirche von Santa Eulalia in Palma. Leo drückte Albas Hand. In Kürze war dieses zauberhafte Wesen seine Frau. Sein Glück könnte perfekt sein, wäre da nicht die Trauer, niemanden von seiner eigenen Familie bei seiner Trauung an seiner Seite zu wissen.

Egal, ob er nochmals um Verzeihung bat. Sie würden ihm nicht vergeben. Er selbst konnte sich nicht vergeben, Vaters Tod mitverschuldet zu haben. Außerdem könnte ein falsches Wort alles zerstören. Noch hatte er Alba die Wahrheit nicht gestanden. Verheiratet konnte sie ihm nicht davonlaufen. Dafür war ihr ihre Ehre zu wichtig. Wenn auch in anderen Ländern Scheidungen möglich waren, würde die bis ins Mark konservative spanische Regierung das nie erlauben.

Irgendwann, so hoffte Leo, könnte er Alba die Wahrheit erzählen. Wie hieß es doch so schön? In guten wie in schlechten Zeiten.

Die Gäste gingen an ihrer Kutsche vorbei und betraten die Kirche. Alle trugen feinsten Zwirn. Leo fühlte sich ein wenig unwohl. Obwohl sein Anzug tadellos saß, konnte er nicht mit den anwesenden Gästen mithalten. Anzug und Ringe hatten seine Barschaft sehr strapaziert, und für die

Feierlichkeiten kamen glücklicherweise und der Tradition entsprechend Albas Eltern auf. So blieben seine Reserven, die er für den Weinanbau hart zusammengespart hatte, unangetastet.

»Hui«, Alba zeigte zum Kirchenportal, »sieh mal meine Tante Raquel, wie sie sich wieder herausgeputzt hat, die alte Jungfer.«

Leo sah hinaus. Diese Frau war unmöglich. Trat fast auf, als wäre sie die Braut. Und wie sie sich an Albas Vater schmiegte. Widerlich. Josefina stand auf der anderen Seite und warf ihrer Schwester einen missbilligenden Blick zu, bevor sie ihren Mann unterhakte und zum Eingang zog.

»Schade, dass wir deine Tante Raquel einladen mussten.« Leo strich über Albas Handrücken.

»Meine Mutter erwehrt sich schon seit Jahren ihrer Aufdringlichkeit. Entweder sie bettelt Vater um Geld an oder sie stellt ihm unverhohlen nach, wie du ja selbst schon erleben musstest.« Alba seufzte. »Meine Tante ist ein Biest, und obwohl meine Mutter sie schon mehrfach der Wohnung verwiesen hat, kommt sie immer wieder.«

»Lass uns heute keine trüben Gedanken haben, ja?« Leo deutete auf den Brautstrauß. »Sonst werden noch die Rosen welk.«

Alba lachte. »Du hast ja recht.«

Sie hob die weißen Rosen an die Nase und schnupperte genießerisch.

Albas Brautstrauß war ihm jede Pesete wert gewesen. Die sündhaft teuren weißen Rosen hatten Alba ein umwerfendes Lächeln aufs Gesicht gezaubert, als er ihr den Brautstrauß vor der Abfahrt überreicht hatte.

»Bekommst du kalte Füße, oder können wir aussteigen?«
Alba stupste ihn in die Seite.

Leo öffnete die Tür der Kutsche. Verwundert bemerkte er
seine zitternden Knie, als er die Stufe hinunterstieg, um Alba
die Hand zu reichen. Nun wurde er wohl doch nervös. Er
wollte Alba so sehr zur Frau, dass ihm die Angst, es könnte
noch etwas dazwischenkommen, die Knie zittern ließ. Oder
war er nur aufgeregt? Er wusste es nicht.

Vor dem prächtigen Eingangsportal der Kirche stand
Albas Patenonkel, um die Braut in die Kirche zu geleiten. So
war es der Brauch. Da Leos Patentante verstorben war, von
seiner Familie sowieso keiner der Hochzeit beiwohnen würde, hatten sie beschlossen, dass er allein zum Altar schreiten sollte.

Alba schien seine Unsicherheit zu bemerken. »Du schaffst
die paar Meter schon ohne mich«, flüsterte sie in sein Ohr.

Der Weg, der vor ihm lag, schien endlos. Seine Knie zitterten immer heftiger, und er glaubte, alle würden ihn anstarren, das Zittern sehen.

Alba glaubte an ihn. Ein Gefühl, das sein Selbstbewusst-
sein befeuerte und ihn stärkte. Natürlich würde er diesen
Weg beschreiten.

Dennoch verabscheute er diese Art der Aufmerksamkeit.
Leo holte tief Luft, drückte den Rücken durch und betrat die
von Orgelmusik erfüllte Kirche.

Vor dem Altar blieb er stehen und traute sich nicht, sich
umzudrehen. Leo wollte nicht noch mehr angestarrt werden.
Er gehörte nicht zu dieser feinen Gesellschaft. Das sah man
an seinen rauen Händen, auch an seinem Anzug, der zwar
ordentlich war, aber eben nicht der feinste Zwirn. Bestimmt

schleppte keiner der Gäste am Hafen schwere Kisten, um sich seinen Lebensunterhalt zu verdienen. Fast schämte sich Leo seiner schwieligen Hände, die er trotz der Lederhandschuhe hatte, und er wusste nicht, wohin damit.

Der Hochzeitsmarsch setzte ein, und alle Augen richteten sich nun auf die Braut. Nun drehte Leo sich um. Er sah Alba auf sich zuschreiten. Glücklich strahlend und wunderschön. Er unterdrückte die aufsteigenden Tränen. Womit hatte er nur eine so reizende Frau verdient?

In diesem Moment war sein Glück vollkommen. Er liebte diese bezaubernde Frau über alles, und sie liebte ihn. Er würde nicht zulassen, dass sich jemand zwischen sie stellte.

Als Alba neben ihm stand und sie sich zum Pfarrer umwandten, sah er ihr künftiges gemeinsames Leben in schillernden Farben vor sich. Abends mit Alba im Arm einschlafen und morgens mit ihr aufwachen. Ihr Lächeln, ihre Lebensfreude. Ihre bewundernden Augen, wenn sie ihn anstrahlte.

Die Zeremonie rauschte förmlich an ihm vorüber. Leo reagierte erst wieder, als der Pfarrer sagte: »Sie dürfen die Braut nun küssen.«

Mit beiden Händen hob Leo Albas Schleier an und drückte seine Lippen an ihre. Alles Glück der Welt durchflutete ihn, verdrängte jeden negativen Gedanken an die Vergangenheit oder Zukunft.

Die Gäste applaudierten, und Leo hakte Alba unter. Gemeinsam schritten sie zum Ausgang und blieben unter dem Steinportal stehen, denn es hatte zu regnen begonnen.

»Nun bist du meine Frau«, sagte er leise. »Und auch wenn der Himmel weint, bin ich glücklich.«

»Ich auch«, sagte Alba zärtlich. »Und jetzt sollten wir uns beeilen, sonst sehe ich aus wie eine nasse Katze und nicht wie eine begehrenswerte Braut.«

Eine Kutsche folgte der anderen, und fast ehrfürchtig betrachtete Leo das Eingangsportal des feudalen Restaurants.

Ein livrierter Page stand mit einem großen Regenschirm bereit, öffnete die Kutsche und geleitete sie in das Restaurant.

Leo stockte der Atem vor solcher Pracht. Die Tische mit weißen Damastdecken und den silbernen Kerzenleuchtern konkurrierten mit den funkelnden Kristallgläsern. Noch nie war er an so einem prachtvollen Ort gewesen. Er sah zur mit floralen Mustern bemalten Decke. Sie mutete fast wie eine Kirchendecke an.

»Da vorne sitzen wir.« Alba deutete auf einen rechteckigen Tisch, der am Ende des Raumes stand. Von dort überblickte man den ganzen Saal mit den anderen runden Tischen für die Gäste.

Sie nahmen nebeneinander in der Mitte des Brauttischs Platz. Nach und nach füllte sich der Raum mit den schwatzenden Gästen.

Josefina setzte sich neben Leo, und Andrés nahm auf der Seite von Alba Platz.

Die Kellner schenkten Wein und Wasser an den Tischen aus.

Als alle Gläser gefüllt waren, erhob sich Andrés, bedachte Alba mit einem liebevollen Blick und klopfte mit der silbernen Gabel an sein Glas, bis das Gemurmel verstummte. »Verehrte Gäste, mir als Brautvater obliegt es, eine kleine Rede zu halten.«

»Hoffentlich ist sie wirklich klein«, flüsterte Alba Leo zu. »Ich habe Hunger.« Sie kicherte.

Leo fasste ihre warme Hand, sein Daumen umschmeichelte ihren Ehering. Sie war nun wirklich seine Frau.

»Ich freue mich, alle hier zu begrüßen, um mit uns das Ereignis zu feiern. Es fällt mir schwer, aber so ist der Lauf der Dinge. Unsere geliebte Tochter Alba hat nun einen Mann an ihrer Seite. Leo, bitte steh auf.«

Ihm wurde heiß. Musste er etwa auch etwas sagen? Was erwartete man von ihm?

Andrés kam zu ihm und legte ihm die Hand auf die Schulter. »Ich weiß, du bist ein aufrechter und fleißiger Mann, und da aus nachvollziehbaren Gründen deine Familie heute nicht hier sein kann, möchte ich dir sagen: Du bist nun unser Sohn und ich dein Vater.«

Applaus brandete auf, und Leo fühlte sich auf der einen Seite wie ein Betrüger. Schuldig und nicht wert, in diese Familie so herzlich aufgenommen zu werden. Doch auf der anderen Seite spürte er die ehrliche Anerkennung und Zuwendung seiner Schwiegereltern, die er niemals enttäuschen wollte.

Alba sah ihn an und kniff ihn grinsend in den Unterschenkel. Diese Frau war sein ganzes Glück. Mit nur einer Geste schaffte sie es, alle trüben Gedanken hinwegzufegen. Er räusperte sich. »Danke, Andrés, und danke, Josefina«, er nickte ihr zu, »und ein besonderer Dank an Alba, die mir ihre Liebe schenkt und mein Leben mit Glück erfüllt.«

Erneut klatschten alle und erhoben die Gläser. »Salut!«, rief Leo und trank.

»Ich liebe dich mehr als mein Leben«, sagte Leo in Albas Ohr, als er sich wieder setzte.

Die Kellner servierten die Suppe. Eine klare, kräftige Brühe, in der große mit Fleisch gefüllte Nudeln schwammen.

Leo kostete.

Hatte er jemals eine so schmackhafte Suppe gegessen? Nein, denn das hätte er nicht vergessen.

Bevor der Hauptgang serviert wurde, rief einer der Gäste: »¡Que se besen!« Und sofort stimmten die anderen mit ein.

Lachend zog Leo seine Frau an sich und gab ihr den von den Gästen geforderten Kuss.

Wieder wurde geklatscht.

Als er sich von Alba löste, sagte sie: »Das wird heute sicher noch mehrmals unsere Pflicht sein.«

Leo flüsterte ihr ins Ohr. »Hauptsache, bei der Kür sind wir allein.«

Alba umfasste sein Gesicht mit beiden Händen. »Ich kann es kaum erwarten.«

Gänsehaut kroch Leo über den Rücken. Wie lange hatte er auf seiner Matratze in der Fabrik davon geträumt, ihr das Kleid auszuziehen, ihre nackten Schultern zu küssen, sie ...

»Verzeihung.« Leo hatte den Kellner hinter sich nicht bemerkt, der für Alba und ihn die Teller mit der Hauptspeise in der Hand hielt. Er neigte sich leicht zur Seite, damit er servieren konnte.

Der Duft der gebratenen Lammschulter stieg ihm in die Nase. Das Fleisch lag auf einem Bett aus Kartoffeln, darüber Auberginen und ein Püree aus Tomaten. Nur vage erinnerte sich Leo, welche Gerichte Alba mit ihren Eltern abgesprochen hatte. In seiner Erinnerung sollten zur Lammschulter gebratene Kartoffeln gereicht werden.

»Das Tumbet habe ich mir zum Lamm gewünscht«, sagte Alba. »Ich wollte etwas Traditionelles.«

»Eine gute Wahl, mi corazón.« Nach den ersten Bissen musste Leo Alba recht geben. Es schmeckte vorzüglich. Doch wieder einmal hatte Alba, ohne ihn einzubeziehen, eine Entscheidung getroffen, die sie beide betraf. Doch an diesem Tag wollte er nicht streiten.

»¡Que se besen!«

Leo lachte. Ja, die Gäste hatten recht. Er sollte immer wieder diese verführerischen Lippen küssen und sich nicht über solche Kleinigkeiten ärgern.

Als die Teller abgetragen waren, schoben zwei Kellner auf einem Rollwagen die Hochzeitstorte in den Saal.

Geschichtetes Biskuit mit Fruchtfüllung und weißem Zuckerguss überzogen.

Leo fasste Alba an der Hand und zog sie vom Stuhl hoch. »Bereit, das Messer gemeinsam zu führen?«

»Oh ja.«

Arm in Arm gingen sie zur Torte, und ein Kellner hielt ihnen ein großes Tortenmesser hin.

Leo fasste zuerst nach dem Griff, und Alba legte ihre zarte Hand auf seine.

Gemeinsam zogen sie den Schnitt durch alle Schichten, während die Gäste klatschten.

Kaum legten sie das Messer weg, kam wieder die Aufforderung zum Kuss. Leo zog Alba ganz zu sich heran und küsste sie innig.

»Ähm.« Der räuspernde Kellner stand vor ihnen. »Ich würde gerne die Torte in die Küche zurückfahren, damit wir sie für alle portionieren können.«

Leo löste sich lachend von Alba. »Selbstverständlich.« Er zog seine Frau mit zum Tisch.

Bevor die Kuchenteller serviert wurden, schenkten die Kellner, der Tradition entsprechend, Cava in die Kristallgläser, und erneut erhob sich Andrés. »Auf das junge Glück!«

»¡Que se besen!«

Es war ja schön, Alba immer wieder zu küssen, doch so langsam wünschte Leo, sie würden damit aufhören, sie ständig aufzufordern. Lieber wäre er mit Alba allein.

Josefina schien seine Gedanken zu erraten. Sie nahm ihn zur Seite. »Die Kutsche steht für euch schon bereit. Esst aber bitte noch ein Stück Kuchen, bevor ihr geht.« Sie drückte ihm einen Kuss auf die Wange. »Dann werden sie euch hier nicht vermissen, dafür sorge ich.«

Leo zwinkerte ihr verschwörerisch zu. Leo und Alba aßen rasch ihr Stück der Hochzeitstorte und sahen sich immer wieder lächelnd an. Kaum legte Alba die Gabel auf den Teller, fasste Leo ihre Hand und ging mit ihr durch die Tür.

Von drinnen hörten sie Josefina rufen: »Und jetzt küssen sich mal alle, die schon länger verheiratet sind! Mal sehen, ob sie es noch können.«

Lautes Gelächter folgte.

Der Kutscher hielt ihnen die Tür auf, und Leo hielt Albas warme Hand in seiner, nachdem sie drinnen Platz genommen hatten.

Sie lehnte sich an ihn. Schweigend und in freudiger Erwartung ließen sie sich bis vor ihr Haus fahren.

»Danke.« Leo verabschiedete sich vom Kutscher und half Alba hinaus.

»Alles Gute.« Der Kutscher ließ das Pferd antraben und verschwand um die Ecke.

»Bitte, nach dir.« Leo gab Alba einen liebevollen Klaps auf den Po.

»Wenn du meinst.«

Alba wiegte bei jedem Schritt auf der Treppe ihre Hüfte von rechts nach links.

Leo wurde heiß, und er öffnete den Hemdkragen.

An der Wohnungstür nestelte Alba den Schlüssel aus ihrem Täschchen und schloss auf.

Sie blieb vor der Schlafzimmertür stehen und wartete, bis Leo die Wohnungstür abgeschlossen hatte.

Leo kam zu ihr, löste ihren Schleier aus dem Haar. »Den brauchen wir jetzt nicht mehr.«

Alba fuhr mit ihren Fingern unter sein geöffnetes Jackett und schob es von seinen Schultern. »Das auch nicht.«

Er ließ es fallen, fasste sie an der Hüfte und drehte sie. Mit dem Rücken stand sie nun zu ihm. Er küsste ihren Nacken. »Darf ich dir die Knöpfe öffnen?« Seine Hände wurden feucht, als er die zarte Haut ihres Rückens berührte und das Kleid zu Boden fiel.

»Du bist nun mein Mann. Du darfst alles.«

»Na, du kleine Schlafmütze.« Alba küsste Leo sanft auf den Mund. »Wir befinden uns zwar in unseren Flitterwochen, aber ich würde schon gerne auch mal das Bett verlassen und mit dir einen Ausflug unternehmen.«

Leo zog sie auf sich. »Bist du sicher, dass du unsere Liebeshöhle verlassen willst?« Er löste das Band ihres Nachthemdes.

Neckisch schlug sie ihm auf die Finger. »Du wolltest mir das Land deiner Eltern zeigen, schon vergessen? Ich will endlich wissen, warum du davon so besessen bist.«

»Ich bin doch nicht besessen«, entgegnete Leo.

Alba zog einen Schmollmund. »Nenn es, wie du willst. Aber es vergeht kaum ein Tag, an dem du nicht erzählst, wie schön es war, als du als kleiner Junge durch die Rebenreihen getollt bist.« Sie stand auf. »Wir frühstücken jetzt, und dann nehmen wir den Zug.«

Leo sah ihr nach, wie sie ins Badezimmer verschwand. Die ganze Zeit hatte er diesen Moment gefürchtet. Doch er konnte sie nicht länger aus seinem Dorf fernhalten. Wie so oft beruhigte sich Leo selbst wieder damit, dass sein Vater möglicherweise auch ohne das Feuer einen Herzinfarkt erlitten hätte. Es hatte seit Jahren Momente gegeben, in denen sich Vater bei Anstrengungen an die Brust gefasst hatte.

Alba hatte recht, wie sollte sie seine Visionen teilen, wenn sie nie einen Fuß auf das Grundstück gesetzt hätte. Die fehlenden Weinreben würden den Anblick zwar schmälern, aber Alba war eine Frau mit viel Fantasie. Sicherlich konnte sie sich alles bildlich vorstellen.

Eine Stunde später hatten sie den Zug an der Station zwischen Santa María und Sencelles verlassen und saßen in der Kutsche. Beinahe leichtfüßig trabten die Pferde voran. Die Dezembersonne, die durch die Fenster schien, wärmte die Passagiere fast wie an einem Sommertag.

»Gleich sind wir da.« Die Kirche von Sencelles kam in Sicht. Leo fasste Albas Hand.

Schnaubend hielten die Pferde an, und der Kutscher öffnete ihnen die Tür. Die anderen Fahrgäste blieben sitzen, als Leo mit Alba ausstieg.

Er streckte sich und gähnte.

Lachend stupste Alba ihn in die Seite. »Sag nur, du bist schon wieder müde. Was habe ich nur für einen Mann?« Sie rückte ihren Sonnenhut zurecht und hakte sich bei ihm unter. »Also, wo müssen wir lang?«

Bei der schon hochstehenden Sonne lag die Dorfstraße ausgestorben vor ihnen. Leo hoffte, niemandem aus dem Dorf zu begegnen. Sicherlich würde man ihn fragen, warum er seine Mutter nicht unterstützte und sich seit der Beerdigung nicht mehr hatte sehen lassen.

»Ein bisschen müssen wir noch gehen, Cariño. Wenn du aber eine Pause machen möchtest«, Leo schwenkte den Picknickkorb vor ihrer Nase, »dann musst du es nur sagen.«

»Nur weil du müde bist, bin ich es noch lange nicht!« Alba grinste breit. »Habe ich etwa einen Greis geheiratet, der schon bald am Stock geht?«

Albas Fröhlichkeit war ansteckend, und schon fiel ihm jeder Schritt an ihrer Seite leichter.

»Da liegt es. Siehst du den großen Johannisbrotbaum?« Leo zeigte mit der Hand auf eine flache Steinmauer, hinter der der Baum aufragte.

Alba lehnte sich an ihn. »Der Ausblick auf die Berge ist fantastisch. Ich glaube, ich verstehe dich schon jetzt.« Sie löste sich von seinem Arm und lief vorweg an das kleine Holztor. »Darf ich?« Sie fasste nach dem Riegel.

Übermütig schwang Leo den Korb und rief: »Öffne das Gatter, du Schönste aller Schönen, und ich werde dir die köstlichsten Speisen bringen.«

Alba lachte, schob den Riegel beiseite und rannte vorweg. Obwohl Leo nur die Aprikosen- und Mandelbäume erblickte, kamen die Erinnerungen wie lebendige Bilder in seinen Kopf, als hier noch eine Rebenreihe an die andere anschloss: Wie er den Esel mit Wasser versorgte, sorglos zwischen seinen Eltern hin- und herrannte, seine Geschwister neckte. Er sah auch Diego vor sich, den sein Berufswunsch das Leben gekostet hatte, Antonias Abreise nach Kuba und die finanzielle Not. Er ließ den Kopf sinken und fragte sich, warum das Schicksal ihm übel mitgespielt hatte.

»He, was gibt es da Trübsal zu blasen?«, rief Alba. »Es ist wundervoll hier. Und genau unter diesem Baum möchte ich picknicken. Also, Herr Kellner, bitte richten Sie an.« Sie lehnte sich mit dem Rücken an den Johannisbrotbaum und wartete im Schatten.

Leo ließ sich von Albas gelöster Stimmung anstecken. Er zog die Decke aus dem Korb, breitete sie vor Alba auf dem Boden aus. Nachdem er sich hingesetzt hatte, holte er Wein und Brot heraus. »So, die Dame, das Essen steht bereit«, rief er theatralisch aus.

»Ich sehe schon, es ist ein Festmahl, und der Koch hat sich selbst übertroffen.« Alba setzte sich neben ihn und nahm ein Stück Käse.

Auch Leo griff zu. Das einfache Essen schmeckte auf diesem Land besser als jedes Festmenü in einem edlen Hotel. Bald würde das Grundstück ihm gehören, denn auch wenn Carla und Antonia einen Teil erbten, ebenso wie seine

Mutter, dürfte, der Tradition entsprechend, er der Haupterbe sein. Und dann pflanzte er wieder Wein an. Die Aussicht auf die Zukunft beflügelte ihn regelrecht. Fehlte nur noch ein Käufer für sein Küstengrundstück. Aus dem Erlös könnte er die Neupflanzung und beste Fässer bezahlen.

Im Windhauch raschelten die Blätter des Baumes über ihnen. Sie lagen nebeneinander und sahen aneinandergekuschelt in den stahlblauen Himmel.

Leo fielen die Augen zu, und er war fast eingedöst, als ihn ein Rufen aufschreckte.

»Was zum Teufel machst du hier?«

Die Stimme seiner Schwester erkannte er auch mit geschlossenen Augen. Er hob den Kopf und sah Carla an der Seite eines Mannes auf ihn zukommen. Als sie näher kamen, fühlte er sich, als hätte ihm jemand einen Faustschlag in den Magen verpasst. Obwohl er ihn Jahre nicht gesehen hatte, erkannte er Francisco. »Das darf doch nicht wahr sein!« Leo sprang auf. Wie konnte sich Carla diese Frechheit erlauben?

Verschlafen rieb sich Alba die Augen. »Was ist denn los?« Sie stützte sich auf die Ellenbogen.

»Hallo, Alba.« Carla wandte sich an Leo: »Noch einmal frage ich dich, was du hier zu suchen hast.« Sie stemmte die Hände in die Hüften.

»Was soll die Frage?« Leo starrte erst Carla dann Francisco an. »Vielmehr sollte ich fragen, was dieser Sohn eines Mörders hier auf meinem Grund und Boden zu suchen hat.« Noch handelte es sich nicht um sein Land, aber bald wäre es das, und dann würde er diesen Kerl auf keinen Fall darauf dulden.

Francisco legte schützend seinen Arm um Carla. »So redest du nicht mit deiner Schwester und auch nicht mit mir. Ich bin ein ehrbarer Handwerker, während du hier nichts mehr zu suchen hast.«

»Was erlaubst du dir!« Leo riss ihn von Carla weg. Ohne zu überlegen, ohrfeigte er Francisco.

Francisco taumelte und stolperte einen Schritt zurück. »Leo, hör auf!«, schrie Alba.

Carla starrte ihn wutentbrannt an, als er auf Francisco zuging.

Leo erhob erneut seine Hand.

Carla schnappte einen Ast vom Boden und ließ ihn auf seinen Arm sausen. »Du hast weder das Recht, meinen Verlobten anzugreifen, noch hast du auf meinem Land etwas verloren!«

Was fiel seiner Schwester ein? Sie griff ihn an! Und was hatte sie eben gesagt? Leo rieb sich den Muskel am Arm, den Carla getroffen hatte. »Ich bin der künftige Erbe, also habe ich das Recht zu entscheiden, wer sich hier aufhalten darf.«

Francisco nahm Carla den Ast weg und stellte sich schützend vor sie.

»Aber, Liebling, was ist nur in dich gefahren?«, rief Alba. Sie saß immer noch auf der Decke und starrte ihn fassungslos an.

Bevor er Alba etwas Beruhigendes zurufen konnte, trat Carla hinter Francisco hervor. »Du musst mich nicht schützen, Cariño.« Sie stellte sich vor Leo. »Du hast richtig gehört. Das Land gehört mir.«

In Leos Kopf wirbelten die Gedanken durcheinander. Wie konnte das sein?

»Mutter hat mir das Land überschrieben, um es vor dem Zugriff Isidoros zu schützen, nachdem du die Schulden nicht zahlen wolltest. Außerdem werde ich Francisco in zwei Wochen heiraten. Du bist hier nicht mehr willkommen. Und nun fordere ich dich erneut auf, meinen Grund und Boden zu verlassen!« Carla sah zu Alba, die gerade die Sachen in den Korb stopfte. »Alba, es hat nichts mit dir zu tun. Entschuldige. Das ist eine Familienangelegenheit.«

»Ich gehöre zu seiner Familie. Was mit Leo zu tun hat, hat also auch mit mir zu tun.« Alba stand auf, warf sich die Decke über die Schulter und reichte Leo die Hand.

Leo ergriff sie, in seinem Inneren tobte es. Sie hatten ihm wegen einer einzigen Dummheit das Land weggenommen? Das war nicht fair.

Carla heiratete den Sohn des verhassten Nachbarn und wurde dafür noch belohnt? Das konnte Leo nicht zulassen. Er würde etwas dagegen unternehmen. Noch wusste er nicht, wie er es angehen sollte, aber er würde sich nicht um sein Erbe betrügen lassen.

Wutentbrannt starrte er Carla an. »Das wirst du noch bereuen.«

Leo zog Alba hinter sich her, bis sie außerhalb des Gatters angekommen waren. Er wollte so viel Platz wie möglich zwischen sich und seine Schwester bringen. Er wollte sich während der Flitterwochen keinesfalls nochmals vor seiner Frau prügeln.

Alba entzog ihm ihre Hand und blieb stehen. »Was war das? Welche Schulden hast du bei diesem Isidoro nicht bezahlt?« Aus wütenden Augen sah sie ihn an. »Und wieso heiratet deine Schwester, obwohl sie, wie du gesagt hast, im Trauerjahr ist?«

Leo stapfte schweigend weiter, ließ Alba stehen. Mit allem hätte er gerechnet, aber nicht damit, ausgerechnet hier auf seine Schwester zu treffen, und dann auch noch mit diesem Sohn eines Mörders. Das hatte Vater in den Tod getrieben, nicht das Feuer. Wie konnte Carla ihn nur so hintergehen?

»Leo! Was erlaubst du dir, mich hier einfach stehen zu lassen!«

»Was?« Er drehte sich zu Alba um.

Sie starrte ihn an, die Augenbrauen eng über der Nase zusammengezogen. »Ich will Antworten, verdammt noch mal.«

»Nicht hier und nicht jetzt. Wir nehmen die nächste Postkutsche zurück zur Bahnstation und reden zu Hause.«

Während der Fahrt saßen sie schweigend nebeneinander. Demonstrativ hatte Alba die Decke und den Korb zwischen sie gestellt und sah aus dem Fenster.

Als sie Palma erreicht hatten, klemmte sich Leo die Decke unter den Arm und fasste nach dem Korb.

Alba schlug ihm auf die Hand. »Den nehme ich.«

Er stieg aus und hielt Alba die Hand hin, um ihr die Stufe hinunterzuhelfen.

Wortlos drückte sie sich an ihm vorbei und ging voraus.

So hatte er seine Frau noch nicht erlebt. Der Tag hatte voller Glück begonnen, und nun? Alba würde nicht lockerlassen. Die Wahrheit konnte er ihr jedoch nicht erzählen. Nicht über den Brand, nicht, dass seine Eltern noch nicht einmal darüber nachgedacht hatten, zum Wein zurückzukehren.

Alba schloss die Tür auf, ließ den Korb auf den Boden fallen. »Also? Nun sind wir zu Hause.«

Leo zog die Tür hinter sich zu und ging zum Tisch. »Setz dich.«

»Ich will mich nicht setzen. Ich will endlich wissen, was hier los ist!«

»Gut, dann bleib stehen.« Leo nahm auf einem Stuhl Platz. Alba lehnte mit verschränkten Armen vor der Brust an der Wand. Auffordernd sah sie ihn an.

»Es ist ... also, sie haben mich offensichtlich um mein Erbe betrogen.«

»Das habe ich mitbekommen. Und ich wüsste gerne, warum.« Albas Stimme klang schnippisch.

»Vielleicht, weil ich nicht mehr so viel auf dem Feld geholfen habe? Woher soll ich das wissen.«

»Finde es heraus!« Ihr Blick war finster. So hatte er Alba noch nie erlebt. »Was noch?«

»Du meinst die Schulden bei Isidoro?«

»Exakt.«

Es gab für Leo nur einen Ausweg, ein Lügengebilde. Er holte tief Luft. »Ich wusste nicht, dass meine Schwester mit diesem Francisco verlobt ist und ...«

»Wer ist er?«

»Sein Vater hat damals meinen Vater mit einem Messer angegriffen und schwer verletzt. Niemals hätte er den Sohn seines Angreifers als Schwiegersohn akzeptiert.« Albas überraschter Blick bewies Leo, dass seine Frau ihm glauben wollte. Also log er weiter. »Wahrscheinlich hat Vater das herausbekommen. Dazu noch der Lagerbrand ... das alles war offenbar zu viel für sein Herz.« Leo gab sich entsetzt, so, als wäre ihm diese Erkenntnis eben erst gekommen. »Carla trägt Schuld am Tod meines Vaters.«

»Und was hat es mit den Schulden auf sich?«

»Isidoro, der feine Kerl, hat den Eltern einen Kredit gewährt. Natürlich in der Annahme, Carla würde ihn heiraten. Ich hatte Mutter nach Vaters Tod versprochen, ich würde mich an der Begleichung der Schulden beteiligen.«

»Was sehr anständig von dir ist. Warum hast du mir nichts davon erzählt?« Immer noch lehnte Alba an der Wand, doch ihr Gesichtsausdruck war milde.

»Ich wollte dich nicht mit meinen Problemen belasten. Die Planung der Hochzeit ... ach, du hattest doch genug zu tun.« Leo ließ die Schultern hängen und setzte einen betretenen Gesichtsausdruck auf. Er hatte es geschafft. Alba glaubte ihm.

»So was möchte ich doch wissen. Du weißt doch, gemeinsam können wir alles schaffen.«

Leo seufzte. »Mutter war verzweifelt. Vaters Tod hat sie schwer getroffen. Wir hatten vereinbart, wieder zum Weinbau zurückzukehren. Und jetzt sieht es so aus, als ob Carla Mutter in ihrer Trauer überredet hätte, ihr alles zu überschreiben und ...« Leo stützte die Ellenbogen auf den Tisch und senkte seine Stirn in die Hände. Seitlich schielte er nach Alba.

»Oh nein.« Alba kam zu ihm, umfasste ihn von hinten. »Deine Schwester ist eine hinterhältige Schlange.«

Leo verharrte in dieser Pose. »Sie war schon immer berechnend. Aber, dass sie mich um mein Erbe betrügt? Das hätte ich ihr nicht zugetraut.«

»Die Trauer deiner Mutter so schamlos auszunützen.« Alba schnaubte verächtlich.

Leo regte sich nicht, für ihn hatte es fast so geklungen, als hätte sie vor Verachtung ausgespuckt.

»Wie kann sie nur einem Mann schöne Augen machen, damit er den Eltern Geld leiht, um sich dann mit einem anderen vor den Traualtar zu stellen? Sie muss das geplant haben, auch, dass deine Mutter ihr alles überschreibt. So kommt Isidoro so schnell nicht an sein Geld. Eine kluge Argumentation deiner Schwester. Deine Mutter hatte Angst, ihr Zuhause zu verlieren.«

Alba küsste ihn in den Nacken. »Es tut mir leid, dass ich so böse auf dich war. Ich hätte dir vertrauen müssen.« Sie ging um ihn herum und setzte sich auf seinen Schoß. »Ich verspreche dir feierlich, ich werde nie wieder an dir zweifeln.«

Leo zog sie fest an sich.

»Aber, du kannst es nicht auf sich beruhen lassen. Ich frage Vater nach einem Anwalt, der soll dir zu deinem Recht verhelfen.«

Leo wurde übel. Wo hatte er sich da nur hineingeritten? Abschlagen konnte er es aber unmöglich, man würde ihm sonst auf die Schliche kommen. Dann musste er eben auch den Anwalt beschwindeln. »Ja, mein Herz, das machen wir.«

41

Zwei Wochen später zupfte Carla an ihrem Kleid und drehte sich vor dem Spiegel. »Sieht man wirklich noch nichts?«

»Kind, du bist eine wunderhübsche Braut, und der weit fallende Rock überdeckt dein kleines Bäuchlein perfekt.« Mutter strich ihr über den Rücken. »Niemand wird es merken.«

»Vielleicht hätten wir doch in Binissalem heiraten sollen und nicht hier, wo jeder neugierig in die Kirche kommt.« Carla seufzte.

»Nichts da. Alle sollen mein Einverständnis mit meinem Schwiegersohn sehen. So zerreißt sich auch keiner den Mund.«

»Meinst du, er kommt auch?«

»Isidoro?« Mutter schüttelte den Kopf. »Nein, das glaube ich nicht. Als ich ihm das Geld für den Kredit gebracht habe, hat er, wie es sich für einen Geschäftsmann gehört, die Ablösung unterzeichnet und mir alles Gute gewünscht.«

»Ja, dir schon. Mir hat seine Sekretärin die Papiere überreicht, obwohl er in seinem Büro war. Er hasst mich und will mich nicht mehr sehen.«

»Das wird vergehen. Du hast seinen Stolz verletzt. Das sitzt tief.« Mutter klemmte eine Haarsträhne unter dem Schleier fest. »Isidoro wird eine Frau finden, die ihn alles vergessen lässt. Du hast ihm nichts versprochen.«

Mutter hatte recht, sie sollte nicht mehr an ihn denken, sich besser auf die bevorstehende Hochzeit freuen. »Wie fühlst du dich hier bei Lidia?«, fragte Carla. »Versteht ihr euch gut?«

Mutter schüttelte den Kopf und grinste. »Das ist jetzt nicht wirklich deine Frage am heutigen Tag, oder?«

»Nun sag schon«, forderte Carla. Seit dem Hausverkauf und Mutters Umzug hatten sie keine Gelegenheit gehabt, in Ruhe zu sprechen.

»Sieh dich um. Das Schlafzimmer ist größer als das in unserem alten Haus, ich kann zu den Bergen sehen, und bisher haben Lidia und ich fast jede Nacht so lange zusammengesessen, bis wir auf den Stühlen eingeschlafen sind. Es geht mir also sehr gut.«

Carla legte ihre Hand auf Mutters Arm. »Dann bereust du die Entscheidung nicht?«

»Im Gegenteil. Es ist alles gut so, wie es ist. Darum hatten wir auch das Glück mit dem Apotheker, der so schnell unser Haus gekauft hat. Es sollte so kommen. Und jetzt ...«, Mutter deutete zur Standuhr, »sollten wir los, sonst kommst du zu spät.«

»Danke für alles.« Carla drückte ihrer Mutter einen Kuss auf die Wange. Ihre Mutter sah sie gerührt an. Wenn sie auch nichts sagte, so wusste Carla, wie sehr sie litt. Vier Kinder, und nur noch eines war in ihrer Nähe. Diego tot, Antonia in Kuba und Leo verstoßen, nach dem, was er getan hatte. Das musste hart für ihre Mutter sein, wenn sie auch nie ein Wort darüber verlor.

Die Kirchenglocken läuteten lautstark, als Carla mit ihrer Mutter am Arm an den Stufen unterhalb des Kirchenportals ankam.

»Meine Güte«, entfuhr es Carla. »Man meint, das halbe Dorf wäre gekommen. Dabei gibt es gar keine große Feier.«

Francisco kam auf sie zu, und ihr Herz machte einen Satz. Der Anzug stand ihm großartig.

»Da bist du ja endlich.« Er blieb in gebührendem Abstand stehen. »Und wie hübsch du aussiehst.«

Carla kräuselte die Stirn. »Tue ich das sonst nicht?«

»Oh doch, so habe ich das nicht gemeint.«

»Das weiß ich doch.« Lachend küsste sie ihn auf die Wange. »Du hättest dein Gesicht eben sehen sollen. Wo ist dein Vater?« Carla sah sich um.

»Komm, wir gehen zu ihm.«

Carla entdeckte ihn. Bisher hatte sie ihn nur in abgewetzten Hosen und geflickten Hemden gesehen, doch heute hatte selbst er sich herausgeputzt. Und er wirkte nüchtern. Seine Frau strahlte, als sie ihnen entgegengingen. Ihre künftigen Schwiegereltern begrüßten Carla herzlich. Schon vor wenigen Wochen hatten sie Carla in ihrer Familie willkommen geheißen. Franciscos Vater sprach ihr noch sein Beileid zum Tod ihres Vaters aus. Er hatte sehr unter dem Verlust seines besten Freundes gelitten. Sie hatten sich seit dem Vorfall auf dem Gelände des Brandyherstellers nie wieder gesprochen.

Auch Franciscos jüngere Schwester Blanca umarmte Carla fest, bevor alle in die Kirche gingen.

Francisco betrat an der Seite seines Patenonkels die Kirche, und Carla folgte am Arm von Lidia. Mutter hatte die Idee gehabt, ihrer Freundin die Trauzeugenrolle zu übergeben.

Dankbar hatte Carla den Vorschlag angenommen, denn sie mochte Lidia, die sich um Konventionen und die Meinungen anderer nicht scherte. Sie erinnerte sie ein wenig an Antonia, die ebenso tat, was sie für richtig hielt, ob es sich nun schickte oder nicht.

Auf dem Weg zum Altar schielte Carla in die Reihen. Sie konnte Isidoro nicht unter den Anwesenden ausmachen. Erleichtert atmete sie aus. Sie hatte befürchtet, er würde kommen und die Hochzeit stören.

Franciscos Chef Samuel sah sie wohlwollend an. Dieser Mann war ein echtes Geschenk. Er verhielt sich Francisco gegenüber wie ein Vater, obendrein hatte er Carla eine Büroanstellung gegeben. Carla freute sich sehr über sein Kommen.

Er war als einziger Gast zur Feier geladen, bei der sonst nur Familienmitglieder mitfeierten. Mehr konnten sie sich nicht leisten.

Sosehr Carla die Zeremonie genoss, so sehr wünschte sie ihr Ende herbei. Ihre Füße schmerzten, und diesmal nicht nur wegen der Nachwirkungen ihrer Krankheit. Sie hatte das Gefühl, ihre Knöchel würden platzen, so geschwollen waren ihre Beine. Endlich stellte der Pfarrer die entscheidende Frage. Francisco strahlte sie mit seinen warmen Augen an, als er das Jawort sagte. In diesem Moment spürte sie keine Schmerzen, da war nur das warme Gefühl der Liebe zu diesem Mann in ihr. Unbewusst legte sie die Hand auf den Bauch. Der Pfarrer sah sie eindringlich an, und sie löste die Handfläche von ihrer Rundung.

Obwohl ihre Eheringe an Schlichtheit nicht zu unterbieten waren, fühlte sich Carla wie eine gerade gekrönte Königin, als Francisco ihr den Ring überstreifte. Der ersehnte Kuss in aller Öffentlichkeit besiegelte ihren Eheschwur. Unter dem Applaus der Dorfgemeinde verließen sie die Kirche, gingen zu Fuß über den Kirchplatz und bogen in die kleine Gasse ein. Dort hatte der Bäcker in seinem Ofen ein Spanferkel zubereitet und in seinem überdachten Patio einige Tische aufgestellt, die Lidia mit Mutter und Franciscos Eltern mit eigenem Geschirr gedeckt hatte. Hier saßen sie vor dem kühlen Wind geschützt. Der Wein stammte noch aus ihren eigenen Reserven.

Mutter nahm sie an die Seite. »Kind, du musst aus diesen Schuhen. Leg die Beine hoch. Es ist nur die Familie hier.«

Carla lächelte gequält. »Nach dem Essen.«

»Nein, jetzt.« Francisco trat neben sie und legte seinen Arm um ihre Hüfte. »Wir stellen einen Schemel unter den Tisch, und da legst du die Beine drauf.« Er drückte ihr einen Kuss auf die Wange und ging. Wenige Minuten später geleitete er sie zum Platz an der Tafel. »Siehst du«, er deutete unter den Tisch, »da ist alles, was du brauchst. Und den Hochzeitstanz tanzen wir barfuß. Alle beide.«

Carlas Herz war erfüllt von Liebe zu ihm. Alles, was sie brauchte, war dieser Mann an ihrer Seite.

Für immer.

42

Mallorca, Sommer 1923

Carla wollte am liebsten das ganze Haus zusammenschreien. Mutter und Lidia hatte sie hinausgeschickt. Ihre Finger hatten sich so sehr ins Laken gekrallt, dass sie sie nicht mehr lösen konnte.

Die Hebamme tupfte ihr mit einem feuchten Tuch die Stirn ab. »Bald ist es geschafft«, sprach sie ihr Mut zu.

Carla starrte sie nur an. Wusste diese Frau eigentlich, wie oft sie ihr das schon gesagt hatte? Doch das Kind steckte noch immer in ihr. Sie war versucht, das Tuch von der Stirn zu reißen und durchs Zimmer zu schleudern.

Noch bevor sie etwas sagen konnte, durchfuhr sie eine erneute Welle. Schmerzhaft, wie die vielen zuvor, und doch anders.

Die Hebamme eilte an ihr Bettende, griff beherzt zwischen ihre Beine. »Ja, jetzt. Konzentriere dich auf meine Kommandos!«

Mit letzter Kraft presste Carla zum gefühlt zwanzigsten Mal, bis das Kind endlich kam. Carla hörte den Klaps auf den Babypo und wartete angespannt.

»Buähh!«, vernahm sie den erwünschten Schrei, der ihr zeigte, ihr Kind war am Leben. Ein nie gekanntes Glücksgefühl durchströmte sie. Der Schmerz war vergessen. Nun wollte sie nur noch ihr Kind in den Armen halten. Ungeduldig sah sie zur Hebamme.

»Herzlichen Glückwunsch. Es ist ein wunderschönes Mädchen.« Die Hebamme wuselte zwischen Waschschüssel und Bett hin und her. Warf Handtücher auf den Boden, bevor sie ihr das zarte und nun saubere Wesen auf den Bauch legte. Ein perfekter Moment, den sie mit Francisco teilen wollte.

»Hier«, sie hielt Carla eine Decke hin, »zum Einwickeln der Kleinen.«

Carlas Finger zitterten, als sie ihr Kind mit der Decke umhüllte. »Ist Francisco draußen? Er soll kommen.«

»Gönne dir einen Moment. Du bist durch deine Erkrankung nach der Geburt besonders geschwächt.« Die Hebamme wischte ihr mit einem Lappen über die Stirn. »Trotzdem musst du noch kurz mithelfen, damit ich das Laken unter dir wechseln kann.«

Carla folgte mechanisch den Anweisungen, die Beine aufzustellen. Sie hob den Po an. Ihre ganze Konzentration galt dem kleinen Wesen, das sie dabei fest gegen ihre Brust presste.

»So, dann nehme ich mal die ganze Wäsche mit nach unten. Ich komme übermorgen wieder zur Nachkontrolle.«

»Muss ich etwas beachten?«

Die Hebamme lachte. »Deine Tochter wird dir schon laut kundtun, sobald sie Hunger hat oder ihr Hintern im Dreck liegt. Deine Mutter sagte, sie hat Windeltücher vorbereitet. Weißt du, wie das geht?«

Carla schluckte. Nichts wusste sie, gar nichts. Eine unbändige Angst überkam sie, und ihr ganzer Körper fing an zu zittern.

»Carla, keine Sorge«, die Hebamme strich ihr über die Stirn, »das geht fast allen Müttern so beim ersten Mal. Deine Mutter wird dir alles zeigen und dir bestimmt auch helfen. Dein Körper wird allerdings etwas länger benötigen, bis er sich von der Geburt erholt hat. Sei geduldig mit dir.« Sie lächelte Carla an. »Und jetzt hole ich den frischgebackenen Vater.«

Ihre Tochter gab leise schmatzende Geräusche von sich. »Willkommen in der Welt«, flüsterte Carla.

Francisco kam herein, setzte sich auf die Bettkante und strich Carla über das schweißgetränkte Haar. »Sie sieht so zart aus und hat deine liebenswerten Augen.« Er legte seinen Kopf an Carlas Wange. »Ich liebe dich und unsere Tochter.« Er beugte sich zum Nachttisch und reichte ihr ein Glas mit Wasser. »Trink mal einen Schluck. Das tut bestimmt gut.«

In kleinen Schlucken trank Carla und gab Francisco das Glas zurück. Die Kleine hatte mittlerweile die Augen geschlossen. Sie sah zufrieden aus. Eine Welle der Angst überrollte Carla.

Wie sollte sie das alles schaffen? Hätte sie genug Milch? Sie wusste doch gar nichts über Babys?

Unkontrolliert zuckten ihre Beine, und all die Furcht entlud sich in einem Heulkrampf.

»Cariño, was ist mit dir?« Francisco sprang auf und sah sie mit entsetzten Augen an. »Hast du Schmerzen? Soll ich einen Arzt holen?«

Bevor Carla antworten konnte, öffnete sich die Tür, und ihre Mutter und Lidia kamen herein.

»Ach herrje.« Mutter ging zu ihr und strich ihr sanft über die Stirn. »Nimm ihr mal die Kleine ab«, bat sie Francisco.

»Ist es dir recht, Carla?«

Reglos ließ sie sich den Säugling aus ihren Armen nehmen.

»Komm.« Lidia führte ihn hinaus.

Mutter zog Carla zu sich hoch und schloss sie fest in die Arme. »Weine alles heraus, mein Kind.«

»Ich ... die Kleine braucht mich doch«, stammelte Carla.

Mutter streichelte ihr übers Haar. »In diesem Zustand bist du der Kleinen keine Hilfe. Francisco und Lidia werden sie dir bringen, wenn sie Hunger hat. Sag, was treibt dich so um?«

Carla drückte ihre Stirn an Mutters Hals. »Ich habe Angst.«

»Ich weiß. Das geht vielen Frauen so beim ersten Kind. Als ich Antonia in den Armen hielt, dachte ich nur, wie zerbrechlich und hilflos sie ist. Vollkommen auf mich angewiesen. Ich hatte sogar Angst, sie überhaupt nur an die Brust zu legen.«

»Das sagst du doch nur so.« Carla schniefte. »Du doch nicht. Du weißt immer, was zu tun ist.«

Mutter löste die Umarmung und drückte Carla sanft in die Kissen zurück. »Vielleicht denkst du das heute von mir, aber auch ich war mal jung und unerfahren.« Sie rieb sich den Nacken. »Auch ich habe geweint und wusste gar nicht, warum. Da hat man ein gesundes Kind und heult, als stünde der Weltuntergang bevor. Aber das geht vorüber, glaube mir.«

Wie gerne würde Carla ihren Worten Glauben schenken, doch es gelang ihr nicht. »Sie wirkt so zerbrechlich, und seit meiner Krankheit habe ich doch schon häufiger etwas fallen lassen. Was ist, wenn mir das mit der Kleinen passiert? Nein, ich kann das nicht.« Carla drehte ihrer Mutter den Rücken zu und schluchzte.

»Du bist ja nicht allein. Deswegen war es auch gut, dass ihr vorübergehend hier bei mir und Lidia wohnt. So kann dein Mann arbeiten gehen, und wir helfen dir. Und jetzt«, sie stand auf, »mache ich dir einen Kräutertee, der hat mir damals auch geholfen, und dann wird die Kleine sicher bald Hunger haben. Du wirst sehen, sobald sie erst einmal an deiner Brust liegt, wirst du sicherer werden.«

Carla wollte ihrer Mutter glauben, doch ihre Worte lösten ihre Angst nicht auf. Dieses kleine Mädchen war das Wertvollste in ihrem Leben.

Sie krallte die Finger in das Laken und versprach sich und ihrer Tochter, alles zu tun, um ihr eine glückliche Kindheit und einen guten Start ins Leben zu ermöglichen.

Mutter brachte den Tee.

»Trink davon, und ruh dich aus. Wenn die Kleine Hunger bekommt, bringen wir sie dir.« Sie gab Carla einen Kuss auf die Stirn.

Carla nippte und schüttelte sich. »Der schmeckt furchtbar.«

»Ja, aber er hilft. Alles wird gut, Carla, du hast einen wunderbaren Mann und eine bildhübsche Tochter. Gottes Segen liegt auf euch, und schon morgen wirst du über deine Angst lachen.«

Carla sah Mutter nach, als sie hinausging. Mutter hatte recht. Alles würde gut werden. Sie würde ihre Angst überwinden. Gott meinte es gut mit ihr. Er hatte sie die Krankheit überstehen lassen, ihr einen liebenden Mann und das Wunder der Geburt beschert.

Lächelnd drehte Carla sich auf die Seite und schloss die Augen. Schon nach wenigen Atemzügen schlief sie ein.

43

»Wo bist du nur schon wieder mit deinen Gedanken?« Alba sah Leo missbilligend an.

Es war nun schon die vierte Räumlichkeit, die sie sich ansahen. Bei jeder hoffte Alba, den perfekten Standort für ihre Galerie gefunden zu haben. Leo musste allerdings zugeben, dass der bisherige Erfolg Alba recht gab. Über Kontakte hatte sie einige ihrer Bilder verkauft, und die Käufer hatten sie darin bestärkt, eine Galerie zu eröffnen. Das Geld aus den Verkäufen sollte ihr Startkapital sein, und ausnahmsweise hatte Alba es auch nicht für Kleider oder Hüte ausgegeben. Doch die Ladenmiete müsste Leo mit aufbringen, zumindest teilweise, denn schließlich wollte er zu seinem Wort stehen. Damit rückte sein Vorhaben, es doch auf dem kargen Küstengrundstück mit Reben zu versuchen, in weite Ferne.

»Das ist es«, rief Alba.

Fast wäre Leo in sie hineingelaufen, so sehr war er in seinen Gedanken einfach nur hinter ihr hergegangen.

Alba fiel ihm um den Hals. »Sieh nur, sogar eine prächtige Glasfront. Das gibt viel natürliches Licht auf meine Gemälde.«

Leo betrachtete die Fassade. Ein wirklich imposantes Gebäude in zentraler Lage, musste er zugeben. Doch sicherlich unerschwinglich. »Ja, mein Herz, ein schöner Laden.« Er ging an die Glasscheibe, schirmte mit beiden Händen die Seiten an den Augen ab und linste hinein. Meine Güte! Bodenfliesen waren teilweise herausgebrochen, die Wände beschmutzt. Außer der Glasfront schien alles an diesem Objekt sanierungsbedürftig.

»Ist es nicht toll?« Alba trippelte vor ihm auf und ab.

»Hast du hineingesehen?«, fragte Leo. »Da ist nichts toll.«

Alba winkte ab. »Ach, die paar Fliesen. Die sind schnell ausgebessert, oder ich stelle einfach den Tresen mit der Kasse darüber. Frische Farbe an die Wände und fertig.«

Leo wünschte sich etwas von Albas Zuversicht.

Ein Mann kam auf sie zu. »Señora Colom Pons, wie schön, Sie zu sehen.«

Alba reichte ihm die Hand. »Ich freue mich, Señor Adrover Gil. Darf ich Ihnen meinen Mann, Señor Delgado Ramis, vorstellen?«

Auch Leo reichte ihm die Hand. »Angenehm.« Verstohlen musterte Leo den Mann von oben bis unten. Eine gepflegte Erscheinung, die aber zum Glück nicht auf Reichtum hindeutete. Hoffentlich waren seine Preisvorstellungen so bodenständig wie seine Kleidung.

»Dann wollen wir mal.« Adrover Gil schloss die Tür auf. »Bitte sehr.« Er wies mit der Hand ins Innere.

Alba ging voran, und Leo folgte ihr. Als sie stehen blieb, sah er in ihren Augen den Glanz, den er so sehr liebte. Er neigte seinen Mund an ihr Ohr. »Halte dich mit deiner Begeisterung zurück, sonst können wir Preisverhandlungen vergessen.«

»Ach, du ...« Sie tätschelte ihm den Arm.

»Nun, wie ist Ihr erster Eindruck?«, fragte Adrover Gil.

»Es ist einfach ...«

»Genau«, unterbrach Leo Alba. »Es ist sehr einfach in seiner Ausstattung. Da muss man viel investieren, um das Lokal repräsentativ zu gestalten.«

Adrover Gil hob eine Augenbraue. »Ich hatte eben den Eindruck, Ihre Gemahlin wollte etwas anderes sagen.«

Leo überging diese Bemerkung und zeigte auf den hinteren Bereich des Raumes. »Wohin führen diese beiden Türen?«

»Das eine ist ein kleiner Waschraum mit einem Lagerraum daneben, und rechts«, er ging zu der Tür und öffnete, »befindet sich ein heller großer Raum, der zum Patio führt.«

Alba hob die Hand an den Mund, und Leo sah, wie viel Mühe es sie kostete, einen Freudenschrei zu unterdrücken.

»Liebling, eigentlich ist es zu groß, oder?« Leo zwinkerte ihr unauffällig zu.

Alba stimmte ihm zu.

»Oh, ich dachte, dieser Raum wäre ideal für Sie als Atelier, sodass Sie hier nicht nur Ihre Gemälde verkaufen, sondern auch anfertigen können.« Adrover Gil zuckte mit den Schultern. »Da habe ich mich wohl getäuscht.«

»Nun«, Alba trat auf ihn zu, »momentan arbeite ich zu Hause und möchte das auch beibehalten, aber in der Zukunft wäre es eine Möglichkeit.«

Leo hielt die Luft an. Ob ihre Strategie aufging?

»Liebste Alba, ich darf Sie doch so nennen?« Adrover Gil kam auf sie zu.

Alba lächelte gönnerhaft.

»Ich möchte die Räumlichkeiten nicht mehr lange leer stehen lassen. Wie Sie wissen, habe ich sie geerbt. Der vorherige

Mieter, der hier einen Bekleidungsladen hatte, ist über Nacht auf und davon. Ich habe den Eindruck, das würde mir mit Ihnen nicht passieren, weshalb ich Ihnen entgegenkomme. Sie reparieren, was gemacht werden muss, und zahlen mir nur die übliche Miete für den Ladenbereich vorne, den Waschraum und den kleinen Lagerraum. Wenn Sie dann doch den hinteren Raum nutzen, dann soll es mir recht sein. Was meinen Sie?«

Alba hatte, während Adrover Gil seinen Vorschlag machte, Leos Hand gefasst. Mittlerweile schmerzten seine Finger, so sehr drückte sie zu.

»Das ist sehr großzügig.« Alba lächelte breit, ließ Leos Hand los und reichte sie Adrover Gil. »Dann sind wir im Geschäft.« Sie drehte sich zu Leo. »Nicht wahr?«

Auch Leo reichte Adrover Gil die Hand. »Das sind wir. Ich unterzeichne gerne den Vertrag für meine Frau.« Leo war erleichtert, hatte er mittlerweile doch schon überschlagen, was an Reparaturleistungen gemacht werden musste. Wenn er selbst mithalf und Alba sich mit der Einrichtung der Theke mit einem einfachen Modell zufriedengäbe, dann bliebe aus dem Geld aus ihren bisherigen Verkäufen sicherlich noch die Miete für die ersten sechs Monate übrig. Wenn sie dann Bilder verkaufte, bräuchte Leo gar nichts zur Miete beisteuern und könnte endlich in die ersten Reben investieren.

»Wann können wir den Vertrag schließen?«, fragte Alba. »Die Arbeiten sollten schnellstmöglich beginnen.«

»Kommen Sie doch morgen Vormittag in meinem Büro vorbei. Das Architekturbüro in der kleinen Gasse hinter der Kathedrale.«

»Ich weiß, wo das ist.«

Da Leo in dieser Nacht nicht arbeiten musste und erst wieder am nächsten Nachmittag am Hafen sein sollte, stimmte auch er zu, denn ohne seine Unterschrift hätte der Vertrag keine Gültigkeit.

Alba umarmte Leo fest vor der Tür, als der Vermieter gegangen war. »Du bist der beste Ehemann der Welt.«

Und als bester Ehemann der Welt wollte er seine Belohnung. Voller Leidenschaft suchte er ihren Mund, und sie erwiderte den innigen Kuss.

44

Carla erwachte aus einem tiefen Schlaf. Sie hatte einen fürchterlich bitteren Geschmack im Mund. Auf dem Nachttisch stand die leere Teetasse. Sie nahm sie und hielt sie an ihre Nase. Puh, genauso fühlte es sich in ihrem Mund an. Wie lange hatte sie wohl geschlafen? Jegliches Zeitgefühl war ihr abhandengekommen. Durch das Fenster sah sie, dass es mittlerweile dämmerte. Sie fuhr hoch. Ihre Tochter musste doch Hunger haben. Mit den Händen strich sie über ihre Brüste. Fast schmerzte es, so prall waren sie. Carla stützte sich am Nachttisch ab, um aufzustehen. Er wackelte, die Tasse fiel auf den Boden und zersprang. Schon hörte sie Schritte vor der Tür.

»Carla, mein Herz.« Francisco stürmte ins Zimmer. »Ist dir etwas passiert?«

»Nein, nur Lidias Tasse ist leider zu Bruch gegangen. Wo ist unsere Tochter?«

Francisco gab ihr einen sanften Kuss. »Sie ist gerade aufgewacht. So wie du.« Er lächelte sie liebevoll an. »Ich bringe sie dir, sie wird sicher hungrig sein.«

Carla stand auf, als Francisco hinausging, und spülte sich mit dem Wasser aus dem Krug an der Waschschüssel den Mund. Anschließend wusch sie sich das Gesicht und sah in den Spiegel an der Wand. Ihre Gesichtsfarbe war rosig. Fast erschrak sie. Beinahe glücklich sah sie aus. Sie dachte an ihre Weinkrämpfe, die sie noch vor Kurzem erschüttert hatten. Nichts war mehr davon übrig. Die Angst war der Zuversicht gewichen. Ob sie das nur dem Tee zu verdanken hatte?

Francisco kam zurück. Als Carla das glucksende kleine Bündel in seinem Arm sah, drückten sich erneut Tränen in ihre Augen.

»Geht es dir wieder schlechter?« Francisco sah sie besorgt an.

Carla schüttelte den Kopf. »Nein, ich bin nur so überglücklich. Ich könnte vor Freude weinen.«

Francisco strahlte und legte ihr die Kleine in den Arm, die sofort quäkte. »Ich denke, jetzt hat sie wirklich Hunger.«

Carla öffnete ihr Hemd, und sofort suchte der winzige Mund ihre Brust. Während die Kleine begierig saugte, sah Carla Francisco an. »Ich würde sie gerne nach meiner Schwester benennen.«

»Ja, Antonia ist ein wunderbarer Name.« Francisco gab der Kleinen einen Kuss auf den Kopf und stand auf. »Ich werde mal nach deiner Mutter und Lidia sehen. Vielleicht haben sie etwas zu essen vorbereitet. Du musst wieder zu Kräften kommen.«

»Danke.« Carla sah ihm nach. Mit den Fingerspitzen strich sie dem Säugling über den dunklen Haarflaum. »Kleine Antonia«, sagte sie leise. »So heißt deine Tante im fernen Kuba. Sie weiß auch schon von dir. In meinen Briefen habe ich von dir erzählt, wie du mich nachts getreten hast, wenn ich mich auf die Seite gedreht habe. Sie ist eine starke Frau, und du wirst genauso stark sein.«

Carla summte ein Kinderlied, und Antonias Lippen lösten sich von ihrer Brust. Die leisen Atemzüge verrieten Carla, dass sie eingeschlafen war.

Lidia brachte ihr Brot und Käse. Sogar einige getrocknete Aprikosen hatte sie dazugelegt. »Sie sind so friedlich, wenn sie schlafen. Komm, ich nehme sie dir ab, damit du in Ruhe essen kannst.«

»Wo ist Mutter?«, fragte Carla.

Lidia legte die Finger an die Lippen. »Hab noch ein wenig Geduld, es soll eine Überraschung werden.«

Nachdem Lidia mit Antonia im Arm aus dem Zimmer gegangen war, merkte Carla, wie hungrig sie war. In wenigen Minuten hatte sie den Teller leer gegessen und trank die halbe Karaffe Wasser aus. Was für eine Überraschung bereitete ihre Mutter vor? Die Neugierde trieb sie aus dem Bett. Außerdem würde es ihrem Kreislauf guttun, wieder etwas länger aufzustehen.

Sie wusch sich mit einem Lappen, zog das Nachthemd aus und schlüpfte in ihren Rock. Noch war ihr Bauch geschwollen, doch sie konnte den Rock enger binden. In normaler Kleidung fühlte sie sich gleich stärker. Am Türrahmen musste sie sich kurz abstützen, denn ein kleiner Schwindel erfasste sie. Carla wartete einen Moment, bis die Welt wieder gerade schien. Mit einer Hand am Treppengeländer stieg sie die Stufen hinab zur Küche, aus der Stimmen drangen. Neugierig lauschte sie.

»Das ist wirklich ein Meisterstück«, sagte Mutter.

»Aber ohne deine Handarbeit wäre es nicht gemütlich.« Francisco lachte laut.

»Macht nicht so einen Lärm«, schimpfte Lidia.

Carla lugte durch die offen stehende Tür. Sie musste sich am Türrahmen abstützen, so sehr überwältigte sie der Anblick.

Francisco saß auf einem Stuhl, und mit dem Fuß schaukelte er eine Kinderwiege. Er musste sie geschreinert haben. Die Decke, die über die Holzkante hing, hatte sicher ihre Mutter angefertigt.

Ein Bild des Friedens und der Zuversicht.

Es war das schönste Bild, das Carla je gesehen hatte.

Und es würde ihr für immer im Gedächtnis bleiben.

»Ist das die Überraschung?« Carla betrat die Küche und zeigte auf die Wiege. Nun sah sie auch Antonia, die fast schon lächelnd mit geschlossenen Augen in der Wiege lag.

Eine Welle der Liebe überflutete Carla. Ihre kleine, perfekte Familie.

Francisco stand auf und schloss sie in die Arme. »Ja, unser Kind braucht doch ein Bettchen. Aber ich habe nur das Holz zusammengeleimt und geschraubt. Nähen kann ich nicht, die wunderbare Decke ist von deiner Mutter.«

Mutter trocknete sich die Hände an der Schürze ab. »Gefällt es dir?«

»Gefallen?« Schon wieder kamen ihr die Tränen. Carla löste sich von Francisco und umarmte kurz ihre Mutter, bevor sie wieder in Franciscos Arme sank. »Danke euch allen. Auch dir Lidia. Für alles, was du für uns getan hast.«

»Getan hast?« Lidia legte das Geschirrtuch zur Seite. »Ich dachte, ihr bleibt noch ein paar Tage.«

»Ich denke«, Carla setzte sich neben Francisco, wischte sich die Augen und griff seine Hand, »wir schaffen das jetzt auch allein. Für Francisco ist es leichter, wenn er neben der Arbeit wohnt.«

»Aber wir können doch ...«, unterbrach Francisco.

Carla hob die Hand. »Bitte, lass mich ausreden.«

Auch Mutter und Lidia setzten sich an den Tisch und sahen sie erwartungsvoll an. »Ich möchte das ohne Hilfe schaffen. Natürlich seid ihr mir immer willkommen.«

Carla schubste mit dem Fuß die Wiege an. »Stimmt's, Antonia? Wir zwei schaffen das.«

Francisco griff ihre Hand. »Aber nur, wenn du dir das wirklich schon zutraust.«

»Ja, davon bin ich überzeugt. Und jetzt lasst uns über die Taufe reden.«

45

»Bitte nehmen Sie Platz«, bat der Anwalt Leo, kaum hatte er die Tür seines Büros hinter sich geschlossen.

»Danke, ich hoffe, Sie haben gute Nachrichten.« Leo versuchte in der Miene des Anwalts zu lesen. Vergeblich. Schon beim ersten Termin, als Leo den Erbfall geschildert hatte, war das Gesicht des Anwalts reaktionslos geblieben.

Der Anwalt strich mit der Hand über ein Papier, und Leo erhaschte einen Blick.

Die Besitzurkunde des Grundstücks in Sencelles.

Seines Erbes.

Der Anwalt räusperte sich. »Nun, ich habe alle Möglichkeiten in Betracht gezogen, doch leider ist die Schenkung an Ihre Schwester Carla durch Ihre Mutter María nicht angreifbar, da diese zu Lebzeiten Ihrer Mutter stattfand und sie schon mehrere Jahre die alleinige Besitzerin gewesen ist. Das Erbrecht findet in dem Fall keine Anwendung. Es gab einige Fälle, die bis vor dem Obersten Gerichtshof verhandelt wurden, doch handelte es sich hierbei um Kinder, die zum Zeitpunkt der Schenkung minderjährig waren.«

Übelkeit stieg in Leo hoch. Sein Magen zog sich zusammen. Er hatte es befürchtet. Dabei kannte der Anwalt nicht die genauen Umstände. Leo konnte nichts weiter tun.

Die ganze Ausgabe für den Anwalt vergebens. Carla hatte ihm sein Erbe genommen. Das Familiengrundstück, das ihm zustand.

»Das trifft weder auf Sie noch Ihre Schwester Antonia zu. Somit haben Sie beide keinen Zugriff auf diese Schenkung. Es tut mir leid.«

Leo stand auf. Wie in Trance bedankte er sich für die Auskunft.

»Die einzige Möglichkeit sehe ich in einer Versöhnung mit Ihrer Schwester und Mutter. Wenn Sie eine Rückgängigmachung der Schenkung erreichen, greift das Erbrecht, was dann auch Sie und Ihre Schwester in Kuba berücksichtigen würde.«

Leo winkte ab. »Das ist leider ausgeschlossen«. Im Türrahmen fügte er hinzu: »Die Fronten sind zu verhärtet.«

Er verließ das Anwaltsbüro. Schon auf den Treppenstufen traten ihm Tränen der Wut in die Augen. Carla durfte ihm den Zutritt auf das Land verbieten. Auf das Land, das ihm neben Alba alles bedeutete.

Seine Drohung an Carla verpuffte nun.

Leo war pleite. Für das Küstengrundstück fand er keinen Käufer. Wie auch? Kein Landwirt konnte damit etwas anfangen.

Alba hätte vermutlich kein Verständnis, wenn er es dort mit dem Weinanbau versuchen würde. Sah doch selbst sie, wie wenig es eigentlich geeignet war, guten Ertrag zu bringen.

Leo blieb jedoch keine Wahl.

Hatte er vor Monaten noch gehofft, einen Käufer zu finden, um mit dem Erlös ein gutes Grundstück in der Inselmitte kaufen zu können, musste er es eben doch an der Küste versuchen. Doch dafür brauchte er mehr Gerätschaften, um das felsige Grundstück zu säubern. Wenn er diese Anschaffung tätigte, reichte das angesparte Geld nicht mehr für die erste Pflanzung.

Seinen Plan behielt er für sich. Erst wenn alles gepflanzt war, würde er Alba einweihen. Vorher nicht. So schwer es ihm fiel, Geheimnisse vor ihr zu haben, sah Leo keine andere Möglichkeit. Erst mit einem angebauten Stück Land würde Leo sie überzeugen können.

Leo rechnete im Kopf durch, wie viel er bisher zur Seite gelegt hatte. Egal, wo er versuchte einzusparen, noch reichte es nicht.

Bevor er später zur Nachtschicht ging, wollte er mit Alba letzte Hand in der Galerie anlegen.

Missmutig begab er sich auf den Weg.

Selbst in einer Schürze und mit den Händen im Wascheimer sah Alba bezaubernd aus. Sie drückte den Lappen aus, wickelte ihn um den Schrubber, und elfengleich schwebte sie förmlich über den Boden. Leo stand vor dem großen Schaufenster, konnte sich kaum von dem Anblick losreißen.

Alba hatte ihn entdeckt, drohte neckisch mit dem Zeigefinger und kam zur Tür. »Vielleicht sollte ich Eintritt verlangen, wenn mein eigener Mann schon aus dem Staunen nicht mehr herauskommt.«

Leo nahm ihr den Schrubber aus der Hand, lehnte ihn an die Wand. »Du bist das schönste Geschöpf auf Erden.« Er zog sie in den Laden und schob sie vor sich her in den Raum, in dem Alba künftig ihre Kunst auf die Leinwände bringen würde.

Sie löste ihren Zopf. »Lass mich vorne noch abschließen«, hauchte sie in sein Ohr und lief zur Tür.

Als sie wiederkam, hatte sie eine Decke in der Hand. »Die habe ich aus der Abstellkammer.« Sie grinste und legte sie auf den Boden.

In diesem Moment mit seiner Frau zu schlafen war genau das Richtige gegen seinen Missmut, was den Weinanbau betraf. Sie würde seine Stimmung aufhellen. Er fand ihre Lippen, sie sanken zu Boden, und nichts war in diesem Moment mehr wichtig.

46

»Carla, komm rüber, der Fotograf wartet nicht ewig und der Pfarrer schon gar nicht.«

»Ja, gleich.« Carla zupfte noch einmal Antonias Taufkleid zurecht, bevor sie durch einen Vorhang den Nebenraum betrat.

»Ah, Mutter und Kind, dann können wir anfangen.« Der Fotograf kam auf sie zu. »Sie setzen sich am besten mit dem Kind auf dem Arm in den Stuhl dort, und Ihr Mann stellt sich seitlich daneben.«

Carla setzte sich, und Francisco trat an ihre Seite.

»So, dann legt jetzt der stolze Vater mal seine Hand auf die Schulter seiner Frau.«

Antonia quäkte.

»Schh, ruhig, meine Kleine.« Carla wiegte sie ein wenig hin und her.

»Sie müssen aber stillhalten, sonst kann ich kein Foto machen.«

Antonia wurde leiser.

»Geradeaus sehen.«

Es klickte.

»So, das war es auch schon. In einer Woche können Sie das Tauffoto abholen.«

Francisco gab dem Fotografen das vereinbarte Geld und legte auf dem Weg nach draußen seinen Arm um Carla. »Das hätten wir schon mal geschafft.«

Er half ihr auf den Kutschbock. Sie umarmte Antonia fest auf ihrem Schoß. »Kommen wir denn noch rechtzeitig?«

»Aber sicher, dafür sorge ich.« Francisco schnalzte mit der Zunge, und das Pferd trabte los.

Vor der Kirche sah Carla ihre Mutter und Lidia auf und ab gehen, als Francisco die Kutsche um die Ecke lenkte.

»Ach, Kind, ich dachte schon, es wäre etwas passiert.«

»Deine Mutter«, Lidia schüttelte den Kopf, »als ob der Herrgott eine Uhr hätte und sich zum Mittagsschlaf hinlegen würde.« Mutter nahm ihr Antonia ab, und Francisco band das Pferd an.

»Man soll Gott nicht warten lassen«, sagte Mutter.

Carla kletterte vom Kutschbock. »Das meinst du nicht ernst, oder?«

Mutter lachte, legte ihr Antonia wieder in den Arm, und sie gingen in die Kirche.

Die Leute aus dem Dorf saßen schon in den Reihen. Ganz vorne setzte sich Lidia mit Mutter neben Franciscos Eltern.

Am Taufbecken stand Franciscos Schwester Blanca.

Carla sah ihr die Aufregung an und küsste sie auf die Wange. »Du wirst eine wundervolle Patin sein.« Carla übergab Blanca ihre kleine Tochter.

Neben dem Taufbecken standen Stühle für sie, und sie setzte sich neben Blanca.

Francisco nahm auf ihrer anderen Seite Platz und fasste nach ihrer Hand, während der Pfarrer mit seiner Rede begann.

Carlas Herz wollte überlaufen vor Glück, als sie sah, wie friedlich Antonia in Blancas Armen schlief. Die Entscheidung, Franciscos Schwester zur Patin zu machen, obwohl sie noch jung war, zeigte allen in der Gemeinde, wie schnell ihre Familien noch enger zusammenwuchsen.

Selbst als sie aufstanden und sich an das Taufbecken stellten, hielt Antonia ihre Augen geschlossen.

Der Pfarrer schöpfte mit der Hand das Wasser aus dem Taufbecken und ließ es über Antonias Stirn träufeln. Sie murrte noch nicht einmal, als das Wasser ihre Haut benetzte. Blanca hielt die Kleine dabei stolz im Arm.

Francisco fasste Carlas Hand und drückte sie fest.

»Nun gib die kleine Antonia an Carla, damit ich den Segen sprechen kann«, bat der Pfarrer.

Carla schloss ihre Tochter in ihre Arme und lauschte dem Segen. Ja, alles kam aus Gott, er hatte ihnen dieses wunderbare Wesen geschenkt, als Zeichen ihrer Liebe. Und die wollte sie ihr auch geben. Vergessen war der Schreck, als der Arzt ihr bei der Nachuntersuchung gesagt hatte, sie könnte keine weiteren Kinder mehr bekommen. Schon diese Geburt glich einem Wunder. Auf ein weiteres durften sie nicht hoffen. Sie sah zu Francisco. Ihr Glück war trotzdem vollkommen, denn sie waren mit ihrer Liebe und ihrer Tochter reich beschenkt.

Mutter stand in der ersten Reihe und verdrückte einige Tränen. Selbst Lidia hatte feuchte Augen. Samuel nickte ihnen aufmunternd zu, als sie neben Francisco den Mittelgang entlang auf das Ausgangsportal zuging. Franciscos Vater wirkte frisch und nüchtern, er hielt sogar die Hand seiner Frau. Den Frieden, den Carla in diesem Moment verspürte, wollte sie für immer in sich bewahren. Nie mehr wollte sie dunkle Augenblicke in ihr Leben lassen.

Draußen blendete die Sonne und ließ das weiße Taufkleid erstrahlen. Carla drückte der Kleinen einen Kuss auf die Stirn. »Nun bist du gesegnet, meine Kleine«, flüsterte sie.

Lidia klatschte in die Hände. »So, und jetzt gibt es bei mir im Hof etwas zu essen.«

Im Patio von Lidia verbreitete der Schatten der Mauerwände und einiger Olivenbäume die ersehnte Kühle.

»Du bist die Hauptperson und verschläfst alles.« Carla legte Antonia in den Kinderwagen, den Samuel ihnen nach der Geburt geschenkt hatte. Er hatte ihn in Carlas Büro geschoben und ihr zugezwinkert. »Ist nicht ganz ohne Eigennutz, denn so bist du hier und arbeitest für mich, während du trotzdem die Kleine im Blick hast.«

Dieser Chef war ein wahres Geschenk, und auch für Carla füllte er zunehmend die Lücke, die ihr Vater hinterlassen hatte. Sie strich ihrer schlafenden Tochter über die Stirn. Der Flaum ihrer dunklen Haare kitzelte Carlas Finger. Carla freute sich schon, das Foto mit einem Brief an ihre Schwester und Namensgeberin zu schicken.

Außer der Familie und Samuel hatten Carla und Francisco auch ihre Arbeitskollegen aus der Steinmetzwerkstatt und deren Frauen und Kinder eingeladen. Mutter und Lidia hatten Teigpasteten vorbereitet. Noch am Morgen hatte Carla Paprikaschoten, Tomaten und Zwiebeln klein geschnitten und gab jetzt nur noch etwas Salz und Olivenöl darüber, bevor sie das Trampó nach draußen brachte.

Nach dem Essen standen Franciscos Eltern auf und schauten sich verschwörerisch an.

»Wollt ihr schon gehen?«, fragte Carla.

Auch Blanca war aufgestanden, kam auf Carla zu und legte ihr die Hände auf die Schulter. »Ist nur eine Überraschung.« Sie kicherte.

»Was?« Carla drehte sich zu Francisco. »Weißt du etwas davon?«

Francisco zuckte mit den Schultern.

Seine Eltern kamen zurück und trugen in ihrer Mitte ein großes Tablett. Schon der Duft, der Carla entgegenströmte, ließ ihr das Wasser im Mund zusammenlaufen. Flüssige Schokolade schwappte aus den Schälchen, die neben den Ensaïmadas auf dem großen Tablett lagen.

Jaume strahlte sie an. »Wir dachten, es wäre eine passende Gelegenheit und ein passendes Geschenk.« Sie stellten das Tablett auf den Tisch. »Wir konnten zur Hochzeit nichts beisteuern, das wollten wir an diesem Tag wiedergutmachen.«

Mutter stand auf und zog Lidia zur Küchentür. »Wir brauchen wohl noch Teller und Löffel.« Sie zwinkerte Carla zu. Mutter hatte es gewusst und nichts gesagt.

Carla fehlten die Worte, so aufgeräumt und freundlich hatte sie Franciscos Vater noch nie erlebt.

Blanca hüpfte von einem Bein aufs andere. »Schmalzgebäck und Schokolade. Ist das nicht der Himmel?«

Francisco stand auf und umarmte seine Eltern. »Ich danke euch.« Auch Carla nahm beide fest in ihre Arme, und Franciscos Mutter flüsterte ihr ins Ohr: »Er trinkt nicht mehr, seit ihr ihn zum Opa gemacht habt. Und das Geld, das er sonst in Alkohol gesteckt hat, hat er nun für die Schokolade ausgegeben.«

Carla griff ihr Glas und schlug mit dem Löffel dagegen. »Auch ich danke euch allen. Die Liebe bringt immer nur das Beste im Menschen zutage. Möge sie uns nie verlassen.«

Die Gäste applaudierten, und Francisco zog Carla an sich. »Ich liebe dich.«

47

Kuba, Spätsommer 1923

Die täglichen Radiosendungen schienen David zu gefallen. Wenn er in seinem Bettchen lag, lauschte Antonias Erstgeborener mit einem Lächeln auf seinem süßen Gesichtchen der Musik, bis er in den Schlaf hinüberglitt. In dieser Zeit am Nachmittag konnte Antonia sich ein wenig um sich selbst kümmern. Die Trauer um ihren Vater holte sie in diesen ruhigen Minuten immer wieder ein. Auch wenn sie gewusst hatte, dass das Leben endlich war, so traf es einen doch mit voller Gewalt, wenn jemand aus dem nahen Umfeld so plötzlich aus dem Leben gerissen wurde.

Der Brief war erst lange nach der Beerdigung eingetroffen. Sie hatte ein Gebet für ihren Vater gesprochen und ein weiteres für ihren Bruder. Was war nur mit Leo geschehen, dass er die Erntehütte anzündete? Warum wollte er der Familie schaden? Das ging nicht in ihren Kopf. An manchen Tagen wäre sie am liebsten nach Mallorca gefahren, um ihren Bruder zur Rechenschaft zu ziehen.

Einzig ihre erneute Schwangerschaft und die Nachricht, dass es Mutter trotz des schweren Verlusts gut ging, hielt sie von dieser Reise ab. Carlas Schwangerschaft und die Hochzeit mit Francisco ließen ihre Mutter in die Zukunft blicken. Ein Enkelkind tröstete, wenn es auch niemanden ersetzen konnte.

Dass Carla nach ihrer schweren Krankheit überhaupt schwanger geworden war, grenzte an ein Wunder. Antonia hoffte so sehr, dass ihre Schwester die Schwangerschaft, die mittlerweile hinter ihr liegen müsste, gut verbracht hatte und nach der Geburt auf sich achtete. Auch wenn Carla nicht zum Klagen neigte, spürte Antonia dennoch, wie sehr sie noch mit den Spätfolgen der Krankheit zu kämpfen hatte. Carla schrieb sachlich über ihre täglichen Fortschritte, was das Gehen anbelangte, und auch darüber, wie groß ihre und auch Mutters Freude über die Schwangerschaft war. Und dennoch las Antonia zwischen den Sätzen eine Traurigkeit heraus, die sie bisher bei ihrer Schwester nicht gekannt hatte. Carla war überzeugt davon, ein Mädchen zu gebären, und wenn sie richtiglag, sollte es Antonia heißen. Diese Geste rührte Antonia sehr, aber es zeigte auch, wie sehr sie zu Hause vermisst wurde.

Der Radiosender beendete bald sein Programm. Noch wurde es nur stundenweise übertragen, doch wie sie aus der Tageszeitung wusste, sollte das Programm weiter ausgebaut werden. Aber wer konnte schon den ganzen Tag vor diesem Apparat zubringen?

Wie gewohnt ging Antonia bis um vierzehn Uhr in die Fabrik zum Vorlesen. David nahm sie mit. Er schlief die meiste Zeit, und wenn er wach war, reichte es ihm, die Stimme seiner Mutter zu hören. Nur für das Stillen suchte Antonia in einem Nebenraum ihre Privatsphäre. Da sie nicht viel Milch für das Kind hatte, fütterte sie oft mit dem Fläschchen zu. Wie es nach der Geburt ihres zweiten Kindes ablaufen könnte, darüber würde sie nachdenken, wenn es so weit war. Bis dahin arbeitete sie. Einem Baby war es schließlich gleichgültig, ob es in einer Wiege oder in einem Bettchen lag. Hauptsache, die Mutter war nicht weit entfernt.

Antonia besprach mit Carmen und Luisa das Abendessen, mehr gab es für sie nicht zu tun. Die nächsten Tage sollte sie der Arbeit fernbleiben. Federico bat sie darum. Eine Grippeepidemie griff in Havanna um sich, und er fürchtete, Antonia oder David könnten sich anstecken. Natürlich war es vernünftiger, zu Hause zu bleiben, dennoch würde sie sich fürchterlich langweilen. Außerdem war sie nie krank. Mehr als einen Schnupfen bekam sie nicht. Aber sie wollte ihrem Mann den Gefallen tun.

Da die Welle nur Havanna heimsuchte, überlegte sie, ob sie zu Magdalena aufs Land fahren sollte, um ihrer Langeweile zu entfliehen. Vielleicht war das möglich. So könnte sie den Kindern das Schwimmen noch besser beibringen und hätte wenigstens etwas zu tun.

Der Abend verging ohne eine Nachricht von Magdalena. Dabei hätte sie kommen wollen, um wie jeden ersten Donnerstag im Monat ihre Familie anzurufen. Noch nie hatte sie diese Möglichkeit verpasst, was Antonia beunruhigte.

»Was ist mit dir?« Federico sah sie besorgt an. »Geht es dir nicht gut? Du isst doch sonst immer mit Appetit.«

Antonia hatte gar nicht bemerkt, wie sie ihr Abendessen von einer Ecke des Tellers zur anderen geschoben hatte, ohne wirklich etwas zu essen. »Ich mache mir Sorgen um Magdalena.«

»Warum?«

»Sie ist heute nicht gekommen.«

»Vielleicht ist ihr etwas dazwischengekommen.«

Antonia seufzte. »Ihr ist in all den Jahren nie etwas dazwischengekommen.«

»Vielleicht hat sie auch die Grippe und will dich nicht anstecken.« Federico legte das Besteck beiseite. »Wann hast du sie zum letzten Mal gesprochen?«

»Vor ihrer Abreise nach Cienfuegos.« Antonia lächelte. »Und ich war noch nie in meinem Leben krank.«

»Ich habe dennoch Angst um dich.«

Antonia liebte ihren Mann für seine Sorge, wenn diese auch unbegründet war. Im Gegensatz zu ihrer Sorge um ihre Freundin. Könnte es sein, dass sie noch dort war? Das würde ihre Arbeit in der Fabrik gefährden. Wäre sie aber noch dort, müsste etwas Schwerwiegendes geschehen sein. »Ich muss nach ihr sehen. Begleitest du mich?«

»Antonia.«

Der Ton in Federicos Stimme gefiel ihr nicht.

»Ist das nicht etwas übertrieben?«

»Würdest du nicht nach deinem besten Freund sehen, wenn du nichts von ihm hörst und du weißt, er lebt allein?«

Federico verzog den Mund. »Das ist doch etwas anderes.«

»Warum?«

»Die Schwarzen helfen sich doch alle untereinander. Da musst du dich nicht einmischen.« Er nahm das Besteck wieder auf und aß weiter.

Fassungslos starrte Antonia ihn an. »Du bist ein Snob.« Sie stand auf. »Dann gehe ich alleine zu ihr. Und du schläfst in einem der Gästezimmer.«

Das Besteck klirrte auf den Teller. »Du wirst nicht gehen.« Finster blickte er sie an. »Die Leute reden sowieso schon, was du mit dieser Schwarzen willst.«

»Seit wann interessiert dich das Gerede der Leute?« Wutschnaubend ging sie zur Tür. »Wenn du so viel Wert darauf legst, hättest du dir eine andere Frau nehmen sollen!«

Sie warf die Tür hinter sich zu. Der Knall schallte durchs ganze Haus. Doch das war Antonia egal.

Mit einer nie gekannten Wut im Bauch stapfte sie die Treppenstufen in den ersten Stock hinauf. Sie sah nach David, der friedlich in seiner Wiege schlief. Mit einem zärtlichen Streicheln über die pausbäckigen Wangen verabschiedete sie sich von ihm, nahm sich ein Schultertuch aus dem Schrank und eilte in die Küche, um Carmen zu bitten, ab und an nach David zu sehen.

Federico stand in der Tür des Esszimmers. Ohne ihn eines weiteren Blickes zu würdigen, rauschte sie aus dem Haus.

Auf den Straßen hielten sich viele Fußgänger auf. Antonia wich jedem, ohne ihn wirklich anzusehen, aus. Mit jedem Schritt legte sich ihre Wut, und Enttäuschung brach sich Bahn. Niemals hätte sie gedacht, dass Federico genauso dachte wie alle anderen Fabrikanten. Es fehlte nicht viel, und sie hätte auf offener Straße geweint.

Wie konnte er nur so kaltherzig sein? Wie hatte er sich bei dieser Einstellung überhaupt in sie verlieben können? Und war es Liebe, wenn er sie nun nachts und schwanger mit seinem Kind allein durch die Straßen Havannas gehen ließ?

An Magdalenas Wohnung angekommen, klopfte sie an die Hauptpforte. Ihre ehemalige Vermieterin öffnete die Tür.

»Oh, was für eine Überraschung!« Ihr Blick glitt auf ihren dicken Bauch. »Das ging ja flott mit dem zweiten Kind. Geht es dir gut?«

»Ja, danke. Hast du Magdalena heute schon gesehen?« Antonia zog das Schultertuch fester um sich. Der Zorn und die Enttäuschung ließen sie frösteln.

»Sie ist noch in La Laguna. Eigentlich wollte sie nur das Wochenende bleiben, aber sie hat ein Telegramm schicken lassen, sie sei krank.« Die Vermieterin zuckte die Schultern. »Ich habe die Nachricht an ihren Chef gegeben. Was sie hat, weiß ich nicht.«

Wenn sie ihre Freundin richtig einschätzte, war sie zu keinem Arzt in der Stadt gegangen. Mit Sicherheit baute sie auf die Kräutermischung ihrer Schwester. Und wenn sie krank war, dann vielleicht auch die Kinder. Sie musste etwas unternehmen. »Danke. Und wie geht es dir?«

»Ach, wie immer.«

Sie plauderten noch ein paar Minuten miteinander, bevor sich Antonia verabschiedete und auf den Weg zum Bahnhof machte. Dort kaufte sie ein Ticket für den Nachtzug. Sie musste nach ihr sehen, auf Federicos unbegründete Sorge konnte sie nun keine Rücksicht mehr nehmen.

Das Geld für die Reise und auch für den Arzt würde sie von ihren Ersparnissen bezahlen. Egal, was Federico auch sagte, sie würde fahren. Carmen würde die paar Tage gut auf David achten, und mit den Fläschchen hätte er auch kein Problem. Nur sie würde eventuell unter der spontanen Abstillung leiden.

Vor der Haustür stand Federico. »Wo zum Teufel bist du gewesen? Ich habe mir Sorgen um dich gemacht.«

437

»Du hättest ja nur mitkommen brauchen«, blaffte Antonia zurück, drückte sich an ihm vorbei und ging die Stufen zum Schlafzimmer nach oben.

»Würdest du bitte stehen bleiben?«

Antonia drehte sich zu ihm um. Er stand fünf Stufen unter ihr. In seinem Gesicht las sie aufrichtige Sorge.

Wortlos sahen sie sich an. Antonia wurde schwer ums Herz. Sie würde nicht nachgeben. Nicht in diesem Fall. Sollte Magdalena oder ihrer Familie etwas geschehen, weil sie keinen Arzt gerufen hätte, würde sie sich das niemals verzeihen. Diese Menschen hatten sie vorbehaltlos in ihr Leben gelassen, wie konnte Federico von ihr verlangen, sie nun, wo sie Hilfe brauchten, im Stich zu lassen?

»Wenn du mir nichts zu sagen hast ...« Antonia drehte sich auf dem Absatz herum.

Erst im Schlafzimmer hörte sie Federicos Schritte auf dem Flur.

»Du treibst mich mit deinem Eigensinn in den Wahnsinn. Weißt du das?«

»Und du mich mit deinen versnobten Ansichten.« Antonia zog die Reisetasche aus dem Schrank und legte sie auf den Stuhl ihres Schminktisches. Ohne Federico anzusehen, packte sie Kleidung, Unterwäsche, ihr Badekleid und Kosmetikartikel ein.

»Wohin willst du?« Federico trat zu ihr, legte ihr die Hände auf die Schultern und zwang sie, ihn anzusehen. »Du warst bei Magdalena, das hat mir die Hauswirtin gesagt.«

Er war ihr gefolgt?

»Doch du bist anschließend nicht nach Hause gekommen, sonst wären wir uns begegnet.«

»Ich war am Bahnhof und habe ein Ticket nach Cienfuegos gekauft. Magdalena ist krank, und sie wird sich keinen Arzt leisten können, solange bei der Lohnzahlung zwischen Schwarz und Weiß so große Unterschiede gemacht werden.«

»Das tue ich doch gar nicht«, widersprach Federico und hielt sie immer noch fest.

»Nicht so extrem wie andere«, gab Antonia zu. »Es ändert aber nichts an der Tatsache, dass Magdalena und vermutlich auch ihre Familie Hilfe brauchen.« Sie ging zur Kommode und entzog sich so Federico. »Außerdem denkst du dennoch in unterschiedlichen Klassen.«

»Weil es ein Fakt ist, dass sie nicht die schnelle Auffassungsgabe von Weißen haben.« Federico stemmte die Arme in die Hüften. »Sie sind weniger intelligent. Das ist genetisch bedingt.«

»Sie haben nicht die gleiche Bildung. Das macht sie nicht zu dummen Menschen.« Antonia redete sich in Rage und stopfte die herausgezogenen Strümpfe in ihre Tasche. Über die Tasche hinweg funkelte sie ihren Mann wütend an. »Raymundo ist der klügste Junge, den ich jemals gesehen habe. Er bekommt nur von niemandem eine Chance.« Raymundo, der älteste Sohn von Angelica, hatte Antonia schon mehrfach überrascht. Natürlich war er nicht gebildet, aber er stellte intelligente Fragen, lernte schnell, und mit der richtigen Unterstützung könnte er es weit bringen.

Federico seufzte. »Wenn dir das so wichtig ist, dann fahr hin. Ich kann dich aber nicht begleiten. Und eigentlich wollte ich mit dir heute den Kauf der neuen Fabrik besprechen. Der Sohn von López will verkaufen und in die USA. So günstig komme ich nie wieder an ein solches Gebäude. Es hat einen eigenen Wohnbereich für die ganze Familie.«

»Du willst unser Zuhause verkaufen? Ohne mit mir zu sprechen?« Antonia ließ sich entsetzt auf das Bett fallen.

»Ich bekam erst heute das Angebot, El Eden zu kaufen. Und ich wollte das mit dir beim Abendessen besprechen. García ist immer noch an unserem Haus interessiert. Es wäre ein gutes Geschäft.« Federico kniete sich neben sie vor das Bett und nahm ihre Hände. »Wir könnten in der Fabrik wohnen. Der Wohnbereich ist sehr schön. Und es gibt auch einen Patio.«

»Du hast es dir ohne mich angesehen?«

»Ja, und einen weiteren Besichtigungstermin für morgen vereinbart.« Er sah sie aus flehenden Augen an. »Bleib hier, sieh dir unser neues Zuhause an.«

Antonia stand auf. »Es ist doch sowieso schon entschieden, was gibt es da noch zu sehen?«

In den vergangenen drei Jahren hatte Federico noch nie eine große Entscheidung getroffen, ohne ihre Meinung einzuholen. Sie kannte El Eden, es war ein prächtiges Gebäude. Eines der schönsten, das sie je gesehen hatte. Ein eindrucksvolles Eckhaus mit drei Etagen. Ein Säulengang umgab das Erdgeschoss, hohe Türen in jedem Stockwerk würden im Sommer für gute Durchlüftung sorgen. Es ging nicht um das Haus. Federico hatte sie übergangen. Das schmerzte sie.

Federico erhob sich ebenfalls. »Was ist das Problem?«

»Du hattest mir versprochen, ohne mich keine großen Entscheidungen zu treffen. Und doch hast du es getan.« Sie nahm die Tasche in die Hand.

»Du hast doch ebenfalls ohne mich entschieden, nach Cienfuegos zu fahren.« Federico rang sich ein Lächeln ab. »Aber mir wirfst du es vor.«

Federico hatte recht. Sie hatten beide Entscheidungen getroffen, ohne miteinander zu sprechen. Antonia ließ die Tasche fallen. »Lass uns nicht streiten.« Mit hängenden Schultern stand sie im Raum. Den Tränen nahe.

Federico kam zu ihr, schloss sie in die Arme und küsste sie. Als er sich von ihren Lippen löste, flüsterte er in ihr Haar. »Kannst du mir verzeihen?«

»Wenn du es nicht wieder tust«, lenkte sie ein. »Und wenn du Raymundo eine Ausbildung in der Fabrik anbietest.«

»Du bist eine harte Verhandlungspartnerin.« Er schob sie gemächlich zum Bett und begann Antonia auszuziehen.

Antonia lächelte. Die Stunde, die sie noch hatte, bevor sie zum Bahnhof musste, nutzten sie für weitaus Angenehmeres, als miteinander zu streiten.

Federico lag noch nackt im Bett. Er beobachtete Antonia, wie sie sich herrichtete und reisefertig machte. »Ich kann dich nicht davon abhalten?«

»Nein. Aber ich bin froh, dass wir uns nicht mehr böse sind.« Antonia steckte ihr langes Haar hoch und sah im Spiegel zu Federico, der sich genüsslich streckte.

»Unser erster großer Streit.« Er stopfte sich ein Kopfkissen hinter den Rücken. »Und unsere erste Versöhnung. Ich glaube, wir sollten öfter streiten.«

Antonia warf ihre Haarbürste nach ihm. »Untersteh dich!«

Federico stand auf, reichte ihr die Haarbürste, bevor er sich ankleidete. »Ich werde dich zum Bahnhof begleiten.«

»Das will ich dir auch geraten haben.« Antonia küsste David zum Abschied, bevor sie Carmen letzte Anweisungen gab und mit Federico das Haus verließ.

Federico trug ihre Reisetasche zum Wagen. Irgendwann würde sie auch Autofahren lernen, aber das Unfallrisiko hielt sie während ihrer Schwangerschaft davon ab. Zu dieser späten Stunde herrschte wenig Verkehr.

Der Bahnhof kam in Sicht, und so nahte auch die Stunde des Abschieds. Nachdem sie sich nicht im Streit trennten, fiel ihr die Trennung bedeutend leichter. Sie war es gewohnt, einige Tage ohne Federico zu sein. Regelmäßig war er im Westen auf den Tabakfeldern unterwegs, um nach dem Rechten zu sehen.

Federico fuhr jedoch am Bahnhof vorbei und bog links in eine Seitenstraße ein. Noch bevor Antonia fragen konnte, wohin er fuhr, wurde es ihr klar. Er fuhr zu ihrem neuen Haus. El Eden. Die Fabrik lag nur eine Straße vom Bahnhof entfernt, was natürlich eine immense Erleichterung bedeutete. Die Ernte von den Feldern kam auf kürzestem Weg zur weiteren Verarbeitung in die Fabrik.

Der Kauf dieses Palastes würde jeden Tag aufs Neue Kosten einsparen. »Komm mit.« Federico stieg aus dem Wagen. Antonia wartete nicht, bis er ihr den Wagenschlag öffnete. Viel zu neugierig stieg sie eilig aus.

Gemeinsam standen sie vor dem Haupteingang. »Ich habe natürlich keinen Schlüssel, um dir alles zu zeigen, aber wenn du durch diese Tür gehst, führt ein weiterer Zugang in den rechten Flügel. Dort wird die Lagerhalle sein. In den oberen beiden Stockwerken werden die Torcedores arbeiten. Die Männer oben, die Frauen im ersten Geschoss. Der linke Flügel ist unser Privatbereich. Zehn Zimmer, und hinter der Küche zwei weitere für das Personal. Die Zimmer sind vom quadratischen Innenpatio aus zugänglich. Du wirst es lieben. Und du musst nur eine Treppenstufe nach oben, um den Arbeitern vorzulesen. Das wird es mit dem zweiten Kind leichter machen.«

Nun bekam Antonia ein schlechtes Gewissen. Federico hatte sich alles gut überlegt, sich auch Gedanken gemacht, was der Umzug für sie an Vorteilen brächte. »Das hört sich traumhaft an.« Sie lehnte sich an seine Schulter. »Schade, dass ich es mir morgen nicht ansehen kann.«

»Es wird dir gefallen«, versprach Federico. »Und nun sollten wir los, sonst verpasst du den Zug.«

Nach einem innigen Kuss stieg Antonia in den Waggon. Als der Zug losfuhr, winkte sie Federico zum Abschied und warf ihm noch eine Kusshand zu. Er verharrte am Bahnsteig. Der Zug fuhr aus, und Antonia verlor Federico aus den Augen.

Während der Fahrt kreisten ihre Gedanken um ihren ersten großen Streit. Je näher sie Cienfuegos kam, desto mehr schob sich die Sorge um Magdalena in den Vordergrund.

Ob sie wohl einen Arzt dazu bewegen konnte, mit ihr nach La Laguna hinauszufahren? Mit Geld ließ sich vieles regeln.

Immer wieder nickte sie ein. Dankbar für den Reiseproviant, den Carmen für sie noch in aller Eile zubereitet hatte, biss sie in ein mit Käse belegtes Brot.

Als Antonia erneut aus ihrem Dämmerschlaf erwachte, sah sie den hellen Streifen im Osten. Bald würde die Sonne aufgehen, was bedeutete, dass die Ankunft in Cienfuegos unmittelbar bevorstand.

Selbst zu so früher Uhrzeit wimmelte es am Bahnhof von Menschen. Antonia sprach eine junge Frau an. »Wissen Sie, wo ich hier einen Arzt finde?«

Die Frau sah auf Antonias runden Bauch. »Drei Straßen östlich von hier gibt es eine Klinik. Versuchen Sie es da.«

»Vielen Dank.«

Auch in der Klinik herrschte reges Treiben. Antonia hatte Mühe, jemanden dazu zu bewegen, sich ihr Anliegen anzuhören. Sobald sie sagte, es ginge nicht um sie, winkten die Schwestern ab, und baten sie zu warten.

Wieder kam eine Krankenschwester auf sie zu.

»Bitte, ich brauche Hilfe?«

»Worum geht es denn?« Die Schwester sah auf ihren Bauch. »Geht es Ihnen nicht gut? Haben Sie Blutungen?«

Dieses Mal griff Antonia zu einer List. »Ich brauche einen Arzt.«

»Kommen Sie mit.«

Endlich brachte man sie zu einem Arzt. Antonia hoffte, er würde nicht nur in Frauenheilkunde praktizieren. Sonst wäre ihre kleine List ins Leere gegangen.

»Warten Sie hier«, bat die Schwester. Sie zeigte auf einen Stuhl in einem kleinen Untersuchungsraum. »Ich hole den Arzt.«

Antonia blieb stehen. Das lange Sitzen im Zug spürte sie immer noch in den Knochen, und bald müsste sie im Bus wieder sitzen.

»Guten Morgen.« Ein sympathisch wirkender Mann betrat den Raum. »Was kann ich für Sie tun?« Er streckte ihr die Hand hin. »Doktor del Monte. Und ich muss gestehen, ich bin Allgemeinmediziner. Aber ich werde versuchen, Ihnen zu helfen.«

Antonia lächelte. »Machen Sie auch außer Haus Besuche?«

»Selbstverständlich, aber Sie sind ja nun hier.« Doktor del Monte lehnte sich gegen den Schreibtisch. »Es geht aber nicht um Sie?«

Der Mann durchschaute sie sofort. Nun blieb zu hoffen, er würde als Weißer keine Rassenbedenken äußern. »Sie haben recht. Es geht um meine Freundin und ihre Familie. Würden Sie mit mir kommen, um sie zu untersuchen?«

Er zog die Augenbrauen zusammen. »Warum kommt die Familie nicht hierher?«

Antonia seufzte. »Weil sie in La Laguna leben.«

»Verstehe.« An seiner Stimme konnte Antonia nicht einschätzen, was dieses einzelne Wort bedeutete.

»Ich bezahle natürlich.«

Für einen unendlich langen Moment musterte er sie. »Wenn Sie mir erklären, wie es kommt, dass Sie eine schwarze Freundin haben. Als Frau von Stand.«

»Das werde ich gerne. Auf dem Weg nach La Laguna.« Erleichterung durchflutete Antonia. In Havanna hätte sie vermutlich länger nach einem Arzt suchen müssen, der keine Rassendünkel hegte. »Wann können wir fahren?«

»Nicht so eilig. Was fehlt Ihrer Freundin?«

»Sie hat vermutlich die Grippe. Genau kann ich es nicht sagen. Magdalena ist zu ihrer Familie gefahren und nicht nach Havanna zu ihrer Arbeit zurückgekehrt. Sie ließ ein Telegramm schicken, um sich in der Fabrik zu entschuldigen.

Wenn Magdalena nicht arbeitet, muss es schlimm sein.« Antonia setzte sich nun doch auf den Stuhl.

»Sie kommen aus Havanna?«

»Ja.«

Sie sah Anerkennung in den Augen von Doktor del Monte aufleuchten. »Dann sollten wir gleich aufbrechen. Ich packe alles Notwendige zusammen und komme gleich wieder. Möchten Sie ein Glas Wasser?«

»Nein, danke«, lehnte sie ab. »Ich möchte nur losfahren.«

Ohne ein weiteres Wort verließ er den Raum. Antonia blieb allein zurück. Die Minuten zogen sich dahin, bis Doktor del Monte mit einem Arztkoffer auftauchte.

Gemeinsam gingen sie auf direktem Weg zum Busbahnhof. Der Bus nach La Laguna war verspätet, was sich für die beiden als großes Glück erwies. Gerade noch rechtzeitig schafften sie es, ihn zu erreichen. Der nächste Bus wäre erst in drei Stunden abgefahren.

Die Fahrt über erzählte Antonia, wie sie Magdalena kennengelernt hatte und über die Jahre eine enge Freundschaft entstanden war.

»Sie sind eine unkonventionelle Frau.« Die Bewunderung in seiner Stimme tat ihr nach all der Kritik gut.

»Wie kommt es, dass Sie nun neben mir sitzen?« Immerhin war es nicht üblich, dass ein weißer Arzt den Weg in einen Ort von Schwarzen auf sich nahm.

»Ich habe einen Eid geleistet. Ich habe geschworen, allen Menschen, die mich um meine Dienste bitten, nach bestem Wissen und Gewissen zu helfen. Das schließt alle Rassen ein.« Doktor del Monte zwinkerte ihr zu. »Ich habe auch farbige Freunde. Sie sind die besseren Dominospieler. Und die besseren Patienten, wenn sie mich überhaupt konsultieren.«

Verwundert blickte Antonia ihn an. »Was meinen Sie damit?«

»Sie haben ihre eigenen Heiler.«

Daran hatte Antonia zwar gedacht, als sie einen Arzt für Magdalena und ihre Familie gesucht hatte. Magdalena würde sich aber sicherlich dennoch anhören, was ein weißer Arzt zu sagen hatte. Aber vielleicht irrte sie sich auch.

Angelica war eine Santera, eine angesehene Heilerin. »Es könnte ein Problem geben.« Sie erzählte dem Arzt, dass Angelica als Tochter eines Babaláwos die Tradition weiterführte. Der Kräutersud, den sie ihr zu Beginn ihrer Schwangerschaft mitgegeben hatte, ließ die morgendliche Übelkeit verschwinden. Doch konnte sie auch schwerere Krankheiten heilen?

In La Laguna gingen sie ohne Umweg zu Magdalenas Elternhaus. Aus dem Haus erklang Getrommel.

Antonia klopfte an die Tür. Niemand hörte sie. Beherzt öffnete sie die Tür und trat ein. Das Trommeln erfüllte das ganze Haus. Drei Trommler saßen auf der hinteren Terrasse und wirkten, als wären sie in Trance. Der, der die mittelgroße Trommel schlug, schien nicht einmal zu bemerken, dass zwei seiner Finger bluteten.

Der volle Klang der Batá-Trommeln wirkte magisch auf Antonia. Für einen Moment lauschte sie gebannt dem Spiel.

Doktor del Monte fasste Antonia an die Schulter. »Stören wir die heilige Handlung nicht«, flüsterte er ihr ins Ohr und zog sie zurück in den Wohnraum. Antonia ging zu Magdalenas Zimmer, klopfte an und öffnete die Tür. Blass und mit Schweißperlen auf der Stirn lag Magdalena im Bett. Angelica saß auf der Bettkante und flößte ihr etwas ein. Magdalena schien kaum bei sich zu sein.

Angelica bemerkte sie und machte ein Zeichen, sie solle draußen warten. Antonia schloss die Tür.

Am Esstisch saßen sich Doktor del Monte und Antonia gegenüber. »Sie wird uns nicht zu ihr lassen«, mutmaßte er nach einigen Minuten des Schweigens.

Die Spiritualität in diesem Haus war allumfassend. Selbst auf Antonia ging trotz der Musik eine nicht gekannte Ruhe über. Das Trommeln schwoll an, wurde leiser, nur um anschließend wieder lauter zu werden. »Wissen Sie, warum die Trommler hier sind?«

»Sie kommunizieren mit den Göttern, bitten sie um Beistand und darum, in diesem Haus niemanden zu sich zu rufen.« Der Arzt stützte seinen Kopf auf den linken Arm. »Ich fürchte, wir sind umsonst gekommen.«

»So leicht lassen Sie sich abhalten?« Antonia würde erst gehen, wenn sie nicht mehr gebraucht wurde. Und keinen Tag vorher.

Angelica trat aus Magdalenas Schlafzimmer. Sie ging in die Küche und wusch sich in einem Topf mit heißem Wasser die Hände. »Du hättest nicht kommen sollen.«

»Ich wollte aber.« Antonia stand auf und küsste Angelica zur Begrüßung auf die Wangen. »Sag, was fehlt ihr? Und wie geht es den anderen aus eurer Familie?«

»Magdalena hat hohes Fieber, aber das bekomme ich mit meinen Kräutern in den Griff, der Husten macht mir Sorgen, aber auch das wird wieder. Raymundo und Odalys sind gesund und bei meinen Schwiegereltern. Daylins Fieber steigt weiter, er ist schwach und oft ohne Bewusstsein.«

Tränen traten Angelica in die Augen. »Ich fürchte, die Götter werden Rachel zu sich holen. Es liegt nicht mehr in meiner Macht. Ich habe getan, was ich konnte. Nun entscheiden die Götter.«

Rachel war Angelicas jüngste Tochter. Das Mädchen war immer schon zu zart für ihr Alter gewesen. Sie wirkte eher wie neun, nicht wie elf Jahre alt. Ihr Bruder Daylin war zwei Jahre jünger, aber kräftiger als seine ältere Schwester.

Angelica kochte in einem anderen Topf erneut Wasser. Mehrere Säckchen mit Kräutern lagen auf dem Herd. Da sich Antonia nicht auskannte, fragte sie nicht weiter nach. »Es ist also die Grippe«, mutmaßte sie. Hohes Fieber, Husten, Gliederschmerzen.

»Darf ich mir die Kinder ansehen?« Doktor del Monte stand auf. Fragend sah er zu ihnen herüber. »Ich bin Arzt.«

»Das dachte ich mir schon.« Angelicas Blick ruhte auf ihm. »Ich halte nichts von diesen neuen Methoden.«

Fassungslosigkeit erfasste Antonia. »Es geht um das Leben deiner Kinder.«

»Ich weiß, doch was kann dieser Arzt, was die Kräuter nicht können?«

»Wir könnten uns bei der Pflege abwechseln«, schlug del Monte vor. »Was benutzen Sie zum Fiebersenken?«

»Saft einer frischen Ananas, gemischt mit zermahlenem Samen der heiligen Ciba. Alle drei Stunden den frischen Saft einer aufgeschlitzten Liane als Trunk und zum Einatmen, um die Entzündungen aus dem Körper zu bringen.«

»Und gegen den Husten?«

»Den Aufguss aus getrockneten Wollkrautblättern und Blüten, zusammen mit Benediktenkraut.«

Doktor del Monte wirkte zufrieden. »Sie kennen sich sehr gut aus.«

»Was Sie nicht sagen.« Angelica nahm seine Worte offenbar nicht als Kompliment. Sie gab einige Blätter, Blüten und Kräuter in das heiße Wasser und deckte den Topf mit einem Deckel ab.

»Darf ich mir die Kinder ansehen?«, unternahm del Monte einen erneuten Versuch. »Wir könnten uns in der Pflege unterstützen.«

»Bitte«, mischte sich Antonia ein. »Lass uns helfen. Wie lange pflegst du die drei schon?«

»Seit sechs Tagen.«

»Du musst dich ausruhen, um selbst gesund zu bleiben.« Antonia nahm Angelica am Arm. »Lass uns dich unterstützen, damit du auch ein wenig Ruhe bekommst.«

Angelica sah von ihr zum Arzt. »Ihr haltet euch an meine Anweisungen?«

Antonia würde alles tun, damit es den Kindern und Magdalena wieder besser ging.

Auch Doktor del Monte stimmte zu. »Ich würde noch zu kalten Wadenwickeln raten. Wir haben damit sehr gute Ergebnisse erzielt.«

»Wadenwickel?« Antonia sah ihn fragend an. Noch nie hatte sie davon gehört.

»Tücher, in kaltes Wasser getaucht, wickelt man um den Unterschenkel, um den Körper zu kühlen. Sobald das Tuch warm wird, muss es gewechselt werden. So kühlt man den Körper herunter, und er kann sich schneller erholen.«

Angelica überlegte einen Moment. »Das klingt sinnvoll. Gut, machen wir uns an die Arbeit.«

Die nächsten Stunden wechselten sie Wadenwickel, ließen die Kranken nach Angelicas Anweisung den Kräutersud trinken, ermunterten sie, Hühnerbrühe zu sich zu nehmen, um wieder zu Kräften zu kommen, und wischten ihnen den Schweiß von der Stirn. Vor allem die kleine Rachel schien durch die Wadenwickel weniger zu fiebern. Auch Magdalena hatte endlich längere Phasen, in denen sie klar und bei Bewusstsein war.

Daylins Zustand blieb unverändert. Er sprach weder auf die kalten Wickel noch auf den Sud an. Die Suppe verweigerte er. Doktor del Monte rief Angelica zu sich. »Das Fieber steigt, er spricht auf nichts an.«

Antonia folgte Angelica, und die Sorge im Gesicht des Arztes sprach Bände. Hatten sie zunächst gefürchtet, die kleine Rachel zu verlieren, galt nun die große Sorge dem Jungen. Angelica stimmte ein Lied an. Sie sang in einer Sprache, die Antonia nicht verstand. Es musste sich um ein afrikanisches Lied aus der Heimat ihrer Vorfahren handeln.

Das Timbre der Trommeln verstummte. Die plötzliche Stille wirkte gespenstisch. Antonia lief ein Schauer über den Rücken. Angelica rannen während ihres Gesangs die Tränen über die Wangen. Auch wenn Antonia kein Wort verstand, war klar, dass sich Angelica auf ihre ganz spezielle Art von ihrem Sohn verabschiedete.

Respektvoll trat sie einen Schritt zurück. Sie wechselte einen Blick mit Doktor del Monte. Er schüttelte leicht den Kopf. Ob es nun bedeutete, der Junge würde es nicht schaffen, oder ob er damit ausdrücken wollte, dass er ebenso wenig dem Liedtext folgen konnte. Sie wusste es nicht. Es spielte auch keine Rolle.

Antonia dachte an ihren kleinen David in Havanna und an ihr ungeborenes Kind. Würde sie eines Tages auch ein Kind beweinen müssen? Es war wider die Natur, wenn ein Kind vor den Eltern starb. So sollte es nicht sein. Und doch ging das Schicksal eigene Wege.

Angelica verstummte. Sie hielt die Hand ihres Sohnes, küsste ihn, schloss ihn in den Arm.

Antonia verließ das Zimmer. Dieser intime Moment sollte Mutter und Sohn gehören.

Doktor del Monte schloss die Tür hinter sich. »Wie geht es Rachel?«

»Ihr Atem rasselt, aber das Fieber sinkt.« Plötzlich fühlte sich Antonia müde. Sie ließ sich auf den Stuhl sinken und legte ihren Kopf in die Hände.

»Geht es Ihnen gut?«

»Ja, ich bin nur erschöpft.« Die Reise, die Pflege und das viele Stehen setzten ihr zu. »Und ich konnte nichts ausrichten.«

Doktor del Monte setzte sich ihr gegenüber. »Sagen Sie das nicht. Angelica wäre allein mit drei Kranken niemals fertig geworden, keiner kann wissen, ob sich Rachel so gut erholt hätte, wenn wir ihr nicht bei der Pflege geholfen hätten.«

»Rachel ist eine Kämpferin.« Das war das kleine Mädchen. Und vielleicht hatte der Arzt recht, und sie hatten durch ihre Zusammenarbeit Rachel und Magdalena helfen können, wenn sie auch bei Daylin versagt hatten.

Angelica trat schweigsam aus dem Zimmer. Fast schon schlafwandlerisch ging sie auf die Terrasse, sprach wenige Worte mit den Trommlern, nahm Wasser vom Herd, einen Lappen und ging zurück zu ihrem Sohn.

Sie ließ die Tür offen stehen. Die Trommler begannen erneut zu spielen. Eine fröhliche Melodie. Fast so, als wäre es für den Jungen eine Ehre, nun zu seinem Schöpfer gegangen zu sein.

Antonia verstand den so fremdartigen Umgang mit dem Tod nicht. Und doch hatte diese Musik etwas Tröstliches.

Es war Zeit, nach Magdalena zu sehen. Antonia bereitete frische Wadenwickel, um sie zu wechseln.

Als sie das Zimmer betrat, war ihre Freundin wach. »Die Trommeln haben kurz aufgehört. Rachel?« Die Angst in ihrer Stimme war unüberhörbar.

Antonia seufzte. »Daylin.«

»Oh.« Mehr brachte Magdalena nicht über die Lippen.

»Es tut mir sehr leid.«

Die Trommler verließen das Haus am späten Abend.

Doktor del Monte verabschiedete sich am nächsten Morgen. Er wurde hier nicht mehr gebraucht. Antonia bezahlte ihn und dankte ihm für seine Hilfe. Ohne ihn wäre sie vermutlich vor Entkräftung zusammengebrochen.

»Ich kann auch bleiben. Sie gefallen mir gar nicht.« Er schob das Geld in die Hosentasche.

Antonia lächelte. »Ein kräftiges Frühstück wirkt Wunder. Es geht mir gut. Ich fühle mich ausgeruht.«

Er reichte ihr die Hand. »Auf Wiedersehen. Und grüßen Sie die anderen von mir.«

Angelica sorgte dafür, dass Rachel etwas Brühe trank, während Magdalena das bereits selbstständig konnte.

Antonia ging in den Ort, um alles für eine herzhafte Tortilla zu besorgen.

Angelica war noch bei ihrer Tochter, als Antonia zurückkam. Sie fand sich in der Küche zurecht. Zum Frühstück holte sie Angelica aus Rachels Zimmer. Die Kleine schlief. Ihre Stirn war trocken, die Gesichtsfarbe normal. »Komm, du musst etwas essen.«

»Es ist nichts da.«

»Ich war einkaufen. Und nun komm.«

Angelica küsste ihre Tochter auf die Stirn, bevor sie herauskam. »Du hast gekocht?«

»Setz dich zu mir.«

Die Tortillas standen bereits auf dem Tisch. Der Kaffee ebenfalls.

Schweigend aßen sie. Jede von ihnen hing ihren eigenen Gedanken nach. Antonia fragte sich, wie es hier nun weitergehen sollte. Im Grunde hatte sie gedacht, es wäre eine gute Idee, Angelicas ältesten Sohn Raymundo mit nach Havanna zu nehmen, damit er eine Ausbildung in Federicos Fabrik beginnen könnte. Er wäre der erste schwarze Lehrling in seiner Fabrik. Eine große Chance. Doch konnte sie Angelica nun den zweiten Sohn nehmen? Er könnte bei Magdalena wohnen, bis er auf eigenen Beinen stehen könnte.

Als hätte Angelica ihre Gedanken erraten, sagte sie plötzlich: »In einer Stunde wird das ganze Dorf kommen, um Daylin zu verabschieden.« Sie sahen sich an. »Aber das ist es nicht, was dich beschäftigt.«

Diese Frau war zu klug, um vor ihr etwas zu verheimlichen.

»Es ist nichts.«

»Gib mir deine Hand.« Sie hielt ihr die Hand hin. Antonia ergriff sie. Mit geschlossenen Augen stimmte sie einen Singsang an. »Oh ja, dich beschäftigt sehr viel.«

Das konnte Antonia nicht verneinen.

»Ich werde das Ifá-Orakel befragen.«

Antonia glaubte nicht an Wahrsagerei. Niemand konnte in die Zukunft sehen. Um Angelica einen Gefallen zu tun, lehnte sie nicht ab.

Angelica stand auf, ging in ihr Zimmer und kam mit einer hölzernen Frauenfigur wieder. Sie kniete auf einem schmalen Sockel, hielt eine Schale in den Händen, eine weitere balancierte sie auf dem Kopf. Außerdem legte sie ein rundes Tablett auf den Tisch. Den Rand des Tabletts schmückten unterschiedliche Figuren. Es schien fast, als würden sie eine Geschichte erzählen. Auf dem Tablett lag ein hölzerner Stab. Eine eingeschnitzte Figur dominierte ihn.

Die Gegenstände ängstigten Antonia nun doch ein wenig.

»Keine Angst.« Angelica legte sechzehn Palmnüsse auf den Tisch. Òrúnmìlà ist unser Orisha der Weisheit. Und er teilt sie gerne mit uns. Auch wenn wir die Zukunft nicht ändern können, so sind wir mit Òrúnmìlà in der Lage, uns darauf vorzubereiten. Òrúnmìlà hält die Welt im Gleichgewicht. Angelica nahm eine Kette ab.

Antonia hatte sich längst an die Unzahl an Ketten gewöhnt, die Angelica trug, doch noch nie hatte sie gesehen, wie sie eine abnahm. Als Santera trug sie die fünf heiligen Ketten der fünf Hauptgötter, so hatte es ihr Magdalena einmal erklärt. Da Antonia diese Religion fremd war, gab es noch vieles, was sie nicht wusste.

Angelica klopfte mit dem Holzstab gegen das Holztablett. »Wir rufen nach Òrúnmìlà und den alten Babaláwo, damit sie uns die Zukunft weisen.«

»Die Opele wird zu mir sprechen«, verkündete Angelica, hielt die Kette an einer der mittigen Holzfiguren.

Die Samenkapseln wechselten sich mit Messingfiguren ab. Dennoch zeigten sie, wenn sie auf dem Tisch auflagen, konkave und konvexe Seiten. Durch die zwischen den Samenkapseln angebrachten Figuren konnte man die linke und die rechte Kettenseite gut unterscheiden.

»Berühre sie, und schließe die Augen.«

Antonia folgte ihr, und eine innere Unruhe erfasste sie, obwohl sie nicht an diese Zeremonie glaubte.

»Es ist gut.« Angelica nahm die Kette in die rechte Hand und warf sie, ohne die mittig angebrachte Figur loszulassen. Die offenen Enden der Kette zeigten zu ihr. Wissend nickte sie. »Dein erstes Odu.«

»Odu?«, fragte Antonia, nun doch neugierig geworden.

»Orakelzeichen.« Angelica nahm die Palmnüsse in beide Hände, schüttelte sie mehrfach und versuchte anschließend, alle Nüsse in der rechten Hand zu halten. Eine blieb in der Linken. Sie wiederholte den Vorgang noch neun Mal. Nach jedem Vorgang verrutschte sie den Stab auf eine andere Figur des Bretts. Es schien so, als würde sie jeden Wurf zählen, und das Ergebnis wäre eine der geschnitzten Figuren. »Das nächste Odu. Deine Zukunft liegt vor mir.«

Antonia fröstelte.

»Du bist dazu bestimmt, deine Familie zusammenzuführen. Es wird dich Verluste kosten, und es wird sehr lange dauern, bis du deine Bestimmung erfüllst.«

48

Mallorca, Frühjahr 1924

Alba stellte die Terrine mit Bohneneintopf auf den Tisch. »Bon profit.« Leo griff nach der Kelle.

Erschrocken fasste Alba seine Hand. »Bist du verrückt? Es heißt ›buen provecho‹. Aber ich wünsche dir auch einen guten Appetit.«

»Wir sind hier in den eigenen vier Wänden und ...«

»Nein, Leo. Wir halten uns an das Gesetz von Miguel Primo de Rivera. Auch hier in unserem Heim.«

Leo schluckte eine Entgegnung hinunter, wollte das Essen nicht verderben. Er musste zugeben, dass die bisherigen Kunden in Albas Galerie aus der Oberschicht kamen. Einmal hatte er ein Gespräch mitbekommen, als er im Lagerraum für Alba etwas umräumte. Die beiden Herren ließen sich derart wohlwollend über den Machthaber aus, sahen durch ihn sogar eine wirtschaftliche Stabilität und Sicherheit für den ganzen Staat. Der eine meinte gar, da wäre der Verzicht auf das Mallorquí doch das kleinere Übel, vor allem, wenn man weiterdenke. Er habe deshalb auch kein Verständnis für die Katalanen, die auf ihrem Català beharrten. Außerhalb

Spaniens werde es sowieso nicht gesprochen, und für den internationalen Handel sei Castellano nun einmal die Sprache. Leo hatte es schier die Sprache verschlagen, als Alba den Herren zustimmte und sagte, sie sehe es genauso, zumal ihr Vater im Handel mit Trockenfrüchten schon seit Jahren auf spanische und englische Korrespondenz setze.

Eine Diskussion mit Alba würde nur zu Streit führen, denn sie standen diesbezüglich auf verschiedenen Seiten. Die Politik war so eine Auseinandersetzung nicht wert. Schweigend aß Leo den Eintopf, der köstlich schmeckte. Mit einem Stück Brot wischte er den Teller sauber und schob es sich in den Mund.

»Was hältst du davon, wenn wir heute mal wieder ausgehen?« Alba lächelte ihn warm an.

Leo fasste über den Tisch nach ihrer Hand. »Ich muss leider noch arbeiten.«

»Schon wieder eine Nachtschicht?« Sie verzog ihre reizenden Lippen zu einem Schmollmund.

Leo streichelte mit seinem Daumen ihren Handrücken. »Du hast doch das Grundstück gesehen, das ich bekommen habe. Man muss nicht viel vom Weinbau verstehen, um zu wissen, dass es mühselig wird, dort erfolgreich Wein anzubauen. Wenigstens die ersten Rebstöcke möchte ich bald pflanzen.« Seit Leo ihr gebeichtet hatte, dass er jeden Monat etwas dafür auf die Seite legte, fühlte er sich erleichtert. Alba hatte sogar gelacht. »Was für einen geschickten Mann habe ich, dem es gelingt, Geld vor seiner Frau zu verstecken«, hatte sie gesagt und ihn mit einem liebevollen Kuss bedacht. »Du verstehst das doch?«, fragte Leo.

Alba legte den Kopf schief. »Ich weiß, es ist dein größter Wunsch, und bisher habe ich auch nichts gesagt, aber ist es nicht sinnvoller, wenn wir uns auf das Galeriegeschäft konzentrieren? Das wirft doch schon die ersten Erträge ab. Wenn wir jemanden einstellen, dann könnte ich mich ganz aufs Malen konzentrieren und mich auch nach anderen Künstlern umsehen, um deren Bilder ebenfalls zu verkaufen.«

»Ach ja?« Leo schluckte seinen Ärger mit Mühe hinunter. »Du willst also, dass ich dir einen Angestellten finanziere, während mein Grundstück unbestellt bleibt?«

Alba stand schweigend auf und räumte die Teller ab.

Leo betrachtete ihren Rücken. Er liebte sie über alles, doch manchmal kam er sich so unnütz vor. Er bedauerte, dass sie bisher noch nicht schwanger war. Ein Kind würde vielleicht alles ändern. Obwohl ... dann würde ein Angestellter vonnöten sein.

Fast als hätte sie seine Gedanken erraten, drehte sie sich um. »Wenn wir irgendwann Kinder haben, dann kann ich die Galerie nicht mehr allein betreiben und auch noch malen. Deshalb würde ich mich gerne schon jetzt nach anderen Künstlern umsehen.«

Leo bewunderte ihre Weitsicht. Wie sie ihn nun schmachtend ansah, spürte er seinen Widerstand schwinden.

Er stand auf und schloss sie in seine Arme. »Du bist mein Ein und Alles. Und gerade weil wir bald eine ganze Kinderschar haben, brauchen wir jede Pesete.«

»Heißt das, du stellst deine Idee mit dem Weinanbau hintan?« Sie formte ihre Lippen zu einem Kussmund.

Leo konnte ihr nicht widerstehen. Ja, seine Zeit als Winzer würde kommen. Er brauchte nur Geduld. »Genau, meine kluge Frau. Und deshalb werde ich auch weiterhin nachts arbeiten, wenn es anfällt.«

Auf dem Weg an den Hafen sah sich Leo mehrmals um. Er hatte den Eindruck, dass in letzter Zeit zunehmend nachts Polizei auf den Straßen patrouillierte. Sicherlich hatten sie das diesem machtwütigen General zu verdanken. Auch Tomeu hatte ihn letzte Woche zur Seite genommen und gewarnt, dass sie noch vorsichtiger sein müssten. Das sagte sich für ihn so leicht. Während Tomeu in den weichen Federn lag, schufteten sich seine Helfer den Buckel krumm. Sie riskierten bei der Verladung der Schmuggelwaren ihre Freiheit. Selbst wenn man ihn erwischte ... für Tomeu hätte es keine große Konsequenz. Er verlöre zwar die eine Ladung, könnte aber immer behaupten, dass er mit diesen Machenschaften nichts zu tun habe. Schlau, wie er war, ließ er immer nur Schiffe beladen, die schon eine offizielle Ladung für ihn an Bord hatten. Umgekehrt genauso bei ankommenden Waren. Leo seufzte. Wenn er doch nur das elterliche Grundstück geerbt hätte. Zwar hätte er auch da Geld für neue Reben zusammenkratzen müssen, doch vielleicht wäre eine Finanzierung möglich gewesen. Die alten Erträge ließen sich auf gutem Boden wiederholen. Das hätte bestimmt eine Bank überzeugt. Aber für das Küstengrundstück fehlten ihm diese Argumente.

Er bog zum Hafen ein, als er zwei Polizisten entdeckte, die auf einem Mauervorsprung saßen. Das hatte ihm gerade noch gefehlt. Er versteckte sich hinter einem abgespannten Fuhrwerk. Die Nachtarbeit würde noch länger dauern, denn bevor die beiden Ordnungshüter nicht das Weite suchten, musste er in seinem Versteck ausharren. Zu Hause wartete seine bezaubernde Frau, und er verkroch sich wie der letzte Abschaum. In solchen Nächten ekelte sich Leo vor sich selbst. Er gehörte ins Bett zu seiner Frau. Wie sollte sie sonst je schwanger werden?

49

Unruhig wälzte sich Carla im Bett. Obwohl Francisco vor dem Schlafengehen noch Brennholz in den Kamin nachgeworfen hatte, fühlten sich ihre Glieder steif vor Kälte an. Hinzu kam die wieder aufflammende Taubheit in den Fingern der rechten Hand. Carla ballte sie zur Faust und öffnete sie wieder. Es kribbelte. Schon besser. Der Winter wollte nicht wirklich weichen dieses Jahr. Doch es war nicht nur die Kälte, die Carla wachhielt. Ihre Gedanken kreisten um die letzten Monate. Auch Francisco hatte seine Mühe, bei der Kälte die Steine zu behauen. Dabei ging ihm die Arbeit gerade nicht aus. Selbst sein Chef Samuel packte wieder mit an. Man merkte, dass es den Menschen langsam wieder besser ging. Sie bestellten Steinportale, als gäbe es morgen keine mehr. Auch Mutter profitierte davon, denn einen Teil der letzten Aprikosenernte hatte sie hier vor Ort verkauft. Lidia war ihr bei den Preisverhandlungen eine Hilfe, und dank Franciscos Unterstützung konnten sie Mutter Arbeiter bezahlen, die die schwerere Arbeit auf dem Feld verrichteten. Alles war doch gut, warum nur klopfte ihr Herz so wild und hielt sie vom Schlafen ab?

Carla stand auf, legte sich einen Schal um die Schultern und warf einen Blick in das Bettchen an der Seite. Ihr kleiner

Sonnenschein schlief friedlich. Nur die Nasenspitze lugte aus der Decke, das Köpfchen hatte Carla in eine Wollmütze gepackt. Sie war versucht, Antonia über die Wangen zu streichen, doch sie wollte sie nicht wecken. Die Kleine war tagsüber ein wahres Aufziehmännchen. Keine Minute hielt sie still, brabbelte lautstark, zog sich überall hoch, und bestimmt machte sie bald die ersten Schritte.

Lautlos öffnete Carla die Tür und ging in die Küche. In der Abstellkammer schob sie die Einmachgläser mit den Tomaten beiseite und griff nach dem Flakon.

Fast leer.

Nur ein bisschen Einschlafhilfe, redete sie sich selbst ein, und träufelte die Tropfen in ein Glas mit Wasser. Sie wusste nicht mehr, wie oft der Arzt ihr ein Rezept dafür gegeben hatte, doch bei ihrem letzten Besuch hatte er ihr gedroht, es ihr nicht mehr zu verschreiben, da sie es nicht mehr benötige, denn er erkenne keine Anzeichen von Melancholie mehr.

Was wusste der Arzt schon von ihren nächtlichen Dämonen, die sie mit Klauen in eine tiefe Dunkelheit zogen? Francisco hatte sie ebenfalls mehrmals aufgefordert, es sein zu lassen, denn danach sei sie immer so anders. So war ihr nichts anderes übrig geblieben, als die Tropfen zu verstecken.

Rasch ging sie wieder ins Schlafzimmer zurück, kuschelte sich wieder unter die Decke und drückte sich an Francisco, der ein leichtes Grunzen von sich gab. Hoffentlich würde sie nun Schlaf finden. Wenige Minuten später fielen ihr die Augen zu.

»Na, du kleine Schlafmütze.«

Schwerfällig öffnete Carla die Augen, hatte Mühe, sich zu orientieren.

Francisco küsste sie sanft. »Unsere Tochter kommt wohl nach dir.« Er deutete zum Bettchen. »Tagsüber munter, keinen Mittagsschlaf machen wollen und dann nachts in tiefen Schlummer fallen. Keinen Mucks bisher von ihr. Dabei müsste sie schon längst Hunger haben.«

Carla drückte sich aus dem Kissen hoch. »Wie spät ist es?«

»Ich war schon eine Stunde in der Werkstatt. Aber es ist zu kalt. Samuel meinte, es wäre sinnlos heute, da bricht der Stein überall, nur nicht da, wo er soll.«

Carla schlug die Decke von sich. »Oh, ich wollte heute noch die Buchhaltung für diesen Monat fertigstellen. Dann mache ich mal rasch ein ordentliches Frühstück für dich, und unsere Antonia muss ich wohl ausnahmsweise wecken.« Sie stand auf und beugte sich über das Bettchen. Antonias Mund stand offen. Wie konnte man nur so schlafen, ohne zu schnarchen? Carla strich mit den Fingerrücken sanft über die Wange. Hatte sie die Wange überhaupt berührt? Diese verfluchte Taubheit, die kam und ging. Sie legte die linke Hand an die Wange ihrer Tochter.

Zuckte zurück.

Kalt, wieso war das Gesicht so kalt?

»Antonia!« Carla riss die Decke weg, hob ihre Tochter an.

»Was ist los?« Francisco sah sie irritiert an.

Der Körper ihrer Tochter war eiskalt und steif. Das konnte nicht wahr sein. Es durfte nicht sein. Carla spürte, wie ihre Knie nachgaben. Rasch legte sie ihr Kind zurück in die Wiege, bevor eine gnädige Schwärze sie umfing.

Wie durch Nebel hörte Carla eine Stimme. »Lassen Sie Ihre Frau schlafen, wenn sie kann. Das Beruhigungsmittel, das ich ihr gespritzt habe, wirkt bereits.«

Doch die Erinnerung traf sie mit voller Wucht. Es war kein schrecklicher Albtraum gewesen. Sie hatte versagt. Hatte die Gefahr, in der ihre kleine Tochter geschwebt hatte, nicht erkannt. Gott hatte ihr ein Zeichen gesandt, als er sie letzte Nacht unruhig hatte aufwachen lassen. Und was hatte sie getan? Das Zeichen ignoriert, ihrer Tochter nur einen Blick gegönnt und sich mit dieser verdammten Tinktur jeder Wahrnehmung beraubt.

Carla weinte lautlos. Die in ihr herrschende Kälte ließ sie zittern.

Antonia durfte nicht tot sein.

Erneut fielen ihr die Augen zu.

Als Carla die Augen wieder öffnete, war es draußen dunkle Nacht. Nur das Feuer im Kamin spendete ein wenig Licht im Schlafzimmer. Francisco musste über den Tag Holz nachgelegt haben. Wie sollte sie ihrem Mann jemals wieder gegenübertreten? Ihr Sonnenschein war tot, und sie trug die Schuld. Sie allein.

Carla drehte den Kopf.

Dort, wo das Bettchen gestanden hatte, blickte sie ins Leere. Eine eiserne Faust hielt ihr Herz umklammert, Carla vermochte kaum zu atmen.

Die Tür öffnete sich, und Francisco trat ein. In der Hand hielt er ein Glas Wasser. »Du bist wach. Endlich.« Er kam zu ihr, setzte sich auf die Bettkante und hielt ihr das Glas hin. »Du musst etwas trinken, hat der Arzt gesagt.«

Carla sah in seine vom Weinen geröteten Augen. Mit abgewandtem Blick schüttelte sie den Kopf. Sie ertrug seinen verzweifelten Anblick nicht. Sie hatte keinen Trost verdient.

»Mi corazón, bitte.«

Carla hatte das Gefühl, innerlich zerrissen zu werden. Einerseits spürte sie ihre tiefe Liebe zu Francisco, dessen Leid in seinen Augen sie nicht ertragen konnte und in dessen Armen sie mit ihm trauern wollte. Andererseits tobte das Gefühl tiefer Schuld in ihr, das nicht zuließ, sich gegenseitig in gemeinsamer Trauer aufzufangen.

»Carla, wir müssen über die Beerdigung reden.«

Sie schüttelte den Kopf. Drehte sich von ihm weg und vergrub ihren Kopf im Kissen. Von einer Beerdigung wollte sie nichts wissen, sie wollte ihr kleines Mädchen zurück.

»Cariño, ich weiß, es ist schwer«, sagte Francisco. »Aber wir stehen das zusammen durch.« Er legte die Hand auf ihre Schulter. »Ich brauche dich an meiner Seite.«

»Ich bin schuld!«, schrie Carla.

Francisco drehte Carla zu sich um. »Was redest du für einen Unsinn.«

Sie presste die Lippen aufeinander, verschränkte die Arme vor der Brust.

Francisco fasste mit beiden Händen ihr Gesicht. »Du darfst so etwas noch nicht einmal denken. Niemand hat schuld. Der plötzliche Kindstod kündigt sich nicht an, hat der Arzt gesagt.«

Carla starrte ihn reglos an. Was redete er da?

Francisco nahm seine Hände von ihren Wangen. »Wir hätten nichts tun können. Sie hat einfach aufgehört zu atmen.«

Vom plötzlichen Kindstod hatte Carla schon gehört. Aber hätte sie nicht ein Röcheln bemerken müssen, es verhindern können, wenn sie nicht diese verfluchten Tropfen genommen hätte?

Strafte sie Gott, weil sie das Kind schon vor der Hochzeit empfangen hatte?

»Lass mich jetzt nicht allein«, bat Francisco, zog sie hoch in seine Arme.

Carla spürte seine Tränen an ihrem Hals.

»Morgen früh um neun haben wir einen Termin.« Francisco löste sich von ihr und wischte sich mit dem Handrücken über das Gesicht.

»Nein! Auf gar keinen Fall!« Carla fixierte Francisco mit festem Blick. Das konnte er nicht ernst meinen. Wie sollte sie diesen Fototermin durchstehen?

»Du wirst es mir irgendwann danken. Vielleicht nicht morgen, aber irgendwann.« Francisco küsste sie auf die Stirn. »Und jetzt schlaf. Ich kümmere mich um alles. Aber ich bitte dich, mich morgen zu begleiten.«

Carla sah ihm nach. Sie kannte einige dieser Fotos von anderen Familien, deren Kinder viel zu früh hatten gehen müssen. Ein Foto, das etwas vorgaukelte, was es nicht mehr gab. Francisco würde sich nicht davon abbringen lassen, aber wenn er so ein Foto wollte, musste er den kalten Körper ihrer Tochter in den Armen halten. Sie könnte es nicht.

So fest sie davon überzeugt gewesen war, es nicht über sich zu bringen, so sehr überraschte sie sich selbst. Carla wusste nicht, woher sie die Stärke nahm. Vielleicht lag es daran, so ihre Tochter noch einmal in ihren Armen halten zu können.

Antonia sah zauberhaft aus.

Der Fotograf hatte auf ihrem Gesichtchen rosige Wangen geschminkt, und ihr Kind wirkte so, als würde es jeden Moment aufwachen und sie anlachen.

Als Francisco ihr eine Hand auf die Schulter legte, hatte der Fotograf seine Arbeit längst beendet. Sie brachte es nicht über sich, Antonia wieder herzugeben. »Lass sie mir noch eine Weile.«

Carlas Mutter schüttelte den Kopf. »Das wäre nicht gut, mein Kind. Lass sie mich ins Totenzimmer bringen.«

Wie jedes Haus besaß auch Carlas Haus im Erdgeschoss neben der Haustür ein Schlafzimmer, das nie benutzt, aber immer hergerichtet war. Für den Fall eines Todesfalls war ein Zimmer für die Aufbahrung bereit. Carla vermochte sich nicht vorzustellen, wie Antonias kleiner Körper auf dem riesigen Bett wirken würde.

»Gib sie mir«, bat ihre Mutter erneut. »Die Dorfbewohner werden bald kommen, um sich von ihr zu verabschieden. Dann sollte alles vorbereitet sein.«

Widerwillig ließ sich Carla ihre tote Tochter aus den Armen nehmen. Als sie ihrer Mutter nachsah, wusste sie, dass mit Antonia auch ein Stück von ihr gestorben war.

50

»Na, hast du dich rumgetrieben? Wirst kaum so früh am Morgen schon unterwegs gewesen sein.« Raquel stand auf der Treppe und versperrte Leo den Weg in die Wohnung.

Dieses Weibsbild musste aus der Hölle der Gemeinheiten und Intrigen stammen. Schon oft hatte Alba ihrer Mutter zugeredet, die Schwester zu bitten, auszuziehen aus dem Haus, sich eine andere Wohnung zu suchen. Doch Josefina hatte immer nur gemeint, dass sie doch ihre Schwester nicht verstoßen könne, wo sie doch keinen Mann habe, und außerdem lache ihr Mann nur über Raquels Annäherungsversuche. Es war an der Zeit, dieser Frau mal entgegenzutreten. »Im Gegensatz zu dir habe ich eine Arbeit. Du liegst doch nur deiner Schwester auf der Tasche und machst auch noch deren Mann schöne Augen.«

»Ich gehöre schon lange zur Familie, du hingegen …« Sie machte eine Bewegung mit der Hand, als wollte sie eine Fliege verscheuchen. »Ein Lohnarbeiter, der anscheinend nicht einmal zur Feldarbeit taugt, sonst hätte deine Familie dich nicht verstoßen.«

»Bruixa«, stieß Leo aus.

»Du nennst mich eine Hexe und dann noch auf Mallorquí? Das hat Konsequenzen!« Raquel stürmte an ihm vorbei nach unten.

Er hatte sich gehen lassen. Ausgerechnet dieser Intrigantin gegenüber. Hoffentlich zeigte sie ihn nicht an. Wenn er unter Beobachtung stünde, könnte er seine einträglichen nächtlichen Arbeiten vergessen.

Leise öffnete er die Wohnungstür, um Alba nicht zu wecken. Er schlüpfte aus den verschwitzten Sachen und wusch sich, bevor er frische Kleidung anzog. Um Alba eine Freude zu machen, hatte er auf dem Heimweg beim Bäcker Cocas de patata gekauft. Aus dem Schrank holte er das Glas mit Feigenmarmelade. Im letzten Herbst hatte Alba von einem Kunden eine ganze Steige Feigen geschenkt bekommen und zwei Tage lang Marmelade eingekocht.

»Du bist wieder da.« Alba kam aus dem Schlafzimmer und rieb sich verschlafen die Augen.

Leo gab ihr einen sanften Kuss. »Ich wollte dich nicht wecken, tut mir leid.«

»Oh«, Alba ging zum Tisch. »Süße Kartoffelbrötchen. Was für ein Genuss. Gib mir nur ein paar Minuten, dann frühstücken wir zusammen.«

Leo stellte die kleine Alukanne auf den Herd und füllte Kaffeepulver und Wasser hinein.

Noch bevor der Kaffee fertig war, stand Alba schon wieder in der Küche. Wie schaffte es diese Frau in der kurzen Zeit, so hinreißend auszusehen? Er nahm die Kanne vom Herd, fasste ihre Hand und zog sie zum Schlafzimmer. »Wir frühstücken danach«, flüsterte er in ihr Ohr. Mit einem leidenschaftlichen Kuss bekräftigte er seine Absicht.

»Wie könnte ich dir widerstehen?« Alba löste ihren Haarzopf, warf neckisch den Kopf in den Nacken, und ließ sich von ihm mitziehen.

Wenig später wischte sich Alba die Feigenmarmelade vom Mund. »Das war richtig gut.«

»Was genau?«, fragte Leo.

»Die Marmelade natürlich.« Alba lachte und trank ihren Kaffee aus. »Ich muss aber nun wirklich los. Wenn alles klappt, habe ich nachher einen lukrativen Auftrag in der Tasche.« Sie drückte ihre weichen Lippen auf seine und ging.

Leo sah ihr nach, bis die Tür ins Schloss fiel. Leider hatte es in der letzten Zeit häufig solche Termine gegeben. Allein der Abschluss fehlte, sodass Albas Einkommen gerade so die Galeriekosten deckte. Nach wie vor fehlte Geld, um die Galerie richtig zu renovieren und dadurch ansprechender zu gestalten. Wie gerne hätte Leo Alba Geld gegeben, um vor allem durch ein großes Schild und eine Zeitungswerbung mehr Aufmerksamkeit zu generieren, denn unweit hatte vor Kurzem eine weitere Galerie eröffnet, die Alba unmittelbare Konkurrenz machte, da sie nur Werke von Fremdkünstlern anbot, die allerdings schon ein gewisses Renommee vorwiesen.

Auf dem Küchentisch lag die Zeitung vom Vortag, und Leo blätterte darin. Dezent hatte Alba einen Artikel markiert, in dem es um die Erweiterung der Straßenbahnstrecke innerhalb Palmas ging. In dem Artikel wurde ebenfalls erwähnt, dass noch Arbeiter gesucht wurden für fast alle Bereiche. Doch wenn er seine reguläre Arbeit bei Tomeu aufgab, würde Leo auch auf die einträglichen illegalen Tätigkeiten verzichten müssen. In der monatlichen Gesamtsumme hätten sie dann viel weniger in der Haushaltskasse. Erst recht könnte er nichts weiter auf die Seite legen, um endlich die Reben kaufen zu können. So eine Anstellung bei der Straßenbahn brächte sie also nicht weiter.

Ein Klopfen an der Tür holte Leo aus seinen Gedanken, und er öffnete.

»Lass mich rein, wir müssen reden.« Raquel drückte sich an ihm vorbei.

»Was willst du?« Leo blieb demonstrativ in der offenen Tür stehen.

»Ich würde an deiner Stelle lieber die Tür schließen und mir zuhören.« Raquel setzte sich an den Tisch.

Dieses Weib. Immer mischte sie sich in alles ein. »Also?« Leo setzte sich ihr gegenüber.

Mit ihrem speckigen Finger deutete sie auf die Zeitung. »Suchst du dir endlich eine vernünftige Arbeit?«

Leo zog die Zeitung unter ihrer Hand weg. »Das geht dich nichts an.«

Raquel kniff die Augenbrauen zusammen. »Ist mir eigentlich auch egal. Hauptsache, wir werden uns einig.«

»Worüber sollten wir uns einig werden?«

»Es ist ganz einfach«, Raquel faltete die Hände auf dem Tisch, »Andrés würde es nicht gutheißen, wenn er wüsste, dass sein Schwiegersohn die politische Obrigkeit anscheinend nicht anerkennt.«

Er hatte es geahnt, sie wollte es zu ihrem Vorteil nutzen, dass sie ihn bei einem einzigen Wort in Mallorquí ertappt hatte. »Ich mische mich nicht in die Politik ein«, setzte er ihr entgegen.

Raquel lachte hämisch auf. »Ich glaube nicht, dass Andrés, der nun ein politisches Amt anstrebt, dich noch an Albas Seite dulden würde, wenn er wüsste, was du nachts treibst.

Schon da verhältst du dich gesetzlos, und dem Staat entgehen Steuereinnahmen. Von deinen sprachlichen Ausrutschern mal abgesehen.«

Leo starrte auf die Tischplatte. Er hatte nicht gewusst, dass Andrés sich politisch engagieren wollte. Ob Alba in die Pläne eingeweiht war? Nein, sie hätte es ihm gesagt. »Nun, es ist ihm freigestellt, wenn er eine politische Karriere anstrebt, und ich wünsche ihm Erfolg. Dabei wird ihn sicher seine liebreizende Frau Josefina unterstützen.« Leo grinste süffisant, als er sah, dass dieser Seitenhieb saß. Bei jeder sich bietenden Gelegenheit schmiss sich dieses Weib an ihren Schwager heran, ohne auch nur jemals an ihre eigene Schwester zu denken. Er verstand bis heute nicht, dass sie Raquel nicht einfach hinauswarfen, wenn sie immer wieder angekrochen kam. Josefina in ihrer Güte brachte es wohl nicht übers Herz.

»Du brauchst gar nicht zu grinsen. Nichts weißt du über unsere Familie, und es geht dich auch nichts an.«

»Und dich gehen Alba und mein Leben nichts an.«

»Ich könnte dir das Leben aber schwer machen«, Raquel beugte sich über den Tisch, »doch wir können uns einigen.«

Leo sah sie schweigend an.

»Ich weiß, dass Alba Geld für die Galerie braucht, und du wirst verhindern, dass sie ihre Eltern darum bittet, weil du selbst es irgendwie zusammenkratzt. Sollte dir das nicht gelingen, werde ich dich anonym anzeigen, und dann wirst du sehen, wie schnell deine Schwiegereltern eine Lösung finden werden, dich aus dem Haus zu bekommen.«

Ihre Schweinsäuglein fixierten ihn. Leo blieb fast die Luft weg. Sie drohte ihm, erpresste ihn. Alba war das Wichtigste in seinem Leben ... und der Traum vom eigenen Weinberg. Er hatte Raquel momentan nichts entgegenzusetzen, musste er sich gestehen. Was trieb dieses Weib nur an?

»Du fragst dich sicher, was ich davon habe?« Raquel stand auf. »Andrés hat mir ein Darlehen in Aussicht gestellt, mit dem ich selbst investieren möchte. Mir wurde ein Gasthof angeboten, der auch einige Zimmer hat, die ich als Fremdenzimmer vermieten kann. Sollte ihn aber Alba um Geld bitten, kann ich das vergessen. Du siehst, es geht um unser beider Existenz. Sollte ich erfolgreich sein, ist es so gesehen auch für dich von Vorteil, da ich dann nicht mehr auf die monatlichen Zuwendungen von Andrés angewiesen bin und hier ausziehen könnte.« Sie ging zur Tür. »Es liegt in deiner Hand.«

Leo stützte das Kinn auf die Hände. Immer das ewige Geld. Er hoffte so sehr, dass Alba den lukrativen Auftrag bekam, um die nötigsten anstehenden Arbeiten an der Galerie durchführen zu können. Ob Raquel ihre Schwester auch wegen irgendwas in der Hand hatte? Druck ausübte, so wie sie es jetzt bei ihm tat?

Nachdem er am Hafen angekommen war, lud er die ersten Kisten aus dem Frachter um in die Lastkutsche, als Tomeu auf ihn zukam.

»Hola, Leo. Fleißig wie immer.«

Überrascht sah Leo ihn an. Sein Chef kam doch normalerweise nicht selbst zum Ausladen an den Hafen?

»Mach eine Pause, ich möchte mit dir reden«, sagte Tomeu.

Leo wischte sich die Hände an der Hose ab.

Tomeu zeigte zum Hafenausgang. »Lass uns in die Bar gehen und einen Kaffee trinken.«

Schweigend gingen sie nebeneinander her, und Leos Magen grummelte. Eine Aufregung heute reichte ihm. Hoffentlich wollte Tomeu ihn nicht entlassen.

Sie betraten die Bar, und an der Theke bestellte Tomeu zwei Kaffee. Er wies mit der Hand zu einem Ecktisch, und Leo folgte ihm.

Fast hätte er sich vor Aufregung neben den Stuhl gesetzt, konnte sich gerade noch abfangen.

Tomeu grinste ihn an. »Keine Sorge, du bist ein guter Arbeiter, und ich bin sehr zufrieden mit dir. Es geht heute um etwas anderes. Also entspann dich.«

Der Kellner brachte die Kaffees, und Tomeu sah ihm nach, bis er wieder hinter der Theke stand. »Also«, er rührte in seiner Tasse, »du weißt sicher, wie sehr ich mich für Kunst interessiere.«

Leo blieb skeptisch. Was wurde das? Wollte er möglicherweise ein Bild von Alba kaufen?

»Seit meiner Kindheit gibt es jemanden, der mir zutiefst zuwider ist, und ausgerechnet der hat die Galerie, die deiner Frau Konkurrenz macht, finanziert. Er spielt sich jetzt als Gönner und Mäzen auf, dabei hat er von Gemälden oder Künstlern überhaupt keine Ahnung.«

Leo musste zugeben, dass auch er eher ahnungslos in diesen Dingen war. Ein Bild gefiel ihm eben oder nicht. Dabei war ihm egal, wer es gemalt hatte.

Tomeu räusperte sich. »Ich selbst habe schon einige Werke von verschiedenen Malern gekauft, und in meiner Sammlung befinden sich auch einige Skulpturen. Sie sind eine gute Wertanlage, wenn man das richtige Gespür dafür hat. Außerdem ebnet einem Kunstverständnis so manchen Weg im internationalen Handelsgeschäft. Man zeigt den Geschäftspartnern, dass man nicht nur ans Geschäft denkt, sondern ein Gespür für die schönen Dinge des Lebens hat.«

Die Worte waberten durch Leos Gehirn, und er verstand noch immer nicht, worauf das hinauslaufen sollte.

»Als Kunstmäzen wird man anders behandelt. Das genau versucht mein Widersacher, denn er hat mir durch seine Prahlerei, dass er nun einen Galeristen unterstützt, einen Handelsabschluss vermasselt, weil der Geschäftspartner selbst als Mäzen eine eigene Kunstsammlung aufbaut. Verstehst du, worauf ich hinauswill?«

Er wollte doch nicht etwa ... sollte Leo einmal Glück im Leben haben? »Du meinst ... also du willst auch ... ich meine wegen Alba ...«

Tomeu lachte auf. »Genau. Ich möchte dir einen Kredit geben, damit Alba mit ihrer Galerie meinem Widersacher das Leben schwer macht. Alba hat doch angefangen, Fremdkünstler auszustellen. Das sollte sie ausbauen, sie hat ein Gespür dafür. Doch die vielversprechenden Maler bekommt man nur mit guten Angeboten und einer ansprechenden Galerie unter Vertrag. Ich weiß, was du bei mir verdienst, damit wird es schwer. Aber mit meinem Kredit wird das Unternehmen ein Erfolg, und mein Widersacher kann einpacken.«

Unfassbar, da machte ihm erst Raquel am Morgen das Leben schwer, und jetzt saß die Lösung aller Probleme vor ihm. Glückselig strahlte Leo ihn an. »Das ist überaus großzügig von dir, und meine geschäftstüchtige Frau wird sicher deinen Erwartungen entsprechen.«

»Das will ich hoffen. Mein Anwalt hat schon einen Kreditvertrag vorbereitet, und auch die Zinsen und Rückzahlung sind darin so vereinbart, dass es euch keine Schwierigkeiten machen wird, das Darlehen zu bedienen. Ich will mit euch ja kein Geld verdienen. Das verdiene ich schon an anderer Stelle. Aber als Mäzen gelange ich noch in andere Kreise, sodass es sich für mich mehr als lohnt.« Tomeu stand auf, und Leo erhob sich ebenfalls.

»Wann soll ich zu deinem Anwalt kommen?«

»Wenn deine Schicht zu Ende ist?«

»Danke, danke für alles.« Leo reichte Tomeu die Hand und drückte sie fest.

51

Wie Carla diesen Ort hasste. Die Bäume am Friedhofseingang schienen mit ihren Ästen nach ihrem Hals zu greifen. Das Atmen fiel ihr schwer. Jeder Schritt bereitete ihr Qualen. Sie zwang ihren Geist vergebens, sich auf das Geschehen zu konzentrieren. Selbst Franciscos Arm schien ihr keine Stütze, sondern eine Bürde, die sie niederdrückte. Carla konnte ihm nicht in die Augen sehen, so sehr überkamen sie erneut Schuldgefühle.

Da half alles Zureden ihres Mannes, ihrer Mutter nicht.

Sie hatte versagt.

Dieser Gedanke drehte sich unaufhörlich in ihrem Kopf, ließ keinen Raum für Trauer.

Von der Ansprache des Pfarrers bekam sie kein Wort mit, sie wollte nur noch hier weg. Mit einer stummen Umarmung verabschiedete sie sich von Mutter und Lidia und zog Francisco förmlich durch den Eingang nach draußen.

Auch den Nachhauseweg über schwieg sie. Francisco legte den Arm um sie, doch auch er brachte es wohl nicht über sich, ein Wort zu sagen. Es gab auch nichts zu sagen.

Ihre Tochter war tot.

»Du solltest dich hinlegen und ausruhen.« Francisco schloss die Haustür auf. Seine Besorgnis setzte Carla zusätzlich zu. Sie fühlte sich, als würde sie nun auch noch als Ehefrau versagen.

Carla betrat widerspruchslos ihr Schlafzimmer, um nicht noch einen Streit mit Francisco zu riskieren. Beim Eintreten warf sie einen Seitenblick auf das Foto, das auf dem hölzernen Beistelltisch bei den anderen Fotos stand.

Sie seufzte.

Vielleicht hatte Francisco recht, und eines Tages würde ihr das Familienfoto eine Erinnerung ohne den alles zerreißenden Schmerz bringen.

Vielleicht aber würde das Bild ihr immer eine alles überdeckende Pein in ihrem Herzen bescheren.

Im Schlafzimmer warf sie sich aufs Bett. Wie gerne würde sie weinen, ihren Schmerz hinausspülen, doch ihre Augen blieben trocken. Sie hörte, wie Francisco in der Küche hantierte. Leise stand sie auf und ging an das Schubfach ihrer Unterwäsche. Sie hatte den Arzt angefleht, ihr die Tinktur zu geben, die ihr die innere Ruhe brachte, nach der sie sich so sehr sehnte.

Carla sah den mahnenden Blick ihres Arztes vor sich, als er ihr den Flakon gegeben hatte. Doch was wusste der schon von ihrem Verlust.

Er riet ihr, die Tinktur nur in Ausnahmefällen zu nehmen. Nur dann, wenn es besonders dunkel in ihr war. Ihr Gemüt erhellte sich seit dem Tod ihrer Tochter sehr selten. Sie hatte den Arzt angelogen und behauptet, sie habe das Fläschchen verlegt. Er glaubte ihr, obwohl sie seinen prüfenden Blick auf sich gespürt hatte. Und der Arzt lag richtig. Carla hatte es längst bis zur Neige geleert. Das Versteck in der Abstellkammer hatte sie aufgegeben, aus Furcht, Francisco könnte sie entdecken, da er sich nun um die Mahlzeiten kümmerte.

Carla zog das Glasfläschchen aus der Schublade, drehte es in den Fingern.

Lauschte.

Noch immer hörte sie Francisco in der Küche klappern. Sie füllte aus dem Krug etwas Wasser in ein Glas, zählte die Tropfen ab.

Fügte noch einige hinzu.

Carla trank das Glas in einem Zug leer, versteckte den Flakon wieder, legte sich aufs Bett und wartete auf die erlösende Trägheit, die ihre Gefühle betäubte. Eine wohlige Dunkelheit hüllte sie ein. Sie versprach Erlösung. Wenigstens für einige Zeit.

»Carla!« Jemand rüttelte an ihr. »Carla, verdammt! Hast du wieder diese Opiumtinktur genommen?«

Schwerfällig öffnete Carla ihre Augen. Francisco stand über sie gebeugt, sah sie mit scharfem Blick an.

»Ich habe mich doch nur kurz hingelegt. Du sagtest doch, ich soll mich ausruhen.«

»Kurz?« Francisco stand auf, ging vor dem Bett auf und ab. »Ganze vier Stunden liegst du hier. Ich habe uns was zu essen gemacht und mehrmals gerufen. Vor einer Stunde war ich schon hier, habe dich gerüttelt, doch du hast noch nicht einmal reagiert. Also, noch einmal: Hast du dieses Zeug wieder genommen?« Francisco ging an die Kommode. »Wo hast du es versteckt?« Er zog die erste Schublade auf.

»Nein. Ich habe nichts genommen.« Carla stützte sich hoch, sie vermochte kaum einen klaren Gedanken zu fassen.

Doch ihr war klar, die Wahrheit konnte sie ihm nicht sagen. »Ich ... ich bin nur erschöpft.«

Francisco fuhr herum. »Nein, Carla. Das ist keine Erschöpfung. Du bist süchtig. Das bringt uns unsere Antonia auch nicht wieder zurück. Meinst du, mich würde nicht auch die Trauer in jedem wachen Moment begleiten?« Er kam zu ihr, setzte sich auf die Bettkante.

Carla schluchzte. »Es frisst mich von innen auf. Es ist wie Säure, die sich Stück für Stück meine Seele nimmt, sie auflöst, bis nichts mehr davon da ist. Diese Dunkelheit, ich kann sie nicht ertragen.«

Francisco zog sie an sich, hielt sie fest und wiegte sie hin und her. »Ich liebe dich. Und ich vermisse dich. Ich vermisse die Carla, die du warst. Ich will nicht, dass du verschwindest.«

Carla drückte ihr Ohr an seinen Brustkorb, lauschte seinem Herzschlag. Francisco wirkte so lebendig, doch sie? In ihr fühlte sich alles tot an. »Du wärst besser ohne mich dran«, flüsterte sie mehr zu sich.

Francisco ließ sie los, starrte sie an. »Du weißt nicht mehr, was du redest. Glaubst du, wir sind die einzigen Eltern, die so einen Schicksalsschlag erlitten haben?«

Natürlich wusste sie das. In ihr bäumte sich alles auf. »Aber andere Frauen können weitere Kinder bekommen, ich nicht!«, schrie sie ihm ins Gesicht. Sie warf sich auf den Bauch, zog das Kissen über ihren Kopf. »Such dir eine gesunde Frau, die keine Last ist, die nicht hinkt«, sie japste unter dem Kissen nach Luft, »die dir Kinder schenken kann.«

Sie lauschte, doch Francisco blieb stumm. Unter dem Kissen drehte sie leicht den Kopf, linste unter einem Zipfel zu ihm. Jegliche Farbe war aus seinem Gesicht gewichen. Wortlos drehte er sich um, ging hinaus und warf die Tür mit einem lauten Knall hinter sich zu.

52

Leo musste sich zusammennehmen, um nicht auf der Straße zu tanzen, als er aus dem Haus des Anwalts trat. Die Unterzeichnung des Kreditvertrags war in wenigen Minuten erledigt gewesen. In seiner Jackentasche steckte ein dicker Umschlag. Leo presste seine Hand darauf, als wollte er prüfen, ob er wirklich da war. Er konnte es kaum erwarten, Alba davon zu erzählen und ihr die Geldscheine aus dem Umschlag zu zeigen. Sie müssten einen Plan machen, wie sie das Geld in der Galerie anlegen wollten. Auf alle Fälle sollte ein auffälliges Schild über der Tür die Kunden in den Laden locken.

Vor einer Confiserie blieb er stehen. Alba liebte Konfekt. Leo überlegte nicht lange und kaufte eine Schachtel Pralinen. Die Kirchturmglocke schlug. Er musste sich beeilen. Alba durfte nicht vor ihm da sein. Schon am Morgen nach dem Angebot von Tomeu hatte Leo seinen Plan gefasst.

Die Hälfte des Kredits sollte Alba bekommen, doch für die andere Hälfte würde er endlich seine Reben anpflanzen. Schon am kommenden Morgen wollte er einen Händler beauftragen, ihm die Setzlinge zu besorgen, damit er noch dieses Frühjahr pflanzen konnte. Vor Alba müsste er das jedoch verheimlichen. Sein Plan beinhaltete, die Hälfte des Geldes deshalb vorher zu verstecken.

Alba wickelte ihn regelmäßig um den Finger. Und wüsste sie die Höhe der kompletten Summe, würde sie ihn doch nur wieder überreden, alles in die Galerie zu stecken.

Doch er wusste, wie er sie überlisten konnte. Wären die Reben erst einmal gepflanzt, wollte er ihr seine Schwindelei gestehen. Und wenn sie den Weinberg sah, würde sie ihm auch nicht böse sein.

Völlig in Gedanken versunken, hastete er um die Straßenecke und stieß vor seiner Haustür fast mit Raquel zusammen.

»Na, hast du dir Gedanken über meinen Vorschlag gemacht?« Sie sah ihn giftig an. »Oder wirfst du neuerdings deine wenigen Kröten für teures Schokoladenkonfekt hinaus?« Sie deutete auf die Schachtel in seiner Hand.

»Geh mir aus dem Weg.« Leo drückte die Pralinenschachtel an sich. »Und es geht dich nichts an, wenn ich meiner Frau eine Freude mache.«

»Damit sie dick wird und dir nicht davonlaufen kann.« Raquel deutete mit beiden Händen eine Wölbung vor ihrem Bauch an. »Mach ihr lieber einen dicken Bauch mit einem Kind, oder kriegst du das nicht hin?«

Leo musste sich beherrschen, ihr nicht seine Verachtung ins Gesicht zu schleudern. Aber sie war Albas Tante, und der Anstand verbot ihm eine offene Konfrontation. »Es sind erst wenige Stunden vergangen. Und es war kein Vorschlag von dir, sondern Erpressung.«

»Nenn es, wie du willst, du kannst sowieso nichts gegen mich unternehmen. Das schafft ja noch nicht mal meine Schwester.« Sie lachte schrill. »Also?«

Leo nahm sie zur Seite. »Dann bitte Andrés um einen Kredit. Wir kommen zurecht.« Er hoffte, sie kam ihm nicht nach. Was hatte dieses Miststück gegen ihre Schwester in der Hand? Irgendwann bekäme er es raus. Nun musste er erst einmal seine Hälfte des Geldes verstecken, bevor Alba nach Hause kam.

In der Wohnung nahm Leo einen Briefumschlag aus der Schreibtischkommode und sah sich um. Wo war ein geeigneter Platz? Alba hasste es, in die kleine Abstellkammer zu gehen, die am Ende unter einer Wandschräge weniger als einen Meter hoch war. Sie sagte immer, die niedrige Decke nähme ihr die Luft zum Atmen.

Leo legte die Pralinenschachtel auf die Arbeitsfläche in der Küche, holte die Hälfte des Geldbündels aus dem Umschlag in seiner Jackentasche und steckte ihn in das andere Kuvert.

An der Tür zur Abstellkammer bückte er sich, ging auf alle viere und kroch bis ans Ende der Kammer. Auf dem Boden standen zwei Holzkisten, in denen Alba Einmachgläser mit Marmeladen, Tomaten und Paprika aufbewahrte. Wenn sie welche benötigte, holte Leo sie heraus.

Das ideale Versteck.

Er zog eine Kiste zu sich heran, legte den Umschlag auf den Boden und schob die Kiste wieder darüber.

Als Leo hörte, wie sich die Wohnungstür öffnete, krabbelte er hastig zurück. Gerade rechtzeitig schloss er die Tür, klopfte sich den Staub von den Hosen und nahm das Konfekt in die Hand. Freudestrahlend ging er Alba entgegen.

»Oh, hast du geahnt, dass ich heute tatsächlich den Auftrag erhalte?« Sie drückte ihre Lippen auf seine und nahm ihm die Schachtel ab.

»Wirklich? Das ist großartig. Ich bin so stolz auf meine begabte und wunderhübsche Frau.« Er zog sie an sich.

»Vorsicht, du zerdrückst noch die Pralinen.« Lachend machte sich Alba von ihm los. Die Packung legte sie auf den Esstisch. »Darf ich?« Mit flinken Fingern öffnete sie die Verpackung.

»Aber sicher, mein Herz, sie sind ja für dich.«

Alba öffnete die Schachtel. »Wen von euch vernasche ich zuerst?« Lachend kreiste sie mit dem Finger von Praline zu Praline. »Du bist es.« Sie steckte sich die Süßigkeit in den Mund. »Hmm, köstlich.« Genießerisch leckte sie sich über die Lippen. »Aber mal ehrlich, wieso hast du so viel Geld ausgegeben, du wusstest doch nicht, wie es bei mir läuft.«

Leo ging zu ihr, legte sanft ihren Zopf vom Nacken über ihre Schulter und küsste ihren Hals entlang. »Tomeu finanziert deine Galerie und hat mir einen Kredit dafür gegeben.«

»Aber«, Alba drehte den Kopf zu ihm, »wieso das denn?«

»Er unterstützt gerne lokale Künstler.« Leo lachte amüsiert. »Dann fühlt er sich wie ein großer Mäzen. Und mit wem kann man besser angeben als mit dir?«

Alba stand auf, fasste seine Hand und zog ihn ins Schlafzimmer. »Dann wäre ein Angestellter künftig kein Problem, oder?«

»Wieso?«

»Du stellst vielleicht Fragen! Natürlich, weil ich einen ganzen Stall Kinder von dir möchte.« Alba schubste Leo aufs Bett. »Und ich finde, es ist der perfekte Zeitpunkt, um sie zu machen.«

Leo lachte. Ja, Alba wusste sehr gut, wie sie bekam, was sie wollte. Und er war überglücklich, in weiser Voraussicht den Teil für die Reben sicher verstaut zu wissen.

53

Carla stand vor der Kommode und packte Kleidung in ihre Reisetasche. Es gab nur eine Lösung, damit Francisco glücklich wurde. Sie musste ihn verlassen.

Ohne anzuklopfen, riss Lidia die Schlafzimmertür auf, packte Carla an den Schultern und drehte sie zu sich.

Carla versuchte sich von ihr loszumachen. Sie brauchte keine Moralpredigt. Sie hatte versagt. Versagt als Mutter und als Ehefrau. Nein, sie musste Francisco verlassen.

»Gut, du packst schon deine Sachen zusammen. Du kommst jetzt mit zu mir.«

»Nein.« Carla stampfte mit dem Fuß auf.

»Hör zu, ich habe dich zum Traualtar geführt und dort dem wunderbarsten Mann der Welt anvertraut. Ich sehe nicht zu, wie du das wegwirfst. Es gibt ein erfülltes Leben auch ohne eigene Kinder. Und vor allem ...« Sie öffnete die unterste Schublade der Kommode und durchwühlte sie.

»Lass deine Finger von meinen Sachen.« Carla versuchte die Schublade zu schließen, schaffte es aber nicht, ohne Lidias Finger einzuklemmen.

Triumphierend hielt Lidia das Fläschchen hoch. »Vor allem ohne dieses Teufelszeug.« Sie zerschmetterte den Flakon auf dem Boden.

»Nein!« Carla ging schluchzend auf die Knie. »Ich brauche das doch.« Sie fuhr mit dem Finger über die Flüssigkeit am Boden, führte ihn an die Lippen.

»Und um davon loszukommen, nehme ich dich nun mit. Keine Widerrede.« Lidia riss ihre Hand weg und zog sie auf die Füße. »Ich weiß mehr über dieses Gift, als du glaubst.«

Wer gab ihr das Recht über sie zu bestimmen? Und wo war ihre Mutter? Sie würde ihr zur Seite stehen. Das tat sie immer. Trotzig wischte sich Carla die Tränen aus dem Gesicht.

»Ich sehe dir an, was du denkst. Deine Mutter ist einverstanden. Sie steht unten und wird vorübergehend hier einziehen, und du bleibst bei mir, bis du wieder bei Verstand bist.«

»Das werde ich nicht tun!« Hatten sich alle gegen sie verschworen? Selbst ihre Mutter?

Lidia sah sie scharf an. »Entweder du kommst mit mir, oder wir schaffen dich in die Klinik. Überleg es dir gut. In einer Zwangsjacke kannst du dich noch nicht einmal am Rücken kratzen.«

Was war in diese Frau gefahren? Sie war doch sonst immer liebenswürdig. Francisco wusste sicher nichts von diesen Plänen, das würde er ihr nie antun. Carla wollte nach ihm rufen, da stand er unerwartet in der Schlafzimmertür neben Mutter. Voller Liebe blickte er sie an. »Es geht nicht anders. Ich will meine Frau zurück.«

Er kam auf sie zu, drückte ihr einen Kuss auf die Stirn. »Ich kann dich nicht an dieses Teufelszeug verlieren. Du bist die Liebe meines Lebens. Und ich sehe keinen anderen Weg mehr.«

Er drehte sich um und ging zur Tür. »Komm, María, es liegt jetzt nicht mehr in unserer Hand.«

Carlas Mutter folgte ihm wortlos.

Lidia hob Carlas Tasche an. »Unten steht die Kutsche. Und zwing mich nicht, dich an einem Seil hinter mir herzuzerren. Ich schwöre dir, ich werde es tun.«

Carla sah keine Chance mehr, sich dem zu entziehen. Weinend folgte sie Lidia nach unten.

Die ersten zwei Wochen ging Carla durch die Hölle. Ihr Körper schmerzte an Stellen, von denen sie gar nicht gewusst hatte, dass sie schmerzen konnten. Ihr war übel, schwindelig, und sie war kraftlos. Ihr Haar hing stumpf an ihrem Kopf, sie konnte nichts essen, jeder Bissen bescherte ihr Magenkrämpfe.

Lidia zwang sie, wenigstens eine kräftigende Hühnerbrühe zu essen. Und widerlichen Tee zu trinken. Dazu kamen Leibesübungen und stundenlange Spaziergänge, bis sie abends völlig erschöpft in die Kissen sank.

Und mit jedem Tag, der verging, ging es ihr körperlich ein wenig besser. Nur ihre Seele heilte nicht so schnell wie ihr Körper. Immer wieder wurde sie von Weinkrämpfen geschüttelt. Mit Lidia zu sprechen half, auch sie hatte viele Menschen in ihrem Leben viel zu früh verloren. Es spendete ihr zwar keinen Trost, aber sie sah an Lidia, wie das Leben dennoch weiterging und wie sich die Zeiten wieder bessern konnten.

Nun lebte sie bereits vier Wochen bei ihr. Vier Wochen, in denen sie weder Francisco noch ihre Mutter gesehen hatte.

Eine weitere Bedingung von Lidia. Und vielleicht war es gut so, sich erst mal nur um sich selbst zu kümmern. Carla wusste es nicht. Sie merkte nur, wie sie an diesem Morgen das erste Mal wieder mit einem Lächeln erwachte. Sie hatte geträumt. Von Antonia. Es war ein schöner Traum gewesen, keiner von diesen schrecklichen, in denen sie jedes Mal ihr totes Mädchen im Bettchen fand.

Wenig später stand sie vor dem Spiegel und kämmte ihr Haar. Selbst das glänzte wieder, nachdem es zuvor nur noch stumpf nach unten gehangen hatte. Und etwas zugenommen hatte sie auch, wenn sie auch immer noch zu dünn war und ihre Kleidung um ihren Körper schlackerte.

»Frühstück«, rief Lidia von unten.

»Komme gleich.« Auch ihr Appetit war zurückgekehrt. Carla ging nach unten, und aus der Küche duftete es nach frischem Brot.

»Ich habe draußen gedeckt.« Lidia nahm die Blechkanne vom Herd. »Bringst du noch die Tassen?«

Carla griff nach den Kaffeetassen und ging in den Patio. Vögel saßen im Baum und zwitscherten ihr Morgenlied.

Lidia schenkte die Tassen ein und setzte sich. »Ein wundervoller Morgen, nicht wahr?«

»Ja, und ich weiß gar nicht, wie ich dir danken soll.« Carla holte sich eine Scheibe Brot und hielt es unter ihre Nase. »Es duftet so gut.«

Lidia schob ihr ein Schüsselchen mit Feigenmarmelade hin.

Carla stippte eine Brotecke hinein und biss ab. »Lecker.«

»Ich habe damals auch am liebsten Feigenmarmelade und frisches Brot gegessen.«

»Wir haben so viel geredet, aber so richtig viel hast du mir von damals nicht erzählt.« Carla trank einen Schluck Kaffee.

Lidia lächelte sie an. »Du warst bisher nicht bereit dazu, es hätte dich nicht erreicht.«

»Und heute?«

»Ja«, sagte Lidia, »heute ja. Also mir ging es damals wie dir. Ich hatte eine Totgeburt und fühlte mich so schuldig und auch nutzlos.«

Carla schlug sich die Hand vors Gesicht. »Oh, Lidia, das wusste ich gar nicht.«

»Dazu bekam ich eine Infektion, die ich nur knapp überlebt habe. Also ähnlich wie du mit der Grippe.« Lidia schenkte Kaffee nach. »Der Arzt gab mir Opiumtinktur, und erst ging es mir auch besser, aber dann wurde alles nur schlimmer. Die Düsternis hielt mich gefangen, keiner kam mehr zu mir durch. Eines Tages stand ich mit einem Strick um den Hals auf einem Stuhl. Wäre meine Tante nicht hereingekommen ...«

»Lidia, das ist ja schrecklich.« Carla sprang auf, ging um den Tisch und schloss Lidia in die Arme.

»Schon gut, Kleines, ich sitze ja noch hier. Meine Tante hat mich mit zu sich genommen, niemand durfte mich besuchen, nicht meine Eltern, nicht mein Mann. Sie sagte, es wäre wichtig, niemanden um mich zu haben, mit dem ich schon einmal unter einem Dach gelebt habe. Und sie hatte recht. Nur so konnte ich loslassen, wieder zu mir finden. Und sie hat mit mir so wie ich mit dir jeden Tag Gymnastik gemacht, Spaziergänge unternommen, hat mir keinen Moment der Ruhe gegönnt, bis ich abends todmüde in tiefen Schlaf gefallen bin. Dazu diesen widerlichen Tee.«

Carla verzog das Gesicht. »Der schmeckt wirklich scheußlich.«

Lidia lachte. »Aber er hilft dem Körper, das Gift abzubauen. Und ist es erst einmal heraus und der Geist wieder frei, findet der Körper auch wieder zur Ruhe, ohne sich den ganzen Tag anzustrengen.«

Carla setzte sich wieder und nahm eine zweite Scheibe Brot. Sie hatte den Eindruck, ihre eigene Geschichte zu hören.

»Du musst lernen, Gefühle wieder zuzulassen. Freude, Liebe und ja ...« Sie machte eine Pause und fasste über den Tisch nach Carlas Hand, »auch Leid. Es gehört zu unserem Leben, und Gott gibt uns die Kraft, diese Prüfungen zu überstehen.«

Carla dachte an ihre kleine Tochter, und es erfüllte sie mit Trauer, aber da war auch eine Wärme in ihr. Die Wärme zeigte ihr die Dankbarkeit für das kurze Glück, dieses Mädchen überhaupt in ihrem Leben gehabt zu haben. Lidia hatte recht. Mit dem notwendigen Abstand erkannte sie nun selbst, dass sie keine Schuld trug und es Gottes Wille gewesen war, ihren Schatz zu sich zu nehmen.

Er hatte ihr das Leben geschenkt, Carla wunderbare Monate mit der kleinen Antonia gewährt und sie dann zu sich gerufen. Gott hatte Carla auch gegen alle Widerstände einen Mann an die Seite gegeben. Ein Stich fuhr ihr ins Herz. Francisco fehlte ihr so sehr. Carla sah Lidia fest in die Augen. »Ich möchte nach Hause. Möchte meinen Mann in die Arme schließen und ...«

Es klopfte an der Tür.

Lidia stand auf. »Dann ist heute der richtige Tag.«

Carla sah ihr fragend hinterher, als sie im Haus verschwand.

Fast schüchtern stand Francisco an der Küchentür zum Patio. Carla entfuhr ein Freudenschrei, und sie stürzte sich in seine Arme. Er umschloss sie so fest, als wollte er sie nie wieder loslassen. »Carla, endlich. Ich habe dich so sehr vermisst.«

»Und ich dich. Es tut mir so leid.«

»Das muss es nicht. Es war eine schwere Zeit, aber sie liegt hinter uns.« Er schob sie nun doch etwas von sich. »Das stimmt doch, oder?«

Carla lächelte. »Ja, das stimmt. Ich habe Lidia viel zu verdanken, auch dir und Mutter. Ihr habt mich dazu gezwungen, aber ihr habt es aus Liebe getan. Das werde ich euch nie vergessen.«

Lidia lächelte und sah zu Carlas Mutter, die offenbar zusammen mit Francisco gekommen war. »Na, dann können wir ja wieder die Frauen tauschen. María wohnt also wieder hier bei mir und du bei deinem Mann. So wie es eigentlich sein sollte.«

Carla lächelte ihre Mutter dankbar an.

54

Kuba, Winter 1924

Der Duft nach frisch gebratenen Eiern ließ in Antonia Übelkeit aufsteigen. Augenblicklich verließ sie das Esszimmer, eilte zurück ins Schlafzimmer und setzte sich auf die Bettkante.

Angst kroch in ihr hoch. Konnte es wahr sein? War sie zum dritten Mal schwanger? Eigentlich ein Grund zur Freude. Doch seit diesem Orakel vor beinahe zwei Jahren fürchtete Antonia regelmäßig, ihr Glück könne nicht von Dauer sein.

Wenige Wochen nach der Weissagung brachte sie ein gesundes Mädchen zur Welt. Komplikationslos. Und doch hatte sie sich die ersten Monate gefürchtet. Es geschah immer wieder, dass ein Kind nicht mehr erwachte, obwohl es zuvor nicht krank gewesen war. Nächtelang wachte sie über dem Bettchen, lauschte den gleichmäßigen Atemzügen der frischgeborenen Valentina und dankte Gott morgens, wenn das Baby sie mit einem kräftigen Schrei aus dem Schlaf holte.

Mit Federico konnte sie nicht darüber sprechen. Ihr Kopf sagte ihr ja selbst, dass diese Weissagung nichts zu bedeuten hatte. Wie oft waren sie aus purer Abenteuerlust auf den

Jahrmärkten in die Zelte von Hellseherinnen gegangen. Carla und sie, danach hatten sie gelacht, und keine von diesen Frauen hatte ihr vorausgesagt, sie würde in ein fremdes Land gehen. Nichts wussten sie. Und doch war es dieses Mal anders gewesen.

Sie legte ihre Hand auf den Unterleib. Würde sie auch dieses Kind gesund zur Welt bringen? Würde es den plötzlichen Kindstod sterben? So, wie Carlas kleine Tochter?

Sie zog den Brief aus ihrer Nachttischschublade. Das tat sie oft. Allein, um sich vor Augen zu halten, wie vergänglich alles war. Vielleicht sollte sie Carla von ihren Ängsten berichten. Ihre Schwester würde sie verstehen. Mit den Fingern strich sie über die ersten Zeilen, bevor sie sie erneut las.

Geliebte Schwester,

eine Tragödie ist über uns hereingebrochen. Antonia, unser Sonnenschein, ist tot. Ich wachte morgens auf und ging an ihr Bettchen, da war sie bereits kalt. Es ist so schrecklich, und ich gräme mich, weil wir nichts bemerkt haben, während wir schliefen. Der Arzt meinte, wir hätten nichts tun können, denn der plötzliche Kindstod kommt ohne Vorwarnung. Doch ist mir das kein Trost. Sie fing gerade an, sich überall hochzuziehen. Bald hätte sie ihre ersten Schritte gemacht, und es war eine Freude zu sehen, wie sie mit einem Lächeln im Gesicht jeden Tag begrüßte.

Antonia hielt inne. Wie immer an dieser Stelle. Ihre Schwester hätte das Glück eines Kindes verdient. Und hatte es nicht geheißen, Antonia würde Verluste erleiden, bis sie den Familienstreit schlichten konnte? Es konnte nur der Streit mit Leo gemeint sein. Leos Starrsinn hatte Vater das Leben gekostet. Ob sie ihm das jemals vergeben konnte? Sie wusste es nicht. Wie gerne wäre sie selbst nach Hause gefahren, um ihrer Schwester beizustehen.

Francisco leidet ebenso wie ich, und jeder Tag ist ein Kampf gegen die Trauer, denn gerade jetzt hat er in der Werkstatt so viel Arbeit, aber er will mich nicht allein lassen. Ich bin ihm zurzeit keine große Hilfe, und so bleibt die Buchhaltung liegen. Es fällt mir schwer, mit Hoffnung in die Zukunft zu blicken. Wie kann Gott so grausam sein und ein so junges Leben auslöschen? Die Kirche ist mir kein Ort des Trostes mehr.

Manchmal denke ich, es wäre besser gewesen, wenn die Spanische Grippe mich zu sich genommen hätte. Ich weiß, das sind Gedanken, die sich nicht geziemen, zumal Du und Dein Mann alles unternommen habt, mir beim Überstehen dieser Krankheit zu helfen – ich bitte um Verzeihung für diesen Gedanken. An manchen Tagen spricht die Hoffnungslosigkeit aus mir.

Da bereits die Geburt nicht einfach war, hatten mir die Ärzte schon damals die Hoffnung auf weitere Kinder genommen, und so fühle ich mich Francisco gegenüber schuldig, weil er sich immer eine große Familie gewünscht hat. Zwar ist unsere Liebe trotz der schweren Prüfung ungebrochen, doch ob ich ihm noch die Zukunft bieten kann, die er sich vorstellt, weiß ich nicht. Und das alles, wo das Leben es sonst mit uns gut meint. Wir haben so viele Aufträge, dass wir sogar Mutter unterstützen können und zwei Arbeiter für sie eingestellt haben, die ihr die schwere Feldarbeit abnehmen. Sie liebt es, wenn die Aprikosenernte eingebracht wird und sie die Preise mit den Abnehmern aushandeln kann. Auch die Mandeln sind sehr begehrt und machen auch weniger Arbeit.

Obwohl es mir schwerfällt, so möchte ich doch nicht versäumen zu fragen, wie sich David und Valentina entwickeln? Ist

Federico ihnen ein guter Vater, oder ist er, wie die meisten Männer, immer nur mit der Arbeit beschäftigt? Ich sehe ja schon in unserem kleinen Betrieb, wie wenig Zeit Francisco bleibt und wie erschöpft er abends ist. Wie muss das erst sein, wenn man eine ganze Fabrik mit so vielen Arbeitern leiten muss?

Liebste Schwester, ich lege Dir ein Foto des Gedenksteins bei, zur Erinnerung, und hoffe, dass Dir so ein Leid erspart bleibt.

Deine Dich liebende Carla

Das Foto des Steins hatte Antonia zu dem von Mateo gelegt. Sie bewunderte, welche Stärke Francisco aufgebracht haben musste, den Stein für das eigene Kind anzufertigen. Beide verschloss sie in der untersten Schublade ihres Sekretärs. Das waren keine Bilder, die sie gerne ansah. Auf dem Sekretär stand ein Foto, das Carla und Francisco als Brautpaar zeigte, ein weiteres Foto mit der kleinen Antonia am Tag der Taufe.

Jeder Tag war kostbar, den sie mit ihren Liebsten verbringen durfte. Trübe Gedanken hatten an schönen Tagen nichts verloren. Antonia wollte die Weissagung vergessen und wieder beginnen, jeden Tag so zu nehmen, wie er eben kam. Und doch hingen Angelicas Worte zeitweise wie eine dunkle Wolke über ihrem Gemüt.

Vielleicht würde es sie ablenken, wenn sie mit Raymundo auf die Plantage fuhr und die letzten Arbeiten überwachte. Außerdem war ihr von einem Vorarbeiter von Problemen auf dem Feld berichtet worden.

Federico war bis zum entlegensten Tabakfeld gefahren, also wollte sie ihn wegen des Zwischenfalls auf der außerhalb von Havanna liegenden Plantage nicht behelligen. Raymundo entwickelte sich hervorragend. Er zählte zwischenzeitlich zu den besten Torcedores der Fabrik, was ihm auch bei seinen älteren Arbeitskollegen Respekt einbrachte.

Raymundo würde ein guter Vorarbeiter werden. Deshalb nahm Federico ihn regelmäßig mit auf die Felder. Die Arbeiter sollten sehen, dass er dem jungen, schwarzen Mann vertraute.

Mit Sicherheit wäre er schon zu dieser Uhrzeit in der Fabrik unterwegs, und sie würde ihn nicht in dem kleinen Zimmer hinter der Fabrikhalle antreffen. Raymundo wohnte in El Eden, wenn auch im Teil der Produktionsstätte.

Antonia hatte sich schnell in ihrem neuen Heim eingelebt. Ihr war es nicht wichtig, wo sie wohnte, solange sie mit ihren Liebsten zusammen war. Und seit sie in der Zigarrenfabrik lebten, sah sie Federico häufiger, selbst in den Hochphasen schaffte er es, wenigstens eine Mahlzeit zu Hause einzunehmen.

Nun hoffte sie, Carmen und Luisa hätten bereits gegessen. Beide würden vermutlich sehr schnell richtige Schlüsse ziehen, wenn sie sich nur eine Scheibe Brot nahm. Trocken. Das vertrug sie morgens am besten, wenn sie in anderen Umständen war. Der Duft nach gebratenem Ei hing noch in der Luft. Antonia atmete durch den Mund, nahm sich eine Scheibe Brot und flüchtete aus der Küche.

Den würzigen Duft der Tabakblätter mochte sie. Selbst in der Schwangerschaft. Luisa würde sich um David und Valentina kümmern, während sie nun mit Raymundo aufs Feld ginge.

Obwohl Antonia den alten Wagen von Federico nutzen könnte, da er sich einen neuen Ford Model T in Rot mit offenem Verdeck gekauft hatte, traute sie sich nicht. Der Verkehr in Havanna war ihr zu rege. Auf dem Land fuhr sie gerne. Vielleicht sollte sie dafür Sorge tragen, dass Raymundo das Fahren lernte. Dann könnte er Antonia fahren, wenn sie mit ihm aufs Feld musste.

Am besten, sie fragte ihn auf dem Weg zum Tabakfeld. Antonia fand ihn in der Halle der Dreher. »Buenos días«, wünschte sie allen einen guten Morgen. Ihr Blick schweifte zum Platz von Tania, die für Antonia immer wieder mal die Vertretung als Vorleserin übernahm. Wie gewohnt saß sie pünktlich an ihrem Platz bei der Arbeit. »Guten Morgen, Tania.«

»Buenos días, Patrona.«

»Ich muss heute mit Raymundo auf die Felder fahren.«

Tanias Augen begannen zu leuchten. »Ich soll vorlesen?«

»Ja. Die Zeitungen liegen bei Federicos Sekretär. Sag ihm auch Bescheid, dass du liest, wegen der Abrechnung.« So, wie sich Tania freute, überlegte Antonia, sie vielleicht öfter lesen zu lassen, auch wenn sie zu Hause war. Bisher übernahm die tägliche Hauptpflege der Kinder Luisa. Das könnte sie ändern, mehr Zeit mit ihren Kindern verbringen. Und bald könnte Antonia die Weinstöcke bestellen. Das Geld würde reichen. Nachdem sie von ihrem Lohn nur sehr wenig ausgab, war die Summe rasch angewachsen. Außerdem könnte sie die Kinder mit auf das Weinfeld nehmen.

Sie machte die Arbeit gerne, aber Antonia brauchte sie weniger nötig als Tania. Das wurde ihr in diesem Moment bewusst.

Tania summte beim Hinausgehen, was Antonias Entscheidung noch untermauerte. Und Tania las gut. Mit Tania als Vorleserin hätten sie zwei gehobene Positionen an Schwarze vergeben. Erst musste sie diesen Punkt aber mit Federico besprechen. Und der würde vermutlich wieder wenig begeistert sein.

»Raymundo, wir müssen los«, rief sie ihm zu und zeigte auf die große Uhr in der Produktionshalle. Der Zug fuhr in fünfzehn Minuten.

Antonia holte ihre Tasche, gab noch letzte Anweisungen an Carmen und Luisa und verließ zusammen mit Raymundo die Fabrik in Richtung Bahnhof.

Wieder fiel ihr auf, wie praktisch die Nähe zum Bahnhof war. Der Zug war bereits eingefahren, und sie suchten sich einen Platz im dritten Abteil. Die Fahrt verlief erst schweigend, dann sprang Antonia über ihren Schatten. Oft machte sie sich Gedanken über Raymundo. Er neigte nicht dazu, sich zu beklagen, und wenn sie anwesend war, behandelte ihn jeder mit Respekt, doch die hellhäutigen Spanier hegten immer noch Vorurteile, da machte sich Antonia nichts vor. »Wie kommst du zurecht?«

Raymundo sah sie verwundert an. »Gab es Beschwerden?«

»Nein. Warum fragst du?«

»Es ist nicht jedem recht, wie ihr mich protegiert.«

Dessen war sich Antonia bewusst. »Darum möchte ich wissen, wie du zurechtkommst.«

»Manchmal spüre ich Blicke in meinem Rücken, und es wird viel geredet. Viele fragen sich, warum ihr einen Schwarzen mit wichtigen Aufgaben betraut.« Er sah sie unverwandt an. »Weißt du, wenn Magdalena zu euch kommt, weiß niemand, dass ihr befreundet seid. Man könnte denken, sie wäre eine Hilfskraft. Das gibt kein Gerede.«

Antonia ließ den Satz sacken. Für sie war Magdalena eine genauso wertvolle Freundin wie Fernanda. Aber sie wusste, was Raymundo meinte. Der Grund für die Besuche war nicht offensichtlich. »Du bist talentiert. Viel talentierter als die meisten Spanier, die nun über dich urteilen. Vergiss das nie.«

Er zeigte sein einnehmendes Lächeln. »Danke.«

»Eine Frage habe ich noch«, sie machte eine kleine Pause, »würdest du dir zutrauen, in Havanna Auto zu fahren?«

Raymundo wog sorgfältig seine Antwort ab. Das war eine Eigenschaft, die Antonia sehr an ihm schätzte. Trotz seiner Jugend besaß er die Reife, seine Entscheidung zu überdenken. »Ja. Das wäre großartig.«

»Warum hast du gezögert? Ich hatte mit mehr Begeisterung gerechnet.«

»Ich hatte kurz Angst, ich könnte was kaputt machen.« Raymundo grinste, und Antonia sah ihm die Begeisterung nun doch an. »Aber wenn ich vorsichtig fahre, wird nichts geschehen. Und ich werde vorsichtig fahren.«

Diese Antwort freute Antonia. »Ich werde mit Federico sprechen.«

Der Zug hielt in Artemisa, etwa siebzig Kilometer westlich von Havanna entfernt. Mit einer Kutsche fuhren sie zu den nördlichen Feldern. Antonia war schon neugierig, warum der Vorarbeiter eine Schlägerei gemeldet hatte. Normalerweise klärte er das umgehend.

An der Trockenhütte hielt die Kutsche an. Antonia wandte sich an einen Pflücker. »Versorge den Kutscher und das Pferd, sie sollen sich ausruhen und hier warten, bis wir wieder zurückfahren.«

Raymundo sah Antonia bewundernd an. »Kluger Schachzug.«

»Federico hat mich vorgewarnt.« Oftmals fuhren die Kutscher, wenn sie ihr Geld hatten, zurück, ohne auf die Rückfahrgäste zu warten. Das Geld für den Tag war verdient, also wozu warten? Wenn man den Fahrer jedoch nicht nach der Anreise entlohnte, würde er warten, um seinen Lohn zu bekommen.

Der Vorarbeiter kam auf sie zu. »Buenos días«, grüßte sie ihn. »Es gibt Probleme?«

Der Mann bejahte. Leider hatte sie den Namen des Vorarbeiters vergessen.

»Claudio, nun sag schon«, drängelte Raymundo. »Mit der Ernte läuft alles gut?«

»Sí, todo bien.« Und dennoch knetete Claudio nervös seine Hände.

»Wo liegt dann das Problem?« Vermutlich hatte der Vorarbeiter nicht mit Antonia gerechnet, sondern mit ihrem Mann. Aber an diesem Umstand konnte sie nichts ändern.

»Es ist mir unangenehm, Patrona«, begann er nun doch zögerlich.

Antonia drängte ihn nicht, sondern wartete ab, bis er weitersprach.

»Es ist so, einer der Pflücker hat sich an meine Frau rangemacht, ich habe ihn verprügelt, und er hat sich beim Sturz den Arm gebrochen.«

Raymundo murrte und wandte sich erklärend an Antonia. »Dafür müsste er sich selbst entlassen. Keine Schlägereien auf den Feldern.«

Das erklärte den betretenen Gesichtsausdruck des Vorarbeiters.

»Ich weiß«, gab auch Claudio zu und scharrte mit seinen Füßen in der trockenen Erde. »Und deshalb habe ich nach dem Patrón schicken lassen.«

Das war eine delikate Situation. Durchgehen lassen konnte Antonia ihm das Fehlverhalten auf gar keinen Fall. Als Vorarbeiter hatte er Vorbildfunktion. Auch wenn der Pflücker Claudios Frau umgarnte, so war sie mit Sicherheit in der Lage, diese Avancen zurückzuweisen. Und wenn sie darauf einging, sollte sich Claudio besser um seine Frau kümmern. »Ich bespreche das mit Raymundo.« Sie hatte da eine Idee, war sich aber unsicher. »Mal sehen, wie er meinen Vorschlag findet. Warte hier.«

Antonia nahm Raymundo am Arm. Hinter dem Trocknungsschuppen blieb sie stehen. »Er ist ein guter Vorarbeiter, ich möchte ihn nicht verlieren.«

»Wenn man ihm das durchgehen lässt, gibt es nur böses Blut.« Raymundo schüttelte energisch den Kopf. »Da gibt es keine andere Möglichkeit. Er muss gehen.«

»Hör dir erst meine Idee an.« Antonia wusste, sie durfte den Vorarbeiter nicht ohne Strafe lassen. »Der Pflücker hat einen gebrochenen Arm. Er kann also nicht arbeiten. Doch er ist nicht schuldlos an der Situation. Richtig?«

»Richtig.«

»Also, damit beide gestraft sind, schlage ich vor, Claudio zahlt von seinem Lohn dem Pflücker die Hälfte seines normalen Lohns als Entschädigung. So sind beide gestraft. Der Pflücker, weil er nicht arbeiten kann, und Claudio, der seinen halben Lohn verliert. Trotzdem bleibt beiden noch genug Geld, um zu überleben.«

Raymundo sah sie erstaunt an.

Er hielt nichts von der Idee. Zumindest las sie das in seiner Miene. »Ich weiß nicht.«

»Wo siehst du Probleme?« Antonia hielt ihren Vorschlag für sehr gut. Beide bekamen die Konsequenzen zu spüren.

»Es ist einfach unüblich.«

»Das ist kein Argument.« Damit war es für Antonia entschieden. Sie würde diese unübliche Handhabung wagen. Sollte es weiterhin Ärger auf den Feldern geben, müsste sie ihre Entscheidung als falsch einstufen. Doch noch war es nicht so weit. »Gut. Wenn du sonst nichts dazu zu sagen hast, werde ich meine Entscheidung mitteilen.«

Der Vorarbeiter ging nervös vor dem Tabakfeld auf und ab. »Ich muss gehen, richtig? So sehen es die Regeln vor.« Mit hängendem Kopf stand er vor Antonia.

»Nein. Musst du nicht.« Dann teilte sie ihren Entschluss mit.

Claudio blieb sprachlos stehen. Fast glaubte Antonia, ihre Worte wiederholen zu müssen.

»Das ist ungewöhnlich. Sehr ungewöhnlich«, stammelte Claudio. »Ich darf also bleiben?«

»Ja, aber es darf nicht wieder vorkommen, sonst musst du gehen«, sagte Antonia in aller Klarheit.

»Danke, Patrona, vielen Dank«, er sank vor ihr auf die Knie. »Ich werde Sie nicht enttäuschen.«

»Davon gehe ich aus. Und nun zurück an die Arbeit.«

Auf der Kutschfahrt zurück an den Bahnhof von Artemisa blieb Raymundo schweigsam. Hatte sie vielleicht doch einen Fehler begangen? Er kannte die Menschen in diesem Land besser als Antonia. Und doch hatte Claudio gewirkt, als hätte er seine Lektion gelernt.

»Du hast korrekt entschieden«, richtete er endlich doch das Wort an sie.

»Das hoffe ich.«

»Ich bin mir nach reiflicher Überlegung sicher. Claudios Frau ist in dem Fall mitgestraft, sie darf zusehen, wie sie aus dem verringerten Lohn für die Familie das Essen auf den Tisch zaubert. Denn das Geld wird ihnen fehlen.«

Antonia lächelte. Das hatte sie bezweckt. Claudios Frau würde sich künftig überlegen, ob sie noch mal mit einem anderen Mann herumpoussierte oder nicht.

Antonia war gespannt, was Federico zu ihrer Lösung sagen würde. Vielleicht hätte sie sich doch mit ihm besprechen sollen, aber er wäre erst am kommenden Abend wieder zu Hause. Das wäre zu spät gewesen.

»Patrona?«, unterbrach Raymundo Antonias Gedanken. »Ich hätte da noch eine Frage.«

»Ja?«

»Wird der Patrón in den American Trust einsteigen?« Raymundo rutschte unruhig auf seinem Platz hin und her.

Die Frage hatte ihn offensichtlich große Überwindung gekostet. Und sie verwunderte Antonia. Denn ein Beitritt stand nicht zur Diskussion. »Wie kommst du darauf?«

»Rubén García war letzte Woche drei Mal in der Fabrik und hat sich alles angesehen.«

Warum hatte Federico ihr nichts davon gesagt? Warum musste sie eine so wichtige Information von Raymundo erfahren? »Macht dir das Sorgen?«

Raymundo nagte auf seiner Unterlippe.

»Warum?«

Er schwieg.

»Sag schon.«

»Die Leute vom Trust sind Blutsauger. Die Arbeiter müssen für den gleichen Lohn mehr Stunden auf den Feldern arbeiten. Das wird gar nicht mit den Patróns abgesprochen. Es wird einfach bestimmt. Der Trust bezahlt die Arbeiter und diktiert die Regeln.«

Die Kutsche hielt vor dem Bahnhof. Antonia bezahlte den Fuhrknecht. Anschließend kaufte sie ein paar Haferkekse, vier Bananen und die Tageszeitung. Wenige Minuten später fuhr der Zug nach Havanna am Bahnsteig ein. In der Zwischenzeit überlegte sie, wie sie Raymundo seine Angst nehmen konnte. Federico würde nicht ohne ihr Einverständnis in den Trust eintreten, oder doch?

Sie reichte Raymundo zwei der Bananen sowie eine Handvoll Kekse. »Ich werde mit Federico sprechen. Und ich versichere dir, ich halte von Rubén García und dem Trust ebenso wenig wie du.«

Mit vollem Mund nickte Raymundo. Ein breites Lächeln ging über sein Gesicht.

Mehr gab es zum jetzigen Zeitpunkt zu diesem Thema nicht zu sagen. Sie schlug die Zeitung auf.

Ein großer Artikel befasste sich mit dem Bau des Capitols. Pläne dazu gab es schon seit Antonias Ankunft, doch General Gerardo Machado Morales legte nun einen neuen Plan vor, der besagte, die sechste internationale panamerikanische Konferenz sollte 1928 im dann fertiggestellten Gebäude stattfinden. Ein gewagter Plan in der kurzen Zeit. Das Capitol in Havanna sollte dem amerikanischen in Washington nachempfunden werden. Das Architekturbüro Govantes y Cabarrocas sollte im Innenbereich einige

Änderungen im Vergleich zum ursprünglichen Plan vornehmen.

1921 hatte Präsident Alfredo Zayas die Arbeiten zum Bau wegen der schwachen Wirtschaft und der damit verbundenen Not der Bevölkerung zurückgestellt. Die Krise war noch lange nicht vorbei, und für Antonia war dieses Vorhaben ein Schlag ins Gesicht für die hungernde Landbevölkerung. Das Bauland war bisher an eine reiche Privatperson vermietet worden, die auf dem Gelände einen Vergnügungspark für Amerikaner und andere reiche Geschäftsleute errichtet hatte. Selbst eine Achterbahn war dort gebaut worden. Ein Gefährt, in das Antonia niemals einsteigen würde. Lange hatte sich der Park nicht gehalten. Seither lag das Gelände brach.

Und nun sollte das ehrgeizige Projekt vom Bau des Capitols erneut vorangetrieben werden. Antonia sah den Widerstand der Bevölkerung jetzt schon voraus.

Bauen sollte das Capitol die Baufirma von Purdy and Henderson. Zuverlässig hatten sie das abgebrannte Asturische Zentrum neu aufgebaut. Noch war es nicht fertiggestellt, doch man konnte jetzt schon sehen, wie prächtig es werden würde. Prächtiger als zuvor. Doch es gab einen gravierenden Unterschied für Antonia: Das Asturische Zentrum wurde von den asturischen Bewohnern Kubas finanziert, und der Bau war teuer. Antonia kannte die Höhe der Schecks, die Federico regelmäßig ausstellte. Es zählte für die Asturier als Ehre, den Wiederaufbau zu finanzieren. Waren sie doch alle zu Beginn dort mit offenen Armen empfangen worden.

Das Capitol hingegen glich einem reinen Prestigeobjekt, bezahlt von den Steuern der Bürger. Regierungsgelder, die besser in das Wohl der Bürger investiert werden sollten.

Antonia fragte sich, ob sich die Bevölkerung von der Schaffung von achttausend Arbeitsplätzen blenden ließ. Diese Arbeitsplätze würden nur für die Bauzeit des Capitols existieren. Das musste auch den Einwohnern klar sein.

Sicherlich würde die Baufirma erneut viele Europäer und entsprechendes Arbeitsgerät nach Kuba holen, um dieses Gebäude zu erbauen. Einen Bau in dieser Größenordnung hatte es auf Kuba noch nie gegeben. Die Kosten überstiegen Antonias Vorstellungskraft.

Der Zug hielt in Havanna. Die wenigen Schritte gingen Raymundo und sie zusammen, bevor sie sich in der Fabrik voneinander verabschiedeten. Raymundo ging in die hinteren Räume der Fabrik, Antonia betrat ihre Wohnräume.

Ihr erster Gang führte sie zu den Kindern. Luisa schaukelte gerade die Wiege von Valentina, die friedlich schlief. »Sie ist schon satt?« Ein wenig enttäuschte sie der Umstand. Doch sie würde in der Nacht noch Gelegenheit haben, ihr Mädchen zu füttern. »Wo ist David?«

»Bei meiner Mutter in der Küche. Vermutlich sieht er mit dem Mehl im Gesicht aus wie ein Gespenst. Er wollte ihr unbedingt beim Brotbacken helfen.«

Das musste sie sich ansehen. »Danke, Luisa.«

In der Küche sah es aus wie in einer Backstube. Der Tisch weiß bestäubt, Antonias Sohn nicht weniger. »Du bist ja ein richtiger Bäckermeister.«

David lachte, und seine feisten Backen wirkten noch kräftiger. Wie er zu den blauen Augen gekommen war, blieb Antonia weiterhin ein Rätsel. Aber diese Augen würden noch einige Mädchenherzen brechen. Davon war sie überzeugt. Sie küsste ihn auf die mehligen Wangen. »Soll ich dich erlösen?«

»Es ist eine Freude, ihn hierzuhaben.« Carmen wischte sich die Hände an der Schürze ab. »Er ist ein wahrer Schatz.«

Antonia konnte ihr da nur zustimmen. Sie liebte ihre beiden Kinder sehr. Und bald würde sie noch ein weiteres bekommen. Morgen wollte sie es Federico sagen. Er würde sich ebenso sehr freuen wie sie, und mit seiner Freude würde er ihr die unbegründete Angst nehmen, die sie begleitete.

Die Wohnungstür fiel geräuschvoll ins Schloss. »Federico?«, rief Antonia aus der Küche. »Bist du das?«

Die Küchentür schwang auf. Federico strahlte. »Überraschung!«

»Papá!«, kreischte David, rutschte vom Stuhl und rannte auf Federico zu. Noch bevor Antonia ihn aufhalten konnte, drückte David sich an Federicos Beine und bestäubte seinen dunklen Anzug mit dem Mehl.

»Du kleiner Wildfang!« Er hob David hoch, warf ihn in die Luft, bis er laut kreischte. Dann küsste er ihn und stellte ihn zurück auf die Füße. »Ich war früher fertig, und da habe ich mich gleich wieder auf den Weg gemacht. Es ist toll, nicht mehr von der Bahn abhängig zu sein.«

»Das wäre ich heute auch gerne gewesen.« Sie ging zu ihrem Mann und küsste ihn. »Ich war in Artemisa, es gab einen Zwischenfall.« Antonia hakte sich bei ihm unter. »Kann David noch hierbleiben?«

»Selbstverständlich.« Carmen sah lächelnd zu David. »Dann komm zu mir. Wir werden noch etwas mehr Brot backen, weil dein Papá nach Hause gekommen ist.«

Auf dem Weg in die Bibliothek erzählte Antonia von der Schlägerei zwischen Claudio und dem Pflücker. Sie schloss mit ihrer Entscheidung. »Lieber hätte ich alles mit dir besprochen. Wie hättest du entschieden?«

Er küsste Antonia, bevor er an die Bar ging und sich einen Rum einschenkte. »Ich hätte ihn schweren Herzens entlassen.«

»Oh, das tut mir leid.«

»Dir tut es leid?« Federico lachte. »Ich habe die klügste aller Frauen. Auf so eine verwegene Idee muss man erst mal kommen!«

Antonia freute sich über die Zustimmung ihres Mannes. Vielleicht war das die beste Gelegenheit, über weitere Dinge zu sprechen, die ihr auf dem Herzen lagen. »Dein altes Auto parkt immer vor dem Haus. Wäre es dir recht, wenn Raymundo fahren lernt? Er könnte mich dann fahren. Du weißt, in der Stadt traue ich mir das nicht zu.«

»Dass ich selbst noch nicht auf die Idee gekommen bin!« Federico trank an seinem Glas. Dann sah er zu Antonia. »Für dich auch?«

»Danke, ein Glas Wein würde ich gerne trinken.«

»Oh, dann haben wir noch mehr zu besprechen?«

Antonia fasste sich ein Herz. »Ja, Raymundo hat mir von Garcías Besuchen erzählt.«

Federico nahm den Korkenzieher, entkorkte die Weinflasche und schenkte Antonia ein. »Ja, er war hier. Und er hat sich alles angesehen.«

Er hielt Antonia das Glas hin.

»Und?« Sie nahm das Weinglas und nippte an ihrem Lieblingsrotwein. Einem kalifornischen Merlot. Das Glas Wein konnte sie gut vertragen. »Warum hast du mir nichts davon erzählt?«

»Weil ich weiß, wie sehr du dagegen bist.« Er hakte sich bei Antonia unter und führte sie zu den beiden Ohrensesseln. Sonst saßen sie abends an diesem Platz und lauschten dem Radio. Doch an diesem Abend blieb es aus. »Setz dich.«

Schweigend setzte sich Antonia. Ihre Hand zitterte leicht, als sie das Glas zum Mund führte. Sie fürchtete, Federico könnte bereits unterschrieben haben. Doch sie wollte ihrem Mann die Chance geben, ihr alles zu erklären.

»Die Zeiten werden härter. Das hast du selbst bemerkt. Wer nicht über den Trust verkauft, bekommt kaum noch Exportaufträge. Und ohne Export werden wir nicht überleben.« Er sah sie liebevoll an. »Ich liebe dich, und ich will dir alles bieten können. Doch das kann ich nicht garantieren, wenn die Zeiten so unsicher wie jetzt sind.«

»Für mich und die Kinder brauchst du das nicht zu tun.« Sie stellte das Weinglas auf den runden Beistelltisch aus Ebenholz. »Und du weißt, warum es deinem Geschäft schlechter geht. Weil der Trust alles an sich reißt und alles diktiert.«

»Das ist richtig. Er ist mächtig geworden. So mächtig, dass es eine Dummheit wäre, ihm nicht beizutreten.«

»Falsch, es wäre eine Dummheit, ihm beizutreten. Damit gibst du die Zügel aus der Hand. Und wer die Zügel aus der Hand gibt, fällt irgendwann vom Pferd.« Antonia stand auf, ging zu Federico und setzte sich auf seinen Schoß. »Die Cleopatra hat sich zum Verkaufsschlager entwickelt. Die Amerikaner lieben sie.«

»Ja, nur können sie die Cleopatra in den Staaten nirgendwo kaufen.«

»Weil der Trust dir Steine in den Weg legt.« Sie strich ihm eine Haarsträhne aus der Stirn. »Und so einem Verband willst du vertrauen?«

»Was bleibt mir anderes übrig?« Federico nahm ihre Hand, führte sie an seine Lippen und küsste sie. »Ohne Familie würde ich mich ihm widersetzen.«

»Dann widersetz dich!«

Federico sah Antonia fest in die Augen. »Du meinst das ernst?«

Antonia lächelte. »So ernst, wie ich schwanger bin.«

»Du bist schwanger?« Er zog sie fest in seine Arme, küsste ihre Stirn, das Haar. »Du bist eine verrückte Frau.«

»Eben sagtest du noch, du hättest die klügste Frau an deiner Seite.« Antonia lächelte. Sie würde ihn davon überzeugen können, dem Trust zu trotzen. Auch wenn es irgendwann schwierig werden würde.

»Du bist eine verrückte und kluge Frau und eine sehr mutige.« Federico rückte ein wenig von ihr ab. »Und an wen soll ich die Cleopatra nun verkaufen?«

»Wie hat man vor dem Trust die Zigarren verkauft?« Antonia hatte eine Idee, doch Federico sollte selbst darauf kommen. Es gab nur diese Möglichkeit. »Das ist der richtige Weg.«

»Zigarrenverkäufer gingen durch die Straßen«, murmelte Federico. »Ja, das könnte man tun. Oder aber, ich eröffne einen eigenen Verkaufsladen. Den Raum zweige ich in der Fabrik ab. Und ich könnte einige Vertreter in die großen Hotels schicken, die von den Amerikanern so gerne besucht werden.«

Federico sprühte geradezu vor Energie. Während Antonia noch auf seinem Schoß saß, notierte er seine Ideen auf einem Blatt Papier. Und begann Berechnungen durchzuführen.

Antonia lächelte.

Federico hatte verstanden. Mit eigenen Verkäufern und Vertretern würde der Weg zwar hart werden, bis sie genügend Abnehmer für die Zigarren finden würden, doch das würden sie schaffen. Die Zukunft würde zeigen, wie richtig es war, dem Trust zu widerstehen, sich ihm entgegenzusetzen. »Du bist der beste Ehemann, den sich eine Frau wünschen kann.« Antonia fühlte eine ungeheuerliche Erleichterung in sich aufsteigen. Und in diesem Moment, in den Armen ihres Mannes, war sie davon überzeugt, dass niemand auf dieser Welt sie trennen konnte. Solange sie sich liebten, würden sie immer einen Ausweg finden. Er würde vielleicht nicht leicht werden, aber sie würden ihn zusammen gehen.

55

Mallorca, Spätsommer 1926

»So dick war deine Mutter aber nicht, als sie mit dir schwanger war.« Raquel schob sich eine weitere Scheibe Schinken in den Mund.

Andrés legte die Gabel zur Seite. »Du sitzt hier wie so oft am Tisch, hast dich mal wieder selbst eingeladen, und wie immer legst du schlechtes Benehmen an den Tag. Hast du nicht in deinem Gasthof genug zu tun? Muss ich mir gar Sorgen um meine Investition machen?«

Raquel schüttelte den Kopf. »Alles läuft großartig, oder hast du Grund zur Klage? Ich zahle doch pünktlich. Da kann ich mir doch auch mal einige Stunden Freizeit gönnen, um bei der lieben Familie zu sein.«

Andrés öffnete den Mund, doch Josefina legte ihre Hand auf seine. »Du bist gereizt wegen des Termins morgen. Lass gut sein. Oder ...«, sie blickte zu Alba, »hat dir diese Bemerkung etwas ausgemacht?«

Leo sah von einem zum anderen. Er mochte diese gemeinsamen Essen nicht, wenn Raquel anwesend war. Sosehr er Albas Eltern ins Herz geschlossen hatte, wünschte er diesem

Weib die Pest an den Hals. Glücklicherweise kam es nicht mehr so oft vor, seit sie in ihrem Gasthof wohnte.

»Mutter, dein Schlichtungsversuch ist nett, doch mir ist der Appetit vergangen. Dabei sollte ich mir von einer alten Jungfer nicht den Tag verderben lassen. Aber ich bin müde.« Sie stand auf. »Leo, bitte iss noch zu Ende, ich lege mich unten etwas hin.« Sie hauchte Leo einen Kuss auf die Stirn.

»Warte«, Leo fasste nach ihrer Hand, »ich kann doch mitkommen.«

»Nein, ich möchte allein sein.«

Leo sah seiner Frau nach. Auch mit ihr war es in letzter Zeit nicht einfach. Sie schimpfte, wenn sie an der Staffelei stand, weil sie mit dem Bauch dagegenstieß und deshalb immer Angst hatte, mit dem Pinsel abzurutschen.

»Was für ein Termin?«, fragte Raquel.

Wie üblich überging sie den Angriff, den Andrés versucht hatte. Auch Albas scharfe Zunge überhörte diese Giftnatter gekonnt. Doch auch Leo interessierte, was für seinen Schwiegervater so wichtig war.

»Andrés trifft morgen mit Parteikollegen den Vorsitzenden der Arbeitergewerkschaft, und es geht um die Verteilung neuer Posten.« Josefina sah ihren Mann stolz an.

Leo starrte auf seinen Teller. Bisher hatte sich die politische Karriere von Andrés eher langsam entwickelt. Doch je mehr er sich engagierte, desto eher war zu befürchten, dass seine politischen Ambitionen Leos Tätigkeiten für Tomeu mehr als entgegenstanden. Er würde noch vorsichtiger sein müssen.

»Ach, Josefina, übertreib nicht so.« Andrés sah sie liebevoll an. »Noch ist nichts entschieden, und mir geht es in erster Linie um die Rechte der Arbeiter.«

Raquel trank einen Schluck Wein. »So ist es recht. Das kann deinen Geschäften mit Trockenfrüchten nur dienlich sein.«

Andrés stand auf. »Ich gehe nach nebenan in mein Büro, ich muss noch etwas vorbereiten für morgen.« Er legte Leo die Hand auf die Schulter. »Ich bin sehr stolz auf dich, weil du Alba die Galerie ermöglicht hast. Und das ganz ohne Unterstützung.« Er gab Josefina einen Kuss auf die Wange und ging hinaus.

Leo erfüllte das Lob mit tiefer Zufriedenheit, und er schob seinen Teller von sich. »Danke, Josefina, für das köstliche Essen. Ich glaube, ich sehe besser nach Alba.«

Er stand auf, umarmte Josefina und verließ das Esszimmer. An der Wohnungstür bemerkte er, dass er seine Jacke über dem Stuhl vergessen hatte. Vor der Esszimmertür hielt er inne. Josefina und Raquel flüsterten miteinander. Die Tür stand einen winzigen Spalt offen, und Leo verharrte.

»Du bist ein unverschämtes Biest.« Die sonst so sanftmütige Josefina stemmte die Hände in die Hüften, und ihrem Blick nach zu urteilen, hätte sie ihre Schwester am liebsten geschlagen.

»Hättest du damals deine Beine zusammengehalten, bräuchtest du mich nicht ertragen.«

Leo schlug sich die Hand vor den Mund. Josefina hatte Andrés betrogen?

»Sei einfach immer nett zu mir, sorge dafür, dass Andrés mich unterstützt, und es wird nie jemand erfahren, wer wirklich Albas Vater ist.«

Leo stützte sich am Türrahmen ab. Er glaubte sich verhört zu haben. Alba war nicht die Tochter von Andrés?

Dann hörte er ein Klatschen. Es klang nach einer Ohrfeige. Nun hatte Josefina doch die Nerven verloren. »Es reicht, Raquel. Du redest, als sei es freiwillig gewesen. Dabei kennst du die Wahrheit. Dieser Mann hat sich auf dem Fest an mir vergangen. Was hätte ich Andrés sagen sollen? Ausgerechnet sein wichtigster Geschäftspartner. Es hätte Andrés noch vor unserer Hochzeit ruiniert oder sogar ins Gefängnis gebracht. Und jetzt verschwinde, bevor ich es ihm selbst sage.«

Leo hastete zur Tür und schlüpfte hinaus. Welch entsetzliches Leid hatte Josefina ertragen müssen. Und das alles, um ihren Mann geschäftlich vorwärtskommen zu lassen. Kein Wunder, dass Raquel ihre Schwester in der Hand hatte. Sie nutzte Josefinas Liebe zu ihrem Mann für ihren eigenen Vorteil. Nun verachtete er diese Frau noch mehr.

Eine Frage setzte sich in seinem Kopf fest. Wer war Albas Vater? Vielleicht würde er es herausfinden, wenn er sich geschickt genug anstellte.

Leo öffnete seine Wohnungstür und ging ins Schlafzimmer. Alba schlief tief und fest. Er musterte ihre entspannten Gesichtszüge. Sie ähnelte so sehr ihrer Mutter. Kein Wunder, dass Leo und auch niemand anderem bisher aufgefallen war, wie wenig sie Andrés ähnelte. Sollte er es Alba sagen? Leo biss sich auf die Unterlippe. Was würde es ändern? Er gab sich selbst die Antwort: Verletzung, Streit und möglicherweise ein Bruch in der Familie.

Nein, dieses Geheimnis würde er bewahren, so wie es Josefina für sich behalten hatte. Eine zerbrochene Familie reichte ihm.

Er schlüpfte unter die Decke und kuschelte sich an Alba, legte seine Hand auf ihren Bauch. Welch wundervolles

Gefühl, das heranwachsende Leben unter seinen Händen zu spüren.

»Du bist wieder da«, murmelte Alba schläfrig und drückte ihren Rücken gegen ihn.

Eine Stunde blieb Leo noch, bevor er wieder zu einer Nachtschicht musste. Er lauschte Albas Atemzügen. Bald würde er für sie in der Galerie einige Stunden übernehmen. Sie hatte zwar mittlerweile einen Angestellten, doch besser, man kontrollierte ihn. Es lief gut mit Albas Kunst. Es lief sogar sehr gut, musste er sich eingestehen. Die Galerie, die Tomeus Konkurrent finanzierte, gab es zwar noch, doch in der letzten Zeit hatte er keine neuen Bilder von Künstlern mehr aufgenommen. Sie hatten alle bei Alba angefragt. Der Erfolg gab ihrem Gespür und ihrer eigenen Kunst recht. Doch ohne die Finanzspritze von Tomeu wäre es ein sehr steiniger Weg bis hierhin gewesen.

Das neue Schild über der Galerie, Werbung in den Zeitungen, sogar auf dem Festland, hatten Alba neue Kunden beschert. Seit letzter Woche wurde die Fassade der Galerie neu gestrichen. Langsam konnte Albas größter Konkurrent einpacken. Erneut dachte Leo über das Familiengeheimnis nach. Seine arme Alba. War sie ein ungewolltes Kind? Er schüttelte leicht den Kopf. Nein, jeder musste seine Frau sofort ins Herz schließen. Er kannte keinen offeneren und freundlicheren Menschen als sie. Und dem Ehepaar war kein weiteres Kind geschenkt worden, also war Alba ein Wunschkind, wenn es auch anders gezeugt worden war.

Nur mit Mühe löste er sich von ihr und schlich aus dem Schlafzimmer. Die bittere Nebenwirkung des gut gehenden Galeriegeschäfts waren die nächtlichen Einsätze für Tomeu.

Fast rannte er durch die nächtlichen Straßen, denn er war zu spät dran. Tomeu hasste Unpünktlichkeit.

Kurz vor dem Hafen stockte Leo. Er hörte Lärm und lautes Klirren. Vorsichtig linste er um die Hausecke. Nur mit Mühe unterdrückte er einen Schrei. Beide Hände hielt er vor seinen Mund. Das Atmen fiel ihm schwer. Drei bewaffnete Polizisten hatten seinen nächtlichen Kollegen umzingelt. Der hob die Hände.

Wäre Leo pünktlich gewesen, hätten sie ihn ebenso erwischt. Er wollte sich das gar nicht ausmalen. Seine schwangere Frau allein und er im Gefängnis. Dazu die Vorwürfe seiner Schwiegereltern, insbesondere von Andrés. Für seine politische Karriere wäre es womöglich sogar das Aus. Wer würde jemanden unterstützen, dessen Schwiegersohn in kriminelle Machenschaften verwickelt war?

Seine nächtlichen Einsätze konnte er nun vergessen. Wenn diese Einnahmen künftig wegfielen, würde es schwer für ihn werden, egal wie gut die Galerie lief. Er brauchte eine eigene Arbeit, denn er verstand einfach zu wenig von der Kunst. Außerdem wartete man Wochen oder Monate auf den nächsten Käufer. Auch wenn es sich dann lohnte und das Geld die Lücke wieder füllte, blieb es ein Geschäft des Wartens. Außerdem arbeitete er lieber mit den Händen.

Nächstes Jahr könnten die Reben auf seinem Grundstück das erste Mal Ertrag bringen. Erst dann konnte er Alba gestehen, die Hälfte des Kredits dafür investiert zu haben. Wenn Alba tagsüber in der Galerie beschäftigt war, hatte Leo oft vorgeschoben, auch arbeiten zu müssen, und sich heimlich auf sein Grundstück begeben, um allein die nötigen Arbeiten zu verrichten.

Der Mond stand hell am Himmel. Warum sollte er nicht in der Nacht auf sein Feld gehen? Schon mehrmals hatte sich Leo eines der Pferde ausgeliehen, die in einem Stall neben der Lagerhalle untergebracht waren und als Wechselpferde für die Kutscher zur Verfügung standen. In dieser Nacht wurden sie nicht gebraucht.

Er wartete, bis die Polizisten den Kollegen abgeführt hatten. Tomeu würde bald erfahren, was geschehen war, und auch, wie Leo davongekommen war. Nachdenklich sah er seinem Mitstreiter hinterher. Er wusste, der junge Kerl hatte noch keine eigene Familie, was ihm nun zum Vorteil gereichte. So musste er sich wenigstens nicht fragen, wie seine Familie ohne sein Einkommen überleben sollte, solange er im Gefängnis saß.

Leo sattelte das Pferd und ritt durch die Nacht.

Als er an seinem Grundstück ankam, schoben sich Wolken vor den Mond. Hoffentlich reichte das Licht, um die überschüssigen Triebe zu erkennen.

Leo machte das Pferd an dem einzigen großen Baum fest, der kurz vor der Klippe wuchs. Dort stand auch seine Holzkiste, in der er sein Werkzeug lagerte. Den Schlüssel für das Hängeschloss trug er immer bei sich. Seine Finger waren ein wenig klamm von der Nachtfeuchte, und er brauchte zwei Anläufe, um das Schloss zu öffnen.

Auch eine Petroleumlampe lag in der Kiste, und er entzündete sie.

Leo ging zur ersten Rebenreihe.

Die Pflanzen gediehen prächtig. Nur das Ergebnis stand in den Sternen. Pflanze für Pflanze schnitt Leo die überschüssigen Triebe ab.

Als sich die Morgenröte ankündigte und ihr erstes Licht auf das glitzernde Meer warf, packte Leo Werkzeug und Lampe wieder in die Truhe und ritt zurück nach Palma.

Er schaffte es, noch bevor die ersten Morgenarbeiter kamen, das Pferd in den Stall zu bringen und trocken zu reiben. Ohne einem der Kollegen zu begegnen, ging er nach Hause.

56

Genüsslich streckte sich Carla im Bett, langte mit der Hand zur Seite und fuhr über Franciscos Brust.

Er grunzte. »Es ist Wochenende, gib mir noch einen Moment.«

Carla küsste ihn. »Ja, du kleine Schlafmütze, aber wir wollen heute Mutter auf dem Feld helfen, schon vergessen?«

Sie stand auf, wusch sich das Gesicht und putzte die Zähne. Vor dem Spiegel kämmte sie sich das Haar. Ihr Gesicht wirkte rosig, die Haare glänzten. An diesem Tag gehorchten ihr auch die Finger, und sie humpelte nicht. Es würde ein schöner Tag werden.

In der Küche feuerte sie den Ofen an, um Kaffee zu kochen. Sie hatte noch süße Kartoffelbrötchen vom Vortag, und aus der Speisekammer holte sie ein Glas mit Aprikosenmarmelade.

Durch das Fenster warf die Sonne die ersten Strahlen des Tages. Carla öffnete es, um die warme Brise ins Haus zu lassen. Ein vorwitziger kleiner Spatz setzte sich in die Fensterlaibung und betrachtete sie mit schief gelegtem Kopf.

»Na, kleiner Piepmatz, auf der Suche nach Futter?« Carla riss ein kleines Stück vom Brötchen ab und warf es aus dem Fenster.

Tschilpend stürzte sich der Spatz auf den Boden, pickte das Stückchen auf und flog davon. Bestimmt brachte er es ins Nest zu seinen Küken. Ein Stich durchfuhr Carla. Sie stützte sich am Spülbecken ab. Die Trauer um ihren Verlust würde sie nie ganz verlassen; genauso wenig wie der tiefe Wunsch nach einer eigenen Familie. Sie sah zu dem Foto auf der Anrichte hinter dem Esstisch. Ihr kleiner Sonnenschein. Carla ging hinüber zum Büfett, legte einen Finger an die Lippen, gab einen Kuss darauf und drückte den Finger an das Foto. »Auch wenn du nicht mehr bei uns bist, meine Liebe ist bei dir, egal, was kommen mag.« Die wenigen gemeinsamen Momente würde sie niemals vergessen.

»Hmm, sehe ich da Kartoffelbrötchen?« Francisco betrat die Küche und umarmte sie. »Alles in Ordnung?«

»Ja, ja wirklich.« Sie stellte die Kanne auf die heiße Herdplatte. »Deck doch schon mal den Tisch.«

Francisco holte Teller und Tassen aus dem Schrank und legte Besteck dazu.

Carla schenkte den Kaffee ein. »Ich habe mir etwas überlegt.«

Mit dem Zeigefinger wischte sich Francisco einen Rest Aprikosenmarmelade vom Mundwinkel. »Ja?«

Carla fasste nach seiner Hand und streichelte über den Handrücken. »Was hältst du davon, wenn wir ein Kind adoptieren?«

»Adoptieren?«

Sie versuchte, in seinem Gesicht zu lesen, was er davon hielt.

Erfolglos.

Francisco verzog keine Miene. Hatte sie ihn schockiert?

»Ich weiß nicht so recht. Würde dich das nicht immer an ... an Antonia erinnern und die Trauer am Leben halten?«

Waren das seine einzigen Bedenken? Carla schüttelte den Kopf. »Antonia bleibt immer unsere Tochter, aber sie ist nun mal nicht mehr bei uns. Alles in mir sehnt sich nach einer richtigen Familie, mit dir und mit Kindern ...«

Francisco erhob sich, zog sie von ihrem Stuhl und drückte sie fest an sich. »Cariño, wie oft habe ich schon darüber nachgedacht und mich nicht getraut, es dir vorzuschlagen. Ich möchte nichts lieber, als mit dir ein Kind zu adoptieren. Du wirst eine großartige Mutter sein.«

Carla löste sich von ihm, und lächelnd goss sie den fertigen Kaffee in die Tassen. Er hatte tatsächlich selbst schon darüber nachgedacht. Damit hätte sie nicht gerechnet. Was hatte sie nur für einen wundervollen Ehemann. »Das ist großartig. Dann mache ich gleich in der nächsten Woche einen Termin im Waisenhaus aus.«

Francisco lachte. »Das liebe ich an dir. Deine Begeisterung, die ich so lange vermissen musste.« Er sah zur Wanduhr. »Ich denke, wir haben noch etwas Zeit, bis wir deine Mutter treffen. Magst du mir«, er fasste ihre Hand und zog sie zur Küchentür, »deine Begeisterung auch im Schlafzimmer zeigen?«

Carla folgte ihrem Mann sehr gerne ins Schlafzimmer. Seit Antonias Tod waren sie sich in diesem Bereich fremd geworden. Die Trauer hatte die Leidenschaft überschattet. Doch die Schatten waren der Hoffnung gewichen. Behutsam und doch wissend, was dem anderen gefiel, liebten sie sich im Schein der einfallenden Morgensonne und genossen es, wieder beisammenzuliegen. Carla lächelte, als sie sich ankleidete. Francisco ließ sie kaum aus den Augen, während er sich ebenfalls anzog.

Hand in Hand verließen sie das Haus, spazierten hinaus aufs Feld. Mutter saß am Holztisch im Schatten des großen Baumes und winkte ihnen zu.

»Hola, Mamá, du strahlst ja regelrecht.« Carla umarmte ihre Mutter.

Sie begrüßte Francisco mit zwei Wangenküssen und winkte Lidia herbei, die am Ende des Feldes an einem Mandelbaum stand. »Du siehst glücklich aus. Es erleichtert mich, dich nach langer Zeit mal wieder so unbeschwert zu erleben.« Mutter zog sie erneut an sich.

»Ja, deine Mutter hat recht, so gefällst du mir.« Lidia drückte sie einmal, bevor sie Francisco begrüßte.

Sah man ihr so sehr an, wie viel Glück sie an diesem Tag in sich trug? Carla musste sich beherrschen, die Neuigkeiten nicht gleich zu verraten.

Denn zuerst einmal ging es heute um Mutters Geschäft und nicht um die geplante Adoption. »Also, sag schon, was gibt es zu berichten?«

Alle nahmen Platz an dem Tisch. »Ich habe in der Wäscherei kündigen können. Die Geschäfte laufen so gut mit den Aprikosen und Mandeln.«

»Wie schön!« Carla freute sich aufrichtig. Keine von Lauge verätzten Hände mehr. »Du hörst also endlich in der Wäscherei auf?« Carla hatte ihr schon vor Monaten gesagt, sie solle kündigen. Wie gerne hätte sie mit Francisco etwas für den Lebensunterhalt dazugegeben. Doch wie immer lehnte Mutter jegliche Hilfe außer die Bezahlung der Lohnarbeiter bei der Ernte ab.

Carla lehnte sich an Francisco.

»Das habe ich auch schon die ganze Zeit gepredigt«, sagte Lidia.

»Warum sollten wir heute kommen?«, wollte Carla wissen. Mutter grinste. »Wir erweitern das Geschäft.«

Carla blickte fragend von Mutter zu Lidia. »Wollt ihr Land dazukaufen?« Dafür würde das Geld sicher noch nicht reichen. Verwirrt sah sie von ihrer Mutter zu Lidia.

Lidia lachte auf. »Du solltest dein Gesicht sehen.«

»Was habt ihr vor?« Francisco sah es wieder gelassen. Zumindest schien er nicht halb so aufgeregt wie Carla.

»Moment.« Mutter holte einen Korb unter dem Tisch hervor. »Schau rein.«

»Einmachgläser?«

Lidia holte ein Glas nach dem anderen heraus und stellte die Gläser auf den Tisch. Jedes schmückte ein anderes handbemaltes Etikett.

Carla nahm eins in die Hand. »Marmelade?«

»Ja, ist das nicht toll?« Mutter hielt ihr ein anderes hin. »Aprikosenmarmelade natur, mit Rum, mit Sherry, mit Zimt und mit Rosmarin. Und je nach Sorte ein anderes Etikett.«

»Red nicht lange rum, lass sie probieren.« Lidia öffnete die Gläser und reichte Carla einen Löffel.

Vorsichtig stippte sie hinein. »Die schmeckt ja fantastisch!« Und es stimmte, was sie auch kostete, eine Marmelade schmeckte köstlicher als die andere. »Francisco, das musst du probieren.«

Francisco kostete Glas für Glas und leckte sich genießerisch die Lippen. »Was für ein Geschmack.«

»Und das ist noch nicht alles.« Mutter zog aus dem Korb drei Papiertüten. »Geröstete Mandeln mit Salz, dann mit Chili und einmal mit Kräutermischung.«

Begeistert sah Carla ihre Mutter an. Was hatten sich diese beiden Frauen da ausgedacht? Sie langte in die Tüten und steckte sich nacheinander die drei Mandelsorten in den Mund. Was für ein Aroma! »Das schmeckt großartig. Wo macht ihr das, und wie seid ihr auf die Idee gekommen?« Sie nahm sich eine weitere Salzmandel.

Mutter stupfte Lidia mit dem Ellenbogen in die Seite. »Sag du es ihr.«

»Mein Bruder hat mich darauf gebracht. Wie ihr wisst, baut er in Porreres an. Er hatte Anfragen vom Festland und aus den USA, ob er nicht die Mandeln geröstet liefern könnte, da wären sie länger haltbar. Ein anderer Abnehmer fragte nach Marmelade aus den gleichen Gründen an. Trockenobst kann noch verderben. Eingemachte Marmelade nicht. Auch der Transport wäre einfacher. Die Plantagen meines Bruders sind groß, und er hat weder die Zeit noch die Räume, sich um so eine Weiterverarbeitung zu kümmern. Also haben wir gesagt, wir kümmern uns darum.«

»Moment«, Carla hob die Hand, »das ist also nicht unsere Ernte?«

»Doch.« Mutter nickte bestätigend. »Wir stellen für Lidias Bruder handelsübliche geröstete Mandeln und Aprikosenmarmelade her. Aber aus unserer Ernte machen wir die Spezialitäten.«

Lidia tippte auf die Einmachgläser. »Und die verkaufen wir sowohl hier über einen Zwischenhändler als auch aufs Festland.«

Francisco räusperte sich. »Aber wo macht ihr das alles, und was ist mit den getrockneten Aprikosen?«

»Bei uns zu Hause«, sagte Lidia. »Die Küche ist nicht wiederzuerkennen. Mein Bruder hat die großen Töpfe und Pfannen gekauft, er liefert seine Aprikosen und Mandeln an, ebenso die Einmachgläser, und uns macht es einen Heidenspaß.«

»Ja, das stimmt.« Mutter strahlte glücklich. »Ach, Carla, du glaubst gar nicht, wie sehr mich diese Arbeit ausfüllt. Und wir können uns die Arbeit, die Aprikosen zu trocknen, sparen.«

»Ihr seid unglaublich. Zieht ein neues Geschäft auf, ohne dass wir etwas mitbekommen.« Carla stand auf, gab erst Mutter und dann Lidia einen Kuss. »Und das in der kurzen Zeit.«

Francisco erhob sich ebenfalls. »Ja, ihr zwei seid wirklich nicht zu bremsen.« Lachend schloss er beide in die Arme.

Carla sah kurz zu Francisco, zog die Augenbrauen fragend hoch. Er verstand sofort und deutete ein leichtes Nicken an. Carla holte Luft. »Wir haben auch Neuigkeiten.« Carla fasste Franciscos Hand und zog ihn zum Stuhl. Während sie sich setzten, ließ sie seine Hand nicht los.

Er drückte sie fest.

»Ihr macht es aber spannend.« Mutter sah Carla an.

Noch einmal atmete Carla durch. »Wir wollen ein Kind adoptieren.«

»Bitte?« Mutter gefror das Lächeln im Gesicht.

Francisco legte ihr beruhigend die Hand auf den Arm. »María, es ist unser beider Wunsch.«

Kopfschüttelnd zog sie die Augenbrauen zusammen. »Ich halte das für keine gute Idee. Es wird alles wieder aufwühlen und ...«

»Nein«, unterbrach Carla. »Ich denke schon länger darüber nach. Ich möchte eine Familie, und das ist der einzige Weg.«

Was ging nur in ihrer Mutter vor, sich so dagegen zu stemmen? Carla hatte sich die Entscheidung nicht leicht gemacht und lange darüber nachgedacht.

Lidia stand auf und ging auf und ab. »Ich denke, deine Mutter hat eine Geschichte vor Augen, die ich ihr vor einiger Zeit mal erzählt habe. Ich wünschte, ich hätte es nicht getan.«

»Welche Geschichte?«, fragte Francisco.

Lidia setzte sich wieder. »Also gut, die Kurzversion. Eine Bekannte von mir, ungefähr so alt wie ich, hat in jungen Jahren eine Tochter adoptiert. Alles war gut, bis die Tochter erwachsen wurde. Sie kam in schlechte Kreise und hat im Streit um Geld ihren Adoptivvater erschlagen.«

Carla schlug die Hand vor das Gesicht. »Wie entsetzlich. Dann hat deine Bekannte ihren Mann durch die Hand der adoptierten Tochter verloren.«

Lidia nahm wieder Platz. »Aber Kinder sind so unterschiedlich wie Bäume.«

»Eben, und was hat das mit der Adoption zu tun?«, warf Francisco ein. »Seht euch meinen Vater und mich an. Hätte Carla in mir nicht gesehen, was ich bin, niemals hätte sie mir auch nur zugehört.«

»Genau, und Mutter, dir muss ich ja nichts über leibliche Kinder erzählen, oder?«

»Hör auf.« Mutter packte die Marmeladengläser in den Korb. »Ich habe euch alle gleich erzogen.«

»Deine Tochter hat recht, auch wenn du es jetzt nicht zugeben willst.«

Lidia beugte sich zu Carla. »Ich kenne sie mittlerweile gut. Lass ihr ein wenig Zeit.« Lauter sagte sie: »María, wir haben noch zu tun. Aber ich finde die Entscheidung der beiden richtig. Irgendjemand soll doch auch mal unser Marmeladen- und Mandelimperium übernehmen.«

»Du und deine merkwürdigen Fantasien. Mandelimperium.« Mutter nahm den Korb. »Überlegt es euch gut, um mehr bitte ich euch nicht.«

Carla sah Mutter und Lidia nach.

Francisco brummte ungehalten. »Sie hätten uns ruhig etwas von der Marmelade und den Mandeln dalassen können.«

»Du bist ein Schleckermaul«, sie umschlang ihn mit ihren Armen, »immer nur ans Essen denken.«

57

Stöhnend wälzte sich Alba aus dem Bett. »Bald falle ich vornüber, so rund und schwer ist mein Bauch.«

»Dann gehe ich heute für dich in die Galerie. Ich muss erst am Spätnachmittag ins Lager.« Leo beugte sich zu ihr und streichelte ihren Rücken. »Du solltest dich schonen.«

»Das ist lieb, aber heute kommt ein Kunde, der sich schon fast für ein Bild entschieden hat. Er erwartet sicher, mich zu sehen.« Alba ging ins Bad.

Leo sah ihr nach. Wenn der Kunde schon wusste, was er wollte, würde er das schon hinkriegen. Traute ihm Alba das nicht zu? Er stand auf, schlüpfte in Hose und Hemd.

»Dann werde ich dich zumindest begleiten«, rief er ihr nach und bereitete in der Küche Kaffee zu.

»Nur, wenn du wirklich möchtest.« Alba stand in der Badezimmertür, hielt sich den Bauch.

»Hast du Schmerzen?« Leo eilte zu ihr.

»Nein«, Alba lachte und folgte ihm in die Küche, »ich werde nur gerade heftig getreten.« Sie setzte sich an den Esstisch und öffnete die Schublade unter dem Tisch, um Löffel herauszuholen.

Leo hörte ein Scheppern, drehte sich um. »Was war das?«

Alba starrte auf ihren Bauch hinunter. »Dein Kind hat soeben gegen die Besteckschublade getreten.«

»Das gibt es doch nicht.« Er kam zu ihr und streichelte den Bauch. »Vielleicht war es auch ein Faustschlag?« Er grinste breit. »Es wird bestimmt ein Junge. Mein Sohn.«

»Wäre dir ein Sohn lieber?«

»Mir ist es wirklich vollkommen egal. Hauptsache, du überstehst alles gut, das Kind ist gesund und hat dein volles Haar.«

Kichernd strich Alba Leo über den Kopf. »Du meinst, weil es bei dir schon etwas dünner wird?«

»Ja, mach dich nur lustig über mich.« Leo ging an den Herd, nahm die Kanne und schenkte Kaffee ein. »Ich gehe noch rasch ins Bad, bin gleich wieder bei dir.«

Er putzte sich die Zähne und drehte dabei den Kopf vor dem Spiegel. Eigentlich hatte er Alba nur ein Kompliment wegen ihrer wundervollen Haare machen wollen. Lichtete sich sein Haar wirklich schon? Er wischte sich den Mund trocken.

Alba hatte hier doch irgendwo einen Handspiegel. Auf einer Ablage unter einem Handtuch fand er ihn, stellte sich mit dem Rücken zum Wandspiegel und hob den Spiegel in seiner Hand.

Die Stunde der Wahrheit.

Alba hatte ihn auf den Arm genommen. Keine Lücke konnte er erkennen. Sicher saß sie noch immer lachend in der Küche. Er würde sich revanchieren. Sein Blick fiel auf das Rasiermesser. Er musste die Lippen zusammenpressen, um nicht laut loszulachen. Um eine ruhige Hand bemüht, rasierte er vorsichtig eine kleine runde Stelle aus seinem

Hinterkopf aus. Es würde zwar dauern, bis es nachgewachsen wäre, aber der Spaß war es ihm mehr als wert.

Er kämmte einige Strähnen über die Lücke, sodass man es auf den ersten Blick nicht sah.

Um einen betroffenen Gesichtsausdruck bemüht, kehrte er in die Küche zurück.

»Was ist?«, fragte Alba.

»Du hast recht.« Leo ging zu ihr und beugte sich mit dem Kopf nach unten.

»Oh!« Alba tastete mit ihren Fingern durch sein Haar. »Das habe ich vorhin gar nicht sehen können.«

»Ja«, Leo setzte sich, »bald hat dein Ehemann eine Glatze.« Alba zog die Stirn in Falten, spitzte die Lippen. Es war offensichtlich, dass sie nicht wusste, was sie sagen sollte. Dieser Gesichtsausdruck war zu köstlich.

Leo konnte nicht mehr länger an sich halten und prustete los. »Angeschmiert.«

»Aber ... aber die kahle Stelle.«

»Habe ich eben mit dem Rasiermesser gemacht.«

Alba hob den Zeigefinger. »Oh, du Lügenbold, du ...« Sie stimmte in sein Lachen mit ein.

»Aber jetzt sollten wir los, damit wir pünktlich bei deinem Kunden in der Galerie sind.«

Alba stand auf, und Leo half ihr in die Jacke. »Du willst wirklich mit?«

»Absolut.« Er reichte ihr den Arm.

Als sie die Galerie erreichten, spazierte bereits ein Mann vor der Tür auf und ab.

»Oh nein, das ist er. Er ist zu früh dran.« Alba zog Leo mit sich. Vor dem Kunden blieb sie stehen. »Buenos días, Señor

Álvarez. Ich hoffe, Sie warten noch nicht lange.« Alba fingerte den Schlüssel aus ihrer Tasche.

Leo reichte ihm die Hand. »Mein Name ist Delgado, ich bin Albas Mann. Freut mich, Sie kennenzulernen.«

Álvarez packte Leos Hand. »Mucho gusto. Die Freude ist ganz meinerseits.«

Alba öffnete die Tür. »Bitte, gleich hier vorne habe ich Ihren Favoriten auf der Staffelei ins rechte Licht gerückt.«

Leo bewunderte Albas Geschick. Da hatte der Kunde sich eigentlich schon entschieden, und trotzdem hatte sie das Gemälde auf eine Staffelei mitten in den Raum gestellt und mit einem grünen Samttuch verhüllt. Man sah Álvarez an, wie sehr er diese Spannung genoss.

»Sind Sie bereit?« Alba fasste mit der rechten Hand an das Tuch.

»Bitte.« Álvarez überkreuzte die Hände.

»Ihr Gemälde.« Alba zog das Tuch nach hinten über die Staffelei. Weich fiel es zu Boden.

Álvarez löste seine Hände und klatschte. »Hier im Licht wirkt es noch intensiver.«

Leo starrte auf das Bild. Verzerrte Gesichter von zwei Männern, die sich gegenübersaßen. Zwischen ihnen glaubte Leo einen Tisch zu erkennen, der bis an die Nasenspitze der Männer reichte und sich zum Boden hin auflöste. Dahinter ein übertrieben leuchtender Himmel mit einer grünen Sonne.

Damit verdiente Alba Geld? Leo hielt seine wahren Empfindungen zurück.

Álvarez ging vor der Staffelei von rechts nach links, immer das Gemälde im Blick. »Unglaublich. Dieser Ausdruck!« Er ging zu Alba, fasste ihre Hände. »Ich danke Ihnen. Es wird das Prunkstück meiner Sammlung. Können Sie es mir in mein Büro liefern?« Er ließ ihre Hände los und zückte sein Scheckbuch. »Über den Preis waren wir uns ja einig.«

»Selbstverständlich liefern wir Ihnen das Bild. Kommen Sie bitte zum Tresen.« Alba versuchte, sich nach dem Tuch am Boden bücken. »Ah!« Sie hielt sich an der Staffelei fest, die augenblicklich ins Kippen geriet.

Leo rannte zu Alba, hielt sie fest.

Álvarez sprang auf sie zu, riss das Bild an sich. Die Staffelei krachte zu Boden.

Zwischen Albas Füßen entstand ein dunkler Fleck.

»Was ist?« Leo hielt sie fest.

»Ich bin zwar kein Arzt, aber bei meiner Frau war es genauso.« Álvarez lehnte das Gemälde an den Tresen. »Ihre Frau bekommt ein Kind.«

Alba verzog das Gesicht zu einem schiefen Grinsen. »Können Sie das Bild eventuell selbst mitnehmen?«

»In diesem Fall ist das doch selbstverständlich.« Er legte den Scheck auf den Tresen. »Vergessen Sie ihn nicht.« Er verabschiedete sich von Alba und Leo. »Alles Gute für Sie beide.«

»Danke.« Noch immer hielt Leo Alba fest in seinen Armen. Er sah Álvarez nach, wie er mit dem Gemälde unter dem Arm hinausging.

»Wir sollten zusehen, dass wir nach Hause kommen.«

»Nein, das ist zu weit. Ich helfe dir zum Stuhl und hole eine Kutsche. Das Krankenhaus ist näher.« Leo stützte Alba und half ihr zum Stuhl neben der Theke.

Alba krümmte sich kurz.

»Vielleicht hast du recht. Viel Zeit lässt uns der Wildfang wohl nicht mehr. Aber steck den Scheck ein, damit er nicht hier liegen bleibt.«

Leo schnappte das Papier und hastete hinaus. Selbst in so einem Moment war Alba noch Geschäftsfrau. Kopfschüttelnd rannte er um die Ecke, wo die Kutscher auf ihre Aufträge warteten.

Wenige Minuten später war er zurück. Behutsam half er Alba in die Kutsche. Der Kutscher ließ die Peitsche knallen, und die Pferde trabten los.

»Mein Herz, geht es noch?« Leo wischte Alba den Schweiß von der Stirn.

»Ich hoffe, wir schaffen es.«

»Wir sind da.« Der Kutscher hielt an.

Leo drückte Alba einen Kuss auf die Stirn. »Ich hole einen Arzt.« Er stürmte durch das Portal. »Ein Arzt, meine Frau bekommt unser Kind.«

Eine Frau in Schwesterntracht eilte auf ihn zu. »Keine Sorge. Wo ist sie?«

Leo deutete zur Tür. »Draußen, in der Kutsche.«

»Gut.« Die Schwester gab einige Anweisungen, und schon schob man eine Trage an Leo vorbei nach draußen.

Aufgeregt lief er hinterher. Er kam sich so nutzlos vor, wusste nicht, was er tun sollte.

Eine andere Schwester schob ihn an die Seite. »Sie werden hier momentan nicht gebraucht.«

»Aber es ist meine Frau.«

»Genau, und um Ihre Frau wollen wir uns kümmern.« Dann lachte sie. »Die Ehemänner stehen hier nur im Weg.«

Während man Alba hinaushob und auf die Trage legte, streckte sie ihren linken Arm nach ihm aus.

Leo drängte sich zu ihr, umfasste ihre Hand.

»Hol Mutter und Vater, schließlich werden sie Großeltern.« Alba zog seine Hand an ihre Lippen, drückte einen Kuss darauf. »Und wir Eltern.«

»So, jetzt ist genug geturtelt.« Die Schwester zwinkerte ihm zu. »Tun Sie, worum Sie Ihre Frau gebeten hat. Wir haben Arbeit vor uns.«

Leo sah den Schwestern nach, die Alba auf der Trage mit sich nahmen.

Der Kutscher stellte sich neben ihn. »Ich nehme an, die Fahrt geht nun zu den Eltern Ihrer Frau?«

Leo stieg ein. Hoffentlich ging alles gut. In der Kutsche faltete er die Hände zu einem stillen Gebet.

Zwei Stufen auf einmal nehmend, rannte Leo die Treppen nach oben. Er hämmerte an die Tür von Albas Eltern.

Josefina öffnete. »Ist es so weit?«

»Ja.« Leo schrie fast.

»Ist die Hebamme schon da?«

»Nein. Alba ist im Krankenhaus.«

Josefina griff nach dem Türrahmen. »O mein Gott!« Jegliche Farbe wich aus dem Gesicht seiner Schwiegermutter.

In diesem Moment begriff Leo, wie sein Satz auf Josefina wirken musste. »Es ist alles in Ordnung.« Leo fasste ihren Arm. »Ich erzähle es dir unterwegs. Aber jetzt komm. Die Kutsche wartet unten.« Leo sah an ihr vorbei in die Wohnung. »Wo ist Andrés?«

Josefina schüttelte den Kopf. »Ausgerechnet jetzt ist er unterwegs. Ich lege ihm einen Zettel hin.« Hastig nahm sie einen Block von der Kommode, kritzelte einige Worte. »Fertig.« Sie nahm ihren Mantel und schob Leo hinaus. »Los, los. Ich will zu meiner Tochter!«

Während der Kutschfahrt berichtete Leo, weshalb sie in die Klinik gefahren waren.

»Ihr habt alles richtig gemacht.« Josefina legte ihre Hand auf sein Knie. »Es hätte zu lange gedauert, nach Hause zu fahren und die Hebamme zu holen.«

Leo wippte ungeduldig mit dem Fuß. Konnte der Kutscher nicht etwas schneller fahren?

Josefina lächelte ihn breit an. »Der werdende Vater ist wohl nervös?«

Auch wenn Josefina ihn nur hatte necken wollen, war es der passende Moment, etwas Licht ins Dunkel zu bringen. »War Andrés nicht nervös, als Alba auf die Welt kam?«

Josefina verneinte, ohne auch nur zu zögern. »Er war auf dem Festland unterwegs, hatte einen Handelstermin und ...«

»Wie konnte er auf Reisen gehen, wenn der Geburtstermin so knapp bevorstand?«, unterbrach Leo.

Seine Schwiegermutter zögerte einen Moment. »Alba kam ungefähr einen Monat zu früh.« Auf Josefinas Miene legte sich kurz ein Schatten. »Wir hatten nicht so früh mit ihr gerechnet.«

Leo schluckte. Josefina wich ihm aus. Raquel hatte also die Wahrheit gesagt. Alba war noch vor der Eheschließung gezeugt worden, und Andrés glaubte, sein Mädchen sei nur zu früh zur Welt gekommen. Sollte er mit Alba darüber sprechen? Darüber würde Leo noch nachdenken, denn heute war sicherlich nicht der geeignete Tag. Heute wurde er Vater.

Eine nie gekannte Freude durchflutete ihn. In wenigen Stunden würden sie eine richtige Familie werden. So, wie er es sich schon immer gewünscht hatte.

Der Kutscher hielt vor dem Eingangsportal. Leo öffnete die Tür, stieg aus, reichte Josefina die Hand und bezahlte den Kutscher.

Gemeinsam gingen sie in das Gebäude.

Eine Schwester nahm sie in Empfang, und nachdem Leo erklärt hatte, worum es ging, führte sie die beiden in einen Wartesaal.

»Ich will zu meiner Tochter.« Josefina trat bestimmend auf, um die Schwester umzustimmen.

»Und ich zu meiner Frau.«

»Sie?« Die Schwester stemmte kopfschüttelnd die Hände in die Hüften. »Das ist Frauensache, und Ihre Frau und die Hebamme werden das bestimmt ohne Sie schaffen.«

Ohne sich um ihn zu kümmern, gingen sie durch eine Tür und ließen ihn allein zurück.

Nervös lief Leo im Flur auf und ab. Hoffentlich ging alles gut. Er wüsste nicht, was er tun würde, sollte er Alba oder das Kind verlieren. Warum durfte er nicht zu seiner Frau? Er wollte bei ihr sein. Sehen, dass es ihr gut ging.

Ein Schreien drang bis zu ihm hinaus. Es war Albas Stimme. Sie litt Schmerzen, das hörte Leo. Er überlegte, ob er sich der Anweisung der Schwester widersetzen sollte, und ging bereits zwei Schritte auf die Tür zu, hinter der er Alba vermutete.

»Da bist du ja!« Andrés stürmte in den Warteraum. »Wie weit ist es?«

»Woher soll ich das wissen!« Dieser Satz drückte all seine Verzweiflung aus. »Sie lassen mich nicht zu ihr.«

»Das ist Frauensache«, wiederholte Andrés die Worte der Krankenschwester, bevor er ihm auf die Schulter klopfte. »Mir wurde hinter vorgehaltener Hand gesagt, es sei für einen Mann schwer zu ertragen, seine Frau so zu sehen.«

Erneut schrie sich Alba die Seele aus dem Leib. Leo litt mit ihr.

»Meine Tochter ist stark, das weißt du.« Die Beruhigungsversuche seines Schwiegervaters prallten an ihm ab.

Für die nächsten Minuten blieb es ruhig, was Leo fast mehr ängstigte, als Alba schreien zu hören. Weiterhin ging er vor der Tür auf und ab, bis sie sich endlich öffnete.

Eine Schwester trat heraus und wischte all seine Gedanken weg. »Herzlichen Glückwunsch.« Sie reichte Leo die Hand. »Sie haben einen Sohn.«

Die Nachricht sickerte nur langsam zu ihm durch.

»Ich habe einen Enkelsohn!« Andrés strahlte ihn glücklich an.

Nun erst überrollte Leo ein noch nie gekanntes Glücksgefühl. »Ich habe einen Sohn. Wie geht es meiner Frau?«

»Auch sie ist wohlauf. Sie können nun zu ihr.« Die Schwester gab den Weg frei, und Leo hielt nichts mehr zurück. Er wollte zu seiner Familie.

Alba lag verschwitzt und abgekämpft auf einem Bett. Nie hatte sie schöner ausgesehen. In ihren Armen lag ein kleines Bündel. Das war das perfekte Bild. Es brannte sich in Leos Gedächtnis ein. Seine Familie.

Leo eilte zu ihr, küsste sie liebevoll und strich dann seinem Sohn über den Kopf. »Er hat ja gar keine Haare.«

»Das kommt noch.« Alba lachte. »Ich habe sie ihm nicht abrasiert, falls du das glaubst.«

Leo stimmte in ihr Lachen mit ein. Er richtete seinen Blick auf den Säugling, der in diesem Augenblick die Augen öffnete. Was ihm an Pracht auf dem Kopf noch fehlte, hatte er ungleich an den Wimpern. Dicht an dicht und lang geschwungen.

»Er ist wunderschön, nicht wahr?« Alba hielt Leos Hand.

»Ja. Das ist er.«

Alba drückte seine Hand. »Ich habe noch einmal über den Namen nachgedacht.«

Leo blickte sie an.

Ihre Augen strahlten voller Zuversicht.

»War nicht Gerardo dein Favorit, sollte es ein Junge werden?«

Alba lächelte. »Ja, der Name steht für einen kräftigen Krieger. Aber wenn ich mir dieses Würmchen ansehe.« Alba kicherte. »Es passt nicht ganz.«

Seine Frau hatte recht. Es klang hart. Zu hart für diese sanften Augen. Dann hatte er eine Idee. »Nehmen wir ihm ein R weg. Bei meiner Arbeit gibt es einen Gerado. Er ist Portugiese.«

»Gerado«, flüsterte Alba und strich ihrem Sohn über das kahle Köpfchen. »Wie würde dir das gefallen?« Sie sah zu Leo. »Es ist exotisch.« Ihr Lächeln wurde noch breiter. »Genau richtig für unseren Sohn.«

Josefina stand mit Andrés ein wenig abseits. »Ein komischer Name«, befand Andrés leise.

»Mir gefällt er«, widersprach Alba. Sie suchte nach Leos Blick.

»Mir auch.« Ein außergewöhnlicher Name. Passend für seinen Sohn, der Außerordentliches im Leben erreichen würde.

Leos Glück füllte sein Herz. In diesem Moment versprach er Alba und seinem Sohn, alles in seiner Macht Stehende zu tun, um sie glücklich zu machen.

58

Carla trocknete die Frühstücksteller ab. »Ich nehme das Rad und fahre nach Inca auf den Markt.«

»Brauchst du etwas Besonderes, was du hier in Binissalem nicht bekommst?«

Sie hängte das Leinentuch zum Trocknen über die Stuhllehne. »Sei nicht albern. Es ist Donnerstag. Die Auswahl auf dem Wochenmarkt ist einfach größer, und ich brauche ein neues Küchenmesser.« Carla holte aus der Schublade neben dem Herd das Messer und hielt es Francisco hin. »Siehst du, die Spitze fehlt. Das lässt sich nicht reparieren.«

»Und ich hätte Appetit auf einen kräftigen Bohneneintopf mit Speck und Schweineohren.«

Carla gab Francisco einen Kuss. »Kriegst du, wenn der Marktmetzger mir einen guten Preis macht.«

»Wird er schon.« Francisco ging auf die Haustür zu. »Viel Spaß. Ich fahre heute mit Samuel eine große Bestellung von Steinstufen aus. Aber zum Eintopfessen bin ich zurück.«

Carla schüttelte den Kopf. »Du weißt schon, dass ich die Bohnen über Nacht einweichen muss.«

»Dann nehme ich auch einen Kohleintopf. Hauptsache, Speck und Schweineohren sind drin, oder noch besser: Schweinefüße.«

Carla schob ihn zur Tür hinaus. »Jaja, ich verstehe. Der hart arbeitende Mann schreit abends nach Speck.«

Francisco hielt inne und zwickte sie in den Bauch. »Du bist so dünn, dir kann ein wenig Speck auch nicht schaden.«

»Raus jetzt.« Carla lachte.

Kurz danach saß sie auf dem Fahrrad. Ein bisschen plagte sie das schlechte Gewissen, weil sie Francisco nicht in ihren Plan eingeweiht hatte. Er war in der Werkstatt sehr eingespannt, und Carla trieb die Ungeduld an. Außerdem könnte es nicht schaden, frühzeitig im Waisenhaus vorstellig zu werden.

In Inca herrschte bereits reges Treiben an den Marktständen. Carla stieg vom Rad und schob es vor sich her.

Eigentlich hatte sie erst einkaufen wollen, doch sie hielt die Anspannung nicht mehr aus.

Hinter der Kirche bog sie ein und stand vor einem hohen hölzernen Portal, das in die drei Meter hohe Fassade eingelassen war. An der Seite hing eine Schnur, die durch ein Loch nach innen zu einer Glocke führte. Das ganze Gebäude wirkte schmucklos und abweisend. Sicherlich würde man sich freuen, wenn ein Paar aus der Gegend ein Kind zu sich nahm.

Carla stellte das Fahrrad ab und griff nach der Schnur.

Zaghaft zog sie daran. Sie zuckte ein wenig zusammen, als sie das Läuten vernahm. Jetzt gab es kein Zurück mehr. Sie drückte den Rücken durch.

Im Portal öffnete sich eine kleine Klappe, die sie vorher gar nicht gesehen hatte. Eine Frau mit Haube blickte sie an. »Ja bitte?«

»Buenos días. Mein Name ist Carla und ich ... also, mein Mann und ich ...«

»Sie möchten ein Kind adoptieren?«, half ihr die Schwester.

Sah man ihr den Wunsch nach einem Kind an? Carla hörte, wie ein Riegel zur Seite geschoben wurde.

»Kommen Sie herein. Wo ist Ihr Mann?«

Carla schluckte. Das hatte sie nicht bedacht. »Er kommt beim nächsten Mal mit. Sein Meister hat ihn für eine dringende Arbeit benötigt.« Klang das nachvollziehbar? Sie warf einen Blick in den großen Innenhof. Es gab mehrere Bäume mit Schaukeln, Bänke zum Sitzen und einen Sandkasten.

Bestimmt spielten die Kinder hier, wenn sie nicht in der Schule waren. Sie sah die Fassade hinauf. Leider konnte sie keinen Blick ins Innere erhaschen.

Wo hier wohl die Säuglinge untergebracht waren?

Nächtelang hatte sie sich mit Francisco den Kopf zerbrochen, und sie waren übereingekommen, am liebsten ein Kind zu adoptieren, das schon laufen konnte. Einen weiteren Verlust durch den plötzlichen Kindstod würden sie nicht verkraften.

Die Schwester schüttelte den Kopf. »Das ist nicht üblich, tut mir leid. Ohne Ihren Mann kann ich Sie nicht zur Oberin bringen.«

Alle Freude des Morgens verflog. Carla ließ die Schultern hängen.

»Kommen Sie mit Ihrem Mann wieder, dann ...«

Mit Geschrei wurde die Haupttür an der gegenüberliegenden Seite des Innenhofs aufgerissen, und eine Horde Kinder stürmte auf den Hof. Einige stürzten sich sofort auf den Sandkasten, andere setzten sich auf die Schaukeln.

»Diese Racker«. Entschuldigend sah sie Carla an, bevor sie sich an die Kinder wandte. »Ihr sollt nicht so einen Lärm machen.«

Carla lächelte, und ihr wurde warm ums Herz, als sie die Fröhlichkeit in den Gesichtern sah. Auf einmal schien ihr das Alter unwichtig. Am liebsten wäre sie zu den Kindern gelaufen, um mit ihnen zu spielen.

Aus dem Augenwinkel sah Carla eine seitliche Tür aufgehen. Sie drehte den Kopf und erstarrte.

Instinktiv versuchte Carla sich hinter der Schwester zu verstecken.

Ohne Erfolg. Er hatte sie längst entdeckt.

»Carla?« Isidoro kam auf sie zu. »Was machst du hier?«

»Hola, Isidoro. Ich ...«

Die Schwester begrüßte Isidoro. »Sie kennen sich? Das ist gut. Isidoro ist einer unserer größten Unterstützer. Was würden wir nur ohne ihn machen?«

Isidoro hob abwehrend beide Hände. »Schwester Dalia übertreibt wieder mal. Ich helfe nur ein wenig.«

Jede Faser in Carlas Körper schrie nach Flucht. Wieso war sie ausgerechnet an diesem Morgen hierhergekommen? Warum hatte sie nicht abwarten können? Sie presste die Lippen aufeinander.

»Schwester Dalia, vielleicht sehen Sie mal, was die kleinen Wirbelwinde so anstellen. Ich begleite Carla hinaus. Wir haben uns schon lange nicht mehr gesehen.« Er legte ihr die Hand auf den Rücken, wartete, bis Dalia sich einige Schritte entfernt hatte. »Du willst also ein Kind adoptieren? Schafft es dein Mann nicht, dir ein eigenes zu machen?«

»Francisco ist mehr Mann, als du jemals sein wirst!« Die Worte waren ihr herausgerutscht, ohne über die Folgen nachzudenken. Durch ihre Zurückweisung hatte sie Isidoro in seiner Ehre gekränkt. Nur deshalb hatte er sich zu solch hässlichen Worten verleiten lassen. Und was tat sie? Sie streute Salz in die offenbar noch nicht verheilte Wunde. »Es tut mir leid«, flüsterte Carla kaum hörbar, zog die Tür auf und huschte hinaus.

Bloß nicht umdrehen. Sie nahm ihr Fahrrad, schwang sich auf den Sattel. Wieso hatte sie sich nur dazu hinreißen lassen, ihn zu beleidigen? Warum konnte sie ihr Temperament nicht besser kontrollieren? Wäre sie freundlich zu ihm gewesen, hätte er sie vielleicht bei der Oberin unterstützt. Doch so?

Carla entdeckte eine Sitzbank, lehnte das Fahrrad an und ließ den Tränen freien Lauf. In ihrer Tasche suchte sie nach einem Taschentuch.

»Was ist denn passiert?«

Erschrocken sah Carla auf. »Lidia? Warum bist du hier?«

»Ich wollte Gewürze für die Marmeladen kaufen. Und du?« Sie setzte sich neben Carla. »Was ist geschehen?«

Carla lehnte ihren Kopf an Lidias Schulter und erzählte ihr schluchzend, was sie Isidoro an den Kopf geworfen hatte. »Was soll ich denn jetzt machen? Mich bei ihm entschuldigen? Das bringe ich nicht über mich.«

Lidia strich ihr über das Haar. »Ja, es war unbedacht, Isidoro zu beleidigen. Doch er wird erkennen, dass er dich provoziert hat. Was wolltest du dort allein überhaupt?«

Carla putzte sich die Nase. »Keine Ahnung. Ich glaube, ich wollte einfach einen Blick auf spielende Kinder werfen.«

»Ich verstehe. Aber er wird sich nicht die Blöße geben, immer noch gekränkt zu sein. Das würde nur Gerede geben.«

Lidia hatte recht, sie nahm Carlas Hand. »Aber nun ist das Wasser eben verschüttet, und du kannst es nicht mehr zurück ins Glas bringen. Da hilft nur, neues Wasser zu holen.«

Mit dem Handrücken wischte sich Carla die Tränen vom Kinn. »Wie meinst du das? Das Rätsel verstehe ich nicht.«

»Leg dir einen anderen Plan zurecht. Auch in Palma gibt es ein Waisenhaus.«

»Glaubst du, Isidoro wird uns Steine in den Weg legen?«

»Es spielt keine Rolle, was ich glaube.« Lidia stand auf. »Aber ihr solltet zumindest nicht unvorbereitet sein. Sprich mit deinem Mann.« Lidia gab ihr einen Kuss auf die Stirn. »Und jetzt muss ich die Gewürze kaufen. Deine Mutter kann manchmal herrisch sein, wenn man nicht pünktlich ist.« Sie zwinkerte Carla zu.

Lidias Rat beschäftigte Carla, während sie ein neues Küchenmesser und die Zutaten zum Kohleintopf besorgte. Sie würde Francisco gestehen müssen, was sich ereignet hatte. Vermutlich würde er enttäuscht von ihr sein. Aber dies hatte sie ihrer Ungeduld zuzuschreiben.

Auf dem Rückweg schwankte der Korb am Fahrradlenker kräftig hin und her, und Carla hatte Mühe, in den Kurven das Gleichgewicht zu halten. Doch sie hatte sogar Schweinefüße bekommen. Das würde Francisco milde stimmen.

Vor dem Haus lehnte sie das Fahrrad an die Hauswand und schleppte den Korb in die Küche. Sie heizte den Herd an, wusch den Kohl und schnitt die einzelnen Blätter ab.

Auf den heißen Herd stellte sie einen Topf mit Wasser, daneben einen anderen Topf, in den sie etwas Schmalz gab. Darin röstete sie die Schweinefüße an und gab nach und nach Kellen vom kochenden Wasser hinzu. Die Füße würden am längsten brauchen. Sie legte den Deckel auf den Topf und gab den Kohl und klein geschnittenes Gemüse in das restliche kochende Wasser. Auch die Schweineohren gab sie dazu.

Aus der Speisekammer holte sie Zwiebeln, die sie in der Pfanne anschwitzte, bevor sie getrocknete Kräuter hinzugab. Ein verführerischer Duft zog durch das Haus. Selten genug gab es solche Leckereien.

Die Hitze vom Kochen trieb sie nach draußen. Mit einem Glas Wasser setzte sie sich auf die Bank vor dem Haus. Ein leichter Wind ließ die Blätter rauschen, ihren Kopf an die Wand gelehnt, hing sie ihren Gedanken nach.

Ein brenzliger Geruch holte sie aus ihren Gedanken zurück. Sie eilte zurück in die Küche, schnappte ein Handtuch und zog beide Töpfe vom Feuer. Vorsichtig öffnete sie den Deckel des Topfs mit den Schweinefüßen. Nur noch wenig Wasser war am Boden, doch sie sahen annehmbar aus. Blieb noch der Blick in den anderen Topf. Am Topfboden war einiges festgebrannt, doch den Rest würde sie retten können. Sie goss den Inhalt in einen frischen Topf, schnitt frisches Gemüse auf und gab es hinzu.

Carla öffnete die Fenster, um den Brandgeruch zu vertreiben. Im selben Moment hörte sie die Haustür.

Francisco war zurück. Und der Tisch war noch nicht gedeckt. Dabei hatte sie alles perfekt vorbereiten wollen. Hastig griff sie nach den Tellern, und einer glitt scheppernd zu Boden.

»Es riecht angebrannt. Du wirfst hoffentlich nicht die Teller nach mir, weil ich zu spät komme.« Francisco stand in der Küchentür.

Carla sah auf die Scherben. Wochenlang hatten ihre Finger kaum gekribbelt. Und nun ausgerechnet an diesem Tag. Oder hatten sie gezittert, weil sie das schlechte Gewissen plagte? Sie presste die Lippen zusammen, unterdrückte die aufsteigenden Tränen.

»Ach, Carla, ich habe doch nur gescherzt. Schau nicht so traurig, es sind doch nur Teller!« Francisco umarmte sie. »Außerdem duftet es großartig.«

»Es riecht angebrannt.« Carla fühlte sich unfähig. Unfähig, ein ordentliches Abendessen für ihren hart arbeitenden Mann zu kochen.

Francisco ließ sie los und hob den Topfdeckel. »Ich sehe Füße und Ohren!« Francisco küsste sie. »Du bist die Beste. Ich wasche mir schnell den Arbeitsstaub ab, und dann bin ich gleich wieder bei dir.«

Carla las die Scherben auf und deckte den Tisch. Sie konzentrierte sich darauf, nicht wieder etwas fallen zu lassen. Die Töpfe stellte sie auf Holzuntersetzer und legte die Kelle daneben.

Mit einem Seufzen setzte sie sich. Ihr Mann freute sich auf ein wundervolles Essen, und sie würde es ihm mit ihrem Geständnis verderben.

»So, jetzt bin ich frisch und sauber.« Francisco hielt eine Weinflasche in der Hand. »Magst du etwas Wein zum Essen?«

Carla bejahte. Vielleicht fiel ihr das Gespräch mit ein bisschen Alkohol leichter.

Francisco holte zwei Gläser und entkorkte die Flasche. Er goss ein, und Carla nahm die Kelle. Ihre Hand zitterte. Die Kelle schlug mehrmals gegen den Topf.

»Was ist mit dir?« Francisco stellte die Flasche ab und fasste über den Tisch nach ihrer zitternden Hand.

»Die ist ja eiskalt. Corazón, geht es dir nicht gut?«

Der Weinkrampf schüttelte Carla.

»Liebling!« Francisco sah sie mit weit aufgerissenen Augen an. »Was ist denn geschehen?«

»Ich ... ich habe«, Carla hob den Kopf, sah ihn durch die Tränen wie durch einen Schleier, »dich hintergangen.«

»Was?« Francisco sprang auf die Beine. »Mit wem?«, presste er hervor.

Augenblicklich versiegten die Tränen. Er hatte sie vollkommen falsch verstanden. »Doch nicht mit einem Mann!«

Francisco verschränkte die Arme vor der Brust und lehnte sich an die Wand. »Wie dann? Ich höre.« Diese Haltung kannte Carla. Er gab ihr Zeit und hielt sich zurück. Ein Zug, den sie sehr an ihm schätzte. Hätte er sie weiter bedrängt, wüsste sie nicht, wie sie ihm gestehen sollte, was sie getan hatte. Geduldig wartete er, bis Carla tief Luft holte und stockend von ihrem Besuch im Waisenhaus und dem Zusammentreffen mit Isidoro erzählte. Jedes Wort erleichterte sie, der Druck auf ihrer Brust ließ nach. »Es tut mir leid. Kannst du mir verzeihen?«

»Dann war das dein eigentlicher Grund, heute nach Inca auf den Markt zu gehen?« Francisco löste sich von der Wand.

Carla ließ den Kopf hängen. »Ich habe alles falsch gemacht.«

»Hast du nicht. Wir hätten genauso auf ihn treffen können, wenn wir gemeinsam hingegangen wären.«

Carla gelang ein Lächeln.

»Trotzdem musst du mir etwas versprechen.« Er ging zu ihr, blieb vor ihr stehen. »Wir haben bisher alles gemeinsam entschieden. Lass uns das bitte auch künftig so halten.«

»Ich verspreche es.«

»Isidoro wird sich nicht einmischen. Und das Waisenhaus ist froh, wenn eine Waise neue Eltern bekommt. Wir können einem Kind ein gutes Zuhause bieten.« Er streichelte über ihr Haar.

Francisco griff nach der Kelle. »Dann wollen wir diesen köstlichen Eintopf nicht länger warten lassen.« Er schöpfte auf die Teller, öffnete die Weinflasche und goss ihnen beiden ein.

Carla betrachtete Francisco. An diesem Tag war ihre Liebe zu ihrem Mann noch weiter gewachsen, wenn sie das auch nie für möglich gehalten hatte. Nie wieder wollte sie etwas vor ihm verheimlichen.

Francisco hob sein Weinglas. »Lass uns anstoßen. Auf uns. Und darauf, bald ein neues Mitglied in dieser Familie begrüßen zu können.«

»Auf unsere Familie!«

Mit diesem wundervollen Mann würde sie alle Hindernisse überwinden. Sie würden ein Kind adoptieren, und sie würden eine wundervolle Familie werden. Davon war sie überzeugt.

Nachwort und Danksagung

Ein historischer Roman lebt von der Authentizität der geschichtlichen Begebenheiten. Das nahm uns als Autorinnen mit auf eine abenteuerliche Reise in die mallorquinische Vergangenheit: eine Zeit vor dem Tourismus, eine sehr spannende Zeit.

Mitte des neunzehnten Jahrhunderts waren unglaubliche neunzig Prozent der Agrarfläche auf Mallorca dem Weinbau gewidmet. Die alles vernichtende Reblaus schlug gnadenlos in ganz Europa zu. Nur Mallorca mit seiner Insellage blieb davon weitgehend verschont. Den Wein lieferten die Winzer aufs spanische Festland sowie nach Frankreich, Italien und Deutschland.

In den Jahren der Nahrungsknappheit durch Wetterkapriolen bezahlte man Arbeiter und Tagelöhner, ergänzend zu ihrem Lohn, mit Wein. Dabei ging es um reine Kalorienaufnahme, um die Menschen leistungsfähig zu halten. Mallorca deckte nun diese Versorgungslücke ab und exportierte in großem Stil – bis zum Ende der Reblaus. Das gab dem Weinanbau auf Mallorca den Todesstoß, denn mit den Preisen der sich wieder erholenden Wirtschaft auf dem europäischen Festland konnten die mallorquinischen Weingüter nun nicht mehr mithalten.

Viele Mallorquiner*innen wanderten aus der Not heraus nach Kuba aus, denn wie so oft haben Inseln eine besondere Bindung zueinander.

Da wir nun kein Geschichtsbuch schreiben, sondern eine Familiensaga, haben wir uns die Freiheit genommen, manche Ereignisse an die fiktionale Realität des Romans anzupassen.

An dieser Stelle entschuldigen wir uns bei Jordi Llabrés i Sans, dem Stadthistoriker von Sencelles, für kleine Ungenauigkeiten, die handlungsbedingt manchmal für den Verlauf der Geschichte notwendig waren. Herzlichen Dank für die Fülle an Informationen und den einmaligen Ausflug in die Vergangenheit. Großartig unterstützt hat uns Martin Breuninger mit einer Sammlung von alten Postkarten, Büchern, Material und seinem Wissen.

Wir danken den Literaturbegeisterten der Literarischen Agentur Kossack für die unermüdliche Unterstützung während der langen Reise. Wir freuen uns über die Begeisterung für unsere Delgado-Familie im Heyne Verlag und bedanken uns für das stets offene Ohr, den Elan und den Einsatz. Allen voran: Nora Haller und Sarah Mainka.

Lilly Hess Antic, Andrea Becker und Martin Köhler, fühlt euch fest umarmt, weil ihr trotz unkorrigiertem Skript die Leser*innen und Kritiker*innen der ersten Stunde gewesen seid.

Besten Dank den Mitarbeiter*innen aus dem Stadtarchiv von Palma für das Schleppen der unglaublich schweren Zeitungsbücher aus dem Archiv, damit wir in den Nachrichten der Jahrhundertwende stöbern konnten. Wir wissen den Kraftakt sehr zu schätzen.

Vor Silvia de Couët du Vivier verneigen wir uns für das Filmen und Schneiden des Videos zum Roman, das den Geist der Geschichte auf den Weinfeldern und auf Kuba bildgewaltig einfängt.

Nun kommen wir zu den Weingütern, auf denen wir drehen und deren Weine wir verkosten durften: die Bodegas Son Campaner und Celler Can Ramis. Die Offenheit, mit der wir empfangen wurden, spiegelt wunderbar den Charakter der Menschen auf der Insel wider. Wir erheben unser Glas auf das Wissen der Önologen Henri Fink und Carlos Feliu, die geduldig unsere Fragen beantwortet haben.

Zuletzt, aber nicht weniger von Herzen, danken wir Ihnen, liebe Leser*innen. Sie haben bis hierhin gelesen, was keine Selbstverständlichkeit ist. Wir hoffen, Sie hatten viel Freude beim Lesen von Band 1 und wir konnten Ihre Neugierde wecken, wie es in Band 2 mit der Familie Delgado weitergeht.

Ihre Carmen Bellmonte
(Elke Becker und Ute Köhler)

»Mit viel Gefühl und Nostalgie erzählt **Gisa Pauly** die berührende Geschichte dreier Frauen, eines Cafés und der schönsten Insel Deutschlands. Unbedingt lesen!« *Anne Jacobs*

978-3-453-42577-4

978-3-453-42578-1

978-3-453-42579-8

HEYNE‹